ANDREAS ENGERMANN
EINEN BESSERN FINDST DU NICHT

ANDREAS ENGERMANN

EINEN BESSERN FINDST DU NICHT

ROMAN

VERLEGT BEI
KAISER

Personen- und Ortsnamen sind da und dort geändert worden, jedoch wurde nichts geändert an der Lebensechtheit der Gestalten und an der Wahrheit der geschilderten Ereignisse.

Alle Rechte vorbehalten
Lizenzausgabe des Neuen Kaiser Verlages — Buch und Welt,
Hans Kaiser, Klagenfurt,
mit Genehmigung der Lichtenberg Verlag GmbH., München
Copyright © by Kindler-Verlag, München
Umschlaggestaltung: Volkmar Reiter
Druck: M. Theiss, Wolfsberg
Schrift: 9 Punkt Garamond
Bindearbeit: Kaiser, Klagenfurt

I

Wir haben heute morgen die Abzüge unserer Gruppenaufnahme bekommen. Und jeder kann sich nun genau betrachten, wie er als feldmarschmäßiger Landser aussieht.

Wir sind auf dem Bild zu sehen mit geöffnetem Kragen und bis zum Ellenbogen aufgekrempelten Ärmeln, am Koppel tragen wir die Patronentaschen, die wir der Echtheit wegen, obwohl man es nicht sieht, mit scharfen Patronen gefüllt haben. Auch hängt da der Stahlhelm. An einem Jackenknopf ist die neue Taschenlampe zu sehen, und darüber bei einigen Angebern ein neues Fernglas. Jeder hat am linken Handgelenk die Uhr. Und in der Hand haben wir das Gewehr mit langgemachtem Riemen.

Wir hausen seit einigen Tagen im Wirtschaftsgebäude eines großen Gutes in Ostpreußen. Die Latrinenparole von „großen Manövern" haben wir, ohne zu mucksen, gefressen.

Alle acht Männer auf dem Foto sind erst seit einigen Wochen eingezogen. Und wir haben allerhand hinter uns. Man hat uns ganz anständig gebügelt und geschliffen. Wir wissen natürlich, daß wir in den Krieg gegen Polen ziehen. Warum und wieso auf einmal, hat man uns auch gesagt. Der Leutnant hat bei den alten Germanen angefangen und uns auf Grund aller Jahrhunderte bewiesen, daß wir nun eben gegen Polen Krieg führen müssen. Klar, daß wir dazu weder ja noch nein sagen konnten. Innerlich vielleicht, wenn wir uns unsere eigenen Gedanken machten. Aber das nützt natürlich keinem etwas. Und außerdem hatten wir keine Zeit, eigenen Gedanken viel nachzuhängen. Wir wurden gehetzt wie Kaninchen, von einem Appell zum anderen und von einem Bandwurmmarsch zum andern. Nun, wir machten uns alles so leicht als möglich. Wir waren unter uns ganz vergnügt, aber eigentlich nur unter uns.

Sonst war so eine Art ungemütliche Gewitterstimmung. Ein bißchen Krampf war in allem. Warum, weiß ich nicht.

Alle acht haben wir vor drei Jahren die Zweimonatausbildung mitgemacht. Wir gehören also nicht zu einer aktiven Truppe. Aber das ist jetzt alles gleich, wir gehören zur Infanterie, und es wird gesagt, daß die Infanterie die Königin der Waffen sei. Wir können uns an den fünf Fingern abzählen, daß diesmal die Luftwaffe die Königin der Waffen ist. Klarer Fall.

Wir acht Mann verstehen uns vorzüglich.

Auf dem Gruppenbild stehen wir der Größe nach, und der kleinste von uns am linken Flügel ist der Matthias Krumbhaar. Ein Stöpsel. Aber ein Stöpsel mit Sprengstoff im Hintern. Er hat eine kohlrabenschwarze Haartolle, auf die der Spieß wild ist wie ein Amokläufer. Als wir den Krumbhaar kennenlernten, war die Tolle turmhoch und gerollt wie ein Wellblechdach, und bei seinem verrückten Haarwuchs standen auch seine Augenbrauen ab wie Husarenschnurrbärte aus dem Dreißigjährigen Krieg. Der Spieß hat Krumbhaar dann befohlen, seine Tolle auf ein „menschenwürdiges Augenmaß" zu kürzen. Daraufhin hat der Krumbhaar die Sache um die Hälfte gekürzt. Das war so gut wie gar nichts. Er ist Friseur in Dresden-Neustadt, und er geht lieber vors Kriegsgericht, als seine Reklametolle zu opfern. Er ist verheiratet und hat einen dreijährigen Sohn. Er ist nicht gern Soldat, und noch weniger gern zieht er in den Krieg. Aber er sagt, daß, wenn er schon Soldat sein muß, er kein schlechter sein will. Auf diesem Standpunkt stehen übrigens wir alle acht Mann. Der Krumbhaar hatte in der Sandsteingasse sein neues Geschäft eingerichtet, vier Sessel für Herren, und einen Gehilfen und einen Lehrjungen, einen Damensalon mit zwei Sesseln, wo seine Frau allein bediente, da wurde er eingezogen. Wir mögen ihn gern. Er ist immer blitzsauber und in beständiger Aufregung über irgend etwas; natürlich rasiert und frisiert er uns und schneidet unsere Haare, und seine Instrumente sind eine Sehenswürdigkeit. Er geht uns höchstens auf die Nerven, wenn er unsere Körperpflege bemängelt, und das tut er. Er redet, auch wenn nicht von Friseurdingen gesprochen wird, immer als Friseur mit uns. „Empfehle, über die Sache nachzudenken, der Herr", sagt er, oder: „Der Spieß hat Haare in den Ohren, trägt der Herr von heute nicht." Und so.

Der zweite von links auf unserem Gruppenbild ist Rolf Weinrich, Bäcker aus Andernach am schönen Rhein. Als wir zum erstenmal seine Riesenhände und seine dicken Armmuskeln sahen, dachten wir, nur keinen Krach mit dem da. Aber in Wirklichkeit ist er ziemlich schwächlich, wenn auch sein weißes Käsegesicht mit der Zeit braun wurde. Er sieht immer müde aus. Sein Mund schlappt tief herunter, seine scharfen Falten von der Nase zum Kinn hängen schlaff, auch das Kinn selber hängt immer ein bißchen, und sein dünner Mund steht immer ein bißchen offen. Er redet nicht viel, aber eigentlich könnte er am vergnügtesten und sorglosesten von uns allen sein, denn er läßt nichts zurück als seine Stellung in Andernach am schönen Rhein. Er hat keine Eltern, keine Frau, kein Kind, keine Braut und nichts. Daher kommt es wohl auch, daß er ein bißchen schmuddlig ist. Wir hatten es schnell heraus, daß er einfach nicht damit fertig wird, Soldat sein zu müssen und auch noch gegen Polen in den Krieg zu ziehen. Er sagt: „Hat dir vielleicht Polen etwas getan? Mir nicht. Na also." Und er sagt, wir seien nichts weiter als Würmer, die „unterm Absatz zu Mus zermantscht" würden. Vielleicht ist es genauso. Aber es hat nur keinen Zweck, sich das immer vorzuheulen. Weinrich hat Hundeangst, zu fallen. Das ist die ganze Geschichte. Und wenn wir alle zusammen auch daran dächten, hätten auch wir alle acht, alle tausend und hunderttausend Mann Angst. In dieser Hinsicht geht uns Weinrich auf die Nerven.

Der dritte von links ist Kurtchen Zech. Auf den ersten Blick hat er tatsächlich das dümmste Gesicht unter uns, vorausgesetzt, daß ich nicht eventuell das dümmste habe und man mir das vorsichtshalber nicht sagt. Kurtchen hat eine enge und zu kleine Unterlippe, und die Oberlippe hängt gewaltig abwärts, und das gibt ihm ein schafsmäßiges Aussehen. Dazu hat er auch noch eine etwas schwere Zunge, und zuerst machte sich der Spieß ein Fressen daraus, sich als Privatvergnügen ellenlange Sätze (aus der Schießvorschrift zum Beispiel) von Kurtchen aufsagen zu lassen. Aber der Spieß war in diesem Fall kein Menschenkenner. Denn Kurtchen ist seines Zeichens, und wir haben alle gebrüllt, als wir es erfuhren, Kurtchen Zech ist Dr. phil. Kurt Zech, Privatdozent für orientalische Sprachen an der Universität Göttingen. Und er ist ein wahnsinniger Redner. Es braucht nur einer etwas von sich zu geben, was nicht genau stimmt, wie der Meier III kürzlich, der behauptete, er habe den Jupiter im achten Haus und deshalb werde er niemals fallen, dann legt Kurtchen los und hält Vorträge. Und die Schießvorschriften, mit denen der Spieß ihn im Anfang komisch machen wollte, leierte Kurtchen herunter wie der Niagara. Kurtchen gefällt uns allen. Er ist der, der oben bleibt, wenn alles zum Kotzen aussieht. „Kommilitonen", sagt er stets, „die innere Harmonie macht's, darauf könnt ihr Gift nehmen. Und was die innere Harmonie ist, werdet ihr über kurz oder lang genau wissen." Kurtchen Zech ist verlobt, und das ist seine einzige schwache Seite. Wenn ein Brief von ihr kommt, ist er stundenlang schief gelaunt.

Als vierter vom linken Flügel kommt jetzt Heinz-Otto Brügmann. Sein Vater ist Bankier in Stuttgart, und Heinz-Otto ging zu ihm ins Geschäft. Er hat die teuerste Extrauniform, die teuerste Extramütze, das teuerste Extrakoppel, die teuersten Extraschuhe, die teuerste Taschenlampe, das teuerste Fernglas, er trägt die feinsten Hemden, er ist der beste Kunde von Krumbhaar, und auch sogar selbst seine Knobelbecher sind unauffällig nach Maß gemacht. Kurz und auf Anhieb gesagt, ein feiner Pinkel. Aber es täuscht. Er hat ein richtiges Filmgesicht, schöne Zähne, blonde, schöne Haare und blaue Augen, und wir dachten zuerst, er wäre ein Homo. Aber es täuscht. Meier III, der überall seine gottverlassene Schnauze 'reinhängt, sagte ihm gleich am ersten Tag, als er zu uns kam: „Mensch, wenn mein Vater Bankier in Stuttgart oder in Buxtehude wäre, wär' ich nicht hier in diesem Sauladen." Heinz-Otto sah ihn aus den Augenwinkeln an und sagte: „Und wo wärst du dann?" Und Meier III grinste verächtlich: „Bei meinem Alten, Mann! Im Geschäft natürlich! Unabkömmlich!" Und Heinz-Otto sagte nur: „Du vielleicht. Ich nicht." Und damit wußten wir, was er war. Kein feiner Pinkel, sondern ein feiner Mann. Ihm machen auch alle Plagen, die über uns verhängt sind, wie Dauermärsche und so weiter, am wenigsten aus. Wenn man ihn unter der Brause oder im Schwimmbad sieht, weiß man, warum. Er ist nicht nur ein bildschöner Kerl, sondern auch durchtrainiert. Jeder Muskel sitzt in der richtigen Form an der richtigen Stelle. Wir mögen ihn. Dazu kommt, daß er eine gewisse Art hat, mit Vorgesetzten umzugehen, die ihm keiner von uns nachmachen kann, ich will nicht sagen hochmütig, das bekäme ihm wahrscheinlich schlecht, und trotzdem ist es eine Art Hochmut, die nicht zu fassen ist. Merkwürdigerweise hat der Spieß, ein fürchterliches Rauhbein, einen Narren an ihm gefressen, und zwar auf den ersten Blick, als er noch nicht wissen konnte, daß er einen reichen Pinkel vor sich hatte. Also ist der Spieß am Ende doch ein Menschenkenner. „Der ist nicht lange bei uns", sagte Kurtchen Zech eines Morgens, „der wird bald Offizier." Und Heinz-Otto hörte es und sagte: „Nein. Nie." Und er sagte es messerscharf. Warum, weiß ich nicht.

Der fünfte von links ist dann Meier III, mit Vornamen Max. Mit ihm haben wir es am schwersten. Er trägt dem Leutnant zuliebe, der dafür ulkigerweise was übrig hat, millimeterkurzen Haarschnitt und ist immer wie ein Wiesel dahinter her, es allen recht zu machen und aller Wohlwollen zu erringen. Deshalb sitzt er dann zwischen sämtlichen Stühlen und begreift nicht, wieso. Und deshalb ist er immer gekränkt. Sein mageres Gesicht ist von Sommersprossen dicht überkleckert, und er hat einen Urwald brandroter Haarbüschel auf der Brust und sonstwo. Er ist unser allerbester Meckerer. Seines zivilen Zeichens ist er Buchhalter in einer Chemiefabrik, ich glaube in Höchst am Main. Er ist seit vier Jahren verheiratet. Kind hat er kein eigenes, aber sie haben eins angenommen. Das spricht nun wieder für ihn. Oder wenigstens für seine Frau. So ganz klug werden wir nicht aus ihm. Aber wir wissen eines, und das hat er unzählige Male bewiesen: er ist ein Waffengenie. Ich habe so etwas noch nicht erlebt. Es ist nichts dagegen zu machen und zu sagen. Er nimmt das Gewehr oder die Maschinenpistole in nullkommanichts auseinander und setzt sie in nullkommanichts wieder zusammen. Und das Maschinengewehr, das nicht ohne ist und seine verdammten Mucken hat, behandelt er genauso leichthin. Es gibt kaum eine Ladehemmung, die er nicht beseitigt hat, bevor man überhaupt hinsah. Er braucht nur sein Spitzmausgesicht über das Ding zu beugen und seine langen Finger in die Nähe zu bringen, und schon ist die Waffe wieder in Ordnung. Daß dieser Buchhalter unter uns acht Männern noch zusätzlich der beste Schütze ist, macht die Sache rund. Davon wird später noch viel zu erzählen sein.

Der sechste von links heißt Fritz Kirchhofer. Er ist immer noch ganz ordentlich dick, obwohl ihm ein paar Pfund weggeschmolzen sind, seit er bei uns ist. Er ist immer traurig und niedergeschlagen, und es ist nichts in dieser Hinsicht mit ihm zu machen. Er war der unter uns, den wir als einzigen einmal weinen hörten. Mitten in der Nacht, und ich glaube, wir wachten alle auf. Aber keiner rührte sich. Es war scheußlich. Am anderen Morgen wollte Meier III seine Bemerkung machen und hatte schon seine dreckige Schnauze dazu geöffnet, als ihn Heinz-Otto etwas heftig auf die Seite zog, und ich hörte, daß er halblaut sagte: „Du wolltest was zu Kirchhofer sagen, wie? Wenn du auch nur piepst, hast du eine von mir in der Fresse, und wenn es mich drei Tage kostet, verstanden?" Das wirkte. Kirchhofer war Pianist und hatte in Kabaretts, Nachtlokalen und so gespielt. Manchmal spielte er uns, wenn im Quartier ein Klavier stand, etwas vor. Und merkwürdigerweise nicht traurige Sachen, wie wir erwartet hatten, sondern lauter Filmschlager und in dieser Richtung. In der Schreibstube munkelten sie, er habe mal versucht zu desertieren, in Königsberg, wo wir einige Tage in Quartier lagen. Uns ist nichts bekannt davon, und ich glaube auch kaum, daß etwas Wahres an der Sache ist, sonst wäre er bei irgendeiner Strafeinheit. Wenn ich mir alles recht überlege, so wissen wir eigentlich wenig von ihm.

Der siebente dann auf dem Bild von links ist Martin Koegel aus Dessau. Er ist ein Zimmermann, und wir nennen ihn Josef, wie den Mann der Jungfrau Maria. Das kommt daher, daß er uns gleich am Anfang eine Aufnahme seiner Familie zeigte. Darauf trug er einen kurzen Vollbart, und seine Frau saß wahrhaftig, das kleine Kind im Arm, auf einem Esel. Damals besuchten sie das Niederwalddenkmal bei Rüdesheim, wo man auf Eseln hinaufreiten kann. Auf dem Foto sahen sie aus wie die Heilige Familie. Auch sonst stimmt der Name Josef auf ihn. Er ist so gutmütig, daß man ihm eine kleben könnte. Und zuerst hielten wir ihn alle für idiotisch oder schwachsinnig, bis wir dahinterkamen, daß er der beste Kerl von uns war. Ich habe wahrhaftigen Gottes diese Heiligenfigur nicht ein einziges Mal lügen hören bis jetzt. Neugierig aber bin ich, wie dieser Zimmermann sein wird, wenn es Blitz, Donner und Eisen schleudert.

Wie aber, um Himmels willen, werde ich dann selber sein? Und damit komme ich zu dem Mann ganz auf dem rechten Flügel unserer Gruppenaufnahme, zu mir selber.

Und ich frage dich, der du dich hier aufspielst und der du hier angibst wie drei Lokomotiven und über die anderen urteilst... wie wirst du sein in den Schlachten, die dich erwarten?

Da wäre noch unser Zugführer, Leutnant Meßner. Auch kein Aktiver. Rechtsanwalt aus Waren an der Müritz. Der Mann ist beinahe zwei Meter lang, und als wir diesen Turm zuerst von ferne erblickten, dachten wir, er müsse eine Kommandostimme haben wie eine Kirchenglocke. Er hat aber eine Fistelstimme. Er dringt nicht durch. Und wenn er vor der Front loslegt, müssen wir die Zähne aufeinanderbeißen, den Bauch einziehen und die Hinterbacken zusammenkneifen, um nicht herauszuplatzen. Er dringt nicht durch. Und auf dem Kasernenhof und im Gelände hat er unseren ganzen Zug manchmal schwer 'reingeritten. Wir hörten das Gefistel nicht und machten Blödsinn, und der ganze Sauhaufen kam wild durcheinander. Dann kam prompt der Kompaniechef und tauchte uns unter. Und es dauerte lange Zeit, bis Hauptmann Distelmann merkte, woher der Hase kam. Wir hätten es ihm ja kinderleicht früher beibringen können, aber so komisch Leutnant Meßner auch manchmal zu uns war, wir hielten dicht. Bis der Kompaniechef selber dahinterkam. Später erfuhren wir, daß Leutnant Meßner frühmorgens schon bei Sonnenaufgang in die einsame Natur hinauspilgerte und dort Sprechübungen machte. Kurtchen Zech bekam es heraus.

Kurtchen Zech kam aus einem Nachturlaub und spazierte querfeldein, um den Weg abzukürzen. Da pfiff ihn hinter einem Busch eine wohlbekannte hohe Sopranstimme hintereinander mit einer Breitseite von Befehlen an: „Stiiistannn! – Dasss

Kiwihrr ibrrrr! – Kiwihrr abbb! – Hiriktsss immmm! – Lihinkss immmm – Gnnnzzzeee Ibtillllung kihrrrrrt! –" Kurtchen Zech stand wie vom Donner gerührt und sah perplex um sich. Und wieder zwitscherte es durch den stillen Morgen. „Stiiiiiiiistannn . . ." Bis Kurtchen Zech es wagte und näherschlich. Er erblickte Leutnant Meßner, einsam auf einem kleinen Hügelchen hinter einer Buschgruppe stehend und Stimmübungen in den Morgen und in die leere Luft hinein krähend. Natürlich wurde Leutnant Meßners Stimme nicht kräftiger, sondern stockheiser. Übrigens mochten wir ihn gut leiden. Mit Offizieren ist es überhaupt so eine Sache.

Ich weiß nicht, wie das alles werden wird.

Hauptmann Distelmann, unser Kompaniechef, ein breitschultriger Bulle mit immer rotentzündeten kleinen Augen und rotgeäderten prallen Wangen, sagte in Lüneburg, wo wir eine Woche lang lagen und er bei der Instruktion zuhörte, plötzlich: „Machen Sie sich mit Ihrer Knarre vertraut, meine Herren (das „meine Herren" meinte er natürlich spöttisch), ich rate es euch gut. Die Polen werden laufen. Und vielleicht laufen einige andere auch. Aber dann werden euch welche begrüßen, die nicht laufen. Ob das in einem Monat oder in zehn Jahren der Fall sein wird, weiß ich nicht. Aber einmal wird es der Fall sein. Lernt eure Knarre auswendig, verdammt und zugenäht!"

Wir waren damals nach dieser doch etwas sonderbaren Ansprache ziemlich still. Und ich glaube, es war das erstemal, daß ich weiterdachte als bis morgen. Es war zum erstenmal, daß ich irgend etwas roch, was mir nicht gefiel.

Ich könnte nicht sagen, ob bei uns eine schlechte oder eine gute Stimmung herrschte. Es herrschte eigentlich gar keine. Weder so noch so. Ich glaube, wir sind nervös. Irgend etwas macht jedem von uns das Herz schwer. Und das ist nicht so, weil wir Soldaten werden mußten. Und auch nicht, weil wir den Krieg vor uns haben. Oder die Angst, scheußlich verwundet oder verkrüppelt zu werden oder zu fallen. Nein, es geht nebenher noch etwas vor. Es liegt etwas ganz Scheußliches in der Luft. Ich glaube sogar, über der ganzen Welt. Irgendwo stimmt etwas nicht.

2

Seit vorgestern sind wir dabei, aber noch nicht mittendrin. In der Nacht vorher hatte uns der Leutnant gesagt, daß es in der Frühe losginge. Und wenn unsere Flugzeuge nicht gewesen wären, die hoch über uns weg nach Osten, nach Polen hinein zogen, könnten wir sagen, daß es ziemlich sang- und klanglos losgegangen ist.

Wir tippelten kurz vor Sonnenaufgang, eingefädelt in das Regiment, schon auf der Landstraße. Natürlich hatte der Kompaniechef beim Antreten eine kurze Ansprache gehalten, aber wir hörten kaum hin. Wir waren alle zusammen nicht recht ausgeschlafen. Einige hatten endlose Gespräche während der Nacht miteinander geführt. Und immerzu drehte einer wieder das Licht an, um an seinen Sachen zu murksen. Und uns war allen fad im Magen.

Unterwegs hieß es, daß die Panzer vor uns seien, aber wir haben keine gesehen. Wir sahen bis jetzt auch keinen polnischen Soldaten, und auch kein einziger Schuß ist gefallen. Bis jetzt wenigstens.

Gestern mittag, in der größten Hitze, wurde Gott sei Dank eine Marschpause eingelegt, und zuerst fielen wir um wie die Fliegen. Dann kam der Befehl durch, daß wir bis zum Abend hier liegenbleiben sollten. Der Leutnant sagte, wir sollen es uns nicht zu gemütlich machen, denn er persönlich glaube nicht daran.

Kaum hundertfünfzig Meter rechts von der Straße sahen wir auf einem behelfsmäßigen Feldflugplatz Stukas stehen, es waren zwölf Stück. Die Dinger sahen tatsächlich ziemlich bösartig aus. Die beiden weit vorgestreckten Beine des Fahrgestells kamen mir vor wie zwei enorme Krallen.

Heinz-Otto Brügmann und ich bummelten in einem großen, vorsichtigen Bogen hinüber. Die Flieger lagen und saßen im Gras, sie waren fertig für den Start und warteten. Sie sahen glänzend aus. Piekfeine Burschen. Brügmann und ich trauten uns zuerst nicht recht heran. Wir hätten gerne einen von ihnen angequatscht, aber einer sah aus wie der andere, und einen Offizier anquatschen konnte peinlich werden.

Wir quatschten also keinen an und legten uns nur wie zufällig in die Nähe einer Gruppe von vier Mann, die mit untergeschlagenen Beinen dasaßen, rauchten und sich unterhielten. Sie hatten anscheinend wegen irgend etwas einen kleinen Krach miteinander. Einer von ihnen kaute wütend an einem Grashalm und war dabei, etwas zu erzählen.

Wir hatten bald heraus, daß er gestern abend mit zwei Kameraden noch einmal über dem Feind gewesen war. Und sie stritten sich über etwas, was der mit dem Grashalm dabei erlebt hatte.

„Also entschuldige", sagte einer, „das verstehe ich nicht. Und wenn du nun statt der Tiere ein ganzes polnisches Regiment ausgemacht hättest, na und dann?"
„Und dann?" knurrte der mit dem Grashalm. „Da hätte es kein ‚Und dann' gegeben. Das ist etwas ganz anderes."
„Erlaube mal", sagte der dritte, „erlaube mal, bitte. Das ist doch Brühe mit Nudeln, was du da vorbringst. Ich gebe zu, durchaus... nein, eigentlich gebe ich gar nichts zu."
Sie waren sich über irgend etwas nicht einig. Es schien nicht etwas sehr Wichtiges zu sein, aber es beschäftigte sie doch. Und wenn man mir garantiert hätte, daß ich an keinen Offizier gerate, hätte ich glatterhaus gefragt. Ich hätte vielleicht gesagt: „Kinder, laßt die Königin der Waffen, die Infanterie, einen Schiedsspruch machen."
Aber der mit dem Grashalm streckte jetzt die Beine lang von sich, zuckte die Schultern und sagte mürrisch: „Na also. Ist einer von euch Reiter, passionierter Reiter? Nee. Na also. Dann könnt ihr gar nicht mitreden. Ich bin auf einem Gut aufgewachsen, seit dreihundert Jahren lebt meine Familie auf dem Lande. Ich habe schon als Fünfjähriger mein Pony gehabt. Und später bin ich tagsüber kaum vom Pferd heruntergekommen. Kennt ihr Pferde? Nee. Na also. Blödsinn, euch die Sache noch einmal auseinanderzusetzen."
Sie schwiegen. Und dann setzte der mit dem Grashalm die Sache doch noch einmal auseinander, und so erfuhren Heinz-Otto und ich, was ihm passiert war. Er war also in der Abendstunde noch einmal gestartet. Er kreiste über einem riesigen Waldgebiet, von dem es hieß, daß große polnische Truppenteile darin versteckt lägen. Jedoch fand er lange keine Anzeichen dafür, bis er mitten in den Wäldern eine umfangreiche Lichtung entdeckte. Zuerst fiel ihm nichts auf. Erst nach einigen Runden sah er eine gelbbraune Masse sich in der Lichtung bewegen. Es sah so aus, als ob sie unaufhörlich im Kreise quirle. Da schon die Abenddämmerung hereingebrochen war, konnte er aus seiner Höhe nicht genau sehen, was es war. Deshalb ging er tief herunter. Und dann sah er es.
In der Lichtung, eng zusammengedrängt, standen Hunderte und Hunderte von gesattelten Pferden. Wahrscheinlich die Pferde einer ganzen Kavalleriebrigade. Und der mit dem Grashalm versuchte nun, seinen Kameraden klarzumachen, was er in diesem Augenblick durchmachte. Durchmachen ist sicher das richtige Wort. Er sagte, daß ohne jeden Zweifel eines der besseren Ziele für einen Flieger ein Kavallerieregiment sei, das aufgesessen auf der Landstraße dahinpreschte oder irgend-

wo haltmache oder so. In diesem Falle, sagte er, gäbe es überhaupt keine andere Überlegung als eben die, daß dies ein prima Ziel sei. Aber dieses hilflose Knäuel von Hunderten und Hunderten Kreaturen im Walde, aus dem einzelne erschrockene Tiere beim Donnern des Flugzeuges hochgingen und die anderen sich in Todesangst aneinanderdrängten!

Und nun waren Brügmann und ich im Bilde, worüber sie sich stritten. Sie stritten sich darüber, ob es erlaubt sei, auch nur einige Sekunden zu zögern, wenn es darum ging, etwas zu vernichten, was gefährlich werden konnte. Auch wenn der Mann, in dessen Hand die Vernichtung gegeben war, ein passionierter Reiter, der Pferde sein Leben lang geliebt hatte, war und wenn das Ziel einige hundert wehrlose Pferde darstellte.

Um diese wenigen Sekunden Zögerns stritten sie sich.

Der mit dem Grashalm erzählte dann noch einmal, wie er wieder hochgezogen habe, wieder heruntergegangen sei, dann ausgeholt und gekippt zum Sturzflug auf die Lichtung.

Er traf mitten in den Knäuel.

„Na also", sagte einer der Flieger befriedigt.

Aber der mit dem Grashalm kaute mit gerunzelter Stirn und sagte nichts mehr.

Das war die eine Sache, die wir, Heinz-Otto und ich, bei diesen vier Fliegern erlebten.

Die andere kam gleich hinterher.

Wahrscheinlich werde ich mich zeit meines Lebens an sie erinnern müssen. Was uns alles noch blüht, weiß ich nicht, aber das werde ich kaum vergessen können.

Zwischen den vier Fliegern, die da im Gras saßen, hatte nämlich minutenlanges Schweigen geherrscht. Sie schienen alle vier nicht recht zu wissen, wie sie möglichst schnell von der Sache mit den Pferden wegkommen und auf ein anderes Thema gelangen könnten.

Jetzt unterhielten sie sich über ihren nächsten Start, und wir hörten, daß in jedem Augenblick der Startbefehl zum Stukaangriff auf militärische Ziele bei Warschau, der polnischen Hauptstadt, gegeben werden müsse.

Dann schwiegen sie wieder.

Und nun sprang einer von ihnen auf, ging in eines der nahen Zelte und kam mit einem Kofferapparat zurück. Er setzte sich hin, nahm das Radio zwischen seine Knie und fing an, mit schief geneigtem Kopf, auf der Skala zu suchen. Die anderen sahen ihm zerstreut zu.

Ein Militärmarsch kam aus dem Lautsprecher.

Der Flieger drehte weiter.
Wieder ein Militärmarsch.
Er drehte weiter, aber aus allen deutschen Sendern bekam er nur Militärmärsche. Den anderen schien es egal, es sah so aus, als ob sie mit ihren Gedanken ohnehin ganz woanders weilten.

Aber der Flieger mit dem Radio neigte den Kopf noch schiefer und drehte nun ganz langsam den Knopf weiter, hin und her und zurück, ohne auf die Skala zu blicken.

Und zwischen dem Quietschen, Brummen und Heulen und Pfeifen war plötzlich einige Sekunden lang ein Choral oder so etwas Ähnliches zu hören, ein Choral von vielen Stimmen, von mächtigen Orgelklängen begleitet.

Und verschwand wieder.

Der Flieger drehte gedankenlos weiter.

„Laß das doch mal", sagte der mit dem Grashalm.

„Was, Mensch!" sagte der am Koffer entrüstet, „wir wollen doch keine Kirchenmusik!"

„Warum nicht?" sagte ein dritter. „Laß doch mal sehen. Ist mal was anderes."

„Na schön", knurrte der am Koffer, sah über die Landschaft hinweg und drehte langsam zurück.

Und da war es wieder.

Der Flieger brachte mit einem ironischen Lächeln den Lautsprecher auf seine möglichste Stärke.

Es war ein guter und teurer Apparat, und nun hörten wir ganz lautrein und mit aller Kraft den Choral aus vielen Hunderten von Männer- und Frauenstimmen. Und die mächtigen Orgelklänge.

Eine ganz sonderbare Sache. Heinz-Otto Brügmann saß mit geschlossenen Augen. Mir selber wurde ganz merkwürdig zumute. Auch die vier Flieger sahen alle in Gedanken verloren auf den Apparat.

Und langsam durch das Gras schlendernd, kamen andere Flieger heran, blieben stehen und lauschten.

Eine ganz sonderbare Stimmung.

Ich weiß nicht, wie lange es her war, daß ich einen Choral gehört hatte. Und jedenfalls war es sehr lange her, daß mich ein Choral beinahe schwermütig machte, wie dieser hier, den ich auf polnischer Erde mitten im Kriege hörte. „Sieh mal nach, wo das ist", sagte jetzt der mit dem Grashalm im Mund.

Der am Radio beugte sich über die Skala.

Und wir alle sahen ihm neugierig zu.

Er zog jetzt mit einem Ruck die Stirne hoch, und in sein

dunkelbraungebranntes, hageres und straffes Gesicht trat plötzlich ein Ausdruck von Spannung.
Und nun sah er auf und blickte sich etwas ratlos um.
„Warschau", sagte er heiser.
Es ist kein Märchen, wenn ich sage, daß wir alle, wir zwei Infanteristen und die Flieger, einer wie der andere, einige Sekunden völlig bewegungslos verharrten und den Apparat anstarrten.
Keiner sprach ein Wort.
Heinz-Otto drückte seine Fingerspitzen aneinander und hatte dünne Lippen bekommen.
Und jetzt erst kapierte ich alles. Bis dahin war ich lediglich etwas gerührt gewesen. Wahrscheinlich hatte ich mich an meine Kinderzeit erinnert und an einiges, was damit zusammenhing.
Jetzt aber ging mir erst auf, was ich eigentlich in diesem Augenblick erlebte. Hier, um mich herum, standen und saßen und lagen, fertig zum Start, Flieger. Und wenige Schritte weiter standen ihre Flugzeuge, die schrecklichsten Maschinen des Krieges, die es gab. Sie trugen die schwersten Bomben, die hergestellt werden konnten, Bomben mit der furchtbarsten Wirkung, die bisher erreicht worden war.
Und über kurz oder lang, nein, nicht über kurz oder lang, wahrscheinlich in wenigen Minuten würde der Startbefehl kommen. Der Startbefehl zum Stukaangriff auf militärische Ziele bei Warschau.
Und in Warschau knieten sie, beteten und sangen und flehten zu Gott, daß ihr Land gerettet würde. Und mein Kopf wurde heiß bei dem Gedanken, daß Warschau gar nicht so weit weg lag, und daß die Stukas, wenn der Startbefehl bald kam, ihre Bomben herunterheulen ließen, während in ihren Kirchen die Menschen noch auf den Knien lagen.
Es machte mich ganz krank, das zu denken.
Und ich fuhr auf, als eine heisere Stimme von den Zelten her kam.
Die Flieger sprangen aus dem Gras hoch, der Radiomann ergriff seinen Koffer und rannte mit ihm weg.
Wir sahen die Männer des Bodenpersonals zu den Maschinen jagen.
Der Startbefehl war gekommen.
Unwillkürlich waren auch Brügmann und ich in grenzenloser Aufregung auf die Beine gesprungen.
Das alles war wie ein böser Traum. Denn der Flieger mit dem Koffer hatte vergessen, ihn abzustellen. Und so kam es, daß wir ihm nachstarrten, als sähen wir einer gespenstigen Vi-

sion nach. Es kam uns vor, als ob dieser Stukaflieger über das Gras weg zu seiner Maschine rannte, eine Kathedrale in der Hand, die von einem tausendstimmigen Choral und wuchtigen Orgeltönen angefüllt war, mit Menschenstimmen der Angst und des Flehens. Und je weiter er rannte und sich entfernte, desto schwächer und hilfloser wurde dieses Flehen und Singen.

Wir sahen jetzt, daß ein Mann des Bodenpersonals ihm entgegeneilte und ihm den Koffer abnahm. Der Mann rannte zu einem Zelt, und auch er vergaß, das Radio abzustellen, so daß auch in seiner Hand der Choral weiter ertönte, bis er hinter der Zeltwand verschwand. Und noch von dort her hörten wir, wenn auch sehr schwach, den Gesang und die Orgel.

Und dann endlich verstummte der Koffer.

Wie leblos sahen wir dem Start zu.

Die Propeller wurden angeworfen. Das Gras vor ihnen schäumte weithin auf.

Der Donner der Motoren machte uns beinahe taub.

Dann rollten die Maschinen dahin, eine nach der anderen, zwölf an der Zahl, mit ihren bösartig vorgestreckten Krallen.

Wir sahen, wie sie sich hoben und schwebten.

Und Warschau war ihr Ziel.

Langsam gingen wir zurück.

Unterwegs sah ich von der Seite Brügmann an. Er war ganz blaß. Und plötzlich blieb er stehen und sagte: „Nun sag mal!"

Was sollte ich groß sagen.

Ich zuckte die Schultern.

Schließlich fragte ich: „Wollen wir's erzählen?"

Heinz-Otto lächelte mich trüb an.

„Kannst du's erzählen?" fragte er heiser. „Ich kann's nicht. Das kann gar keiner erzählen. Kein Mensch. Und wenn du es erzählst, glaubt dir niemand. Kein Mensch glaubt dir."

Ich überlegte.

„Wenn du mir hilfst", sagte ich dann, „könnten wir es sagen."

Heinz-Otto fuhr wütend auf.

„Warum denn, Mann?" pfiff er mich an. „Warum denn überhaupt? Kannst du nicht mal was für dich behalten? Nein? Mußt du immer quatschen?"

Nun, das war aber zuviel.

Heinz-Otto spielte darauf an, daß ich gerne erzählte und daß ich besonders gerne gemeinsame Erlebnisse erzählte, die ich in meinem Tagebuch aufgeschrieben hatte und die von den anderen längst vergessen worden waren und mit denen ich immer großen Erfolg hatte.

Warum sollten wir die Sache mit den Pferden... nun, auf die Sache mit den Pferden konnten wir schließlich gut verzichten. Aber die Geschichte mit dem Kofferapparat, dem Choral aus Warschau und dem Start der Stukas..., das war doch etwas, was man gar nicht erfinden konnte, das schrie vor Wahrheit.

„Es schreit doch vor Wahrheit", sagte ich zornig.

„Und wenn", antwortete Brügmann im Weitergehen. „Und wenn. Ich will dir was sagen, Mensch. Es glaubt dir niemand. Es ist gar keiner überhaupt imstande, es zu kapieren. Keiner. Nicht einmal Kurtchen Zech... oder doch, der vielleicht. Aber nur der. Alle anderen..."

Heinz-Otto schwieg plötzlich. Ich dachte, also so denkt er über uns! Also doch ein hochmütiger Pinkel!

„Hör mal", sagte ich, „wenn ich's nicht miterlebt hätte, glaubst du, ich würde es kapieren, wenn du es mir erzählen würdest?"

„Nein", entfuhr es Brügmann.

Ich schwieg. So also dachte er auch über mich. Es war ganz gut, das zu wissen. O Warschau, dachte ich dann unvermittelt, o Warschau!

Gestern haben wir vier Schocks erlebt. Einen kleinen in der Abenddämmerung, einen mittleren gleich hinterher, einen größeren, als die Nacht kam, und einen ganz großen in der Nacht.

Also der Reihe nach.

An dem kleinen Schock war der Martin Koegel schuld, den wir Josef nannten. Als die Sonne nämlich langsam unterging und es ein schönes Abendrot gab, das mich persönlich ein bißchen traurig machte, hielten wir an einem kleinen Flüßchen. Hier fädelte sich anscheinend die ganze Division über eine Pontonbrücke ans jenseitige Ufer.

Wir mochten eine Stunde gestanden haben, als wir immer noch nicht dran waren und ein Kraftfahrer angewetzt kam und einen Wirbel machte. Der Kompaniechef fluchte sich eins, und dann marschierten wir etwa vierhundert Meter flußabwärts am Ufer entlang, und hier gab es eine längere Marschpause.

Nun hatten wir bisher jeden winzigen Bach, beinahe noch jede Pfütze benützt, um zu baden, wenn Zeit genug war. Dieses Flüßchen hier aber war zum erstenmal etwas, was man wirklich ein fließendes Gewässer nennen konnte, und so stiegen wir im Handumdrehen aus den Kleidern, zogen unsere Badehosen an und hinein ging's. Jeder von uns hatte eine Badehose in seinem Gepäck. Nur der Josef nicht.

So hüpfte denn der Josef ohne Badehose mit uns ins Wasser, wir schwammen, tosten und spritzten wie die Seeteufel. Der Josef stand etwa zwei Meter vom Ufer entfernt und seifte sich von oben bis unten ein.

Plötzlich hörten wir die schrille Fistelstimme von Leutnant Meßner: „He da! Der Mann da! Wie heißt der Mann da? Der Mann da ohne Badehose! Der Koegel mal herkommen, der Koegel!"

Wir hörten auf zu planschen und zu brüllen.

Josef watete vorsichtig ans Ufer zurück, die Hände komischerweise weit vorgestreckt, weil er halb blind vor Seifenschaum war, Seifenschaum hing auf seinem Kopf, an seiner zottigen Brust und unterhalb des Nabels, und er triefte von oben bis unten.

Dann versuchte er herauszubekommen, wo der Leutnant stand und ruderte in der Gegend hin und her und wischte sich die Seife aus den Augen, wir lachten, und Leutnant Meßner wurde immer wütender.

„Sie sind wohl bei den Botokuden aufgewachsen, wie?" heulte er. „Wie kommen Sie dazu, ohne Badehose zu erscheinen? Wo ist Ihre Badehose? Haben Sie keinen Anstand im Leibe, nein?"

Das Geschrei des Zugführers gab dem Josef nun endlich die Richtung, er stolperte, sich immer wieder die Augen wischend, hin und baute sich auf und fuhr sich wieder über die Augen, in die unabwendbar die Seife rann.

„Schütze Koegel", würgte er heraus, legte die Hände an die nassen Schenkel, um sofort wieder mit verzerrtem Gesicht über seine Augen zu fahren.

Das nahm der Leutnant nun ganz krumm.

„Stehen Sie still, wenn ich mit Ihnen rede!" heulte er auf. „Sind wir bei den Zulus oder unter anständigen Soldaten? Wie kommen Sie dazu, ohne Badehose... haben Sie keine Badehose, Mann?"

„Ich dachte", würgte der Josef heraus und schluckte Seifenschaum, „ich dachte, wo wir lauter Männer..."

Irgendwo schien es jetzt Leutnant Meßner selber ulkig vorzukommen, daß er wegen einer Badehose Zinnober machte, denn er sagte knurrend: „Ziehen Sie sich an!" Und mit seinem bekannten heftigen Ruck drehte er sich um und ging zur Baumgruppe zurück, woher er gekommen war.

Wir lachten.

Wir waren uns nicht ganz einig darüber, ob Leutnant Meßner nur der Ordnung wegen gekränkt, weil wir alle eine Badehose hatten und nur der Josef nicht, oder ob er tatsächlich sittlich entrüstet war.

Irgendwo war er immer penibel gewesen, das wußten wir. Wir hatten das schon ein paarmal gemerkt. Schon einmal in der Kaserne. Der Meier III hatte da mal abends einige Wirtinnenverse zum besten gegeben, und Leutnant Meßner hatte plötzlich unter der Tür gestanden, und er muß schon eine ganze Weile da gestanden haben. Meier III setzte gerade zu einem Glanzstück an, als der Leutnant vor uns auftauchte und ganz gleichmütig, aber mit etwas Ärger in der Stimme sagte: „Lassen Sie das, Meier III. Behalten Sie Ihre Schweinereien für sich, verstanden?"

Und dann war er mit seiner berühmten viereckigen Kehrtwendung aus der Stube gegangen.

Dies also war der Schock Nummer eins an diesem Abend. Nun also, um Himmels willen, schön und gut. Leutnant Meßner war also penibel. Aber daß er so eine alte Jungfer sein konnte, hatten wir bis heute noch nicht gewußt.

Wir lachten noch immer, als der Josef noch einmal schnell ins Wasser stieg, um die Seife abzuspülen, und Kurtchen Zech, wehleidig wie ein Pastor, sagte: „Wir wußten gar nicht, daß du so ein unsittlicher Bruder bist, Josef. Das hätten wir denn doch nie und nimmer von dir geglaubt."

Der Josef nahm es ernst und antwortete schwer gekränkt: „Das kann man ansehen, wie man will. Komisch, daß Leutnant Meßner das krummnimmt. Ist nun wirklich nichts dabei. Ich habe mir wirklich nichts dabei gedacht. Meine Frau und ich sind in einem Schönheitsklub, und wir..."

„Was sagst du da?" unterbrach ihn der Krumbhaar perplex, „in was seid ihr?"

„In einem Schönheitsklub", wiederholte Josef. „In einem Verein für Nacktkultur. Da finden wir nichts dabei. Wir sind jeden Sonntag auf dem Freigelände."

„Erzähl mal ein bißchen, Mensch", sagte Meier III lüstern, „da hab' ich schon mal was von gehört. Da lauft ihr einfach so 'rum, alle durcheinander?"

„Da gibt's nichts zu erzählen", sagte der Josef, „das ist einfach so. Da fällt keinem was drüber ein. Komisch von Leutnant Meßner. Wo hier doch lauter Männer sind."

Der Josef war sichtlich schwer angeschlagen. Und er hätte

wahrscheinlich noch weitergezetert, wenn nicht der Schock Nummer zwei gekommen wäre.

Und da vergaßen wir die Badehose von Josef, die Nacktkultur und alles. Der Schock Nummer zwei bestand aus einem pfeifenden Heranheulen, wenn ich das so sagen darf, und dann fegte was ins Wasser, kaum fünfzig Meter von uns entfernt, und es gab einen dumpfen Wumms und einen Wasserwirbel. Wir standen wie die Ölgötzen.

Und dann kam es wieder, und diesmal flog hinter uns am Ufer eine Dreck- und Staubfontäne auf, gleichzeitig schmetterte es einen Krach hin, daß es im ganzen Kopf weh tat. Und dann brüllte eine Stimme vom Ufer her: „Wir werden beschossen! Wir werden beschossen! In Deckung, marsch!"

Wir rannten wie die Wilden zu unseren Kleidern, rafften sie auf und stürzten querfeldein irgendwohin.

Und jetzt hörten wir die weithintragende Stimme des Kompaniechefs: „In Deckung! Hinlegen! Wir werden von einem Infanteriegeschütz beschossen! Legt euch hin, wo ihr seid!" Einige taten es.

Die meisten aber, auch ich war dabei, rannten blindlings und nackt und bloß, wie wir waren, weiter. Wir wollten zu einer Buschgruppe kommen, die hundert Meter halbrechts lag.

Und hinter uns gab es einen dritten Donnerschlag und gleich darauf einen vierten.

Wir sahen uns nicht um, wir rannten.

Das eigentümliche Gefühl, das einem wie viele Gänsehäute über den ganzen Leib läuft, wenn man in nacktem und bloßem Zustand beschossen wird, kann ich gar nicht genau beschreiben. Es ist ein sehr scheußliches Gefühl. Man ist einfach aufgeschmissen. Und man kommt sich so wehrlos und gefährdet vor wie niemals sonst. Es machte einen der Gedanke ganz hysterisch, daß zwischen unserer nackten, unbedeckten, dünnen Haut und den heranheulenden Fetzen aus Eisen gar nichts mehr war, gar nichts. Und es war in diesen Augenblicken ein ganz und gar widerwärtiges Gefühl, daran zu denken, daß dicht unter dieser unserer dünnen Haut unzählige Adern liefen, in denen der Lebenssaft strömte, und da wirbelten diese scharfen, zackigen Stahlbrocken blindlings herum. Und sie konnten wahllos und blindlings herunterhauen, zwischen unsere Eingeweide, in unser Herz, in unsere Leber, in unsere Galle, in unsere Nieren, in all das, was ohnehin so empfindlich war, wenn eine Kleinigkeit daran und darin nicht in Ordnung war.

Ein Nadelstich in unsere dünne Haut tat schon weh, ein Messerstich konnte schon tödlich sein, und da liefen wir nun nackt und bloß, und Klumpen und Splitter und Keulen und Fetzen aus Stahl wurden auf uns geschleudert.

Wir verspürten diesen wirklich scheußlichen Zustand rasender Angst zum erstenmal, und keiner hat das jemals vergessen: die jämmerliche Verletzbarkeit unserer dünnen Haut.

Wir liefen wie die Teufel.

Und als wir endlich die Büsche erreichten und atemlos und keuchend in unsere Kleider fuhren und unsere Haut wieder bedeckt war, wenn auch lediglich mit ein bißchen Stoff, fühlten wir uns doch merkwürdigerweise gesicherter, ja geradezu gepanzert.

Das war der Schock Nummer zwei.

Dann hörte die Schießerei plötzlich auf. Leutnant Meßner holte seinen Zug zusammen und sagte, ein polnisches leichtes Infanteriegeschütz hätte uns aus kaum zwei Kilometer Entfernung beschossen. Und zwar aus einem Waldstück links hinter uns, und wir könnten von Glück sagen...

Wir konnten wirklich von Glück sagen, denn es hatte niemand erwischt. Nur der Krumbhaar, der am Wasser natürlich seine Friseurstube aufgemacht hatte, vermißte eine vernickelte Haarbürste.

Und Heinz-Otto sagte zu Kurtchen Zech: „Na, wie war das denn nun mit deiner inneren Harmonie, Kurtchen?"

„Wieso?" fragte Kurtchen mißtrauisch.

„Ich habe dich laufen sehen", sagte Heinz-Otto, „und du bist nicht gerade mit innerer Harmonie gelaufen."

Und er setzte boshaft hinzu: „Nicht mal mit äußerer."

Das hätte dann wieder einmal eine längere Unterhaltung gegeben, aber nun kam der Schock Nummer drei.

Die Kompanie bekam den Befehl, im Regimentsverband jenes Waldstück einzuschließen, aus dem das Geschütz gefeuert hatte. Die Polen, durch die Wucht der deutschen Angriffskeile auseinandergesprengt, hatten sich in vielen kleineren und größeren Einheiten in ihre gewaltigen Wälder gerettet. Und von da aus versuchten sie nun, und immer in der Nacht, da es tagsüber ganz aussichtslos war, auszubrechen. Im Nachtkampf, hatte man uns gesagt, seien sie Meister. Entweder versuchten sie, sich still davonzuschleichen, oder sie griffen aus den Wäldern heraus verzweifelt an, um sich zu irgendeiner ihrer anderen größeren Einheiten durchzuschlagen.

Der Kompaniechef erklärte uns die Sache ohne Umschweife.

„Wenn sie angreifen", sagte er, „dann ist das nicht nur ein Angriff, sondern ein verzweifelter Angriff. Hoffentlich kapiert das jeder. Es gibt da Unterschiede, die ihr noch kennenlernen werdet. Vielleicht schon heute nacht. Da kommen keine lahmen Hühner an und heben die Hände, wenn sie euch sehen. Da kommen Berserker. Ich sage euch das nicht, um euch angst zu machen, ich sage das nur, damit auch ihr Berserker seid. Sie dürfen nicht durchkommen. Das ist das wichtigste. Alles andere ist unwichtig."

Diesmal hörten wir mit größter Aufmerksamkeit zu. Es war das zweitemal, daß Hauptmann Distelmann eine Ansprache hielt. Das erstemal, als wir ausrückten, da hörte vor Aufregung niemand recht zu.

Jetzt aber, da die Abenddämmerung schon in Nacht übergegangen war und wir in dem weiten Kreis, den die Kompanie um den Hauptmann bildete, nicht mehr die Gesichter gegenüber erkennen konnten, war es eine andere Sache.

Ein Nachtangriff der Polen.

Ein verzweifelter Nachtangriff.

Es wird wohl jedermann kapiert haben, was das auf sich hatte.

Das war der Schock Nummer drei.

Wir hatten noch eine halbe Stunde Zeit, bis wir abmarschierten, querfeldein, auf den Wald zu.

Manchmal blickten wir hinüber. Wir redeten wenig.

Dann lag ich mit Unteroffizier Knauf, dem Josef, Heinz-Otto, Meier III, Weinrich und Kurtchen hinter einer Hecke. Wir waren kaum 150 Meter vom Waldrand entfernt. Meier III mit dem leichten MG. Ich mit der Leuchtpistole.

Die Nacht war ziemlich dunkel.

Unteroffizier Knauf schickte Heinz-Otto mit seinem guten Fernglas weiter nach vorne, hinter ein winziges Hügelchen.

Weithin war alles still, und wir lauschten vergeblich nach dem Waldstück hin. Es war nichts zu hören. Aber beim winzigsten Geräusch wurde uns heiß.

Meier III beschnüffelte unaufhörlich sein MG, und Meier III war plötzlich für uns, die bei ihm waren, ein ganz anderer Mensch. Wir nahmen ihn nie sehr ernst. Er war eine komische Figur. Aber wenn ich mir jetzt diese zusammengekauerte Gestalt betrachtete, die unaufhörlich das MG abknutschte, dachte ich, es sei großartig, daß Meier III bei uns war. Manchmal flossen in der Finsternis Mann und Waffe unauflöslich ineinander, als seien sie aus einem Stück. Wir wußten, daß er ernst zu nehmen war, sobald er sich mit der Waffe beschäftigte.

Es war tatsächlich beruhigend, daß er bei uns war. Unteroffizier Knauf hatte uns vorher alles gesagt, was zu sagen war. Er war ein schmales, kleines, etwas nervöses Kerlchen, aber er war bei allen beliebt.

Und nun drängte er sich an Meier III, den Josef und mich heran und flüsterte heiser: „Also 'rankommen lassen... immer 'rankommen lassen... und dann rechtzeitig zu uns absetzen, verstanden?"

Und flüsternd kroch er weiter zu den nächsten.

Na ja. Wir wußten, was wir so weit vorne sollten. Wir lagen als stehender Spähtrupp. Und wir sollten sie herankommen lassen. Und wenn sie ungefähr auf gleicher Höhe mit uns waren, sollten wir nach hinten abhauen.

Die Kompanie würde uns dann „aufnehmen".

Das hörte sich tadellos an.

„Noch eine Frage?" hörten wir Unteroffizier Knauf flüstern.

Und da hörte ich doch tatsächlich Heinz-Otto zurückflüstern: „Jawohl, Herr Unteroffizier. Wie kommen wir wieder nach Hause?"

Mensch, dachte ich, das ist überhaupt der Kern der ganzen Sache. Das ist der Kern aller derzeitigen Probleme: die Frage aller Fragen für alle, für uns, für die Polen, die Franzosen, die Engländer und wer sonst noch unterwegs war in dieser verrückt gewordenen Welt. –

So lagen wir denn vor dem Feind.

Zum erstenmal wirklich dicht und nah und direkt vor dem Feind.

Ich lag neben Meier III und sah in den klaren Sternenhimmel hinauf. Ich war traurig, und aus unbegreiflichen Gründen machte dieser Anblick mein Herz zentnerschwer. Wie verlogen, dachte ich melancholisch, wie durch und durch verlogen ist die Behauptung, daß die Natur den Menschen tröste. Tröste mich nun bitte, Sternenhimmel, dachte ich wütend. Er tröstete keineswegs, ganz im Gegenteil. Dieser herrlich sprühende und glitzernde Sternenhimmel machte mich verrückt. Diese ungeheure Zahl von ungeheuren Welten, die seit Jahrtausenden und wer weiß, ob nicht länger, da oben schwebten, brachten mich auf einen niederträchtigen Gedanken. Ausgerechnet in diesen Augenblicken, wo es auf meine ganze Fassung ankam. Ich dachte auf einmal, wie unwichtig ich war. Es war doch ganz egal, ob ich da war oder ob ich nicht da war. Es war ganz egal. Die paar Menschen, denen ich nicht egal war, denen würde ich bald egal sein, wenn ich nicht mehr da war. Und es, so dachte ich grimmig, und es würde, sagen wir mal in zehn Jahren, auf alle Fälle egal sein, ob ich überhaupt auf der Welt gewesen war oder nicht... wenn ich jetzt, in einigen Minuten, in einer Stunde, in dieser Nacht fallen würde.

Jemand stieß mich in die Seite und flüsterte auf mich ein. Es war Unteroffizier Knauf, der ruhelos wie ein Wiesel hin und her kroch und unaufhörlich instruierte.

„Ja nicht zapplig werden", flüsterte er, und seine Stimme war vom ewigen Wispern schon ganz rauh geworden. „Die Leuchtkugeln erst hoch, wenn ich rufe."

Wir waren gar nicht zapplig. Aber jetzt packte mich die Unruhe, ob die Leuchtpistole auch handgerecht hing und ob ich sie mit der notwendigen Sekundenschnelligkeit hoch bekäme. Und ob die Leuchtpatronen auch... und ob, und ob. Unteroffizier Knauf verbreitete seine eigene Zappligkeit wie die Masern, ich hörte ihn rechts und dann hinter uns und dann links wispern und hörte wispernd antworten. Dann schien er endlich seine heisere Stimme ganz verloren zu haben.

Wir lagen schweigend und gespannt.

Und Stille nah und fern.

Aber es war eine bösartige Stille. Manchmal kamen aus weiter Entfernung zu uns die weichen, dumpfen Paukenschläge von schweren Kalibern und erschütterten ganz leicht die Nachtluft um uns her, und am östlichen Horizont flackerte ununterbrochen ein lautloses Wetterleuchten von Abschüssen und Einschlägen.

Und dann waren wir mittendrin.

Es ist mir unmöglich, genau und im einzelnen zu beschreiben, wie es kam, wie es dann wurde und wie es dann verlief. Ich weiß nur, daß Heinz-Otto plötzlich vor uns aus der Finsternis wie ein riesiger Schatten auftauchte und sich mit einem Plumps zwischen uns fallen ließ.

„Sie kommen", sagte er halblaut.

Mit einem unterdrückten Aufstöhnen umklammerte neben mir Meier III sein Maschinengewehr, Kurtchen Zech hörte ich hart und kurz aufhusten, was die anderen machten, konnte ich nicht sehen.

„Wo, Mann Gottes?" krächzte Unteroffizier Knauf und suchte mit seinem Glas in der Dunkelheit herum.

„Am ganzen Waldrand vor uns", antwortete Heinz-Otto, und seine Stimme hatte plötzlich einen hohen, nervösen Ton. „Wenn Sie geradeaus..."

In diesem Augenblick jagte Meier III, ohne einen Befehl abzuwarten, den ersten Feuerstoß aus seinem Maschinengewehr. Und das rettete wahrscheinlich dem ganzen Spähtrupp das Leben.

„Ich sah sowenig wie ihr", sagte Meier III später, „gar nichts sah ich. Aber das MG schwitzte auf einmal zwischen meinen Händen, und da wußte ich Bescheid."

Kaum fünfzig Meter vor uns erhoben sich aus dem Gras die Umrisse aufbrüllender Gestalten, die auf uns zustolperten, und eine unübersehbare Reihe kleiner Blitze zuckte mit schnellem, trockenem Geknatter bei ihnen auf. Und zum erstenmal hörten wir das häßliche „Hurrä Polski!!"

Ich hob, ohne den Befehl von Unteroffizier Knauf abzuwarten, die Pistole und schoß die drei Leuchtkugeln in den Himmel. Und mit einer gewissen Genugtuung sah ich, daß meine Leuchtkugeln die ersten waren, dann aber stand die Dunkelheit über dem ganzen Gelände voll der schwebenden Dinger, die dann noch im Fallen ihr grelles Licht gehässig umhersprühten.

Und das ist alles, was ich an Einzelheiten berichten kann. Höchstens erinnere ich mich noch, daß ich als nächstes eine Handgranate abriß, ausholte und sie hinausschleuderte.

Dann ging alles in einem höllischen Durcheinander unter.

Wir befanden uns in einem Hexenkessel von hundertstimmigem Brüllen, Schreien, Knallen, Bersten und Pfeifen.

Wir brauchten keinen Befehl, um nach hinten abzuhauen. Sie waren links und rechts schon beinahe an uns vorbei, und bei Tageslicht wäre es schiefgegangen.

Wie wir zurückgekommen sind, weiß ich nicht mehr. Ich weiß nur noch, daß wir der Reihe kleiner, zuckender Blitze vor uns den Rücken drehten und auf eine andere Reihe kleiner, zuckender Blitze hinter uns zurasten. Das war die Kompanie. Und daß wir nicht alle, von beiden Seiten wie Siebe durchlöchert, zwischen den Fronten liegenblieben, ist mir heute noch ganz unbegreiflich.

Wir ließen uns atemlos irgendwo zwischen die Gruppen fallen, und da wir, trotzdem wir kaum Luft bekamen, während der letzten Schritte wie die Löwen gebrüllt hatten, um nicht angeschossen zu werden, steckten wir nun mit unserem Geschrei die ganze Kompanie an.

Ein Indianergeheul brauste und tobte nach links und rechts weiter, und einige Augenblicke lang übertönte das Gebrüll den tosenden Lärm des Feuers, das aus allen Gewehren knatterte.

Die Granaten unserer Werfer barsten am Waldrand und ließen die Baumreihen für eine Sekunde grell aufleuchten in einem merkwürdig fahlen und leblosen Kulissengrün. Hinter uns hörten wir den hastigen, grimmigen Knall der Abschüsse der Panzerabwehrkanonen und sahen die Leuchtspurgeschosse mit gespenstiger Hast zum Waldgelände streben. Dazwischen peitschten die rasenden (und sehr beruhigenden) Hammerschläge der schweren Maschinengewehre. Und dann war plötzlich alles zu Ende.

Es kam mir vor, als habe die ganze Sache höchstens eine Minute gedauert. In Wirklichkeit waren beinahe drei Viertelstunden vergangen.

Wir standen herum und redeten aufeinander ein wie im Fieber. Außer Meier III, der am Boden kauerte und sich am Verschluß seines MGs zu schaffen machte, kannte ich keinen Menschen. Lauter wildfremde Männer. Wie es eigentlich ausgegangen war, ob es den Polen gelungen war, durchzukommen, oder ob sie abgefangen wurden, ob alle zusammen abgefangen wurden oder nur Teile und wo sie sich jetzt befanden, wußte kein Mensch.

Ich versuchte, meine Leute zu finden.

Bei einem Feldwebel blieb ich stehen, der seinen Männern erzählte, daß die Polen schon am Spätnachmittag im Walde von einem Jägerregiment aufgestöbert worden seien und daß nur deshalb die Polen in der Nacht und in letzter Verzweiflung nach vorne ausgebrochen seien, daß es allerhöchstens nur ein Bataillon war, und zwar ein abgekämpftes Bataillon, und daß wir deshalb keine besondere Heldentat vollbracht hatten.

Es war auch ganz egal.

Später sammelten wir am Waldrand.

Wir kamen auf dem Wege dorthin an vielen leblosen Gestalten vorüber. Und auch an solchen, die sich mühselig aufrichteten und um irgend etwas baten. Es waren tapfere Burschen gewesen. Und wir sahen, daß unsere Sanis sich um sie bemühten.

Was uns acht betraf, so waren wir alle wieder zusammen.

Mit unserem Spähtrupp waren sie sehr zufrieden. Wir hätten tadellos funktioniert. Das Komische war, daß jetzt Unteroffizier Knauf auftauchte und sich Meier III vornahm, der ohne Befehl zu feuern begonnen hatte. „Sie haben keine Disziplin im Leibe", hörten wir Unteroffizier Knauf sagen, „warum haben Sie ohne Befehl gefeuert?" Meier III gab entgegen seiner Gewohnheit gar keine Antwort. Dann schlich Unteroffizier

Knauf weiter, sah jedem aus der Nähe ins Gesicht und blieb natürlich bei mir hängen.

„Und Sie?" knurrte er, „warum haben Sie ohne Befehl..."

Und jetzt passierte noch etwas Komischeres. Unteroffizier Knauf wurde von der lauten Stimme Hauptmann Distelmanns unterbrochen.

„Die Kompanie sammelt halblinks an der hohen Baumgruppe! Die Kompanie hat sich tadellos gehalten. Den Leuten vom Spähtrupp Knauf werde ich nachher meine besondere Anerkennung aussprechen. Herr Leutnant Meßner, lassen Sie sammeln!"

Unteroffizier Knauf, den die Stimme des Kompaniechefs geradezu an den Boden genagelt hatte, starrte mich noch eine Sekunde an, dann öffnete er den Mund, schloß ihn wieder und machte sich davon.

An der Baumgruppe saßen wir acht zusammen.

Keinem war auch nur das geringste passiert. Ob die Kompanie überhaupt Verluste hatte, würde sich erst am Morgen herausstellen.

Es war unser erstes Gefecht.

Nach den erregten gegenseitigen Berichten lagen wir schweigend im Gras.

Ich dachte an jemand Bestimmten in der Heimat. Und als ob alle miteinander in diesem Augenblick ungefähr dasselbe gedacht hätten, sagte Fritz Kirchhofer plötzlich: „Wenn das die zu Hause wüßten."

Rolf Weinrich, der Bäcker aus Andernach am schönen Rhein, sagte: „Die? Die amüsieren sich, darauf könnt ihr euch verlassen."

Das Stichwort aller Stichworte war gefallen.

„Deine vielleicht", knurrte Meier III bösartig, „du mit deinem Käsegesicht kannst auch gar nichts anderes verlangen."

Eine Weile herrschte erbittertes Schweigen.

In diesem Augenblick wurde ich mir wie niemals zuvor bewußt, welche Rolle die Gedanken an die Frauen zu Hause in jedem von uns spielten. Sie spielten eine übermächtige Rolle.

Und zu meiner größten Verwunderung sagte jetzt Kurtchen Zech langsam: „Der Weinrich hat ja gar keine. Deshalb hat er gut reden."

Heinz-Otto sagte ebenso langsam: „Was meinst du mit gut reden? Machst du dir vielleicht Gedanken, Kurtchen?"

Wir alle wußten, daß immer, wenn Kurtchen Zech einen

Brief von seiner Braut oder seiner Freundin, oder was er daheim haben mochte, bekam, schlecht gelaunt wurde.

Kurtchen Zech gab keine Antwort.

Aber das Thema war angeschnitten, und obwohl zunächst niemand weiterredete, lag es doch drückend in der Luft.

Und Heinz-Otto Brügmann ließ nicht locker. Es war seine Art, nicht lockerzulassen, wenn er seinen Spott spielen lassen konnte.

„Da wir gerade davon sprechen, Kurtchen", begann er jetzt, „du bist doch ein gebildeter Mensch. Und du redest immer von der inneren Harmonie. Was meinst du, Kurtchen, was hältst du davon?"

„Wovon?" fragte Kurtchen Zech mürrisch zurück.

„Von unseren lieben kleinen Frauen zu Hause, Kurtchen. Nimm mal an, der Krieg dauert ein paar Wochen. Es sieht so aus, als ob er nur ein paar Wochen dauert. Na, nehmen wir an. Aber nehmen wir mal an, der Krieg dauert ein paar Jahre. Und du kriegst alle Jahre einmal acht Tage Urlaub, wenn sie dir nicht ein Heimatschüßchen verpassen oder wenn du nicht mit militärischen Ehren beigesetzt wirst. Na und dann? Was hältst du davon?"

Wir saßen alle auf einmal aufrecht, aber jeder tat so, als ob ihn das Thema nicht besonders interessiere.

„Wovon?" fragte Kurtchen Zech störrisch.

Krumbhaar, der Friseur aus Dresden, lachte ungeduldig auf.

„Keine Antwort, der Herr? Na ja. Ich hab 'n Geschäft. Und meine Irma ist eine Geschäftsfrau. Wir machen um achte morgens auf und abends um sechse zu. Und jetzt hat sie neben dem Damensalon noch den Herrensalon. Hauptsache, sie hat keine Langeweile. Damit hat sich's, meine Herren."

Heinz-Otto war in Fahrt.

„Matthias", sagte er, „nicht jeder von uns hat einen Doppelsalon. Aber da du grade von dir sprichst, du hast doch Gehilfen oder nicht? Und du hast doch Kunden. Und bei dir geh'n also Männer aus und ein. Und du bist nicht da. Na, was hältst du davon?"

„Das ist mir zu dämlich", sagte Krumbhaar ärgerlich.

„Du hast ganz recht", ließ sich auf einmal Martin Koegel aus der Dunkelheit vernehmen, „du hast ganz recht. Fall nicht auf das Gesabbere von Brügmann 'rein, Mensch."

„Nee", sagte Krumbhaar wütend.

Heinz-Otto lachte. Aber es klang ein bißchen dünn. Zum erstenmal hatten wir den sanften Josef im Zorn reden hören, und das machte Eindruck.

„Darüber müssen wir mal reden", sagte Heinz-Otto zäh.
„Fertig machen!" kam es jetzt vom Kompanietrupp her.
Schweigend rappelten wir uns auf.
Im Morgengrauen überschritten wir die Pontonbrücke.
Und dann sahen wir die Sonne dunkelrot und riesengroß im Herbstnebel stehen. Ihr marschierten wir entgegen.
Und der Zug Meßner war es, der mit Macht anstimmte:
„Auf der Heide blüht ein kleines Blümelein... und das heißt... Erika..."

3

An diesem Tage begegneten wir dem ersten endlosen Zug polnischer Gefangener. Eine unübersehbare Kolonne junger Gesichter, es mag wohl eine Brigade gewesen sein.
„Nur nicht gefangen werden", sagte Kurtchen Zech plötzlich, „alles andere, nur nicht gefangen werden."
„Was heißt denn das, du Dussel", fuhr ihn Meier III an, „wenn sie dich schnappen, sagen wir mal auf Spähtrupp. Na, und dann? Was heißt das, alles andere? Oder bringst du dich vorher um?"
Und da begann Kurtchen Zech seinen Vortrag über Kriegsgefangene, der uns noch lange in den Ohren lag und an den wir uns später immer wieder erinnern sollten und nicht nur bis zum bitteren Ende, sondern über das bittere Ende weit hinaus.
Aber wir wußten damals Gott sei Dank nichts von dem, was kam, und das war gut so.
„Die Jungens da", sagte Kurtchen Zech und deutete mit dem Kinn hinüber zu den polnischen Kolonnen, „die Jungens da werden es verhältnismäßig gut haben, unsere Gefangenen wurden in allen Kriegen ganz anständig von uns behandelt, wenn sie auch keinen Kaviar zu fressen bekamen. Aber umgekehrt würde ich mich tatsächlich lieber gleich umbringen, als bei ihnen in Gefangenschaft geraten. Es sind abgesprungene Flieger von uns gefunden worden, und das war nicht mehr schön. Die Polen haben ihnen die Augen ausgestochen, den Mund mit Sägespänen gefüllt, daß sie erstickten, und ihnen die Geschlechtsteile..."
„Jetzt hör' auf, Mann", unterbrach ihn Heinz-Otto, „woher willst du denn das wissen?"
„Das hat mir ein Melder vom Regimentsstab erzählt, mein

lieber Heinz-Otto, und diesen Melder kenne ich, und der lügt nicht. Es gibt nämlich Leute, die das Lügen nicht nötig haben, so komisch es klingt."

„Wie heißt dein Melder?" fragte Kirchhofer kurz.

„Franz Lutz heißt er, Theologiestudent aus Göttingen, wenn du es genau wissen willst, wir wohnten in der gleichen Etage."

„Hat der den Flieger selber gesehen?" fragte Heinz-Otto.

„Ja, das hat er. Mit seinen eigenen Augen."

Jetzt sagte niemand mehr etwas, und Kurtchen Zech redete weiter.

„Als ich das hörte", sagte er, „habe ich mir doch allerhand Gedanken gemacht. Ich habe mir über Kriegsgefangene überhaupt Gedanken gemacht. In früheren Zeiten, ich meine ganz früher im Altertum, hat man Kriegsgefangene umgebracht. Dann so, soviel ich mich im Augenblick erinnere, im Mittelalter hat man sie einfach in die eigene Truppe gesteckt. Und später, sagen wir mal im napoleonischen Zeitalter, hat man sie auch ganz anständig behandelt, auf beiden Seiten. Und dann noch später, so im Siebzigerkrieg, hat man sie auch anständig behandelt. Und 1914 ging dann die große Sauerei los."

„Wieso", fragte der Stöpsel Krumbhaar, „das kann aber nicht stimmen. Mein Onkel Rudolf war Landstürmer und hat Wache in einem Kriegsgefangenenlager geschoben, 14 bis 17, dann bekam er die Ruhr, kam nach Hause, und nachher machte er einen Konkurrenzladen auf und..."

„Du wolltest etwas über die Kriegsgefangenen erzählen", fiel ihm Kurtchen Zech geduldig ins Wort.

„Ja, ach so. Da gibt's nicht viel zu erzählen. Sie wurden anständig behandelt. Das kann dir aber jeder sagen, der damals..."

„Ich habe ja noch gar nicht ausgeredet", sagte Kurtchen Zech, „1914 hat also die Sauerei begonnen, und sie hat in Rußland begonnen. Das müßt ihr doch auch wissen, verdammt noch mal, habt ihr denn nie etwas darüber gelesen? Der Zar war noch an der Regierung, dieser weiche, scheue Mann, der keiner Fliege etwas zuleide tat. Und zu seinen Zeiten schon wurden Gefangene nach Sibirien gebracht. Und alles andere ist mit einem Satz gesagt: dort verreckten sie zu Hunderttausenden jämmerlich. Und von da ab, glaube ich, war die Genfer Konvention einen Dreck wert. Meine persönliche Meinung, meine Herren. Und als ich da vorgestern von den deutschen Fliegern hörte, dachte ich mir, lieber alles andere, als gefangengenommen werden."

„Nun", sagte Heinz-Otto, „die Deutschen sind immer anständig zu den Gefangenen gewesen."

„Aber das könnte sich ja ändern", sagte Weinrich. „Wenn die anderen gemein sind, können wir ja auch gemein werden."

„Und damit hätten wir dann den Kreis, der nicht aufhört", sagte der Zimmermann Josef wütend, und zum erstenmal sahen wir ihn aufgeregt. „Du bist ja wohl das größte Rindvieh, Weinrich. Du hast wohl Stroh im Kopf?"

Wir sahen Josef perplex an.

„Wenn die andern gemein sind, werden wir auch gemein", fuhr Josef erbittert fort, „und weil wir auch gemein wurden, werden wiederum die anderen gemein, und dann werden wir wieder gemein, weil sie gemein waren. Und wer gerade die Oberhand hat, der wird gemein, nicht wahr?"

„Na hör' mal", erklärte Weinrich verletzt, „wenn du so denkst, dann brauchst du wenigstens nicht zu mir gemein zu werden."

„Sehr gut!" rief Heinz-Otto, „gut, der Weinrich! Ausgezeichnet!"

„Einen Moment", sagte Kurtchen, „einen kleinen Moment, meine Herrschaften. Der Josef hat recht. Das ganze Elend liegt darin, daß keiner einen Strich machen kann. Die gute alte, hübsche Blutrache, hoch soll sie leben!"

An dieses Gespräch auf unserem Marsch an diesem Tage haben wir noch lange gedacht und später uns immer wieder daran erinnert.

Wir bekamen nämlich zu Kurtchen Zechs Vortrag von der Blutrache und der im Kreis rotierenden Gemeinheit, die niemals aufhört, wenn man nicht einmal irgendwo einen Strich macht, einen Beitrag geliefert.

Wir sahen Bromberg.

Bromberg hatten Truppen vor uns eingenommen, und das war schon eine Woche her.

Kirchhofer und ich standen in einer Straße, deren Namen ich nicht mehr weiß, auf Posten vor irgendeinem Magazin, und zwar von zwölf bis zwei in der Nacht. Wir waren morgens einmarschiert.

Kirchhofer stand kaum zehn Schritte von mir entfernt, es mag so gegen halb eins gewesen sein, als es aus allernächster Nähe knallte und uns um die Ohren pfiff.

Im Bruchteil einer Sekunde lagen wir auf dem Boden und drückten die Gesichter auf die Arme. Es war stockdunkel, aber der, der schoß, wußte anscheinend genau, in welche Richtung er zu schießen hatte.

Man hatte uns auf so etwas vorbereitet. In der Stadt hielten sich noch polnische Heckenschützen versteckt.

Und noch während einzelne Schüsse über uns hinwegknallten, hörten wir auch schon unsere alarmierten Streifen an uns vorbeihasten und in die Finsternis hineinschießen.

Wir selber durften uns von unserem Posten nicht entfernen. Nun, das gehörte sozusagen zum Betrieb.

Was in Bromberg geschehen war, gehörte in die Hölle.

Die Polen haben unter der deutschen Bevölkerung der Stadt so gewütet, getötet und gemordet, daß uns alle ein Grauen ankam. Wir sprachen einen Sanitäter, der bei den ersten Truppen gewesen war, die in die Stadt kamen.

Es war ein älterer, ruhiger Mann, er war, als er gerade einem deutschen Zivilisten, dem der Kiefer zerschlagen und die Nase gebrochen war, aus einem Keller half, angeschossen worden, und er trug noch den Arm in der Binde. Er war Hesse, aber noch in seinem behaglichen, zutraulichen Dialekt klang das, was er erzählte, schauerlich.

„Sie habe die Zuchthäusler losgelasse", sagte er, „und sie habe ihne Waffe gegebe. Und sie habe von der Großmutter bis zum sechsjährige Kind alles hingeschlachtet. Anders kann man es nicht nenne. Hingeschlachtet. Es müsse Wahnsinnige gewese sein. Wir habe einen gefunde von den Deutsche in der Küch. Dem habe sie den Kopf gespalte, den Bauch aufgeschlitzt, und dann habe sie ihm die Lung 'rausgerisse und das Herz, und habe es in eine Waschschüssel geschmisse und..."

„Hör auf, Mann, hör auf", sagte Heinz-Otto.

„Warum soll ich denn aufhöre?" fragte der Sanitäter verwundert. „Es ist doch alles bis aufs Wort wahr. Und ich hab's selber alles gesehe. Und das ist noch lange nicht alles. Und warum sollt ihr das nicht wisse? Drübe im Waldstück nebe dem große, weiße Haus habe sie 28 Männer hingeschlachtet. Geht nur 'nüber, wir habe sie gestern abend erst gefunde, und sie liege noch da, weil ausländische Journaliste komme, die das sehe wolle und fotografiere."

Wir starrten ihn schweigend an.

„Guckt nur", sagte er gleichmütig, aber sein Gesicht war grau und ausgehöhlt, „guckt mich nur an. Ich bin kein Märcheerzähler."

„Und warum", fragte der Josef stockend, „warum glaubst du, daß sie es taten?"

Eine lange Weile betrachtete uns der Hesse wortlos.

Dann sagte er: „Warum? Vielleicht, weil Krieg ist und weil sie glaube, sie wäre von uns überfalle worde. Sie sind ja auch von uns überfalle worde, aber nur deswege, weil sie sonst uns überfalle hätte. Da kennt sich niemand mehr aus. Das sind keine Christenmensche, das sind Heide."

Heinz-Otto hob abwehrend die Hand.

„Rede keinen Quatsch", sagte er grimmig, „du hast doch selber gesagt, es seien Zuchthäusler gewesen. Also Verbrecher, nicht wahr, Menschen, die ohnehin Verbrecher waren, nicht wahr?"

„Du kannst mir nicht das Wort im Maul 'rumdrehe", antwortete der Sanitäter verärgert und deutete mit seinem Zeigefinger auf Heinz-Otto. „Ich hab nix davon gesagt, daß es nur Zuchthäusler ware." Und jetzt wurde er erregt. „Die polnische Truppe habe sich das mitangesehe, verstande? Sie habe die Deutsche selber aus den Häusern geholt und habe sie den Zuchthäuslern übergebe, verstande? In meine Auge sind sie alle Verbrecher, verstande?"

„Reg dich ab", sagte ich, „reg dich ab. Wir glauben dir schon, Mensch. Aber du wirst ja wohl begreifen können, daß uns das mitnimmt und daß wir es einfach, ja, daß wir es menschenunmöglich finden."

„So", sagte der Hesse, „aber jetzt wißt ihr's. Und jetzt wißt ihr auch, mit wem ihr es zu tun habt, verstande?"

„Du meinst", sagte Kurtchen Zech langsam, „du meinst, jetzt sollen wir es auch so machen! Zum Beispiel in der nächsten rein polnischen Stadt mit den polnischen Zivilisten, das meinst du doch, ja?"

„Ich mein gar nix", antwortete der Sanitäter hitzig. „Ich mein bloß, wenn man sich das gefalle läßt, meine die Brüder, sie könne es immer so mit uns mache."

„Es gibt Schuldige und Unschuldige", mischte sich jetzt der Josef ein. „Und sag mir mal, wie du die auseinanderhalten kannst? Sag mir das mal, bitte. Du schnappst den einen und den andern auf frischer Tat, für den ist das Exekutionskommando fällig, klare Sache. Aber dann sind ringsumher noch tausend Schuldige unter zehntausend Unschuldigen. Na, und nun? Und was dann, Mann Gottes?"

Der Hesse sah uns der Reihe nach mitleidig an.

„Ihr seid wohl alle Pastore und Pfarrer? Wenn euch alle mitnander, wenn ihr das gehört und gesehe habt... ach was, ich verplemper mei Zeit. Ihr seid komische Brüder."

Jetzt versuchte Kurtchen Zech, den zornigen Mann zu beruhigen.

„Hör mal zu, du blinder Hesse. Wir sind gar keine komischen Brüder. Wir sind nur völlig aufgeschmissen, wenn wir so etwas hören und sehen, verstehst du? Glaube ja nicht, daß wir so etwas entschuldigen. Wir..."

„Ach, halt's Maul", fiel ihm der Sanitäter müde ins Wort, „ihr seid wohl Bibelforscher? Aufgeschmisse sind wir so und so. Und in fünfzig Jahr oder in hundert Jahr sind wieder andere aufgeschmisse. Das Volk ist immer aufgeschmisse." Und mit dieser unerwarteten Eröffnung wandte er sich zum Gehen.

„Na, siehst du", rief ihm Kurtchen Zech nach. „Aber sag das nicht so laut. Sonst bist du der erste, der aufgeschmissen ist."

Der alte Sanitäter drehte sich um.

„Alleweil habe Sie recht", sagte er und deutete mit dem Finger auf Kurtchen. Und verschwand schleppend um die Ecke.

Wir blieben nur zwei und einen halben Tag in dieser Stadt, Gott sei Dank!

Die Russen marschieren von der anderen Seite her in Polen ein, und das wird dann wohl das Ende sein.

Wir haben die Russen gesehen.

In einem brennenden Dorf sahen wir die ersten.

Bis dahin haben wir wenig erlebt. Wir marschierten, und dann und wann gab es im Gelände eine Knallerei.

„Sie heben uns auf, weil wir eine Elitetruppe sind, die noch woanders gebraucht wird", erklärte Meier III spöttisch. „Und mir kann's recht sein."

„Sie lassen uns nicht 'ran, weil wir keine Elitetruppe sind", erklärte Heinz-Otto. „Und wenn der Feldzug vorbei ist, schikken sie uns nach Hause. Das kann uns nur recht sein."

Also die Russen. Als wir sie sahen, sagte der Krumbhaar: „Mensch, wenn der Stalin den Führer 'reingelegt hat, und die Russen marschieren einfach weiter, was dann?"

Wir starrten ihn entgeistert an.

Jeder von uns hatte dasselbe gedacht. Jeder von uns hatte plötzlich dieses Angstgefühl.

Keiner gab dem Krumbhaar Antwort.

Sie standen mit drei Panzern vor dem Dorf, das sie in Brand geschossen hatten. Ein Offizier von ihnen kam heran, er sprach mit Leutnant Meßner, sie redeten französisch zusammen, und wir konnten ihn aus nächster Nähe betrachten. Er war kleingewachsen und trug einen kurzen Ledermantel und einen breiten Gürtel. Als er den Lederhelm abnahm, sahen wir die kurzgeschorenen Haare. Sein glattes, kleines Gesicht war ziemlich ausdruckslos, und wenn er lachte, lachte er etwas künstlich und ließ die Lippen dabei nicht auseinander gehen.

Ein langweiliger Bursche.

Wir schlängelten uns zu den Panzern. Hier standen die Russen an die Wagen gelehnt. Wir schüttelten ihnen der Reihe nach die Hand, und sie grinsten übers ganze Gesicht. Und dann führten wir die große Pantomime auf: ob sie Zigaretten von uns wollten, ob sie uns mal ihre Zigaretten schmecken lassen wollten, ob sie Kognak wollten, und ob sie vielleicht Wodka hätten, nur zum Probieren und so.

Sie lachten ununterbrochen übers ganze Gesicht, sahen bisweilen zu dem Offizier hin, der mit Leutnant Meßner sprach, klopften uns auf die Schultern, und wir stießen sie in die lederne Seite.

Und dann entdeckte einer von ihnen die wunderbare Armbanduhr von Heinz-Otto Brügmann. Sie war aus Gold und eingebettet in Platin. Und über das Zifferblatt spannte sich ein hauchdünnes Gitter aus Golddraht, und befestigt am Handgelenk war sie von einem breiten Riemen aus Krokodilleder. Sie zeigte außer den Stunden und Minuten auch die Monate und Tage, und sie war auch als Stoppuhr zu gebrauchen.

Sie starrten, sichtlich außer sich vor Staunen, zuerst stumm auf das kostbare Ding, dann nahm Heinz-Otto sie ab, öffnete das Gitterchen und zeige ihnen das Zifferblatt mit seinen unwahrscheinlichen Einrichtungen.

Und dann versuchte er, ihnen das Ganze zu erklären.

Er gab sie einem von ihnen, einem stämmigen, überbreiten Burschen in die Hand, und er wagte nicht mehr, sich zu rühren, hielt sie, den Arm ausgestreckt, in seinem ölverkrusteten Handteller, und die anderen beugten sich darüber.

Jeder von uns trug eine Armbanduhr, wenn auch keiner ein solches Ausstellungsstück. Von den Russen hatte keiner eine Uhr.

Und jetzt entdeckten sie noch andere Dinge.

Sie entdeckten das Prachtstück von Taschenlampe an der Brust von Heinz-Otto, und sie entdeckten das monumentale Zeissglas. Wir zeigten ihnen unsere Taschenfeuerzeuge und den Kompaß, den einige von uns bei sich hatten, wir zeigten ihnen unsere Universaltaschenmesser mit unzähligen Kinkerlitzchen daran, wir zeigten ihnen Taschenbestecke, wir zeigten ihnen alles, was wir hatten.

Keiner von ihnen besaß etwas Gleiches oder Ähnliches. Und sie standen wie um einen Weihnachtsbaum.

Das mochte so zehn Minuten gedauert haben, da hörten wir hinter uns russische Worte. Und sie klangen ziemlich barsch. Die Panzerleute wichen zurück, drehten sich um und gingen an ihre Wagen. Keiner warf mehr einen Blick auf uns.

Und als wir abmarschierten, sahen sie an uns vorbei.

„Das waren Sie also", sagte nach einer Weile der Krumbhaar, „glattgeschoren wie Zuchthäusler."

„Keine guten Kunden für den Salon Krumbhaar", sagte Meier III.

„Aber Disziplin haben sie", sagte Weinrich, „habt ihr gesehen, wie sie flitzten, als der Offizier sie anschnauzte?"

„Ja", äußerte sich Kurtchen Zech, „das haben wir gesehen. Und warum, meinst du, hat er sie angeschnauzt? Schließlich hatten sie eine Marschpause wie wir. Und schließlich war es doch ein festliches Ereignis, mit verbündeten Truppen zum erstenmal zusammenzutreffen, oder nicht? Na also, warum wird er sie wohl angeschnauzt haben?"

„Darüber brauchst du uns keinen Vortrag zu halten", erklärte Meier III ironisch. „Der Offizier wollte keine Verbrüderung."

„Sehr gut der Mann", sagte Kurtchen Zech. „Und warum nicht?"

„O Gott", stöhnte Heinz-Otto, „mußt du immer Schulstunde halten, Kurtchen? Das weiß doch jedes Kind bei uns!"

„So", antwortete Kurtchen, „wetten, daß es nicht jedes Kind weiß. Also sag mal, Meierchen, warum wollte er keine Verbrüderung?"

„Du willst mich wohl für dumm verkaufen", knurrte Meierchen. „Du meinst, weil ich nur in die Volksschule gegangen bin, was? Die Verbrüderung ist doch bei denen verboten, Mensch!"

„Und warum? Sag's schon, Meierchen."

„Wegen des Einflusses", erklärte Max stolz, „wegen unseres Einflusses."

„Und wegen unserer Armbanduhren, unserer Taschenlampen, unserer Feuerzeuge, unserer Taschenmesser, unserer Kompasse, unserer Taschenbestecke."

„Wieso?" fragte Meier III erstaunt. „Wieso denn das?"

„Siehst du, Heinz-Otto!" sagte Kurtchen befriedigt, „nicht jedes Kind weiß es."

Die Bogenlampe in Meier III ging strahlend auf.

„Ach so!" rief er, „du meinst, sie haben das alles nicht."

„Nein", sagte Kurtchen, „sie haben es nicht. Und deswegen dürfen sie es nicht sehen. Sie dürfen nicht wissen, daß es so etwas anderswo gibt."

„Du machst mich ganz krank mit deinen Vorträgen", sagte ich jetzt. „Du machst mich ganz müde und krank. Du kannst doch nicht immer und immer wieder bei jeder passenden und unpassenden Gelegenheit Vorträge halten, Mensch. Es wird einem ja ganz trocken im Halse."

Ich war wütend.

„Sag mal, Kurtchen", fragte der Josef, „du sprichst doch Französisch. Hast du gehört, was der Russe zum Leutnant sagte?"

„n' paar Sätze habe ich gehört", antwortete Kurtchen, „ganz interessant, was er sagte."

Wir wurden alle neugierig.

„Erzähl mal, Kurtchen", bat ich.

Kurtchen sah mich von der Seite an.

„Ich bin ganz krank vom Vorträgehalten", sagte er. „Ich bin ganz krank und müde davon. Ich kann doch nicht bei jeder passenden und unpassenden Gelegenheit Vorträge halten. Mir ist schon ganz trocken im Halse."

„Da hast du's", sagte Meier III zu mir.

„Du hängst dich überhaupt immer in alles hinein", sagte Heinz-Otto zu mir.

„Du bist ein rechter Klugscheißer", sagte Rolf Weinrich zu mir.

„Manche Leute können es nicht vertragen, wenn ein anderer klüger ist", sagte Krumbhaar zu mir.

„Fauler Kopp", äußerte sich Kirchhofer.

„Du hättest ihm nicht über den Mund fahren dürfen", sagte der Josef bekümmert zu mir.

Und Kurtchen Zech ging hocherhobenen Auges fürbaß und schwieg.

Und erst nach einer ganzen Weile sagte er leichthin: „Der Russe sagte zum Leutnant, sie hätten den Befehl, noch neun Kilometer nach Westen vorzurücken, und da würden sie dann bleiben, und wahrscheinlich würden sie für immer bleiben. Und dann wollte er dem Leutnant die Armbanduhr abkaufen. Der Leutnant sagte, es sei ein Erinnerungsstück, und außerdem könne er Rubel nicht verwenden, und da sagte der Russe, er habe genügend Zlotys und auch deutsche Mark bei sich. Dann sagte der Leutnant, er solle versuchen, bei uns eine Uhr zu kaufen. Dann sagte der Russe wieder etwas, aber das konnte ich nicht mehr hören."

„Und der Russe sprach perfekt Französisch?" erkundigte sich der Josef neugierig.

„Beinahe so gut wie ich selber", antwortete Kurtchen bescheiden.

„Dann haben sie also auch gebildete Leute", sagte Weinrich.

„Haben sie", sagte Kurtchen Zech.

„Na also", meinte der Josef befriedigt.
„Genau wie wir auch", sagte Heinz-Otto.
„Ihr ahnungslosen Armleuchter", fuhr uns Kurtchen Zech an. Das war unsere erste Begegnung mit den Russen. Sie dauerte kaum eine halbe Stunde.

Uns allen acht war nicht gut zumute, wenn wir an die Russen dachten.

Alle Erfordernisse der hohen Politik meinetwegen in allen Ehren, und bitte sehr, es mag da Umwege geben und plötzliche Wendungen.

Aber, mochte es sein wie es wollte, wir waren zu lange Jahre überzeugt davon gewesen, daß aus dem Osten vielleicht einmal das ungeheuerlichste Unheil kommen könnte, wenn kein Damm gebaut würde. Seit 1917 waren Mord und Verschleppung, Tod und Verbannung, Verelendung und Unfreiheit im Osten in allergrößtem Stil gang und gäbe. Ganze Völkerschaften waren ausgerottet worden, und das kostbarste Gut jeder Nation, die nicht von allen guten Geistern verlassen war, die Intelligenz, war unterdrückt, erniedrigt und dann ebenfalls ausgerottet worden. Lüge und Heuchelei in grandiosem Ausmaß und Umfang walteten von oben nach unten und von unten nach oben.

In über zwanzig Jahren war es einer Regierung dort drüben, die alle Machtmittel in ihren Händen hatte, nicht gelungen, ihren Völkern auch nur den Hauch eines bescheidenen Wohlstandes zu bringen, und diese Regierung vermochte diese ihre Völker nur dadurch von der Richtigkeit ihrer Methode zu überzeugen, indem sie sich vom Westen hermetisch abschloß. Von jenem Westen, dem es gutging, in Freiheit gutging.

Dies alles waren für uns Binsenweisheiten.

Nun lasen wir es plötzlich anders.

Es war nichts zu machen.

Nach der Begegnung mit den Russen waren wir sehr niedergedrückt.

Wir haben unter uns eigentlich niemals viel über Politik gesprochen. Wir waren zu vorsichtig dazu.

Dann und wann fiel irgendein Satz leichthin und nebenbei, und dann sahen wir aus den flüchtigen Blicken, die zwischen uns im Bruchteil von Sekunden hin und her wischten, daß wir uns verstanden und einer Meinung waren.

„Also ich verstehe die Burschen einfach nicht", sagte der Krumbhaar eines Abends. Es war einer der wenigen Abende, an denen wir ein Lagerfeuer machten.

„Keiner versteht sie, aber wir können Gott danken", sagte Weinrich.

Jeder von uns wußte sofort, wovon die Rede war.

Als England und Frankreich uns den Krieg erklärten, gab es für jeden von uns gar keinen Zweifel, daß sie in der ersten Stunde nach ihrer Kriegserklärung losmarschieren würden. Sofort, unverzüglich, in der ersten Stunde.

Meiner Meinung nach mußten sie nun doch allmählich wissen, wohin der Hase bei uns lief. Da war Österreich. Nun, darüber ließe sich sprechen, das war letzten Endes an sich keine Perversität. Zwei deutschsprachige Länder kamen zusammen. Schön und gut.

Aber dann waren da die anderen Länder, über denen es sich zusammenzog.

Kurz und gut, wir dachten, die Franzosen gingen augenblicklich los über den Rhein, koste es, was es wolle, und die Engländer, glaubten wir, kämen sofort über den Kanal, koste es, was es wolle.

Sie kamen nicht. Und das verstanden wir nicht.

Dann hatte Adolf wieder einmal recht behalten.

Übrigens war der einzige Parteigenosse unter uns Kurtchen Zech. Klar, warum. Er stieg einer Staatsstellung nach, und da mußte er denn wohl.

Ja also, über Politik wurde kaum einmal gesprochen. Wir freuten uns nicht an ihr, man konnte sich ja wohl nicht recht an ihr freuen, aber wir zogen auch nicht über sie her. Vor allem aus Vorsicht.

Deshalb waren wir etwas perplex, als eines Nachmittags ein Geländewagen an unserer Kolonne entlangfuhr und ein SD-Mann, der neben dem Fahrer aufrecht an der Windschutzscheibe stand, in die Reihen hineinrief: „Schütze Rolf Weinrich!... Schütze Rolf Weinrich!..."

Und als Weinrich automatisch brüllte: „Hier!" und zugleich ein Halt für die Truppe kam und Weinrich aus der Kolonne trat, stutzte er und sagte überrascht: „Mein Bruder!"

Und sein Bruder, der aus dem Wagen sprang und Weinrich heftig auf die Schultern klopfte, trug die Uniform eines SS-Gruppenführers.

Wir sahen uns an, und jeder überlegte, wie wir uns später eingestanden, ob er vielleicht irgendwann einmal eine Äußerung getan haben könnte, die einen SS-Gruppenführer dazu veranlassen mochte, sich den Mann näher anzusehen. Und jetzt konnten wir uns auch erklären, warum Weinrich derjenige unter uns war, der ziemlich aufrichtige Bemerkungen über dies und jenes zu machen pflegte. Kein Wunder, er hatte Rückendeckung.

Als Weinrich nach einer Stunde etwa zurückkam, muß er gemerkt haben, daß wir etwas gehemmt waren. Er lachte.

„Ihr seid alle verhaftet", sagte er, „wegen staatsgefährlichen Verhaltens und Zerrüttung der Wehrmacht. Macht euch fertig. Abschnallen!"

Ein dummer Witz.

„Wir unterstehen nicht dem SD", sagte Heinz-Otto verdrießlich. „Und nicht einmal ein SS-Gruppenführer kann uns festnehmen."

„Seid nicht komisch", sagte Weinrich etwas kleinlaut. „Man wird noch einen Ulk machen können."

„Einen solchen nicht", bemerkte ich.

„Ihr werdet Egon noch kennenlernen", teilte uns Weinrich mit. „Egon ist beim SD und hat Sonderaufgaben in Polen." Kein Mensch antwortete was.

Übrigens war Weinrichs Bruder der erste SD-Mann, den wir in Polen sahen. Die Waffen-SS war als sogenannte SS-Verfügungstruppe mit nach Polen gekommen, aber in unserer Nähe war sie noch nicht in Erscheinung getreten.

„Egon sagt, es wäre jetzt Schluß hier."

„Und dann?" fragte ich.

„Und dann knöpfen wir uns die anderen Herrschaften vor." Wir sahen Weinrich stumm an.

Komisch, seit er mit seinem Bruder, dem SS-Gruppenführer, gesprochen hatte, war er ein ganz anderer und führte eine forsche Sprache.

„Knöpfen wir uns vor", wiederholte Heinz-Otto nachdenklich, und wir anderen verstanden ganz gut, was er damit ausdrücken wollte.

Das „knöpfen wir uns vor" gehörte zum Sprachschatz der SA, der SS und der Hitlerjugend, und diese Sprache war auch bisweilen in den Kasinos der Wehrmacht zu hören.

Der Landser hat seit alters her eine gewisse schnoddrige Ausdrucksweise. Das macht nichts.

Aber irgend etwas lag in der Luft, was mit einer schnoddrigen Ausdrucksweise nicht aus der Welt zu schaffen war.

Zum Beispiel lag bei uns allen immer noch Bromberg in der Luft.

Hatten jene polnischen Zuchthäusler und vertierten Menschen sich etwa die Volksdeutschen „vorgeknöpft"?

Kaum. Kaum. Mit dieser Bezeichnung kam man nicht mehr aus. Und wahrscheinlich, wenn die Dinge in diesem Stil weitergingen, würde man niemals wieder mit Schnoddrigkeit auskommen.

„Wieso bist du eigentlich immer noch Bäcker, wenn dein Bruder SS-Gruppenführer ist?" fragte aus heiterem Himmel Heinz-Otto.

Aber diesmal hatte Weinrich eine gute Antwort zur Hand. „Du bist ja auch Schütze Brügmann", sagte er heiter, „obwohl dein Vater ein Riesentier von Bankier ist."

„Stimmt", antwortete Heinz-Otto.

Von diesem Augenblick an waren wir mit Weinrich wieder in Ordnung.

4

Wir liegen in einem polnischen Schloß. Und wenn ich sage: „Wir liegen", so kann man das ruhig wörtlich nehmen. Wir liegen nämlich herum, und außer diesem und jenem Appell ist nichts los. Wir wissen nicht, ob der Feldzug in Polen nun zu Ende geht oder zu Ende ist. Der Spieß sagt, er sei zu Ende, und man hätte, was uns betrifft, ziemlich wenig Gebrauch von uns gemacht. „Nach menschlichem Augenmaß wenigstens", sagte er. Und er konnte es, weil er ein Spieß war, nicht lassen, hinzuzufügen, das läge wahrscheinlich daran, daß wir „nach menschlichem Augenmaß" nicht die Qualität einer Gardetruppe aufgewiesen hätten.

Uns konnte es recht sein.

Aus dem Wehrmachtsbericht durfte man annehmen, daß hier in Polen im allgemeinen alles zu Ende war.

Und Kurtchen Zech machte Bilanz.

Als wir mittags im Schloßpark lagen, ging die polnische Gräfin vorbei, eine kleine, pompöse Dame mit rotblondem Strudelhaar und ganz kurzen Schrittchen. So an die Dreißig. Sie war eine deutsche Adelige aus der Gegend von Neustrelitz. Das hatten wir von Krumbhaar. Dieser Stöpsel hatte wieder mal mit seinen Friseurmätzchen kolossalen Erfolg gehabt. Er hatte gestern der Gräfin tatsächlich eine Haarnadel aufgehoben. Und wir sahen, wie er mit gespitzten Lippen auf die Dame einredete. Und dann sperrten wir Maul und Nase auf, als er mit ihr ins Schloß ging. Er kam mit einer Flasche Schnaps zurück. Er hatte die Gräfin frisiert.

Das war allerhand.

Sie war als einzige mit einigen Dienstmädchen zurückgeblieben, weil sie Deutsche war, und hoffte, wir würden dem Schloß nichts tun. Kurtchen Zech sah also der Gräfin nach, und dann sagte er: „Jetzt ist die Sache rund und fertig. Jeder richtige Landser hat im Kriege mal in einem Schloß gelegen. Damit ist für uns Schluß. Der Vorhang fällt. Die Landser biwakieren im Hof, und die Herren Offiziere soupieren mit der Gräfin, indessen der Graf ruhelos und obdachlos durch die Lande irrt und um sein Vaterland weint."

Ich fand ganz ulkig, was Kurtchen Zech da sagte, und lachte.

„Du kannst großartig Kitsch erzählen, Kurtchen", sagte ich.

„Und wenn ich", fuhr Kurtchen Zech unbeirrt fort, „wenn ich die Bilanz des ganzen Feldzuges aufstelle, was uns hier betrifft, so hört mal zu. Wir haben gesiegt. Wir sind alle acht noch da. Keiner von uns ist gefallen. Keiner von uns ist verwundet. Keiner von uns hat schlapp gemacht. Das ist das eine, und das ist schon recht viel, Herrschaften. Das andere allerdings ist recht wenig. Keiner von uns hat einen Orden bekommen. Keiner von uns ist befördert worden. Keiner von uns hat die Augen seiner Vorgesetzten auf sich gelenkt. Keiner von uns ist ein Held."

„Das walte Gott", sagte Heinz-Otto heiter.

„Und keiner von uns", sagte jetzt Meier III, „hat einen General gesehen."

„Du Dussel", sagte Kirchhofer ehrlich entrüstet. „Du Verleumder. Die hast du nicht gesehen, weil..."

„Einen Momang", unterbrach ihn Meier III, „ich wollte gar nichts gegen die Generale sagen. Ich meine nur, so kannst du in alle Ewigkeit fortmachen. Das ist doch keine Bilanz."

„Und jeder von uns hat einen umgebracht", sagte plötzlich der Josef.

Wir waren einen Augenblick lang platt.

Es stimmte. Wenigstens konnte es stimmen. Im Nachtgefecht hatten wir in die Gegend geschossen.

Deshalb waren wir aber nicht platt. Wir waren platt, weil der Josef das so trocken herausbrachte und weil es bei ihm so eigentümlich klang, als ob wir einen Mord begangen hätten.

„Du bist aber komisch", sagte ich, „so kannst du doch im Kriege nicht reden, Mensch!"

„So", sagte der Josef, „warum nicht?"

Kurtchen Zech stand auf und bummelte zum Schloßgebäude. Wir anderen waren verstimmt.

„Mich wundert nur", sagte Heinz-Otto, „mich wundert nur, daß du kein Kriegsdienstverweigerer bist oder ein Bibelforscher."

„Woher weißt du, daß ich es nicht bin?" sagte der Josef ruhig.

Heinz-Otto starrte ihn an.

„Du bist wohl verrückt", sagte er leise und sah sich erschrocken um. „Du bist wohl ganz und gar verrückt. Wenn dich einer hört..."

„Ihr hört mich ja", antwortete der Josef eigensinnig.

Wir schwiegen verdattert. Wenn den Josef einer gehört hatte, der nicht zu uns gehörte, war er geliefert.

Auf einmal packte Heinz-Otto die blanke Wut.

„Ich will dir mal was sagen, du Hornochse", sagte er, „wenn du das wirklich sein solltest, dann kommst du aber ein bißchen zu spät, dann bist du etwas zu spät auf den Trichter gekommen. Das hättest du dir vorher überlegen müssen. Verdammt und zugenäht."

Und auch wir sahen zornig auf den Zimmermann.

Der lächelte bloß vor sich hin.

Dann sagte er friedlich: „Da habt ihr's. Solange ihr nicht daran denkt, macht es euch nichts aus. Und wenn man es euch sagt, geht euch der Hut hoch."

„Was sagt?" knurrte Weinrich.

„Eben dieses", antwortete der Josef.

Wir sagten nichts mehr. Aber jeder dachte sich seinen Teil. Wenn der Josef so einer war, dann mußte man sich in acht nehmen. Der konnte einem ja das Leben sauermachen, verdammt noch mal.

Und es war gut, daß Kurtchen Zech wieder bei uns auftauchte. Er hatte ein Buch in der Hand und sagte: „Die haben eine ganze Menge deutscher Bücher in ihrer Bibliothek."

„Da bist du einfach 'reingegangen?" fragte der Krumbhaar perplex.

„Einfach nicht", antwortete Kurtchen Zech. „Ich habe Hochwohlgeboren Frau Gräfin einen Besuch gemacht. Da saß schon Hauptmann Distelmann und 'n paar fremde Offiziere drin, und der Alte fuhr mich natürlich an, was ich wollte, und ich hätte mich wenigstens anmelden lassen können durch den Spieß und so. Ich ließ ihn erst mal zu Ende sprechen, dann sagte ich, ich hätte gar nicht ihn sprechen wollen, sondern die Frau Gräfin. Da sahen sie mich an wie das fünfzigste Weltwunder. Ich zwinkerte der Dame ein bißchen zu, und da mußte sie lachen und fragte mich, ob ich einen Wunsch hätte. Ja, sagte ich, wenn ich mal in die Bibliothek gehen dürfte..."

„Woher hast du denn gewußt", erkundigte sich Krumbhaar,

der mit ärgerlich gerunzelter Stirn zugehört hatte, „daß es überhaupt eine Bibliothek im Schloß gibt?"

„Du bist ein ganz Genauer", antwortete Kurtchen Zech, „erstens kannst du dir merken, daß es in jedem Schloß eine Bibliothek gibt, auch wenn kein Mensch die Bücher liest. Das gehört dazu wie das Wappen zur Familie, wenn's eine adelige Familie ist. Im frühen Mittelalter haben..."

„Hör auf!" rief ich ungeduldig. „Und was hat die Gräfin gesagt?"

„Ich könnte", sagte Kurtchen Zech. „Sie hat gesagt, ich könnte, wenn ich wollte und soviel ich wollte."

Er warf sich neben uns hin.

„Und da hab' ich was mitgebracht. Hört mal zu."

Er schlug das Buch auf, das er in der Hand hatte.

„Ich les' nur ein paar Stellen vor", sagte er.

„Was ist es denn?" fragte Heinz-Otto.

Kurtchen Zech machte eine abwehrende Handbewegung, und dann begann er zu lesen.

„Mitten in der Nacht erwachen wir. Die Erde dröhnt. Schweres Feuer liegt über uns. Wir drücken uns in die Ecken des Unterstands. Geschosse aller Kaliber können wir unterscheiden. Jeder greift nach seinen Sachen und vergewissert sich alle Augenblicke von neuem, daß sie da sind. Der Unterstand bebt, die Nacht ist ein Brüllen und Blitzen. Wir sehen uns bei dem sekundenlangen Licht an und schütteln mit bleichen Gesichtern und gepreßten Lippen die Köpfe.

Jeder fühlt es mit, wie die schweren Geschosse die Grabenbrüstung wegreißen, wie sie die Böschung durchwühlen und die obersten Betonklötze zerfetzen. Wir merken den dumpferen, rasenderen Schlag, der dem Prankenhieb eines fauchenden Raubtieres gleicht, wenn der Schuß im Graben sitzt. Morgens sind einige Rekruten bereits grün und kotzen. Sie sind noch zu unerfahren. Langsam rieselt widerlich graues Licht in den Stollen und macht das Blitzen der Einschläge fahler. Der Morgen ist da. Jetzt mischen sich explodierende Minen in das Artilleriefeuer. Es ist das Wahnsinnigste an Erschütterung, was es gibt. Wo sie niederfegen, ist ein Massengrab.

Die Ablösungen gehen hinaus, die Beobachter taumeln herein, mit Schmutz beworfen, zitternd. Einer legt sich schweigend in die Ecke und ißt, der andere, ein Ersatzreservist, schluchzt, er ist zweimal über die Brustwehr geflogen durch den Luftdruck der Explosionen, ohne sich etwas anderes zu holen als einen Nervenschock.

Die Rekruten sehen zu ihm hin. So etwas steckt rasch an.

Wir müssen aufpassen, schon fangen verschiedene Lippen an zu flattern. Gut ist, daß es Tag wird, vielleicht erfolgt der Angriff vormittags ...

Wir können nicht schlafen, wie stieren vor uns hin und duseln. Gegen Morgen, als es noch dunkel ist, entsteht Aufregung. Durch den Eingang stürzt ein Schwarm flüchtender Ratten und jagt die Wände hinauf. Die Taschenlampen beleuchten die Verwirrung. Alle schreien und fluchen und schlagen zu. Es ist der Ausbruch der Wut und der Verzweiflung vieler Stunden. Die Gesichter sind verzerrt, die Arme schlagen, die Tiere quietschen, es fällt schwer, daß wir aufhören, fast hätte einer den anderen angefallen..."

Kurtchen Zech ließ das Buch sinken.

Wir hatten mit steigender Aufmerksamkeit zugehört, und nun sagten Heinz-Otto und ich zugleich: „Lies weiter."

Und Kurtchen Zech las weiter.

„Der Ausbruch hat uns erschöpft. Wir liegen und warten wieder. Es ist ein Wunder, daß unser Unterstand noch keine Verluste hat. Er ist einer der wenigen tiefen Stollen ...

Ein Unteroffizier kriecht herein, er hat ein Brot bei sich. Drei Leuten ist es noch geglückt, nachts durchzukommen und etwas Proviant zu holen. Sie haben erzählt, daß das Feuer in unverminderter Stärke bis zu den Artilleriestānden läge. Es sei ein Rätsel, wo die drüben so viele Geschütze hernähmen.

Wir müssen warten, warten. Mittags passiert das, womit ich schon rechnete. Einer der Rekruten hat einen Anfall. Ich habe ihn schon lange beobachtet, wie er ruhelos die Zähne bewegte und die Fäuste ballte und schloß. Diese gehetzten, herausspringenden Augen kennen wir zur Genüge. In den letzten Stunden ist er nur scheinbar stiller geworden. Er ist in sich zusammengesunken wie ein morscher Baum.

Jetzt steht er auf, unauffällig kriecht er durch den Raum, verweilt einen Augenblick und rutscht dann dem Ausgang zu. Ich lege mich herum und frage: ‚Wo willst du hin?'

‚Ich bin gleich wieder da', sagt er und will an mir vorbei.

‚Warte doch noch, das Feuer läßt schon nach.'

Er horcht auf, und das Auge wird einen Moment klar. Dann hat es wieder den trüben Glanz wie bei einem tollwütigen Hund, er schweigt und drängt mich fort.

‚Eine Minute, Kamerad', rufe ich. Kat wird aufmerksam. Gerade als der Rekrut mich fortstößt, packt er zu, und wir halten ihn fest.

Sofort beginnt er zu toben: ‚Laßt mich los, laßt mich los, ich will hier 'raus!'

Er hörte auf nichts und schlägt um sich, der Mund ist naß und sprüht Worte, halbverschluckte, sinnlose Worte... Da er sehr wild ist und die Augen sich schon verdrehen, so hilft es nichts, wir müssen ihn verprügeln, damit er vernünftig wird. Wir tun es schnell und erbarmungslos. Die anderen sind bleich bei der Geschichte geworden...
Noch eine Nacht. Wir sind jetzt stumpf vor Spannung. Es ist eine tödliche Spannung, die wie ein schartiges Messer unser Rückenmark entlang kratzt. Die Beine wollen nicht mehr, die Hände zittern, der Körper ist eine dünne Haut über mühsam unterdrücktem Wahnsinn, über einem gleich hemmungslos ausbrechenden Gebrüll ohne Ende. Wir haben kein Fleisch und keine Muskeln mehr, wir können uns nicht mehr ansehen, aus Furcht vor etwas Unberechenbarem. So pressen wir die Lippen aufeinander... es wird vorübergehen... es wird vorübergehen... vielleicht kommen wir durch."

Kurtchen Zech schloß das Buch mit einem Knall, und es war niemand unter uns, mit Ausnahme von ihm, der nicht leicht zusammenfuhr.

„Na, ihr Helden?" knurrte Kurtchen Zech und betrachtete uns genießerisch der Reihe nach.

„Ich könnte euch noch die Stelle vom Gasangriff vorlesen", sagte er, „damit ihr dann genau wißt, was Krieg ist."

Keiner von uns gab ihm Antwort.

„Fünf Jahre Zuchthaus", murmelte Heinz-Otto vor sich hin.

Weinrich nahm das Buch auf und las laut den Titel: „‚Im Westen nichts Neues' von Erich Maria Remarque."

„Frau Gräfin hat auch einen Remarque", grinste Meier III.

„Fünf Jahre Zuchthaus", wiederholte Heinz-Otto.

„Na schön", sagte Kurtchen Zech ungerührt. „Ich wollte euch bloß mal ein bißchen klarmachen, was für einen hübschen Krieg ihr jetzt führt."

Ich wurde wütend.

„Das ist doch kalter Kaffee", fuhr ich ihn an. „Was soll das! Es hat ja erst angefangen, Mensch! Und außerdem ist mir der Herr Remarque nicht maßgebend. Da gäbe es doch einiges zu bemerken."

„Interessant", sagte Heinz-Otto ironisch, „sehr interessant. Was ist dir denn dann maßgebend? Und was hättest du noch zu bemerken? Weißt du, daß der Remarque in der ganzen Welt als das beste und ehrlichste Kriegsbuch gilt?"

„Schön", sagte ich, „das ist wahr. Aber erlaube mal, ich habe was dagegen, wenn Kurtchen so tut, als ob der Remarque nun auch für jeden und alle Kriege maßgebend wäre. Ihr werdet euch noch wundern. Wartet mal ab."

„Reichen Sie mir mal das Buch her", hörten wir in diesem Augenblick die dünne Stimme von Leutnant Meßner.

Wir fuhren hoch und standen in Sekundenschnelle auf unseren Beinen und starrten in Leutnant Meßners unbewegliches Gesicht.

„Das Buch da her", sagte er.

Der Krumbhaar bückte sich, nahm den Band auf und reichte ihn hin. Meine Blicke flatterten zu Kurtchen Zech, der, die Unterlippe leicht eingezogen, dem Offizier am nächsten stand.

Leutnant Meßner überflog den Titel, dann schlug er es auf und blätterte darin, und, ohne aufzusehen, fragte er gleichmütig: „Wo haben Sie das Buch her?"

Ohne auch nur eine Sekunde zu zögern, antwortete Kurtchen Zech: „Aus der Schloßbibliothek, Herr Leutnant."

Immer noch blätterte der Offizier.

„Ich hörte Sie vorlesen, Schütze Zech", sagte er. „Was haben Sie vorgelesen?"

„Die Stellen im Unterstand vor dem französischen Angriff, Herr Leutnant."

Kurtchen Zechs Antworten kamen wie aus der Pistole geschossen. Wir hörten, wie der Krumbhaar scharf die Luft durch die Zähne einzog.

„Sie kennen das Buch gut, wie?"

„Jawohl, Herr Leutnant."

Immer noch blätterte der Offizier, und immer noch sah er nicht auf.

„Und wie finden Sie es?"

„Es ist in der ganzen Welt berühmt", antwortete Kurtchen Zech, und es war das erstemal, daß er auszuweichen versuchte.

„Das weiß ich", sagte Leutnant Meßner. „Ich fragte, wie Sie es finden."

„Als sachliche Schilderung des Krieges großartig", antwortete Kurtchen.

„Richtig", sagte Leutnant Meßner und sah immer noch nicht auf, sondern blätterte und blätterte wie gelangweilt. „Und wie finden Sie seine Tendenz?"

„Pazifistisch, Herr Leutnant", antwortete Kurtchen, und atmete auf, es war eine verdammt geschickte Antwort.

„Pazifistisch", wiederholte der Offizier. „Sehr richtig. Sie wissen, daß das Buch zu der verbotenen Literatur gehört?"

„Jawohl, Herr Leutnant."

„Also, Sie wissen es."

Und nun hob Leutnant Meßner zum erstenmal seinen Blick; er sah uns der Reihe nach prüfend an, und er sagte: „Und Sie haben das Buch vor . . .", er begann laut zu zählen, „zwei, drei, vier, fünf, sechs, sieben Leuten vorgelesen."

Kurtchen Zech schwieg.

Er war etwas blaß geworden. Und wir wohl auch.

Und nun wog Leutnant Meßner den Band in seinen beiden Händen auf und ab. Er sagte nachdenklich: „Von einem gewissen Gesichtspunkt aus ist es ganz gut, wenn man Schilderungen wie diese hier aus dem ersten Weltkrieg sich zu Gemüte führt. Sie zeigen den Unterschied zwischen der Führung von damals und heute. Wir haben ja im Regiment nicht viel mitgemacht hier in Polen, wir sind immer nur hinterhergerannt. Das beweist das unerhörte Tempo der Führung. Und diese Führung hat uns solche Situationen wie die, die Sie soeben vorlasen, diese Hölle der Materialschlacht, erspart. Das müssen Sie sich in jedem Augenblick klarmachen. Natürlich war Remarque ein Literat, und seine schöngeistigen Nerven waren der Sache nicht ganz gewachsen. Deshalb sah er nur die dunklen Seiten. Aber das kann uns egal sein. Die Hauptsache ist und bleibt, daß der Führer uns das alles erspart hat, was hier beschrieben wird. Und wenn Remarque diesen Polenfeldzug mitgemacht hätte, wäre ein anderes Buch entstanden. Diese Bohemiens sind Stimmungsmenschen. Sie können nicht über sich selber hinaus."

Immer wieder wog Leutnant Meßner, während er langsam und wie zu sich selber sprach, das Buch in beiden Händen auf und ab, und sein Blick wanderte ruhig von einem zum andern.

Was uns betraf, so standen wir mit wachsendem Erstaunen wie die Bildsäulen. Wir starrten ihn ungläubig an.

Entweder, dachte ich beklommen, entweder ist das, was er jetzt tut und spricht, ganz verdammte Heimtücke oder . . . an das Oder glaube ich nicht.

„Unter diesem Gesichtspunkt", sagte Leutnant Meßner mit der gleichen, unbewegten und unveränderten Stimme, „unter diesem Gesichtspunkt verliert das ganze Buch natürlich auch seine Tendenz."

Er schwieg, und sein Blick ging über uns hinweg.

Dann sah er Kurtchen Zech gerade in die Augen.

Jetzt mußte es kommen. Ich wagte nicht zu atmen. Es mußte nach so viel tückischen Vorbereitungen nunmehr die Mitteilung kommen, daß er die Sache dem Kompaniechef melden müsse. Und plötzlich hörte ich Heinz-Ottos Stimme von vorhin, es waren kaum fünf Minuten her: ‚Fünf Jahre Zuchthaus.'

Ich bekam keine Luft. Mit Zuchthaus war das kaum abgetan.

Wir standen alle zu Stein erstarrt.

Und Leutnant Meßner sagte gleichgültig: „Sie haben das sehr geschickt gemacht, Zech. Sie haben nur Stellen vorgelesen, die von der reinen Materialschlacht handelten, und Sie haben es streng vermieden, auch die pazifistischen Äußerungen des Remarque herauszusuchen. Sehr geschickt. Ich würde Ihnen jedoch empfehlen, es nicht zu wiederholen und überhaupt nicht davon sprechen, daß Sie Ihren Kameraden eine solche Vorlesung hielten."

Wir starrten ihn aus aufgerissenen Augen an.

„Stellen Sie den Band wieder dorthin, wo Sie ihn herausgenommen haben."

Und Leutnant Meßner warf das Buch nachlässig ins Gras, drehte sich um und ging.

Wir standen wohl eine ganze Minute regungslos.

Dann bückte sich Kurtchen Zech, nahm das Buch und ging zum Schloß, er sagte kein Wort, sah auch keinen von uns an.

Es war ein Todesurteil vorübergegangen.

Und es dauerte noch eine ganze Weile, bis lange nachher, als Kurtchen schon wieder bei uns saß, jemand sprach. Und es war Josef, der etwas sagte.

„Da soll mir einer noch einmal etwas gegen die Menschheit sagen", knurrte er.

„Ein tolles Ding", sagte Weinrich fassungslos.

Dann sprang Heinz-Otto begeistert auf. „Wie er das hingelegt hat", brach er los. „Wie er das hingelegt hat! Er ist im Zivilberuf Rechtsanwalt, und euch ist wohl gar nicht klargeworden, was er eben getan hat, was?"

„Als anständiger Kerl hat er sich benommen", sagte Kirchhofer und sah sich ängstlich um, ob niemand zuhörte.

„Das sowieso", erklärte Heinz-Otto hingerissen. „Und wer ihm das jemals vergißt, ist ein Sauhund. Ich meine aber was anderes. Er ist im Zivilberuf Rechtsanwalt, und wißt ihr, was er getan hat? Ihr habt keine Phantasie! Er hat wie Kurtchen Zechs Verteidiger vor dem Kriegsgericht gesprochen, ganz genauso würde er gesprochen haben, wenn..." Heinz-Otto brach ab, er wollte es nicht sagen.

Kurtchen Zech sagte es: „Wenn er mich gemeldet hätte und ich wäre vors Kriegsgericht gekommen."

„Du wärst vors Kriegsgericht gekommen", sagte ich.

„Und wenn man überlegt", fuhr Kurtchen Zech, unnachsichtig mit sich selber, fort, „wofür wegen weniger gefährlichen Geschichten Leute hingerichtet wurden, dann wär's mit mir aus gewesen."

Genauso wäre es gekommen.

Und erst viel später, als wir schon längst aus Polen zurück waren, fiel mir etwas auf, was ich nachträglich als nicht minder großartig fand. Wir alle acht kamen gar nicht auf die Idee, uns Stillschweigen zu schwören. Es war uns selbstverständlich.

Von diesem Nachmittag ab wußten wir, wer Leutnant Meßner, Rechtsanwalt aus Waren an der Müritz, war, und was wir an ihm hatten. Und von da ab wunderten sich Männer unserer Kompanie immer außerordentlich, daß wir wie die Teufel auf einen losfuhren, der über Leutnant Meßners Fistelstimme sich lustig machte.

Ja, mit dieser Vorlesung aus Remarques Buch war eigentlich der Polenfeldzug für uns zu Ende.

5

Was wir noch erlebten, ist nicht der Rede wert. Höchstens die kleine Geschichte, die uns ein Fahrer erzählte, ein Stabsfahrer, den Meier III aus Frankfurt am Main kannte und der vor Warschau dabei war. Nicht mittendrin, sondern nur bei einem hohen Stabe.

Da waren sich der polnische Kampfkommandant der Stadt, der Warschau ums Verrecken nicht übergeben wollte, was, komisch wie die Welt ist, bei uns als letzte Sturheit und drüben als letzter Heroismus galt, da waren sich also dieser Warschauer Kommandant und der deutsche Oberbefehlshaber vor Warschau wenigstens in einer Sache einig geworden.

Die Mitglieder der ausländischen Kolonie, die neutralen Diplomaten und so, sollten nicht länger der entsetzlichen Beschießung durch Stukas und Artillerie ausgesetzt werden. Sie sollten verabredungsgemäß in ihren Autos aus der Stadt ungehindert entlassen und zu unseren Truppen gebracht werden.

Der Fahrer erzählte: „Ich fuhr schon seit zu Hause Oberst Zimt. Generalstabsoberst. Piekfeiner Mann. Er hieß nur Oberst Zimt, weil er hundertmal am Tag zu allen möglichen Dingen und Leuten sagte, da fehle eben der Zimt. Na ja, also Oberst Zimt und eine Menge von Offizieren hatten sich hübsch zurechtgemacht, um die Diplomaten aus Warschau vornehm zu empfangen. Es waren, wie man uns angekündigt hatte, auch einige Damen dabei, auch Kinder und so. Na, und dann kamen die Autos, es winkte mit weißen Fahnen von fern, und dann waren sie da, und an einer Baumgruppe an der Straße stiegen sie aus. Sie hatten recht mitgenommene Gesichter. Und Oberst Zimt wiegte sich ein bißchen in den Hüften, wie immer, wenn er ganz vornehm war, und ging ihnen entgegen, hinter sich die Adjus und eine Menge Offiziere.

Und da, als er ungefähr auf zehn Schritt 'rangekommen war und seine Hand zuerst mal vornehm an den Mützenschirm legte, kam doch wie ein rasender kleiner Satan ein schwarzes Knäuel angefegt, so ein wahnsinniger Köter, ein Scotch, sprang an Oberst Zimt hoch und riß ihm ein ganzes Stück der schnieken rotgestreiften Hose überm Knie weg, zerrte dran 'rum und fegte mit dem roten Tuch zurück. Na, ich kann euch sagen. Ich stand links hinter dem Oberst und sah die weiße Unterwäsche 'rausgucken. Und der Scotch raste wie ein Teufel zwischen den Ausländern an den Wagen und zwischen uns im Kreis herum, immer mit dem Stück roter Hose im Maul, das er hin und her schlenkerte."

Der Fahrer lachte und schlug sich auf die Schenkel.

„Keine sehr feierliche Angelegenheit für deinen Oberst", sagte Meier III.

Aber der Fahrer hörte auf zu lachen und sah seinen Bekannten kühl an. „Wieso?" sagte er steif. „Du glaubst wohl, der Alte hat sich albern machen lassen? Da kennste Oberst Zimt schlecht. Ne halbe Sekunde höchstens stand er da, als ob ihn ein Blitz gekitzelt hätte, dann ging er, als ob nichts gewesen sei, auf die Herrschaften zu, und nachher übersetzte uns einer von der Propagandakompanie, was er sagte und was die anderen sagten.

Er blieb mit seiner zerhackten Hose drei Schritte vor den Ausländern stehen und sagte auf französisch und machte ein Gipsgesicht: ‚Ich bin zu meinem Bedauern gezwungen, Sie zu bitten, mir mitzuteilen, wer diesen Hund auf mich gehetzt hat.'

Na, ihr könnt euch denken! Da hatten die Ausländer nun den ganzen Mist mit den Polen erlebt, die Rückzüge, die Stukas, und hielten uns wohl für Menschenfresser erster Klasse. Also sie standen da und dachten wohl, jetzt zieht der Oberst seine Peitsche 'raus. Und ein Herr mit hochgeschlagenem Mantelkragen drängt sich vor, aber bevor er noch was sagen kann, stößt ihn eine Dame in dunklem Pelz auf die Seite und geht auf Oberst Zimt zu, und sie hat einen verdammt feinen Gang, dunkles Gesicht, rabenschwarze Haare und ein Paar Augen, daß euch Hören und Sehen vergeht. Und sie sagt: ‚Es ist meine Schuld, mein General...', mein General sagte sie auf französisch... also sie sagt: ‚Er heißt Blacky, und er ist immer so. Verzeihen Sie, mein General...', mein General sagt sie auf französisch... also sagt sie weiter: ‚Er hat auch bei mir alles zerrissen, ich kann Ihnen meine Strümpfe zeigen im Koffer...' Und sie sieht den Oberst 'n bißchen blaß an.

Und Oberst Zimt fragt: ‚Welcher Nationalität gehören Sie an, Madame?"

Und sie sagt: ‚Ich bin Französin, mein General.'

Und da sagt der Oberst Zimt: ‚Frankreich hat Deutschland den Krieg erklärt, Madame. Ihr Blacky folgte dem Ruf des Vaterlandes, Madame. Blacky ist sozusagen Kriegsteilnehmer, Madame. Blacky ist völlig in Ordnung, Madame. Darf ich Ihnen mein Kompliment aussprechen. Wahrscheinlich ist mein Stück Beinkleid die erste Beute (nein, er hat gesagt die erste Trophäe), die ein französischer Kriegsteilnehmer aus einem deutschen Kriegsteilnehmer herausgebissen hat, Madame', sagte Oberst Zimt, ‚mein Kompliment!'"

Der Fahrer sah uns berstend vor Stolz an.

„Na, was? Wie? Das war glänzend gesagt, was? Und die Französin gab Oberst Zimt die Hand, und er lächelte, und Oberst Zimt küßte der Französin die Hand, und sie lächelte, und die ganzen Ausländer lächelten, und um das Ganze fuhr der kleine schwarze Teufel unaufhörlich im Kreis herum."

„Na und dann?" fragte der Krumbhaar dumm.

Der Fahrer blickte ihn mitleidig an.

„Und dann, Mensch? Was denn und dann? Du hast wohl nicht zugehört? Oder haste nischt kapiert? Haste nicht kapiert, daß Oberst Zimts Hose kaputt war, und es ein französischer Hund war, und Oberst Zimt..."

„Das habe ich kapiert", erklärte Krumbhaar ungeduldig. „Und dann? Ist dein Oberst dann die ganze Zeit zwischen den Ausländern und den anderen Offizieren und den Mannschaften so herumgelaufen, oder hast du ihm eine andere Hose gebracht?"

„Ach so", sagte der Fahrer versöhnt und sah Krumbhaar wohlgefällig an. „Ach, das meinst du. Nee, Oberst Zimt lief die ganze Zeit so 'rum und tat so, als ob gar nischt sei. Und siehste, das bringt nur ein Kavalier fertig. Oder meinst du, du wärst mit zerhackter Hose zwischen ausländischen Damen und Herren herumgelaufen?"

„Nee", sagte der Krumbhaar erschrocken, „um Himmels willen!"

„Na siehste", sagte der Fahrer befriedigt.

„Und der Hund?" fragte ich neugierig.

„Blacky?" antwortete der Fahrer, „Blacky mußte ich 'n ganzes Stück Rehbraten organisieren."

Heinz-Otto fragte: „Und das Stück Hose?"

„Das Stück Hose", sagte der Fahrer leichthin, „das nahm die Französin mit."

Wir lachten.

Und eines Morgens wurden wir auf Lastwagen verladen. Es war kein Geheimnis, wohin es ging. Es ging nach Königsberg. Was wir dort machen sollten, das war ein Geheimnis, aber wir dachten nicht viel darüber nach. Wir waren so allmählich mit Geheimnissen überfüttert. Wenn wir es recht überlegten, bestand eigentlich das meiste, was in hohen, mittleren und oft auch kleinen Kreisen geschah, aus Staatsgeheimnissen. Schon der Schreibstubenhengst hatte Staatsgeheimnisse. Und wenn wir erst das Wort „Gekados" hörten, „Geheime Kommandosache", wurde uns ganz übel.

Unterwegs sagte Heinz-Otto plötzlich: „Sorgen hat man beim Kommiß jedenfalls keine." Wir sahen ihn dumm an.

„Nee", antwortete Kurtchen Zech, „außer um dein Leben und deine Gesundheit, dein Augenlicht, deine Knochen und Gedärme hast du beim Kommiß keine Sorgen."

„Paß mal auf", sagte Heinz-Otto friedlich, „du mußt aufpassen und hübsch zuhören. Nun paß mal auf. Du mußt doch zugeben, daß du in Zivil aus den Sorgen nicht 'rauskommst, nicht wahr? Ob du eine Stellung kriegst, und wenn du eine hast, ob du sie auch behältst, nicht wahr? Und ob du dir einen Anzug leisten kannst, und wenn du einen hast, ob du dir noch einen leisten kannst, nicht wahr? Ob du genug hast für Frau, Kind und Familie und so und vor allen Dingen..."

„Hör auf", sagte der Krumbhaar verdrossen, „hör auf, Mensch."

„Und vor allen Dingen", fuhr Heinz-Otto unbeirrt fort, „vor allen Dingen bekommst du beim Barras immer ganz genau gesagt, was du tun sollst, und das gibt's im Zivil nicht. Da mußt du es selber wissen. Stimmt's, oder habe ich recht?"

Auf dieses Gequatsche einzugehen, lohnte sich denn doch nicht, und so gab ihm niemand Antwort.

„Und dann noch eins", faselte Heinz-Otto fröhlich weiter, „du hast keine Verantwortung. Kein bißchen Verantwortung hast du. Die Verantwortung hat immer der, der dir gesagt hat, was du tun sollst. Du hast kein bißchen Verantwortung. Für nichts. Darüber müßt ihr erst einmal nachdenken, ihr Jammerkerle. Wenn einer kommt, der was zu sagen hat, und befiehlt dir, du sollst den oder jenen totschießen, und du schießt ihn tot, dann kann dir niemand etwas anhaben. Du hast keine Verantwortung. Ihr müßt doch zugeben, daß das wunderbar beim Kommiß eingerichtet ist. Im Zivil haste für alles die Verantwortung zu tragen, was du tust. Und wenn du da auf jemand schießt, dann..."

„Jetzt hör aber auf!" rief Meier III wütend. „Jetzt hör aber auf!"

„Gut", sagte Heinz-Otto, „ich hör auf. Aber ich muß sagen, ihr seid als richtige Hornochsen in den Krieg gezogen."

Wir gaben ihm gar keine Antwort.

Nach einer Weile sagte Heinz-Otto: „Dann noch eins. Beim Kommiß braucht man keine Sekunde zu überlegen, ob der, der einem etwas befiehlt, auch das Recht dazu hat. Du brauchst nur hinzusehen und weißt Bescheid. Das haben sie prima eingerichtet. Du siehst es schon von weitem, ob einer dir etwas zu befehlen hat oder nicht. Stellt euch nur mal den Unfug vor, wenn man erst fragen müßte, also zum Beispiel, wenn da einer käme..."

„Sag mal", unterbrach ich ihn, „sag mal, Heinz-Otto, welche Blattlaus hat dich denn gebissen?"

Und Kurtchen Zech sagte: „Progressive Paralyse."

Heinz-Otto sah uns verwundert an.

„Gut", sagte er. „Schön. Aber was ich noch sagen wollte. Der gute Ton im Kameradenkreis läßt denn doch bei uns etwas zu wünschen übrig..."

Und dann lachte er schallend.

„Wenn ich erst Leutnant bin", sagte er dann, „ich weiß, wie ich euch hochkriege."

„Wenn du Leutnant bist", sagte Meier III, „dann sind wir auch Leutnants. Und dann..." Er schwieg plötzlich.

„Und dann?" forschte Heinz-Otto, „und dann. Was und dann?"

Er bekam keine Antwort.

Wir fuhren in Königsberg ein.

Und Heinz-Otto hatte tatsächlich seinen verrückten Tag.

Denn als wir in ein geräumiges Schulhaus kamen, das unser Quartier war, legte er wieder los, kaum hatten wir unsere Klamotten abgelegt. „Wenn ich Leutnant bin", sagte er, „dann seid ihr alle schon ..." Gott sei Dank wurde er unterbrochen, denn im Hof legte eine Luftwaffenkapelle los.

Nun waren wir durch die ewigen Märsche, die wir so lange Jahre hindurch vorgesetzt bekommen hatten, etwas abgebrüht. Aber es ist etwas anderes, ob du zu Hause sitzt, irgend etwas im Kopf hast, was dich beschäftigt, und hörst aus dem Lautsprecher einen Militärmarsch. Entweder du hörst gar nicht hin oder du stellst was anderes ein. Und wenn es ganz hoch kommt, summst du mit und denkst an etwas anderes.

Du kannst zu Hause Militärmärsche überkriegen.

Aber es ist etwas anderes, wenn du beim Kommiß bist. Das ist schwer zu erklären. Es geht dir in die Beine. Und das ist wahr. Wir haben ja alle Parademarsch geübt. Und wir sind mehr als einmal vor irgendwelchen hohen Tieren im Parademarsch vorbeigedonnert. Wenn ich darüber nachdachte, kam ich eigentlich nie zu einem Ende.

Aber wir kamen jetzt darauf zu sprechen, als die Luftwaffenkapelle im Hof der Schule anfing zu spielen. Der Heinz-Otto wollte gerade seine dämlichen Sprüche loslassen, da begannen sie draußen mit „Preußens Gloria".

Und wenn man schon von Militärmärschen spricht, dann kann man ruhig sagen, daß dies einer der schönsten Märsche ist und bleibt. Und jetzt begann auch schon Heinz-Otto, der seinen Vortragstag hatte, auf uns einzureden.

„Und nun seht mal", sagte er, indessen wir rund um einen Tisch saßen und die Beine ausstreckten und gefaßten Kaffee tranken, „und nun seht mal, diese Märsche da, wie? Ist das eine Sache oder nicht?"

„Es gibt noch andere Musik, bekanntermaßen", sagte Kurtchen Zech.

„Nein", sagte Heinz-Otto. „Nein, jetzt hört euch mal diesen Marsch an. Und wenn ich mit euch mal ausnahmsweise heute ernst sprechen könnte, so würde ich sagen: Wenn der Adolf die Militärmärsche nicht gehabt hätte, und weiter sag' ich nichts."

Nun, da mußten wir Heinz-Otto recht geben. Das stimmte. Aber da war noch etwas anderes. Ich komme auf den Parademarsch zurück. An sich, denke ich, an sich, zivilistisch betrachtet, ist er saukomisch. Im gleichen Schritt und Tritt gehen, in Ordnung. Das macht weniger müde und macht auch Spaß. Aber dabei die Beine werfen und im „Tempo 114" mit Augen rechts oder die Augen links wie an einer Schnur gezogen und wie eine Maschine... das ist an sich saukomisch. Und doch ist es nicht saukomisch.

Die Preußen wußten, was sie machten, denke ich, als sie den Parademarsch einführten.

„Es ist ein Drill, Mensch", sagte Kirchhofer, als ich das jetzt äußerte. „Es ist stumpfsinniger Drill und weiter nichts."

Ich hob den Finger. Die Sache war mir wichtig, weil ich mir selber nicht darüber klar war.

„Drill sagst du. Aber nun sag mal, Kirchhofer, wenn du da so mittendrin im Parademarsch mitmarschierst, hast du nicht irgendwo, vielleicht in deinen Beinen oder so, einen gewissen Ruckzuck, der dir Spaß macht?"

„Das ist Rhythmus, Mensch", antwortete Kirchhofer, „stumpfsinniger Rhythmus und weiter nichts." Kirchhofer mußte es wissen, er war Klavierspieler.

Aber Kurtchen Zech hieb sein Taschenmesser auf den Tisch und sagte: „Entschuldige, Fritzchen, einen stumpfsinnigen Rhythmus gibt es nicht."

„Also nun hört mal zu", mischte ich mich ein, „wir wollen ja keine Doktorfrage daraus machen. Ich meine nur, es ist was dran an der Militärmusik, ich weiß nur nicht was."

Und der Josef sagte plötzlich: „Und solange es Marschmusik gibt, wird es immer Kriege geben. Das ist ein wahres Wort, und es ist nicht von mir, sondern von einem Franzosen. Ich habe mal einen Vortrag über den gehört, und da stand die Geschichte, wie er draufgekommen ist."

„Was für eine Geschichte?" fragte ich. Die Sache interessierte mich noch immer.

„Wenn es eine hübsche Geschichte ist", sagte Meier III, „dann erzähl mal."

„Es ist eine wahre Geschichte", sagte der Josef, „ob sie hübsch oder nicht hübsch ist, könnt ihr selber 'rausfinden."

„Erzähl mal", sagte ich ungeduldig. „Aber es muß von Militärmärschen handeln."

„Es handelt von Militärmärschen", begann der Josef. „Und der Franzose, der das erzählte, machte den ersten Weltkrieg mit. Und er war auch in der Schlacht um Verdun. Da haben sich ja die Franzosen mit Zähnen und Krallen an jeden Meter Boden geklammert. Und an einem Abend kam die Kompanie wieder auf drei Tage in Ruhe. Sie waren alle ab, und es waren glaube ich, von der ganzen Kompanie noch zehn oder fünfzehn Mann übrig. Sie waren dreckig von oben bis unten und sahen aus wie der Tod, einer wie der andere. Sie konnten sich kaum noch schleppen. Und sie redeten kaum was zusammen. Und sie verfluchten sich und Frankreich und Deutschland und die ganze Welt. Und sie waren so herunter, daß einer wie der andere daran dachte, unter gar keinen Umständen wieder in die Scheiße hineinzugehen. Sie konnten nicht mehr. Ich kann euch das nicht so wiedererzählen, wie ich es gehört habe, aber es muß so gewesen sein, daß sie verzweifelt waren und nahe daran, Selbstmord zu begehen. Da schlitterten sie also die Straße nach rückwärts. Es war die einzige Straße, auf welcher der Nachschub an die Front gebracht werden konnte. Der Dreck lag haushoch. Es hatte tagelang geregnet. Und ihnen entgegen kamen Lastwagen um Lastwagen und bespritzten sie mit neuem Dreck, und das links 'ran und rechts 'ran hörte nicht mehr auf und machte sie ganz wahnsinnig. Und..."

„Wo bleiben deine Militärmärsche?" unterbrach der Krumbhaar verdrossen.

„Die kommen jetzt", erzählte der Josef weiter, „die kommen jetzt. Sie waren also fertig. Sie konnten nicht mehr. Und wie sie da an die ersten Häuser des Dorfes herankamen, legte plötzlich links von ihnen auf einer nassen Wiese die Regimentskapelle los und schmetterte ihnen einen entgegen. Und die Kapelle setzte sich an ihre Spitze... ihr müßt euch das vorstellen, an die Spitze von vielleicht fünfzig fertigen, verzweifelten, zusammengebrochenen Männern, setzte sich an die Spitze und marschierte mit ihnen in das Dorf hinein. Und jetzt kommt's. Der Franzose erzählte, daß es durch sie alle wie ein elektrischer Schlag ging, ob sie wollten oder nicht, und so kaputt sie auch alle waren. Er sagte, sie hätten auf einmal ihre verdreckten Gewehre wieder ordentlich über die Schultern genommen. Und sie hätten sich unwillkürlich aufgerichtet und die Zähne zusammengebissen, und sie hätten sich Mühe gegeben, ordentlich in Reih und Glied zu gehen."

Der Josef schwieg.

„Na und?" fragte der Krumbhaar.

„Ja", sagte der Josef still, „der Franzose sagt, in diesem Augenblick habe er so sicher wie das Amen in der Kirche gewußt, daß, so lange es Militärmärsche gäbe, es auch immer Kriege geben würde."

„Die deutschen Paradiemärsche haben mehr Wucht, findste nicht?" sagte der Weinrich.

Niemand gab ihm Antwort.

„Na ja, also", sagte schließlich Heinz-Otto friedlich und hielt merkwürdigerweise keinen Vortrag über Paradiemärsche.

Und jetzt spielten sie draußen den Radetzkymarsch, und ich dachte, es ist wirklich wahr, was der Franzose erzählte, denn ich sah jeden von uns unwillkürlich auf und ab wippen.

Am Abend hatten wir Ausgang.
Und da tat sich dann in Königsberg einiges.
Wir hatten da eine Kneipe aufgetan, der Krumbhaar, der Weinrich, Meier III, Kurtchen Zech und ich. Eine ganz verräucherte Bruchbude. Vor Qualm konnte man nichts sehen. Knüppeldickevoll. Wir quetschten uns noch in eine Ecke. Es war ja ganz egal, wohin man ging.
Kurtchen Zech sah sich befriedigt um. Er hat was übrig für Bruchbuden. „Goldrichtig", sagte er, „haargenau richtig."
Und dann wurde sein Blick plötzlich starr.
Er richtete sich auf, lehnte sich nach links über den Tisch und starrte auf zwei Bilder an der Wand. Nichts Besonderes. Auf jedem war eine Gestalt gemalt, ziemlich dick aufgetragen, hingeschmiert möchte ich sagen.
„Setz dich hin, Mensch, und verdirb mir nicht die Aussicht", knurrte der Krumbhaar, der schon ein dutzendmal nach dem Kellner gebrüllt hatte.
„Das glaube ich nicht", sagte Kurtchen Zech und starrte immer noch auf die Bilder. „Da laß ich mich erschießen. Ich glaub' es nicht."
Und da kam der Kellner, und wir machten eine bessere Bestellung, und Kurtchen Zech fragte: „Wo habt ihr denn die Bilder da her?"
Der Kellner sagte, er sei erst seit gestern hier, und wir sollten ihn nicht meschugge machen, und ob er nicht der Einfachheit halber gleich doppelt so viel Flaschen bringen könnte. Wir gestatteten es ihm, aber Kurtchen Zech verlangte kategorisch den Wirt zu sprechen.
„Machen Sie den Chef nicht meschugge", sagte der Kellner schweißtriefend, „der weiß nicht, wo ihm der Kopp steht."
„Laßt mich mal 'raus", sagte Kurtchen Zech entschlossen. „Das muß ich wissen."
„Mach uns nicht meschugge", sagte der Krumbhaar, aber wir ließen ihn 'raus.
Und dann kamen die Flaschen mit prima Etiketten, Geld hatten wir genug.
Und wir tranken auf das Wohl von jedem von uns, dann auf das Wohl der Kompanie, dann auf das Wohl unserer Lieben zu Hause, dann auf das Wohl von Leutnant Meßner, dann auf das Wohl von Hauptmann Distelmann, dann auf

das Wohl von Königsberg, und dann kam Kurtchen Zech zurück.

„Kinder, es ist nicht zu glauben", sagte er. Jetzt tranken wir auf sein Wohl, und er trank auf unseres und ließ seine Blicke nicht von den Bildern. „Und nun seht mal hin", sagte er feierlich, „die beiden Bilder da. Die sind von Lovis Corinth!"

Und er starrte uns erwartungsvoll an.

„Originale!" sagte er und wartete.

„Von ihm selbst signiert!" rief Kurtchen Zech und sah mit runden Augen von einem zum andern.

„Mach uns nicht meschugge", sagte Weinrich ärgerlich. „Prosit auf deine Korinthen!"

„Hört mal zu, bitte, einen Moment", sagte Kurtchen Zech. „Das sind Bilder von einem weltberühmten Maler. Corinth, Lovis Corinth! Und er gab sie dem Wirt hier, als er mal die Zeche nicht bezahlen konnte, stellt euch das vor! Zwei echte Corinths!!!"

„Prosit auf die unbezahlte Zeche", sagte Krumbhaar.

Kurtchen Zech zuckte mit den Schultern.

„Banausen", sagte er.

„Ein Prosit den Banausen", sagte ich, ich hatte einen leichten in der Krone. Aber nur deshalb, weil der Wein ein ziemliches Kaliber hatte, der Wirt zu uns ein reeller Mann war und ich immer schneller einen in der Krone hatte.

Und da sahen wir in dem rauchigen Gewühle Heinz-Otto auftauchen, und wir brüllten ihn heran.

„Einen Vortrag über Korinthen!" schrie Weinrich. „Heinz-Otto, du hältst sofort einen Vortrag über Korinthen!"

Kurtchen Zech stand gekränkt auf.

„Ich will euch was sagen", sagte er mürrisch, „ich..."

Aber Heinz-Otto unterbrach ihn. Heinz-Otto war ganz atemlos, und erst kippte er ein Glas aus, bevor er loslegte.

„Ich hab' euch gesucht wie 'ne Stecknadel", sagte er und beugte sich weit über den Tisch zu unseren Gesichtern, „ihr wißt wohl gar nicht, was vor sich geht, nein?"

„Nee", antwortete ich, „nicht im geringsten. Sind die Polen hinter uns her?"

„Quatsch nicht", fuhr mich Heinz-Otto an, „ganz Königsberg ist ein Irrenhaus! Die ganze Stadt ist außer Rand und Band, und ihr Idioten sitzt hier in einem Mistlokal. Jedes Mädchen ist zu haben! Jedes Mädchen! Los, auf, ins Café Knigge!"

Wir blickten ihn wie die Ölgötzen an.

„Los!" kommandierte Heinz-Otto. „Zahlt euren Essig hier, und ins Café Knigge!"

Kurtchen Zech war der erste, der zur Sache kam.

„Entschuldige mal", sagte er, „was heißt, jedes Mädchen ist zu haben? Hast du schon eines gehabt?"

Heinz-Otto verlor die Geduld.

„Hundertundfuffzig!" brüllte er, daß unsere Nachbarschaft hochfuhr. „Hundertundfuffzig hätte ich haben können. Aber ich Dussel wollte euch nicht im Stich lassen! Ich dachte mir's doch! Faule Köppe! Wo sitzt ihr? Gleich um die Ecke 'rum im ersten besten Drecklokal! Anstatt 'rein in die Stadt! Los! Ins Café Knigge!!!"

Wir hatten Heinz-Otto selten so aufgeregt gesehen, und es mußte schon was Besonderes im Café Knigge los sein.

„Ich bleibe hier", erklärte plötzlich Fritzchen Kirchhofer.

„Ich auch", sagte Krumbhaar. „Ich bin verheiratet."

„Ich bin auch verheiratet", erklärte der Josef, der plötzlich hinter Heinz-Otto auftauchte. „Aber das tut nichts. Ich seh mir's an, los, kommt mit!"

Und Heinz-Otto zerrte den Josef an den Tisch.

„Sag's mal, Josef", zeterte er, „nun sag's ihnen, Mensch! So was war noch nie da! Ganz Königsberg ist ein Irrenhaus! Die ganze Stadt feiert, Mensch. Hast du's gesehen oder nicht?"

Der Josef nickte.

Und tatsächlich, seine ruhigen Augen funkelten etwas.

Heinz-Otto heulte beinahe vor Grimm und Wut, daß wir uns nicht sofort mit ihm hinausstürzten. Er brüllte nach dem Kellner, und er ruhte nicht, bis wir bezahlt hatten und mit ihm durch die Straßen eilten.

Nun ja, und dann.

Auf den Straßen sahen wir beinahe nur Pärchen. Auf und ab strömten die Königsberger; Lachen, Scherzen, Rufen, Winken, Umarmungen mit wildfremden Menschen, die einem auf die Schulter klopften, einen einluden, aus allen Lokalen ertönte Musik und Gesang.

Und im Café Knigge tauchten ganze Rotten von Mädchen und Frauen auf und verließen den Raum wieder am Arm eines Soldaten, dafür erschienen ganze Schwärme von Soldaten und verließen den Raum mit einem Mädchen. Das Café Knigge war der Mittelpunkt und die Zentrale.

Tiefbefriedigt ließ sich Heinz-Otto im hintersten Winkel an einem Tisch nieder, von dem soeben Soldaten und Mädchen aufgebrochen waren. Und wir sahen uns um. Kein Karneval auf der Welt glich diesem Bild.

Kein Karneval.
In die Mädchen und Frauen mußte ein zehnfacher Satan gefahren sein. Sie saßen auf dem Schoß von Soldaten, umklammert von deren Händen und Armen, und sie kannten keine Grenze.
Keine Grenze.
„Na also!" rief Heinz-Otto und umfaßte mit einer Handbewegung das ganze Lokal. „Bitte sich zu bedienen!"
„Sieh mal an", sagte ich zum Josef. „Du, das sind gar keine Nutten. Das sind lauter bessere Mädchen!"
Er nickte nur.
Aus der gegenüberliegenden Ecke schmetterte eine Ziehharmonika los, und nun tanzte alles. Das heißt, in dem erhitzten Raum standen enggedrängt und aneinandergeklammert Paar an Paar und bewegten sich nur wenig auf der Stelle hin und her.
Und nun tauchte plötzlich an unserem Tisch Feldwebel Möller auf mit einem Mädchen. Feldwebel Möller mochten wir nicht. Er war groß und drahtig, seine Haare waren von einem fahlen Blond und sein Gesicht immer wie mehlig. Feldwebel Möller zog ein Mädchen mit sich, und er war schon ziemlich blau. „Habt ihr noch einen Stuhl?" brüllte er. „Brauche nur einen Stuhl. Wo habt ihr eure Mädchen? Ihr habt noch keine Mädchen? Wieviel Mädchen wollt ihr? Hebt mir die Kleine da auf. Ich bringe euch Mädchen!"
Er setzte sein Mädchen Kurtchen Zech mit einem Ruck auf den Schoß. Es war eines der schönsten Mädchen, die wir jemals gesehen hatten, und das ist keine Lüge und keine Übertreibung. Feldwebel Möller wühlte sich in die tanzende Menge, und dann geschah folgendes.
Feldwebel Möller kam mit einem Mädchen, setzte es Heinz-Otto auf den Schoß, stürzte sich wieder in den Trubel, kam wieder mit einem Mädchen, und so ging es fort, bis jeder von uns ein Mädchen auf dem Schoß hatte. Und es war mit einer Höllengeschwindigkeit gegangen. Und Feldwebel Möller hatte eine Art im Leibe, daß man gar nicht zur Besinnung kam. Und nun setzte er sich hin, nahm sein schönes Mädchen auf den Schoß und begann zu singen.
Ich glaube, das Ganze dauerte weniger als eine Minute. Mit Ausnahme von Heinz-Otto waren wir ziemlich platt und wußten nicht recht, was wir mit unseren Mädchen reden sollten. Und diese Geschöpfe, die tatsächlich keinen verderbten Eindruck machten, sondern alles als einen ungeheuren Witz ansahen, benahmen sich ganz unbefangen.

Was meine betrifft, so mag sie zwanzig gewesen sein. Ihre kupferroten Haare standen ziemlich wirr um ein nettes Gesicht, sie lachte andauernd, und sie trank das Schnapsglas etwas rasch aus, etwas zu rasch. Dann auf einmal war ein Kellner aufgetaucht und hatte eine Flasche und kleine Gläser auf den Tisch gestellt.

„Geht auf meine Kappe!" schrie Feldwebel Möller. Der Mann war völlig außer Rand und Band. Alles war überhaupt außer Rand und Band, und ich habe weder vorher noch nachher etwas Ähnliches erlebt und mitgemacht.

Alles sagte du zueinander.

Und langsam begannen auch wir, als ob uns jemand angezündet hätte, frech zu werden. Zuerst hatte ich mir die anderen angesehen und wollte beobachten, was sie sprachen und machten. Der Josef! Auch der Josef hatte ein Mädchen auf dem Schoß und streichelte ihre Knie.

„Du machst dir wohl gar nichts aus mir?" fragte meine Kupferhaarige und riß mich am Ohr.

„Au!" sagte ich albern.

Dann begann ich irgendeine Unterhaltung.

„Wo bist du denn her?" fragte ich.

„Aber das ist doch ganz egal", antwortete sie ungeduldig. „Ich frag' dich ja auch nicht, wo du her bist. Komm, erzähl mir ein bißchen. Was Hübsches."

Jetzt verschlug es mir die Sprache.

Sie blies eine kupferne Locke aus dem heißen Gesicht und sprang auf. „Komm, wir tanzen."

Ich wollte gerade aufstehen, da sah ich, wie das schöne Mädchen Feldwebel Möller mit aller Kraft ins Gesicht schlug. Sein Kopf zuckte zurück. Und dann sah ich, wie das Mädchen seine Arme um seinen Kopf schlang und ihn wie wahnsinnig küßte.

Ein Irrenhaus.

Und wie in einem Nebel tauchte jetzt Krumbhaar auf, und der Stöpsel hatte seinen Arm um die Schultern seines Mädchens gelegt, das um einen viertel Meter größer war als er.

Er beugte sich zu uns herunter, Schweißperlen standen auf seinem Gesicht, und er sagte: „Geht mal in den Park! Ihr müßt mal in den Park gehen. Wir waren eben ein bißchen im Park." Und sein Mädchen lachte grell und zog ihn mit sich auf die Tanzfläche.

Und jetzt schrie das schöne Mädchen von Feldwebel Möller mit aufgerissenen Augen: „Sie haben meinen Kurt erschossen! Sie haben meinen Kurt erschossen." Und sie riß sich los, schlug

Feldwebel Möller wieder hart ins Gesicht und stürzte sich in das Gewühl.

Feldwebel Möller stand auf. Er schien mit einem einzigen Schlage nüchtern. Er streifte uns mit schnellen Blicken, dann sagte er zu mir: „Sie und Zech kommen mit mir."

Wir sahen ihn kühl an. Wir hatten nichts mit ihm zu schaffen. Aber er fügte hinzu: „Bitte, helfen Sie mir. Los."

Und ohne sich umzusehen, drängte er sich weg, und Kurtchen Zech und ich hinterher. Es dauerte etwas, bis wir uns durch das Lokal gepreßt hatten. Auf der Straße hörten wir schreien und rufen.

Und dann vernahmen wir von der Ecke her den Schrei: „Sie haben meinen Kurt erschossen!"

„Kommt mit, Jungens!" rief Feldwebel Möller und raste weg, und wir mit.

Wir fanden das Mädchen inmitten eines Rudels von Landsern, die sie festhielten und lachend auf sie einredeten. Feldwebel Möller imponierte mir.

„Einen Augenblick, liebe Leute", sagte er ruhig, drängte die Männer zur Seite und nahm das Mädchen am Arm. Feldwebel Möller imponierte mir auch nachher, denn um es kurz zu machen: es war eine scheußliche Geschichte. Wir brachten das betrunkene Mädchen, das schließlich nur noch vor sich hinschluchzte, nach Hause. Ihre Eltern waren in Sorge gewesen. Sie sagten nicht viel. Sie bedankten sich. Und als die Mutter mit der Tochter in einem Zimmer verschwunden war und wir das erneute fassungslose Weinen des Mädchens hörten und wir etwas unsicher im Flur standen und nicht recht wußten, wie wir wegkommen sollten, ging der Vater, ein kleiner, grauhaariger Sechziger, in ein anderes Zimmer, ließ die Tür hinter sich offen und kam mit einem Stück Papier wieder. Er reichte es Feldwebel Möller.

„Sie macht sich kaputt", flüsterte er.

Das Telegramm, morgens eingetroffen, teilte mit, daß der Schütze soundso gefallen sei. Er war der Verlobte des schönen Mädchens.

Wir schlichen uns davon. Feldwebel Möller ging ins Café zurück. Himmlischer Vater, welch ein Mann! dachte ich.

Kurtchen Zech und ich hatten genug.

Wir zottelten durch die verrückte Stadt zurück in unsere Schule, und dort legten wir uns hin. Gegen Mitternacht kamen die anderen. Sie waren ziemlich angehaucht, und Kurtchen Zech und ich stellten uns schlafend.

Am andern Morgen herrschte während der halben Stunde

Frühstück Schweigen, bis Kurtchen Zech in die Stille hinein grob sagte: „Nun, meine Herren, wer von euch hat gestern die Ehe gebrochen?"

Weinrich antwortete unverzüglich: „Rindvieh."

„Ich weiß, Kindchen", sagte Kurtchen Zech. „Du kannst sie nicht gebrochen haben, weil du nicht verheiratet bist. Und wie steht's mit den anderen Herren?"

„Quatsch nicht so dämlich", sagte Krumbhaar.

Und da hob unser aller Heinz-Otto seinen schweren Kopf, und trüb war sein Blick und heiser seine Stimme.

„Das ist das Thema", sagte er, „und wir müßten jetzt alle beichten. Ich persönlich bin unfähig dazu. Ich weiß nichts mehr."

Der Josef lächelte vor sich hin.

Die anderen taten so, als ob sie nichts hörten.

Und damit war unsere Königsberger Nacht erledigt.

Wir hatten am Vormittag Exerzieren, und wir sahen Feldwebel Möller vorbeigehen.

Er hatte links ein blaues Auge, und seine Lippe war geschwollen.

Nein, wir mochten ihn nicht. Und trotzdem hatte er Kurtchen Zech und mir imponiert.

Warum eigentlich?

Er hatte sich doch ganz unmöglich benommen.

„Das macht nichts", erklärte mir Kurtchen Zech, als wir uns unter vier Augen darüber unterhielten, „darauf kommt es nicht an, Mensch. Das mußt du noch lernen. Natürlich hat er sich unmöglich benommen. Aber er hat es fertiggebracht, sich in einem entscheidenden Moment zusammenzureißen. Verstehst du, was das heißt? Bist du sicher, daß du so was kannst? Ich nicht."

„Ja aber", sagte ich, „er hätte sich vorher zusammenreißen müssen."

„Das geht nicht immer", antwortete Kurtchen Zech ungeduldig, „das geht wirklich nicht immer. Mensch, hast du denn gar keine Lebenserfahrung?"

„Nee", sagte ich, „wenig."

Und da sagte Kurtchen Zech: „Ich will dir was sagen, Freundchen. Dieser Krieg wird's dich lehren. Und hoffentlich hast du dann immer einen Kurt Zech, der dir alles erklärt."

„Na ja", sagte ich, „und was hältst du wirklich von Feldwebel Möller?"

„O Mann", antwortete Kurtchen Zech, „ich wollte, du hättest ein Stückchen von Feldwebel Möller."
Und ließ mich stehen.
Es war ganz eigentümlich, daß ausgerechnet nach dieser Nacht mittag die Feldpost kam. Und zwar eine ganze Masse. Briefe und Paketchen, die hängengeblieben waren. Jetzt kamen sie auf einmal. Wir machten alle dumme Gesichter. Am vorigen Abend hatten uns die Königsberger Mädchen verrückt gemacht. Ich will mich nicht besser hinstellen, als ich bin. Mich haben sie auch verrückt gemacht.

Sieh mal an, dachte ich, jetzt sind wir kaum ein paar Wochen von zu Hause weg, und schon geraten wir außer Rand und Band. Ich sah mir die Briefe an, die ich bekommen hatte, bevor ich sie aufmachte. Und ich dachte auf einmal, daß alles, was da drin stand, alles Liebe und Gute und alle Erinnerungen, einfach zu nichts werden konnten, wenn man durchgedreht war, ein hübsches Gesichtchen lebendig neben einem auftauchte.

Ich merkte, daß es den anderen so ähnlich ging. Sie hockten herum, drehten die Seiten etwas geniert hin und her, lasen, dösten vor sich hin, lasen wieder und stopften dann die Briefe in die Tasche. Sonst hatte es doch immer nach der Feldpost ein lautes Hin und Her gegeben, und jeder wußte was Neues von daheim.

Mich schikanierte zunächst wieder einmal das dumme Gefühl, für nichts und wieder nichts aus meinem ordentlichen Leben herausgerissen worden zu sein. Ich kann nicht sagen, daß ich mit einem besonderen Hochgefühl Soldat war. Ich hatte ein Hochgefühl, wenn ich ehrlich sein sollte, schon vor dem Polenfeldzug nicht gehabt, und hatte es jetzt auch noch nicht. Mir saß das dumme Gefühl, daß irgend etwas an der ganzen Sache nicht stimmte, auf dem Herzen. Das vergaß ich dann natürlich immer wieder. Aber manchmal war es wieder da. Und es war immer wieder da, wenn die Feldpost kam. Oft war ich ganz trostlos. Und ich überlegte mir immer, wie ich damit fertig werden könnte.

Gewöhnlich wurde ich dann bald damit fertig, wenn ich an das allernächste dachte, was zu tun war. Oder, wie Kurtchen Zech immer sagte: „Am besten ist es, wir kümmern uns um nichts." Dann sagte Heinz-Otto prompt: „Das ist ein guter Rat für die Dummen. Ich, was mich betrifft, wüßte ganz gerne, was mit uns gespielt wird. Zum Beispiel, warum ich in den Krieg mußte."

Und dann knurrte Meier III, der, was Politik betraf, die

unvorsichtigste Schnauze unter uns hatte: „Warum? Du liest wohl keine Zeitungen? Du hörst dir wohl keine Führerrede an? Du lebst wohl auf dem Mond, Mensch? Du mußt in den Krieg, weil du Lebensraum brauchst, verstehste?"

Und Meier III sah uns dann der Reihe nach so höhnisch an, daß wir nicht recht wußten, meinte er es ernst oder nicht. Wir sagten dann nichts mehr, und das war wohl das Beste.

6

Am Nachmittag passierte mir was Merkwürdiges. Kurtchen Zech nahm mich auf die Seite, und wir setzten uns hinter die Turnhalle ins Gras. Es war uns immer aufgefallen, daß Kurtchen Zech nach jeder Feldpost traurig und schweigsam wurde. Es stimmte wohl zu Hause etwas nicht ganz, und zwar mußte es seine Braut sein. Denn er bekam immer nur Briefe und Päckchen mit der gleichen Schrift.

Jetzt hatte er einige Blätter in der Hand, und nach einer Weile, als wir uns über irgendwelche Sachen unterhalten hatten, sagte er plötzlich: „Du, hör mal zu. Wo du zu Hause bist, habe ich eine Bekannte. Eine gute Bekannte, kapierst du? Und man kann ja nie wissen. Wenn mir was passiert, könntest du mir einen Gefallen tun. Ich geb' dir hier was von ihr. Sie schreibt ein Tagebuch, verstehst du? Und jetzt schickt sie mir da den ersten Teil. Kolossaler Leichtsinn. Da stehen Dinge drin! Hör mal zu, nimm sie mit, wenn du in Urlaub fährst, und heb sie auf. Oder wir machen es so, daß du deine Adresse draufschreibst, und wir geben sie dem Landser mit, der zuerst auf Urlaub fährt, und der steckt sie irgendwo zu Hause in den Kasten."

Ich sagte: „Wird gemacht."

Kurtchen Zech sah gedrückt in die Gegend, dann rückte er heraus: „Weißt du was, lies doch mal die Briefe. Ich hätte gern gewußt, was du davon denkst. Vielleicht kannst du dir was zurechtlegen, was ich tun soll."

Ich sah ihn unsicher an. Es war mir ungemütlich. Mir wäre lieber gewesen, er wäre zu Heinz-Otto gegangen.

Aber das hätte ihn gekränkt.

Und so las ich dann das Tagebuch von Kurtchen Zechs Braut, die ein Kind von ihm erwartete. Aber bevor ich anfing, sagte ich: „Zu dämlich. Es kommt mir tatsächlich vor, als ob es die Briefe meiner Braut seien. Ich habe aber keine. Aber ich lese das Tagebuch mit 'nem ganz verdammt schlechten Gewissen, ist das nicht komisch? Ich war doch gestern mit einem Mädchen im Park, verstehst du? Ich brauch' da niemand Rede zu stehen. Aber ich hab' jetzt ein schlechtes Gewissen. Komisch, nicht?"

Kurtchen Zech starrte mich an. „Ich war auch mit einem Mädchen im Park", sagte er etwas bissig.

„Eben deshalb", sagte ich, „eben deshalb, Kurtchen. Eben deshalb lese ich jetzt das Tagebuch deiner Braut mit schlechtem Gewissen."

Kurtchen Zech legte sich schweigend zurück ins Gras, nahm einen Halm in den Mund und sah in den Himmel hinauf.

Das Tagebuch der Braut von Kurtchen Zech begann kurz vor unserem Ausmarsch nach Polen.

„Ich wartete vor der Kaserne und sah Kurt von weitem kommen. Ich sah ihn zum erstenmal in Uniform. Er hatte einen schweren Schritt und eine steife Haltung, die ich nicht an ihm kannte. Ich konnte zuerst gar nicht hinsehen. Er kam mir vor wie ein Sträfling. Wir hatten nur eine halbe Stunde in der Kantine, und es war trostlos. Wir sprachen beide wie gehetzt. Kurt war schon in einer ganz anderen Welt. Ich hatte es mehr als einmal auf der Zunge, ihm zu sagen, wie scheußlich ich alles fände, wie unsagbar scheußlich und verbrecherisch. Sie hatten unser Leben schon sowieso zerstört, und jetzt waren sie dabei, es ganz kaputt zu machen. Ich sagte nichts. Es war schon bisher alles hart gewesen mit uns. Nun war alles aus. Wenn ich die ersten Todesanzeigen in den Zeitungen mir auch vorstelle: ‚... auf dem Felde der Ehre gefallen...', könnte ich wahnsinnig werden. Ich weiß, daß Kurt wiederkommen wird. Aber ich schlafe nachts vor Angst nicht. Wahrscheinlich sagen sich alle das gleiche: ich weiß, daß er wiederkommen wird. Und wahrscheinlich fallen sie zu Hunderttausenden.

Ich war am Zug. Unvergeßlich der dunkle Bahnsteig. Und Kurt vor mir, still, unwahrscheinlich bepackt, ernst. Einige seiner Kollegen waren mit an der Bahn. Sie standen mit Witzen in ihren schicken Anzügen und Mänteln vor Kurt, der, gebückt unter seinem ungeheuren Gepäck, wie ein Verdammter dastand und kaum Antwort gab. Und trotzdem hatte ich das Gefühl, daß er sich in diesen Augenblicken mit Männern besser verstand als mit mir. Sie mit ihren albernen Witzchen und ich mit meiner ungeheuren Niedergeschlagenheit und fand nicht die richtigen Worte.

Gleich neben uns stand ein Paar, und das machte es richtig. Der Mann war wie Kurt hochbeladen mit seinem Gepäck, und das junge Mädchen hing ‚zuzüglich', hätte ich beinahe geschrieben, hing zusätzlich dieser Last wie eine Klette an ihm und heulte ununterbrochen und schluchzte und stieß unverständliche Worte heraus, und das schien genau das Richtige zu sein. Der stämmige Soldat drückte sie an sich, klopfte ihr auf den Rücken und sah über sie hinweg zu uns her mit einem Ausdruck höchsten Stolzes, als ob er sich bei uns rühmen wollte: Seht, so werde ich geliebt.

Ich bewundere an Kurt maßlos, wie er, der verwöhnte Mann, alles hinnimmt, was sein muß. Aber am liebsten hätte ich ununterbrochen auf ihn eingeschrien, daß es ja gar nicht sein müsse! Und wenn hunderttausend jetzt schreien würden, es müsse nicht sein, dann... ja, was dann?

Ich kann mich nie von dem Gefühl losmachen, als habe Hitler uns alle miteinander in ein Labyrinth gehetzt, solche, die wollten, und solche, die nicht wollten, Schuldige und Unschuldige auf einen Haufen. Aus diesem Wirbel sah ich keinen Ausweg. Deshalb war es am besten für Kurt, er nahm es hin, als ob es sein müßte, obwohl ich glaube, es muß nicht sein.

Als mein Vater 1918 im Frühjahr aus dem Lazarett mit einem Bein entlassen wurde, sagte meine Mutter einmal in wildester Erbitterung: ‚Wir sind schuld, wir Frauen sind schuld. Wenn wir Frauen uns einfach vor die Truppenzüge auf die Geleise geworfen hätten, wäre alles nicht passiert!' Daran mußte ich denken, als ich mit Kurt auf dem Bahnsteig stand, um Abschied zu nehmen.

Uns vor die Truppenzüge werfen? Und dann? Dann wäre die Frauenschaft in Reih und Glied anmarschiert gekommen und der BdM und hätte uns mit Gewalt von den Schienen gezerrt..."

Als ich bis zu dieser Stelle in dem Tagebuch von Kurtchen Zechs Braut gekommen war, sah ich erschrocken auf und blickte mich erst einmal um. Dann sagte ich: „Mensch, das kann das Mädchen doch um Kopf und Kragen bringen! Das kann sie dir doch nicht ins Feld schreiben! Das ist ja lebensgefährlich!"

Kurtchen nickte.

„Weiß ich. Lies nur weiter."

Ich las weiter, aber dann und wann sah ich mich um, ob niemand um die Wege war. Ich stellte mir vor, wenn zum

Beispiel jetzt Leutnant Meßner wieder plötzlich neben uns auftauchen und die Blätter, in denen ich las, verlangen würde. Das würde dann anders ausgehen, als die Sache mit Remarque im Park der polnischen Gräfin.

Ich las hastig weiter.

„Kurt hat sich eine Pistole gekauft, gerade so klein, um sie in die Uniformjackentasche stecken zu können. Ich sah, wie er auf dem Bahnsteig danach tastete. Und ich erinnerte mich, wie er, als er sie erstanden hatte, bei mir auf dem Bettrand saß und sie betrachtete und sie dann andächtig putzte, putzte, wischte und wischte. Ich lag daneben mit tausend Gedanken, und ich glaube, daß mir da zum erstenmal der schauerliche Gedanke gekommen ist, daß alle Männer an Waffen eine heimliche oder offene Freude haben. Und das bedeutete doch nicht mehr und nicht weniger, wenn ich logisch weiterdachte, daß alle Männer am Töten einen heimlichen oder offenen Genuß fanden. Todernst und völlig in sich versunken, beschäftigte er sich wohl über dreiviertel Stunden mit seiner kleinen Pistole. Und zugleich, obwohl es mich geradezu erschütterte, zugleich sah es nett aus. Und zugleich packte mich der uralte Jammer und die uralte Unlogik der Frauen: Ich verfluchte und verdammte die Tatsache, daß er Soldat sein mußte, und doch fand ich es wiederum nett an ihm. Und ich fragte mich, was ich wohl getan oder gefühlt hätte, wenn Kurt, den ich über alles liebte und von dem ich ein Kind bekam, der jetzt, als ob es sein müßte, von mir weg in den Krieg ging, wenn er, so wie ich es mir heimlich wünschte, einfach nicht mitmachen würde, sondern desertieren. Irgendwohin sich verstecken. Mit mir. Ins Ausland. Nach Süddeutschland, in die Berge vielleicht.

Kurt als Deserteur. Mir und dem Kinde, das ich bekam, allein gehörend und nicht von diesen Wahnsinnigen zum Morden hinausgeschickt, zum Morden oder Gemordetwerden. Das stellte ich mir vor.

Was hätte ich gefühlt? Ich konnte es mir kaum vorstelsen, was ich empfunden hätte. Aber ganz im Hintergrund aller meiner Wünsche und Gefühle stand es vernichtend geschrieben: der Mann, den ich liebte und von dem ich ein Kind, vielleicht einen Jungen bekommen sollte, dieser Mann durfte kein Deserteur sein.

Und damit saß ich in der Mausefalle. Es war die liebliche Verdammnis selber."

Ich sah wieder auf und blickte Kurtchen Zech an. „Mensch", sagte ich, „das ist aber eine Frau! Mit der käme ich nicht zu Rande. Die denkt ja wie ein Rasiermesser!" Und Kurtchen Zech sagte: „Lies weiter."

Ich las weiter.

„Der Krieg macht die Menschen kalt wie Hundeschnauzen. Ich, die ich in allernächster Zeit ein Kind erwarte und vielleicht auf eine Kleinigkeit Rücksicht Anspruch erheben könnte, weiß davon zu erzählen. Gestern stand ich todmüde mit einem schweren Koffer an der Omnibushaltestelle und wartete über eine halbe Stunde. Das Stehen strengt mich entsetzlich an. Der Bus kam überfüllt, und der Schaffner wies mich zurück, als ich einsteigen wollte, und sagte, die älteren Herrschaften hätten das Vorrecht, und er stieß mich vom Trittbrett herunter. Das war mir zuviel, ich rief: ‚Ich bin erst zwanzig, aber ich bin hochschwanger!' Und da ließ er mich einsteigen. Und nach zwei Haltestellen mußte ich wieder aussteigen, weil der Schaffner keine zehn Mark wechseln wollte. Dann stand ich in der Dunkelheit, mit meiner schweren Gestalt und den schmerzenden Gliedern und hundemüde und zerschlagen, gottverlassen mit meinem schweren Koffer. Für ein Taxi hatte ich nicht genügend Geld übrig. Und in diesen Augenblicken, als mir die hellen Tränen der Wut und Scham über das Gesicht liefen, dachte ich plötzlich wie eine Furie: Wenn Kurt mich, während er von mir weg ist, betrügt, bringe ich ihn und mich und das Kind um."

Ich ließ das Blatt sinken. Kurt hatte sich aufgerichtet im farblosen Wintergras und sah mich mit leicht geöffneten Lippen an. Er war erregt. „Lies weiter!" sagte er heiser und sank wieder zurück.

Ich las weiter.

„In dieser Zeit, als ich dreimal jeden Abend einen Koffer aus der Krausenstraße nach Hause schaffen mußte, tauchte mal einer neben mir in der Dunkelheit auf und sagte, und er sagte es eigentlich nicht unnett: ‚Ich würde mir an Ihrer Stelle einen kleinen Kavalier anschaffen, wenigstens zum Koffertragen.' Das ergrimmte mich merkwürdigerweise heftig. Und dann machte ich eine umgekehrte Überlegung. Nun also, dachte ich, wenn es nun so käme, daß alle Briefe von Kurt aus dem Felde, und angenommen, er bekäme mal ein oder zwei Jahre keinen Urlaub, daß alle Briefe keine Macht mehr über mich hätten und ich ihn eines Tages betrügen würde? Aus Verlassenheit, aus Einsamkeit, in einer schwachen oder in einer verrückten Stunde, was weiß ich warum, was dann?

Eine dumme Überlegung, die dann auch sofort verflog. Frauen können leichter treu sein. Aber die Sache mit dem ‚kleinen Kavalier' ging mir doch einige Zeit im Kopf herum. Es gibt einen ganz bestimmten Typ von Mann, der einem in unzähligen Kleinigkeiten gefällig ist und nichts dafür will. Jede Frau weiß das, und viele haben solche Pagen.

Und das war mir zu läppisch.

Im übrigen war es ganz klar, daß man dauernd angesprochen wurde, und am meisten von Soldaten. Sie waren die unbekümmertsten Casanovas. Und das wußten diese Burschen, die nicht immer plump und unverschämt waren und die von der Technik des Ansprechens allerlei wußten. Sie tauchten neben einem auf in der Verdunklung, man hörte zunächst nur ihre Stimme und sah neben sich den Umriß ihrer Figur. Und wer eine schöne Stimme hatte, war gut dran. Ich selber reagiere auf schöne Stimmen sofort, wenn ich auch niemals einem Tenor Liebesbriefe schrieb oder einen Schauspieler belästigte oder jetzt in diesen Tagen einer angenehmen Stimme nachgab.

Gestern abend sah ich vor dem Potsdamer Bahnhof eine gewaltige Schlägerei, und neugierig, wie ich bin, blieb ich in gebührender Entfernung stehen und sah der Sache zu, die sich da in der Abenddämmerung abspielte. Sie ging ziemlich komisch zu Ende. Einige Italiener hatten sich mit ihren sonoren Stimmen, ihrem Temperament und wohl auch in Alkoholstimmung in eine Auseinandersetzung mit einigen Landsern eingelassen. Und durch irgendeine alberne Wendung hielten die erbosten Landser die Italiener für Franzosen und eröffneten eine Prügelei. Polizei und andere Soldaten warfen sich in das Gewühl und trennten die Kampfhähne, und nun schmetterten die Italiener ihre Proteste wie Arien über den Bahnhofsplatz. Die verdutzten Landser kapierten nun erst den Unterschied zwischen Italienisch und Französisch und gaben klein bei.

Ich mußte übrigens im Weitergehen plötzlich weinen. Und nachher wurde mir klar, daß ich mit meinen Nerven nicht nur meines Zustandes wegen so herunter war, sondern weil ich hungerte. Ich wurde nicht mehr satt. Und ich entdeckte, daß es anderen Leuten genauso ging. Ich versuchte es mit Obstessen, denn Obst hatte ich genug, aber es machte noch flauer.

Heute auf dem Nachhauseweg überholte mich ein Rotkreuzwagen. Sein Anblick war mir unheimlich, zumal er merkwürdig langsam und völlig lautlos vorüberglitt. Ich erschrak entsetzlich. Und bekam sofort Schmerzen. Ich dachte an das Kind. Wie sollte das werden? Alle Krankenhäuser waren mit Verwundeten überfüllt. Auch die Frauenkliniken. ‚Gebäre zu Hause, egal wie!' Ich habe mich heute in einem kleinen Privatheim angemeldet. Eine etwas robuste Ostpreußin macht hier die Sache, und ich denke, sie wird es schon recht machen. Nachher werde ich das Kind wohl in ein kleines katholisches Heim nach Pankow geben müssen, das man mir empfohlen hat. Aber wenn ich an all das denke, was mich erwartet, möchte ich wieder alles verfluchen, was geschieht. Frauen arbeiten Männerarbeit, Kinder werden ‚untergebracht', die Männer sind an der Front, die Schieber und Bonzen bleiben daheim, und das Ganze heißt deutsche Familie.

Es geht diesen mechanisierten Seelen, die uns regieren, ja nicht um die Familie, auch nicht um die Moral oder sonst einen echten und schönen Begriff, es geht ihnen nur um die möglichst höchste Produktion von Menschen. Wir Frauen sind Gebärmaschinen, unsere Männer sind Kampfmaschinen und Zuchtmaschinen, wenn sie Urlaub haben, und unsere Kinder werden entweder das eine oder das andere.

Ich werde es nie fassen können, daß alles so kommen mußte, wie es kam, und daß alles um des Vaterlandes willen notwendig war. Ich bin oft nahe daran zu schreien.

Das Kind ist da. Es heißt, wie Kurt und ich es uns ausdachten, Barbara. Es war schrecklich, und die Schmerzen waren schlimm. Ich konnte mich gerade noch rechtzeitig nachts gegen ein Uhr in das Entbindungsheim schleppen. Ich war zwei Stunden in Lebensgefahr."

So weit ging das Tagebuch von Kurtchen Zechs Freundin.

„Und was willst du, was ich dazu sagen soll?" fragte ich.

Kurtchen Zech sah mich still an.

„Eigentlich nichts", sagte er dann nach einer Weile, „eigentlich nichts. Ich kann nicht mal selber etwas dazu sagen. Ich dachte nur... sag mal, Mensch, sag mal, das denken also nun die zu Hause."

„Wahrscheinlich denken nicht alle so", antwortete ich. „Dieses Mädchen hier mußte ja den Kopf verlieren. Sie ist ganz allein, wie? Muß also alles allein ausfressen, nicht wahr? Und du bist im Feld. Na also. Oder erwartest du von ihr großartige Sprüche? Kannst du kaum verlangen. Gestatte aber eine kleine Anfrage: Warum hast du das Mädchen nicht geheiratet?"

Kurtchen Zech nickte.

„Ein wahres Wort. Ja, warum eigentlich? Vielleicht, weil ich keiner zum Heiraten bin."

Ich wurde wütend.

„Na weißt du!" fuhr ich ihn an, „ich bin ja kein Moralist. Ich nehm' auch, was ich kriegen kann. Aber, na weißt du! Wenn das Mädchen ein Kind von dir bekommt!"

Ich starrte ihn erbittert an.

Was das Mädchen geschrieben hatte, war doch sehr verzweifelt, und wahrscheinlich doch deshalb, weil sie niemand hatte außer Kurtchen, und der sie doch, genau betrachtet, im Stich ließ.

Ich stand auf.

Er lag im Gras und rührte sich nicht.

„Du mußt wissen, was du tust", sagte ich, „gestern hast du dich mit einer anderen im Park herumgetrieben. Das geht mich nichts an. Mußt du mit dir abmachen. Aber eins kann ich dir sagen: Ich wollte, du hättest mir das Tagebuch nicht zu lesen gegeben."

Kurtchen Zech gab keine Antwort.

Im Weggehen drehte ich mich noch einmal um und sagte: „Ich denke jetzt nämlich ein bißchen anders von dir als vorher."

Und ich ließ ihn liegen.

Dann fiel mir plötzlich etwas ein, und ich ging noch einmal zurück.

„Die Blätter", sagte ich, „die Blätter nehme ich an mich. Ich werde dafür sorgen, daß sie zu mir nach Hause kommen. Das mach' ich aber nicht dir zu Gefallen, sondern um deines Mädchens willen. Ihr kommt beide um Kopf und Kragen, wenn diese Papiere in unrechte Hände kommen. Verdammt noch mal."

Die Geschichte wurmte mich sehr.

Als ich ins Schulhaus zurückkam, gab mir Heinz-Otto einen Brief.

„Der Spieß hat noch eine Nachsendung bekommen. Er war wenigstens so anständig, selber 'rumzurennen und die Herren Adressaten aufzusuchen."

Der Brief war von meinem Vater. Es war der zweite Brief, den ich von ihm bekam, seit wir ausgezogen waren.

Er schrieb:

„Aus Deinem letzten Schreiben mußten wir leider erkennen, daß Du Dich von uns geradezu verlassen und vergessen fühlst. Wir bedachten uns dieserhalb mit unendlichen Vorwürfen, obwohl wir dabei dennoch schuldlos sind. Ich weiß es ja von mir selber, wie willkommen irgendein Lebenszeichen von daheim ist, wenn man draußen einsam und allein ist. Und Mutter und ich haben den Eindruck, daß Du Dich wirklich allein fühlst. Das ist nicht gut, mein Junge! Richtig wäre es natürlich gewesen, wenn Du uns immer geschrieben hättest, wo Du steckst, dann hätten wir wenigstens in Gedanken bei Dir sein können; und ich glaube wohl, daß Du das gefühlt hättest. So was gibt es. Es ist bestimmt so manches nicht in Deine Hände gekommen, was wir in Liebe Dir geschrieben oder verpackt hatten. Das bißchen, was wir für Dich ergattern konnten, ist an Dich abgegangen. Du hast lange geschwiegen, und ein kurzes Lebenszeichen von Dir hätte Mutter und mir viele Sorgen genommen. Dein Schweigen, wo Du doch mitten in den Schlachten warst, so kalkulieren wir wenigstens als saudumme Zivilistenschweine, hat uns Sorgen gemacht. Das all' soll kein Vorwurf sein, beileibe nicht. Uns hat es weh getan, als wir nun vermuten mußten, daß Du Dich so verlassen fühlst. Ich verstehe es einfach nicht, daß Dich bisher nur ein Brief erreichte. Es ist mir peinlich, denn ich kann mir denken, daß Deine Kameraden, wenn sie beim Postempfang Dich leer dastehen sehen, nicht gut von Deinen Eltern denken mögen und sie als recht mangelhaft empfinden.

Ich kenne das. Wie oft bin ich damals 14 bis 18 in ‚meinem Kriege' kleinmütig und verdrossen in den Kahn gekrochen, wenn die Post wieder mal für mich nichts hatte. Es tut uns das alles so schrecklich leid. Deine Mutter hat so viel an Dich geschrieben. Oder stimmt an Deiner Feldpostanschrift etwas nicht? Denke nicht, daß wir in Gleichgültigkeit oder im bequemen heimatlichen Spießertum dahinleben. Wir denken an Dich mit großer Liebe und auch in großer Hochachtung. Das sollst Du wissen. Wir, die Mutter und ich, setzen uns nie an den Tisch oder legen uns abends in die Klappe, ohne daß nicht Deiner in lauten Worten gedacht wird. Ganz zu schweigen von den vielen Gedanken, die bei Dir und auf Deinen Wegen sind, wenn uns der Schlaf flieht und wir uns dabei ertappen, daß wir stundenlang wach nebeneinander liegen. So manche Stunde träumte ich wachend in der Nacht auf allen Deinen Wegen mit Dir.

Wir hoffen felsenfest, daß Du bei gutem Wohlbefinden bist. Auch wir sind hier wohlauf. Der Kriegsalltag ist natürlich nicht recht bequem, und wir haben leider die Erfahrung gemacht, daß der Krieg die Menschen zu Hause nicht edler macht. Im Gegenteil, sie werden klein und unendlich häßlich. Aber wir haben hier immer noch ein Dach über uns – sind einfach daheim. Ein großes Wort ist das, wenn wir an Dich denken.

Wie immer arbeite ich Sonntag morgens in meinem kleinen Garten, meiner ‚Prärie'. Das Fleckchen Erde hat es in sich. In letzter Zeit hatte ich viel Arbeit mit dem Laubrechen, der Wind blies mir immer wieder neue Divisionen von welken Blättern auf das gereinigte Terrain. Ich weiß, daß Du für diese Art Landwirtschaft kein Verständnis hast, aber in mir kreist doch viel bäuerliches Blut, und ich bin alles andere als ein gewandter und glücklicher Großstädter.

Wie ist es bei Dir mit Urlaub? Daß wir Dir hier Dein Nest warm gestalten, brauchen wir wohl nicht besonders zu erhärten. Herzlich willkommen bei den Eltern! Zu jeder Stunde! Mutter hat Dir heute wieder mit glühenden Backen ein Paketchen gepackt, und ist wie eine Furie nach der Post geeilt, um es als Expreß aufzugeben, es hatte gar keinen Zweck, ihr klarzumachen, daß es Expreß als Feldpost nicht gibt.

An der Länge dieses Briefes magst Du erkennen, daß ich Deiner aus ganzem Herzen gedenke. Lasse niemals den Gedanken aufkommen, wir gedächten Deiner nicht. Wir sind immer bei Dir und mit Dir auf allen Wegen. Sei stets ein feiner Kamerad und stets ein ehrlicher und makelloser Soldat... aber das brauche ich Dir ja gar nicht zu sagen.

Mutter fügt ihre Zeilen an.

Ich bin immer Dein aufrichtiger Vater."

Ich dachte lange über diesen Brief nach.

Aber ich wurde bald aus meinen Gedanken gerissen, denn der Weinrich rannte herum und fragte jeden von uns hilfeflehend um Rat. Es war beim Regiment ein Fernschreiben eingelaufen. Der Bruder Weinrichs, der SS-Gruppenführer, der uns auf dem Marsch überholt und seinen Bruder aus der Kolonne gefischt hatte, wollte ihn in seinen Stab zu einer SD-Einheit nehmen. Und Weinrich wollte nicht.

Und jetzt keilte er jeden von uns an, wie er sich davor drücken könnte. Rolf Weinrich war seines Zeichens Bäcker in Andernach am schönen Rhein, ein etwas schwächlicher Mann, der ohne weiteres zugab, daß er Angst hatte, in diesem Krieg zu fallen. Aber auf der anderen Seite war er derjenige, der von uns allen am offensten seine Meinung über dieses und jenes äußerte. Das heißt, er hatte Mut.

Wir gerieten jetzt seinetwegen in eine wilde Diskussion.

Der Krumbhaar war dafür. „Du wärst ein schönes Rindvieh", sagte er. „Zu einem Stab zu kommen! Wo der eigene Bruder ein großes Tier ist! Du wärst ein Rindvieh, wenn du da nicht zugreifen würdest."

„Er kann ja gar nicht zugreifen oder nicht zugreifen", sagte Heinz-Otto. „Das Fernschreiben ist ein Befehl. Er muß."

„Das ist noch nicht sicher", sagte Meier III, „die Mitgliedschaft bei der Allgemeinen SS ist freiwillig."

Rolf Weinrich sah unglücklich von einem zum anderen.

„Warum willst du eigentlich nicht?" fragte ich. „Erklär uns das einmal."

Weinrich schmiß die Zigarette zum Fenster hinaus und sagte: „Ich denke gar nicht daran. Ich kenne Egon. Egon hat mich zeit meines Lebens schikaniert. Er ist ein Aas. Schon in der Schule ist er ein Aas gewesen. Und jetzt will er mich in die Finger kriegen."

„Na hör' mal!" sagte der Josef verwundert, „auf dem Marsch hat er dich aber doch sehr herzlich begrüßt."

„Ihr kennt Egon nicht", sagte Weinrich störrisch.

„Was war denn dein Egon früher?" erkundigte sich Heinz-Otto.

„Nichts", erklärte der Weinrich, „er war nichts. Er war bei der SA. Schon ganz früh. Schon in München. Und dann ging er zur Allgemeinen SS."

„Aha", sagte Heinz-Otto vorsichtig und hielt dann die Schnauze.

„Was meinst du denn, was ich tun soll?" fragte Weinrich Kurtchen Zech.

Kurtchen Zech hatte sich bis dahin an der Diskussion nicht beteiligt, er saß schweigsam in einer Ecke.

Und er war also der einzige, der bisher Weinrich noch keinen Rat gegeben hatte.

Jetzt sagte er zerstreut: „Wenn du kannst, bleib hier, Mensch."

Es war die einzige ganz klare Antwort, die Weinrich bisher erhalten hatte, und wir waren alle verblüfft.

„Und warum soll er hierbleiben?" fragte Heinz-Otto.

Kurtchen Zech sah uns der Reihe nach an, dann blieb sein Blick merkwürdigerweise an mir hängen, und er sagte: „Man bleibt bei seinem anständigen Sauhaufen."

Eine Weile herrschte Schweigen im Zimmer.

„Wie meinst du das?" fragte der Weinrich verwundert.

„So, wie ich es sage", erklärte Kurtchen Zech grimmig. „Man bleibt bei seinem anständigen Sauhaufen."

„Kurtchen", sagte ich, „Kurtchen, sei vorsichtig."
„Man bleibt bei seinem Sauhaufen", wiederholte Kurtchen Zech stur. Und wieder war eine lange Weile peinliches Schweigen.
„Und das sagst du als Pg?" fragte Meier III perplex.
„Das sage ich als Pg", antwortete Kurtchen Zech ruhig.
Der Weinrich nickte. „Das dachte ich auch", sagte er nachdenklich, „und ihr kennt Egon nicht. Ich gehe jetzt zum Spieß."
„Du gehst nicht zum Spieß", sagte Kurtchen Zech plötzlich lebhaft, „du gehst zu Hauptmann Distelmann. Gleich zum Chef."
„Und", fragte Weinrich erleichtert, „was sage ich?"
„Die Wahrheit", antwortete Kurtchen Zech. „Die Wahrheit sagst du. Du sagst, du willst nicht zum SD. Weil es dir bei uns besser gefällt."
Und der Weinrich haute ab.

7

Seit einigen Wochen liegen wir am Westwall. Es ist Dezember, es ist lausig kalt, und statt Schnee liegt Dreck. Leider befinden wir uns nicht am schönen Rhein, wo es sicher gemütlicher ist, weil das Wasser zwischen uns und dem Feind fließt.
Wir hausen in einem Berg- und Waldgebiet, wohnen in evakuierten Dörfern und machen Dienst in nassen Bunkern. Hundertfünfzigmal, über den Daumen gepeilt gerechnet, wurden wir bisher alarmiert, und hundertundfünfzigmal war es nichts.
Wir nehmen an, daß die ganze Sache in diesem Winter zu Ende gehandelt wird und wir im Frühjahr nach Hause können. Denn obwohl die Engländer nach der Führerrede geantwortet haben, sie wollten nicht, und die Franzosen dasselbe gesagt haben, sind das doch Kinkerlitzchen. Hinter den Kulissen wird schon allerhand los sein.
Es ist doch ganz klar, daß keiner will, wir nicht und die nicht. Sonst wäre es gleich nach dem Polenfeldzug über Frankreich hergegangen, oder die Franzosen und Engländer wären während des Feldzuges über uns hergefallen oder hätten wenigstens jetzt losgelegt.
Aber das alles geht uns nichts an.
Gestern morgen machten wir ein Spähtruppunternehmen, und davon wollte ich eigentlich etwas aufschreiben und nicht von dem, was die Bonzen tun und lassen.

„Für das Wort Bonzen kriegst du vierundzwanzig Stunden verschärften Arrest", sagte Kurtchen Zech kürzlich zu mir, und das fällt mir jetzt ein, da ich das Wort wieder hinschreibe.
„Wieso", sagte ich. „Erlaube mal, bitte!"
„Bonze", sagte Kurtchen Zech, „Bonze bezieht sich auf deine Vorgesetzten."
„Quatsch", antwortete ich, „Bonze bezieht sich auf die ganz oben."
„Also auf deine höchsten Vorgesetzten, du Dussel", sagte Kurtchen Zech mitleidig.
„Erlaube mal, bitte", sagte ich, „ist zum Beispiel der Reichsbildberichterstatter mein Vorgesetzter?"
„Nee, der nicht."
„Na also, dann kann ich doch zu dem Reichsbildberichterstatter..."
„Hör bloß auf", sagte Heinz-Otto. „Mach uns nicht wahnsinnig. Die Sache ist so klar wie Nudelsuppe. Du darfst zu keinem Bonzen Bonze sagen, verstehste? Klar?"
Aber ich wollte ja von dem Spähtrupp schreiben.

Vor dem kleinen Zweimannbunkerchen auf dem Hügel, nach dem wir uns bei den Zotteleien durch die vorderste Frontlinie immer richteten, lagen so etwa zweihundert Meter weit Äcker. Und dann kam der Wald. In der Mitte, direkt vor uns, lag er flach, rechts stieg er langsam an, und dort, wo er steiler wurde, sah man die Lichtung mit dem großen Bauernhof, in Bäume hineingelegt wie ein Spielzeug. Entfernung etwa ein Kilometer. Der Hof war von unserer Artillerie zusammengeschossen. Er lag immer leblos und verlassen.

Am Vortag kam Feldwebel Möller zu uns ins Dorf, der Feldwebel aus Königsberg mit dem schönen Mädchen, dem der Bräutigam gefallen war und das Feldwebel Möller abwechselnd ins Gesicht geschlagen und geküßt hatte und das wir dann nach Hause gebracht hatten.

Seit der Zeit hatte Feldwebel Möller eine merkwürdige Vorliebe für uns. Er tauchte immer wieder mal auf und quatschte mit uns oder brachte irgend etwas an, Zigaretten oder eine Flasche Wein. Wir wußten immer noch nicht genau, ob wir ihn mochten oder nicht.

Also Feldwebel Möller kam in die Bauernstube, wo wir tüchtig eingeheizt hatten, wie Krokodile herumlagen und uns was erzählten. Wir erzählten uns eigentlich oft etwas. Heinz-Otto, Kurtchen Zech, Josef und Meier III konnten Sachen erzählen, daß wir uns bogen vor Lachen. Auch manchmal was Ernstes.

„Hört mal her", sagte Feldwebel Möller, „was Dienstliches."
(Wenn er sonst auftauchte, hatte er die Gewohnheit zu sagen: „Feldwebel Möller privat.")
„Was Dienstliches", sagte Feldwebel Möller. „Der Chef soll einen Spähtrupp nach dem Waldhof schicken. Morgen früh. Führer Feldwebel Möller. Mit Freiwilligen. Zwölf Mann. Unteroffizier Krämer und Unteroffizier Matt hab' ich, sind zwei. Sechs vom zweiten und dritten Zug hab' ich. Vier von euch können mit."

Es klingt natürlich wie Angabe, wenn ich sage, daß außer dem Krumbhaar, der nicht in der Stube war, alle auf die Beine sprangen. Das kam daher, daß Feldwebel Möller so was Frisches und Aufpulverndes an sich hatte, dann kam es daher, daß wir uns tatsächlich trotz des vielen Dienstes zu Tode langweilten, dann kam es daher, daß wir während der ganzen Zeit noch keinen Franzosen gesehen hatten, und es kam daher, daß wir auf etwas Scharfes scharf waren.

„Es geht noch ein Kriegsberichter mit", sagte Feldwebel Möller. „Sonderführer Kurzbein. Scheint nicht viel loszuhaben. Drückte sich mächtig herum. Na also. Mit wem habe ich das Vergnügen?"

Es war nicht anders zu machen, wir würfelten.

Der Weinrich, Heinz-Otto, Kirchhofer und ich machten das Rennen. Und noch vor Morgengrauen am nächsten Tag gab uns Hauptmann Distelmann die letzte Politur.

„Sie sollen keine Schlacht schlagen", sagte er abschließend. „Sie sollen gute Meldungen zurückbringen, was im Waldhof und darum herum los ist."

Dann wandte er sich zu dem Mann von der Propagandakompanie.

„Herr Sonderführer", sagte er etwas spöttisch, „ich hoffe, Sie machen meine Leute nicht übermütig und marschieren nach Frankreich hinein. Hauen Sie ab, Feldwebel Möller, Kopf- und Bauchschuß!"

Nun, der Sonderführer Kurzbein sah nicht so aus, als ob er uns übermütig machen würde, im Gegensatz zu seinem Namen war er hochaufgeschossen und dürr und trug eine Brille und hatte bisher noch kein Wort zu irgendwem gesagt. Auch hatte er die Gewohnheit, sich seine Lippen zu zerbeißen, mal die Unter-, mal die Oberlippe. Und das war kein gutes Zeichen. Er war nervös.

Wir kümmerten uns nicht viel um ihn, aber Feldwebel Möller sah ihn, bevor wir im Morgennebel loszitterten, zögernd an.

„Am besten halten Sie sich immer in meiner Nähe, Herr Kurzbein", sagte er höflich. „Sie nehmen wohl noch Ihre Apparate mit?"

„Vielen Dank", antwortete der Sonderführer etwas hastig, „vielen Dank. Ich habe keine Apparate. Ich bin Wortberichter. Ich fotografiere nicht, ich schreibe. Ich schreibe Berichte."

„Ach so", sagte Feldwebel Möller etwas enttäuscht. „Ich dachte, Sie könnten ein paar nette Aufnahmen von unserem Haufen machen."

„Oh, das kann ich", antwortete Herr Kurzbein zuvorkommend.

„Ich habe eine Leica bei mir."

Und er zerrte aus seiner linken Jackentasche das kleine Etui und zeigte es eilig herum.

Ein komischer Kauz.

Und dann begann unser Feldzug.

An den entlaubten Büschen rechts vor dem Dorf glitten wir entlang, einer hinter dem andern. Wie jeden Morgen lag Winternebel auf den Fluren, und so kamen wir schnell und sicher ungesehen über die zweihundert Meter Äcker zum Waldrand.

Hier stand ein kleiner, verfallener Schuppen, kaum mannshoch. Von hier aus sollten wir in den Wald eindringen.

Die ganze Reihe blieb wie vom Blitz getroffen plötzlich stehen, denn vor dem Schuppen richtete sich eine Gestalt auf. Es war Leutnant Meßner.

„Soweit und bisher ganz gut", sagte er leise. „aber bei einem von Ihnen scheppert etwas am Koppel. Kilometerweit zu hören."

Wir sahen an uns hinunter, aber wir fanden bei keinem von uns etwas, was scheppern konnte.

„Gehen Sie weiter, Feldwebel Möller", sagte Leutnant Meßner. „Wir werden es gleich heraus haben."

Wir traten in den Wald ein, und wie das so ist: es war nicht das mindeste Scheppern mehr zu hören.

Als wir zurückblickten, sahen wir Leutnant Meßner bewegungslos neben dem Schuppen stehen.

Während wir langsam über das nasse, nachgebende Moos unter den ersten Waldbäumen gingen und dann und wann ein trockenes Ästchen mit einem winzigen Knall unter dem Stiefel brach und man erschrocken einhielt... ja, da wurde mir auf einmal bewußt, daß es gegen den Feind ging.

Es wurde recht unheimlich zwischen den schweigenden Stämmen, die uns wie graue, feuchte Säulen umgaben.

Hier war der Nebel nicht mehr so dicht, und wir konnten etwa hundert Meter weit sehen.

Feldwebel Möller ging rechts voraus. Und zwei Schritte hinter ihm trottete der lange Sonderführer.

Vor mir ging Unteroffizier Matt. Hinter mir Weinrich. Um die anderen kümmerte ich mich nicht.

Im übrigen hatten wir das alles unzählige Male geübt. Die Sache war keine Neuigkeit. Wir hatten den Spähtrupp in jeder Form geübt. Und also würde es auch wahrscheinlich keinen Schock für uns bedeuten, wenn es plötzlich irgendwo vor uns knallte. Auch bei den Übungen hatte es geknallt. Diesmal allerdings würde es, wenn es knallte, eine Kugel sein.

Nun, es war soviel wie sicher, daß keiner von uns aufgeregt war. Höchstens, wenn etwas unter den Stiefeln knackte, regte es uns auf, aber das war mehr Ärger als Aufregung. Wir gingen quer durch den Wald. Für den Fall, daß wir plötzlich in Deckung gegen Sicht gehen mußten, waren die einzelnen dürren Büsche genügend. Es mochten zwanzig Minuten vergangen sein, als wir an die Schneise kamen, die auf der Karte quer zu unserer Marschrichtung lief. Von uns aus konnten wir den Einschnitt nicht sehen, aber wir behielten, wie es verabredet war, Feldwebel Möller scharf im Auge.

Jetzt sank er zusammen. Und wir alle tauchten lautlos hinter Büschen unter. Die Schneise lag dicht vor uns.

Eine große Stille herrschte rings um uns her.

Feldwebel Möller hob den Arm, und wir krochen langsam näher und verteilten uns links und rechts in weitem Zwischenraum neben ihm.

Und dann geschah alles so schnell, daß keiner von uns später imstande war, den Hergang genau zu erzählen.

Zwischen uns und der quer vor uns laufenden Schneise war noch eine Reihe von etwa fünf bis acht Bäumen, ein schmaler Gürtel also, der uns von dem Waldweg trennte, den wir auf unserem Marsch zum Bauernhof kreuzen mußten.

Und uns gegenüber, auf der anderen Seite der Schneise, zog sich ein dichter Streifen dürres Unterholz zwischen den Bäumen entlang. Und gerade hob Feldwebel Möller den Arm, um das Zeichen zum Weitergehen zu geben, als sich aus dem Streifen Unterholz jenseits der Schneise ein Franzose erhob, mit den Knien das Gesträuch zur Seite schob und auf die Schneise heraustrat. Es war ein gedrungener Bursche mit dem Stahlhelm auf, darüber die uns vertraute Feuerwehrhelmschiene lief, der Riemen saß unterm Kinn, darunter ein dunkelbraungebranntes Gesicht, der Wintermantel war an den Knien zurückgeschlagen, am Koppel hingen Patronentaschen und das lange Seitengewehr. Er trug sein Gewehr lässig in der Hand.

Und nun sah er nach links und nach rechts die Schneise entlang.

Längst war der Arm von Feldwebel Möller gesunken. Wir lagen, jeder an seiner Stelle, wie an den Boden genagelt und hielten den Atem an. Es war der erste leibhaftige französische Soldat, den wir sahen.

Nun konnte es sich nur noch um die berühmten Sekunden handeln, und hinter diesem Franzosen würden noch andere auftauchen. Und was dann?

Natürlich waren wir prompt einem gegnerischen Spähtrupp in die Arme gelaufen. Weitergehen war unmöglich, ohne... ja, was ohne? Ich überlegte mir rasend schnell, was zu machen war. Zurück konnten wir nicht. Die Entfernung zwischen ihm und uns betrug kaum 15 Meter. Es würde also, kurz gesagt, eine Schießerei aus nächster Entfernung geben, vorausgesetzt, daß der Franzose auch nur einen oder zwei Schritte weiter über die Schneise hinweg machte, dann mußte er uns liegen sehen.

Was würde Feldwebel Möller machen?

Diesen da abschießen? Und dann? Auch die anderen abschießen, die dann aus dem gegenüberliegenden Schneisenrand brechen würden? Wie viele aber konnten es sein?

Dies alles ging im Bruchteil einer Sekunde durch meinen Kopf. Und ich entsicherte lautlos mein Gewehr und warf einen schnellen Blick nach links, wo das lMG war. Aber dann wurde ich allem weiteren Nachdenken enthoben, denn jetzt ereignete sich das, was nachher niemand mehr genau erzählen konnte.

Ich sah neben Feldwebel Möller wie aus dem Waldboden geschossen sich eine lange Gestalt erheben und wie ein Schatten lautlos auf die Schneise fegen. Ich sah, wie der Franzose sich mit einem Ruck zur Seite drehte, ich sah, wie er sein Gewehr hob, ich sah seinen Mund sich öffnen, und dann hörte ich einen matten, sozusagen klebrigen Schlag. Der Schatten war dicht an ihm, ich sah den Franzosen zusammenknicken, das Gewehr entglitt seiner Hand, der Schatten griff mit der Hand nach dem Gewehr, schlang den anderen Arm um das Genick des Franzosen, es gab einige schlurfende Geräusche,

und dann sah ich, daß Feldwebel Möller und jemand anders sich um etwas zu schaffen machten.
Dann war Stille.
Ich glaube, wir erstarrten zu Stein.
Das war doch, verdammt und zugenäht, das war doch Sonderführer Kurzbein gewesen! Karl May persönlich! Es war nicht zu sagen.
Aber nun mußte doch jeglicher militärischer Vernunft nach da drüben jenseits der Schneise etwas geschehen. Der Franzose war doch nicht mutterseelenallein auf Spähtrupp gegangen. Jetzt mußten doch die anderen auftauchen. Und ihn vermissen. Und zumindest stutzig werden.
Der Schweiß lief mir unter der Uniform herunter, Feldwebel Möller, der unheimliche Sonderführer und der Franzose lagen völlig bewegungslos. Ich blickte wieder schnell nach links. Und nun sah ich unser lMG auf die Schneise gerichtet.
So lagen wir wohl eine Viertelstunde.
Es geschah nichts.
Niemand war zu sehen und niemand war zu hören. Am Ende, dachte ich schließlich, am Ende ist es ein Deserteur, und dann liegt die Sache natürlich ganz klar. Dann war niemand hinter ihm, und dann würde niemand kommen. Und wieder verging eine endlose Viertelstunde.
Dann hörten wir plötzlich in der Ferne Stimmen, unterdrückte, halblaute Stimmen, wohl hundertfünfzig Meter jenseits der Schneise. Aber man täuscht sich im Walde mit Stimmen, Geräuschen und Entfernungen.
Nach weiteren zehn Minuten erhob sich Feldwebel Möller und winkte, es war das Zeichen zum Zurückgehen. Ich sah den Franzosen. Er trug das Halstuch von Feldwebel Möller über seinem Mund. Der Sonderführer trug sein Gewehr. Wir gingen lautlos und hocherregt etwa dreihundert Meter zurück, und hier winkte uns Feldwebel Möller zusammen.
Wir starrten den Sonderführer wie das achte Weltwunder sprachlos an. Niemals hätten wir so etwas für möglich gehalten. Er stand gleichmütig vor dem Franzosen und sprach mit ihm halblaut und schnell in dessen Sprache.
Ich glaube, ich habe niemals ein trostloseres Gesicht gesehen als bei diesem Franzosen. Sein Mund zuckte unaufhörlich, als ob er gleich zu weinen begänne. Seine dunklen, brennenden Augen wanderten von einem zum anderen. Und immer wieder blieben seine Blicke mit einem Ausdruck grenzenlosesten Erstaunens an dem ruhigen Gesicht des Sonderführers

hängen. Dann und wann schoben seine Hände den Helm zurück und wischten über die Stirn. Das Tuch hatten sie ihm abgenommen. Und ebenso schnell und aufgeregt, wie der Sonderführer ruhig und gelassen blieb, gab er hastig hervorgestoßene Antworten.

Feldwebel Möller starrte abwechselnd Herrn Kurzbein, dann uns, dann den Franzosen, dann wieder den Sonderführer an. Dann zuckte der Sonderführer die Schultern.

„Er sagte natürlich nichts", wandte er sich an Möller. „Er ist noch aufgeregt und plappert. Das einzige, was ich 'rauskriegen konnte, war, daß er mit vier anderen zu einem Blockhaus unterwegs war und sich verlief. Es muß also ein Blockhaus oder mehrere da vorne sein. Wir müssen aufpassen. Am besten, Sie schicken ihn jetzt zur Kompanie zurück."

Der Franzose fuhr sich über den Mund, die Lippen waren blutig. Der Sonderführer sagte etwas zu ihm, und jetzt lächelte der Franzose ihn tatsächlich mit etwas verschwollenem Munde an.

„Es mußte natürlich sitzen", sagte Sonderführer Kurzbein. „Und ich habe mich bei ihm entschuldigt. Es ging eben nicht anders. Abschießen wäre etwas schlimmer gewesen."

Und jetzt erst kam anscheinend Feldwebel Möller dazu, sich Luft zu machen. „Herr Sonderführer", sagte er, „nun sagen Sie mal!"

Und sofort blieb ihm die Luft wieder weg.

Und jetzt mußte ich etwas sagen, sonst wäre ich geplatzt. „Herr Sonderführer", sagte ich, „Sie haben alle sechzig Bände von Karl May gelesen!" Herr Kurzbein schüttelte sich lautlos vor Lachen, dann tippte er mir auf die Schulter.

„Sehr richtig, der Herr", sagte er, „Bärentöter, Henrystutzen und der berühmte Faustschlag an die Schläfe."

„An die Schläfe?" sagte Weinrich, „Herr Sonderführer haben ihm die Zähne eingeschlagen!" Es war das erstemal, daß ich den Weinrich so ehrfürchtig mit einem Vorgesetzten sprechen hörte, und ich wollte gerade noch etwas sagen, als Feldwebel Möller sich zusammenriß.

„Wenn Sie den Gefangenen selber mit einem Begleiter zurückbringen wollen, Herr Kurzbein", sagte er formell, „dann..."

Sonderführer Kurzbein hob die Hand.

„Nee", unterbrach er salopp, „nee. Ich geh' mit zum Waldhof."

Feldwebel Möller sah sich im Kreise um. Dann nickte er

mir zu. „Sie und Schütze Kammerer bringen den Gefangenen zu Hauptmann Distelmann. Melden Sie, daß der Gefangene noch nichts ausgesagt hat. Mit Ausnahme des Blockhauses. Der Spähtrupp führt seinen Auftrag aus."

Es war riesig nett von Feldwebel Möller, an sich riesig nett, mich zurückzuschicken, denn jetzt war es klar, daß die Sache riskant wurde, und ich merkte, daß Feldwebel Möller seit der Geschichte mit dem schönen Mädchen mich besonders gut leiden konnte, merkte es jetzt wieder.

Aber ich wollte nicht zurück.

Ich suchte nach Worten, aber wieder entdeckte Feldwebel Möller etwas, worüber er sich Luft machen mußte.

„Sie haben den ersten französischen Gefangenen gemacht, Herr Kurzbein!" stieß er heraus. „Den ersten im ganzen Regiment!"

Das wäre nun noch eine ganze Weile hin und her gegangen, wenn nicht plötzlich fern im Walde ein Schuß gefallen wäre, Richtung Waldhof.

„Herr Feldwebel!" sagte ich schnell dicht neben ihm, „lassen Sie mich bitte mit dem Spähtrupp gehen."

Er sah mich zerstreut an, dann sagte er: „Schütze Kammerer und Schütze... Sie da meine ich... wie heißen Sie?"

„Westphal, Herr Feldwebel", antwortete ein kleines, ältlich aussehendes Männchen.

„Kammerer und Westphal, los, ab!"

Nach einer Viertelstunde überschreiten wir Mann um Mann an der gleichen Stelle die Schneise, wo wir den Gefangenen gemacht hatten. Der Wald lag still rings umher. Von Zeit zu Zeit blieb Feldwebel Möller stehen, und wir mit und lauschten.

Nichts zu hören.

Wir waren nun anderthalb Stunden unterwegs. Und wenn wir die Richtung nicht verloren hatten, mußte bald der Waldhof in der Lichtung sichtbar werden. Kein Mensch weit und breit.

Mir war etwas unheimlich. Die Franzosen, die mit unserem Gefangenen zu dem Blockhaus unterwegs gewesen waren, mußten doch unter allen Umständen allmählich wenigstens dahinterkommen, daß ein Mann fehlte. Und wenn sie dahintergekommen waren, mußten sie doch unter allen Umständen noch ungefähr den Punkt wissen, von dem ab er verschwunden war. Und wenn sie das wußten, mußten sie doch, zum Teufel, suchen gehen. Sie konnten ihn doch nicht einfach im Stich lassen!

Weit und breit rührte sich nichts.

Ich sah immer wieder nach vorne. Und es schien mir ganz selbstverständlich, daß Sonderführer Kurzbein jetzt die Spitze hatte. Wie man sich in einem Menschen täuschen kann! Heute morgen hatte der Mann wie ein nervöses Bündel von Mensch vor Hauptmann Distelmann gestanden, und auch Hauptmann Distelmann hatte ihn anscheinend nicht ganz ernst genommen. Diese dürre Latte! Dieser magere Brillenhengst! Stand einfach auf, warf sich auf einen Franzosen und schlug ihn nieder! Nicht zu glauben!

Ohne Waffe. Mit der Faust.

Vorne sank der Sonderführer zusammen. Dann lagen wir hinter den Bäumen. Vor uns zwischen den Stämmen schimmerte die weißgekalkte Rückwand der Ruine des Bauernhauses.

Heinz-Otto neben mir sah durch sein Glas und schüttelte den Kopf. Dann gab er es mir. Nichts zu sehen von irgend etwas Auffälligem. Einige Hühner liefen herum. Das Haus war völlig zerschossen, nur zwei Wände standen noch. Auch die beiden Scheunen waren bis zum Sockel abgebrannt.

Eine Viertelstunde verging.

Dann hob Feldwebel Möller den Arm.

Der letzte Akt des Spähtrupps begann. Das lMG blieb liegen und deckte uns. Feldwebel Möller bog nach links aus und ging im Waldrand um die Lichtung herum. Dicht hinter ihm Sonderführer Kurzbein.

Wir umkreisten die ganze Lichtung, bis wir wieder dort ankamen, von wo wir ausgezogen waren.

Nichts zu sehen und nichts zu hören.

Wir lagen noch einige Minuten und beobachteten, und dann stand Feldwebel Möller auf und schlich sich gebückt zur rechten Scheune, wo ein Stapel halbverkohlter Balken Deckung geben konnte.

Und dann sahen wir es alle gleichzeitig.

In einer leeren Fensterhöhle der Rückwand des Bauernhauses erschien, wie durch Zauberhände hochgehoben, ein bösartig aussehendes Ding, und dann knallte es um unsere Ohren, daß uns die Trommelfelle zu platzen drohten.

Ein überschweres MG.

Da hatten wir's.

Wo ein überschweres Maschinengewehr vorhanden ist, sind auch noch andere bösartige Dinger vorhanden, und sind vor allem etwas mehr Gegner vorhanden als geschätzt wurde oder worden war.

Mit einem Wort: Der Waldhof war schwer befestigt.
Das festzustellen, war der Auftrag gewesen. Der Befehl war ausgeführt. Auf ein Gefecht durften wir uns nicht einlassen. So fanden wir uns denn eine halbe Stunde später keuchend wieder, von allen Seiten kommend, an der Schneise zusammen. Der Weinrich fehlte.

Das Erstaunliche war, daß ihn niemand an der Waldlichtung gesehen hatte. Keiner konnte sich erinnern. Zunächst freuten wir uns wie die Schneekönige, daß wir so billig davongekommen waren. Es hätte auch anders kommen können. Vor allen Dingen hätte es Feldwebel Möller erwischen können, der als einziger den Waldrand verlassen und sich auf freier Bahn befunden hatte. Wir andern brauchten schließlich nur im Schutz der Bäume wie die Kaninchen nach rückwärts zu hopsen.

„Wir warten", sagte Feldwebel Möller.

Wir lagen still und lautlos und lauschten. Dann nickte mir Feldwebel Möller zu. Wir erhoben uns und rannten über die Schneise, dann schlichen wir uns von Baum zu Baum nach vorne.

Nichts zu sehen und nichts zu hören.

Wenn der Weinrich verwundet worden war und sie ihn gefangen hatten, war die Sache 1:1 ausgegangen, und das wollte uns nicht gefallen. Gar nicht davon zu sprechen, daß er vielleicht gefallen war.

Plötzlich sagte Feldwebel Möller, der zwanzig Meter rechts von mir hinter einem Baum stand, ganz laut: „Das ist die Höhe."

Es war wirklich die Höhe.

Wir sahen den Weinrich anspaziert kommen, das Gewehr umgehängt, sorglos, zimperlich dem Unterholz ausweichend, und als er näher kam, hörten wir sogar, daß er vor sich hinsummte. Das Luder drehte sich nicht ein einziges Mal um, ob ihm niemand auf den Fersen wäre.

Feldwebel Möller und ich traten, als er so auf zehn Meter heran war, hinter unseren Bäumen vor, und er sah uns. Ohne ein Wort zu sagen, drehte sich Feldwebel Möller um und ging nach rückwärts, und ich machte es ebenso. Es sollte der Ausdruck unserer unsäglichsten Verachtung sein. So kamen wir drei schweigend an der Schneise an.

Und es war komisch: Kein Mensch fragte den Weinrich, und niemand redete mit ihm, als ob wir es verabredet hätten. Wenn er mit einer Verwundung angekommen wäre, hätten wir ihn vor Freude umarmt und geküßt. So aber. Weinrich schien sich aus unserem Verhalten gar nichts zu machen. Auch er stellte seinerseits keine Fragen und machte auch keinen Versuch, sich mit uns zu unterhalten.

So kamen wir zurück bis zu dem kleinen Schuppen, wo Leutnant Meßner beim Eintauchen in den Wald plötzlich aufgetaucht war. Hier legte Feldwebel Möller eine Zigarettenpause ein.

Und hier griff der Weinrich in seine Jackentasche, holte die Leica von Sonderführer Kurzbein heraus und sagte: „Herr Sonderführer, Sie haben Ihren Fotoapparat verloren." Der Berichter starrte Weinrich an, als ob er hindustanisch spräche, dann sah er auf seine Leica und wieder auf Weinrich und nahm das Etui zögernd in die Hand.

Feldwebel Möller stieß vor Erschütterung einen überlangen Seufzer aus. Und wir saßen wie die Ölgötzen.

„Wie haben Sie das Ding gefunden?" fragte schließlich Sonderführer Kurzbein langsam.

Weinrich nahm die Hacken zusammen, riß die Zigarette aus seinen Lippen, hielt sie vorsichtig zwischen die an die Hosennaht gelegten Finger und antwortete leichthin: „Als Herr Sonderführer ausrückte, sah ich den Apparat aus Ihrer Tasche ins Unterholz fliegen. Ich mußte erst eine Weile herumsuchen."

Sonderführer Kurzbein wechselte einen schnellen Blick mit Feldwebel Möller und sagte dann ungläubig: „Sie wollen doch nicht sagen, daß Sie in diesem wahnsinnigen MG-Feuer zurückgeblieben sind, um meine Leica zu suchen?"

„Ich dachte", sagte der Weinrich trocken, „ich dachte, das Ding ist teuer, und im Kriege bekommen Sie so etwas nicht wieder."

„Mensch", sagte jetzt Feldwebel Möller, „dann hat das MG nur noch auf dich allein gefeuert, als wir längst ausgerissen waren, und du suchtest im Busch herum, bis du den Apparat gefunden hattest?"

„Jawohl, Herr Feldwebel", antwortete Weinrich.

Wir grinsten ihn hocherfreut an und hoben heimlich unsere Fäuste, um ihm zu sagen, daß wir ihn gelegentlich aus Hochachtung verprügeln müßten.

„'n dolles Ding", sagte Sonderführer Kurzbein, „nicht zu glauben. Dann werde ich mal ein paar Aufnahmen machen zur Feier des Tages."

Und Sonderführer Kurzbein nahm seine Leica aus dem Etui und fotografierte erst mal uns alle zusammen, dann Feldwebel Möller extra, dann Weinrich dreimal extra, von vorne

ganz nah, dann sein Gesicht ganz groß und dann die ganze
Figur, dann mußte Feldwebel Möller nach Anweisung Herrn
Kurzbeins uns alle mit dem Sonderführer und dann den
Sonderführer allein mit Weinrich aufnehmen.

Dann zogen wir heim.

Wir mußten sofort zum Kompaniechef. „Herr Kurzbein",
sagte Hauptmann Distelmann, „Herr Oberst hat Ihnen das
EK II verliehen. Sie haben ein Ding hingelegt wie die
Janitscharen."

Der ganze Spähtrupp bekam acht Tage Urlaub.

„Was sind Janitscharen?" fragte der Weinrich, als wir aus
der Schreibstube kamen.

„Türken auf Urlaub", antwortete Kurtchen Zech. „Und
jetzt gibst du einen aus."

8

Gestern war katholischer Feldgottesdienst. Meier III, der
katholisch war und hinging, konnte als Buchhalter steno-
graphieren und hatte die Predigt mitgeschrieben.

„Es war ein ganz junger Mann in Uniform", sagte er. „Und
wenn ihr wollt, lese ich euch die Predigt vor."

„Warum?" fragte der Krumbhaar. „Wozu, Mensch? Ich
kann Predigten nicht hören. Ich kann schon das Wort Predigt
nicht hören."

„Wir sind auch noch da", sagte Weinrich ärgerlich. „Ich
mache mir nichts aus Predigten, aber du hast nicht über uns
zu bestimmen. Lies vor, Max."

„Nee", erklärte Meier III und steckte die Blätter wieder ein,
„wenn ihr schon vorher meckert, hat's keinen Zweck."

„Hat auch keinen Zweck", knurrte Krumbhaar verdrießlich.
Heinz-Otto lachte laut auf.

„Ihr wollt wohl einen kleinen Religionskrieg machen, wie?
Wenn du die Predigt vorlesen willst, Max, dann nehme ich
an, es war eine kolossale Predigt, was?"

„Nee", antwortete Meier III, „es war eine ganz einfache
Predigt, aber sie hat's in sich gehabt."

„So", sagte Weinrich gereizt, „sie hat's in sich gehabt. Ich
will dir mal was sagen. Wenn man glaubt, eine Predigt hat's
in sich, dann muß man doch an Gott glauben, oder nicht?"

„Glaubst du nicht an Gott?" fragte der Josef ruhig.

„Ich?" antwortete Weinrich. „Nee. Warum auch."

„Wer an Gott glaubt, rechte Hand hoch", sagte Kurtchen Zech.

Keine Hand rührte sich.

Kurtchen Zech lachte.

„Sehr gut", sagte er heiter, „sehr gut. Wer an Gott glaubt, geniert sich also. Ihr seid mir Helden."

„Laßt mal den Max seine Predigt vorlesen", schlug Heinz-Otto unbeirrt vor, „und dann werden wir sehen, ob sie es in sich hat."

„Einen Moment", sagte Krumbhaar, „einen Moment. Das hat doch nur für Katholiken Zweck, oder nicht?"

„Herr, du meine Güte", rief Kurtchen Zech, „sind wir hier unter Schimpansen oder unter Senegalnegern! Eine schöne Predigt kannst du immer hören, Krumbhaar. Das ist wie 'n gutes Buch, wenn die Predigt gut ist. Lies vor, Maxe. Fang an, Mensch."

Meier III sah vor sich hin.

„Es war ein ganz junger Mann in Uniform", sagte er nachdenklich.

„Lies vor", sagte Heinz-Otto.

„Bist du eigentlich streng katholisch?" fragte Weinrich Meier III neugierig.

Und Meier III gab eine gute Antwort: „Wenn's mir schlecht geht, dann bin ich streng katholisch."

„Aha", rief der Weinrich, „ach so!"

„Lies uns deine Predigt vor", forderte Heinz-Otto. „Laßt ihn mal vorlesen. Und dann können wir ja mal abstimmen, wer an Gott glaubt oder so."

„Also, ich lese jetzt vor", sagte Meier III entschlossen.

Er ordnete die paar Notizbuchblätter in seiner Hand, räusperte sich ein paarmal und begann.

„Ich glaube nicht", hatte der junge Priester gesagt, „ich glaube nicht, wenn ich euch so vor mir sehe, Jüngere und Ältere, daß ein einziger von euch ganz allein ist. Ich meine ganz allein und völlig verlassen. Ganz allein auf der Welt. Ich glaube auch nicht, daß ein einziger von euch allein und verlassen sein möchte. Aus freiem Willen heraus. Und doch sind wir hier, ihr alle und jeder von euch, in einem gewissen Sinne allein. Was zu uns gehörte, liegt hinter uns. Und die Menschen, zu denen wir gehören, sind fern von uns. Gewiß stehen wir mit ihnen in Verbindung, denn sie schreiben uns Briefe, und wir schreiben ihnen Briefe. Und trotzdem sind wir allein. Alle Soldaten auf der weiten Welt, die zum

Kampf ausgezogen sind, sind allein. Sie sind allein mit sich und ihrem Schicksal, und dieses Schicksal ist ungewiß. Und wenn wir uns nichts vormachen, dann müssen wir sagen, daß dieses Schicksal in aller Ungewißheit doch etwas Gewißheit in sich trägt: es ist ein gefährliches und gefährdetes Schicksal. Das wissen wir, und wir haben uns damit abgefunden, weil es sein muß. Und deshalb meine ich, sind wir allein als Soldaten, allein wie noch nie in unserem Leben. Man könnte glauben, es sei am besten, gar nicht daran zu denken. Denn das Gefühl, allein zu sein, macht uns unsicher und schwach. Und jetzt sehe ich euern Gesichtern an, daß ihr von mir erwartet, daß ich euch sage: Ihr seid trotzdem nicht allein, denn Gott ist mit euch. Ihr erwartet von mir, daß ich euch kurzerhand darauf hinweise, ihr möget euch an Gott halten. So einfach, Kameraden, ist das aber nicht. Da müßte ich zuerst überzeugt davon sein, daß ihr an Gott glaubt, und dann müßte ich überzeugt davon sein, daß ihr diesen Glauben nicht nur still in euch tragt, sondern auch ausübt. Und dann könnte ich kurzerhand sagen: Haltet euch an Gott. Oder ich könnte noch kürzer sagen: also betet. Und wenn ich wüßte, daß dies so einfach wäre, würde ich mit euch beten und in mein Quartier zurückgehen. Es ist nicht so einfach."

Meier III hob etwas verlegen den Kopf und sah uns der Reihe nach an. „Langweilt es euch?"

„Lies weiter", sagte der Krumbhaar.

„Es ist deshalb nicht einfach", las Meier III weiter, „weil Gott, zu dem ihr beten könntet, um alle eure Ängste zu erledigen, zuerst von euch gesucht werden muß. Er muß zuerst gesucht werden, versteht mich richtig, Kameraden, versteht mich genau. Ihr glaubt wohl, ich als Priester zum Beispiel, der ich ja wohl Gottes Diener bin, ich als Priester habe Gott zu jeder Sekunde, wann es mir einfällt, zur beliebigen Verfügung. So ist es nicht. Auch ich muß ihn zuerst suchen. Was heißt das, Gott suchen? Ihr alle habt es schon getan, aber vielleicht, ohne es zu wissen. Ihr habt Gott gesucht in Augenblicken, in denen ihr in Not wart, und da habt ihr Gott sofort, ohne Zögern, augenblicklich gefunden. Ihr habt ihn gespürt. Er war da. Und er war bei euch. Das heißt nichts anders, als daß ihr Gott im gleichen Moment erkannt habt, als ihr ihn brauchtet. Versteht mich recht, Kameraden, versteht mich genau, hört ganz genau zu: diese eure Angst, in der ihr verzweifelt nach einer Hilfe gesucht habt, braucht nicht einmal ausdrücklich in euren Worten oder Gedanken zu Gott gegangen zu sein. Sie ging zu Gott, eure Angst, auch ohne daß ihr ausdrücklich euch an Gott wandtet. Das ist das ganze Geheimnis. Ob ihr wollt oder nicht, ob ihr glaubt oder nicht. Gott ist bei euch. Nun könntet ihr mir antworten, dann wäre Gott auch automatisch bei den Schurken, den Übeltätern und Halunken. Sicher, auch bei ihnen ist Gott, aber dieses Gottes werden sie nicht froh. Darauf könnt ihr euch verlassen. Es ist ihnen in ihrer Schurkerei, in ihrer Übeltat und in ihrem Verbrechen nicht recht behaglich zumute. Darauf könnt ihr bauen. So läuft es also darauf hinaus, Kameraden, in aller Einsamkeit nicht verlassen zu sein, denn beides ist nicht dasselbe, wenn jemand einsam ist, so braucht er noch lange nicht verlassen zu sein. Ich kann es mit wenigen Worten sagen: Bleibt anständig. Und betet. Beten heißt nicht immer, irgend etwas betteln oder fordern oder verlangen. Beten heißt auch, sich selber gegenüber und anderen gegenüber anständig zu bleiben. Dann seid ihr, ob ihr wollt oder nicht, im ewigen Zusammenhang mit Gott."

Meier III ließ die Blätter sinken.

„Und dann", sagte er langsam, „dann beten wir das Vaterunser."

Zunächst sagte niemand etwas.

„Nicht schlecht", erklärte dann Kurtchen Zech und sah unsicher zu Heinz-Otto hinüber.

„Ja, aber wieso denn", ließ sich Weinrich vernehmen. „Ich kann doch ein anständiger Kerl sein, ohne an Gott zu glauben."

„Eben nicht", sagte der Josef fröhlich und lachte vor sich hin, „eben nicht. Wenn du anständig bist, glaubst du an Gott, ob du willst oder nicht."

„Nun, nun", sagte Kurtchen Zech, „so billig ist das wieder nicht. Ich weiß nicht, ob es in eure dämlichen Holzköpfe hineingeht, wenn ich euch sage, es gibt auch so etwas wie ein Sittengesetz, hinter dem nicht Gott zu stehen braucht, sondern das Menschen aufgestellt haben."

„Und auch dahinter steht Gott", rief Meier III.

„So, meine Herren", sagte jetzt Heinz-Otto, „ich glaube, der Fall liegt klar. Wir brauchen gar nicht mehr abzustimmen, wer an Gott glaubt. Nach der Theorie deines Pfarrers, Maxe, gibt es einen Gott, ob wir wollen oder nicht und ob wir daran glauben oder nicht, also glauben wir unbewußt alle an ihn. Und jetzt hört auf, bitte. Das Thema ist zu dämlich."

Fritz Kirchhofer knurrte: „Das Thema ist nicht dämlich.

Wart mal ab, Heinz-Otto, wart mal ab, ob du nicht demnächst einen Querschläger ins Rückgrat bekommst und nach Gott schreist."

Wir verstummten.

„Daran soll man nicht rühren", sagte ich ehrlich erschrocken.

9

Inzwischen, seit dieser merkwürdigen Unterhaltung, sind Monate verflossen. Dänemark und Norwegen sind besetzt, in Narvik sitzen unsere Gebirgstruppen. Wer weiß, was demnächst kommt.

Vorläufig liege ich im Lazarett mit einer Gelbsucht.

Es fing damit an, daß ich immer müder und müder wurde und die ganze Welt mir immer schlechter schmeckte.

Jetzt muß ich liegen und Milch trinken.

Im zweiten Bett rechts vor mir lag ein Gefreiter von einem Sonderstab, der auf dem Kreuzer gewesen war, der im Oslofjord versenkt wurde. Er war mit einer leichten Gehirnerschütterung aus irgendwelchen Gründen sofort nach der Heimat geflogen worden, hatte drei Tage Urlaub bekommen, sich ein Bein gebrochen und war bei uns eingeliefert worden.

Wir waren acht Mann im Zimmer, und wir konnten nicht genug bekommen von dem, was er uns erzählte. Leider paßte Schwester Clotildis wie ein Schießhund auf, daß er nicht zu viel redete, seiner Gehirnerschütterung wegen. Schwester Clotildis war eine kleine, rundliche, rosige Person, eine Barmherzige Schwester mit der weißen Flügelhaube, und sie war unbarmherzig mit uns wie ein Spieß, der das Eiserne Kreuz haben möchte. Der Chef war ein Chirurg, zwei Meter groß, und wenn er von seinem Kirchturm herunter Anordnungen gab, und er gab sie immer, mochte es sein, was es wollte, mit Donnerstimme, wehten die weißen Flügel von Schwester Clotildis' Haube vor Aufregung und Gehorsam.

„Wenn ihr mir", sagte sie gelegentlich immer wieder, „wenn ihr mir die Pflege schwermacht, mache ich euch das Leben schwer."

Woraufhin der Schütze Keil vom vierten Bett zu sagen pflegte: „Schwester, das ist nicht christlich." Worauf Schwester Clotildis die runden Kulleraugen aufriß und antwortete: „Reden Sie nicht von Dingen, die Sie nicht verstehen, Herr

Keil." Sie sagte zu uns allen „Herr". Und sie verriet ihre weiche Seele, als eines Morgens Schütze Keil, den wir seiner abgehackten Redeweise wegen Schütze Keil nannten, als eines Morgens Schütze Keil, Zivilberuf Archivar in Charlottenburg, zu ihr sagte: „Schwester Clotildis, ein offenes Wort, wir möchten gerne wissen, wie Sie uns das Leben schwermachen. Wir haben bisher noch nichts davon gemerkt." Woraufhin Schwester Clotildis den Schützen Keil lange ansah und antwortete: „Ich schließe Sie aus meinem Gebet aus, Herr Keil."

Das machte tiefen Eindruck auf uns.

Aber nichtsdestotrotz waren wir scharf auf die Erzählungen des Gefreiten, Schurmann hieß er übrigens, wenn ich mich recht erinnere. Tagsüber waren wir selten allein. Der Chef, ein Universitätsprofessor, führte immerzu Besuch herum und hielt kleine Vorträge. Mit Donnerstimme wälzte er über uns einen Haufen lateinischer Fachausdrücke hinweg, und wir hielten still.

Er hatte den Tick, „die Intelligenz der Männer an der Behandlung zu beteiligen".

Also erzählte der Gefreite Schurmann des Nachts, teils flüsternd, teils halblaut.

„Es war eine Torpedobatterie", erzählte er, und er mußte es immer wieder erzählen, sobald ein Neuer in unseren kleinen Saal kam, wir anderen hörten es gerne, und wenn er es hundertmal erzählt hätte.

„Eine Torpedobatterie. Sie war getarnt am Ufer in den Fels eingebaut. Entfernung noch nicht mal zwohundert. Ihr könnt euch denken. Nee, ihr könnt's euch nicht denken. Kein Mensch kann sich das vorstellen. Rechts das Ufer und links ganz nah so was wie Inseln, und das schwere Schiff dazwischen. Wir waren vollgeladen bis oben hin mit Landsern. Und uns war nicht mal unheimlich, wieso auch. Wenn einer am Ufer was wollte, brauchte der Kreuzer doch bloß ein bißchen seine schweren Türme nach Land hin drehen und dazwischenfunken.

Na ja, es kam umgekehrt. Ich stehe also mit Leutnant von Bergmann hinten am Geländer, achtern an der Reling, würden die Matrosen sagen, der Leutnant hat das Glas an den Augen.

'ne richtige Gondelfahrt', sagte er immer wieder, 'ne richtige Gondelfahrt. Nischt zu sehen und nischt zu hören. Dabei könnten sie uns mit der Pistole hier auf Deck abschießen.'

Na ja, sie hatten bessere Sachen als Pistolen. Denn kaum hatte er das gesagt und wollte mir gerade sein Glas geben, gab es einen Ruck im Schiff, so als ob es uns ein bißchen hochheben würde. Und dann hörten wir einen dumpfen Schlag, und noch mal und noch mal.

Und dann rasten Matrosen an uns vorbei. Und wir hörten von oben 'runter, von der Kommandobrücke, etwas rufen. Wir sahen sie stehen da oben, den Admiral, den General und einen Haufen Offiziere.

Natürlich kapierten wir nischt. Wieso auch. Das große Ding konnte ja nicht sinken, ausgeschlossen.

Und dann kann ich mich an nischt mehr erinnern, als daß mir der Schreck übers Rückgrat fuhr, denn Leutnant von Bergmann fragte mich plötzlich, ob ich schwimmen könne. Ich nahm's gar nicht ernst. Wieso auch. Natürlich konnte ich nicht schwimmen. Aber wir hatten ja Schwimmwesten gefaßt. Und in dem Augenblick, als mich Leutnant von Bergmann fragte, hatte ich meine Schwimmweste nicht. Ich weiß nicht warum, ich hatte sie nicht. Und der Leutnant sah mich ein bißchen sonderbar an.

Und jetzt sah ich schon Boote hinuntergehen. Und ich sah Leute über Bord springen. Ich denke, ich bin irre. Und da sagt der Leutnant ruhig: ‚Wir müssen aus dem verdammten Öl 'rauskommen, Schurmann.' Und er deutete hinunter auf das Wasser.

Das glänzte in allen Regenbogenfarben. Das Öl war irgendwo ausgelaufen. ‚Schurmann', sagte Leutnant von Bergmann, ‚Sie sind der letzte. Schwimmen können Sie nicht, und Ihre Schwimmweste haben Sie nicht um, trotz Befehl.' Und dabei sah er mich immer noch sonderbar an. Ging mir, offen gestanden, durch Mark und Bein, wie er mich so ansah. Und dann kapierte ich auf einmal, daß ich draufgehen würde. Ich sah nach dem Ufer 'rüber. Es war nicht weit. Ich sah schon einige Köpfe im Wasser und Arme, und die waren unterwegs nach dem Ufer.

Ich rannte weg, um mir eine Schwimmweste zu organisieren, aber nach einigen Schritten holte mich der Leutnant ein und packte mich am Arm.

Und sah mir ganz nah in die Augen, er hatte wasserhelle Augen, so wie der Hans Albers im Film, und es gab oft Momente, ob ihr's glaubt oder nicht, da konnte ihm keiner von uns in die Augen sehen. Sie blendeten einen. Also er hielt mich fest, und mitten in dem Geschrei rings um uns sagte er ganz ruhig: ‚Mach die Gäule nicht scheu, Mensch. Ich springe zuerst, und wenn ich wieder hochkomme, springst du. Ich paß auf dich auf, verstanden? Nur nicht zappeln im Wasser, wenn ich dich 'rannehme, verstanden? Wäre gelacht, wenn wir nicht in zehn Minuten an Land wären.' Nee, ich konnte nicht. Ich konnte ja nicht schwimmen. Und die beinahe zwanzig Meter hoch 'runterspringen, nee. Ich wußte genau, daß ich draufgehen würde.

‚Herr Leutnant', sag' ich, ‚ich such' mir eine Schwimmweste, ich ...'

‚Du Hornochse', fuhr mich Leutnant von Bergmann an, und er war wütend. ‚Das hättest du vorher tun müssen. Los jetzt, du springst mir nach.'

Ich stehe und zittere an allen Gliedern. Und plötzlich greift sich Leutnant von Bergmann an die Brust und macht seine Schwimmweste locker. Und er flucht vor sich hin. Er kriegt die Riemen nicht los.

Und jetzt schreit er mich an: ‚Los, hilf mal! Die Riemen 'runter!'

Ich steh und seh ihn an.

Nein, ich kann's euch nicht beschreiben. Ausgeschlossen. Wie wir da so miteinander schreien, blitzt und donnert es überall, ein wildes Geschrei, und im Wasser seh' ich immer mehr Leute, und das Öl ist breiter geworden, und das alles seh' ich, als ob ich träume.

Und ich rühr' mich nicht, und der Leutnant murkst immer noch wütend an seinen Riemen. Ihr könnt's euch nicht vorstellen. Kein Mensch kann das. Jetzt wußte ich ganz genau, daß ich draufgehen würde. Und da hab' ich mich an meine Mutter erinnert. Und wie das so ist, wenn es gar nichts mehr anderes gibt, da hab' ich gebetet. Na ja. Kommt euch sicher komisch vor, aber es war so. Und es wird euch noch komischer vorkommen, wie ich mein Vaterunser fertig hatte, war's in Ordnung.

Ich sah meinen Leutnant immer noch zerren und fragte: ‚Herr Leutnant, können Sie denn schwimmen?'

‚Ich kann's', sagte er, und der Schweiß lief ihm übers Gesicht. Er hörte jetzt auf, an seinen Riemen zu fummeln, riß das Schiffchen vom Kopf und feuerte es ins Wasser.

‚Schurmann', sagte er, ‚ich springe jetzt, und Sie springen sofort nach. Wir müssen aus dem Öl 'raus.' Das Öl im Wasser schien ihm Sorgen zu machen. Er ging dicht an die Reling, stützte sich auf und sah noch einmal zu mir zurück.

‚Schurmann, Sie springen mir sofort nach, verstanden?'

‚Jawohl, Herr Leutnant', sagte ich, aber ich wußte, daß ich es nicht konnte. Ich war sonst in Ordnung, versteht ihr?

Ich wußte, daß ich draufgehen würde, aber, nun ja, wie soll ich das sagen, es machte mich nicht mehr wild wie vorher.

Aber über Bord springen konnte ich nicht. Wenn ich mir das vorstellte, die zwanzig Meter hoch 'runter und mit dem Bauch aufschlagen und zuerst mal unter Wasser kommen und dann vielleicht einen Herzschlag kriegen und nie wieder 'raufkommen ... ich kriegte es nicht fertig.

Aber ich nahm mich zusammen und sagte jetzt: ‚Springen Sie, Herr Leutnant, ich springe nach.'

‚Du verdammtes Aas', sagte der Leutnant jetzt, dreht sich um, packt mich um die Hüften, hebt mich hoch, ich schrei' wie ein Wahnsinniger, und wirft mich hinunter. Und ich brülle, bis ich aufschlage.

Ihr könnt's euch einfach nicht vorstellen. Ein eiskalter Donnerschlag, und ich denke, es ist vorbei. Ich schlage um mich wie ein Verrückter, kriege gleich den Mund voll Wasser, ich denke, ich werde gleich ersoffen sein, ich denke gar nichts. Und dann komm' ich wieder hoch, beinahe erstickt, und schrei' wieder und schlag' um mich. Und in meine Augen läuft es wie flüssiges Feuer hinein. Es war das Öl. Aber das wußte ich erst nachher, als alles vorbei war. Ihr könnt's euch nicht vorstellen.

Ringsum höre ich rufen und schreien, und dann packt mich etwas an den Schultern, ich kann die Augen nicht aufmachen, ich hör' Leutnant von Bergmanns Stimme: ‚Leg dich lang, Schurmann ... langlegen! ... langlegen! ... Auf den Rücken, langlegen!'

Und bei Gott, ich brachte es fertig. Ich brachte es tatsächlich fertig. Und es war ein Glück, daß der Leutnant seine Schwimmweste nicht 'runtergekriegt hatte. Nachher sahen wir, daß die meisten ihre schweren Bergschuhe im Wasser noch abgestreift hatten, um schneller vorwärts und vor allen Dingen aus dem Öl 'rauszukommen.

So brachte mich der Leutnant von Bergmann ans Ufer. Auf den letzten paar Metern wurde ich ohnmächtig. Und erst nachher erfuhr ich, daß der Leutnant so kaputt war, daß er einfach sich und mich nicht mehr am Ufer auf die Steine hochziehen konnte. Wir rutschten beide wieder ins Wasser zurück, aber da kamen Kameraden und halfen ihm und mir heraus.

Ich lag lange ohnmächtig. Der Leutnant holte einen Matrosen, und der pumpte mich wieder ins Leben. Sie wuschen auch meine Augen aus, und ich konnte sie dann und wann ein paarmal aufmachen.

Wir froren ganz erbärmlich, aber die Jungens machten Feuer am Strand. Hunderte von Lagerfeuern. Und an einem von denen lagen Leutnant von Bergmann und ich. Meine Augen taten entsetzlich weh. Aber ich war nicht draufgegangen. Das kapierte ich aber erst nach und nach.

Und als ich ganz kapiert hatte, war ich fertig. Ihr werdet mich für 'nen richtigen Waschlappen halten, aber ich sag's euch, wie es war. Ich heulte auf einmal los. Und suchte mit meinen blinden Augen den Leutnant von Bergmann neben mir, faßte nach seiner Hand und sagte: ‚Herr Leutnant, ich ... ich ...'

‚Halt die Schnauze', sagte der Leutnant. ‚Heul dich aus und halt die Schnauze.' Na ja, das tat mir gut. Ich hörte auf zu heulen und konnte dann ein bißchen besser sehen. Neben dem Leutnant am Feuer saß mit gekreuzten Beinen und mit nischt an wie Hosen und Hemd einer, der mir bekannt vorkam. Er wärmte sich die Finger und wischte sich mit einem dreckigen Taschentuch von Zeit zu Zeit übers Gesicht und trocknete das Tuch wieder. Und sah vor sich hin und schüttelte immer wieder den Kopf.

‚Nun sagen Sie mal, Bergmann ...', sagte er dann und schwieg. Und schüttelte den Kopf.

Und nach einer Weile stand er auf und wiegte sich etwas wacklig von einem Bein auf das andere.

‚Ich geh' mal los, Bergmann', sagte er, ‚mal sehen, was vom Sonderstab noch übrig ist. Sie bleiben hier, bis Sie sich besser fühlen.'

‚Jawohl, Herr General', sagte Leutnant von Bergmann, ‚das linke Bein will noch nicht. Aber wenn Herr General das Feuer hier als Sammelpunkt bezeichnen wollen, halte ich alles vom Sonderstab hier fest, was vorbeikommt.'

Nun wußte ich, woher ich den Mann kannte. Es war der General, der unsern Sonderstab führte.

Wo aber war der Kreuzer?

Nirgends zu sehen. Untergegangen.

Allmählich konnte ich das Gewimmel am Steinstrand um mich herum sehen. Nackte und halbnackte Männer trockneten ihre Sachen am Feuer und lagen und standen oder spazierten oder rannten herum, um sich warm zu machen. Und dann und wann rasten zwei aufeinander zu, klatschten sich auf den Rücken und brüllten aufeinander ein oder fielen sich in die Arme oder schüttelten sich endlos die Hand.

Ich war nicht draufgegangen. Ihr könnt's euch nicht vorstellen. Wieso auch. Wer's nicht mitgemacht hat, hat keine Ahnung.

Na ja, und dann, so nach zwei Stunden, versuchte ich aufzustehen und ein bißchen auf und ab zu gehen. Und da fiel ich hin und schlug mit dem Kopf auf einen Stein. Gehirnerschütterung. Leichte.

Und von da ab duselte ich vor mich hin und wußte nicht mehr viel, was los war.

Na ja. So war's."

Wir hatten atemlos zugehört. Die Sache packte uns mächtig.

„Na, und wie war's dann mit eurem Sonderstab?" fragte einer.

Und der Gefreite Schurmann richtete sich in seinem Bett, soweit es das gegipste Bein zuließ, triumphierend auf und strahlte uns an.

„Der Sonderstab hatte keine Verluste", sagte er stolz. „Nicht mal einen Verwundeten. Nur Augenkranke. Vom Öl. Und 'n paar Lungenentzündungen. Von der Kälte."

Wir sahen ihn vergnügt an. Wir gönnten es ihm. Und wir mochten ihn ganz besonders gerne, weil er eine so tolle Sache überstanden hatte.

„Und wo ist jetzt der Leutnant von Bergmann?" fragte ich.

„Beim Sonderstab in Norwegen."

„Was ist denn das für ein Sonderstab?" erkundigte sich einer aus der Saalecke.

Gefreiter Schurmann sah ihn mitleidig an.

„Vielleicht", antwortete er kühl, „vielleicht hast du mal etwas von ‚Feind hört mit' gehört, Mensch."

„Ach so", sagte der in der Ecke. „Entschuldige bloß."

„Bitte", antwortete Gefreiter Schurmann vornehm. Nach einer Weile ließ sich Schütze Keil vernehmen: „Sag mal, Mensch, du bist doch schätzungsweise ein Schwergewicht. Dann muß dein Leutnant ein Überschwergewicht gewesen sein, als er dich über Bord kippte."

Schurmann sah nachdenklich zum Fenster hinaus.

„Das ist es ja eben", antwortete er nach einer Weile. „Das ist ja das Komische an der Sache. Leutnant von Bergmann war ein Knirps. Der ging mir nicht mal an die Schulter. Ein Pfropfen. Dünn wie 'n Faden."

Schütze Keil gab sich damit nicht zufrieden.

„Also muß er dich Elefanten mühselig über das Geländer gewälzt haben oder wie."

„Nix oder wie", sagte Schurmann ärgerlich. „Nix gewälzt.

Er packte mich, hob mich hoch und schmiß mich im Bogen über die Reling, Reling heißt das und nicht Geländer."

„Na schön", sagte Schütze Keil. „Wie erklärst du dir das?"

Und die Antwort, die jetzt Schurmann gab, muß Schwester Clotildis gehört haben, denn Schurmann sagte durch den fahlen, blauen Mondschimmer, der im Zimmer lag, mit merkwürdig entschlossener Stimme. „Ich erkläre mir das so, daß mein Gebet dem Leutnant von Bergmann etwas genützt hat."

Kaum hatte er ausgesprochen, glitt zu unserem Schrecken lautlos Schwester Clotildis zwischen die Betten, strich tatsächlich Schurmann still über den Kopf und sagte leise: „Und jetzt schlafen Sie bitte alle."

Und glitt wie ein Geist wieder hinaus.

Ich nehme beinahe an, sie hat alles gehört.

Wir warteten eine Weile, dann flüsterten wir weiter. Von Schlafen konnte noch keine Rede sein. Wir waren durch Schurmanns Erzählung zu aufgeregt. Und es gab da noch manches, was wir von ihm wissen wollten.

„Und wer ist auf die Idee gekommen, den Kreuzer in diese Sackgasse laufen zu lassen?" fragte einer.

„Frag Großadmiral Raeder", antwortete Schurmann.

„Man könnte vielleicht auch noch jemand anderen fragen", sagte der in der Ecke.

„Frag nur", sagte Schurmann. „Kannst ja morgen früh einen Fernspruch loslassen."

Der Saal kicherte.

„Ich versteh' die Marine nicht", erklärte der in der Ecke. „Und wo blieb die Luftwaffe?"

„Frag Hermann", antwortete Schurmann.

„Hört mal zu", ließ sich jetzt Schütze Keil vernehmen. „Ihr solltet nicht so viel fragen. Jedenfalls haben wir Norwegen in der Tasche. Oder etwa nicht? Na also. Der Führer kann sich mit Kleinigkeiten nicht abgeben."

„Frag mal Schurmann", sagte der in der Ecke eigensinnig. „Frag mal Schurmann", ob er sich für eine Kleinigkeit gehalten hat, als er über Bord sollte."

„Quatsch", sagte Schütze Keil laut.

„Frag ihn mal", drängte der in der Ecke, wohin das Mondlicht nicht fiel. „Frag ihn mal, ob sich die anderen, die ins Wasser mußten, für Kleinigkeiten gehalten haben."

„Wie süß!" sagte Schütze Keil. „Du scheinst mir ja einer zu sein. Du bist ein ganz Weicher! Ich bin ja auch nicht mit allem einverstanden, unter uns gesagt, aber so idiotisch habe ich noch nie jemand fragen hören."

„Das kann schon sein", antwortete der in der Ecke flink. „Sicher kann sich im Kriege niemand wichtig nehmen. Es kommt nur darauf an, ob es sich lohnt, sein Leben nicht wichtig zu nehmen. Es muß sich lohnen, verstehste? Man muß wissen, wozu und warum."

„Frag die in Frankreich und die in England", sagte Schütze Keil grimmig. „Frag sie, ob sie es wissen."

Das wurde mir zu dumm.

„Ich werde morgen früh bei der Visite", sagte ich, „dem Chefarzt melden, daß hier staatsgefährliche Reden geführt werden. Ich bin nämlich ein Spitzel, und ich möchte jetzt schlafen."

Einige Sekunden herrschte Totenstille.

Und mir wurde selber plötzlich etwas beklommen zumute.

„So etwas solltest du nicht mal im Spaß sagen", flüsterte Schurmann hörbar entsetzt.

„Verdammt noch mal", sagte ich und schämte mich bis auf die Knochen, „ihr habt recht."

In dieser Nacht schlief ich schlecht.

10

Auch die Lazarettzeit liegt nun lange hinter mir. Wer weiß, ob ich überhaupt wieder zur Kompanie zurückgekommen wäre, wenn Stabsarzt Lange mich nicht aufgefischt hätte.

Im Polenfeldzug hatte ich, als wir im Morgengrauen ein Dorf verließen, eine kleine Krokodilledertasche gefunden. Sie lag im Dreck neben der Straße an einem Bretterstapel. Und ausgerechnet auf diesen Bretterstapel setzte ich mich, um schnell den rechten Stiefel auszuziehen und den Strumpf, der mir zu groß war und Falten schlug, in Ordnung zu bringen.

Und da lag die Tasche.

Ich sah hinein, wem sie gehörte, fand ein Dutzend Fotos, Ausweispapiere und über viertausend Mark drin. Stabsarzt Lange. Ich rannte zum Spieß, der sah sich die Tasche an, und als er das viele Geld sah, pfiff er durch die Zähne.

„Die liefern Sie selber ab, Mann", sagte er vorsichtig, „hinten im Schulhaus wird das persönlich abgeliefert, am besten gegen Quittung." Und er klappte die Tasche wieder zu.

Kurz und gut, Stabsarzt Lange freute sich wie ein Schneekönig. Er war klein und etwas korpulent, herzensgut und fröhlich, aber er mimte immer den Menschenfresser.

Einige Tage vor Kriegsausbruch hatten der Weinrich und ich uns wundgelaufen und warteten vor der Revierstube, bis wir drankamen. Es war noch einer drin, sagte der Sanitätsunteroffizier. Na, wir hörten es, daß einer drin war. Wir hörten das Gebrüll von Stabsarzt Lange. Und dann schoß ein Landser heraus und an uns vorbei.

„O verdammt", sagte der Weinrich, dann traten wir ein.

Stabsarzt Lange stand mit hochrotem Gesicht am Fenster und sah hinaus. Der Unteroffizier sagte: „Zwei Fußkranke, Herr Stabsarzt."

Und da drehte sich der Stabsarzt Lange herum, sah uns an, sah schweigend unsere Füße an und sagte völlig friedlich und still: „Das darf nicht vorkommen, liebe Leute. Bei richtiger Fußpflege nicht." Und dann überließ er uns dem Unteroffizier, der die Blasen aufstach, puderte, verband.

Als wir draußen waren, sahen wir uns perplex an. Und dann fragten wir einen Sanitäter, der aus dem Zimmer kam.

„Entschuldige mal, hör mal zu. Ich dachte, er würde uns auffressen. Heute hat er wohl Geburtstag oder so, wie?"

Der Sanitäter lachte.

„Nee", antwortete er, „er ist 'ne Seele von einem Menschen. Aber wegen der Disziplin fällt er manchmal über irgendeinen her."

„Ach so", sagte ich, „er will wohl nicht, daß man glaubt, er sei 'n weicher Hund."

Der Sanitäter starrte mich mit offenem Mund an.

„Tatsächlich", sagte er dann verblüfft, „Mensch, auf die Idee bin ich noch gar nicht gekommen. Ich dachte, es wär' wegen der Disziplin."

Jetzt lachten wir.

So also war Stabsarzt Lange, dem ich sein Krokodiltäschchen brachte.

Er holte aus und hieb mir auf die Schulter.

„Ich bitte, das Geld nachzuzählen, Herr Stabsarzt", sagte ich vergnügt, denn ich freute mich, daß er sich so freute.

„Wozu, Mann?" antwortete er. „Sie glauben doch nicht, daß ich glaube...", dann wurde er nachdenklich.

„Ach so", sagte er, „richtig. Der Finderlohn. Zehn Prozent. Natürlich selbstverständlich. Warten Sie mal..."

„Herr Stabsarzt", sagte ich, „ich nehme keinen Finderlohn. Ich hätte nur gerne gewußt, ob alles noch drin ist. Die Tasche lag ja sicher 'ne Weile an der Straße."

„Ach so", sagte er, „ach, das meinen Sie?" Er sah die Tasche durch. „Es ist alles drin. In Ordnung. Aber das geht doch so einfach nicht, Mann."

Er sah mich nachdenklich an.

Und jetzt fand ich den Dreh nicht, abzuhauen. Kehrtmachen und loszacken war nicht gut möglich. Ich stand also wie ein Hornochse und wartete, bis mir was einfiel. Und auch Stabsarzt Lange fand die Kurve nicht. Er sah mich zerstreut an, schluckte, sah wieder in seine Tasche, sah mich wieder an.

Wahrscheinlich dachte er, ich warte doch auf eine Belohnung, und das war mir zu dämlich.

Ich richtete mich auf, hob den rechten Fuß, knallte ihn an den linken, zog das Kinn an die Binde, machte eine halbstarke Kehrtwendung und ging zur Türöffnung.

„Hören Sie mal!" rief Stabsarzt Lange mir nach. Ich blieb stehen, drehte mich um. Stabsarzt Lange sah mich unschlüssig an.

Dann sagte er: „Na ja, besten Dank."

Ich hieb ab. Unterwegs lachte ich vor mich hin, denn wir hatten uns alle beide ziemlich dämlich benommen. Ich, weil ich glaubte, daß er glaubte, er müsse mir eine Belohnung geben, und er, weil... kurz und gut, ich war froh, als ich wieder bei der Kompanie war.

Aber ich wollte eigentlich etwas ganz anderes erzählen.

Einen Tag, bevor ich mit der Gelbsucht im Lazarett gesundgeschrieben werden sollte und wer weiß wohin gekommen wäre, tauchte Stabsarzt Lange auf.

Ich sah ihn im Flur vorbeigehen, wo ich am Fenster stand und die erste Zigarette nach der Gelbsucht rauchte, und ich dachte, ich rauche Stroh. Ich baute mich zackig hin. Hoffentlich sieht er dich, dachte ich mir. Denn die Sanitäter hatten mir gesagt, ich käme nicht zu meiner Truppe zurück, sondern auf irgendeine Sammelstelle.

Stabsarzt Lange sah mich flüchtig an, hob einen Finger an die Mütze, ging vorbei, blieb plötzlich stehen, drehte sich um, kam zurück.

„Wie heißen Sie?"

Ich sagte es.

„Ach so", sagte er zerstreut. „Es kam mir so vor, als ob ich Sie kennen würde."

„Die Krokodillledertasche in Polen, Herr Stabsarzt", sagte ich hoffnungsvoll.

Er hob seinen Zeigefinger. „Aha", sagte er, „richtig. Was fehlt Ihnen?"

Ich sagte es. Ich fragte auch, ob er mir behilflich sein könnte, zur Kompanie zurückzukommen.

Und Stabsarzt Lange zahlte mir nunmehr meinen Finderlohn auf Heller und Pfennig aus: „Er verschaffte sich die Papiere und nahm mich mit, und so kam ich wieder zur Kompanie.

Vier Tage zuvor hatte der Vormarsch im Westen begonnen. Man sagte, daß auch wir jetzt eingefädelt würden, aber es sah noch nicht so aus.

Vorläufig bewachten wir ein paar hundert Belgier.

Sie stammten alle aus den Stellungen am Albertkanal. Dann kamen auch Holländer dazu. Es kam mir so vor, als ob alle, einer wie der andere, noch ganz wie vor den Kopf geschlagen wären.

Sie lagen oder standen auf einer Wiese oder liefen ruhelos herum.

Kurtchen Zech unterhielt sich mit einigen. Und dann, gegen Abend am dritten Tag hatte er einen herausgefischt, der zur Besatzung des Forts Eben Emael gehört hatte.

Und Kurtchen Zech übersetzte uns, was er erzählte. Wir gaben ihm Kaffee und Zigaretten. Er sah aus wie ein Zigeuner. Rabenschwarze Haare und rabenschwarze, kleine flinke Augen, breitgebaut, er hielt immer die Oberarme etwas vom Leib weg wie ein Ringkämpfer, der seine Muskeln nicht unterbringen kann. Er war stockheiser.

Aber er erzählte die ganze Geschichte, wie er sie erlebte.

Kurtchen Zech übersetzte großartig.

„Es ging ja um die drei Brücken", sagte der Belgier. „Die drei Brücken waren es. Und die ganze Menge Bunker waren dazu da, dafür zu sorgen, daß die drei Brücken rechtzeitig gesprengt wurden und ihr nicht über den Kanal konntet. Eben Emael war garantiert nicht zu nehmen. Das wußten wir alle. Es hatte schwere Geschütze, und das ganze Gelände war gespickt mit Maschinengewehren, und da war der Kanal, so tief eingeschnitten, daß nichts zu machen war.

Wir hörten natürlich am Morgen die Flugzeuge. Und wir dachten auch gleich, daß es jetzt losginge. Wir wunderten uns auch nicht, daß ihr das neutrale Belgien überfielt. Das habt ihr ja schon mal gemacht. Aber diesmal waren wir gescheiter gewesen. Die Forts konntet ihr nicht so einfach zusammenschießen wie damals Lüttich mit euren Zweiundvierzigern. Jetzt waren die Geschütze versenkbar. Und die Kuppeln kaum zu sehen."

Der Belgier sah nachdenklich vor sich hin und stieß den Zigarettenrauch in einer langen, melancholischen Fahne in die Luft.

„Sag ihm", sagte Heinz-Otto ungeduldig, „sag ihm, er soll uns keine strategischen Vorträge halten. Er soll erzählen, was er selber erlebt hat."

„Laß ihn", fuhr Kurtchen Zech Heinz-Otto wütend an, „halt deine verdammte Schnauze."

Der Belgier sah auf.

Kurtchen Zech sagte etwas zu ihm, und der Zigeuner grinste. Dann erzählte er weiter.

„Ich selber stand in einem kleinen Einmannbunker, zweihundert Meter vom Hauptwerk entfernt, am Rande des Fortdeckels sozusagen. Ich war seit einer halben Stunde in diesem kleinen Betonzylinder. Ich konnte den Kanal und die eine Brücke sehen, dazu noch ein Stück Straße an beiden Ufern. Ich war vorher draußen gestanden, als die ersten Flugzeuge kamen. Dann hatte das Telefon im Bunker gerasselt. Der Leutnant fragte, ob ich Verbindung mit Werk III und Werk IV hätte. Dämliche Frage, natürlich hatte ich die. Warum sollte ich sie denn auf einmal nicht haben? Zur Sicherheit schaltete ich nach III und dann nach IV um und bekam natürlich Antwort und sagte es dem Leutnant. Der gab mir den Befehl, den Bunker nicht mehr zu verlassen. So hockte ich denn auf dem Brettchen und sah durch die Schlitze hinaus, mal dahin, mal dorthin.

Die Flak? Die Flak knallte schon die ganze Zeit. Nichts Besonderes.

Ich sah zur Brücke hinunter. Alles leer. Auch die Zivilisten, die in den paar Häusern links und rechts an den Ufern dicht an der Brücke wohnten, hatten sich verkrochen.

Ich überlegte, was nun eigentlich werden würde. Ich brauchte nicht lange zu überlegen.

Eure Stukas kamen. Ich hörte sie anheulen. Das Bunkerchen zitterte in allen Fugen. Sie warfen ihre Bomben rings auf die Werke. Ich sah die Pilze hochquellen. Bis jetzt war die Sache logisch. Auf eure Stukas waren wir gefaßt. Ich dachte, sie könnten uns nicht sehr viel anhaben. Ich sah immer wieder nach der Brücke hinunter. Ich dachte, wenn es ganz schiefginge, würden jetzt bald eure Panzer an der Brücke auftauchen. Aber ich wußte, daß vorher die Brücke hochgehen würde. Über die drei Brücken hier kam kein Panzer. Dafür war gesorgt worden.

Als ich dann zu einem der anderen Schlitze hinausschaute, die zum Hauptwerk gingen, blinzelte ich. Ich hatte da einen grauen Schatten schweben gesehen. Vom Himmel herunter. Dann noch einen und noch einen. Jetzt preßte ich mein Gesicht an den Schlitz.

Na ja, ihr wißt es ja besser als ich, was es war."

Wieder hielt der Belgier ein und sah vor sich hin.

Und obwohl Kurtchen Zech natürlich französisch mit ihm sprach, verstanden wir nahezu Satz um Satz, was Kurtchen jetzt zu dem Belgier sagte.

Er erklärte ihm, daß wir sowenig wußten oder gewußt hätten, wie er.

Der Belgier lächelte ungläubig.

„Du darfst ihm nicht sagen, was wir gewußt haben und was nicht", sagte jetzt Meier III schnell.

„Ach so", sagte Kurtchen Zech verblüfft. „Natürlich nicht. Verdammt noch mal, wenn man sich so unterhält, vergißt man ganz, daß man mit dem Feind spricht."

„Da siehst du's", erklärte der Josef, „da siehst du's genau."

„Was sehe ich genau?" fragte Kurtchen Zech.

Der Josef lächelte und gab keine Antwort.

„Wenn du redest, rede dich aus", fuhr ihn Kurtchen wütend an. „Was sehe ich genau?"

„Vielleicht", sagte der Josef zögernd, „vielleicht hätten sich alle miteinander zuerst einmal unterhalten müssen. Dann hätten vielleicht alle miteinander gar nichts davon gemerkt, daß sie Feinde waren."

„So ein verdammter Quatsch", sagte der Krumbhaar. „Als ob der Führer sich nicht fuffzigmal mit ihnen unterhalten hätte."

„Unterhalten ja", meinte der Josef.

„Schluß", rief Heinz-Otto, „Schluß! Laßt ihn weitererzählen."

„Ich traue meinen Augen nicht", erzählte der Belgier weiter. „Da kamen kleine Flugzeuge herunter. Sie hatten keinen Motor. Sie kamen lautlos wie Fledermäuse. Sie setzten auf, hüpften wieder hoch, rutschten auf dem Bauch weiter, und ich sah Leute in Uniform herausspringen. Solche Uniformen hatte ich noch nicht gesehen. Kurze tarnfarbene mantelartige Jacken bis an die Knie. Stahlhelme, wie ich sie nicht kannte. Ich sah ungefähr sieben dieser Dinger landen. Und daneben schwebten an Fallschirmen Säcke herunter, die sofort von den Männern geöffnet wurden. Die ganze Oberfläche des Hauptwerks war einige Minuten überwimmelt, und dann waren sie plötzlich verschwunden. Und jetzt hörte ich unsere schweren Maschinengewehre und die schweren Geschütze. Ach ja, ich vergaß zu sagen, daß ich gleich nach dem Telefon gegriffen hatte. Das Hauptwerk gab keine Antwort. Ich rief III und IV an. Von III bekam ich sofort Antwort.

Sie sagten, wir würden von Fallschirmjägern in Segelflugzeugen angegriffen. Na, das wußte ich jetzt selber. Ich fragte, was ich tun sollte. Mir war richtig dumm zumute. Ich hatte lediglich die Instruktion, auf die Brücke und die Straße aufzupassen und alle Vorgänge zu melden. Aber nur dem Hauptwerk, mit den anderen hatte ich lediglich Sprechverbindung zu halten. III hing ein, ohne mir zu sagen, was ich nun zu tun hätte. Ich rief sofort wieder an und sagte, das Glacis vom Hauptwerk wimmle von Fallschirmjägern. Da schrie mich der Mann von III an, warum ich das nicht gleich gesagt hätte, und dann sagte er, ich solle warten, und dann kam ein Offizier an den Apparat. Gott sei Dank hatte der seine bißchen Nerven behalten. Wahrscheinlich dachte er, ich hätte die meinen verloren, denn zuerst sagte er ganz ruhig, ich solle den Kopf oben behalten und mir ganz ruhig erst überlegen, was ich wirklich gesehen hätte, und dann solle ich es ihm melden. Nun, ich sagte es ihm, es wimmle auf dem Glacis.

‚Mit wimmeln kann ich nichts anfangen', sagte der Offizier, ‚sehen Sie mal hinaus und zählen Sie laut die Segelflugzeuge, die Sie sehen.'

Na ja, ich mußte vor mir selber zugeben, daß ich doch etwas mit den Nerven aus den Pantinen gekippt war und daß ein nervenstarker Vorgesetzter was wert war.

Ich zählte also bis sieben.

‚Und wieviel Leute haben Sie gesehen?'

Ich dachte schnell nach und nahm mich zusammen. Dann sagte ich, es könnten zwischen fünfzig und hundert gewesen sein.

‚Sehr gut', sagte der Offizier. Nun berichtete ich von den herunterschwebenden Säcken. Und ich sagte, ich sähe jetzt nichts mehr als die leeren und meistens auf der Seite liegenden Segelflugzeuge.

Und ich sagte, daß ich vom Hauptwerk keine Antwort bekäme.

‚Das braucht Sie nicht zu erschüttern', sagte der Offizier. ‚Die sahen das gleiche. Und warum haben Sie nicht dazwischengeschossen?'

‚Ich bin nur Beobachter', sagte ich, ‚Einmannbunker zur Beobachtung. Darf sich nicht verraten.'

‚Gut', sagte der Offizier. ‚Beobachten Sie weiter und rufen Sie alle paar Minuten, sagen wir alle fünf Minuten, das Hauptwerk an.'

Jetzt wußte ich wenigstens, was ich zu tun hatte.

Und nun sah ich es mit meinen eigenen Augen. Mit dem Glas sah ich in einer unteren Scharte am Werk den Lauf des schweren Maschinengewehrs im Feuer zittern und sich nach links und rechts wendend, ich sah die Mündungsflamme in den Feuerstößen. Und ich sah noch etwas anderes. Ich sah graue Katzen tief am Boden schleichen. Es waren drei. Sie schoben eine Stange vor sich her, und am Kopf der Stange sah ich undeutlich eine Verdickung. Die drei krochen dicht unter die Scharte, und jetzt sah ich neben ihnen den Boden aufspritzen. Unsere Maschinengewehre hatten sie gefaßt oder wollten sie fassen. Und dann hob sich die Stange, und jetzt hörte ich den Donner einer gewaltigen Explosion, ich sah die Wolke genau in der Scharte. Als der Rauch sich schnell verzog, war von der Scharte nichts mehr zu sehen. Einfach nichts mehr zu sehen. Sie war nicht mehr da. Sie war wie zugemauert. Ich rief das Hauptwerk an. Es meldete sich nicht. Ich rief III an. Keine Antwort. Ich rief IV an. Keine Antwort.

Ich bekam von nirgendsher Antwort."

Der Belgier starrte vor sich hin und schüttelte den Kopf. „Dazwischen war die Hölle los. Und ich mittendrin. Ich hörte immer wieder eure Stukas herunterkommen. Und die Einschläge. Und dann ... ich muß wie hypnotisiert gewesen sein, denn ich sah immer nur nach dem Hauptwerk hinüber, das in Rauch und Flammen stand, aber die schweren Geschütze feuerten noch ... und dann riß ich mich los und sah durch den anderen Schlitz nach der Brücke. Und griff wie ein Verrückter nach dem Telefon und schrie hinein. Ich sah Fallschirmjäger an der Brücke. Ich sah sie an den Pfeilern. Ich sah sie über die Brüstung klettern. Ich sah Boote auf dem Kanal mit Fallschirmjägern an den Pfeilern. Ich sah am Ufer Fallschirmjäger hin und her rennen. Und jetzt flog ein Haus in die Luft. Und ein zweites, ein drittes. Sie sprengten die Häuser. Ich sah einen Fallschirmjäger mit etwas in der Hand, was nicht größer war als eine Zigarrenkiste. Er rannte auf eine Haustüre zu, streckte sich und warf die Zigarrenkiste durch das Oberlicht der Haustür und jagte zurück, warf sich jenseits der Straße hin, und ich sah das Haus in die Luft fliegen. Es flog in die Luft, als ob eine Riesenbombe es getroffen hätte. Unbegreiflich. Ihr habt wohl neue Sprengmittel?"

Schwer atmend sah uns der Belgier der Reihe nach an. Wir wußten es nicht. Wir konnten es ihm nicht sagen. Wir wußten nichts von neuen Sprengmitteln. Wir hatten auch von den Segelflugzeugen nichts gewußt.

„Ich schrie in das Telefon hinein wie ein Verrückter", erzählte der Belgier weiter, und da wir inzwischen eine Flasche Kognak geöffnet hatten, erzählte er immer besser.

„Kein Mensch gab mir Antwort. Der Schweiß lief mir in Strömen über das Gesicht und unter der Uniform über den ganzen Leib. Wenn es mir nicht gelang, mit der Meldung durchzukommen, was an der Brücke vor sich ging, war das Kriegsgericht fällig. Und wenn das nicht, keiner meiner Kameraden würde mehr ein Stück Brot von mir annehmen. Ich wußte da zu dieser Zeit noch nicht, daß sie um kein Haar besser dran waren als ich. Na also, ich kam nicht durch. Ich sah, wie Fallschirmjäger sich an den geöffneten Sprengkammern zu schaffen machten. Ich sah, wie sie die Drähte herausrissen. Es war ihnen gelungen. An meiner Brücke war es ihnen gelungen. Einige Minuten später hörte ich schwere Detonationen am Kanal und sah dunkle Rauchwolken. An zwei Stellen, und ich kannte diese Stellen. Die beiden anderen Brücken hatten also noch von uns gesprengt werden können.

Was tun?

Mein ganzer Einmannbunker, meine ganze sorgfältige Instruktion... ein Dreck. Was war jetzt noch zu beobachten? Wie die deutschen Fallschirmjäger da unten wie die Verrückten vor Freude auf der Brücke hin und her liefen? Wie alle Werke rings um mich herum in einem Feuerdampf standen? Oder sollte ich die merkwürdig schnellen, kleinen Boote mit ihren Außenbordmotoren zählen, die da und dort in meiner Sichtweite über den tiefeingeschnittenen Kanal fegten?

Es war zum Verzweifeln.

Dann erblickte ich zwei verwundete Fallschirmjäger, die gar nicht weit von meinem Bunker entfernt, genau gesagt, kaum fünfzig Meter, sich gegenseitig stützend, mit schwarzgebrannten Gesichtern, vorbeitaumelten, dann und wann zu Boden fielen, sich wieder aufrichteten und weiterwankten. Ich richtete mein leichtes Maschinengewehr auf sie ein. Aber im gleichen Augenblick wußte ich, daß ich nicht auf Verwundete schießen würde. Ich sage das jetzt nicht, Monsieur, um mich ..."

Kurtchen Zech winkte ab.

„Was tun", erzählte der Belgier weiter. „Ich wußte es nicht. Es war etwas, worauf niemand gefaßt gewesen war. Ich sah mir die Gesichter der beiden deutschen Verwundeten an. Durchs Glas waren sie so nahe, als ob ich sie dicht vor mir hätte. Es waren harte Gesichter. Trotzdem sie vor Schmerz verzerrt waren, es waren harte Gesichter. Es mußte wohl so sein. Nur eine Elitetruppe konnte so etwas durchführen. Ich sah mir durch das Glas die leichten Dinger an, mit denen sie vom Himmel herabgekommen waren. Unwahrscheinlich, unwahrscheinlich.

Schmetterlingsleichte Dinger, und wenn ich mich nicht versehen hatte, so waren aus jedem acht bis zwölf Mann gesprungen, ich weiß es nicht genau, Sie müssen es ja wissen ..."

Wieder sah uns der Belgier neugierig und erwartungsvoll an.

„Wir wissen nichts", antwortete Kurtchen Zech. „Bitte glauben Sie uns. Wir wissen noch weniger als Sie."

„Schön", fuhr der Belgier weiter fort, „und dann sah ich etwas Furchtbares. Ich sah eines der Segelflugzeuge hoch ankommen, vielleicht jenseits des Kanals noch hundert Meter hoch, es kam tiefer, immer tiefer, und ich sah jetzt, daß es zu kurz flog, es würde niemals am anderen Ufer ankommen. Und dieses Segelflugzeug tauchte in den Kanal ein und verschwand. Ich starrte minutenlang auf die Stelle, wo es verschwunden war. Nichts kam mehr hoch. Niemand. Nichts. Es mußte mit den Insassen wie ein Stein untergegangen sein. Keiner hatte versucht, als das Ende vor ihnen lag, herauszuspringen. Keiner. Und wenn ich mich erinnerte, wie diese Männer ausgerüstet waren, dann war es mir klar, daß keiner von ihnen mehr an die Oberfläche kommen konnte. Und dann sah ich ein weiteres Segelflugzeug anschweben, direkt auf mich zu, direkt auf das Glacis, ich entdeckte es, als es nur noch zwanzig Meter hoch war. Es wackelte etwas und setzte nun mitten zwischen den anderen herumstehenden Apparaten auf, rutschte auf dem Bauch weiter, rammte zwei oder drei der leeren Maschinen, und dann sprangen Leute heraus.

Und nun, Messieurs, nun muß ich sagen: Ich drehte mit einem Ruck mein Maschinengewehr auf die Gruppe und jagte den ersten Feuerstoß mitten in sie hinein. Es war nun nicht mehr anders möglich. Es war meine Pflicht. Ich handelte, wie ein Soldat handeln mußte. Ich hatte lange genug zugesehen und beobachtet. Nun gab es nichts mehr zu beobachten. Ich schoß.

Sie müssen sich vorstellen, daß das ganze Glacis mit dahinwehenden Rauchwolken unzähliger Detonationen immer wieder bedeckt wurde, auch schien irgendwo eine Verneblung ausgelöst worden zu sein, kurzum, ich sah kaum etwas. Ich schoß in die Richtung des jetzt gelandeten Segelflugzeuges. Und dann hatten sie wohl Handgranaten geworfen. Mein kleiner Bunker begann etwas zu tanzen.

Ich nahm die Hand vom Hebel. Und wartete. Ich wollte warten, bis sich Rauch und Nebel etwas verzogen hatten. Und dann riß es mich um.

Sie sehen hier meine Hand. Mehr habe ich nicht abbekommen. Wahrscheinlich haben sie meinen kleinen Bunker gesprengt. Als ich zu mir kam, lag ich draußen, und zwar gleich unterhalb des Glacis am Hang zur Brücke. Um mich herum standen einige Ihrer Kameraden.

Sie hatten mir die Hand verbunden. Aus ihren harten Gesichtern lachten sie mich an. Ich sah nun aus der Nähe ihre merkwürdigen Uniformen. Und ihre fremden gebuckelten Helme.

Ich spuckte ein bißchen, denn ich hatte starken Brechreiz. ‚Ihr habt doch hoffentlich kein Gas?' sagte ich albern, und es war der erste Satz, den ich nach vielen Minuten zusammenbrachte.

Einer der Leute kam näher und beugte sich zu mir herunter, ich nehme an, es war ein Offizier, denn die anderen Männer redeten in Haltung mit ihm. ‚Nein', sagte er zu mir, ‚wir haben kein Gas. Sie haben nur Pulverrauch geschluckt. Sie sind wohl ein Feldherr für sich, wie? Warum haben Sie auf uns geschossen, nachdem Eben Emael sich ergeben hat?'

Ich mußte grinsen.

‚Eben Emael hat sich nicht ergeben', sagte ich, ‚das müßten Sie mir erst zeigen. Und zum Schießen hat man mich schließlich ausgebildet. Sie können mir das kaum übelnehmen.'

Ich dachte, ich könnte getrost in diesem Stiefel mit Ihrem Offizier sprechen, denn erstens sprach er ein gutes Französisch und zweitens sah er aus, als ob er Humor habe, und drittens lachte er mich, während er sprach, ganz freundlich an.

‚In Ordnung', sagte er. ‚Eben Emael hat sich tatsächlich noch nicht ergeben. Aber es wird nicht mehr lange dauern. Sie waren wohl ziemlich überrascht über uns, wie? Oder wußten Sie, daß wir still wie die Pfingsttauben kämen?'

Er sah mich erwartungsvoll an. Gott, warum sollte ich es

ihm nicht sagen. Es war kein Geheimnis. ‚Wir hatten keinen Dunst‘, antwortete ich, ‚aber Sie werden sich die Zähne an Eben Emael ausbeißen.‘

Er sah mich an und gab zunächst keine Antwort.

‚Wir hielten Sie zuerst für einen Neger, mein Junge‘, sagte er dann gemütlich. ‚Und es war ganz gut für Sie, daß Ihr Rock ziemlich zerrissen war und wir Ihre schneeweiße Brust sahen.‘ Ich sah ihn dumm an, er sagte einige Worte zu seinen Leuten, und einer brachte tatsächlich einen kleinen, runden Spiegel zum Vorschein, ich sah hinein, mein Gesicht war rabenschwarz.

Ich sah zu dem Offizier auf.

‚Wieso?‘ fragte ich. ‚Wenn ich ein Negersoldat gewesen wäre, hätten Sie mich umgebracht?‘

‚Nein‘, antwortete er sofort, ‚das nicht. Aber in der Rage hätten sie wahrscheinlich...‘ Er hielt ein.

‚Ist Ihr Einmannbunker unterirdisch mit einem der Werke verbunden?‘ fragte er etwas schroff.

Und damit begann der Ernst des Lebens wieder, wie ich merkte. Ich gab ihm keine Antwort.

‚Können Sie gehen?‘ fragte er jetzt schnell, und ein anderer Klang lag in seiner Stimme, ‚dann begeben Sie sich ’runter auf die Straße rechts. Dort finden Sie eine ganze Menge Ihrer Kameraden.‘

Und bevor ich mich erhoben hatte, waren sie verschwunden, alle Mann mit dem Offizier."

Der Belgier hatte geendet. Wir blickten ihn nachdenklich an. Er gefiel uns. Er hatte uns seine Sache erzählt wie ein Mann. Wie ein gebildeter Mann sogar. Nicht prahlerisch und nicht wehleidig. Wir gaben ihm Zigaretten und Brot und Schokolade.

Dann gingen wir zu unserem Haus auf die gegenüberliegende Straßenseite zurück.

„Ja", sagte Kurtchen Zech plötzlich, „was ist nun eigentlich Tapferkeit?"

Wir blickten ihn verblüfft an.

„Na, Mensch", sagte Heinz-Otto, „das weiß ja nun doch jeder. Was der Belgier da in seinem Einmannloch getan hat, das war Tapferkeit."

„Wieso", fragte Kurtchen Zech, „wieso war das Tapferkeit? Er saß hinter dickem Beton. Das Ding war getarnt. Was sollte er anders machen, als was er getan hat?"

„Er hätte sich ruhig verhalten und ’rauskommen und sich gefangengeben können", bemerkte der Krumbhaar.

„Und also nicht schießen?" fragte Kurtchen Zech.

„Natürlich nicht", sagte der Krumbhaar.

„Dann wäre er feige gewesen", sagte Kurtchen Zech. „Er war nicht feige. Aber er war auch nicht tapfer."

„Wieso nicht?" fragte Heinz-Otto verwundert.

„Paß mal gut auf, Heinz-Otto", sagte Kurtchen Zech langsam, „und merk dir das für den ganzen Feldzug, wenn er noch nicht zu Ende sein sollte. Der Belgier tat seine Pflicht. Nicht mehr und nicht weniger, verstehste? Da liegt der Unterschied."

„Das ist dummes Gequatsche", sagte ich ärgerlich. „Das soll wohl geistreich sein, was? Ihr Intellektuellen habt eine Art, einem das Leben mieszumachen, es ist zum Kotzen. Ich für meine Person fand den Belgier tapfer."

„Ich auch", sagte Heinz-Otto, und alle anderen fanden das auch.

„Na ja", sagte Kurtchen Zech bissig, „wenn es über die Intellektuellen hergeht, seid ihr ein Reich, ein Volk, ein Führer. Aber wenn dieser Feldzug kein Schnellzug ist, werden wir es ja noch erleben, wo der Unterschied liegt."

„Erzähl uns das, wenn du das Ritterkreuz hast", sagte der Weinrich.

Da drehte sich Kurtchen Zech um, sah den Weinrich an, dann uns alle der Reihe nach, aus großen, stillen Augen, und sagte tatsächlich ganz langsam: „Euer Wort in Gottes Ohr, eines Tages werde ich hier an meinem Halse das Ritterkreuz tragen, ich, der Schütze Kurt Zech."

Wir starrten ihn an, als ob er übergeschnappt wäre. Ohne sich umzusehen, schlenkerte er die Straße entlang.

11

Wir haben schwere Märsche hinter uns, und hoffentlich haben wir keine mehr von der Sorte vor uns. Dabei wird uns noch vorgehalten, daß 14–18 die Infanterie mit Tornister marschiert ist.

„Das interessiert mich in gar keinster Weise", erklärte Heinz-Otto wütend daraufhin. „Sie können uns ja auch vorhalten, daß man im Dreißigjährigen Krieg noch keine Vitamine hatte."

„Sie hatten welche", verbesserte Kurtchen Zech, „sie wußten es nur noch in keinster Weise."

„Interessiert mich nicht", sagte Heinz-Otto.

Ihn nahmen die Märsche am meisten mit von uns achten. Er war nicht gut zu Fuß. Auf der anderen Seite wollte er auch nicht schlappmachen, und so schleppte er sich eben dahin. Aber auch für uns anderen war es keine Kleinigkeit. Die Tage waren warm. Unsere Gesichter waren hochrot. Der Schweiß lief uns nicht nur über das Gesicht, sondern unter der Uniform über den ganzen Körper. Und diese Uniform kniff überall. Was heißt da Marscherleichterungen. Und was heißt da schöne Landschaft.

Natürlich gab es uns doch einen Schwung, daß wir in diesem Tempo nach Frankreich hineinmarschieren konnten. Es sah sogar sehr danach aus, als ob wir siegreich wären.

Am besten marschierte komischerweise der Krumbhaar. Dieser kleine Stöpsel mit seinen kurzen Beinen kam uns vor wie ein Tausendfüßler. Ohne zu klagen und ohne zu murren und zu fluchen, wie auf einem Spaziergang wieselte er vor sich hin.

„Ihr müßt bloß richtig atmen", teilte er uns mit.

„Halt die Schnauze", sagte Heinz-Otto.

„Ärgert euch nur, ihr Kaffern", äußerte Krumbhaar.

„Halt die Schnauze", sagte der Weinrich.

„Ihr seid bloß wütend, weil ihr den Bogen nicht 'raus habt", teilte der Krumbhaar mit.

„Halt die Schnauze", sagte Kurtchen Zech.

„Dabei seid ihr alle um 'nen halben Meter größer als ich", stellte Krumbhaar fest.

„Halt die Schnauze", sagte Meier III.

„Ärgert euch nur, ihr Kaffern", äußerte Krumbhaar.

„Halt die Schnauze", sagte Fritz Kirchhofer.

„Ärgert euch ruhig", forderte uns der Krumbhaar auf.

„Halt die Schnauze", sagte ich.

„Körperpflege, meine Herren, Fußpflege", murmelte Krumbhaar zäh. Und nachdem wir nun alle miteinander das „Halt die Schnauze", mit Ausnahme von Josef, gesagt hatten, waren wir neugierig, was der Josef nun äußern würde. Der Josef sah aus, als ob er gleich einen Hitzschlag bekommen würde. Sein gutmütiges Gesicht war knallrot, die Tropfen standen auf seinem Gesicht, er keuchte hörbar, und alle Augenblicke faßte er an sein Koppel und rückte es zurecht oder schob seine Knarre irgendwo anders hin. Und wir waren alle miteinander hochzufrieden, als auch nun der Josef milde sagte: „Halt die Schnauze."

Und darüber mußten wir lachen, und es wurde uns wieder ein bißchen besser zumute.

Leutnant Meßner stand an der Straßenseite, ließ seinen Zug vorbeimarschieren und betrachtete uns aufmerksam. Er sah genauso überanstrengt aus wie wir, und wir sahen wohl, daß er mit etwas geknickten Knien dastand.

„Nicht abhängen", sagte er, „nicht abhängen."

„Halt die Schnauze", sagte da wahrhaftig eine Stimme aus der Kolonne, aber glücklicherweise fuhr sich Leutnant Meßner gerade mit seinem großen Taschentuch über das Genick, über das Gesicht und auch rund über die Ohren. Er hatte es nicht gehört. Von uns achten hatte es keiner gesagt.

Und Heinz-Otto drehte sich um nach dorthin, woher es gekommen war. Wir marschierten am Schluß der Kompanie, dicht hinter uns zockelten ein paar Radfahrer. Es konnte nur einer von ihnen gewesen sein.

„Ihr habt's nötig", sagte Heinz-Otto.

„Halt die Schnauze", sagte einer der Radfahrer.

Jetzt mußten wir wieder lachen. Es war wirklich zu komisch, daß erwachsene Männer so albern sein konnten. Denn das „Halt die Schnauze" wanderte in den nächsten Minuten durch die ganze Kolonne, es konnte einer sagen, was er wollte, er bekam immer dieselbe dämliche Antwort.

An dem Vormittag, als das passierte, sahen wir nachher die ersten Flüchtlinge. Sie waren wohl von der Straße heruntergetrieben worden, damit die Truppe auf dem Vormarsch nicht gehindert wurde, und nun warteten sie unter den Bäumen neben der Chaussee.

Wir hatten auch in Polen Flüchtlinge genug gesehen. Alte Männer, Frauen und Kinder.

Diese Flüchtlinge hier in Frankreich waren anders. Zuerst fiel es uns nicht auf. Zuerst sahen wir eine kleine Gruppe von Menschen rechts der Straße sitzen und liegen. Ein Erntewagen mit zwei Pferden, darauf saßen sie. Einige hochbepackte Kinderwagen. Ein Dutzend Fahrräder im Gras. Meistens Frauen und Kinder.

Wir blickten nur obenhin und flüchtig zu ihnen hinüber. Wir waren zu müde, um uns Gedanken zu machen, und außerdem war uns, wie gesagt, dieser Anblick von Polen her nicht fremd.

Dann aber, ungefähr nach einer weiteren Stunde, wurden wir aufmerksam. Jetzt waren es keine einzelnen Gruppen mehr, sondern unübersehbare Menschenmengen.

Und sie warteten auf beiden Seiten der Straße. Sie lagen, saßen und standen schweigend. Sie saßen auf den Trittbrettern von turmhoch bepackten Autos, sie saßen im Innern der Wagen, sie hockten auf ihren Bündeln und neben ihren Handwagen und Kinderwagen.

Eine ganze Stadt mußte geflüchtet sein. Wir sahen auch welche mit Verbänden.

Nachdem wir etwa eine Stunde lang an ihnen vorbeimarschiert waren, gab es eine Marschpause. Das hieß, daß wir uns rechts und links der Straße hinlegen konnten. Auf der Straße selber war kein Platz, denn ich vergaß zu sagen, daß ein Strom von Autos, Panzern, Krädern, Spähwagen und überhaupt alle Sorten von Fahrzeugen gleichzeitig mit uns nach Süden auf der gleichen Straße fuhren. Das ewige „Rechts 'ran!" machte uns schließlich ganz verrückt.

Als nun die Marschpause befohlen wurde, blieb uns nichts anderes übrig, als uns an den Rand der Straße, dicht vor die Flüchtlinge zu begeben. Und da erlebten wir, daß die ganze Reihe dieser Menschen schweigend vor uns zurückwich, als ob wir die Pest hätten. Nur die in ihren Wagen blieben sitzen und liegen, aber auch sie rückten näher zusammen.

Aus erschöpften und blassen Gesichtern starrten sie uns schweigend an. Es machte uns nervös.

„Mensch", sagte ich zu Kurtchen Zech, „sag ihnen, wir tun ihnen nichts."

Kurtchen Zech sah unschlüssig vor sich hin und schüttelte den Kopf.

„Das wissen sie eh", murmelte er.

„Du siehst doch, daß sie Angst vor uns haben", sagte Meier III.

Kurtchen Zech rührte sich nicht.

Zwischen uns und den Flüchtlingen in unserer Nähe war ein Streifen von etwa fünf Meter, kaum fünf Meter.

Und jetzt ging der Josef über diesen Streifen hinweg und geradezu auf eine Frau zu, in deren Schoß ein etwa fünfjähriger Junge aufrecht saß und ängstlich in die Welt blickte. Der Josef hatte eine Tafel Schokolade in der Hand und reichte sie dem Jungen. Das Bürschchen riß seine Kugelaugen auf und griff nach der Tafel. Und im gleichen Augenblick riß ihm die Mutter die Tafel aus der Hand und warf sie dem Josef vor die Füße.

Alles wortlos, lautlos. Die Flüchtlinge starrten auf die Frau und auf uns, und wir wußten nicht, was wir machen sollten. Der Josef stand wie an die Erde genagelt, aber er lächelte das Kind unentwegt an.

Die Frau sah mit zusammengekniffenem, dünnem Mund den

Josef geradezu hochmütig an und drückte den kleinen Jungen an sich. Das kleine Bürschchen sperrte seinen Mund vor Entrüstung auf, schluckte heftig einige Male, und nun riß er sich aus den Armen seiner Mutter, strampelte sich los, und mit runden, stämmigen Beinchen ruderte er auf die Schokolade zu, warf einen scheuen Blick auf den Josef, bückte sich und griff mit beiden Händen nach der Tafel.

„Chichi!" rief seine Mutter empört.

„Was sagt sie?" fragte der Josef Kurtchen Zech.

Der kleine Mann hörte nicht hin. Er war für die Schokolade. Er stand da und betrachtete sie gierig.

„Chichi!" rief seine Mutter wütend.

Der Kleine warf einen Blick zurück, dann sah er zum Josef hinauf, der ihm zulächelte, dann blickte er wieder zu seiner Mutter zurück, und alle, die der Szene zusahen, die Franzosen und wir, warteten gespannt, was sich ereignen würde. Es waren keine freundlichen Blicke, die uns zugewandt waren, und kein Wohlwollen lag in diesen Gesichtern. Sie mochten uns nicht, und das war bei Gott begreiflich. Sie waren mit einer Tafel Schokolade nicht zu kaufen.

Der kleine Mann kam mit sich ins reine.

Er ließ sich mit einem Plumps zu Boden sinken und riß das Papier von der Tafel, dann das Silber, und dann stopfte er sich die süßen Riegel schnell in den Mund.

Und in die Stille hinein kam die plötzlich gelassene Stimme der Mutter, die ihrem Kleinen etwas zurief.

„Was hat sie gesagt?" fragte der Josef.

Und Kurtchen Zech übersetzte: „Sie hat gesagt, er soll sich wenigstens bedanken."

Wir lachten. Und auch einige Flüchtlinge lachten.

Und Kurtchen Zech drehte sich stolz zu uns um.

„Na? Wie findet ihr das? Habt ihr schon mal was von französischem Charme gehört? Das hier ist französischer Charme, meine Herren."

„Wieso?" fragte der Weinrich blöde.

Zuerst bekam er gar keine Antwort, dann erbarmte sich der Josef seiner Unfähigkeit, gewisse Dinge zu kapieren.

„Erst", sagte der Josef, „erst hätte sie ihren Kleinen lieber umgebracht, als daß er von uns Schokolade nimmt. Verstehste?"

„Klar", sagte der Weinrich, „das konnte man sehen."

„Na ja", erklärte der Josef geduldig, „und als ihr Kleiner dann die Schokolade doch nahm, gegen ihren Willen, verstehste, denn sie mögen uns ja nicht..."

„Klar", sagte der Weinrich, „das kann man sehen."
„Also jetzt weißte es", schloß der Josef.
„Chichi!" rief die Mutter.
Der Kleine sah mit verschmiertem Mäulchen zu dem Josef auf. Und mit der größten Kraftanstrengung seines winzigen Stimmchens krähte er hinaus: „Merci!"

Ich könnte nun im einzelnen gar nicht beschreiben, wie es dann kam, daß wir auf einmal bei den Franzosen saßen. Jedenfalls sah ich, daß plötzlich der Meier III sich an einem kleinen Renault zu schaffen machte und unter der geöffneten Haube im Motor herumgriff, indessen drei Frauen auf ihn einredeten. Und Kurtchen Zech unterhielt sich mit einem älteren Herrn, der die Hand verbunden hatte. Der Josef saß neben der Mutter des Jungen, die den Kleinen wieder auf dem Schoß hatte.

Das Ganze dauerte leider höchstens zwanzig Minuten. Dann wurde wieder angetreten. Es wäre gelogen, wenn ich erzählen würde, daß wir mit Händedrücken oder Umarmungen von den Flüchtlingen verabschiedet wurden. Sie winkten auch nicht. Sie ließen uns höflich gehen.

Dann vergaßen wir für eine Weile die Hitze und die Plage des Marschierens, denn Kurtchen Zech erzählte uns, was er von dem alten Herrn gehört hatte. Wir wunderten uns nicht mehr, daß sie, die Franzosen hinter uns... nein, wir wunderten uns nicht.

Die Gruppe, bei der wir zufällig haltgemacht hatten und zu der auch das kleine Bürschchen gehörte, kam aus einem Städtchen, etwa zehn Kilometer östlich der Straße, auf der wir marschierten und auf welcher wir sie angetroffen hatten.

Der alte Herr, mit dem Kurtchen Zech gesprochen hatte, war ein Advokat. Er berichtete, daß niemand in dem kleinen Nest daran gedacht hatte zu fliehen, mit Ausnahme einiger Leute, die Autos besaßen und die nach Süden zu Verwandten wollten. Es waren zwar die üblichen Gerüchte verbreitet worden, die immer vom herannahenden Feind verbreitet werden, daß er nämlich barbarisch hause, aber die Menschen waren von der Schnelligkeit der Katastrophe, die über ihr Land hereinbrach, so verdattert, daß sie sich zu nichts entschließen konnten. Und dann waren vor zwei Tagen Gendarmeriekommandos erschienen und hatten beinahe mit Gewalt das Städtchen evakuiert. So gerieten sie mit ihrem bißchen Gepäck, dem Allernotwendigsten, bevor sie sich richtig besinnen konnten, auf die Landstraße.

„Und bis dahin war es noch nicht schlimm", erzählte Kurtchen Zech, „wenn es auch schlimm genug war. Das Schlimmste kam aber noch."

Auf der Landstraße gerieten sie zwischen die französischen Truppen, die teils zurückfluteten, teils in kleinen, entschlossenen Kommandos ihnen entgegenkamen, kurzum, sie gerieten in ein wildes Durcheinander. Und kein Mensch konnte ihnen sagen, wie die Sache stand.

Und dann waren die Stukas gekommen.

„Und mehr brauche ich euch nicht zu sagen", schloß Kurtchen Zech.

Nein, mehr brauchte er uns nicht zu sagen. Wir konnten es uns denken. Denn als wir jetzt einige Kilometer weiter marschiert waren, sahen wir, was die Stukas befehlsgemäß getan hatten. Sie hatten die Straße frei gemacht.

Rein verstandesgemäß war es uns unfaßlich, wieso die Flüchtlinge aus der gesamten Umgebung dieser Landschaft, die wir jetzt passierten, sich auf diese eine große Straße geworfen hatten. Alle miteinander auf diese einzige Straße.

„Das ist schließlich doch ganz egal", sagte Heinz-Otto plötzlich. „Das Elend bleibt das gleiche."

Eine Antwort zu geben, war unnötig.

Wir bogen von der großen Straße ab. Sie war zuletzt leer von Flüchtlingen geworden.

In der Abenddämmerung kamen wir in eine Pappelallee, marschierten hier höchstens sechshundert Meter, und dann kam der Zug Meßner in ein einzelstehendes Gehöft. Kaum hatten wir uns umgesehen, wurden wir weggeholt. Ein Kradfahrer brachte den Befehl, dreihundert Meter nach vorne an einem kleinen Bach in Stellung zu gehen.

Der Bach war eine kaum meterbreite Rinne.

Fünfzig Meter rechts hinter uns stand schon eine Pak.

„Nichts Wichtiges", sagte uns Leutnant Meßner, „ein paar feindliche Panzer sind durchgebrochen. Und ein paar Kompanien Radfahrertruppen."

Nichts Wichtiges!

Wir sahen uns an. Der Leutnant stellte die MG auf. Es wurde dunkler. Uns war nicht gemütlich zumute. Nachtgefechte waren ekelhaft. Wir hatten ja eins in Polen mitgemacht.

Da lagen wir nun zwischen den Weiden.

„Eigene Panzer sind dicht hinter uns", sagte die Stimme Leutnant Meßners von irgendwoher.

Und dann war Stille.

Das alles war wie im Traum vor sich gegangen. Wahrscheinlich deshalb, weil wir von dem langen Marsch in der Hitze völlig kaputt waren und nur so halb hinsahen, wo wir waren, und nur so halb hinhörten, was gesagt wurde. Wir mochten eine halbe Stunde gelegen haben.

Dann richtete sich Meier III plötzlich auf. Er war, das habe ich schon gesagt, in allen Dingen, die mit Waffen zu tun hatten, ganz groß. Und so war er jetzt auch der erste, der es hörte.

„Sie kommen", sagte er und lauschte.

Wir stützten uns mit den Ellenbogen auf und horchten nach vorne. Und nun hörten wir es auch.

Ein fernes Gemurmel und dumpfes Gerassel.

Die französischen Panzer.

„Infanterie wahrscheinlich dabei", sagte Meier III.

„Du riechst wohl die Pomade auf den Köppen", knurrte Kurtchen Zech.

Dann schwiegen wir.

Und dann hörten wir es deutlich.

Neben mir seufzte Fritz Kirchhofer tief auf. Wir starrten in die Dämmerung vor uns. Ein weites Wiesengelände breitete sich jenseits des Baches aus. Nur unterbrochen von wenigen Holzhütten und einem langgezogenen Stangengeländer zu einem Gehege oder einer Weide oder so.

Mein Herz klopfte immer stärker. Es war das erstemal, daß wir es mit Panzern zu tun hatten. Und meine Blicke wanderten zu der Panzerabwehrkanone dicht hinter uns.

Der Anblick regte mich noch mehr auf.

Das Maul der Kanone starrte tief hinaus, und da die Pak etwas nach links gerichtet war, sah ich den unbeweglichen Klumpen ihrer Bedienung hinter dem Schutzschild kleben, dicht aneinander, völlig regungslos und leblos, unter den Stahlhelmen erschienen mir die Gesichter wie versteinert.

Ein bösartiger Anblick.

Und jetzt erinnerte ich mich erst daran, daß man uns gesagt hatte, wir sollten uns von den Panzern überrollen lassen und uns um die feindliche Radfahrertruppe kümmern, die wahrscheinlich zwischen oder hinter den Panzern, Räder an der Hand, vorgehen würde.

Überrollen lassen. Das hörte sich glänzend an. Und ganz einfach. Und es war auch mal geübt worden.

Mir lief unaufhörlich der dicke Schweiß herunter.

Jetzt wurde das Rasseln sozusagen heller.

„Siehst du was, Heinz-Otto?" fragte der Josef ruhig.

„Ja", sagte Heinz-Otto, das Glas an den Augen, „Entfernung vierhundert etwa, eins, zwei, drei, vier... vier Stück."

Und ein scharfer Knall hob mich beinahe vom Boden. Unsere Pak begann zu feuern.

„Und die Radfahrer?" schrie Weinrich.

„Keine Radfahrer", rief Heinz-Otto, „nischt zu sehen von Infanterie. Nur die vier Panzer."

Es war beinahe ganz dunkel geworden.

Und dann sah ich den ersten Panzer. Er rollte direkt auf uns zu. Er war noch etwa hundert Meter, soweit ich es in der tiefen Dämmerung sehen konnte, entfernt. Hinter ihm gab es eine Explosion, und wir sahen eine Stichflamme. Die Pak hatte einen erwischt.

Im Scheine dieser Stichflamme sah ich deutlich den Umriß des Panzers, der auf uns zukam.

Er war nicht sehr groß, aber er feuerte unentwegt im Fahren über uns weg. Mit seiner Kanone und mit seinem MG. Das heißt, ich hätte in diesen Augenblicken nicht sagen können, womit er feuerte. Ich dachte nur daran, wie ich ihm ausweichen konnte, wenn er so weiterfuhr, wie bis jetzt, das heißt, direkt auf uns zu, ich hatte das verdammte Gefühl, er fahre direkt auf mich allein zu.

Und plötzlich raste einige Meter neben mir eines unserer MG los. Und Meier III brüllte: „Da sind die Radfahrer!"

Wahrhaftig, jetzt sahen wir sie.

Zerstreut über das ganze Gelände, sahen wir ihre gebückten Gestalten über die Wiese kommen. Wir sahen einige ihre Räder über die Stangen des Geheges heben. Und dann tauchten sie wieder unter.

Und dieser Anblick war gut.

Ich fand mich wieder zurecht.

Ein ganz merkwürdiges Gefühl senkte sich auf mich herab, nicht etwa ein Gefühl der Beruhigung, nein, ich war so aufgeregt wie zuvor, wenn nicht noch aufgeregter.

Aber seltsamerweise hatten die Panzer ihren Schrecken für mich verloren. Die Pak feuerte rasend schnell.

Es waren harte, schnelle, trockene Schläge, als ob man mit einem Holzhammer auf meinen Kopf einschlüge.

Die Radfahrer waren wie vom Erdboden verschluckt, aber wir schossen jetzt, hielten tief zuerst, das ging wahrscheinlich dicht vor uns ins Gras, hielten höher... und dann bekam ich einen Hieb auf die Schulter.

Leutnant Meßner stand aufrecht hinter mir.

Was er brüllte, weiß ich nicht mehr, ich sah nur, daß der

Zug sich nach links hinaus bewegte, was heißt bewegte, jeder raste, was die Beine hergeben konnten, nach links.

Wir hörten dicht hinter uns das dunkle Rasseln eigener Panzer. Und jetzt stiegen Leuchtkugeln auf.

Keuchend lagen wir dann wohl dreihundert Meter zurück vor dem Einzelgehöft. Es fehlte keiner von uns achten.

„Ihr seid mir Helden", sagte Leutnant Meßner etwas atemlos. „Ihr habt alle in den Dreck geschossen."

Konnte sein, konnte leicht sein. Aber erst mal wieder Luft kriegen.

Was vor uns geschah, wußten wir nicht. Der Abend vor uns war angefüllt vom Krachen der Kanonen, dazwischen hörten wir die schnellen Schüsse der Pak, Lichtblitze, dunkelrot und gelb, sahen wir, wir sahen die Leuchtkugeln an ihren Schirmen hängen, aber auch in ihrem grellen Licht vermochten wir nichts zu erkennen.

Dann holte uns einer unserer Kraftfahrer zurück in die Pappelallee. Hier trafen wir die dritte Kompanie.

Wir warfen uns an den Straßenrand.

„Das war das großartigste Durcheinander, daß ich jemals erlebt habe", sagte in der Dunkelheit Leutnant Meßners Stimme. Und eine andere antwortete mit abgrundtiefer Baßstimme: „Mein lieber Meßner, versündigen Sie sich nicht an unseren höheren Vorgesetzten." Es war die Stimme von Hauptmann Neher, dem Chef der Dritten.

„Aber, Herr Hauptmann", hörten wir Leutnant Meßner mit seinem dünnen Stimmchen etwas verzweifelt sagen, „was denn nun? Was sollen wir denn hier?"

„Mein Lieber", antwortete die Baßstimme, „das wird Ihnen alles gesagt werden. Hoffentlich haben Sie schon als Offiziersaspirant gelernt, daß Sie auch als Leutnant alles gesagt bekommen, was Sie tun sollen. Auch in der Nacht, wenn die Liebe erwacht."

Nun, allmählich wurde es vorne ruhiger. Was mit den Panzern geschehen war und mit den feindlichen Radfahrern, erfuhren wir niemals.

Gegen Morgen fanden wir unsere Kompanie kaum zweihundert Meter rechts in der Wiese. Sie hatte bereitgelegen, einzugreifen.

Wir legten uns dazu.

„Mensch", sagte Meier III schwer enttäuscht, „wenn das der ganze Frankreichfeldzug sein soll."

„Wahrhaftig", stimmte Kurtchen Zech lebhaft zu.

Nachher erfuhren wir, gegen Mittag, als wir zurück zur großen Straße marschierten und uns wieder in die endlosen Kolonnen einfädelten, daß das Regiment einundzwanzig Tote und an die vierzig Verwundete aus dieser Nacht hatte. Und nur als Gerücht wurde herumgetragen, daß außer den vier französischen Panzern, die wir gesehen hatten, noch vierzehn weitere einen Durchbruch versucht hatten.

„Haben wir uns nun eigentlich überrollen lassen oder nicht?" fragte ich Kurtchen Zech.

„Nee", mischte sich Meier III ein, „wir sind befehlsgemäß ausgerückt."

An diesem Tage marschierten wir mit kurzen Marschpausen bis zum Abend durch.

Flüchtlinge sahen wir nicht mehr.

Dafür keilten uns unzählige Fahrzeuge eigener Truppen unaufhörlich an den Straßenrand.

Am Abend kamen wir in ein Städtchen. Es war völlig unversehrt.

Nur der Bahnhof war ein einziger Schutthaufen.

Ich muß sagen, ich hatte den Krieg bis oben hin. Plötzlich schien es mir unsäglich sinnlos, was ich tat. Und noch sinnloser, was die Nationen taten. Und am allersinnlosesten erschien mir, daß ich überhaupt auf der Welt war. Wozu? Dafür? Dafür?

Ich war sehr verzweifelt.

12

Seit Tagen marschierten wir nun. Weiter nichts. Wir marschierten hinter den Schlachten her, und was vorne eigentlich los ist, wissen wir nicht genau. Höchstens erfahren wir gelegentlich abends, daß im Radio den ganzen Tag lang die Fanfaren zu hören waren und eine Sondermeldung hinter der anderen kam. Ein toller Feldzug. Städte und Städtchen, Festungen und Stellungen, Flußübergänge und ganze Provinzen scheinen einfach alle viere von sich zu strecken und mit der weißen Fahne zu wedeln.

Was wohl in die Franzosen gefahren war?

Die Tage, in denen ich so niedergeschlagen war, sind vorbei. Schließlich hatte ich mir nämlich überlegt, daß es doch keine kleine Sache war, wenn uns allen acht Männern bisher nichts passierte. Und schließlich waren wir bei der Sache mit den durchgebrochenen Panzern doch mittendrin gewesen.

Heinz-Otto merkte meine veränderte Stimmung und sagte einmal während des Marsches: „Du bist wohl wieder beisammen, was? Das kommt daher, weil du den Sieger markieren kannst."

„Den Sieger markieren!" antwortete ich ärgerlich. „Quaßle doch keinen Senf, Mann. Wieso soll ich den Sieger markieren? Möchte wissen, wo ich gesiegt habe."

Heinz-Otto lachte gutmütig: „Na, überleg mal." Und dann ließ er mich in Ruhe, und nach einer Weile überlegte ich tatsächlich.

Und da kam ich drauf, daß Heinz-Otto in einem gewissen Sinne recht hatte. Es war doch keine kleine Sache, in einem solchen unerhörten Tempo in ein feindliches Land als Sieger einzumarschieren. Schließlich waren wir Soldaten. Und wir hatten dafür zu sorgen, daß wir hier einmarschierten und nicht die anderen bei uns. Und wenn wir auch bis jetzt nur hinterhertrottelten und die anderen vorne, besonders die Panzer, die heißen Kastanien für uns aus dem Feuer holten, schließlich gehörten wir dazu, schließlich marschierten wir unentwegt nach vorne, die Gesichter zum Feind. Und die endlosen Züge von Gefangenen waren auch nicht ohne.

Alles, was wir sahen, hatte, ich mußte es zugeben, einen Schwung in sich, der wohl in der Kriegsgeschichte noch nicht dagewesen war, und von diesem Schwung verspürte jeder von uns etwas. Daher kam es wohl, daß sich meine griesgrämige Laune besserte und daß wir alle trotz der Schinderei auf den endlosen Kilometern bester Stimmung blieben. Und ich sagte mir zu guter Letzt, daß wir eben Soldaten waren und der Vormarsch und der Sieg uns also besser gefielen als der Rückzug und die Niederlage. Mochte das übelnehmen, wer wollte.

Der Josef schien irgend etwas an der ganze Sache übelzunehmen. Das merkten wir, als plötzlich ein lauter Wortwechsel zwischen ihm und Meier III zu hören war.

„Also nun hör auf", sagte Meier III patzig, „solange die Welt besteht, haben die Zivilisten, wenn schon Krieg bei ihnen war, etwas abgekriegt. Darüber brauchst du nicht zu weinen, um Himmels willen."

„Ja", antwortete der Josef erregt, „Mensch, das ist es doch. Im Krieg wird immer geschossen, und es gibt Tote und kaputte Häuser. Aber daß immer dabei die Unschuldigen..."

„Die Unschuldigen!" fuhr ihm Meier III übers Maul. „Die Unschuldigen! Wenn ich mir das mit anhöre! Selbstverständlich sind die Zivilisten unschuldig, du Rindvieh. Was heißt Unschuld! Wer ist denn schuldig oder unschuldig? Bist du vielleicht an diesem Krieg schuldig? Na also, Mann Gottes. Wenn du dein bißchen Grips zusammennimmst, dann findste, daß auch, wenn du willst, wir Landser unschuldig sind. Oder etwa nicht? Na also, Mann, dann kannste über dich selber weinen, wenn du willst."

„Hör mal zu", sagte der Josef geduldig. „Du mußt doch zugeben, daß das mit den Flüchtlingen auf den Straßen eine Sauerei ist, oder nicht?"

Meier III warf seine Knarre wütend um den Hals und sagte: „Verdammt noch mal, wäre es dir lieber gewesen, es wäre bei uns zu Hause passiert, Mensch? Wo biste her? Aus Dessau biste, nicht? Na also, wäre es dir lieber gewesen, auf der Straße Dessau–Leipzig wären die Franzosen marschiert und deine Frau und deine Kleine hätten mit dem Kinderwagen und 'nem Rucksack im Graben gelegen?"

Der Josef schwieg.

„Siehste", sagte Meier III zufrieden.

Wir hatten dem Streit stumm zugehört. Ich fand, daß der Meier III recht hatte, aber der Josef auch. Und das sagte ich jetzt.

Ich sagte: „Das Dämliche ist nur, daß nachher keiner mehr weiß, wer schuld war."

Kurtchen Zech lachte spöttisch hinter mir auf.

„So", sagte er bissig, „in der Geschichtsstunde hast du gefehlt. Paß mal auf, wenn du heil nach Hause kommen solltest. Wenn alles vorbei ist, bekommen wir genau gesagt, wer schuld war, darauf kannst du dich verlassen."

„So", antwortete ich, „und wer sagt uns das?"

„Der Sieger", antwortete Kurtchen Zech, „der sagt es dir genau."

Diese Unterhaltung habe ich mir gleich am Abend genau aufgeschrieben, denn wenn ich wirklich heil zurückkam, wollte ich solche Bemerkungen nachlesen, sobald alles zu Ende und alles entschieden war.

Das kleine Städtchen, in das wir abends kamen, war leer. Im Abendrot standen wir noch eine Weile auf der Straße, dann verteilten wir uns in die Quartiere.

Vier von uns hätten in ein Haus gehen können und in Betten liegen, aber die anderen vier bekamen im Schulgebäude einen kleinen Saal, und wir wollten zusammenbleiben. So trugen wir Matratzen herbei und machten es uns gemütlich. Nicht weit weg hörten wir das Gerumpel der Artillerie, und Leutnant Meßner hatte uns vor dem Wegtreten gesagt, es könne leicht sein, daß wir am andern Tag etwas zu tun bekämen. Denn das Artilleriefeuer klang heute verdächtig nah. Unsere Feldküchen dampften alle zusammen im Hof der Schule, Hauptmann Distelmann und Leutnant Meßner wohnten im rechten Nachbarhaus und der Spieß im linken, die beiden anderen Züge gegenüber, und so waren wir alle gemütlich zusammen.

Das elektrische Licht funktionierte nicht. Aber wir hatten genügend Kerzen organisiert, und Kurtchen Zech, der sofort losgegangen war, holte, kaum war er weg, den Weinrich und Fritz Kirchhofer, und sie kamen mit Rotweinflaschen zurück. Dreimal gingen sie, und dreimal kamen sie, bis jeder vier Flaschen neben sich stehen hatte.

Wir hatten die Bänke 'rausgetragen. An der linken Wand hing eine Weltkarte, und der Weinrich stand nachdenklich davor und deutete dann auf das winzige grüne Fleckchen Erde, das Deutschland darstellte.

„Na ja", sagte er dann und nahm einen erheblichen Schluck aus seiner Pulle.

An diesem Abend waren wir sehr friedlich zusammen. Das soll nicht heißen, daß wir sonst immer miteinander Krach gehabt hätten. Natürlich platzten wir sehr oft aufeinander, aber das hatte nichts zu sagen. Wir kamen großartig miteinander aus. Selbstverständlich hielten wir wie Pech und Schwefel nach außen hin zusammen, und der Spieß sagte mehr als einmal von uns, er hielte uns „nach menschlichem Ermessen für eine Räuberbande".

Die mehr als dicke Suppe und der schwere französische Rotwein machten uns an diesem Abend sehr früh müde, auch lag uns der Fünfzig-Kilometer-Marsch schmerzhaft in den Knochen, und so war unsere Unterhaltung nicht weit her; einer nach dem andern schlief auf seiner Matratze ein.

Draußen gingen noch welche vor den Häusern auf und ab, irgendwo wurde gesungen, und vom Hof her, auf den hinaus zwei Fenster gingen, flackerte der rote Widerschein eines Lagerfeuers an unseren Wänden auf und ab. Einige Unentwegte begannen dann am Feuer Schifferklavier zu spielen und zu singen.

Uns machte es nichts aus.

Wir lagen ausgestreckt, dachten nach oder schlummerten, Heinz-Otto und ich rauchten noch Zigaretten, aber wir redeten nicht zusammen wie sonst, sogar dazu waren wir heute zu faul. Und dann muß ich von einer Sekunde zur anderen eingeschlafen sein.

Ob ich zuviel gegessen oder zuviel getrunken, oder ob ich schlecht gelegen hatte, ich weiß es nicht, kurzum, ich wachte plötzlich auf. Draußen im Hof brannte noch das Feuer, ich hörte das Holz krachen. In seinem Schein sah ich auf die Uhr. Es war halb eins in der Nacht.

Alle um mich herum schliefen. Wie immer schnarchte der Josef wie eine Kreissäge. Da ich nun einmal wach war, spürte ich, daß ein Austreten mehr als fällig war.

Ich richtete mich auf, und da hörte ich es.

Ich hörte es zuerst von ferne. Unverkennbar. Ich hörte es wie ein tiefgestimmtes Ohrensausen. Und es kam schneller näher und wurde lauter. Es mochte ein ganzes Geschwader sein. Wahrscheinlich auf dem Wege nach Frankreich hinein. Und unwillkürlich legte ich mich wieder zurück und lauschte in einer Art von Wohlgefallen und Zufriedenheit. Die Luftwaffe war schon eine Sache, dachte ich.

Und jetzt hörte ich es jaulen. Es kam hoch vom Himmel, so ein wirbelndes, drehendes, helles, unangenehmes Pfeifen und Schluchzen, es ist schwer mit Worten zu beschreiben.

Und mit einem plötzlichen Panikgefühl richtete ich mich auf. Mein Herz begann zu hämmern, und das Blut stieg mir ins Gesicht, auch bekam ich kaum mehr Luft.

Das Gejaule kam nun schnell und hart herunter, als ob es direkt auf mich zukäme. Ich sprang entsetzt von meiner Matratze hoch. Neben mir richtete sich im Widerschein des Feuers von draußen Heinz-Otto mit einem Ruck auf.

„Was..."

Ein schmetternder Donnerschlag riß ihm das Wort aus dem Mund. Französische Flieger.

Eine Wolke aus Staub drang herein, ich hörte ein Krachen und Ächzen, ein Gerumpel und ein langgezogenes Rollen. „Raus!!!" brüllte ich sinnlos und sprang zur Tür, fiel hin, fluchte und riß mich wieder hoch.

Draußen brannte noch das mächtige Lagerfeuer, anscheinend hatten sie einen ganzen Bretterstapel dazugenommen. Das war ein Ziel! Und jetzt hörte ich es näher kommen und warf mich an der Tür lang auf den Boden. Die Maschinen mußten dicht über den Dächern fliegen, denn die Motoren donnerten mit breitem Aufheulen und einem unbeschreiblichen Aufbrüllen so nahe, daß ich das Gesicht in meine Arme drückte und dachte, mir würde der Kopf abgerissen. Und dann wurde ich hochgehoben, als ob ein Wirbelwind mich packte, es hob mich hoch, mitten in einem berstenden Krach hob es mich hoch und warf mich wieder zu Boden.

Und ich hörte Heinz-Otto brüllen: „Das Feuer, Mensch!!!"
Als er über mich hinweg nach draußen tobte, trat er mir auf den Hinterkopf, und das brachte mich wieder zu mir. Natürlich, das Feuer! Das verdammte Feuer im Hof!

Ich blickte eine Sekunde ins Zimmer zurück, konnte aber nichts sehen, es war angefüllt von Staub oder Dampf oder Rauch, und jetzt raste ich hinaus ins Freie.

Ich blickte mich wie ein Irrer um, wo ich irgendeine Deckung finden könnte, aber auch der Hof lag unter einer wehenden, dicken Wolke mit beißendem Gestank, rot wie mit bengalischem Licht von dem verdammten Feuer durchleuchtet. Die Feldküchen sah ich nicht.

Hinter mir im Schulsaal hörte ich ein Durcheinandergebrüll, obwohl ich beinahe taub war.

Ich stürzte in den Hof. Es kam alles drauf an, daß ich von dem Feuer wegkam. Ich hörte wieder die Maschinen tief heranheulen. Ich duckte mich und rannte nach rechts, wo die Hoftür zu einer Seitenstraße führte, wie ich am Abend gesehen hatte.

Jetzt war die Maschine über mir, und ich warf mich hin. Ich schlug hart auf, und mir war, als hätte ich mir beide Unterarme gebrochen, auch hieb ich das Kinn auf die Erde, daß mir war, als krachten sämtliche Zähne. Das Flugzeug donnerte über mich hinweg, so tief, daß es mir beinahe den Kopf zu zerreißen schien. Ich wartete mit fliegenden Gliedern auf den Einschlag. Er kam nicht. Ein zweites Flugzeug schien kaum fünfzig Meter entfernt über die Dächer zu jagen.

Als ich mich aufrichtete, war die Wolke im Hof etwas verflogen, und ich griff mich ab, ob ich noch ganz war. Meine Arme waren wie aus den Gelenken gebrochen, meine Zähne schmerzten und mein Hinterkopf schien voller Messer zu stecken.

Und jetzt sah ich Heinz-Otto und noch einen am Feuer. Sie hieben mit Stangen die brennenden und glühenden Bretter auseinander, traten darauf. Beide hatten nur Hemd und Hose an. Und der andere war der Stöpsel Krumbhaar. Wieso der Krumbhaar plötzlich am Feuer war, erschien mir unklar, aber ich schämte mich plötzlich bis auf die Knochen. Und da kam das Donnern wieder.

Und wieder warf ich mich hin. Und wieder jammerte die Maschine dicht über den Dächern dahin. Der Boden unter mir zitterte. Ich starrte wie im Traum zu den beiden Gestalten am Feuer. Ich riß mich zusammen. Ich wollte aufstehen, aber ich vermochte es nicht. Es ging einfach nicht.

Ich war wie gelähmt. Aber ich vermochte noch zu überlegen, warum der Krumbhaar und Heinz-Otto ganz allein am Feuer waren, keiner von den anderen war zu sehen.

Und jetzt riß ein fetzender Donnerschlag die Welt auseinander, ich bekam einen Hieb von Dreck ins Gesicht, und eine heiße Dampfwolke fegte über mich hinweg.

Merkwürdigerweise gab mir dieser Treffer in meiner nächsten Nähe so etwas wie eine plötzliche Nervenstärke. Wie unter der Wirkung eines schnell wirkenden Schlafmittels hörte ich auf zu zittern. Ich erhob mich und ging langsam zum Feuer. Ich stolperte und wankte, aber keine Macht der Erde hätte mich jetzt aufhalten können.

Immer noch war das Höllengebrüll der niedrig fliegenden Maschinen über uns, und anscheinend drehten sie nach ihrem Abflug immer wieder zurück, aber es machte mich nicht mehr konfus.

Am Feuer arbeiteten Heinz-Otto und der Krumbhaar wie die Irren. Sie schlugen mit den Stangen die Bretter auseinander, schoben sie weg, und ich sah, daß sie mit bloßen Füßen glühende Stücke zur Seite stießen, und ich suchte nach einer Stange.

„Da drüben!" schrie Heinz-Otto, als er mich erblickte, sein Gesicht war ganz schwarz und naß vor Schweiß, ich sah einige Stangen an der Wand des Pissoirs lehnen, griff eine und tanzte mit den beiden um das Feuer herum.

Eine Verständigung war einfach nicht möglich, denn wie unter einer Glocke aus Krachen, Splittern, Dröhnen, Donnern und Schmettern taumelten wir umher und versuchten, das Feuer zu löschen.

Mit zusammengebissenen Zähnen schuftete ich vor mich hin, je stärker ich die Zähne zusammenbiß, desto heftiger schmerzten sie mich, aber das war mir gerade recht, ich war wie von Sinnen. Der Schmerz lenkte mich von der Gefahr ab, das merkte ich.

Bisweilen sah ich mich um, den Schweiß aus den Augen wischend, warum wir drei denn allein blieben und warum keiner von den anderen aus dem Haus kam, aber über allem lag die Wolke aus Staub, ich vermochte nichts zu erkennen, und unentwegt donnerten die Maschinen über uns hin und her. Das Feuer mußte aus, das war das Wichtigste. Und wie Heinz-Otto und der Krumbhaar trat ich mit bloßen Füßen auf die glühenden Bretter, die ich vom Scheiterhaufen mit meiner Stange heruntergeschlagen hatte und schob sie zur Seite, und ich spürte nicht den geringsten Schmerz.

Ich glaube, das Ganze hat nicht länger als eine Viertelstunde gedauert. Plötzlich konnten wir wieder hören. Die Maschinen entfernten sich. Und allmählich konnten wir auch wieder unsere nächste Umgebung erkennen. Und jetzt hörten wir auch von allen Seiten Rufe, Schreie und Befehle.
Der Hof war auf einmal voll von rennenden Gestalten. Dann sah ich Heinz-Otto hoch aufgerichtet auf unser Schulhaus deuten. Ich drehte mich um. Wo das Haus und unser Schlafraum gewesen war, lag ein dampfender Haufen von Steinen, Trümmern und Holz.
Wir ließen das Feuer sein und stürzten hin.
Irgendwo in der Nähe brannte es, auch glühten noch die Bretter da und dort in unserem Hof, und nun sahen wir von allen Seiten die Männer herbeistürzen und mit den Händen an dem Schutthaufen arbeiten. Die hohe Stimme von Leutnant Meßner kam von links: „Wer war in dem Haus? Wer war im Schulhaus? Wieviel Leute waren drin? Die Leute aus dem Schulhaus bei mir melden!" Dann fuhr ein Kübelwagen in den Hof, Hauptmann Distelmann sprang heraus, und Leutnant Meßner schrie mit seiner Fistelstimme: „Herr Hauptmann, es liegen Leute von meinem Zug drin!" Leutnant Meßner sah ich zum erstenmal etwas außer Fassung. Seltsamerweise kamen weder Heinz-Otto noch der Krumbhaar noch ich auf die Idee, uns zu melden. Wir keuchten noch und starrten wie blödsinnig auf die ganze Sache.
Hauptmann Distelmann ließ die Scheinwerfer des Kübelwagens auf das zerschmetterte Haus richten, und nun arbeiteten alle wie Ameisen und räumten Steine und Balken weg. Und dann schrie Meßner: „Zug Meßner hier antreten."
Langsam gingen wir drei hin. Und jetzt erst begannen unsere Füße mörderisch zu schmerzen. Hauptmann Distelmann stand schweigend neben unserem Leutnant.
Was der Leutnant sagte, hörte ich nicht, ich war plötzlich wie taub. Ich sah stumpfsinnig den Weinrich dastehen und Kurtchen Zech, schwarz und dreckig in Hose und Hemd, dann entdeckte ich Meier III und den Josef. Meier III schien was abbekommen zu haben, denn er stützte sich auf den Josef und hustete sich die Lunge aus dem Leib.
Allmählich kamen wir zur Besinnung. Es fehlte Fritz Kirchhofer. Jetzt begannen auch die anderen, die im Schulsaal gewesen waren, als ob sie von Meier III angesteckt würden, zu husten und zu keuchen und sich zu krümmen. Und jetzt begannen meine Augen zu brennen. Es gab überhaupt keine Stelle, die mir nicht weh tat. Auch ich hustete. Mein Kiefer

war wie zerbrochen. Meine Füße brannten. Meine beiden Arme taten entsetzlich weh.

Und alles sah ich wie im Traum.

Ein Volltreffer war in das Schulhaus geschlagen, wann das geschehen war, darüber war ich mir nicht klar.

Und der Fritz Kirchhofer lag unter den Trümmern. Die anderen waren, als ich „'raus!!!" zu brüllen begann, blindlings durch die Tür, die zur Straße führte, hinausgestürzt und waren dort in ein Hagelwetter von Balkenfetzen und Steinen, das aus dem Nachthimmel herunterkam, geraten.

Nach einer halben Stunde herrschte Ordnung. Der Stabsarzt arbeitete in der Hofecke mit seinen Sanitätern. Der Oberst mit seinem Stab stand abseits und ließ sich berichten. Und auf dem Trümmerhaufen arbeiteten die Männer mit schweigender Hast.

Wir sieben Mann, der Krumbhaar, Heinz-Otto, der Weinrich, Kurtchen Zech, Meier III, der Josef und ich saßen dann wie ein verlorener Haufen mit weißen Verbänden auf Sesseln und Stühlen auf der Straße. Und blickten stumm auf den rauchenden Hügel, der das Schulhaus gewesen war und unter dem Fritz Kirchhofer lag. Es konnte keinen Zweifel mehr daran geben, daß er darunterlag. Niemand hatte ihn gesehen, und nirgends war er aufgetaucht.

Inzwischen hatte man noch einige Lastwagen geholt, deren große Lichter grell den Schauplatz ausleuchteten.

So mochte eine halbe Stunde vergangen sein, als plötzlich jemand schrie: „Da liegt einer!"

Wir sahen drüben einige Männer sich über etwas beugen, das im Trümmerhaufen sichtbar geworden sein mußte. Und wir hörten die ruhige Stimme des Kompaniechefs: „Herr Stabsarzt, wollen Sie bitte herkommen."

Keiner von uns erhob sich. Wie zu Stein erstarrt blieben wir sieben sitzen und sahen hinüber. Also hatte es den Kirchhofer erwischt. Also war er doch nicht, wie wir im stillen gehofft hatten, irgendwohin gerannt in seiner Aufregung, um später wieder aufzutauchen.

Eine Ewigkeit mochte vergangen sein, da sagte Heinz-Otto heiser: „Geh mal einer hin."

Wir standen alle wie ein Mann auf, der Krumbhaar, Heinz-Otto und ich, die wir um unsere Füße einen dicken Verband trugen, humpelten hinter den anderen her, eigentlich sollten wir längst auf der Fahrt nach rückwärts ins Lazarett sein.

Rechts außen an dem Trümmerhügel kniete der Stabsarzt inmitten von Männern, die sich über ihn beugten. Wir hörten in dem Schweigen, das mit einem Male sich über die Stätte gesenkt hatte, das Kratzen, mit dem der Arzt mit seinen Händen einige Steine zur Seite schob.

Wir sieben standen regungslos hinter der Gruppe. Und jetzt hörten wir den Stabsarzt mit seiner tiefen Stimme sagen: „Nichts mehr zu machen. Wäre auch ein Wunder gewesen. Grabt den Mann aus, bringt ihn zu den Sanitätern. Eine Decke her."

„Schütze Kirchhofer", hörten wir Leutnant Meßner zu unserem Chef sagen. „Schade, schade", sagte der Chef nach einer kleinen Pause, „der Mann war dabei, wieder in Ordnung zu kommen."

In diesem Augenblick erinnerten wir uns daran, daß über Kirchhofer einige Gerüchte in der Kompanie umgingen. Er sei mal in Königsberg desertiert, sagte man. Aber das war unwahrscheinlich. Wäre das so gewesen, würde er sicher zu einer Strafeinheit gekommen sein.

Jetzt war es gleich.

Wir humpelten wieder zu unseren Sesseln zurück. Nun hatten wir also den ersten Toten. Unsern ersten Gefallenen. Oft hatten wir, wenn wir die Becher schwangen, leichtfertig darüber geredet, wer wohl von uns der erste sein würde. Wir hatten es nicht gerade deutlich ausgesprochen, aber wir hatten drum 'rumgeredet und mit dem Gedanken gespielt. Nun war es Kirchhofer.

Schütze Fritz Kirchhofer, im Zivilberuf Pianist.

Wir saßen, bis der Morgen kam, auf unseren Stühlen, und niemand kümmerte sich um uns. Nur einmal ging der Spieß vorbei, sah uns sitzen, blieb stehen, runzelte die Stirn, machte das Maul auf und klappte es dann wieder zu, ohne etwas zu sagen, und ging weiter.

„Na ja", sagte plötzlich Kurtchen Zech, „dann werde ich mal Kaffee für uns organisieren und so was."

Nach zwei Minuten kam er wieder zurück, ohne Kaffee, aber mit einer ungeheuren Sache: „Paris hat kapituliert! Heute vormittag ist der Einmarsch!"

Wir waren alle wie elektrisiert.

Paris kapituliert! Damit war der Krieg zu Ende.

„Damit hätte es sich dann", sagte der Weinrich, „kurz und bündig. So was hat die Welt noch nicht erlebt."

Wir sahen nachdenklich in den Schulhof hinüber, wo es von Männern jetzt wimmelte, und da das Schulhaus dem Erdboden gleichgemacht worden war, konnten wir den ganzen Hof überblicken.

Plötzlich sagte Heinz-Otto: „Wieso ist eigentlich der Kirchhofer nicht mehr 'rausgekommen? Wie ist denn das möglich gewesen? Wer hat ihn denn zuletzt gesehen?"

Damit hat Heinz-Otto etwas ausgesprochen, was uns die ganze Nacht beschäftigt hatte, jeden im stillen. Wieso war der Kirchhofer nicht mehr rechtzeitig herausgekommen?

„Er war ja schon draußen", erklärte der Josef. Wir fuhren auf. Das war das erste, was wir hörten.

„Wieso", fragte Heinz-Otto, „wieso?"

„Er war der letzte, der noch auf seiner Matratze lag", erzählte der Josef langsam. „Ich wachte gleich auf, als einer von euch ,'raus!!!' schrie, und hörte auch die Flugzeuge. Nur glaubte ich, daß es unsere Maschinen seien. Aber dann wurde mir doch mulmig. Der Kirchhofer lag noch da neben mir. Und ich zog gerade meine Jacke über und hatte die Hände nicht frei. Ich gab ihm einen Tritt in die Seite, und da wachte er auf. Er ließ auch wie wir gleich alles liegen und stehen und kam mit heraus. Wir sausten ja nicht durch die Tür zum Hof, sondern durch die Tür zur Straße. Wir dachten, im Hof bei dem Feuer sei es Blödsinn. Der Kirchhofer war neben mir auf der Straße. Und da warf die erste Maschine ihre Bombe. Die ging irgendwo in die Nähe, wir hatten uns alle hingeworfen. Und dann sprangen wir weiter. Wir wollten ja in die Seitenstraße und von dort ins Feld hinaus. Und da verlor ich ihn aus den Augen. Er muß wieder ins Haus gelaufen sein."

Es war uns unverständlich.

Kurtchen Zech stand auf und ging weg, um nun endlich Kaffee und Brot zu organisieren. Und wieder kam er ohne Kaffee zurück. Nach kaum fünf Minuten. „Ich war bei den Sanitätern", sagte er bedrückt, „sie wollten ihn gerade in den Sanka schieben. Er hatte eine Tafel Schokolade in der rechten Hand. Ganz zusammengequetscht natürlich."

Wir blickten Kurtchen Zech ungläubig an.

„Dann wäre er also wegen einer Tafel Schokolade...", sagte Meier III und vollendete seinen Satz nicht.

„Natürlich", sagte der Weinrich wütend. „Er war immer auf Schokolade versessen, und die Schokolade hat er gestern abend bei mir für Zigaretten eingetauscht."

Wir waren platt.

„Nicht zu sagen", meinte Kurtchen Zech.

„Also wegen einer Tafel Schokolade in den Tod", erklärte Meier III etwas theatralisch. „Wegen einer Tafel Schokolade sozusagen."

„Unsinn", sagte der Josef. „Redet doch bitte nicht solchen Unsinn. Ihr seid doch keine Kinder mehr. Kirchhofer seine Uhr war abgelaufen, weiter nichts. Ob mit oder ohne Schokolade. Er stand auf der Liste. Seine Nummer war fällig. Er war dran, war an der Reihe. Alles andere ist Quatsch."

Der Josef war sichtlich wütend. Ich hatte ihn noch nie so energisch reden hören.

„So", antwortete Kurtchen Zech sofort, „er war dran. Er stand auf der Liste. Wenn jemand hier Quatsch redet, bist du es. Es gibt ja auch noch so etwas wie ‚sich dämlich verhalten', verstehste? Was heißt hier ‚Liste' und ‚Uhr abgelaufen'! Meiner Ansicht nach hat sich der gute Kirchhofer einfach höchst dämlich verhalten. Höchst dämlich! Und diese Dämlichkeit hat ihm meiner Ansicht nach einfach das Leben gekostet. Man kann sich ja auch dämlich und nicht dämlich anstellen, nicht wahr? Man kann ja vorsichtig und leichtsinnig sein, nicht wahr, der Herr?"

Jetzt war Kurtchen Zech wütend.

Aber wie immer, wenn in der Diskussion mit dem Josef jemand wütend wurde, wurde der Josef ruhig. Und ruhig antwortete er jetzt: „Gut. Sehr gut. Sehr schön. Nach deiner Ansicht also haben sich Heinz-Otto, der Krumbhaar und der hier neben mir höchst dämlich benommen, als sie versuchten, das Feuer zu löschen, das uns den ganzen Fliegerangriff auf den Hals gezogen hat, nicht wahr? Sie hätten sich deiner Ansicht nach lieber verdrücken sollen, wie wir andern?"

Kurtchen Zech verschlug es einen Augenblick lang die Sprache. Heinz-Otto, der Krumbhaar und ich blickten wohlgefällig auf den Josef. Bisher hatte noch keine Sau daran gedacht, uns so etwas wie eine Anerkennung auszusprechen. Wir erwarteten das auch nicht, aber immerhin, immerhin, es mußte doch irgendwo mal ausgesprochen werden, immerhin hatten wir drei unter dem wütenden und grimmigen Nachtangriff der Flieger als die einzigen unter Hunderten versucht, ihnen den Zielpunkt zu nehmen.

„Das ist doch keine Logik!" sagte Kurtchen Zech. „Das ist eine Tafel Schokolade und das andere ist . . .", er zögerte, und wir drei Helden sahen erwartungsvoll auf ihn, „und das andere ist einfach verdammte Pflicht und Schuldigkeit."

„Dann hast du deine Pflicht und Schuldigkeit versäumt", erklärte der Josef kategorisch. „Übrigens wir anderen auch. Lenke mich bloß nicht ab, Mensch. Die Tafel Schokolade hat gar keine Bedeutung, verstehste? Nein, du verstehst es nicht."

In diesem Augenblick kam Leutnant Meßner vorbei, er war tief in Gedanken versunken und streifte mit seinen Blicken zerstreut die dickverbundenen Füße von uns dreien, und plötzlich blieb er stehen und sah uns an.

„Ihr wart die am Feuer, nicht wahr?" sagte er. „Ihr habt euch tadellos verhalten. Tadellos! Ihr seid ganz in Ordnung."

Und ging weiter. Wir drei sahen keusch zu Boden.

„Na ja", sagte Kurtchen Zech jetzt, „dann will ich mal Kaffee organisieren." Der Josef stand auf und ging mit ihm.

„Paris kapituliert", rief Heinz-Otto überwältigt aus. „Damit ist die ganze Chose zu Ende. Der Vorhang fällt. Es ist nicht zu glauben! Polen in achtzehn Tagen! Frankreich in vier Wochen!"

Tatsächlich, es war so. Ein toller Feldzug. Fritz Kirchhofers Uhr war, jeder dachte jetzt daran, doch zu früh abgelaufen.

Wir sind seit zwei Wochen bei der Wachtruppe in Paris.

Bevor wir hier eintrafen, hielt uns Leutnant Meßner drei Vorträge über die Vergangenheit dieser Stadt.

Das meiste davon habe ich wieder vergessen, aber das macht nichts. Heinz-Otto und Kurtchen Zech wissen auch eine ganze Menge, und wir sind ohnehin auf die beiden angewiesen, weil sie Französisch sprechen.

Als wir zum erstenmal Ausgang hatten, waren wir ganz erschlagen von allem, und es ist wirklich wahr, was Kurtchen Zech sagt, daß es so eine Stadt auf der Welt nicht mehr gibt. Es sind eigentlich fünfzig Städte ineinander, denn kaum biegst du um ein paar Ecken, sieht alles ganz anders aus. Beim ersten Ausgang, kaum waren wir aus der alten Fortkaserne, in der wir lagen, draußen, machte Meier III ein solches Theater, daß der Ausflug beinahe in die Brüche gegangen wäre.

In einer engen Gasse auf einer alten, ausgetretenen Treppe zwischen den Häusern lief Meier III ein junges, ganz abgemagertes Kätzchen zwischen die Beine und strich um seine Schuhe herum und jammerte mit seinem dünnen Katerstimmchen zu ihm hinauf. Meier III war tief ergriffen, setzte sich auf eine der Stufen, holte seine eingewickelte Stulle aus der Tasche und gab dem Tierchen zu fressen. Wir standen um ihn herum. So etwas von Gier hatten wir noch nicht gesehen. Die kleine Kreatur war halb verhungert und riß Meier III die Stückchen Brot und Wurst geradezu aus den Fingern.

„Du kleines Mehlwürmchen", sagte Meier III gerührt, „zu Hause haben wir auch eine. Sei nicht so verfressen, du kriegst ja alles."

„Das Ding versteht dich doch nicht", sagte der Weinrich, „das versteht nur Französisch. Du mußt den Heinz-Otto übersetzen lassen."

Wir lachten.

Aber Meier III wurde wütend.

„Ihr könnt mich ruhig auf den Arm nehmen", knurrte er, „bei so 'ner kleinen Kreatur hört der Spaß auf."

Wir sahen also geduldig zu, wie das struppige Ding, dem alle Knöchelchen aus dem dreckigen schwarzseidenen Fell stachen, die ganze Stulle auffraß und dann wieder schnurrend um die Schuhe von Meier III strich.

„Gib mal einer sein Wurstbrot", sagte er.

„Hör mal zu", sagte der Krumbhaar, „wir haben keinen Ausgang, um Katzen zu füttern, sondern um uns Paris anzusehen."

„Gib mir mal einer seine Stulle", sagte Meier III unbeirrt. „Das Mehlwürmchen soll wenigstens einmal satt werden."

Nun hatten wir vom Spieß gesagt bekommen, wir dürfen nur in Gruppen in die Stadt, und er hatte Kurtchen Zech bestimmt, uns zu führen.

Also gab der Josef seine Stulle her, und wir warteten noch eine Weile, bis das Mehlwürmchen auch mit dem zweiten Wurstbrot fertig geworden war. Dann strich es wieder schnurrend um die Beine von Meier III.

„Also nun los", sagte Kurtchen Zech.

Meier III stand auf, wischte sich mit den Händen über seinen Hosenboden und sah unschlüssig auf das Tierchen hinunter.

„Zu Hause haben wir auch eins", sagte er träumerisch. „Aber so abgemagert läuft bei uns kein Tier herum."

Und dann sah er uns nachdenklich an.

Und dann blickte er zärtlich auf das Kätzchen hinunter.

Das Tier strich unentwegt um seine Beine und sah mit seinem häßlichen, schmutzigen Gesicht unentwegt zu ihm auf. Er bückte sich und streichelte das verwahrloste Fell.

„Nee", sagte er plötzlich, „ich nehm' das Ding mit."

„Du bist verrückt", sagte Kurtchen Zech, „dich hat's wohl. Du kannst doch nicht mit einer Katze auf dem Arm durch Paris laufen und Ehrenbezeigungen machen."

Meier III sah Kurtchen Zech nachdenklich an.

„Nee", sagte er, „ich nehm' das Ding mit mir."

Wir dachten, er mache Spaß, und ich sagte im Weitergehen: „Warum nicht. Trag's in deiner Mütze. Wir können auch mit einer Katze Paris besichtigen."

Jedoch sah ich, daß Meier III das Tierchen auf seinen Arm nahm und keine Miene machte, mitzugehen.

„Also das schlägt nun dem Faß den Boden aus", erklärte Krumbhaar zornig. „Wir könnten schon mitten drin sein. Du kannst uns doch nicht mit deinem blödsinnigen Kater aufhalten, Mensch!"

Und nun redeten wir alle zusammen auf Meier III ein, der wortlos zwischen uns stand, mit der kleinen Katze auf dem Arm, und uns wütend anstarrte.

„Du bist ein ganz edler Mensch", sagte Kurtchen Zech, „und niemand hat was dagegen, wenn du gut zu den Tieren bist. Nur ausgerechnet bei unserm ersten Ausgang kannst du uns doch nicht mit diesem Theater die Tour vermasseln."

„Du nicht!" rief Krumbhaar erbittert.

Und sogar der Josef, der Geduldigste unter uns, tippte Meier III leicht auf den Arm und meinte: „Du kannst uns wirklich nicht mit dem kleinen Ding aufhalten, laß es 'runter und komm."

„Dich hat ein wilder Affe gebissen", rief Weinrich schwer ergrimmt, „du kannst uns doch nicht unsern Ausgang versauen, Mann!"

Nun war die ganze Sache etwas laut geworden. Einige Leute blieben auf der Treppe stehen, und aus den Fenstern der Häuser hingen Frauen und Kinder, und zunächst sahen sie schweigend zu, was wir da miteinander zu heulen hatten.

Schließlich wandte sich Kurtchen Zech, der vor Ärger schon rot angelaufen war, an einen dicken, schwarzhaarigen Mann in Hemdsärmeln, der unter einer Haustür gelehnt stand und dem ein rauchender Zigarettenstummel im linken Mundwinkel hing.

Kurtchen Zech sprach mit ihm, dann sagte er zu uns: „Der Mann meint, wir könnten die Katze mitnehmen. Soviel er wüßte, gehörte sie niemand und..."

„Du bist aber auch zu dämlich", unterbrach ihn Heinz-Otto, ging hin und redete auf den Mann ein, kam wieder zurück und sagte: „Der Mann sagt, die Katze gehört einem alten Fräulein, und wir dürften sie ihr nicht wegnehmen."

Es waren also nun wirklich zwanzig Minuten vergangen, seit der Meier III sich in das Pariser Kätzchen verbissen hatte, und es war uns ganz unerklärlich, warum. Meier III war sonst nicht so.

Schließlich starrten wir wutentbrannt auf ihn und wußten nicht mehr, was wir sagen sollten.

„Gehst du nun mit oder nicht?" fragte jetzt Kurtchen Zech

und bemühte sich, halblaut zu sprechen, denn schon hatte der Mann an der Haustür sämtliche Frauen der Nachbarschaft in den Fenstern davon unterrichtet, was hier los war, und schon hörten wir Gelächter.

„Nee", antwortete Meier III stumpfsinnig, „ich behalt das Ding."

Die Luft blieb uns weg.

„So", sagte Kurtchen Zech, „du behältst das Ding. Dann hör mal zu. Dreh dich mal um. Du gehst zurück, rechts um die Ecke, und da siehst du das Tor zu unserm Quartier. Ich gebe dir den dienstlichen Befehl, ins Quartier zurückzugehen, mit oder ohne Katze, verstehste?"

Und tatsächlich, Meier III sah uns wortlos an, drehte sich um und ging, sein Mehlwürmchen an den Busen gedrückt, die Gasse hinauf. Wir sahen ihm fassungslos nach, bis er oben um die Ecke verschwand.

Keiner von uns sagte etwas, als wir weitergingen.

Es war zu verrückt.

Wir fuhren dann mit der Untergrundbahn zur Oper, zum Opernplatz, und die Bahn machte einen Krawall, als ob sie aus tausend kaputten Gießkannen zusammengesetzt wäre, so schepperte und krachte sie durch die Stollen.

Die Pariser sahen uns kaum an. Für die Pariserinnen, von denen wir so tolle Dinge gehört und gelesen hatten, waren wir Luft.

Wir setzten uns in der Bahn nicht hin, sondern blieben stehen, hielten uns fest und bemühten uns, das enorme Schaukeln auszubalancieren, so schwankten wir einträchtig hin und her. Und da sah ich den amüsierten Blick eines jungen Mädchens auf uns gerichtet. Das war alles.

„Ich möchte bloß wissen", erklärte uns Kurtchen Zech nachher, „ich möchte bloß wissen, was ihr da für ein blödsinniges Zeug zusammengelesen habt über die Pariserinnen. Ihr denkt wohl, die ganze Stadt und alles, was Röcke anhat... daß ihr euch nicht schneidet, meine Herren!"

Kurtchen Zech war richtig wütend.

„Brich dir mal keine Zacken ab", fuhr ihn der Weinrich an, „du bist ja auch das erstemal in Paris, und woher willste das überhaupt wissen!"

Da blieb Kurtchen Zech stehen, bog in eine Seitenstraße ein, winkte uns nach, deutete auf den Stadtplan von Paris in seiner Hand und sagte: „Es stimmt. Ich bin das erstemal in Paris wie ihr. Aber ich werde euch in jeder großen Straße und auf jedem großen Platz und vor jedem bedeutenden Haus sagen können, was damit los war oder los ist. Deshalb kann ich euch auch von den Pariserinnen sagen, was mit ihnen los ist. Es gibt etwas, mein lieber Schütze Weinrich, das ist was wert, besonders in einer Stadt, in der man zum erstenmal ist und die zum Beispiel Paris heißt."

„Man nennt es Bildung", sagte Heinz-Otto heiter. Und so zogen wir wieder aus der Seitenstraße heraus. Am Opernplatz setzten wir uns in das Café an der Ecke, das weltberühmte Café de la Paix.

„Erzähl ein bißchen", sagte Weinrich plötzlich zu Kurtchen Zech und grinste etwas verlegen. Kurtchen Zech deutete nur auf den Strom der Menschen, die vorüberglitten.

„Sieh dir das mal eine Viertelstunde an", sagte er, „dann merkste was." Und gehorsam versenkte sich der Weinrich in den Anblick dieser Pariser Nachmittagsstunde.

Und wir alle machten es ebenso.

Und nach einer Weile hob der Weinrich auf einmal den Kopf. „Kinder, ich gebe eine Runde aus. Ich bin quietschvergnügt."

„Warum biste quietschvergnügt?" fragte Kurtchen Zech trocken.

„Ich weiß nicht", antwortete der Weinrich, „ich weiß tatsächlich nicht. Ich stifte eine Runde."

„Also hast du's bemerkt", stellte Kurtchen Zech fest, und wir lachten. Es war tatsächlich so. Irgend etwas machte einen hier anders. Wir befanden uns zwar in einer besetzten Stadt, und wahrscheinlich verfluchten uns alle, die vorbeigingen und uns da sitzen sahen, in ihrem Innern, das konnte man ihnen nicht übelnehmen. Aber sie konnten es auch nicht ändern, daß trotz allem etwas von ihrer Stadt auf uns überging.

Es war da, trotzdem, ein Schwung. Etwas Müheloses, glaube ich.

„Ich könnte euch", sagte Kurtchen Zech, „ich könnte euch auch natürlich überall dorthin führen, wo sonst die Leute hingehen und was Leutnant Meßner mir gesagt hat. Es gibt genug. Das machen wir aber ein andermal. Ich dachte, ich setz' euch erst mal mitten in die Stadt und weiter gar nichts."

Da hatte er wohl recht. Er brauchte uns weiter nichts zu erklären. Wir sahen es. Es war ein Schwung drin. Trotzdem wir da waren.

„Es ist ein Schwung drin", sagte ich, „und ich gebe auch eine Runde."

Kurtchen Zech lächelte bloß.

„Wir müßten auch mal in ein Nachtlokal gehen", sagte der

Weinrich plötzlich. „Wenn man in Paris war und hat kein Nachtlokal gesehen, ist ja lachhaft."

„Aber sicher", sagte Kurtchen Zech, „aber sicher. Wäre ja gelacht, wenn du das nicht gesehen hättest. Immer mit der Ruhe. Wir haben noch viel vor. Das werden wir hinkriegen. Wir bleiben ja vorläufig für länger. Du sollst dein Nachtlokal kriegen."

Weinrich grinste.

„Der meint ja was ganz anderes", sagte der Krumbhaar. „Der meint ja..."

„Na und?" unterbrach ihn Weinrich. „Na und? Und wenn ich es meine? Haste was dagegen. Ich habe nichts dagegen. Ich bin Rheinländer, verstehste?"

Wir lachten.

Später aßen wir dann in einem kleinen Lokal, das wir uns an der Straße aussuchten, prächtig zu Abend. Und billig. Ich finde es aber zu dumm, daß wir bei diesem ersten Ausgang befehlsgemäß zusammenbleiben mußten. Ich wäre gern ein bißchen für mich allein spaziert. Denn mir wurde mit einem Male traurig zumute, ich wußte nicht recht warum. Einen direkten Grund hatte ich nicht. Es war mir nur schwer.

Ich dachte mit Gewalt daran, daß wir hier als Sieger saßen, und deshalb redete ich mir zu, könnte ich ja wohl nicht traurig, sondern müßte vergnügt sein. Und dann ging es doch nicht.

„Tja", sagte Heinz-Otto plötzlich, als ob er meine Gedanken gelesen hätte, „wer hätte das gedacht? Da sitzen wir nun in Paris."

Und nachdenklich leerte er das Glas guten Rotweins. Kurtchen Zech sah uns heiter an.

„Auf alle Fälle ist es besser für uns", sagte er, „wir sitzen hier, als die sitzen in Berlin."

„Glaubst du, wir kriegen oft Urlaub, Stadturlaub?" fragte Weinrich besorgt. Aber wir brauchen keine Antwort zu geben, denn er riß die Augen auf und setzte sich aufrecht.

Wir sahen vor dem großen Fenster des Lokals drei Mädchen vorbeigehen, und sie kamen nun herein und setzten sich an das kleine runde Tischchen in die Ecke. Alle drei waren nahezu gleich groß, zierlich, alle drei waren rotblond mit Ponylöckchen in der Stirn, mit langen, rotlackierten Nägeln, alle drei waren bleich, alle drei hatten dunkle, schimmernde Augen, und alle drei waren draußen schon schnatternd vorbeigegangen, waren schnatternd hereingekommen und saßen schnatternd an ihrem Tischchen.

Sie schienen hier bekannt, denn der dicke Kellner kam,

ohne daß sie etwas bestellt hatten, mit einer Flasche, aus der er ein braunes Getränk in Gläser füllte.

Alle drei kümmerten sich in keiner Weise um uns.

Eine Wolke von durchdringendem Parfüm wehte von ihnen her.

„Aha", sagte der Weinrich endlich, als er sich erholt hatte, „was hab' ich gesagt. Kannste sie nicht einmal ansprechen, Kurtchen?"

„Sicher kann ich das", antwortete Kurtchen Zech. „Was willste denn von ihnen? Kannste ihnen ein Abendessen bezahlen, oder kannste allen dreien einige Runden stiften?"

„Nee", sagte Weinrich, „das weißte doch, daß ich das nicht kann. Ich meine, nur mal so ansprechen, zum Spaß."

In diesem Augenblick drehte sich eine der drei Dämchen, die mit dem Rücken zu uns gesessen hatte, mit einem Ruck um und sagte, mit funkelnden Augen, uns von den Schuhen bis zum Scheitel messend: „Nikt nöttig ansprekan . . . gar nikt nöttig . . . nix mit Sie zu tun aben . . . fertik, verstehn?"

Und hob sich leicht mit ihrem kleinen Gesäß zu uns und ließ sich, indem sie sich wieder zu ihren Freundinnen oder Schwestern oder Zwillingen oder was drehte, mit einem Ruck auf den Stuhl fallen.

Der Weinrich bekam ein ganz leeres Gesicht.

„Gratuliere", sagte Kurtchen Zech trocken. Und jetzt warf sich Heinz-Otto hintenüber und lachte schallend, lachte unbekümmert schallend auf und bog sich vor Vergnügen.

Und aus irgendeinem unerforschlichen Grunde setzte der dicke Kellner, der im Hintergrund an der Theke lehnte, mit einer wahren Tenorstimme zu einem brüllenden Gelächter an und hieb sich mit der Serviette unentwegt auf den Arm.

Die drei blassen Straßenblümchen drehten sich gleichzeitig mit einem einheitlichen dreifachen Ruck zu dem Kellner und dann zu uns, musterten uns mit hochgezogenen, rotgefärbten Augenbrauen von oben bis unten und lächelten und nickten, als ob sie sich für einen unerwarteten, wohlverdienten Beifall bedanken wollten.

Die Bresche schien geschlagen, und Heinz-Otto warf sich unverzüglich hinein und begann mit ihnen zu sprechen. Sie hörten ihm alle drei, indessen ihre kleinen bleichen, stark gepuderten Gesichtchen ernst wurden, aufmerksam zu. Dann schüttelte die eine, die mit dem Rücken zu uns, jene, die uns schon vorhin abgefertigt hatte, heftig den Kopf.

Alle drei drehten sich zu ihrem Tischchen. Und schwiegen.

„Was haben sie gesagt?" erkundigte ich mich.

Heinz-Otto grinste.

„Gesagt? Mensch, haste keine Augen und Ohren? Nichts haben sie gesagt. Die eine hat doch nur den Kopf geschüttelt. Haste das nicht gesehen?"

Tatsächlich, Heinz-Otto hatte recht. Keine von ihnen hatte auch nur ein einziges Wort geäußert, aber ich hatte den Eindruck, als ob alle drei ein ganzes Geschnatter von Antworten gegeben hätten, so lebhaft waren ihre Mienen gewesen.

„Also kurz und gut", sagte der Weinrich ärgerlich, „sie wollen nischt von uns wissen. Was haste ihnen denn gesagt?"

Heinz-Otto steckte sich eine Zigarette an und erklärte: „Ich habe ihnen gesagt, daß wir es bedauerten, sie zu stören, und ich habe sie gebeten, so zu tun, als ob wir gar nicht da wären. Und dann habe ich sie gefragt, ob sie sich zu uns setzen wollten."

„Mensch", sagte der Weinrich perplex, „du bist wohl nicht ganz beisammen. Das reimt sich ja gar nicht."

„Nee", antwortete Heinz-Otto, „das reimt sich nicht. Aber es paßt. Das ist eine Methode, verstehst du?"

„Komische Methode", knurrte der Weinrich, und ich mußte lachen.

In diesem Augenblick deutete der Josef zum Fenster. Wir sahen drei Mann mit Stahlhelm und Ringschildern an der Brust langsam vorbeigehen, und einer von ihnen warf einen Blick durch die Scheibe.

„Heeresstreife", sagte Kurtchen Zech.

Die drei bleichen Mädchen saßen plötzlich steif, und der Kellner im Hintergrund hustete in seine Serviette.

Die drei Bullen kamen herein. Ein Feldwebel und zwei Obergefreite.

Komischerweise war der Feldwebel ein schlankes, drahtiges Kerlchen, auf das die Bezeichnung Bulle in keiner Weise paßte, dafür waren die beiden anderen zwei Hünen nahe den zwei Metern.

„Heil Hitler. Ihre Ausweise."

Wir griffen nach unseren Brieftaschen. Die drei schienen ein besonderes Zeremoniell verabredet zu haben. Denn der eine Obergefreite nahm die Ausweise an sich, schlug die Blätter auf, reichte sie dem anderen Obergefreiten, der sah hinein und reichte sie dem Feldwebel, der lediglich nickte und keinen Blick darauf warf. Dafür musterten seine flinken Blicke das Lokal. Und blieben auf den drei teilnahmslos sitzenden Mädchen haften.

„Alles in Ordnung", sagte der eine Obergefreite und gab die Ausweise jedem von uns zurück. Der Feldwebel blieb noch stehen.
Dann sagte er mit etwas schleppender Stimme, indem er flüchtig über uns hinwegsah: „Krankheiten könnt ihr euch hier holen, soviel ihr wollt."
Kurtchen Zech richtete sich auf und antwortete: „Wir nicht, Herr Feldwebel."
Der Feldwebel sah ihn an, anscheinend war er völlig humorlos, denn er sagte im gleichen müden Ton: „Nachmittags vielleicht nicht, der Herr. Aber abends ganz sicher."
Und mit dem Kinn wies er auf die drei blassen Schönheiten und äußerte: „Und mit denen unter Garantie."
In diesem Augenblick drehte sich eine der drei, nämlich genau jene, die uns schon einmal über den Mund gefahren war, mit einem Ruck herum, lüpfte ihr kleines Gesäß, sah den Feldwebel wütend an und stieß heraus: „Nix wir... nix krank... nix alle krank... der Err Offizier kann probieren bei jeder von uns... bitte probieren..."
Und setzte sich mit einem erbitterten Plumps auf den Sitz zurück.
„Übrigens hat uns keine angesprochen", sagte Heinz-Otto.
Der schlanke Feldwebel fuhr sich leicht mit der Zunge über die Lippen und wandte sich zu seinen Obergefreiten.
„Lassen Sie sich die Papiere zeigen."
Und wie mit einem einzigen Griff zogen die drei bleichen Geschöpfe ihre billigen, großen Handtaschen zu sich, öffneten sie und zeigten ihre Ausweise.
Sonderbarerweise kümmerte sich der Feldwebel nicht im geringsten um das Ergebnis, sondern legte die Finger an den Helm, murmelte „Heil Hitler" und verließ langsam das Lokal.
Die beiden Obergefreiten gaben die Papiere zurück und stürzten ihm mit äußerster Beflissenheit nach. Wir sahen sie gemächlich weitergehen. Jetzt kam der dicke Kellner in Bewegung. Als ob er aus einem tiefen Traum erwache, griff er hinter sich, holte Gläser, schenkte aus einer Flasche mit einer farblosen Flüssigkeit Gläser voll, eines der blassen Mädchen rief ihm etwas zu, er nickte sichtlich begeistert, und jetzt servierte er uns die vollen Gläser, rannte zurück, schenkte andere Gläser ein, servierte sie den Mädchen und rief etwas zu uns her.
„Da soll mich doch die Hose zwicken", stieß Kurtchen Zech heraus, und auch Heinz-Otto saß einige Sekunden sprachlos.

„Die Damen haben uns zu einer Runde eingeladen", erklärte er dann, „und der Ober sagte, auch er schmisse eine." Und wie ein Mann erhoben wir uns mit den Gläsern und tranken sie schweigend aus, setzten uns hin, der Ober stürzte herbei, füllte sie wieder . . . schweigend hoben die drei seltsamen blassen Pflänzchen ihre Gläser zu uns, wir tranken ihnen zu und sie uns.

Wir saßen eine ganze Weile stumm. Der dicke Kellner lehnte wieder an der Theke und schien zu dösen, und die drei Dämchen wisperten untereinander und steckten die rotgefärbten Frisuren zusammen.

„Das kapiere nun einer", sagte ich.

„Wieso?" meinte Kurtchen Zech erhaben. „Wieso kapieren? Was ist da viel zu kapieren? Das ist Paris, meine Herren."

Ja, wahrscheinlich.

„Eigentlich", begann dann der Weinrich wieder, „eigentlich könnten wir doch darauf jetzt mit den Mädchen ein bißchen anbändeln, meinst du nicht, Kurtchen?"

Diesmal sagte er es so leise, daß nur wir es hören konnten.

„Nee", antwortete Kurtchen Zech müde, „ohne mich. Ich kenn' die Praxis nicht, scheint mir. Vielleicht macht's Heinz-Otto."

Heinz-Otto lachte.

„Praxis hin, Praxis her", antwortete er. „Wenn sie nicht wollen, ist doch alles nur Krampf. Und sie wollen nicht."

Wir waren des Affentheaters auch müde. Aber gerade, als wir zahlen wollten, kamen drei junge Burschen herein und gingen auf die drei Mädchen zu, setzten sich hin, und sofort begann ein sechsstimmiges, wildes und aufgeregtes Gewispere. Da hatten wir's. Das war die Lösung. Sie war also höchst einfach.

Keiner von den sechsen kümmerte sich um uns, die wir sie schweigend anstarrten. Die drei Burschen mochten kaum zwanzig Jahre alt sein und waren ziemlich flott angezogen, in dunklen Anzügen mit hellen Halbschuhen, bunten Hemden mit langem Kragen, der offenstand.

Und Kurtchen Zech sprach aus, was wir alle sofort dachten.

„Wette um 'ne Million", sagte Kurtchen Zech, „daß die drei mal Uniform anhatten. Und es kann noch gar nicht so lange her sein."

Mochte dem sein, wie es wolle, wir hatten jedenfalls jetzt einen klaren Kopf wegen der Mädchen. Natürlich konnten sie sich nicht zu uns setzen, wenn ihre Freunde im Anmarsch waren. Aber es fiel uns jetzt erst, als wir sie sprühend und lebendig mit diesen ihren Freunden schnattern sahen, jetzt erst fiel uns auf, wie hübsch alle drei waren. Die blassen Gesichter waren etwas gerötet, die dunklen Augen glänzten, und ihre langen, sehr schönen Hände waren in immerwährender Bewegung.

Der Weinrich seufzte hörbar. Wir bezahlten und standen auf. Von den sechsen sah niemand her und nahm von unserem Gehen auch nur mit einem Seitenblick Kenntnis.

Draußen war es nun dunkel geworden, und die Straßen begannen sich sichtlich zu leeren.

Als wir vor dem Lokal standen und uns überlegten, was mit dem Rest des Abends anfangen, kam plötzlich der Kellner herausgeschossen und sprach auf Kurtchen Zech ein. Kurtchen lachte. Der Kellner ging wieder hinein, drehte sich aber noch einmal in der Tür um und nickte uns heftig zu.

„Er sagt, wir könnten die ganze Nacht drinbleiben, wenn wir wollten. Sie machen das jeden Abend so. Bei Sperrstunde schließen sie, und die Gäste bleiben einfach über Nacht sitzen."

„Wie dumm!" sagte der Weinrich, und er sagte es mit Recht. Durch die immer einsamer werdenden Straßen zottelten wir nun nach Hause. „Wenn es mir recht ist", klagte der Weinrich, „so haben wir von Paris so gut wie nischt gesehen."

„Dann bist du der einzige von uns, der nichts gesehen hat", sagte der Josef kategorisch. Der Meinung war ich auch.

Am andern Mittag marschierten wir zum erstenmal mit der Musik am Triumphbogen vorüber als Wachparade. Auf dem riesigen Platz erschien mir aber die Kompanie ziemlich kümmerlich, ein Bataillon wäre schöner gewesen. Hauptmann Distelmann machte sich gut zu Pferde.

Aber es blieb kaum ein Zivilist stehen, um uns zuzusehen. Nur ein paar Männeken von der Luftwaffe standen da und meckerten halblaut über uns. Übrigens hatte Meier III sein Mehlwürmchen tatsächlich mit in die Kaserne genommen, hatte also auf seinen ersten Ausgang verzichtet, und das Kätzchen bekam einen Pappkarton in der Ecke des Zimmers, bekam aber auch mitten in der Nacht Heimweh und jammerte unaufhörlich vor sich hin. Bis Meier III aufstand und das Tierchen zu seinen Füßen auf die Decke legte. Da war es alsdann ruhig und schlief.

Leutnant Meßner fragte Kurtchen Zech aus, was wir von Paris gesehen hätten, und Kurtchen Zech erzählte es ihm. Und er erzählte es ohne Umschweife. Der Leutnant hörte schweigend zu und ging schweigend weg.

„Entweder", teilte uns Kurtchen unschlüssig mit, „entweder hält er uns für schwachsinnig oder für besonders gerissen." Wofür er uns hielt, erfuhren wir bald.

Er nahm seinen ganzen Zug und führte ihn an mehreren Nachmittagen durch Paris.

Und da hatte es dann Hand und Fuß.

Wir sahen alles, was man gesehen haben muß, und wir bekamen von ihm alles erzählt, was man so obenhin von Paris wissen muß.

Das ist sicher.

Aber unser bestes Erlebnis blieb unser erster Ausgang. Das ist ebenso sicher und gewiß.

Es mag so eine Woche vergangen sein, als wir auszogen, um unser kleines Lokal mit dem dicken Kellner und vielleicht den drei bleichen Mädchen wieder aufzusuchen.

Zuerst suchten wir doch wohl zwei Stunden vergeblich und stritten uns. Mehr als einmal kehrten wir zum Café de la Paix zurück, von wo aus wir damals gestartet waren, und probierten, ob wir von hier aus uns zurechtfinden könnten. Jeder widersprach dem andern, der eine wollte diese Ecke wiedererkennen und der andere jenen Platz.

Als es zu dunkeln begann, standen wir vor dem winzigen Restaurant. Es war geschlossen. Kurtchen Zech erkundigte sich im Nebenhaus. Das Lokal war am nächsten Tag, schon am Morgen nachdem wir dagewesen waren, geschlossen worden, polizeilich geschlossen.

Warum, konnte Kurtchen Zech niemand sagen.

„Die Kettenhunde", sagte der Weinrich.

Könnte sein, konnte auch nicht sein.

Wir standen eine ganze Weile wie die verlorenen Schafe davor und hofften, daß durch ein Wunder vielleicht der dicke Kellner oder unsere drei blassen Pflänzchen auftauchen würden. Heinz-Otto versuchte sogar, in den Nebenhäusern nach ihnen zu fragen.

Niemand kannte sie oder wollte sie jemals gesehen haben. Einen Besitzer des Lokals gäbe es auch nicht, der Kellner habe das Ganze geführt.

Es war uns allen richtig wehmütig ums Herz.

Die drei kleinen, frechen, anmutigen Dinger, ihre jungen, arroganten Freunde, der dicke Kellner, der rote Wein, die albernen Gespräche, ja sogar, daß wir abgeblitzt waren... dies alles schien uns das echte Paris gewesen zu sein, oder, wie Heinz-Otto es plötzlich haargenau sagte: „Das Paris des Landsers." Haargenau!

13

Gestern tauchte bei uns am Nachmittag ein Sanitäter auf. Ein kleiner, stiller, blasser Mann. Er war der Bruder von unserem Kirchhofer. Er hatte sich Urlaub geben lassen, um die näheren Umstände von uns zu erfahren, unter denen sein Bruder Fritz dran glauben mußte. Wir staunten ihn zunächst an, daß er dafür überhaupt Urlaub bekommen hatte. Wir erzählten ihm die ganze traurige Angelegenheit. Der kleine Sanitäter rückte immer wieder seine Stahlbrille auf der Nase zurecht und sah uns reihum mit seinen forschenden, ruhigen Augen an. Heinz-Otto erzählte, und er unterbrach ihn kein einziges Mal. Wir fanden es ganz richtig, daß Heinz-Otto nichts von der Tafel Schokolade erwähnte, wegen welcher der Kirchhofer lächerlicherweise noch einmal ins Haus zurückgelaufen war und in den Bombeneinschlag hineinlief. Aber der Kleine war nicht auf den Kopf gefallen.

„Dann hat's ihn also erwischt, weil er im Haus blieb", sagte er nachdenklich. „Dann frag' ich mich, warum ihn niemand 'rausgejagt hat. Ihr seht mir nicht so aus, als ob ihr 'n Kameraden im Stich lassen würdet."

Damit hatte er uns natürlich. Das konnten wir uns nicht nachsagen lassen. Wir blickten den Josef an, der mit seinem Taschenmesser kleine, sauber geschnittene, viereckige Stückchen weißen Speck auf einer Brotschnitte nebeneinanderlegte.

„Ihr seht mir nicht so aus", wiederholte der Sanitäter.

Der Josef sagte, ohne aufzusehen: „Darüber brauchst du dir keine Sorgen zu machen. Es ging alles ganz richtig zu. Dein Bruder hat neben mir gelegen. Wir waren die beiden letzten, die noch im Hause waren. Ich habe ihm einen Tritt in die Seite gegeben, da wachte er auf und rannte mit mir 'raus. Und dann rannte er, als wir schon in der Seitengasse waren, wir wollten nämlich durch die Seitengassen 'raus aufs freie Feld, da rannte er wieder zurück. Du kannst dir denken, was für ein Durcheinander das war."

Und jetzt sah der Josef auf und blickte den Sanitäter an.

„In dem Durcheinander verschwand er dann. Nachher, als sie die Leiche in den Sanka schoben, fanden sie eine verdrückte Tafel Schokolade in seiner Hand. Die hatte er vorher, verstehste, nicht in der Hand gehabt. Wir ließen ja alles liegen und stehen und hauten nach draußen ab. Schließlich hast du ein Recht darauf, daß wir dir reinen Wein einschenken."

Damit war es gesagt. Und der kleine Sanitäter kapierte. Er dachte eine Weile nach und knackte mit seinen verschränkten Fingern, dann sagte er: „Das sieht ihm ähnlich." Dann ging er 'raus und kam mit zwei Flaschen Burgunder wieder.

Kurtchen Zech sagte: „Hast du nicht noch 'n Druckposten frei, Kamerad?"

Der kleine Sanitäter holte ein Taschenmesser heraus, klappte den Pfropfenzieher hoch und reichte die erste Flasche umher. „Wir haben 'n Weltwunder von Chef", sagte er, „Oberstabsarzt Dr. Glaser. Von dem hab' ich das Krad besorgt bekommen, den Urlaub und die Flaschen."

Und damit waren wir bei Ärzten, Lazaretten und Krankenschwestern angekommen.

Die Ärzte waren natürlich ein großes Kapitel. Schon bei der Musterung ging es ja los.

„Bei den Ärzten bist du auf der ganzen Linie aufgeschmissen", sagte der Krumbhaar, „da kannste dich biegen wie du willst. Du kommst nicht dahinter. Geh mir weg mit den Ärzten."

„Wie meinst du das?" fragte der kleine Sanitäter.

Der Krumbhaar erklärte folgendes: „Nimm mal an, Mensch, du hast einen Zugführer oder 'n Kompaniechef, der dich nicht leiden kann. Da kommste aber doch mal dahinter, warum. Und wenn er, nimm mal an, Mensch, wenn er zum Beispiel nicht mit dir zufrieden ist, kannste es doch so weit bringen, daß er mit dir zufrieden ist, nicht wahr? Verstehste? Bei einem Arzt weißte nie, woran du bist. Nimm mal an, du wirst gemustert. Na und? Da kannste sagen, was du willst, wenn er dich überhaupt was sagen läßt. Vor dem stehste und stehste, na und? Sagt er kv, dann biste kv. Kannste ihm was anderes beweisen? Du nicht. Geh mir weg mit den Ärzten."

Wir lachten.

„Erzähl mal was von deinem Weltwunder an Chef", sagte Heinz-Otto.

Der kleine Sanitäter grinste.

„Da kann ich Bücher erzählen. Er ist Chirurg. Und ich bin so 'ne Art Faktotum bei ihm, seit dem Polenfeldzug. Da hatten wir einen Lazarettzug, und er war der Chef. Ihr müßt euch einen Mann von zwei Meter vorstellen. Wir gingen mal, kurz nachdem wir einen Transport Verwundete aufgenommen hatten, durch den Zug. Den Transport hatten wir am Abend vorher aufgenommen, und die ganze Nacht durch wurde operiert. Da stand der Zug noch auf einer kleinen Station. Der Chef hielt alles in Trab, kann ich euch sagen. Am Morgen ging ich also hinter ihm und den Ärzten durch den Zug. Und im dritten Wagen blieb Oberstabsarzt Glaser gleich an der Tür stehen. Man merkte bei ihm immer gleich, wann er wütend war. Dann pfiff er schnell ein paarmal durch die Zähne. Na, ich hörte also, wie er durch die Zähne pfiff, und sah an ihm vorbei. Da saß ein Landser mit einem verbundenen Unterarm auf einem Holzhocker und wackelte im Halbschlaf hin und her. Ach so, ja, da waren wir nämlich schon auf der Fahrt. Die Schwestern schlichen hundemüde auf und ab, sie waren die ganze Nacht, wie wir alle, auf den Beinen gewesen. Der Chef fragt: ‚Wo ist Unterarzt Scheffel?' Die Schwester sagt: ‚Hat sich hingelegt, Herr Oberstabsarzt.' Der Chef sagt: ‚Holen Sie ihn her.' Na, es dauerte so doch fünf Minuten, bis Unterarzt Scheffel kam. ‚Warum sitzt der Mann hier auf einem Hocker?' fragt Oberstabsarzt Glaser. ‚Es ist kein Bett mehr frei, Herr Oberstabsarzt?' sagt der Unterarzt. ‚Und wo hatten Sie sich hingelegt?' fragte der Chef. ‚Auf mein Bett', sagt der Unterarzt. ‚Auf Ihr Bett', sagt Oberstabsarzt Glaser, ‚auf Ihr Bett. Bringen Sie den Mann hier in Ihr Bett, Scheffel, und Sie selber können auf dem Hocker weiterschlafen.' Ihr kennt den Chef nicht, ihr könnt also auch nicht wissen, daß er manchmal einen Ton am Leibe hatte, der einem durch Mark und Pfennig ging. Unterarzt Scheffel stand mit aufgerissenen Augen. Auch er hatte die ganze Nacht nicht geschlafen. Klar, soll mal einer schlafen, wenn der Chef arbeitet. Na also, es ist aber noch nicht zu Ende. Der Chef geht weiter, und an der anderen Tür dreht er sich um und sagt: ‚Im Standort werden Sie abgelöst, Scheffel.'"

Der Sanitäter sah mit unsäglichem Stolz von einem zum andern.

„Könnt ihr euch einen Begriff machen? Nee, das könnt ihr nicht. Und nun kommt noch was. Der Unterarzt Scheffel war der Sohn vom Generalarzt Scheffel, dem direkten Vorgesetzten von Oberstabsarzt Glaser. Toll, was?"

Heinz-Otto fragte: „Hat der Landser dann wirklich das Bett vom Unterarzt bekommen?"

„Darauf kannst du Gift nehmen", sagte der Sanitäter.

„Und wurde der Unterarzt abgelöst?"

„Darauf kannst du auch Gift nehmen."

„Das ist 'n Ausnahmefall", sagte der Krumbhaar. „Geh mir weg mit den Ärzten. Du kommst nicht dahinter. Du durchschaust sie nicht. Du kannst nicht gegen sie an."

„Du mußt es ja wissen", sagte der Sanitäter ruhig.

Wir genehmigten uns wieder einen aus der Flasche, und eine Weile redete niemand. Wahrscheinlich hing jeder seinen Erinnerungen nach, was Ärzte beim Kommiß betraf.

Ich hatte nur tadellose Leute bisher unter ihnen getroffen. Aber wir waren ja nicht so an der Front gewesen wie andere.

„Erzähl mal was von den Schwestern", sagte Heinz-Otto, und wir wachten alle mit einem Schlage auf.

„Da gibt's nichts zu erzählen", antwortete der Sanitäter uninteressiert. „Es gibt solche und solche. Die Nonnen sind die besten Schwestern. Die denken an nichts anderes. Die haben nischt nebenher. Die leben nur für die Pflege. Die sind..."

Er hielt inne und besann sich.

„Nee", sagte er plötzlich, „man soll den andern nicht Unrecht tun. Ich meine, was recht ist."

Er dachte nach, und dann lachte er still vor sich hin.

„Nee", sagte er jetzt, „wenn ich mir's recht überlege, die andern sind auch recht tapfere Dinger."

Er versank wieder ins Grübeln und grinste vor sich hin.

Dann griff er sich in seine struppigen Haare, schlug sich auf das Knie und erklärte überraschend: „Nee, alles, was recht ist. Sie sind großartige Mädchen. Mir fiel gerade die Geschichte mit dem kleinen von Glasenapp ein."

„Erzähl die Geschichte vom kleinen von Glasenapp", sagte Heinz-Otto.

„Das war in Belgien", begann der Sanitäter, „den Lazarettzug hatten wir nicht mehr. Oberstabsarzt Glaser hatte mich mitgenommen, und wir operierten in einem kleinen Städtchen. Wir hatten so ein Dutzend Rote-Kreuz-Schwestern. Alles ziemlich junge Dinger, Nee, alles, was recht ist. Sie waren nicht totzukriegen. Oberstabsarzt Glaser hatte 'n Vorurteil gegen sie zuerst. Und als wir den Schub junger Dinger bekamen, pfiff er erst mal scharf durch die Zähne. ‚Genau das', sagte er zu mir, ‚genau das, was ich mir immer gewünscht habe. Sieh sie dir an, Kirchhofer. Lauter Schönheitsköniginnen und Filmstars und Fotomodelle. Paß mal auf, wie wir die wegekeln. In nullkommanichts. Dienstlicher Befehl, Kirchhofer', sagte Oberstabsarzt Glaser, ‚dienstlicher Befehl: Du meldest mir sofort, wenn eine von diesen Mona Lisas sich mehr um einen Offizier als um einen Landser kümmert. Verstanden?'"

Wir grinsten und rückten uns gemütlich zurecht.

„Nun war die Sache die", erzählte der Sanitäter weiter, „daß dieser Schub von neuen Schwestern tatsächlich so 'ne Art Schöne-Mädchen-Revue war. Uns war's recht. Uns Sanitätern meine ich. Im Lazarettzug hatten wir ältere Kaliber gehabt, tüchtige Schlachtrösser sozusagen, bei denen wir nichts zu bestellen hatten, sie kommandierten uns Männer 'rum, und 'n kleines, privates Wörtchen war ganz ausgeschlossen. Kann sein, daß auch sie zu müde dazu waren. War 'ne harte Zeit im Lazarettzug. Und der Chef war wie 'n Berserker hinter uns allen her..."

„Erzähl von den Schönheitsköniginnen in Belgien", sagte Heinz-Otto.

„Ach so, ja. Also tatsächlich, es war ein ausgesuchtes Dutzend hübscher Mädchen, und der Chef pfiff immer wieder mal durch die Zähne am Tag, als sie ankamen. Er hielt nichts von ihnen. Sanitätsfeldwebel Zuckerschwert sagte uns, der Chef habe schon ein Schreiben diktiert, scharf wie 'n Rasiermesser, er wolle langjährig erprobte Schwestern haben und so. Na ja. Uns waren die hübschen Dinger recht, das heißt, wenn wir an die freien Abende dachten und so. Wenn wir daran dachten, wie es werden würde, wenn mal ein Stoß Schwerverwundeter käme und wenn der Chef zig Operationen zu machen hatte und wenn Tempo 'reinkam und wenn wieder mal die Nächte dran glauben mußten, dann wurde uns grau. Wenn's nämlich hart auf hart geht, Kameraden, und ihr habt da zum Beispiel Stunde um Stunde am Operationstisch und im Operationszimmer herumzustehen und wie 'n Schießhund aufzupassen, und ihr seht da die Kameraden liegen, und schon wie sie ankommen auf den Tragbahren, und wie wir sie aus den Sankas holen oder aus den Güterwagen... nee, da kann neben dir 'ne Schwester stehen, schön wie die Muttergottes... du siehst es nicht..."

„Du wolltest doch von dem kleinen von Glasenapp erzählen", sagte Heinz-Otto geduldig.

„Das gehört alles dazu. Gehört alles dazu, Mann. Also kurz und gut, als der Schub Schwestern ankam, war noch nicht viel los bei uns. Die hübschen Dinger ließen sich merkwürdigerweise nicht viel sehen. Sie hatten ihre zwei Stuben in dem Krankenhaus, das wir beschlagnahmt hatten. Und erst am zweiten Abend ging es los. Die ersten, die kamen, waren Fallschirmjäger aus dem Einsatz auf die belgischen Brücken, glaube ich, im Rücken der Belgier. Lauter Schwerverletzte. Kaum hatten wir alle untergebracht, und in den zwei Operationssälen war der Chef mit seinen Ärzten bei der Arbeit, kam mitten in der Nacht der zweite Schub. Und dann riß es nicht mehr ab. Wir waren in den goldrichtigen Abschnitt gekommen. Die Säle waren voll. Ich hatte Dienst in den Korridoren. Da lag einer neben dem anderen. Auch auf den Treppen, einer neben dem anderen. Da könnte ich was erzählen. Gott sei Dank kamen gegen drei Uhr morgens noch 'n halbes Dutzend Ärzte mit älteren Schwestern, und es ging schneller mit dem Versorgen. Na ja, gegen Morgen brachte ich dem Chef, der sich 'ne halbe Stunde hingelegt hatte, in seine Bude Kaffee. Er sah ganz grau aus vor Müdigkeit. Ich hatte ihm auch 'n paar Brote gebracht. Aber essen wollte er nicht. Ich blieb bei ihm stehen und schenkte ihm immer wieder ein. Der Chef ist ein Kaffeesäufer. Und da sagte er auf einmal: ‚Na, Erich', ich heiße Erich, ‚na Erich', sagte er, ‚was sagst du zu unseren Schönheitsköniginnen?' Ich sah ihn dumm an. An die jungen Schwestern hatte ich die ganze Nacht nicht mit 'nem Hauch gedacht. Und jetzt fiel mir erst auf, daß das doch das beste Zeichen dafür war, daß sie in Ordnung waren, die Dinger, eine wie die andere. Sonst wär' mir was aufgefallen. ‚In Ordnung', sagte ich. Und in diesem Augenblick klopft es an die Tür und herein kommt einer dieser Filmstars. Es war eine großgewachsene Rothaarige, und sie hatte ein Tablett in der Hand mit Kaffee und Broten. ‚Oh', sagte sie enttäuscht, bleibt stehen und sieht auf die Tasse, die der Oberstabsarzt in der Hand hat, ‚ich wollte Ihnen dasselbe bringen, Herr Oberstabsarzt.' Der Chef sieht sie an und murmelt: ‚Besten Dank, mein Fräulein, der Sanitäter hier macht das immer für mich.' Die Schönheitskönigin bekommt einen roten Kopf und sagt: ‚Wenn Ihr Sanitäter so gut Kaffee kocht wie ich, geht die Sache klar. Wenn nicht, fragen Sie lieber immer nach Schwester Isolde.' Dreht sich um, lächelt uns hold an und haut ab.

Der Chef und ich sehen uns an. Dann sagt der Chef, stellt seine Tasse auf den Tisch und richtet sich auf, sagt der Chef: ‚Erich, ist dir an Schwester Isolde was aufgefallen?' Ich sage nee. ‚Dann sieh sie dir mal an, wenn du sie nachher triffst. Das Mädchen stand die ganze Nacht im OP am Instrumententisch. Und kommt jetzt 'rein wie aus dem Ei gepellt. Wie aus dem Ei gepellt. Erich, alles was recht ist. Und übelnehmen tut sie auch nichts. Hast du gehört, was sie für ein hübsches Mundwerk hat? Geht die Sache klar, hat sie gesagt. Redet wie 'n Vizeadmiral.'

Und nachdenklich schlürft der Chef an seiner Tasse. Dann

grinst er mich an und sagt: ‚Der Feldwebel soll mir nachher mal die Liste bringen. Möchte mal sehen, aus welcher Oper diese Isolde kommt.'

Ich wartete am Fenster, bis der Chef eingeschlafen war. Das dauerte knapp zwei Minuten nach seinem letzten Wort, und nachdem ich ihm die Tasse aus der Hand genommen hatte. Er konnte einschlafen mit 'ner Stundengeschwindigkeit von fünfhundert Kilometern. Dann ging ich 'raus, und da passierte die Geschichte mit dem kleinen von Glasenapp."

„Haste aber lang gebraucht, bist du soweit warst", sagte Kurtchen Zech. Wir gingen an die zweite Flasche Burgunder.

„Das gehörte alles dazu", sagte der Sanitäter. „Also ich komm 'raus in den Flur. Ihr müßt nicht denken, daß uns dieser plötzliche Schub von vielen Schwerverletzten über den Kopf gewachsen wäre. Da kennt ihr den Chef nicht. Es war nur so, daß sich alles auf einmal auf unser Krankenhaus stürzte, und zwar innerhalb weniger Stunden. Und das wieder kam daher, daß wir so bequem am Wege lagen. Na ja, also der Flur im Parterre, wo der Chef sein Zimmer hatte, war schon etwas leerer geworden. Und wie ich so durch den Korridor sause, um selber 'ne Handvoll Schlaf zu kriegen, ich war ja auch die ganze Nacht wach gewesen, und jeder Knochen tat mir weh, und ihr dürft ja nicht vergessen, daß ich eine Nierenkrankheit habe, sonst wäre ich nämlich nicht Sanitäter, sondern mit Fritz ausgerückt... also wie ich so durch den Flur im Parterre sause, sehe ich auf einmal Schwester Isolde. Sie kniet vor einer breiten, leeren, gelben Holzbank und spricht mit jemand. Am Abend zuvor hatten wir nämlich aus einem Vereinslokal in der Nähe alle Bänke in die Korridore des Krankenhauses geschafft, denn Wartezimmer war ja Nonsens, bei dem Andrang, auf den wir gefaßt waren. Ich denke, was ist da los mit der Bank, und gehe hin, Schwester Isolde sieht mich, richtet sich auf und sagt aufgeregt: ‚Sehen Sie mal hier! Helfen Sie mal! Das ist doch alles mögliche! Wie kann so etwas vorkommen!'

Nee, ihr könnt's euch nicht vorstellen. Da liegt unter der breiten Bank ein Verwundeter, ein kleines blutjunges Kerlchen, in Decken eingepackt bis an den Hals, ein winziges, blasses Gesichtchen mit strohblondem Haar, und sieht uns aus großen Kinderaugen an.

‚Wie kommst du denn hierher:' frag' ich perplex und knie mich neben Schwester Isolde. ‚Ich weiß auch nicht', piepst der Kleine: ‚Ich bin eben erst aufgewacht.' Und Schwester Isolde streicht ihm zart über den Schopf und flüstert zu mir her: ‚Da bricht einem doch das Herz.' Na ja, denke ich, sie ist doch mehr Schönheitskönigin als Rote-Kreuz-Schwester, und ich rufe dem Sanitäter, der die Treppe herunterkommt, zu: ‚Robert, hol 'ne Trage, schnell!' Und dann frag' ich den Kleinen unter der Bank: ‚Wo fehlt's, Kamerad?' Und der Junge piepst: ‚Ich muß was am linken Bein haben.' Und Schwester Isolde streicht ihm wieder über seinen Schopf und sagt: ‚Es kommt gleich alles in Ordnung. Ich verstehe das gar nicht. Wie kommst du denn unter die Bank, Junge?' Sie sagte nun auch kurzerhand du zu ihm, und anders war es auch gar nicht möglich. Das Bürschchen konnte kaum achtzehn, höchstens neunzehn alt sein. Er trug Fallschirmjägeruniform. Blutjung, 'n bißchen Flaum stand ihm ums Kinn. Und was das Tolle war, er nahm es uns gar nicht übel, daß wir ihn hier unter seiner Bank die ganze Nacht hatten liegenlassen. Wahrscheinlich hatten ihn die Träger daruntergeschoben, als alle Flure noch überfüllt waren, und ich denke, sie sagten sich, bei seiner Beinverwundung sei der Platz unter der Bank das Beste, was sie für ihn vorläufig tun konnten. So war er wenigstens sicher, daß niemand auf ihn trat. Und warum er bis jetzt nicht entdeckt worden war, kam daher, daß die Bank übermäßig breit im Sitz war.

‚Wieso haben Sie ihn denn gesehen, Schwester?' fragte ich.

Schwester Isolde hatte ihre Hand auf die Stirne des Jungen gelegt und sagte: ‚Ich habe ihn gar nicht gesehen. Ich hörte etwas flüstern. Und drehte mich mit meinem Kaffeegeschirr ein paarmal um und suchte, woher es käme. Und da hörte ich, daß es von der Bank herkam.'

Nun also, in dem Durcheinander dieser Nacht konnte so etwas vorkommen. Und jetzt kam Robert mit einer Trage.

‚In unsere Bude, Robert', sagte ich, ‚auf mein Bett vorläufig.' Und Schwester Isolde sagte unter die Bank: ‚Halt dich wacker, Junge, wir müssen dich auf die Bahre legen.'

Und das Bürschchen zwitscherte munter: ‚Keine Angst, Schwester, ich seh' nicht hin.' Und er blinzelte uns aus seinen hellen Augen pfiffig zu. Das Kerlchen rührte sogar den rauhen Robert, denn er sagte: ‚Keene Sorje, Kindchen, keene Sorje, dat jeht wie uff Kunstseide.' Robert und ich krochen unter die Bank, und wir versuchten, die Sache tadellos zu erledigen. Es gibt Sanitäter so und so, meine Herren. Robert kroch an den Kopf und ich an die Beine, wir lagen beide auf dem Bauch. Welcher Art auch die Verwundung des kleinen Burschen sein mochte, wir würden es hinkriegen, ohne daß er zu weinen brauchte. Und wir kriegten es hin. Es dauerte länger als zehn Minuten, aber wir arbeiteten Zentimeter um Zentimeter, und Schwester Isolde lag mit uns auf dem Bauch und redete dem Kleinen gut zu. Inzwischen hatten sich einige Leute vor der Bank angesammelt und gaben uns gute Ratschläge.

Wir brauchten sie nicht.

‚Wenn dir was weh tut, sag's sofort', forderte Schwester Isolde den Jungen immer wieder auf. Und der Kleine piepste: ‚Mach' ich, Schwester, mach' ich.' Wir brachten ihn tadellos auf die Bahre. Als Sanitäter betrachtet, kann ich wohl sagen, daß es ein Meisterstück war. Dafür lief uns der Schweiß in Strömen über die Gesichter, und Schwester Isolde tupfte uns, während sie neben uns lag, die Tropfen aus den Augen und dazwischen legte sie immer wieder ihre Hand auf die Stirn des Jungen.

Und, wahrscheinlich, um ihn abzulenken, fragte sie: ‚Wie heißt du denn?'

‚Glasenapp', flüsterte der Kleine und lächelte sie an. Dann und wann verzog er doch sein rundes Kindergesicht. Es konnte unmöglich ausbleiben, daß die Sache doch mal gelegentlich weh tat, auch wenn wir uns nur millimeterweise mit ihm bewegten.

So hatten wir ihn schließlich glücklich auf der Bahre, und alles andere konnte flott vor sich gehen. Wir brachten ihn in unsere Sanitäterbude, und hier halfen uns nun noch vier andere Kameraden, ihn mit der letzten und äußersten Behutsamkeit ins Bett zu legen. Und dann begann Schwester Isolde, ihn vorsichtig mit unserer Hilfe aus seinen verdreckten Decken zu schälen.

Und jetzt kommt's, meine Herren."

Der Sanitäter nahm einen Schluck aus der Flasche und sah uns der Reihe nach erwartungsvoll an.

Wir waren hochgespannt.

„Meine Herren, jetzt kommt's", fuhr der Sanitäter fort. „Inzwischen hatte sich nämlich so ungefähr die ganze Schwesternschaft um uns versammelt, das heißt das Dutzend jener Schwestern, die unsere Schönheitsköniginnen waren, und diese jungen, hübschen Gesichter sahen recht mitleidig auf das kleine Kerlchen herunter. ‚Unser jüngster Patient', sagte Schwester Isolde zärtlich, ‚unser Baby. Lag verlassen unter einer Bank im Flur. Und nahm's geduldig hin. Nicht mal geschrien hat der Kleine.'

Und so wickelten wir ihn aus.

Dann richtete sich Schwester Isolde mit einem Male kerzengerade auf. Und ich auch. Und die anderen auch. Und das Bürschchen betrachtete mit Wohlgefallen die schönen Mädchen, die um ihn herumstanden.

Schwester Isolde hatte eine der Decken, die um die Schultern des Jungen waren, mit aller Vorsicht losgeschält.

Und jetzt starrten wir alle auf diese Schultern. Zum Vorschein waren gekommen die Schulterstücke eines Offiziers, und auf diesen Schulterstücken befanden sich je zwei Sterne. Ich sah Schwester Isolde an, die wie ein Bild aus Marmor dastand. Mein Kamerad Robert war der erste, der wieder auf die Beine kam.

‚Herr Hauptmann', sagte er, ‚da haben Sie uns sauber 'reingelegt, sauber!'

Das Kindchen war ein leibhaftiger Hauptmann, und wie es sich anschließend zeigte, mit dem EK I zur Linken.

Schwester Isolde kam ebenfalls langsam wieder zu Luft. ‚Mein Gott', sagte sie, ‚das war aber etwas! Wie alt sind Sie denn um Himmels willen, Herr Hauptmann?'

Der Kleine piepste: ‚Es war viel hübscher, als Sie Kindchen zu mir sagten, Schwester. Ich bin achtundzwanzig. Mir passiert immer das gleiche. Ich werde nicht ernst genommen. Verzeihen Sie vielmals. Bitte sehr um Entschuldigung.'

Und jetzt erfaßte uns große Heiterkeit. Wir lachten, und bei den Schönheitsköniginnen erhob sich endloses Gekicher. ‚Das Baby von Isolde', sagte einer der Filmstars im Schwesternhäubchen, und damit hatte der Hauptmann von Glasenapp fortan bei uns seinen Namen.

Ich verfügte mich sofort zum Chef.

Er war wach und wusch sich gerade.

Ich schloß die Tür hinter mir und klappte mit einem Donnerschlag meine Hacken zusammen.

‚Was ist los, Erich?' fragte der Chef und wandte mir über dem Waschbecken sein triefendes Gesicht zu.

‚Herr Oberstabsarzt', meldete ich zackig, ‚Sie haben befohlen, Ihnen sofort zu melden, wenn eine der neuen Schwestern sich in auffälliger Form nur um einen Offizier kümmert und die Landser vernachlässigt.'

‚Habe ich', knurrte der Chef.

‚Ich melde, daß Schwester Isolde sich in auffälliger Form nur um einen Offizier kümmerte.'

‚Um welchen?'

‚Um Herrn Hauptmann von Glasenapp. Neuer Zugang, Herr Oberstabsarzt.'

Der Chef trocknete sich ab und drehte sich um.

‚Die Isolde?' fragte er gedehnt, ‚Schwester Isolde? Die Venus im Schwesternhäubchen? Da schlag einer lang hin. Erich, wie man sich in den Menschen täuschen kann, wie?'

‚Jawohl, Herr Oberstabsarzt!'

‚Los', sagte der Chef plötzlich verärgert, ‚Einzelheiten.'

Und ich erzählte die Sache mit der Bank und dem Kleinen. Der Chef wurde knallwach. Und er unterbrach mich mit unzähligen ‚Ei verdammts'.

Als ich zu Ende war, sagte er: ‚Nimm dir vier Zigaretten, Erich. Eine Wohltat, so was zu hören.'

Hernach ging ich hinter dem Chef in unsere Sanitäterbude. Hauptmann von Glasenapp war von Oberarzt Krüger versorgt worden und lag wieder in meinem Bett.

Er blinzelte mir mit hochgezogenen Augenbrauen entgegen, als wir an sein Lager traten.

Der Chef stellte sich vor.

‚Oberstabsarzt Glaser. Herr Hauptmann von Glasenapp, Sie haben sich in meinem Lazarett unter Vorspiegelung falscher Tatsachen aufnehmen lassen, indem Sie der diensthabenden Schwester gegenüber sich als Baby ausgaben. Ich heiße Sie herzlich willkommen. Sie werden pünktlich jede zwei Stunden Ihre Flasche Milch bekommen. Sollte es sich erweisen, daß Sie noch eine Amme notwendig haben, werden wir einen entsprechenden Antrag stellen.'

‚Gehorsamsten Dank', piepste der Kleine.

Na, ihr könnt euch denken, Hauptmann von Glasenapp war der Liebling des Lazaretts, und was unsere Schönheitsköniginnen betraf, so war unser aller Liebling Schwester Isolde."

Das war also die Geschichte, die uns der Sanitäter erzählte. Die beiden Flaschen Burgunder waren längst leer, und wir hatten unsererseits längst mit anderthalb Flaschen Kognak die Geschichte zusätzlich befeuchtet.

Nach einer Weile ließ sich der Weinrich vernehmen: „Es gibt auch andere Sorten Schwestern, mein lieber Kamerad Kirchhofer."

„Sicher", antwortete der Sanitäter gelassen, „das gibt es. Ich habe auch solche gesehen. Aber alles was recht ist, was sich so tut überall mit den freiwilligen Schwestern, allerhand Achtung. Sie machen's auch, ohne daß die Propagandakompanien ihnen Honig um die hübschen Mäulchen schmieren, und es sind, Hand aufs Herz, unter ihnen Mädchen ... die stehen ihren Mann."

„Sag mal", unterbrach ihn der Krumbhaar nachdenklich, „sag mal, haben dein Hauptmann und deine Isolde sich dann geheiratet?"

„Nee. Nicht daß ich wüßte. Wieso?"

„Ich dachte nur."

„Nee. Der Hauptmann kam nach zehn Tagen weg, und Schwester Isolde mit ein paar andern wurde versetzt, wohin, weiß ich nicht."

„Schade", sagte der Krumbhaar.

Und ich fand auch, daß es schade war.

14

Dies schreibe ich viele Monate später, und es haben sich große Veränderungen zugetragen. Es kommt uns allen so vor, als ob die Zeit und der Krieg bisher auf Schienen gelaufen wären. Jetzt läuft es nicht mehr auf Schienen, und beinahe hätte ich gesagt, der Ernst des Lebens habe jetzt erst für uns begonnen oder, wie der Krumbhaar sagt, der Ernst des Todes.

Kurzum, ich bin bei den Panzerjägern. Ich bin Melder bei Leutnant Schleiermacher. Mit mir sind zu der neuen Einheit gekommen Kurtchen Zech, der Schütze 1 ist am ersten Geschütz. Heinz-Otto ist am gleichen Geschütz Schütze 2, also Ladeschütze. Martin Koegel, den wir Josef nennen, ist Schütze 1, also Richtschütze am zweiten Geschütz. Meier III ist Schütze 1 beim MG-Trupp. Ich selber bin Melder beim Zugführer Leutnant Schleiermacher, wie ich schon sagte.

Bei der Versetzung kam Weinrich, da er ziemlich schwächlich war, zu einer Bäckereikolonne nach Südfrankreich.

Und wir selber lagen lange Monate in Südnorwegen als Besatzung. Wir gehörten zur 14. Kompanie eines neuaufgestellten Regiments. Die Kompanie hat 12 Panzerabwehrgeschütze. Wir sind 4 Züge zu je drei Geschützen 3,7 Zentimeter auf Bunareifen, und die Kompanie ist vollmotorisiert.

Ich vergaß zu sagen, daß auch der Krumbhaar mitgekommen ist, er ist Kradmelder beim Kompanietrupp, und durch ihn wissen wir ziemlich genau, was gespielt wird, denn der Krumbhaar hat zwischen dem Kompanieführer und den Zügen, dem Troß und dem Regiment hin- und herzusausen und Verbindung zu halten.

Es kam alles ganz plötzlich.

Wir wurden in Südnorwegen umgeschult. Ich konnte noch meinen Führerschein machen. Der Dienst in der neuen Einheit macht uns zunächst Spaß. Ich bin mit dem Zugführer Leutnant Schleiermacher, einem jungen Menschen von kaum zwanzig Jahren, sehr zufrieden. Es scheint, daß er ein Draufgänger ist. Zuerst sah es so aus, als ob er ein bißchen schußlig sei, aber diese Schußligkeit war nur sein kolossaler Eifer, seine Sache gut zu machen. Er ist mittelgroß, hat ein Kindergesicht und versteht seinen Kram. Das Beste an ihm ist seine absolute Furchtlosigkeit und Freimütigkeit den Vorgesetzten gegenüber. Alle mögen ihn gern.

So fuhren wir also in Südnorwegen in der Gegend herum und wurden eingefuchst. Leutnant Schleiermacher kann mich, wie ich glaube, sehr gut leiden. Und was ihn betrifft, so ist er genau meine Handschuhnummer. Wenn er nicht Leutnant wäre, könnte er mein bester Freund sein.

Im übrigen besteht das Regiment aus Kompanien, deren Männer zwischen dreißig und fünfundvierzig Jahren, und aus solchen Kompanien, die aus Kriegsfreiwilligen im Durchschnittsalter von siebzehn bis achtzehn Jahren sich zusammensetzten.

Wir etwas Älteren kommen mit unseren jungen Suppenhühnern gut aus, und so hätten wir, während wir in Norwegen als Besatzung lagen, nichts zu klagen gehabt. Der Dienst war mäßig scharf. Was die Norweger betrifft, so behandelten sie uns eigentlich ziemlich gelassen, ohne direkte Feindschaft. Jeder Landser sagt das. Und was die norwegischen Mädchen betrifft, so konnten die Landser auch in dieser Hinsicht nicht klagen. Tagsüber sahen manche dieser hübschen Mädchen aus Milch und Blut niemand von uns an, sahen nicht nach rechts und nicht nach links. Aber abends, wenn es dunkel war, traf sich dieser und jener pünktlich mit seiner Kleinen.

So wäre es während dieser Monate ganz nett gewesen, wenn wir nicht alle, besonders Leutnant Schleiermacher, Ärger mit unserem Kompaniechef gehabt hätten. Das war Leutnant Patz. Er war im Zivilberuf Polizeiinspektor, so an die dreißig Jahre alt, und aus Westfalen. Er sah ziemlich auffallend aus. Er war mittelgroß und breit gewachsen, ein immer braungebranntes, breitflächiges Gesicht und unruhige, dunkle Augen, die einen niemals anblickten, sondern immer auswichen. Das merkten wir Landser natürlich sofort, denn man hatte uns ja beigebracht, wenn ein Vorgesetzter mit uns sprach,

„das Weiße in seinen Augen zu suchen". Das heißt, wir starrten ihnen eben ins Gesicht, mitten in die Pupille. Und wir erwarteten das gleiche von ihnen. Nun also, Leutnant Patz. Er kam von Warschau zu uns. Dort war er bei der Kavallerie gewesen. Er sah immer hochelegant aus, eigentlich einen Stich zu elegant. Seine Reithosen hatten einen tollen Schwung, und er trug stets einen sehr knappen und sehr kurzen Rock. Und er roch immer nach einem Parfüm, das ziemlich süßlich war. „Und er hat 'n üppigen Gang", behauptete Kurtchen Zech, „er geht wie 'n Wallach."

Das stimmte. Na also, kurz und gut, keiner mochte ihn. Höchstens staunten wir das erstklassige Tuch an, aus dem seine schnieken Uniformen angefertigt waren. Das war aber auch alles, was uns an ihm erstaunte. Wir hatten bald heraus, daß nichts mit ihm los war. Er sprach wie ein Schauspieler und rollte das R. Er hatte keine Ahnung vom Dienst bei der Panzerjägerwaffe, und es war uns unbegreiflich, wie er Kompaniechef hatte werden können. Er kümmerte sich ausschließlich nur um den Innendienst, und da war er ein Bürokrat, mit allen Wassern gewaschen. Er kümmerte sich um unsere Knöpfe, um Ehrenbezeigungen und Griffekloppen und all so was. Aber sobald es an den Waffendienst ging, drückte er sich. Er gab uns zum Beispiel niemals Unterricht, wie es seine Pflicht gewesen wäre. Das ließ er seine Leutnants machen. Und wir alle wußten, daß er wußte, daß er nichts wußte. Ein steiflederner Mann. Kein menschlicher Zug wurde jemals sichtbar. Und der Krumbhaar, der ja immer in seiner nächsten Nähe sich aufhielt, sagte uns, daß er auch bei den Offizieren sehr unbeliebt war. Denn auch die wußten, daß er nichts wußte. Ein dünner Kommißkopf.

Ich habe Leutnant Patz deshalb ein bißchen beschrieben, weil wir mit ihm bald allerhand erleben sollten.

Wer war da noch, der uns interessierte? Der Regimentskommandeur, Oberstleutnant Leineweber. Der war Gutsbesitzer in Mecklenburg. Den ersten Weltkrieg hatte er als Offizier mitgemacht. Dann war er Gefängnisdirektor geworden. Im Dritten Reich hatten sie ihn reaktiviert. Eigentlich blieb er ganz ordentlich, wenn er mit Essen und Trinken zufrieden war. Er trug seinen kleinen Bauch behaglich vor sich her, und aus einem dicken, fleischigen Gesicht mit den riesigen abstehenden Ohren sahen zwei kleine schlaue Äuglein immer ziemlich gutmütig in die Welt.

Im März wurden wir in einen Transportzug geladen. Es hieß, wir würden ganz Schweden besetzen, aber das war Latrinenparole. Wir fuhren nur durch Schweden durch. Ein schwedischer Offizier begleitete den Transportzug. Unterwegs durfte niemand den Zug verlassen. Im übrigen sah Schweden aus wie Norwegen. Kurtchen Zech erzählte uns unterwegs, daß beide Länder einmal zusammengehört hätten, daß sie sich aber friedlich getrennt hätten. „Na, und wo hatten sie auf einmal einen König her?" fragte Meier III ungläubig. Und als er erfuhr, daß die Norweger sich aus Dänemark einen Prinzen geholt hatten, schüttelte er den Kopf. „Also kann man alles auch ohne Zimt und Krach und Krieg machen", sagte er nach einigem Nachdenken.

„Was wollen Sie damit sagen?" fragte ein Unteroffizier, der mit uns im Güterwagen war. Und er fragte es ziemlich scharf.

Aha, Vorsicht!

Aber Meier III war ihm gewachsen.

„Ich dachte an die Wikinger, Herr Unteroffizier", antwortete er, „das waren doch ehemalige Norweger und Schweden und hier aus der Gegend, und ich dachte, bei den Wikingern ginge es nicht ohne Krach, daher der Name."

Kurtchen Zech und Heinz-Otto sahen Meier III perplex an. Ich auch. Das mit den Wikingern war mir neu. Der Unteroffizier grinste.

Er steckte sich eine Zigarette an und knurrte: „Sie haben wohl einen leichten Dachschaden, wie?"

Wir fuhren zwei Tage. Die Landschaft wurde immer eintöniger. Am Endpunkt der Bahn, hoch im Norden, wurden wir ausgeladen. Wir fröstelten. Ein kahles Felsland, ein paar Bäume und noch da und dort Schnee und kalt. Wir befanden uns nah am Nördlichen Polarkreis.

Hier wurden wir in einem Hafen auf ein Transportschiff verladen. Draußen lag das weißgraue Meer mit einer langen Dünung, und landwärts sahen wir auf die Öde zurück. Wir ahnten nicht, welche noch teuflischere Öde uns erwartete. Und wir ahnten nicht, was uns bevorstand. Wir lehnten an der Reling und sahen zu, wie die Geschütze und unser schwerer Kram an Bord gehievt wurden. Als letztes stand noch ein Motorrad am Kai, und dieses wurde nun hochgezogen und schwankte sehr bedenklich, und als letzter Mann am Kai stand der Zugführer des dritten Zuges, ein Feldwebel aus Württemberg. Der sah dem riskanten Schauspiel in gefährlicher Lage ergrimmt zu, denn er stand direkt unter dem

Motorrad, das sich jetzt aus einer der Ösen zu lösen und schon mit dem Vorderrad zu kippen begann. Der Feldwebel rührte sich nicht von der Stelle, sondern brüllte mit überschlagender Stimme wütend hinauf: „Willscht du obe bleibe oder net?" Und als es weiter schlotterte, schrie er: „Hurekrad, du bleibscht drobe!" Und als ob dem Motorrad diese Kränkung in die Knochen gefahren wäre, rührte es sich nicht mehr und kam ordentlich an Bord. Es war das beste Beispiel technischer Dressur, das wir jemals sahen.

Vier Tage fuhren wir durch das nördliche Meer, an unzähligen Fjorden vorbei. Beim Passieren des Nördlichen Polarkreises gab es den üblichen Jux der Polartaufe. Es schlug aber nur bei den Jüngsten unter uns ein, die sich keine Gedanken machten. Wir anderen machten es uns schwerer, wir machten uns Gedanken. Was hatte man mit uns vor?

Bei scheußlichem Wetter wurden wir in einem kleinen Hafen ausgeladen. Wir sahen nur Schnee und Fels und hörten nur das heisere Möwengeschrei. Ein trostloses Land. Was hatte man mit uns vor? Die Bevölkerung erschien uns wie eine Bevölkerung aus Geistern, wortlos starrte sie uns an, und wenn wir mit ihr zu sprechen versuchten, blickten wir in leere Mundhöhlen bei den Alten und in übergroße, blitzendweiße künstliche Gebisse bei den Mädchen.

Uns war ziemlich unruhig zumute. Diese riesenweite Einsamkeit und Stille. Diese Zwecklosigkeit unseres Hierseins, wie wir dachten. Diese gewaltige Entfernung von der Heimat. Und dazu nun die Polarnächte, in denen es niemals dunkel zu werden schien.

„Da könnt ihr sehen", sagte Heinz-Otto, „was es wert ist, wenn ihr das elektrische Licht ausknipsen könnt. Und wie gemütlich es wird, wenn es dunkel ist."

In einer der letzten hellen Mainächte traten wir in unseren Fahrzeugen auf einer soeben erst aufgetauten Straße, die im Winter unpassierbar war, den motorisierten Marsch an, und man sagte uns, wir kämen an die finnisch-norwegische Grenze an die Eismeerstraße. Nun und? Was sollten wir da? Die Fahrt stimmte uns nicht heiterer. Zuerst ging es zwischen unzähligen kahlen Felskuppen entlang, dann kamen die ersten kümmerlichen Birken, und schließlich fuhren wir schweigend und gedrückt in den dichten lappländischen Urwald ein. Nunmehr war die Straße längst nur noch eine Art breiter Waldweg.

Es war klar, daß es nach Finnland gehen sollte. Und allmählich wurden wir etwas vergnügter, denn das Gerücht ging um, daß wir durch Finnland durchmarschieren würden, daß Rußland uns freien Durchzug gewährt hatte, und daß wir nach Persien und Indien bestimmt waren. Nun, das ließ sich hören.

Aber die gute Laune versank bald. Es war zu trostlos hier oben in diesen endlosen Wäldern. Und als wir schließlich an der finnischen Grenze hielten und uns ein Waldlager errichteten, waren wir in ödester Stimmung. Dazu kam, daß der Kompaniechef, Leutnant Patz, uns wieder mit Gewehrgriffen zu drillen begann. Auch begann er wieder seinen Lieblingssport: Gewehrpumpen, zahllose Kniebeugen mit gestrecktem Gewehr. Welcher Blödsinn. Unser Zugführer, Leutnant Schleiermacher, dieses junge, kerzengerade Bürschchen, machte das nicht mit. Er zog mit uns abseits in den Wald, wo wir nicht gesehen und gehört werden konnten. Hier zeigte er uns ein Buch. „Der Verfasser heißt Haller", sagte er, „und ich lese euch mal ein bißchen deutsche Geschichte vor. Wer sich langweilt, kann dabei pennen." Keiner von uns langweilte sich. Denn Leutnant Schleiermacher las nicht nur vor, sondern erklärte uns auch manche Sache. Und uns fiel es auf, daß er immer wieder und wieder betonte: „Da seht ihr die Tragik der deutschen Geschichte." In diesem dichten, unübersehbaren, fremden, kalten, lappländischen Wald erzählte uns der junge Mann von der ewigen, unausrottbaren Tragödie unserer vaterländischen Vergangenheit. Leutnant Schleiermacher war überzeugter Nationalsozialist, das muß man wissen. Er glaubte daran. Aber es sollte eine Zeit kommen, und wir sollten es, wir von seinem Zug und ich als sein Melder insbesondere, wir sollten es erleben, wie dieser Glaube in Trümmer zerfiel. Aber noch war es nicht soweit.

Wir hatten uns hübsche Waldhütten aus Holz und Moos errichtet, und vor jedem Häuschen war ein Vorgärtchen angepflanzt. Und jedes Häuschen hatte ein Türschild. Leutnant Schleiermacher hatte als Text bestimmt: „Zur letzten Minute." Diese Inschrift bezog sich auf die sonderbare, kurze Ansprache, die uns der Regimentskommandeur vor der Abfahrt aus Nordnorwegen gehalten hatte. Und jeder von uns erinnerte sich später, als wir in der Hölle der finnischen Wälder niegeahnte Kämpfe erlebten, an jene Rede. Oberstleutnant Leinewebers Ansprache lautete:

„Wir stehen fünf Minuten vor zwölf. Mehr brauche ich euch nicht zu sagen!"

Leutnant Schleiermacher war an jenem Tag, als er seinen Zug tief in den Wald hineinführte, ihm aus dem Haller vorlas und von der Tragödie der deutschen Geschichte erzählte, überhaupt seltsam aufgewühlt. Irgend etwas schien ihn tief zu bedrücken, und sein Kindergesicht sah sorgenvoll aus.

Als ich, nachdem wir aus dem Wald zurückgekommen waren, mit ihm noch in seiner Hütte saß, griff er nach der Kognakflasche und schenkte auch mir ein. Wortlos starrte er vor sich hin. Nun, dachte ich, frag ihn, was er hat. „Ihnen ist nicht gut heute, Herr Leutnant?" fragte ich.

Er sah mich abwesend an.

„Mir ist ganz gut soweit", sagte er dann, „aber ich habe Flöhe im Gehirn."

Dann richtete er sich plötzlich auf, sah mich mit großen Augen an und sagte: „Hören Sie mal. Sie sind doch nicht auf den Kopf gefallen. Ich rede mit Ihnen jetzt außerdienstlich. Schließlich sind wir zwei aufeinander angewiesen, wenn es Ernst wird. Und es wird bitter Ernst, Mann. Sagen Sie mal, ist euch noch nicht aufgefallen, daß es ein hanebüchener Blödsinn ist, eine vollmotorisierte Division hier in diese Wälder zu schicken, in denen sie sich nicht rühren kann?"

„Doch, Herr Leutnant", sagte ich, „darüber haben wir auch schon gesprochen."

„Sprecht nicht laut davon", sagte Leutnant Schleiermacher, „sprecht überhaupt über nichts. Aber denkt, das kann euch niemand verbieten. Und dann noch eins: Ist euch nicht aufgefallen, daß das Regiment überhaupt nicht einsatzbereit ist?"

Das war ein kitzliger Punkt. Und so gern ich Leutnant Schleiermacher mochte, ich wurde vorsichtig.

„Darüber haben wir Landser wohl kein Urteil", sagte ich.

„Ich dachte nicht, daß auch Sie ein Schleimscheißer sind", antwortete mir der Offizier gereizt. „Mann Gottes, ich rede hier offen mit Ihnen. Unter vier Augen und als Mann zu Mann. Machen Sie keinen Quatsch. Ich will Ihnen sagen, warum ich das Regiment nicht für einsatzbereit halte..."

„Herr Leutnant", unterbrach ich ihn, „darf ich zuerst etwas sagen."

Er blickte mich ruhig an und nickte.

„Sie dürfen mich nicht für einen Schleimscheißer halten, Herr Leutnant", sagte ich. „Wir kennen Sie. Sie dürfen sich auf Ihren Zug verlassen. In jeder Hinsicht. Und Sie dürfen sich auch auf mich verlassen, Herr Leutnant. Nur werden Sie verstehen, daß wir als Landser gar keinen solchen Überblick haben, wie Sie als Offizier. Deshalb sagte ich, wir hätten wohl kein Urteil darüber."

„Schon gut. Ich verstehe. Wir werden es natürlich hinkriegen. Aber wir haben niemals Waldkämpfe geübt. Und wir werden demnächst nur in Wäldern kämpfen."

Ich starrte ihn an.

„Verzeihen Sie, Herr Leutnant", sagte ich atemlos, „gegen wen? Gegen die Finnen?"

Leutnant Schleiermacher stand auf und rückte sich sein Koppel zurecht, dann hakte er es aus und warf es in eine Ecke. „Gegen die Finnen?" wiederholte er grimmig, „nein, mein Lieber. Gegen die Russen."

Es war mir zumute, als habe er mich mit einem Holzhammer auf den Schädel geschlagen. Gegen die Russen! Das Herz begann mir schwer zu klopfen. Davon hatte keiner von uns auch nur den geringsten Schimmer gehabt. Ein Alpdruck senkte sich über mich herunter.

Leutnant Schleiermacher sah mich spöttisch an.

„Geht Ihnen jetzt eine Bogenlampe auf?"

Ich starrte wortlos vor mich hin.

„Wissen Sie jetzt, warum ich vorhin im Wald von der Tragik der deutschen Geschichte gesprochen habe, wissen Sie es jetzt?"

Er ging in der kleinen Hütte hin und her.

„Wir sind im Waldkampf untrainiert", sagte er halblaut, als ob er zu sich selbst spräche. „Die Granatwerfer sind neu, und es ist noch nicht mit ihnen geübt worden. Mit den Geschützen haben wir nur Zielschießen gemacht bisher. Und was das andere betrifft, so knallen wir morgen ein bißchen mit Platzmunition. Unsere Infanteriekompanien haben praktisch noch nie Gefechtsschießen in scharfem Schuß durchgeführt. Und nie eine Gefechtsübung im Bataillons- und Regimentsverband. Und unsere Ausrüstung und Bekleidung... du lieber Himmel!"

Er blieb stehen und sah über mich hinweg zu einer Fotografie an der Wand. Das Bild seiner Mutter.

„Halten Sie die Schnauze", sagte er dann, „Kopf und Kragen sind billig geworden."

Als ich wegging, ging ich wie im Traum. Krieg gegen Rußland! Jetzt wurde es Ernst. Ich hatte ein dummes Gefühl. Die Russen waren zwar nicht auf der Höhe gewesen, als sie mit Finnland Krieg führten, aber immerhin. Ich dachte an die Lesebuchgeschichten von Napoleon. An den Brand von Moskau. An die ungeheure Leere des Landes.

Dann spuckte ich wütend aus. Nicht daran denken, nicht daran denken.

Ich sagte zu meinen Kameraden nichts. Aber schon am gleichen Abend wußten sie es. Der Krumbhaar brachte es von der Kompanie. Und es gab nur einen Satz bei jedem: „Jetzt wird's Ernst."

Eines Morgens brachen wir auf. Es ging südwärts nach Finnland hinein, die Eismeerstraße hinunter, die ebenfalls nichts weiter war als ein breiter Waldweg. Wir kamen an den ersten rotbraunen finnischen Holzhäusern vorbei und sahen die ersten finnischen Soldaten.

Stämmige, junge Gestalten, breite Gesichter, kühle Augen, mausgraue Uniformen, Schnabelschuhe, das berühmte Finnenmesser am Koppel hängend, gelassene junge Waldläufer. Zuerst verloren sie ihre kühle Gelassenheit etwas, als sie uns mit überströmender Herzlichkeit begrüßten. Sie waren geradezu entzückt. Schon einmal hatte ihnen Deutschland aus dem Schlamassel geholfen, und nun waren wir wieder da, um ihnen auch aus diesem neuen Schlamassel zu helfen.

Jedoch stutzten wir schon in den ersten Tagen. Denn diese jungen, glattgesichtigen Teufel, die oft ihre Waffen und ihre Pelze und ihre Schuhe erst von den Russen besorgt hatten, denen sie im wilden Nahkampf, wie man uns sagte, ohne Kampfgeschrei und Hurra, sondern schweigend und verbissen stets die Hälse mit ihrem rasiermesserscharfen Finnendolch durchschnitten (was wir später selber sahen), diese jungen Teufel machten zunächst einmal Geschäfte mit uns. Sie waren wild auf Schnaps, und Schnaps hatten wir bei unseren Marketenderwaren genügend. Für Schnaps verkauften sie uns alles, was sie hatten und was wir wollten: ihre Schuhe, ihre Pelze, ihre Waffen. Sie sagten unverfroren, sie würden sich neue Sachen und Waffen wieder von den Russen holen. Nun, es gab tatsächlich einen wilden Handel.

Leutnant Schleiermacher lachte. Er nahm solche Sachen nicht tragisch. Aber er sagte: „Seid nicht dämlich. Die Sachen werden euch todsicher wieder abgenommen."

Und genauso kam es.

Wir fuhren unentwegt nach Süden bis zur finnischen Ostgrenze. Das war nun eine ganz und gar trostlose Landschaft. Eine ganz üble Geographie. Wenig Häuser, viele davon ausgebrannt. Hier war der Iwan schon 39/40 gewesen. Sieben Kilometer von der russischen Grenze entfernt bezogen wir im Wald unser Biwak. Vor uns, dicht an der Grenze, lag ein finnisches Bataillon. Leutnant Schleiermacher nahm eines Morgens seinen Zugtrupp und seine Geschützführer mit und besuchte die Finnen in ihrer Stellung. Sie lagen etwa dreihundert Meter vom Feind entfernt. Nach vorne war der Wald völlig abgeholzt. Wir sahen drüben die russischen Stellungen. Die Iwans schienen ziemlich kaltschnäuzig zu sein, denn wir sahen ganze Gruppen von ihnen unbekümmert Holz hacken. Rund um uns erblickten wir die Spuren des mörderischen Krieges 1939 bis 1940: Totenschädel, Knochen, verrostete Waffen, Stahlhelme, manchmal trat man unversehens und krachend in einen ganzen Hügel menschlicher Gerippe unter Schnee und Zweigen.

Die Finnen empfingen uns mit brüderlicher Heftigkeit. Und so zurückhaltend sie sonst waren, diesmal umarmten sie uns, daß die Knochen knirschten. Der Leutnant und ich tranken Kognak mit einem Kornett, der den Krieg 39/40 mitgemacht hatte, und zwar an derselben Stelle, an der wir jetzt waren. Er berichtete gespenstige Geschichten, daß sich uns die Haare sträubten und es uns kalt den Rücken hinunterlief. Wir sollten später erleben, daß Wort für Wort wahr war. Die Waldkämpfe spielten sich mit barbarischer Grausamkeit ab. Die Finnen haßten die Russen wie die Pest. Finnland hatte Rußland schon in der Zarenzeit gehaßt wie die Pest. Die Finnen waren schweigende Raubtiere in diesen Kämpfen. Sie bewegten sich im Dschungel ihrer Wälder wie Tiger, lautlos und gewandt, und wie Tiger fielen sie über ihre Feinde her. Oft ließen sie sich auch wie Schlangen von den untersten Ästen der Bäume in ihren Schneehemden in russische Spähtrupps fallen und wüteten mit ihren Messern und tauchten gespenstig, wie sie gekommen waren, wieder im Wald unter. Für die russischen Panzer, ihre gefährlichsten Feinde, hatten sie den Molotow-Cocktail erfunden. Die Sache hörte sich höchst einfach an. Sie warfen eine Flasche Benzin gegen den Panzer und eine Handgranate hinterher. Und es gelang ihnen beinahe jedesmal: Das brennende Benzin lief in den Panzer hinein, und die drinnen waren rettungslos verloren, innerhalb kürzester Zeit schoß eine Lohe hoch, den Panzer zerriß es in Stücke durch die eigene Munition, oder er brannte hoffnungslos aus.

Die Russen, sagte der Kornett mit ausdruckslosem Gesicht, zeigten sich von der gleichen Grausamkeit. Auch gegen ihre eigenen Leute. Sie warfen die Schwerverletzten einfach in die Seen.

Etwas betreten kamen wir zu unserer Truppe zurück.

Unsere blutjungen Kriegsfreiwilligen waren hell begeistert, als wir ihnen berichteten. Nun gut, es wäre dämlich gewesen, ihnen alles zu erzählen. Ich erinnerte mich an meine recht zwiespältigen Gefühle zu Beginn des Polenfeldzuges.

Diesmal waren meine Gefühle nicht zwiespältig, verdammt noch mal. Und ich versuchte mich zu trösten. Der erste Zug war in Ordnung. Wir waren als Panzerjäger durch die Zähigkeit und Geduld Leutnant Schleiermachers gut ausgebildet.

Wir liegen auf Feldwache in unseren Schützenlöchern. Immer noch nicht ist der Angriffsbefehl gekommen. Ich unterhalte mich die ganze Nacht mit Leutnant Schleiermacher. Er hat Vertrauen zu mir und ich zu ihm. Wir hatten wieder unter vier Augen eine ganz aufrührerische Unterhaltung. Aber wir waren erleichtert und schliefen in unseren Drecklöchern ganz gut. Ganz gut heißt hier, manchmal eine ganze Viertelstunde, dann weckte einen die Saukälte und diese ewig helle Nacht wieder auf.

Drei Tage lagen wir so. Kein Angriffsbefehl. Nachts kroch ich mit Leutnant Schleiermacher vor den russischen Stellungen herum. Völlig ergebnislos. Purer Leichtsinn.

Die Hitze am Tag macht uns ganz irre. Nachts klappern uns die Zähne. Dazu kommt eine neue Errungenschaft, die Armeen von bösartigen Stechfliegen, die über uns herfallen. Gesicht und Hände sind zerstochen. Wir sehen aus, als hätten wir Scharlach. Am Koppel haben wir allerdings ein flaches, schwarzes Bakelitfläschchen mit einem übelriechenden und schmierigen Schutzmittel, und wir haben Moskitonetze für die Gesichter. Nützt verdammt wenig. Mit diesen Netzen vor der Fresse und in unseren braun- und grüngefleckten Tarnjacken sehen wir wie Buschgespenster aus. Wenn wir uns nachts begegnen, ist es geradezu unheimlich.

Sonst ist unsere Ausrüstung glatter Mist. Ständig klappert wie eine kleine Nervensäge die Gasmaskenbüchse an uns herum. Dazu der unbequeme Spaten, Feldflasche und Kochgeschirr rechts auf dem Brotbeutel hängend, die blödsinnigen Patronentaschen vorne, das völlig idiotische und unnötige Seitengewehr... damit kriechen wir durch diesen Urwald, vorne und hinten und oben und unten behindert. Diese mehrpfündigen Lasten scheuern uns an den Hüften und machen uns schwerfällig. In diesen Wäldern und nach dem, was wir über den Kampfstil in diesem Dschungel hörten, müßte man leicht, beweglich, schnell und lautlos wie ein Raubtier sein. Wir aber klappern durch diese Wälder wie die Packesel. Wozu dieser blödsinnige, hochgeschlossene Kragen mit den drückenden Haken, die den Kehlkopf quetschen und unter denen einem die Luft ausgeht. Wozu um Himmels willen darunter noch die Halsbinde, von der bei dieser Hitze die Haut aufgescheuert wird. Und wozu vor allem, verdammt und zugenäht, diese historischen, ganz und gar blödsinnigen Knobelbecher, diese 70/71-Mode der Infanterie, die schon 1914 bis 1918 hätte abgeschafft werden müssen. Das Sumpfwasser läuft ständig von oben hinein.

„Adolf ist ein großer Stratege", sagte heute Meier III wütend und kippte das grüne, übelduftende Schlammwasser aus seinen Stiefeln. „Aber was die Stiefel seiner Soldaten betrifft, ist er ein ahnungsloser Knülch." Wir fuhren auf und sahen um uns, glücklicherweise war niemand Fremder in der Nähe, und so konnte Heinz-Otto noch hinzufügen: „Er trägt ja selber Wellensittiche an seinen Beinen, Mensch."

Und, dachte ich ergrimmt weiter, nicht einmal praktische Handgranaten haben sie uns mitgegeben, keine handlichen Eierhandgranaten, sondern diese verruchten Stielhandgranaten, die in diesen Wäldern für den Werfer selber lebensgefährlich sind. Wir haben fast keine Maschinenpistolen, die doch, Himmel noch eins, das sehen sogar wir Landser, im Waldkampf unerhört wichtig sind. Und die wenigen, die wir haben, der Leutnant hat eine und flucht das Blaue vom Himmel herunter, die wenigen haben ein Stangenmagazin, das steht seitwärts ab und hindert entsetzlich. Wir sahen bei den Finnen bessere. Allerdings, zugegeben, es waren keine finnischen Maschinenpistolen, sondern sie hatten diese den Russen abgenommen. Um so schlimmer! Wir können uns also auf etwas gefaßt machen.

Überhaupt sind die Finnen, ich möchte sagen, sportgerechter ausgerüstet. Und jeder von ihnen macht den selbstsicheren Eindruck eines ganz auf sich selber gestellten Einzelkämpfers. Sie tragen bequeme, kleine Rucksäcke. Sie haben sehr praktische Schnabelschuhe und oft sogar richtige Sumpfgaloschen.

Der Angriffsbefehl ist da!

Der Zug Schleiermacher mit seinen drei Pak-Geschützen muß zum III. Bataillon. Zur Unterstützung. Wir zerrten also unter Strömen von Schweiß unsere 3,7-cm-Geschütze bergauf und bergab und durch den Sumpf nach vorne. Eine unvorstellbare Schinderei. In solcher Geographie sind diese Geschütze Blödsinn. Überhaupt ist es ein Irrsinn, in diesem undurchdringlichen Wald, in dem es nur einen breiten Waldweg als einzige Vormarschstraße gibt, eine motorisierte Division einzusetzen. Alle Kraftfahrzeuge bleiben natürlich hinten beim Troß, sind nutzlos hier untergezogen, nicht Hunderte, sondern Tausende.

Gegen zwei Uhr nachts lagen wir endlich hundemüde, ausgelaugt und wütend dort, wo man uns hinbefohlen hatte, auf einer dichtbewaldeten Berghöhe. Ich sah die Infanteristen wie leblos auf dem Waldboden pennen. Mit Leutnant Schleiermacher ging ich zum Bataillon vor.

Und unterwegs begann die Schlacht.

Der Iwan feuerte plötzlich mit seiner Artillerie. Die ersten Einschläge hieben in den Waldboden, und wir sahen wie in einem Hexenkessel überall die aus dem Schlaf gerissenen Infanteristen hochschnellen und durcheinanderrennen.

„Immer mit der Ruhe", sagte Leutnant Schleiermacher zu mir. „Wir sind feine Leute, und wir laufen nicht. Aber wenn du etwas flattern hörst, Genosse, dann wirf dich auf die Nase." Und kaum gesagt, hörten wir es flattern. Es war ein rasend schnelles, bösartiges, giftiges Flattern, das hoch vom Himmel kam, und wir warfen uns hin. Ein Donnerschlag, der mir ins Genick hieb, es wisperte, fauchte und trillerte von Splittern rings um uns.

„Mit der Ruhe", sagte der Leutnant. „Was hab' ich gesagt? Flattern hören und wie ein gesengter Blitz 'runter."

Dieser Einschlag war für uns die Ouvertüre zu einer mörderischen Angelegenheit.

Leutnant Schleiermacher überblickte, halb aufgerichtet, seine Männer, dann durchforschte er mit zusammengekniffenen Augen das Gelände. Diese hingekleckerten, trostlosen Hügelkuppen, mit Wald bedeckt, dazwischen das Sumpfland, das uns alles Mark aus den Knochen sog, wenn wir es durchwateten. Es sah alles ziemlich bösartig aus. Und auch das junge Gesicht des Leutnants sah in diesen Augenblicken bösartig aus. Ich wußte warum: Hier waren wir mit unseren Geschützen aufgeschmissen.

Jetzt tauchte der Krumbhaar, nach Luft schnappend, aus dem Wald auf, schweißüberströmt und keuchend brachte er in abgehackten Sätzen den Befehl, der Leutnant solle sofort zum Bataillonskommandeur kommen. „Ach, du liebe Zeit", sagte der Leutnant nur, und wir zottelten, der keuchende Krumbhaar vorneweg, hundert Meter nach rechts. Unterhaltung gab es nicht, die Donnerschläge hieben uns unaufhörlich jedes Wort, das einer reden wollte, aus der Schnauze. Beim Bataillon stand ein Haufen Offiziere, Major Graf Zell eröffnete das Trauerspiel.

Ich stand abseits, hörte jedes Wort und dachte mir meinen

Teil. Der Major war ein über fünfzigjähriger netter Herr und im Zivilberuf Kunsthistoriker. Wir mochten ihn alle gern. Aber wir wußten auch, daß er der ganzen Sache einfach nicht gewachsen war. Schon der endlose, furchtbare Anmarschweg hatte ihn körperlich erledigt. Und außerdem wußte jeder Landser, daß er in der praktischen Führung nichts los hatte. Der alte, nette Herr wurde nicht damit fertig.

Es stieg mir tatsächlich heiß vor Verlegenheit für ihn ins Gesicht, als ich jetzt zusah, wie er den Befehl zur Bereitstellung zum Angriff gab. Ein Trauerspiel. Um diesen Befehl überhaupt formulieren zu können, hatte er die Ausbildungsvorschrift 130/9 zur Führung eines Infanteriebataillons in der Hand und las das Schema ab. Die Offiziere bissen sich teils auf die Lippen vor Gene oder sahen starr über ihn hinweg. Der Mann tat uns allen in der Seele leid. Ich sah sein ergrautes Haupt sich über die Vorschrift beugen, die er mit zitternden Händen hielt... o großer Gott, welche Verbrecher, dachte ich, welche Verbrecher haben diesen unschuldigen Greis dazu verdammt, sich hier oben in Lappland solche Blößen zu geben. Als Krumbhaars Blicke und meine sich trafen, sahen wir sofort aneinander vorbei. Wir konnten das einfach nicht ertragen. Wenn der alte Mann ein Biest gewesen wäre, hätten wir Kübel voll Hohn über ihn ausgegossen, aber das war er nicht, er war ein immer liebenswürdiger Kavalier, auch zu uns Landsern.

Als er seinen Befehl gegeben hatte, sah er sorgenvoll auf seine Offiziere. Hinter der goldenen Brille blickten seine stillen, ratlosen Augen. Etwas gebeugt sah er von einem zum andern. Ein redlicher Mann.

O Gott, aber damit war es jetzt nicht zu machen. Links und rechts schlug es in den Waldboden, und Fontänen von Erde und Schlamm umspritzten uns. Und unwillkürlich ruhten jetzt aller Augen auf dem Bataillonsadjutanten, Leutnant Schrag. Er stand einen halben Meter hinter seinem hilflosen Kommandeur wie zu Stein erstarrt. Sicher war es nicht das erstemal, daß er eine solche Szene erlebte. Er war ein Hüne von Gestalt, über 1,90 groß, dunkelhaarig und dunkeläugig, und er besaß, wie einst Leutnant Meßner, eine dünne, hohe Fistelstimme, die uns oft saukomisch anmutete. Jetzt aber ruhten aller Augen auf ihm. Es war ganz klar, daß der Kommandeur die Sache hier unter solchen Umständen nicht mehr in der Hand hatte und der Adju eingreifen mußte, um wenigstens den größten Schlamassel zu verhüten.

Aber Leutnant Schrag hob nicht eine Sekunde seine Augen.

Sein Mund war dünn zusammengepreßt. Und bei jedem Einschlag, der in die Nähe kam, ging ein sichtbares Zittern durch seinen ganzen langen Körper. Er war fertig. Wahrscheinlich hatte er schon während des schweren Anmarsches unter der Hand das Bataillon geführt, war überarbeitet und mit den Nerven herunter.

Ein Trauerspiel war diese Befehlsausgabe.

Leutnant Schleiermacher sah mich, als nichts mehr erfolgte und die ratlosen Blicke aller Offiziere zwischen dem verzweifelt dreinsehenden Kommandeur und dem verstörten Adjutanten hin- und herwanderten, mit einem langen Blick an. Er nickte mir zu, und sein Kindergesicht war glatt wie eine Maske. Wir schoben ab.

„Wer nie sein Brot mit Tränen aß", sagte der Leutnant.

Ich schwieg.

„Wer nie auf seinem Bette weinend saß", zitierte er.

Ich sagte nichts.

„Somit wissen wir Bescheid", schloß er.

Wir waren uns klar darüber, daß wir in eine Sauerei größten Stils hineinschlitterten.

Einen Tag später. Wir sind hineingeschlittert. Im allergrößten Stil und schauerlich. Unter strengster Diskretion sozusagen, denn die Sache wurde vertuscht. Und sie brauchte aber wahrlich nicht uns Landsern wegen vertuscht zu werden. Wir haben unsere Sache gemacht. Andere nicht. Ich will das erzählen.

Um zwölf Uhr mittags begann das Vorbereitungsfeuer unserer Artillerie. Hernach kamen unsere Stukas und stürzten sich auf die leblos aussehenden Kuppen und Hügel zweihundert Meter vor uns. Der Iwan gab unverzüglich Antwort, und über uns rauschte, flatterte und pfiff und jaulte es in allen Tonarten. Darunter erhoben sich unsere Infanteriekompanien zum Angriff. Wir sollten mit unseren drei Pakgeschützen der neunten Kompanie folgen. Das war ein dürrer Wahnsinn. Unser Leutnant versuchte vor dem Angriff noch einmal, nach oben hin klarzumachen, daß es ein dürrer Wahnsinn sei. Es war ein Ding der Unmöglichkeit, unsere Geschütze quer durch diesen Urwald, über die von Baumstümpfen bedeckten Kuppen und Hügel hinwegzubringen. Und wenn das gegen Gottes Willen gelänge, rutschten sie hinter den Kuppen und Hügeln in die Sümpfe. Und der Leutnant bekam tatsächlich den Bataillonskommandeur herum. Der meldete es dem Regiment. Und das Regiment fragte bei unserem Kompaniechef, Leutnant Patz an, und der sagte, es ginge. Wenn ein Vorgesetzter Leutnant Patz gefragt hätte, ob er seine Nase in den eigenen Hintern stecken könne, hätte der Leutnant unverzüglich gesagt, es ginge.

Also mußten wir. Immerhin war das Bataillon so einsichtig und schickte uns kurz vor dem Angriffsbeginn noch vierundzwanzig Infanteristen zum Ziehen. Also los. Pioniere hatten über einen Sumpfbach vor uns einen Steg gebaut. Dieser Steg war die Grenze zwischen Finnland und Rußland.

Über diesen Steg ging es noch ungefähr glatt. Die Infanterie vor uns war längst im Urwald verschwunden. Wir aber klebten nun an und auf den Kuppen und zwischen den Bäumen rund an den Sumpfrändern wie an Fliegenfängern mit unseren Geschützen. Wir kamen einfach nicht nach, trotz der vierundzwanzig Landser von der Infanterie, die sich mit uns die Seele aus dem Leibe zogen.

Wir hatten es gewußt.

Glücklicherweise hörten wir noch kein Gewehrfeuer.

Und dann kam es, wie es kommen mußte. Wir saßen mit allen drei Geschützen im Sumpf fest. Und der Iwan sah uns. Haushoch spritzten die Dreckfontänen um uns, die russische Artillerie hatte uns gefaßt. Und gleichzeitig erwies es sich als ein Glück, daß er uns im Sumpf gefaßt hatte, denn die Granaten verpufften im Moor. Verzweifelt zerrten wir an den Zugseilen, wir schlugen Tannenäste ab, sammelten Holzknüppel und legten sie unter die Räder. Bis zu den Waden standen wir immer im Wasser und oft bis an die Knie, und der Schweiß lief uns in Strömen herunter.

Der Leutnant, der schon stockheiser war, winkte mich abseits: „Hör mal zu, Mensch, auf die Höhe K. kommen wir so nicht. Zurück können wir auch nicht. Wir gehen dort halblinks auf festen Boden, verstanden? Los, hau ab zu den Geschützführern."

Wir arbeiteten wie die Teufel, kamen aus dem Sumpf heraus und warfen uns neben den verschlammten Geschützen zu Tode ermattet hin. Nun hörten wir auch von der Höhe K. herüber Gewehrfeuer und wildes Hurragebrüll. Die Infanterie war auf Höhe K.!

Sauber, sauber. Und nun hörten wir auch von der Straße nach S. her den Gefechtslärm. Dort waren das I. und II. Bataillon im frontalen Angriff auf russische Feldbefestigungen. Sauber, sauber!

In Leutnant Schleiermacher fuhr der Teufel. Kaum hatte er wieder Luft, nahm er mich mit, und wir glitten durch den

Urwald nach der Straße hin. Wir kamen auf einen Knüppelweg. Und dann auf eine abgeholzte Schneise. Und jenseits sahen wir russische Holzbunker.

Sauber, sauber!

Wir brauchten nur mit unseren Geschützen hier auf dem festen Waldboden zur Straße vorzudringen.

Ich hastete zurück und holte alles. Wir waren wie im Fieber. Keiner von uns sprach ein Wort. Bevor wir zuerst einmal den Knüppelweg erreichten, faßte uns wieder die russische Artillerie, und zwar mitten in einer Sumpfstelle. Wir arbeiteten und schufteten wie die Verdammten. Vor uns, hinter uns, links und rechts schlappten die Granaten jaulend in den Dreck. Und keinem von uns wurde ein Haar gekrümmt. Aber es flimmerte uns vor den Augen, und wir waren naß bis auf die Knochen, und unsere Lungen rasselten vor Überanstrengung. Einer der älteren Infanteristen begann auf einmal laut aufzuweinen. Heinz-Otto brüllte: „Heul dich aus, aber zieh!" Und der weinende Mann zerrte unter strömenden Tränen wacker an seinem Seil weiter.

Und dann hatten wir es mit den drei Geschützen geschafft, wir waren auf festem Boden. Und alle miteinander, auch ich, brachen an Ort und Stelle zusammen. Leutnant Schleiermacher rannte vor uns auf und ab, aber er wußte, daß jetzt jedes Befehlswort zuviel war. Mehr als einmal öffnete er den Mund, denn jede Minute war kostbar, und immer wieder kniff er die Lippen zusammen. Alle husteten. Alle keuchten. Und jetzt weinten gleich vier Mann.

Das mochte so eine Viertelstunde gedauert haben, dann sagte Leutnant Schleiermacher ganz ruhig: „Los, Kinder! Wir müssen zur Schneise!"

Und wie Automaten gingen wir wieder wortlos an die Seile. Auf dem Knüppelweg ging es jetzt besser. Aber nun kamen andere Sachen, mit denen wir fertig werden mußten. Völlig verstörte Infanteristen kamen uns entgegen. Essenholer dabei. Sie hatten sich verlaufen. Zwei schleppten, ganz von Gott verlassen, einen Toten an den Beinen hinter sich her. Er hatte beinahe keinen Kopf mehr. Ein anderer zeigte aufgeregt seinen Unterarmschuß. Andere redeten auf den Leutnant ein und fuchtelten mit Armen und Händen.

„Legt den Toten hin und benehmt euch", sagte der Leutnant. „Benehmt euch nicht wie Pimpfe. Deckt den Toten zu, verdammt noch mal. Wir haben hier zu tun."

Und die paar armseligen Worte, von einem Kind von Leutnant ruhig gesprochen, wirkten Wunder. Der Tote wurde zugedeckt mit einer Zeltbahn. Der Verwundete hielt den Mund. Die anderen legten sich hin.

Trotzdem lag so etwas wie Todesangst über dem Ganzen. Jeder war blaß. Leutnant Schleiermacher gab stockheiser Befehle. Wir schoben die Geschütze etwas weiter vor. Wir hatten gutes Schußfeld.

Nun standen wir auf dem Exerzierplatz.

Ich sah Kurtchen Zech am ersten Geschütz kaltblütig sein Auge an das Zielfernrohr legen, ich sah den Josef am zweiten Geschütz dasselbe tun.

Leutnant Schleiermacher beugte sich vor und sagte leise: „Feuer ... frei!"

Aus beiden Geschützen schoß die Flamme.

Wir sahen die Einschläge im Holzbunker. Nach kaum fünf Sekunden ging er in die Luft, die Munition war explodiert. Ich warf einen raschen Blick seitwärts, wo Meier III hinter dem MG klebte. Und jetzt rannte eine Gestalt aus dem Bunker heraus. Es war ihr nicht gegeben, zu entkommen. Ein Feuerstoß von Meier III hob sie geradezu in die Luft, und sie sackte zusammen.

Dann hatte es den Armverletzten wieder. Er tanzte wie ein Indianer um die Geschütze herum und brüllte: „Der Bunker brennt! ... Der Bunker tut brennen!"

Als ob ein frischer Wind alle Angst weggeweht hätte, sahen alle Männer, wie von einem Zauberschlag berührt, anders aus: ruhiger, belebter, beweglicher. Und Leutnant Schleiermacher benahm sich wie ein uralter Krieger. Er ließ die Geschütze sofort etwas tiefer in den Wald zurückziehen, und kaum war das getan, als schon die Feuerschläge schwerer russischer Artillerie dort Erde, Moos und Bäume hochhoben, wo wir soeben noch gelegen hatten.

„Und jetzt auf die Straße nach S!" rief der Leutnant, als das Feuer nachließ.

Und schon stiefelte er voraus. Und jetzt waren wir auf Draht. Wir waren in Schuß. Dort vorne auf der Straße nach S. waren das I. und II. Bataillon im frontalen Angriff auf die russischen Stellungen.

Wahrscheinlich waren sie schon durch. Und wir brauchten nur noch unseren Senf dazuzugeben.

Als Leutnant Schleiermacher und ich am Waldrand ankamen, schrie der Leutnant auf. Es bot sich uns ein unerhörter Anblick. Vor uns lag eine weite, völlig abgeholzte Fläche. Und kaum vierhundert Meter entfernt, sahen wir die Straße nach S., und halbrechts, kaum einhundertfünfzig Meter entfernt, erkannten wir eine stark befestigte Waldhöhe. An der Straße nach S. sahen wir durch die Gläser zwei Bunker. Halblinks aber hörten wir das Gewehrfeuer vom II. Bataillon. Also war der frontale Angriff mißlungen.

Aber wir waren da! Mit drei Geschützen!

„Mensch", sagte der Leutnant und schluchzte beinahe vor Begeisterung. „Von hier aus knallen wir ihnen alle Holzbunker und Befestigungen in nullkommanichts zusammen!"

Zehn Minuten später standen unsere drei getarnten Geschütze am Waldrand. Und mit allen drei Rohren fegten wir hinein. Bunker um Bunker flog hoch. Die russischen Straßensperren rissen auseinander. Sauber, sauber!

Zehn Minuten lang. Dann zogen wir uns etwas in den Wald zurück. Der Russe hatte uns jetzt bemerkt, aber auch die deutsche Artillerie hatte uns bemerkt. Und beide deckten uns jetzt zu.

Es machte nichts. Der Leutnant schrieb in fliegender Hast eine Meldung und wollte zuerst mich damit losschicken, dann aber gab er sie einem anderen Melder, der mit ihr eilig im Walde untertauchte. Die Meldung ging an den Kompaniechef, Leutnant Patz, der sich kilometerweit entfernt in der Nähe des Regimentsgefechtsstandes aufhielt; sie enthielt eine Skizze und die Mitteilung, daß wir von hier aus, von dieser absolut beherrschenden Stellung aus fast sämtliche russischen Bunker und Befestigungen niederhalten könnten. Sie enthielt die Bitte, das dem Regiment weiterzugeben, und sie enthielt die weitere Bitte, die eigene Artillerie zu ersuchen, uns in Ruhe zu lassen.

Der Obergefreite Borchert, der mit dieser wichtigen Meldung und zwei Mann als Begleitung loszitterte, schlug mir noch auf die Schulter, daß ich zusammenknickte. „Du verdammter Knülch", sagte er, und die Freude an der Sache glitzerte in seinen hellblauen Augen.

Was nun?

Abwarten. Es wurde etwas brenzlig. Der Wald um uns begann zu brennen, denn unentwegt schossen beide Artillerien auf uns. Wir mußten tiefer in den Wald zurück. Und damit saßen wir fest. Kein Schußfeld mehr. Rings um uns ein Qualm, der uns nahezu erstickte. Unsere Augen tränten. Der Durst wurde unerträglich.

Mir ahnte, wie es kommen würde.

„Na also", sagte schließlich der Leutnant erbittert, „hier können wir nicht bleiben. Durch den Sumpf zurück geht auch nicht. Das schafft keine Sau mehr. Aber wir bleiben doch."

Einige Stunden warteten wir. Und dann tauchte Obergefreiter Borchert wieder auf. Er brachte einige Essenträger vom Troß mit, sie hatten Bohnensuppe.

Und jetzt erfuhren wir die Katastrophe.

Die Russen hatten sich nicht gerührt, als das I. und II. Bataillon zum Angriff auf der Straße nach S. ankam. Sie hatten sich großartig getarnt. Kein Schuß fiel. Sie ließen unsere Leute kaltblütig über die Drahtverhaue klettern. Und als unsere Infanteristen leichtsinnig und mit der festen Gewißheit, der Russe habe seine Stellungen geräumt, näherkamen, öffnete sich die Hölle. Geschütz-, MG- und Gewehrfeuer schlug aus nächster Nähe in die Gruppen. Fünf Minuten später hingen die Drahtverhaue voll von Toten und Sterbenden. Die meisten Offiziere, die Zugführer, fielen. Die Infanterie, diese kampfungewohnte und in Waldkämpfen niemals geschulte Infanterie, floh. Was bei dieser Flucht quer durch den Wald verwundet wurde, verbrannte im lodernden Gebüsch.

Beide Bataillone waren zerschlagen.

Mit eintöniger Stimme berichtete Obergefreiter Borchert, und wortlos hörten wir zu.

Es mochten etwa 56 Mann gewesen sein, die schweigend um den Leutnant herumstanden. Und ich muß sagen, daß dieser junge Bursche sich benahm wie ein Mann. Auch für ihn war es die erste heiße Stunde, und er hatte für drei Geschütze und 56 Mann eine Entscheidung zu fällen.

Leutnant Schleiermacher nahm seinen Stahlhelm ab, wischte ihn mit dem Taschentuch gemächlich aus und sagte: „Na also. Wir werden deswegen nicht in die Hosen scheißen. Durch die Sümpfe zurückgehen, ist großer Quatsch. Auf die Straße nach S. können wir nicht mehr. Hierbleiben ist auch Quatsch. Also machen wir den kleineren Quatsch und bleiben hier. Sie gehen gleich wieder zur Kompanie, Borchert."

Borchert ging mit einer neuen Meldung wieder los, und der Leutnant und ich machten uns auf, die bewaldete Höhe K. hinaufzuschleichen, wo das III. Bataillon sein mußte. Von Baum zu Baum geisterten wir los. Na ja, der Major hatte wenigstens einen Teil der Höhe, auf dem anderen saß noch der Iwan. Dem Adju war beim Sturm auf einen Bunker eine Stichflamme ins Gesicht geschlagen, und er sah schauerlich aus, aber er blieb eisern bei seinem Kommandeur. Der sagte kurz: „Bleiben Sie, wo Sie sind, wenn's geht, lieber Schleiermacher. Sie sichern dann wenigstens meine linke Flanke."

„Wird gemacht, Herr Graf", sagte Leutnant Schleiermacher gleichmütig, und wir geisterten wieder von Baum zu Baum zurück. Borchert war schon da mit dem genialen Bescheid des Kompanieführers: „Tun Sie, was Sie verantworten können."

Zum erstenmal ging der Leutnant hoch. „Was heißt verantworten können! Ich kann hier gar nichts verantworten! Verantworten tun es andere, und die sind leider nicht hier vorne!"

Wir blieben also. Die Nacht war ruhig. Wir bildeten einen Igel. Ich sah, sooft ich aufwachte, Kurtchen Zech an seinem Geschütz, dicht neben mir. Wir hatten das Gewehr im Arm. Der Leutnant schlief nicht. Entweder stand er an einen Baum gelehnt, oder er ging auf und ab.

Der Morgen ging gleich bitter los. Der Iwan schoß wieder mit Brandgranaten den Wald in Flammen, wir sahen kaum einen Meter weit. Die Männer wurden nervös. Vor allem die Infanteristen kamen sich verraten und verkauft in dem fremden Truppenteil vor. Wie konnte man überhaupt eine Truppe, was für eine es auch sein mochte, in diese nordischen Urwälder schicken, ohne sie im Waldkampf auszubilden. Dürrer Wahnsinn.

Dann passierte das Dümmste, was überhaupt passieren konnte in unserer ohnehin verzwickten Lage. Immer mehr Versprengte tauchten auf, ließen sich erleichtert bei uns nieder und berichteten aufgeregt und ausführlich von den Schrecknissen, die sie hatten erleben müssen. Und dann ertönte nah und fern, hinter uns und vor uns und von allen Seiten Gewehrfeuer. Und immer mehr verirrte Leute zogen wir wie ein Magnet an. Und was sie von den Russen erzählten, war allerhand.

Wir blieben an dieser Stelle den ganzen Tag. In der folgenden Nacht, so gegen halb drei, verirrte sich endlich auch einmal ein Offizier zu uns. Es war Leutnant Bacher, ein Ordonnanzoffizier vom III. Bataillon.

Er staunte uns an, und dann sagte er ziemlich trocken: „Ihr seid wohl ganz und gar mit schwerem Dachschaden behaftet! Was macht ihr denn noch hier? Das III. Bataillon geht zurück zur Grenze. Ab morgen früh sieben Uhr ist das ganze Gebiet hier Sperrfeuer für unsere Artillerie."

„Sehr schön", antwortete ihm Leutnant Schleiermacher. „Herzlichen Dank. Also hauen wir ab. Sie tun uns ja wohl den Gefallen, mit an den Geschützen zu ziehen, ja?"

Wir vom Zug Schleiermacher starrten den Leutnant an, als

ob er wirklich geisteskrank geworden sei. Wir kannten den Weg, den wir jetzt zurückzulegen hatten. Ihn bis morgen früh um sieben zu schaffen, war ausgeschlossen. Einige Infanteristen meldeten auch sofort, sie könnten ganz unmöglich wieder an den Geschützen ziehen. Herzbeschwerden, Magenkrämpfe, Nierenschmerzen. Und ein Unteroffizier sagte: „Herr Leutnant, können wir nicht die Geschütze sprengen?"
„Klar", antwortete Leutnant Schleiermacher gelassen, „die Geschütze werden gesprengt. Aber erst, wenn der Iwan auf Nahkampfnähe ist, auf Nah-kampf-nä-heeeeee!"
Und dann ging es nach rückwärts. Die versprengten Infanteristen griffen mit zu. Nach einer Stunde, es war über die verdammten Kuppen gegangen, über die Hügel hinweg und durch die Sümpfe dazwischen, lag ein ununterbrochenes Schmerzgeschrei über der Truppe. Das Einsinken in das Sumpfwasser ergab Wadenkrämpfe so scheußlicher Art, daß man einfach aufbrüllen mußte. Viele Männer weinten vor Überanstrengung und Verzweiflung laut vor sich hin, ohne dabei die Seile loszulassen. Die Gesichter troffen vor Schweiß. Vom ewigen Hochhalten der Holme der Pakgeschütze waren die Arme bald lahm und gefühllos. Daneben sah man Leute hilflos stehen mit hängenden Armen und vor sich hinfluchen. Jene Männer, die Pak-Munitionskästen schleppten mit den Panzer- und Sprenggranaten, warfen sich am Rande der Sumpfstellen über die Kästen und trommelten in wahnsinniger Wut auf ihnen herum, standen wieder auf, griffen wieder zu und schleppten die schweren Dinger weiter. Der Ordonnanzoffizier vom III. Bataillon zog am ersten Geschütz mit, er war bleich wie der Tod, und doch hörte ich ihn bisweilen zwischen den Zähnen aufmunternd sagen: „Ihr büßt alle Sünden ab, Jungens, alle Sünden, und wenn's vorbei ist, werdet ihr heiliggesprochen." Leutnant Schleiermacher war ein dutzendmal vorhanden, mal war er vorne, mal hinten, mal mittendrin, und immer tauchte er genau dort auf, wo ein Unglücksrabe schrie: „Ich kann nicht mehr! Ich kann nicht mehr!" Und immer wieder hörte ich die ruhige Stimme des Leutnants: „Bleib ruhig hier liegen, Mensch, der Iwan wird für dich sorgen." Und jedesmal brachte die Angst vor den Russen jeden Mann, und wenn er am Sterben schien, wieder in die Höhe.

Ein richtiges Phänomen während dieses teuflischen Rückzuges war Meier III. Wenn ich ein Ritterkreuz in der Tasche gehabt hätte, ich hätte es ihm vom Fleck weg umgehängt. Meier III umkreiste mit seinem MG unablässig dieses Trauerspiel. Und als einmal plötzlich in der Nähe Gewehrschüsse knallten und Geschosse um uns zwitscherten und ich etwas erschrocken nach links abbog, denn von dort kam es her, und ich die unverkennbaren Gestalten eines russischen Spähtrupps zwischen den Bäumen sah, hörte ich auch schon die rasenden Feuerstöße aus dem MG von Meier III. Der Spähtrupp verschwand wie von Zauberhand und kam nicht wieder.

Wir waren keine lebendigen Menschen mehr, als wir den rettenden Pioniersteg an der finnischen Grenze erreichten. Und wir erreichten ihn rechtzeitig!

Wir erreichten ihn vor sieben Uhr morgens!

Mit allen Geschützen! Mit allen Munitionskästen! Ohne den Verlust eines Mannes, einschließlich der Versprengten!

Kaum waren wir über den Steg, setzte unsere Artillerie mit dem Sperrfeuer ein.

Und zwei Meter nach dem Steg brach Leutnant Schleiermacher lautlos zusammen. Und sofort bekam einer der Infanteristen einen Weinkrampf. Andere wurden angesteckt und heulten mit. Übrigens sah ich auch Kurtchen Zech heulen, aber er heulte verstohlen in sein Taschentuch.

Der Leutnant erholte sich sehr schnell.

Und dieses Kind, das sich wie ein Mann oder vielmehr wie zehn Männer benommen hatte, schämte sich bis auf die Knochen. „Mir ist einfach schwarz vor den Augen geworden, weiß auch nicht, wieso", sagte er ärgerlich.

Der Bataillonskommandeur ließ sich von Leutnant Schleiermacher ausführlich berichten. Und dann nahm er sich kein Blatt vor den Mund.

„Ich habe Verdun mitgemacht", sagte er bitter, „und ich fand, daß dort ein harter Krieg geführt wurde. Hier aber wird kein Krieg geführt. Das hier ist Mord, gegenseitiges Abmurksen im Urwald, ein Guerillakrieg. Und wenn man einen Guerillakrieg führen will, muß man zumindest seine Leute als Guerillas ausbilden und sie nicht auf Autos in den Dschungel schicken."

Ein wahres Wort.

Nachher sagte der Leutnant nachdenklich zu mir: „Vergessen Sie das, was der Graf sagte, ja? Ich meine nicht deshalb, weil... wegen Angeberei und so. Das kommt bei uns sowieso nicht in Frage. Aber Sie sollen es vergessen, weil es Dinge gibt, die man nicht einmal denken darf, sonst schießt man sich ein Ding vor den Kopf. Vor allem dann, wenn man das hinter sich hat, was wir hinter uns haben... und was völlig umsonst war."

Wir lagerten uns mit den Geschützen an der Straße nach A. Das Regiment hatte eingesehen, daß es sinnlos war, in diesem dichten Urwaldgelände Pakgeschütze quer durch den Wald rollen zu lassen.

Wir schliefen wie die Toten.

Am andern Tag sollte die Stadt S. unbedingt genommen werden. Um drei Uhr in der Frühe sollte das unglückliche III. Bataillon noch einmal den Sturm auf die Höhe K. unternehmen.

Es schien wieder was fällig zu sein. Wir lagen mit unseren Geschützen an einer Straße, die senkrecht auf die Straße nach S. zuführte. Einige Stunden Ruhe waren uns sicher.

Da begann plötzlich eine wüste Knallerei rings um uns, an den Bäumen krachten mit einem ordinären, breiten Schmettern und Klatschen russische Explosivgeschosse.

Der Leutnant sprang hoch.

„Der Russe ist auf der Straße nach S. durchgebrochen!"

So hörte es sich an und so schien es zu sein. Und genau das war unser Fall. Genau das! Wir waren ausgeruht, wir befanden uns nicht mehr in dem blödsinnigen Gestrüpp eines Waldes. Wir lagen an einer Straße! An einer Straße!!! Wir konnten fahren!!! Alle Reste von Müdigkeit waren verflogen. Wie zwei Windhunde flogen der Leutnant und ich auf den Kübelwagen. Und wie Windhunde waren die Männer an den Geschützen. Die Motoren der Geschützfahrzeuge heulten auf. Die Geschütze waren aufgeprotzt.

In rasendem Tempo fuhren wir los. Jetzt waren wir an der Reihe! Jetzt konnten wir zeigen, was wir gelernt hatten!

Von überall her brüllte es hundertstimmig: „Panzer! Panzer! Russische Panzer!"

Genau das war unser Fall. Darauf hatten wir schon lange gewartet. Der Leutnant stand aufrecht in seinem Kübel und brüllte: „Wo sind die Panzer? Wo sind die Panzer?" Und wir brüllten im Chor wie die Wahnsinnigen: „Wo sind die Panzer? Wo sind die Panzer?"

Vorgebeugt fuhren wir durch eine hysterische Menge von Soldaten, sie erschienen uns fast verrückt vor Erregung, und wir bekamen nur Wortfetzen zur Antwort. Wir rasten weiter, um auf die Straße nach S. zu treffen. Der Leutnant, die Maschinenpistole im Arm, hing wie ein junger Kriegsgott über dem Wagenrand und starrte nach vorne.

Wir waren wie von einem wilden Rausch gepackt. Alle ohne Ausnahme. Wir hatten so viel Klägliches, Niederschmetterndes und Scheußliches hinter uns, wir waren so gedemütigt und geschlagen worden und so klein vor uns selber geworden, daß wir jetzt wie in einem rauschenden Traum dahinfegten. Es ist keine Hymne der Schlachten, die ich da anhebe, es ist kein Choral von Blutdurst und dergleichen, es ist etwas ganz anderes. Jeder Landser wird es begreifen.

Während dieser ganzen apokalyptischen, rasenden Fahrt brüllten wir bis zum Heiserwerden: „Wo sind die Panzer? Wo sind die Panzer?"

Die Männer an der Straße starrten uns nach, als ob eine Gespensterjagd an ihnen vorüberdröhnte.

Dann kamen wir an die Straßenkreuzung.

Und hielten.

Und starrten. Was hier los war, sahen wir. Eine Panik. In Strömen eilten uns Soldaten entgegen, wir sahen sie Gasmasken, Gewehre, Brotbeutel und Koppel wegschleudern.

Fassungslos und mit offenen Mäulern nahmen wir dieses unbeschreibliche Bild wie einen Film in uns auf und kapierten es nicht. Ein Feldwebel, der an uns vorbeirannte, brüllte herauf: „Das Regiment sammelt bei KK! Dort neue Widerstandslinie!"

„Stehen Sie!" brüllte der Leutnant zurück. „Bleiben Sie stehen! Ist denn hier alles verrückt geworden? Sie bleiben hier stehen und halten alle Männer mit der Waffe auf! Wir fahren vor, wo die Panzer durchgebrochen sind!"

Und den Gang 'rein, Arm hochgestoßen und weiter. Von allen Seiten schrie man uns entgegen: „Wahnsinnig! Wohin wollt ihr? Vorn ist alles überrollt!"

Und der Leutnant: „Stehenbleiben! Kehrtmachen! Laßt eure Kameraden nicht im Stich!"

Wir tobten weiter.

Verfluchte Tat, dachte ich, das also ist eine Panik, so sieht eine Panik aus. Das nennt man einen panischen Schrecken. Die auseinandergetriebenen Haufen und Horden, die uns da entgegentaumelten, entgegenliefen, entgegenstolperten, kamen mir wie aus einem Traum vor.

Neben mir im Kübel stand Meier III regungslos an seinem MG aufrecht und sah mit blassem Gesicht über den Lauf hinweg. Und unentwegt hörte ich den Leutnant fluchen und toben. Schließlich, als wir wieder einige Sekunden halten mußten, um niemand zu überfahren ... manche trieben mit keuchenden Atemzügen, aufgerissenen Augen daher und kümmerten sich um nichts, sie liefen uns geradewegs in die Fahrzeuge hinein ... wir hielten und brüllten sie an.

Das Beste war ein dicker Feldwebel, der mit den Armen fuchtelnd und mit gesträubten Haaren uns tobsüchtig anbrüllte: „Halt! Halt! Ihr fahrt in den Tod!"

Wir lachten schallend, und als er den dämlichen Satz mit überschlagender Stimme wiederholte, indem er sich an den Kübel klammerte, warf sich der Leutnant vor Lachen zurück und schrie. Wir beugten uns hinunter und brüllten vor Vergnügen. Der Satz „Ihr fahrt in den Tod" erschien uns von überwältigender Komik.

Als alles vorbei war, haben wir uns übrigens oft darüber unterhalten, wie schwer es war, so eine Sache und so eine Lage mit Worten überhaupt jemand zu erzählen. Selbstverständlich, zum Beispiel nur, fuhren wir in den Tod, wenn da vorne wirklich russische Panzer standen. Aber das auszusprechen und so gewählt auszusprechen, das machte uns lachen. Selbstverständlich war es eine bittere Situation, ganze Bataillone auf der Flucht zu sehen, und es kroch einem kalt über den Rücken, und trotzdem prickelte es einem in den Fingerspitzen.

Wir hatten nun etwas freie Fahrt, wir drehten auf und die Männer wichen uns jetzt schon von weitem aus. Während der ganzen Zeit hatten wir im Kübel das übliche Gefühl gehabt, der Leutnant würde die Nerven oder, besser gesagt, die Geduld verlieren und uns den Befehl geben, auf die eigenen Leute zu schießen. Es ist nicht dazu gekommen, aber wir hörten mehr als einmal, wie der Leutnant mit klappernden Zähnen vor sich hin sagte: „Gleich lasse ich auf euch knallen..." Er wiederholte das oft in den nächsten Minuten.

Hätten wir es getan? Ich glaube, wir hätten es getan. Wir hätten diesem Befehl gefolgt, ich glaube, wir hätten es getan. Über eine solche schauerliche Möglichkeit zu urteilen, steht übrigens nur Soldaten zu, die solche höllischen Situationen schon am eigenen Leibe erlebt haben. –

Hinter uns erhob sich in all dem Elend plötzlich ein heller Schrei, der uns auf eine andere Weise verrückt machte und uns auf einmal einen entfesselten Schwung gab, wie man ihn im Gefecht und in der Schlacht selten erlebt.

Irgendeiner unserer jungen Männer schrie mit einer weithintragenden Tenorstimme, in der eine berauschende Wildheit lag: „Platz frei für die Panzerjäger!... Platz frei für die Panzerjäger!!"

In diesem Aufschrei lag so viel Übermut, Überlegenheit, Unbekümmertheit und Draufgängertum, daß es uns allen heiß durchs Herz rann. Und jeder von uns brüllte es nach.

Natürlich war dieser Satz genauso theatralisch wie jener andere Satz vom In-den-Tod-Fahren, aber das war egal, er wirkte auf uns wie ein Glas Schnaps.

Dann war es soweit. Wir kamen aufs Tablett und wurden serviert: Links und rechts der Straße schlugen die russischen Granaten ein, dann auf die Straße, ununterbrochen, und jetzt hörten wir die Schreie der Getroffenen. Dicker, beißender Rauch kam uns in Schwaden entgegen. Der Wald brannte zu beiden Seiten lichterloh. Wir waren mitten drin.

Und da passierte etwas Erstaunliches, das wir wieder wie einen Traum mit ansahen: Mitten auf der Straße kam uns, langsam und apathisch, der Regimentskommandeur entgegen, er sah aus verquollenen Augen geradeaus, der Schweiß lief ihm in Perlen übers Gesicht . . . der Oberstleutnant ging nach rückwärts. Müde schlich er auf uns zu, sah uns gar nicht, auf seinen Knüppelstock schwer gestützt, kam er daher. Sein von Natur aus dunkelrotes Genießergesicht war jetzt beinahe violett. Und der ganze Panzerjägerzug erstarrte. Ohne Befehl bremsten die Fahrzeuge. Alles beugte sich heraus, wortlos und atemlos. Und haargenau neben dem Oberstleutnant hielt der Kübel mit Leutnant Schleiermacher. Trotz des Prasselns der brennenden Zweige, der Einschläge rings um uns, hörten wir die heisere Stimme von Leutnant Schleiermacher, der aufrecht im Kübel stand: „Erster Panzerjägerzug beim Vorfahren!"

Der Kommandeur sah von unten herauf mit unbeweglichem Gesicht, als ob er angestrengt nachdächte, auf den jungen Offizier. Komischerweise war der Lauf des MG, hinter dem Meier III stand, genau auf die Nase des Oberstleutnants gerichtet. Und jetzt fuhr es uns doch durch die Knochen, als der Leutnant den Kommandeur geradezu anschrie: „Wo sind die Panzer? Warum halten Sie die Leute nicht auf?"

Verfluchte Tat, hier brüllte ein Leutnant einen Regimentskommandeur an. Das hatten wir noch nicht erlebt. Wir starrten den Kommandeur an. Er hob völlig apathisch seinen Knüppelstock, drehte sich langsam um und deutete nach rückwärts. Er machte den Mund auf, um etwas zu sagen, und schloß ihn wieder.

Ein gebrochener Mann. Er brachte kein Wort heraus.

Der Leutnant schrie: „Auf! Weiter!"

An dem Kommandeur vorbei mit aufheulenden Motoren fuhren wir weiter. Als ich nach rückwärts sah, stand der alte Mann immer noch auf derselben Stelle, wie von Gott verlassen, und starrte hinter uns her.

Dem Zusammenbruch eines Vorgesetzten zusehen zu müssen, ist keine Kleinigkeit. Der Oberstleutnant war nicht unbeliebt. Aber immerhin, ihn so stehen zu sehen und von einem kleinen Leutnant sozusagen angeschissen zu werden, oh, verdammt!

Mit aufgerissenen Augen, aus denen wir die Tränen wischten, die aber nicht des Kommandeurs wegen flossen, sondern des dicken Rauches wegen, fuhren wir weiter. Wenn Panzer kamen, mußten sie genau auf uns zukommen, hier auf dieser Straße und sonst nirgends. Rechts und links war Sumpf und Wald, sie konnten sich nur auf dieser Straße bewegen. Und jeden Augenblick konnten sie aus dem wehenden Dunst auftauchen. Uns sollte es recht sein. Wir waren genau das, was jetzt zuständig war. Und die Handgriffe, die in den nächsten Sekunden fällig werden konnten, machten wir in diesen Minuten unwillkürlich im Geiste schon.

Jedoch kam zunächst eine zweite Sensation.

Der Herr Kompaniechef, Herr Leutnant Patz, tauchte mitten auf der Straße in dem Qualm auf, mit offenem Mantel und ohne Mütze, sein Taschentuch vor die Nase gedrückt. Etwas eilig schritt der elegante Herr aus. Mit ihm hatten wir kein Mitleid. Und Leutnant Schleiermacher beugte sich aus seinem Kübel, der neben dem Kompanieführer anhielt, und so dicht war der Fahrer an Leutnant Patz herangefahren, daß die Gesichter der beiden Offiziere zehn Zentimeter voneinander entfernt waren, zumal Leutnant Schleiermacher sich weit herausbeugte.

Und sein Gesicht war tatsächlich steinerner Hohn, als er dem Kompaniechef ins Gesicht brüllte: „Erster Zug beim Vorfahren! Wo wollen Sie hin? Sie gehören nach vorne! Los, fahren Sie zu Ihren andern Zügen! Sie gehören nach vorne!" Ich sah, wie Leutnant Schleiermacher vor Wut zitterte, und ich sah auch, wie seine Finger sich an der Maschinenpistole bewegten. Der Kompaniechef trat einen Schritt zurück, sein Gesicht war grau vor Angst, und er zitterte von oben bis unten. Anscheinend hatte er uns jetzt erst erkannt.

Er nickte. Er nickte!! Und sagte unsicher: „Ja ... natürsich ... fahren Sie vor, Schleiermacher, ich komme nach!"

Leutnant Schleiermacher lachte hell auf, und ohne daß er einen Befehl zu geben brauchte, rasselte der Zug weiter und ließ den Kompaniechef stehen. Übel, übel.

Mit dem Regimentskommandeur, schließlich und endlich ... älterer Herr, eigentlich zu dick und zu verbraucht zu einem Feldzug ... es mochte hingehen.

Es mochte hingehen.

Aber dieser elegante, arrogante, nach Parfüm stinkende Bursche, der Mann mit dem „scharfen Innendienst"... es war zum Kotzen.

Wir kamen an das Straßenkreuz, das laut unserer Karte zum Regimentsgefechtsstand führte, und hier waren wir wieder zu Hause und nicht mehr verraten und verkauft.

Hier tobten einige unserer Offiziere, und schon beim Heranfahren hörten wir die tiefe Stimme von Oberleutnant Kämmerer, dem Adjutanten des II. Bataillons, der weglaufende Leute aufhielt. Er tat es mit seinen drei Elementar-Leib-und-Magen-Aussprüchen: „Euch hat's wohl!"... „Ihr seid wohl!" ... „Ihr möchtet wohl!", und sie genügten.

Leutnant Schleiermacher sprang aus dem Kübel, ich hinterher.

„Wo sind die Panzer?" rief er. „Was ist los vorne?"

Die Offiziere sahen uns ungläubig an, und Oberleutnant Kämmerer schüttelte den Kopf: „Euch hat's wohl! Darf ich meinen Augen trauen? Die Panzerjäger vom ersten Zug! Herr Leutnant Schleiermacher persönlich! Nicht zu glauben!"

Wir waren zu Hause. Hatten wieder Grund und Boden unter den Füßen. „Also der Iwan ist durchgebrochen", teilte Oberleutnant Kämmerer dann mit, und brüllte unterdessen immer wieder Männer an, die sich vorbeischleichen wollten.

„Wo, wissen wir nicht. Wir wissen überhaupt nichts. So etwas war noch nicht da."

Und dann wurde jede Unterhaltung unmöglich. Aus den nahen lodernden Wäldern trieb der Wind jetzt heißen grauen und weißen Rauch zu uns, so daß wir kaum dreißig Meter weit sehen konnten. Dazwischen krachten die Einschläge der russischen Granaten, Erde spritzte uns in die Gesichter, und Zweige, sogar ganze Stämmchen sprangen um uns herum. Steinfetzen trillerten über uns hinweg, und hoch darüber jaulte, heulte und johlte das Sperrfeuer unserer eigenen Artillerie.

Der Leutnant ging unschlüssig am Straßenkreuz hin und her, und ich dicht hinter ihm. Und da sahen wir einige getarnte Panzer stehen. Ich dachte, ich sehe nicht recht. Ein Panzerleutnant steht an seinen Panzer gelehnt und sieht so aus, als ob er nicht recht wüßte.

„Na, hören Sie mal!" schrie ihm Leutnant Schleiermacher in die Ohren. Und dann nahm er ihn am Arm, und sie gingen abseits und brüllten einander in die Ohrmuscheln, indem jeder abwechselnd sein Gesicht dem andern unters Kinn hielt. Dann fuhren die Panzer, es waren fünf, langsam auf der

Straße nach vorne. An der Kreuzung hielten sie, und dann gab unser Leutnant einige Befehle.

Kitzlige Sache, aber nicht unübel!

Wir legten uns auf die im Schritt langsam vorfahrenden Panzer und zogen unsere Pak-Geschütze an Gewehrriemen hinterher. Oberleutnant Kämmerer führte, um uns sein Wohlgefallen auszudrücken, im Qualm einen Indianertanz auf, als er die Aufmachung sah.

Fragwürdige Sache. Unsere Arme wurden bald lahm. Die Gewehrriemen schnitten scheußlich in unsere Hände. Die Schmerzen wurden sehr bald ganz unerträglich. Mit der einen Hand das Geschütz festhalten und sich mit der anderen an den Panzer klammern, war ein bißchen viel verlangt. Trotzdem, es wurde geliefert.

Dann preßten wir die Köpfe tiefer. Querschläger zischten an uns vorbei. Der Iwan hatte uns. Er schoß aus dem brennenden Wald. Aber unverzüglich feuerten unsere Panzer mit allen Rohren wild um sich. Dann hörten wir ein verworrenes, wie aus weiter Ferne kommendes Geschrei aus dem Rauch: „Eigene Truppen!!!" Wir waren entsetzt. Die Panzer schwiegen, nur ihre Türme drehten sich noch mißtrauisch hin und her.

Es war der Höhepunkt des Dramas.

So oder so mußte sich die Sache jetzt klären. Sie klärte sich. Wir erkannten etwa fünfzig Meter von uns im brandigen Nebel die Umrisse eines unserer Pak-Geschütze. Und aus einem Drecklock links der Straße tauchte der Krumbhaar auf, schwarz im Gesicht, er warf beide Arme vor Freude hoch, als er uns erkannte. Der Meier III, der sich mit dem Krumbhaar sonst nicht gut stand, hüpfte tatsächlich von unserem Kübel herunter, umarmte den Krumbhaar, und der Krumbhaar umarmte Meier III, als der losließ, dazwischen brüllte mit hochrot erfreutem Gesicht von einem Panzer herunter Leutnant Schleiermacher auf einen andern Offizier ein, dazwischen umhüllte uns der beißende Qualm, dazwischen feuerte rechts von uns eine Batterie 2-cm-Flak... es war ein Bild, oft kopiert, nie erreicht...

Als wir unsere Geschütze in Stellung gebracht hatten, war uns etwas wohler. Wir fielen über den Krumbhaar her. Er war ja Kradmelder beim Kompaniechef und mußte alles wissen. Er war entsetzlich verlegen, als wir ihm von seinem feinen Pinkel, Leutnant Patz, berichteten, er spuckte vor Verlegenheit immerzu aus, fluchte dazwischen, nun, wir waren einer Meinung.

Dann schrie er uns an, um an unsere Trommelfelle zu kommen, da alles ringsumher sich anhörte, als ob unaufhörlich Blechwände schepperten oder riesengroße Glasscheiben zersprängen, oder als ob jemand gigantische Leintücher mit einem einzigen Riesengriff zerrisse, schrie uns also an: „Alles ist übergeschnappt! Sie sind alle stiften gegangen! Nicht mal 'ne Schraube von einem russischen Panzer ist zu sehen! Nix von Durchbruch! Nix von Panzer! Irgendeine Wildsau brüllte auf einmal, Panzer kämen. Und da ging das Regiment stiften! Heil Hitler!"

Wir glaubten es nicht.

Das war nicht gut möglich. Und jetzt erst ging es uns auf. Wir waren, was Leutnant Schleiermacher mir kürzlich unter vier Augen gesagt hatte, eine unreife Truppe, noch nicht völlig ausgebildet. Was das hieß, lag jetzt in diesem rauchenden, gottverlassenen karelischen Waldwinkel deutlich vor uns.

Jetzt kam Leutnant Schleiermacher mit dem Führer des zweiten Zuges und dem Führer des dritten Zuges zu uns. Leutnant Gutbrot vom zweiten Zug grinste in seinen verdreckten und verfilzten Bart, und langsam und bedächtig stopfte er sich eine Tafel Schokolade in den Mund. Unser Leutnant teilte uns mit, daß tatsächlich russische Panzer in der Nähe zu hören gewesen seien, aber nicht im Angriff auf uns, sondern in der Abfahrt zurück nach der Stadt S.

„Da könnten wir also hinterher", sagte Leutnant Schleiermacher. „Wenn Gott will, hat der Iwan durch die blödsinnige Knallerei das gleiche Irrenhaus wie wir hier."

„Sagen Sie das mal Major Burckhardtshausen", schlug Leutnant Martens vor.

Den Namen hatten wir irgendwo mal gehört.

„Was soll ich da?" fragte unser Leutnant, „kenne den Herrn nicht."

„Neuer Kommandeur vom zweiten Bataillon", erklärte Leutnant Gutbrot. „Der frühere zottelte beim Angriff mit 'ner Handgranate auf einen Panzer los und wollte das Ding stürmen. Kopfschuß. Übrigens 'n tolles Ding, der russische Panzer, in der Erde eingegraben, tadellos getarnt, als wir 'ran waren, fuhr er 'raus und schoß wie 'ne wilde Sau um sich."

Leutnant Schleiermacher winkte mir, und wir gingen zu Major Burckhardtshausen. Er hatte da einen winzigen Unterstand, in dem man wenigstens sprechen konnte, ohne brüllen zu müssen.

Na, er musterte uns ziemlich kühl.

„Sagen Sie mal, was wurde eigentlich hinten gespielt?" fragte er dann.

Und ich dachte, mich trifft der Schlag, als Leutnant Schleiermacher in den Raum schmetterte: „Das Regiment ist feige abgehauen, Herr Major!"

Der Major sah den Leutnant forschend an.

„Erzählen Sie mal."

Na, der Leutnant erzählte und nahm sich kein Blatt vor den Mund. Und der Major griff hinter sich, als er zu Ende war, und reichte ihm eine Kognakflasche. „Vier Schluck", sagte er. Dann verhedderte sich Leutnant Schleiermacher vor Eifer mit hundertfuchzigtausend Vorschlägen, und ich hätte mich kaum gewundert, wenn er den Major an der Hand genommen und ihn hinausgezerrt hätte, um hinter dem Iwan herzutoben.

„Erst ordnen", sagte der Major ruhig. „Mit diesem Haufen hier und den paar Leuten hinterherzurennen, machen wir nicht."

Er hatte recht.

Wir gingen beruhigt zurück. Und doch klapperten uns die Knochen jetzt. Aus leicht verzerrten Gesichtern sahen wir uns bisweilen an und versuchten zu grinsen.

Hinten auf der Waldstraße bei unseren Geschützen meldete sich der Kompanietruppführer, Unteroffizier Kirsch, wir standen schweigend um ihn herum, als er berichtete, daß Leutnant Patz, als die Panik begann, sich aus dem Kompaniegefechtsstand sofort entfernte, keinen Befehl zurückließ, sich in ein Fahrzeug setzte und nach rückwärts verschwand. Leutnant Schleiermacher sagte kein Wort.

Gegen Abend wurde es direkt friedlich. Das blödsinnige Artilleriefeuer hörte auf, Nebel und Rauch verzogen sich, und nur ab und zu hämmerten vereinzelte Maschinengewehre vom Iwan her hohl durch den dampfenden Wald.

Gräßlich waren nur die Schreie unserer Verwundeten von allen Seiten. Sie lagen irgendwo zwischen den Bäumen. Und sie schrien weniger vor Schmerzen, als vor irrsinniger Angst, den Russen in die Hände zu fallen. Schließlich ging alles, was nur eine Zeitlang aus der Stellung konnte, in den Wald hinein, und bald hatten wir wohl alle Verwundeten bei uns an der Straße liegen.

Die Angst vor den Russen. Wir hatten uns oft darüber unterhalten. Und viele von uns, die sonst ganz standhafte Burschen waren, sprachen ganz offen von ihrem unabänderlichen Entschluß, sich lieber umzubringen, als in russische Gefangenschaft zu geraten.

Eigentlich eine ganz furchtbare Angelegenheit. Leutnant Schleiermacher, der in einer seiner „Geschichtsstunden" im Walde auch mal darauf zu sprechen kam, sagte sehr offen: „Eine verdammte Angelegenheit, diese panische Angst, von den Russen geschnappt zu werden. Für den ordentlichen Soldaten einer ordentlichen Armee ist die Gefangenschaft immer scheußlich und niederdrückend und macht einem das Leben leid. Aber die Möglichkeit, gefangengenommen zu werden, darf eigentlich nicht eine so entsetzliche Angst hervorrufen. Sie hat aber ihren Grund, leider hat sie ihren Grund. Im ersten Weltkrieg schon, als in Rußland noch der Zar herrschte und nicht die Sowjets, man könnte also sagen, zu einer Zeit, als noch gewisse Grundsätze menschlicher Art, sagen wir mal die Grundsätze menschlicher Behandlung wehrloser Menschen, gelten sollten, haben die Russen ihre Gefangenen nach Sibirien gebracht und sie dort zu Hunderttausenden verkommen, verrecken und sterben lassen unter den unvorstellbarsten Umständen." Das hatte uns beinah mit den gleichen Worten Kurtchen Zech mal gesagt. Und Leutnant Schleiermacher fügte jetzt wörtlich hinzu: „Ich wißt vielleicht, unter welchen schauerlichen Umständen der Zar dann mit seiner ganzen Familie umgekommen ist. Ich meinerseits hielt dieses Ende immer für ein Gottesgericht. Wer so viel Leid geschehen ließ, wie der Zar damals, muß selber Leid erleiden, tut mir leid, ist mein Standpunkt." Und dann sagte Leutnant Schleiermacher noch etwas Erstaunliches: „Ob es einen Gott gibt oder nicht, die Frage muß jeder mit sich abmachen. Aber ob Gott oder nicht: Es gibt ein Gesetz, das nirgends aufgeschrieben steht und das sich doch erfüllt, früher oder später, ob von Gott oder nicht von Gott. Mehr brauche ich nicht zu sagen."

Diese Höllenangst, in russische Hände zu fallen! Welch ein zwar nirgends aufgeschriebenes, aber doch vorhandenes Dokument!

Da saßen wir im Krieg gegen Rußland. Verloren eigentlich im höchsten Norden. Beinahe in der Arktis. Mitten im Urwald.

Gnade uns Gott, dachte ich, als ich den letzten Verwundeten aus dem Wald trug.

Übrigens kam im Laufe des Abends so etwas wie Ordnung in die Sache. Und es erschien auch zu unserem stillen Vergnügen unser Kompaniechef, Herr Leutnant Patz. Als er zwischen den Männern, die herumlagen, umherging und seinen Kompanietrupp suchte, lachten sie ihm offen und höhnisch ins Gesicht. An seiner Stelle wäre ich entweder nicht wiedergekommen, hätte mich krankgemeldet oder so oder hätte mir eine vor den Kopf geknallt. Aber ich wäre niemals wieder unter Männern aufgetaucht, die wußten, daß ich ein jämmerlicher Feigling und Nichtskönner war.

Der Bursche besaß nicht für fünf Pfennig Ehrgefühl. Als er Leutnant Schleiermacher sah, sagte er etwas unsicher, aber mit einem dummen Grinsen: „Na ja, das war mal eine Sache, wie? Man wußte nicht mehr, wo zuerst eingreifen. Ich habe das Durcheinander hinten etwas geregelt."

In dem kleinen halbverkohlten Waldstück, in dem wir neben unseren Geschützen lagen, herrschte Totenstille. Jedes Wort war deutlich zu hören. Und so war auch Leutnant Schleiermachers heisere und erschöpfte Stimme zu hören, die ihm antwortete: „Jawohl, Herr Leutnant Patz! Das war genau Ihre Aufgabe und genau dort gehörten Sie hin!"

Leutnant Patz gab keine Antwort.

Und Leutnant Schleiermacher setzte scharf hinzu, so daß auch das jedermann hören konnte: „Als dienstältester Offizier der Kompanie nach Ihnen möchte ich feststellen, daß sämtliche Züge der Kompanie mit allen Offizieren, Unteroffizieren und Mannschaften, einschließlich des Kompanietrupps, ihre Pflicht und Schuldigkeit getan haben."

Leutnant Patz gab keine Antwort.

Am andern Tag ging es befehlsgemäß und in bester Ordnung zurück. Die Gesichter wurden bösartig, als neben der Unzahl zusammengeschossener Fahrzeuge zur Seite der Straße der zerschmetterten Reihe unsere Toten sichtbar wurden. Opfer einer sinnlosen Panik.

Wir versuchten, nicht hochzugehen und das Maul nicht aufzureißen. Wir versuchten, uns zu sagen, daß so etwas vorkommen könnte. Natürlich kann es vorkommen. Andere Heere haben es auch erlebt, siehe Frankreich, siehe Dünkirchen, siehe Afrika.

Über die Tatsache an sich konnte man wegkommen, lieber Himmel, wir waren nichts weniger als Fanatiker.

Nur über eines kamen wir nicht weg, das war die Sache mit den Vorgesetzten. So, wie wir sie gesehen und erlebt hatten. Eine Schweinerei kann überall passieren, schön und gut. Aber inmitten dieser Schweinerei müssen die Vorgesetzten ... ja, was eigentlich ... was müssen sie? Helden sein oder bleiben? Das nicht. Was müssen sie also? Wahrscheinlich gab es darauf nur eine Antwort: Da sie nun einmal Vorgesetzte sind und ihre Untergebenen ihnen deshalb, weil jene mehr

sind als sie kraft ihres Ranges, ihre Untergebenen ihnen deshalb Respekt entgegenzubringen haben, in der Anrede, in der Haltung und so weiter... wahrscheinlich müssen deshalb die Vorgesetzten, wenn mal was schiefgeht, in jeder Hinsicht etwas mehr sein als ihre Untergebenen, etwas mehr an Unerschrockenheit, etwas mehr an Können, etwas mehr an Mut, etwas mehr an Geistesgegenwart, etwas mehr an Nervenstärke...
So etwa.

Kurzum, darin beruhte eben unsere schwere Enttäuschung, daß wir in dieser Panik viele unserer Vorgesetzten in einem Zustand erlebt hatten, in dem sie weniger waren als wir Landser. Das durfte nicht sein.

Während dieser Panik hatte sich auch von der Division kein Mensch vorne bei uns blicken lassen. Unmöglich! Der Divisionskommandeur, Herr Häberlein, hatte sich mit seinem Stab zum Abhauen gerüstet. Unmöglich!

Wir erfuhren noch mancherlei.

Kilometerweit hinten, schon bei K., wurden vom Kommandierenden General und seinem Stabe nach rückwärts jagende Troßeinheiten, fliehende Infanteristen und einzelne Offiziere aufgehalten. Bäckereikompanien hatten Tausende von Brotlaiben weggeworfen und waren weit nach Finnland hinein getürmt.

Es war ein Tag der Schande. Der tiefere Grund dieser Katastrophe jedoch war die Unzulänglichkeit der Truppe in Ausrüstung und Ausbildung. Und hier war der Schuldige der Divisionskommandeur, der aus Eitelkeit und Streberei wider besseres Wissen seine Einheit der Wehrmacht als einsatzbereit gemeldet hatte.

Auch eine Elitetruppe kann, zumal bei ihrem ersten schweren Gefecht, die Nerven verlieren und kann in sehr kritische Lagen geraten. Jedoch wird sich dann erweisen, ob sie von Männern geführt wird oder von Abziehbildern.

Hernach kam eine schwere Zeit für manche Leute. Aber nicht etwa für Leutnant Patz und dergleichen Wallache. Nee, für Leutnant Schleiermacher. Alle höheren Tiere, deren Versagen er miterlebte, schienen sich verschworen zu haben, es ihm heimzuzahlen, daß er sie schwach gesehen hatte. Diese Tragödie zu schildern, würde zu lange dauern. In großen Zügen komme ich noch darauf zurück.

Wir alten Hengste, nämlich Kurtchen Zech, Heinz-Otto, der Josef, Meier III, der Krumbhaar und ich, feierten zwei Tage später abseits in einer stillen Waldecke. Zum erstenmal nach dem Schlamassel waren wir wieder zusammen. Wieder war keinem etwas passiert.

„Und ich hoffe doch", sagte Kurtchen Zech, „ich hoffe doch sehr, daß sich jeder ordentlich benommen hat." Es hatte sich jeder ordentlich benommen. Während der ganzen Sache hatte ich doch hin und wieder den einen oder den anderen gesehen und konnte mir ein Bild von seiner Verfassung ohne Mühe machen. Wir hatten uns ordentlich benommen. Jeder ohne Ausnahme. Das war nämlich der Kameradschaft wegen wichtig. Diese große Rederei von Kameradschaft beim Kommiß wird nämlich meistens nur darauf bezogen, daß einer dem andern gefällig ist und keiner dem andern das Leben schwerzumachen versucht und keiner den andern etwa im Stich läßt und einer sich für den andern lieber umbringen läßt, als ihn sitzenzulassen im Dreck. Das ist sicher Kameradschaft.

Aber es gehört noch etwas dazu, was meistens nicht erwähnt wird. Das kam mir bei dieser Zusammenkunft nach dem großen Schlamassel genau zum Bewußtsein, und ich versuchte es zu sagen.

„Da wir gerade von Kameradschaft sprechen", sagte ich nachdenklich. „Da fällt mir etwas auf. Ist natürlich Quatsch, sich gegenseitig Komplimente zu machen. Und doch ist es nicht ganz Quatsch. Nämlich..."

Ich hielt plötzlich ein. Ich merkte, daß ich es nicht sagen konnte. Es war unmöglich. Sie würden mich vielleicht auslachen.

„Nee", sagte ich ärgerlich, „ist doch Quatsch."

Sie redeten mir zu, aber ich rückte nicht damit heraus. Ich hatte nämlich sagen wollen, daß zur echten Kameradschaft noch eine merkwürdige Sache gehört, nämlich die Voraussetzung, wenn ich so sagen darf, daß einer auf den andern stolz sein muß. „Stolz" ist dumm gesagt, aber ungefähr trifft es die Sache in der Mitte. Ich kann zum Beispiel keine gute Kameradschaft mit einem halten, der kein guter Soldat ist, wenn ich schon mal bei den Soldaten bin. Es kann der beste Kerl sein, tatsächlich, er kann ein Jesus Christus sein meinetwegen, aber wenn er ein schlechter Soldat ist... ich meine... es geniert mich für ihn und mich... das wollte ich sagen. Aber es läßt sich so schwer ausdrücken. Also nehmen wir mal den Josef. Der beste Bursche weit und breit. Trübt kein Wässerchen. Tut niemand weh. Lügt nie in seinem Leben. Gibt das Letzte her für einen anderen. Was man eigentlich einen „edlen Menschen" nennen könnte. Das ist der Josef.

Nicht daran zu rühren. Aber wenn er als Soldat versagt hätte... ich weiß nicht. Ich glaube, ich könnte ihm dann nicht so herzlich gesonnen sein, wie ich es bin und immer war.

Das ist das i-Tüpfelchen auf jeder Kameradschaft.

Klingt komisch, wie?

Noch genauer gesagt: Ich will mich bei meinem Kameraden nicht nur auf seine persönlichen Züge verlassen können, sondern auch auf seine rein sachlichen. O verdammt, es ist schwer auszudrücken.

Sei es, wie es sei.

In diesem meinem Sinne waren wir also die besten Kameraden. Mit Meier III sogar erlebte man Überraschungen. Während der italienischen Nacht auf der wildgewordenen Straße unter den flüchtenden Massen sah ich ihn neben mir an seinem MG herumtoben und beinahe weinen vor Wut, Sorge und Kummer. Immer wieder drehte er den Lauf probeweise auf die Flüchtenden, und oft blieb mir das Herz stehen vor Furcht, er könne losknallen. Er war eben ein Waffenmensch, das erlebte ich da wieder. Er war nicht Meier III, Schütze eins beim MG-Trupp. Er war das MG persönlich.

Na, und wir andern alle?

Gott behüte uns vor einer gleichen Sache noch einmal. Es gibt doch eine Grenze, und dafür haben uns unsere Mütter nicht geboren und unsere Väter sich nicht um uns gesorgt, und dazu sind wir nicht auf dieser Welt. Ein ganz verfluchtes Jahrhundert.

Der Ruhetag, der nach dieser großartigen Veranstaltung eingelegt wurde, war ziemlich eigenartig. Leutnant Schleiermacher ging um uns herum wie eine Katze um den heißen Brei, und wir um ihn ebenso. Wir reinigten unsere Waffen und, solange der Leutnant nicht in der Nähe war, nahmen wir uns die Offiziere vor. Der Bataillonskommandeur hatte die Führung niedergelegt, aus Gesundheitsgründen. Gegen ihn hatte keiner von uns etwas. Er war zu alt und körperlich diesen Anstrengungen nicht mehr gewachsen. Er war zu uns tadellos gewesen.

Aber wenn der Regimentsbesitzer und besonders unser Kompaniebesitzer zugehört hätten, wie wir von ihnen dachten, wäre ihnen etwas heiß geworden. Es war nicht zu ändern, sie waren vor dem Feinde ausgerückt, sie waren feige gewesen.

Wir waren fest überzeugt, daß das für sie ein bitteres

Nachspiel geben würde. Es waren zu viele Zeugen dafür vorhanden. Und es war auch zu jämmerlich gewesen.

Und unser Landserstandpunkt war ganz einfach. Wenn einer von uns aus dem Mannschaftsstande sich das geleistet hätte, was diese Herren sich geleistet hatten, nämlich nicht mehr und nicht weniger als „Feigheit vor dem Feinde", hätte uns kein Gott vor dem Kriegsgericht und, besonders unter Adolfen, kein Gott vor einem Todesurteil retten können.

Darüber waren wir uns einig. Dazu kam noch etwas.

„Wenn sie sonst anders gewesen wären", sagte Kurtchen Zech, „könnten wir ein Auge zudrücken. Aber den strammen Hund markieren, solange sie hinten sind, und uns Vorträge über Verhalten des wahren Kriegers in Not und Gefahr zu halten und dann im Gefecht... Mensch...", Kurtchen Zech verschlug es vor Erbitterung die Sprache, und allen anderen ging es ebenso.

„Wir sind überhaupt in einen feinen Verein geraten", äußerte Heinz-Otto, und dieses Gefühl hatten wir alle.

Wir fühlten uns bei dieser Truppe nicht wohl. Irgend etwas stimmte nicht. In der Hauptsache wird es wohl das Gefühl gewesen sein, daß wir bei einer Einheit waren, die noch nicht fertig ausgebildet und die nun in die schwersten aller Kämpfe, in den Waldkampf mit Russen, geschickt worden war. Wir wurden geplagt von einer inneren und äußeren Unsicherheit.

Wir fühlten uns aufgeschmissen, verraten und verkauft.

Am Nachmittag nahm mich der Leutnant mit zum Regimentsgefechtsstand. Hier erfuhren wir, daß der Sturm auf die Stadt S. noch einmal versucht werden sollte. Der Leutnant machte sich sofort hinter den Regimentsadjutanten und berichtete ihm, daß er für die Pak-Geschütze eine ideale Stellung habe, um die russischen Bunker mühelos zusammenzuschießen. Der Adju sah Leutnant Schleiermacher an, als ob der in eine Irrenanstalt gehöre.

„Bitte, lieber Schleiermacher, sagen Sie mir das noch einmal und zeigen Sie es mir auf der Karte. Davon ist uns nichts bekannt."

„Wie bitte???"

Und Leutnant Schleiermacher starrte den Adjutanten an, als ob dieser seinerseits in eine Irrenanstalt gehöre.

„Aber, Herr Hauptmann", stotterte er, „ich habe dem Regiment Meldung geschickt, ich habe eine genaue Skizze dazugelegt, und ich habe gebeten, daß unsere Artillerie uns nicht mehr beschießt."

Der Leutnant hatte einen hochroten Kopf. So also war es gewesen! Unser feiner Kompaniechef hatte diese Meldung gar nicht weitergegeben. Deshalb hatte uns das II. Bataillon für eingegrabene russische Panzer gehalten. Und deshalb hatte uns die eigene Artillerie beschossen.

Der Leutnant zitterte vor Wut. In der Nähe stand der Regimentskommandeur. Er hatte alles gehört und sagte kein Wort dazu. Dann und wann streiften uns seine kleinen roten Augen etwas unsicher. Es war ihm sicher äußerst peinlich, uns zu erblicken. Denn wir hatten ihn während der Panik als eine hilflose Figur auf der Straße umherirren sehen, und der Leutnant hatte ihn sogar angebrüllt.

Nun, ich betrachtete den Mann nicht ohne einiges Mitleid. Über kurz oder lang würde er degradiert sein und vor dem Hinrichtungskommando stehen. (Nichts von all dem traf ein.)

Denn eine Stunde später war der Oberstleutnant tot. Er fiel mit einem Ordonnanzoffizier im russischen Artilleriefeuer. Und wie das so ist, als ich den Rest dessen betrachtete, was kurz vorher noch ein Mensch gewesen war, dachte ich viel milder und christlicher. Schließlich war er nicht allein schuldig. Man hatte ihm schlecht ausgebildete Leute in diesen verfluchten Urwald mitgegeben.

Vorausgegangen aber war an diesem Tage, daß wir nicht in unsere „ideale Stellung" rücken durften. Nichts war es mit dem Zusammenschießen der russischen Bunker. Andere Befehle. Wir kamen zum I. Bataillon und bildeten eine Art Widerstandslinie mit der dritten Kompanie. Wir hockten in Löchern. Über uns weg das zusammengefaßte Feuer vom Iwan. Neben mir saß Heinz-Otto. Er sah in das kleine, dreckige Notizbüchlein hinein, in dem auch er sich manchmal Notizen machte.

Aber er las nicht, sondern seine Blicke hafteten starr und leblos auf den Blättern.

In einer Feuerpause hörten wir plötzlich eine Bärenstimme. „Meine Herren, ich denke nicht daran, meinen guten Namen hier bei Ihnen aufs Spiel zu setzen und meine Ehre als Soldat!"

Ei, verdammt, das waren Sätze! Lange nicht mehr gehört! Höchstens mal in einem Lesebuch gelesen! Wir hoben uns aus dem Loch. Wenige Schritte nach links, zwischen einigen dicken Bäumen, sahen wir einen uns völlig unbekannten Oberst, die dicken Beine in den Waldboden gestemmt, mit hochrotem, beinahe blauem Gesicht, der einige Offiziere anbrüllte. Auch unser Leutnant stand dabei.

„Ich mache das nicht mit!" schrie der unbekannte Oberst, der anscheinend völlig außer sich war. „Ich setze meinen guten Namen nicht aufs Spiel! Ich decke nicht die Verbrechen der Burschen, die diese Truppe einsatzbereit gemeldet haben! Ich denke nicht daran!"

Heinz-Otto und ich starrten uns sprachlos an. Das war eine Sprache!

„In einem so furchtbaren Moment", brüllte der Oberst weiter, „muß ich ein Regiment übernehmen, ohne Stab und ohne einen Schimmer, wo sich die Bataillone befinden! Das ist für mich eine glatte Unmöglichkeit, eine Unmöglichkeit, meine Herren!"

Eine Sekunde Stille.

Dann schrie er wieder: „Eine glatte Unmöglichkeit, eine Truppe zu führen, die halb ausgebildet ist, in alle Winde zerstreut ist und führerlos im Trommelfeuer hundert Meter vor dem Iwan liegt!"

Und dann sagte er plötzlich ganz ruhig: „Führen Sie mich durch die Stellung."

Und der tolle Bursche verschwand mit seinen Offizieren zwischen den Bäumen. Leutnant Schleiermacher ließ sich in unser Loch sinken und steckte sich eine Zigarette an. Er rauchte selten. Seine Hand zitterte etwas.

„Der neue Regimentskommandeur, Oberst Stiefvater, heute morgen mit dem Flugzeug gekommen. Wenn er jetzt schon weint, wie wird er erst heulen, wenn er was von unserer italienischen Nacht hört."

Eine Stunde später kam der russische Doppeldecker. Meier III, der einen sechsten Sinn hat, sah ihn zuerst und brüllte. Er schwebte ganz niedrig über dem Waldrand direkt auf uns zu. Und schon sahen wir auch die rotgelben Blitze auf uns herunterzucken. Er flog so langsam, daß es uns alle hochriß. Vielleicht konnten wir ihn mit unseren Pak-Geschützen... und bevor wir es zu Ende dachten, stürzten Leutnant Schleiermacher und ich aus dem Loch heraus und jagten in weiten Sprüngen zum ersten Geschütz. Dort sahen wir Kurtchen Zech mit dem Zielfernrohr das Flugzeug anvisieren. Es war zu spät. Der Doppeldecker donnerte über unsere Köpfe weg, und kaum dreihundert Meter entfernt schoß er einen Kraftwagen zusammen, aus dem die Leute wie leblose Puppen baumelten, als es vorbei war. Und alles war in Sekundenschnelle vorbei. Meier III feuerte inzwischen aus dem Flieger-MG. Zu spät.

In Schweiß gebadet legten wir uns wieder in das Loch.

„Kinder, wir sind immer noch zu lahm", sagte Leutnant Schleiermacher mürrisch. Und dann hörten wir die heisere Stimme von Heinz-Otto, der mit uns in dem Erdloch lag.

„Herr Leutnant...", Heinz-Otto deutete nach draußen, und sein Gesicht war völlig verzerrt. Wir sahen hin. Wenige Meter von unserem Loch ging mit leichten Schritten unser Kompaniechef, Leutnant Patz, vorbei. An seinem Knopfloch baumelte das Eiserne Kreuz. Frisch verliehen.

Wir hörten später, daß der neue Oberst Auszeichnungen verliehen habe, darunter dieses Kreuz hier an Leutnant Patz als Anerkennung für die „ausgezeichnete Leistung der Kompanie" während der Panik.

Wir hockten zu Stein erstarrt in unserem Loch. Keiner wagte, den Leutnant anzusehen. Niemand sagte ein Wort.

Schweigend verharrten wir wohl eine ganze Stunde nebeneinander. Dann holte Leutnant Schleiermacher ein Notizbuch heraus und schrieb. Er faltete das herausgerissene und beschriebene Blatt zusammen und verschloß es mit einer Sicherheitsnadel.

„Geben Sie das beim Kompaniechef ab", sagte er und reichte mir den Zettel. Ich hieb ab. Ich fand Leutnant Patz bei dem kleinen Flüßchen, wo er am Ufer saß und in das trübe Wasser hinunterstierte. Keiner seiner Männer war in der Nähe. Ich sah nicht einmal einen vom Kompanietrupp. Ich baute mich auf und gab ihm den Zettel und wollte seitwärts verschwinden.

„Warten Sie", sagte er heiser. Er war etwas blaß. Er las den Zettel, las ihn noch einmal und dann sagte er: „Ich bitte Herrn Leutnant Schleiermacher zu mir."

Ich sauste ab.

Was ich dann erlebte, werde ich wohl in meinem Leben nicht mehr vergessen. Leutnant Schleiermacher hörte mich mit unbewegtem Gesicht an. Dann kletterte er aus dem Loch. „Kommen Sie mit."

Langsam gingen wir durch das Stück Wald, und schon von fern sah ich den Kompaniechef noch immer regungslos am Wasser sitzen. Als er uns kommen sah, stand er auf. Ich blieb etwas zurück. Hochaufgerichtet ging unser Leutnant weiter, blieb drei Schritte vor Leutnant Patz stehen, hob die Hand an den Stahlhelm. Ich konnte jedes Wort hören.

„Machen Sie es mir nicht so schwer", sagte Leutnant Patz friedlich. „Setzen Sie sich hierher. Wir wollen uns einmal aussprechen, Schleiermacher. Stecken wir uns erst mal eine an."

Leutnant Patz setzte sich. Leutnant Schleiermacher blieb regungslos stehen.

„Sie wünschten mich zu sprechen."

„Herrgott noch mal", hörte ich den Kompaniechef sagen, „nicht dienstlich, ich wollte mich mal mit Ihnen aussprechen. Setzen Sie sich doch. Hören Sie mal zu, Schleiermacher. Wir sind doch sonst ganz gut miteinander ausgekommen. Ist doch Quatsch, wenn wir auf einmal Zicken miteinander machen. Wir müssen da doch mal das Mißverständnis aufklären. In dem Durcheinander auf der Straße vorgestern ging ja alles drunter und drüber. Keiner wußte mehr, was los war, nicht wahr? Ich auch nicht. Ich rannte wie 'n Verrückter hin und her, um den Verein zusammenzuhalten..." Leutnant Patz hielt ein und sah Leutnant Schleiermacher an. Es war eine Lüge, die Leutnant Patz da verzapfte, mein Leutnant wußte, daß es eine Lüge war, ich wußte, daß es eine Lüge war, und Leutnant Patz wußte, daß es eine Lüge war.

Und jetzt fragte Patz geradezu herzlich: „Nun hören Sie mal, Schleiermacher, deswegen braucht doch die Kameradschaft nicht zu leiden, nicht wahr? Sie werden doch noch Vertrauen zu mir haben, oder nicht?"

Einige Sekunden war Stille.

Ich sah unseren Leutnant nur von rückwärts, aber ich merkte, daß es ihn geradezu hochhob vor Wut.

„Nein, Herr Leutnant Patz", sagte unser Leutnant scharf, und er schrie es beinahe, „ich habe kein Vertrauen mehr zu Ihnen! Die Gründe dafür werde ich Ihnen sagen. Sie haben Ihre Kompanie feige im Stich gelassen. Sie haben mir und den Leuten gegenüber für Ihre Feigheit dumme Ausreden gebraucht. Sie haben dem Herrn Regimentskommandeur gegenüber Ihr feiges Verhalten vertuscht und ihn wahrscheinlich angelogen! Sonst hätten Sie von ihm niemals eine Auszeichnung erhalten. Sie wurden, wie Sie sich wohl noch erinnern werden, von den Leuten der Kompanie, und zwar von sämtlichen Leuten, Herr Leutnant Patz, offen ausgelacht! Und Sie wollen nun weiterhin unser Kompaniechef, unser Vorgesetzter bleiben? Das kommt ja wohl doch nicht in Frage! Ich habe Sie schriftlich um meine Versetzung gebeten. Ich für meine Person lehne es ab, unter der Führung eines Offiziers zu stehen, der sich offener Feigheit vor dem Feinde schuldig gemacht hat!"

Hand an den Helm und ab. Leutnant Schleiermacher war totenblaß, als er an mir vorbeiging, ich glaube, er sah mich nicht einmal. Aber auch Leutnant Patz, der sich während dieser furchtbaren Rede langsam erhoben hatte und mehr als einmal den Arm ausstreckte und mehr als einmal den Mund öffnete, um zu unterbrechen, auch er war bleich.

Er starrte unserem Leutnant nach. Dann ließ er sich wieder auf den Boden sinken. Ich machte, daß ich wegkam.

Ich hätte so etwas in meinem Leben nicht für möglich gehalten. Leutnant Schleiermacher war ein Mann, Donnerwetter noch mal.

15

Es ist einige Zeit vergangen, und ich kann erst heute wieder einiges aufschreiben. Wir sind längst irgendwo anders in diesem Urwald. Die Stadt S. wurde von einer anderen Division eingenommen.

Die Sache mit Leutnant Schleiermacher wurde eine grandiose Schweinerei. Vor einigen Tagen kam ein Zettel von Leutnant Patz: „Lieber Kamerad Schleiermacher! Ich habe Sie heute zum EK II eingereicht. Ich hoffe, daß dadurch unser Mißverständnis beseitigt ist und Sie Ihr Versetzungsgesuch zurückziehen."

Unser Leutnant schrieb auf den Zettel „Nein" und gab ihn mir offen, um ihn zurückzubringen; ich las den Zettel, und daher weiß ich es. Es war sehr schmierig von Leutnant Patz. Er hatte das Gesuch um Versetzung einfach nicht weitergegeben. Er hatte Angst.

Es gab einige Vernehmungen beim Regimentsstab. Und dann gab es den großen Rapport beim Divisionskommandeur. Ich war auch dabei. Ich sah Leutnant Patz hochelegant dastehen. Und das Ende vom Lied war, daß der General unseren Leutnant anfuhr: „Was ist das für eine Sauerei, verdammt noch mal! Offiziere und Mannschaften meutern gegen ihren Kompaniechef! Herr Leutnant Schleiermacher! Nur Ihrer Jugend und Ihrem tadellosen Verhalten während der letzten Gefechte haben Sie es zu verdanken, daß ich Sie nicht vor ein Kriegsgericht stelle!"

O verflucht, das waren Töne! Unser Leutnant, der da in seiner einfachen, bescheidenen, verdrückten, geflickten und sorgfältig gereinigten Felduniform inmitten des eleganten Stabes stand, ließ sich nicht einschüchtern. In größter Ruhe gab er noch einmal eine Schilderung der Panik, wie wir sie alle erlebt hatten, und gab seinen Eindruck von Leutnant Patz. Nun war die ganze verdammte Sache die, daß diese Panik sich ja unter der Führung des gleichen Generals ereignete, der hier als Richter stand. Und als Leutnant Schleiermacher schwieg, sagte der General ärgerlich, aber sichtlich etwas unsicherer: „Um das militärisch beurteilen zu können, sind Sie ein viel zu junger Offizier!"

Und jetzt ging Leutnant Schleiermacher durch. Zu unserem Entsetzen, die wir zwar abseits standen, aber jedes Wort hörten, antwortete er völlig kalt: „Jawohl, Herr General! Aber um in einer Panik, als alles die Nerven verlor, vorzufahren und einzugreifen und um die fliehende Truppe aufzuhalten, einschließlich des Herrn Regimentskommandeurs, Herr General, dafür war ich alt genug!"

Mensch, das gab ein Kriegsgericht.

Zu unserer größten Verblüffung antwortete der Divisionskommandeur nur leicht wütend: „Der Regimentskommandeur und die Kompaniechefs sind im Einsatz an keinen bestimmten Platz gebunden, das dürften Sie wissen!"

Leutnant Schleiermacher ging wieder durch. Er war nicht mehr zu halten. Ich bemerkte, wie ihm Offiziere, die hinter dem General standen, entsetzt Zeichen gaben, aber er war nicht zu halten.

„Herr General", antwortete er scharf, „es dürfte wohl ein Unterschied sein, ob sich eine Truppe in Ordnung mit ihren Offizieren absetzt oder ob in einer Panik die Offiziere ihre Leute im Stich lassen und allen voran flüchten! Herr General, ich bitte auch die anderen Zugführer der Kompanie und den Kompanietruppführer zu hören. Das sind die Männer, die vorne in ihren Stellungen geblieben sind, während der Kompanieführer ausrückte, als einziger, Herr General! Und er machte nicht einmal einen Anlauf, um die zurückströmenden Infanteristen aufzuhalten!"

Wir waren alle, einer wie der andere, Offizier und Mann, zu Stein erstarrt. Das wagte ein kleiner Leutnant seinem Divisionskommandeur, einem General, zu sagen! Was heißt „zu sagen"... ins Gesicht zu schleudern!

Wir dachten, wir träumten, als der General nur verdrossen auf den Absätzen auf- und niederwippte. Dann griff er nach rückwärts und murmelte etwas zu einem Adjutanten. Der reichte ihm ein Buch. Es war „Mein Kampf" von Adolfen. Er schlug das Buch auf und las einen Satz vor, den ich nicht behalten habe, der aber sinngemäß etwa lautete: „Ein Soldat hat zu schweigen, auch wenn ihm Unrecht geschieht."

Unser Leutnant sah den General erstaunt an. Darauf war er wohl nicht gefaßt gewesen. Und der General klappte das Buch mit einem Knall zu und pfiff den Leutnant an: „Auch ein Leutnant hat zu schweigen, wenn ihm Unrecht geschehen sollte! Merken Sie sich das! Das Wichtigste für eine Truppe ist und bleibt die Disziplin. Was diesen Fall betrifft, so verlange ich von den Offizieren der vierzehnten Kompanie Gehorsam gegenüber ihrem Kompanieführer! Durch das Verhalten der Zugführer der vierzehnten Kompanie wurde die Autorität des Offizierskorps gegenüber den Unteroffizieren und Mannschaften untergraben!"

Das war dünn.

Der General sah wütend von einem zum anderen, und plötzlich machte er eine ungeduldige Handbewegung und sagte: „Ich will von der ganzen Sache nichts mehr wissen. Treten Sie ab!"

Ohne einen Blick auf unseren Leutnant zu werfen, zottelten wir durch den Wald zurück, die ganze Sache hatte im Freien stattgefunden. Uns war zumute, als hätten wir mit dem Holzhammer eine auf den Kopf bekommen.

Dies alles ist nun einige Zeit her.

Die vierzehnte Kompanie wurde aus Gründen, die mit dieser Sache nichts zu tun hatten, aufgelöst. Leutnant Schleiermacher wurde zur Infanterie versetzt. Und wir auch.

Auf der „Panikstraße" fuhren wir zum III. Bataillon, wohin wir versetzt worden waren.

Auch das ist nun längst vorbei.

Wir fuhren tief nach Finnland hinein. Lange finnische, pferdebespannte Kolonnen überholten wir, und an unzähligen Soldatengräbern kamen wir vorüber. Die Finnen sind eine erstaunliche Armee. Oft können wir uns gar nicht beruhigen über ihren Gleichmut, ihre Kaltblütigkeit und ihre Grausamkeit im Kampf. Sie haben, diese enormen jungen Waldläufer, beinahe ihre gesamte Ausrüstung an Waffen den Russen abgenommen. Sehr eigenartig berührten uns ihre Kanonen. Diese erbeuteten russischen Kanonen waren von Deutschland an Rußland geliefert worden. Und die russischen Pak-Kanonen sahen den unseren zum Verwechseln ähnlich. Als Leutnant Schleiermacher, der mich eisern bei sich behalten hatte, einmal mit mir bei einem kurzen Halt unterwegs so ein Geschütz näher betrachtete, stellten wir fest, daß es von der deutschen Firma Rheinmetall-Borsig stammte. Auch das hervorragende russische Allroundgeschütz, die berühmte und gefürchtete „Ratsch-Bumm" (Abschuß und Einschlag beinahe gleichzeitig), stammte von deutschen Konstrukteuren und aus deutschen Werkstätten. Es war eine 7,62-cm-Kanone. Sie wurde als Pak, als Flak, als Infanterie- und als Artilleriegeschütz verwandt, und sie war hervorragend. Und diese hervorragende, beinahe als vollkommen zu bezeichnende Kanone hatten wir nach Rußland geliefert, ohne sie selber bei uns einzuführen und in Gebrauch zu nehmen!

Es gab tolle Sachen in der Welt.

Übrigens fühlten wir uns trotz der Trostlosigkeit der Landschaft hier oben im Norden, sobald wir bei finnischen Truppen waren, niemals verlassen und aufgeschmissen, sondern wie bei Brüdern in einer Familie. Das merkte ich besonders stark, als Leutnant Schleiermacher mit mir einen finnischen Kornett in seinem Waldbiwak besuchte. In seinem schwarzen Finnenzelt, das ziemlich groß war, stand ein kleiner Blechofen, von dem aus ein Rohr ins Freie ging. Ich dachte, ich sehe nicht recht, als ich an diesem Blechofen das schönste Mädchen der Welt hantieren sah. Es kochte Tee. Es war groß gewachsen und hatte weizenblonde Haare, eine Haut wie ein Pfirsich, strahlend große, beinahe grüne Augen, und es war eine Schönheit. Ich schluckte vor Überraschung. Und auch Leutnant Schleiermacher riß seine Kinderaugen auf, und es verschlug ihm zunächst mal völlig die Sprache. So also, dachte ich, so leben die finnischen Soldaten!

Sie sprach sogar deutsch, diese finnische Schönheitskönigin. Wir waren erschlagen. Der Kornett, ein freundlicher, kleiner, viereckiger Bursche, merkte, daß wir erschlagen waren, und lachte.

Das schöne Mädchen war eine der berühmten Lottas, von denen wir schon so viel gehört und von denen wir auch schon welche gesehen, aber noch nie so aus nächster Nähe gesehen hatten. Unzählige dieser Lottas, junge Mädchen, betreuten die finnischen Soldaten. Und zwar in völliger Selbstlosigkeit. Sie trugen graue Leinenkleider, eine leinene Bergmütze und auf dem Busen (und was für Busen!) das Lottaabzeichen. Sie richtig zu benennen, war sehr schwierig. Natürlich pflegten sie die Verwundeten, aber sie taten noch viel mehr. Sie kochten, sie wuschen, sie flickten, und alle waren sie Freiwillige. Und, das merkten wir sehr bald, und alle unsere Vermutungen waren sehr falsch gewesen, sie genossen das hohe Ansehen und den hohen Respekt beinahe wie Vestalinnen. Obwohl sie mit der Truppe eng zusammenlebten, kamen niemals Zügellosigkeiten vor, weder bei ihnen noch bei der Truppe. Sie waren einer außerordentlich strengen Disziplin unterworfen.

Während der ganzen Zeit, da ich in Finnland war, habe ich niemals auch nur den Hauch einer Anzüglichkeit zwischen den finnischen Soldaten und den Lottas erlebt.

Also wir staunten dieses schöne Waldwesen an.

Der Kornett sprach deutlich mit uns.

„Ihr habt keine Ahnung", sagte er, und er wurde immer deutlicher, je mehr er sich in den Kognak vertiefte, den wir ihm mitgebracht hatten, „ihr habt keine Ahnung, womit ihr euch hier oben eingelassen habt. Ihr seid Leute für betonierte Bunker. Aber für den Mord im Walde seid ihr untauglich. Das werdet ihr noch erleben."

Und wir erlebten es.

Wir erlebten es, als Hauptmann Bern mit seinem Bataillon völlig abgeschnitten im Karelischen Wald lag und jede Nachricht von ihm fehlte und kein Spähtrupp zu ihm durchgekommen war.

Der Regimentskommandeur, der Leutnant Schleiermacher nicht leiden konnte, weil er ihn vom Hörensagen noch als Rebellen ansah, ließ ihn trotzdem rufen: „Schleiermacher, Sie müssen es schaffen. Entweder Sie kommen zu Hauptmann Bern durch, oder ich will Sie hier nicht mehr sehen."

Schön. Gut. Der Spähtrupp, den der Leutnant sich zusammenstellt, hat es in sich. Es sind lauter Rebellen. Wir haben MG und Maschinenpistolen. Kurtchen Zech, Heinz-Otto, der Josef, Meier III und der Krumbhaar und ich sind natürlich dabei.

Eigentlich, wenn wir uns recht besannen, war die schöne alte Zeit nicht wiedergekommen, in der wir uns gemütlich zusammensetzten und klönen konnten. Dafür waren die Tage hier im Norden zu unruhig, zu nervös.

Auch fanden wir allmählich, daß wir eine sehr eigenartige Gruppe bildeten. Keinem von uns war bisher etwas passiert. Keiner war aber auch bisher befördert worden, und keiner hatte es mit Auszeichnungen weitergebracht. Wahrscheinlich wäre das anders gewesen, wenn wir nicht zu Leutnant Schleiermacher gehört hätten. Aber wir gehörten nun einmal zu ihm, und wir hatten es fertiggebracht, auch jetzt bei ihm zu bleiben nach der Auflösung der vierzehnten Kompanie und unserer Versetzung zur Infanterie.

Der Spähtrupp stand angetreten. Wir starrten in den riesigen Wald vor uns, in dem irgendwo Hauptmann Bern mit seinen Leuten entweder schon tot und erledigt oder zumindest ziemlich hoffnungslos in Löchern saß, umgeben von den Iwans.

Wir waren ein Himmelfahrtskommando, soviel war sicher, alles andere war unsicher. Der Leutnant war sehr still. Und sehr still wies er uns kurz in die Lage ein. „Wir gehen in Keilform durch den Wald", sagte er langsam, als ob er jedes Wort abwäge. „Mit Meier III gehe ich an der Spitze, das MG im Hüftanschlag. Ihr folgt, sagen wir mit fünf Meter Abstand, und sichert nach links und rechts. Die Munitionsträger gehen in der Mitte. Und sobald wir auf den Iwan stoßen, stürmen wir. Die MG feuern aus der Hüfte. Wir kümmern uns nicht darum, was links und rechts ist. Wir stürmen so lange durch den Wald, bis wir auf die eigenen Leute treffen. Wenn ich ausfalle, übernimmt Zech den Befehl, und wenn dieser ausfällt, Brügmann. In diesem Falle werde ich liegengelassen. Das gilt auch für alle anderen. Auf Gefallene und Verwundete wird keine Rücksicht genommen. Ich muß euch die Wahrheit sagen. Und dann muß ich euch noch etwas mitteilen. Wer nicht folgt oder zurückbleibt, wird auf Befehl des Regiments standrechtlich erschossen. Auch das ist die Wahrheit. Und nun los."

Uns war grau zumute.

Auseinandergezogen durchschritten wir den Wald. Und wir brauchten nicht lange zu warten. Schon nach kaum dreihundert Metern bekamen wir das erste Feuer. Neben mir brüllte Leutnant Schleiermacher: „Fertigmachen zum Sturm!" Und dann rasten wir geradeaus, und hinter einem dichten Gestrüpp sahen wir soeben große Gestalten aus ihren Löchern kriechen. Aus allen unseren Läufen zuckten die Flämmchen. So waren wir also, kaum zehn Minuten, nachdem wir angetreten waren, im Handgemenge mit den Russen, und es war zum erstenmal, daß wir ihn so dicht vor unseren Augen hatten. Wollte Gott, ich könnte genau beschreiben, wie es war. Ich fühlte mich von oben bis unten in heiße Glut eingehüllt, ich hörte mich schreien und brüllen, ich hielt meine Maschinenpistole in das Rudel hinein und fühlte sie unter den Feuerstößen zittern. Und dann tauchte vor mir, wie aus dem Waldboden gewachsen, ein riesiger Kerl auf, dem ich die Maschinenpistole vor den Bauch hielt, ich brüllte aus Leibeskräften, und ebenso unwahrscheinlich, wie er vor mir aufgetaucht war, brach er vor mir zusammen.

Natürlich waren wir verloren. Es wimmelte von riesengroßen, fremden Gestalten.

Und dann sah ich wie im Traum so fünfzig Meter vor mir

frisch aufgeworfene Dreckhaufen und hörte das unverkennbare Hämmern eines deutschen Maschinengewehrs. Wir waren durch! Wir waren bei Hauptmann Bern!

Und jetzt brüllte alles: „Eigene Truppe!... Eigene Truppe!" Und dann versanken die fremden Gestalten irgendwo wie durch Zauberhand. Vor mir richtete sich ein dünner Leutnant auf und schrie mir etwas entgegen, ich stolperte nach vorne und fiel ihm um den Hals.

Luft hatten wir keine mehr. Wir fielen in die Löcher und schnappten. Ich glühte immer noch von oben bis unten, als ob ich auf einem Rost läge, dazwischen zitterte und bebte ich an allen Gliedern, und dann schluchzte ich auf.

Ich kam erst wieder richtig zu mir, als ein blutjunges Bürschchen auf mich zuhüpfte, eine Bergmütze verwegen über dem total verdreckten und verschmierten Gesicht, und mir die Hand schüttelte.

Dann gingen wir immer noch wie im Traum weiter, mehrere hundert Meter, und kamen zum Bataillonsgefechtsstand, das war einfach ein breites Loch inmitten eines Kreises anderer breiter Löcher.

„Da liegt der Alte", sagte das Bürschchen und kehrte um, nicht ohne mich wohlwollend auf meinen Rücken geklopft zu haben. Jetzt stand auch plötzlich Leutnant Schleiermacher neben mir. Und aus dem Stabsloch richtete sich Hauptmann Bern auf, völlig verdreckt, aber mit großen veilchenblauen Augen in dem abgemagerten Gesicht. Leutnant Schleiermacher meldete, ich hörte es nicht, ich war zu aufgeregt.

„Sehr prächtig", antwortete Hauptmann Bern. „Außergewöhnlich prächtig. Erst mal einen Schluck Kognak für diese Elitetruppe. Haben Sie Munition mitgebracht?"

Wir hatten. Und Hauptmann Bern ließ seine scharfen Augen höchst wohlgefällig auf den Gurten und Kästen und unseren Waffen ruhen.

„Gott segne diese Elitetruppe", sagte er, und die Leute in seiner Nähe, mit ihren hageren, ausgehöhlten, unausgeschlafenen und wachsfarbenen Gesichtern, grinsten in ihre Bartstoppeln. Wir grinsten auch.

Und nun gab er seine Befehle, kurz, schnell und bündig. Es war ein Mann, der wußte, was er wollte. Seine dunkelblauen Augen lagen forschend nacheinander auf jedem von uns. Und unwillkürlich ging uns ein innerer Ruck durch und durch. Wir wußten, daß wir hier in eine ganz und gar üble Sache geraten waren. Und trotzdem wurde uns ganz wohl zumute. Das kam daher, daß wir sofort spürten, daß wir sozusagen in kräftigen Händen waren. Es gibt keinen Dienstgrad, der seine Vorgesetzten so schnell und so richtig durchschaut, wie der Landser. Unwillkürlich sahen wir uns an und nickten uns heimlich zu.

„Also hör mal genau zu, Schleiermacher", sagte er zu unserem Leutnant. „Das hier ist ja alles saure Gurke und liegt in Weinessig, und danach müssen wir uns richten."

Indessen rings um uns ganz ordentliche Dinger wuchteten, aber Gott sei Dank alle in einiger Entfernung, sagte Hauptmann Bern: „Dort ist eine Lücke zur Straße." Er zeigte mit seinem Knüppelstock hin. „Die habe ich bis jetzt allein gestopft und zugenäht. Du legst dich mit deiner Elitetruppe zwanzig bis dreißig Meter im Halbkreis vor mich und buddelst dich ein, so schnell und so tief wie möglich. Mit Munition müßt ihr haushalten, als ob's Brillanten wären. Du selber buddelst dich hier in meiner Nähe ein. Bis dein Dreckloch fertig ist, bleibst du bei mir. Los!"

Der Leutnant hockte sich zu Bern, und ich auf seinen Wink daneben. Die anderen machten sich nach vorne.

„So", sagte Hauptmann Bern zufrieden, „und nun erzähl mal von unseren Stabsheinis. Wie geht es den sehr verehrten Feldherren? Haben Sie schon das Ritterkreuz dafür bekommen, daß sie Infanteriekompanien kilometerweit allein in den Wald hinein angreifen ließen? Nein, noch nicht? Dann kommt's noch. Hier, gib mal deiner Elitetruppe 'n paar Zigaretten."

Leutnant Schleiermacher gab mir das Päckchen, und ich ging zu unserem Stoßtrupp und verteilte.

Sie waren alle sehr erschöpft.

Kurtchen Zech sah ziemlich blaß aus und hatte ganz blaue Lippen. Der Sturmlauf durch den Wald zu Hauptmann Bern hatte ihn sehr mitgenommen. Der Josef buddelte schweigend und verbissen und schenkte mir seine Zigarette. Der Krumbhaar zerrte schweißüberströmt an einer kleinen, zähen Baumwurzel. Heinz-Otto hatte eine weiche Stelle erwischt und war schon einen Viertelmeter im Boden. Und wie ein Schutzengel für alle klebte Meier III mit seinem Maschinengewehr an der Erde hinter einem Baum und durchforschte ringsumher den Wald.

Wir redeten nicht viel zusammen. Und einen Augenblick lang hatte ich das dumme Gefühl, daß keiner von uns zurückkommen würde. Ich ging noch einmal zu Heinz-Otto.

„Hier ist's richtig, was?" sagte ich, nur um etwas zu sagen.

Heinz-Otto richtete sich auf, wischte sich den Schweiß aus

dem Gesicht und sagte: „Friedlich, friedlich. Aber nur unter strengster Diskretion. Ganz üble Geographie hier. Was meint denn..."

Er verstummte und starrte nach rechts. Dort, ungefähr hundert Meter entfernt, huschte ein Landser zu uns her, er kam von vorne; mit unglaublicher Gewandtheit, wie ein Raubtier, umglitt er Bäume und Unterholz, ein lautloser Schatten, und wir hatten beide sofort ein unangenehmes Gefühl. Der Mann schien halblaut vor sich hinzusprechen. Jetzt kam er zu Kurtchen Zech, murmelte etwas vor sich hin, ohne ihn anzusehen, und glitt weiter zu uns her. Nun war er bei uns. Es war ein mittelgroßer, kräftiger Mann mit wildverzottelten, rabenschwarzen Bartgemüsen um das Kinn, und er warf aus funkelnden, dunklen Augen einen flüchtigen Blick auf uns, und jetzt hörten wir auch, was er ununterbrochen halblaut sagte.

„Der Iwan kommt von halbrechts... der Iwan kommt von halbrechts..."

Ich sah alle Mann vom Stoßtrupp aufgerichtet nach vorne starren. Ich rannte nach hinten zum Leutnant. Und hörte gerade, wie der Melder seinen unheimlichen, monotonen Vers aufsagte: „Der Iwan kommt von halbrechts."

Ich kann ruhig sagen, daß mir der tiefe Schrecken in die Kniekehlen fuhr. Der Sturmlauf durch den Wald zu Hauptmann Bern hatte mich erheblich mitgenommen. Sehr erheblich. Und es war nicht der Feind, der mich in diesem Gott sei Dank kurzen Augenblick in Schrecken versetzte. Es war die finstere Tatsache, daß dieser Feind der Russe war. Und daß von ihm gefangengenommen zu werden, das Entsetzlichste war, was jedem von uns passieren konnte.

Aus dieser inneren Marmelade riß mich die ruhige, laute Stimme von Hauptmann Bern.

„Schööööön naaaahhhh raaaaankoooommen lassen! Jeder Schuß muß sitzen!"

Ich warf mich zwei Schritte neben den Leutnant, wir hörten schon das breite „Urräh... Urräh... Urräh..." von halbrechts.

Und mitten in dem jetzt losbrechenden rasenden Gewehr- und Maschinengewehrfeuer sah ich Hauptmann Bern sich aufrichten und über seine Leute hinweg den Russen entgegenbrüllen: „Kommt schon her!... Gleich werdet ihr bedient!... Wollt ihr noch mal die Schnauze voll haben?"

Und ich hörte auch das grimmige Gelächter der Männer, die

neben und vor uns lagen und mit überschlagenden Stimmen wiederholten: „Kommt schon her... kommt schon her!"

Und diese unaufhörlich gebrüllten Worte und Schreie erzeugten eine geradezu teuflische Wut in uns. Ich habe niemals vorher eine solche grimmige, bis zum Wahnwitz entschlossene Kampfstimmung mitgemacht. Alle Angst war verflogen.

Wir hatten uns in Hauptmann Bern nicht getäuscht.

Und wenn hier von einer Elitetruppe die Rede war, so waren seine Leute, einer wie der andere, eine Elitetruppe. Mit völliger Ruhe wurden die Gurte in die MG eingeführt. Feuerstoß um Feuerstoß funkte hinaus.

Und jetzt erst sah ich sie.

Die ersten großen, braunen Gestalten wurden zwischen den Stämmen sichtbar. Sie sprangen geduckt näher, warfen sich hin, sprangen wieder auf. Und jetzt waren es nicht mehr einzelne, sondern ganze Rudel.

Ich hatte das verdammte Gefühl, eine Herde Gorillas käme angehüpft. Es lag etwas Bösartiges und Gespenstiges in diesen hüpfenden, brüllenden Angreifern.

Ihr Schlachtgebrüll war sonderbar. Und unheimlich. Einer von ihnen, der eine Art Vorbrüller war, stimmte mit hohem Tenor ein „Urräh" an, und dann fielen die anderen beinahe im Takt und fast monoton in regelmäßigen Abständen mit ihrem Geschrei ein. Jetzt knickten die Vordersten in sich zusammen. Und nun war es von unserer Seite aus nur noch eine einzige Raserei von Schüssen.

Keiner von den Iwans kam näher als etwa zwanzig Meter. Leutnant Schleiermacher schoß kniend. Wieder und wieder kreiste die Mündung seiner Maschinenpistole von rechts nach links. Ich lag drei Schritte neben ihm und sparte meine Patronen, bis vielleicht der Augenblick kam, in dem ich dem Leutnant die Kerle vom Halse halten mußte. Dann und wann ließ ich mit merkwürdiger Seelenruhe meine Blicke über die ganze Szene schweifen. Wenn noch mehr Russen kommen sollten, war es natürlich aus mit uns.

Mein Gesicht war brennend heiß. Aber nicht der Hauch einer Furcht bewegte mich. Die Nähe eines Mannes wie Hauptmann Bern und die Nähe von Leutnant Schleiermacher und die Gewißheit, Kurtchen Zech und Heinz-Otto und den Krumbhaar und den Josef und Meier III bei mir zu haben, obwohl ich sie nicht sehen konnte... das alles... das alles, ja was war das alles eigentlich?

Das alles war Wahnsinn, gewiß. Es war Wahnsinn, daß ich, wahrlich kein Krieger von Gottes Gnaden, sondern ein Zivilist, ein Bürger oder was weiß ich, plötzlich hier oben im Norden Europas in einem finsteren Walde lag und mit wildem Grimm um mich schoß. Natürlich war das Wahnsinn, was denn sonst.

Und doch war ich in diesen Augenblicken ein geborener Soldat, tatsächlich, ich war es. Und ich hätte mich zeit meines Lebens vor Reue zerrissen, wenn ich es jetzt, in diesen furchtbaren Augenblicken, nicht gewesen wäre. Das dämliche Sätzchen: „Wenn schon, denn schon" bekam ein ungeheures Gewicht. Das „denn schon" machte mich mit meinen Kameraden Kurtchen Zech, Heinz-Otto und den andern, die mit mir in der Tinte saßen, zu einem guten Soldaten.

Dies alles ging im Bruchteil einer Sekunde durch meinen heißen Kopf. Man kann ein ganzes Leben im Bruchteil einer Sekunde erleben. –

Das Urrähgeschrei wurde vereinzelter. Was von braunen Figuren noch zwischen den Bäumen stand oder lag oder kniete oder heranhüpfte, schrie nicht mehr. Ich sah ganze Hügel von leblosen Russen.

Und dann brach noch ein einziger, einsamer, seltsam klagender Urrähruf durch den Wald. Auch unsere Waffen klekkerten nur noch da und dort, und nun schwiegen sie ganz.

Ich starrte mit grenzenloser Verwunderung nach vorne. Der Angriff war abgeschlagen. Wir waren nicht draufgegangen. Hauptmann Bern sprang auf und rief: „In Ordnung, Kinder!"

Und ich sah die dreckigen, schweißüberströmten, bärtigen Gesichter der Männer sich nach hinten drehen, und sie grinsten geschmeichelt. Der Alte hatte sie gelobt.

Da und dort zogen winzige Zigarettenwölkchen hin und her. Ich sah Meier III hinter demselben Baum stehen, wo ich ihn zuletzt gesehen hatte, er sah unentwegt nach vorne.

„Dieses war der zweite Akt", hörte ich Hauptmann Bern zu Leutnant Schleiermacher sagen. „Und nun, Schleiermännchen, die Lage. Da vorn ist der Waldweg ist die Vormarschstraße nach Louchi. Wir sollten eigentlich auf der anderen Seite des Waldweges sitzen, aber was Gott will, ist recht getan. Hier sitzen wir eingeigelt, was der Herr schon gemerkt haben wird. Wir sitzen im Rücken vom Iwan, aber auch in unserem Rücken sitzt der Iwan. Das ist die Chose. Wie Herr Leutnant gesehen haben, greift er mal vorne, mal hinten, mal rechts, mal links an. Bis jetzt ging's gut. Es ging aber nur gut, weil sie bisher immer nur von einer Seite angriffen. Riesiges Schwein, daß sie nicht mal auf den königlich-preußischen Einfall kommen, von allen Seiten zugleich anzugreifen. Dann ... na ja. Also, Schleiermännchen, wir sitzen hier am neuralgischen Punkt. Das heißt, poetisch ausgedrückt, der Iwan wird hier bald mit Panzern kommen. Pak haben wir keine, weil wir eine Elitetruppe sind. Aber ein paar T-Minen habe ich legen lassen. Panzerbüchsen haben wir auch nicht. In solchen auserlesenen Fällen wie diesem hier wären zerlegbare Paks fällig, aber das kann man von verkalkten Stabshengsten nicht verlangen. Dies hier ist ein klassisches Sumpfunternehmen im größten Stil. Im Rücken des Feindes. Und dazu gehört eine Gebirgsjägerausrüstung. Maulesel und Haflinger zum Tragen der Waffen und schweren Munition. Haben wir das alles? Oh, mitnichten nein! Dafür haben wir Fahrzeuge, dafür sind wir vollmotorisiert. Deshalb stehen auch die Fahrzeuge unverwendbar hinten. Na ja, Schleiermännchen, also spricht ein alter Krieger: Dieser ganze Feldzug in Lappland ist die Idee von Geisteskranken. Alle paar hundert Kilometer lassen sie kleckerweise eine Division angreifen. Ohne Schwerpunkt. Jeder Divisionsbesitzer soll versuchen, an die Murmanbahn heranzukommen. Knalleffekt: Es kommt keiner 'ran, und uns geht die Luft aus. Ausgeblutet."

Zuletzt hatte Hauptmann Bern trotz des Kasinojargons mit tödlichem Ernst gesprochen.

Nun gab er einen Funkspruch ans Regiment durch: „Russischen Infanterieangriff abgeschlagen. Stoßtrupp Schleiermacher ohne Verluste durchgekommen. Erbitte weitere Munition und Verpflegung."

Die Antwort kam sofort: „Stoßtrupp Schleiermacher wieder zurück."

Hauptmann Bern antwortete kurz: „Schleiermacher bleibt hier."

Und es war eigentlich für uns egal. Wir saßen hier in der Tinte und würden beim Rückzug in noch dickere Tinte kommen. So war es besser, daß wir hier bei einem Offizier blieben, vor dem wir Respekt hatten und bei dem wir uns nicht verraten und verkauft vorkamen.

Der Iwan griff noch einmal an, aber nicht mehr mit derselben Heftigkeit wie vorhin, und er kam auch nicht mehr so nah heran. Nur einmal hörten wir, kurz vor einem seiner neuen Anläufe, deutsche Worte: „Nicht schießen ... eigene Truppe!" Und dann war Stille. Wir starrten schweigend in den Wald hinein. Es konnte leicht sein, daß tatsächlich ein deutscher Stoßtrupp, so wie wir, durchgekommen war. Niemand meldete sich, niemand kam! Nach kaum einer Stunde hörten wir von ganz vorne einen Ruf: „Sie kommen von links!" Wir brauchten keine Vorbereitungen, wir waren in jeder Sekunde bereit, und so sahen wir nach vorne. Und nun kamen wieder deutsche Worte: „Nicht schießen, nicht schießen ... eigene Truppe!" Ich blickte Hauptmann Bern an und sah, daß er die Lippen zusammenbiß, er war einige Sekunden unschlüssig, jetzt aber schrie er: „Vorsicht!" Und mitten in dieses Wort hinein kam auch schon Urrähgebrüll. Der Hauptmann hatte zu spät gewarnt. Mit dieser Finte war der Iwan eingebrochen.

Kaum fünfzig Meter vor uns tobte der Nahkampf. Zwischen den Stämmen tauchte Freund und Feind auf und nieder, Schreie und Schüsse. Wir blieben, wo wir waren, den Finger am Drücker und die Augen rundum. Dann und wann, wenn uns einer in die freie Schußbahn geriet, schossen wir.

Der ganze wüste Traum dauerte kaum zehn Minuten, dann verschwand der Iwan wieder. In der Mitte unseres Igels sammelten wir unsere Schwerverwundeten. Hauptmann Bern war ihretwegen in großer Sorge. Immer wieder hörte ich ihn vor sich hinmurmeln: „Wie kriege ich sie 'raus, wie kriege ich sie 'raus?"

Nach einer weiteren Stunde erhob sich hinter uns ein lautes Gebrüll: „Nicht schießen! Eigene Truppe! Hier ist Hahn, Hahn, Hahn!"

Und: „Hahn! Hahn!" ertönte es erfreut von allen Seiten. Leutnant Hahn kam wie ein Berserker mit seinem Stoßtrupp an und brachte Munition und Verpflegung.

„Was macht ihr denn hier?" fuhr er uns wütend an, „der Iwan ist weg! Habe keinen gesehen!"

„Du sollst mit deinen Vorgesetzten in würdiger Form verkehren", sagte Hauptmann Bern und erhob sich aus seinem Loch. Es ergab sich, daß der Russe nach seinem letzten Sturm im Rücken Berns sich abgesetzt hatte, und also verfügten wir über einen halbwegs sicheren Nachschubweg.

Hahn ging, mit sämtlichen Verwundeten in der Mitte, beim Beginn der Abenddämmerung zurück, und da wir keinen Lärm hörten und kein Schuß fiel, waren wir froh, anscheinend kam er durch.

Dafür hatten wir vorne eine heftige Nacht. Es gibt nichts Scheußlicheres, als in diesen Wäldern nächtliche Kämpfe. Wir saßen schließlich wie betäubt in unseren Löchern, über uns, links und rechts und hinter uns detonierten in ununterbrochenem Feuerwerk Geschosse aller Sorten. Zu guter Letzt empfand ich nahe Einschläge, als ob mir jemand ununterbrochen mit einem Hammer auf den Hinterkopf schlüge, daß mir sämtliche Zähne weh taten. Von der Straße her hörten wir das unaufhörliche Klappern von Fahrzeugen, laut schreiende und sprechende Russen und wiehernde Pferde.

Ab und zu ließ Hauptmann Bern aus den Granatwerfern einige Granaten hinüberjagen, sie krachten schaurig durch die Nacht beim Einschlag. Einmal muß eine Granate russische Munition getroffen haben, denn eine unbeschreibliche, ineinanderfetzende Reihe von Donnerschlägen erhellte den Wald, und nachher hörten wir das Jammern und Schreien der verwundeten Russen laut durch die Nacht dringen.

Aber auch das Klagen und Rufen unserer eigenen Verwundeten hörten wir aus der Nähe und aus der Ferne. Und das war der Punkt, an dem wir für keinen Trost und kein Selbstzureden mehr zugänglich waren. Verzweifelt gruben wir uns tiefer in den Waldboden. Inmitten dieser Nacht lagen wir unaufhörlich von einem satanischen Leuchtfeuer der Granaten grell angestrahlt. Die russischen Granaten, die „Mungos", waren das Schlimmste. Niemals hörte man sie kommen. Man vernahm nur die drei dumpfen Abschüsse, dann schlug es ein.

Hauptmann Bern fand ein gutes Mittel, uns abzulenken. Er ließ im Schutz dieses wütenden Durcheinanders die Schwerverwundeten zurückbringen. Und jeder, der damit zu tun hatte, schaltete sich selber völlig aus und konzentrierte seine Angst, seine Wut, seine Energie und alles, was er an moralischen Mitteln und körperlichen Fähigkeiten zur Verfügung hatte, auf diese Aufgabe.

Sie gelang.

Aber auch diese Ablenkung vermochte auf die Dauer uns nicht von der Gewißheit abzubringen, daß der Iwan für die Stunde des Morgengrauens einen schweren Angriff vorbereitete. Hauptmann Bern ging umher von Loch zu Loch.

„Ihr wißt ja Bescheid", sagte er, weiter nichts.

So schlich sich die Nacht dahin. Hauptmann Bern und Leutnant Schleiermacher saßen zusammen in einem Erdloch und rauchten. Ich hockte, meinen Karabiner im Arm, dicht hinter ihnen in einem halbmannshohen Loch und beobachtete nach allen Seiten.

Die Leuchtkugeln beider Parteien stiegen lautlos über die Bäume und erhellten den Wald, in dem dann Bäume und Sträucher wie eine unwirkliche Bühnendekoration wirkten. Ich hätte gern in diesen Nachtstunden ein paar Worte mit meinen Freunden gesprochen, aber ich sah sie nicht.

Nur kurz nach Mitternacht huschte eine Gestalt heran, murmelte einiges mit Hauptmann Bern, und dann hörte ich meinen

Namen. „Hinter mir sitzt er", sagte der Leutnant, und die Gestalt ließ sich über meinem Loch in Kniebeuge nieder. „Herr Zech und Herr Brügmann lassen grüßen. Sie sagten, du hättest noch Zigaretten." Ich reichte eine halbe Packung hin und sagte: „Du fauler Kopp, du Armleuchter! Es gab doch erst vorhin Zigaretten."

Der Mann kicherte. „Werde dich öfters besuchen, lieber Freund. Ich bin der Oberarzt Steffan und brauche Zigaretten für meine Verwundeten, heb mir welche auf."

Und weg war er.

Es wurde heller. Und ringsum schien das Toben und Wüten etwas nachzulassen. Ich hörte die gelassene Stimme von Hauptmann Bern vor mir.

„Jetzt geht der Vorhang bald auf, Schleiermännchen. Schade, daß keiner von der Propagandakompanie hier ist, was? Mit unserem Heldentod, genannt Verrecken, sinnloses Verrecken, kann man immer noch Propaganda machen. Die jungen Kerlchen da sterben erstklassig. Nur macht es mich manchmal wahnsinnig, wenn sie nach ihrer Mutter schreien. Sie schreien meistens nach ihrer Mutter, wenn sie es nicht mehr aushalten können. Und dann sterben sie erstklassig. Befehl von oben: Rauchen und Trinken für Soldaten unter achtzehn Jahren verboten. Diese Schießbudenfiguren! Ich habe den Bataillonsbefehl ausgegeben: wer alt genug zum Sterben ist, ist auch alt genug zum Rauchen und Trinken. Schleiermännchen, seien Sie froh und glücklich, wenn Sie von hier keinen Knacks für Lebenszeiten mitnehmen, sollten Sie übrigbleiben. Dieser karelische Urwald hat's in sich."

Leutnant Schleiermacher gab keine Antwort. Ich sah ihn zum grauen Himmel hinaufstarren.

Es war merkwürdig still geworden. Geisterhaft still.

Und im gleichen Augenblick, als ich sah, daß Hauptmann Bern langsam seinen Stahlhelm aufsetzte und den Kinnriemen anzog, ging es los.

Die Erde um uns hob sich und spie Feuerzungen. Dicke Bäume taumelten, und aus den Zweigen schienen Flammen zu brechen. Ein ungeheurer Donner rollte heran, und breitschmetterndes Krachen wälzte sich unaufhörlich über uns hinweg. Der Luftdruck der nahen Detonationen war so mächtig, daß unsere Leiber in den Löchern hochgehoben wurden.

Ich richtete meine Blicke starr auf den Hauptmann und den Leutnant vor mir und klammerte mich mit allen Gedanken, deren ich fähig war, an diese beiden Männer. Hauptmann Bern drehte sein Gesicht langsam rundum, und als er es mir zuwandte, sah ich, daß er totenblaß war und daß sein Gesicht unter dem Helm troff vor Schweiß.

Dann, wie mit einem einzigen Ruck, sprang das Feuer über uns hinweg nach hinten.

Der Iwan verlegte das Sperrfeuer zurück. Und jetzt kamen sie. Zuerst hörte ich ihr Urrähgebrüll von allen Seiten, und nun sah ich sie auch von allen Seiten. Diesmal waren sie klug, sie kamen von allen Seiten. Riesenhafte Burschen. Schwerfällig kamen sie zwischen den Baumstämmen zum Vorschein. Aus ihren Gewehren und Maschinengewehren und Maschinenpistolen, die sie an der Hüfte hielten, zuckten die blauen und roten Flämmchen.

Solche Augenblicke vermag niemand zu beschreiben. Wieder wie immer in solchen Momenten, in denen ich dachte, ich würde in der nächsten Sekunde auseinanderbrechen oder ohnmächtig werden, glitt der eiskalte Schrecken durch mich hindurch, und ich kam mir vor wie aus Leichtmetall. Mit merkwürdig sicheren Griffen und gleichzeitig mit rasender Schnelligkeit zielte und drückte ich ab. Ich lag weit aus meinem Erdloch heraus, und es kümmerte mich nicht. Sooft ich einen neuen Streifen einschob, warf ich einen Blick um mich. Aus allen Löchern zitterten die Flämmchen.

Ich sah die Russen in dichtgeballten Klumpen über die Straße stampfen. Und wie von Geisterhand sanken sie klumpenweise zusammen. Hinter diesen leblosen Haufen, aus deren Mitte sich dann und wann eine Gestalt zu erheben versuchte, tauchten neue Klumpen auf und sanken, bevor sie die Straße überquert hatten, zurück.

Also waren unsere Maschinenwaffen durch das Trommelfeuer nicht gefaßt worden.

Und jetzt sah ich auch zwischen den Baumstämmen keinen Russen mehr. Alles Elend, das sie traf, faßte sie schon auf der Straße. Bisweilen hörte ich noch Urrähgeschrei.

Was eine Truppe in ihrer Verzweiflung zu leisten imstande war, sah ich hier bei denen dort und bei uns. Sie brachen über die Toten hinweg in unwahrscheinlichem Elan immer wieder in Gruppen aus dem Wald jenseits der Straße, um auf der Straße auf den Hügeln ihrer Toten zusammenzubrechen. Und was uns betrifft, so war es uns unmöglich, auszuweichen. Wir lagen zu Igeln geballt unter den Bäumen. Und es blieb uns nichts anderes übrig, als nicht um Haaresbreite nachzugeben. Brach der Iwan in die Igel, waren wir verloren.

Daß wir zu neunzig Prozent Sicherheit verloren waren,

wußten wir. Der Russe brauchte uns nur ohne Rücksicht auf seine entsetzlichen Verluste zu überschwemmen. Und anscheinend war er dabei, das zu tun.

Drahtverbindung zwischen uns gab es nicht mehr. Hauptmann Bern schrie seine Befehle zum nächsten Loch, und sie wurden weitergeschrien. Und auch die Meldungen zu ihm kamen auf die gleiche Weise durch.

„Kompaniechef neunte gefallen!"

Hauptmann Berns Stimme zum Ordonnanzoffizier im übernächsten Loch: „Konrad! Hau ab! Nimm die neunte!"

Und dann sang seine grimmige Stimme geradezu über alle Löcher hinweg: „Es wird gehaaaalten!"

Von links kam ein Schrei: „Unser letztes MG ausgefallen!" Hauptmann Bern: „Es kommt ein russisches!" Und schon sahen wir zwei Mann mit einem russischen Beutegewehr nach links stürzen.

Und dann erlosch die ganze Todesorgie und sank in sich zusammen. Sie mag eine Stunde gedauert haben, und sie dauerte für jeden jahrhundertelang.

Mein ganzer Schädel donnerte vor Schmerzen. Ich zitterte an allen Gliedern und konnte es nicht ändern. Ich verbrannte mir die Finger am heißen Lauf meiner Waffe.

Und dann kletterte auch ich heraus aus meinem Loch und schleppte Verwundete in die Mitte des Igels. Zwei junge Bürschchen hatte ich schon hergeschleppt. Ich wollte mich gerade abseits schlängeln, um nach den Freunden zu sehen, da kam ein Gebrüll von links, das mir durch Mark und Bein ging.

„Panzer auf der Straße!"

Dieser Schrei brachte alles ringsumher zum Verstummen, und einige Sekunden lang hörten wir das unheimliche Gerassel der Ketten.

Dann brüllte Hauptmann Bern: „Ruhig in den Löchern bleiben!... Im Wald können uns die Panzer nichts anhaben! ... In den Löchern bleiben!... Wenn doch einer 'reinkommt, überrollen lassen und die nachfolgende Infanterie abschießen!"

Nun, das war jetzt wohl das Ende.

Aus glühenden, ausgebrannten Augen starrten wir nach links durch den Wald auf die Straße. Da ist der erste. Sein riesiger, grünbrauner Leib schiebt sich rasselnd und knarrend heran, sein bösartiger Turm dreht sich langsam hin und her, und das lange Geschützrohr sucht ein Ziel.

Das fahle, schwere, knirschende Geräusch der Laufketten war beinahe unerträglich. Ich sah mich kurz um. Aus allen

Löchern blickten bleiche Gesichter. Jetzt hörte ich Hauptmann Bern rufen: „Kinder, bleibt ruhig! Bleibt in euren Löchern! Ich zähle bis drei, und der Kasten läuft auf eine Mine von uns! Es liegen Minen vorne!"

Und wie hypnotisiert starrten wir hinüber. Der Panzer dröhnte näher und näher. Etwa vierzig Meter vor uns blieb er auf der Straße plötzlich stehen. Wie ein Urtier aus grauer Vorzeit schien er zu wittern. Und nun zuckte eine Flamme aus der Kanone, und er schoß um sich nach allen Seiten und dann zu uns in den Wald.

Wir lagen regungslos auf dem Rande unserer Erdlöcher. Jetzt heulte sein Motor auf, die Ketten begannen rasend zu rasseln... und in diesem Augenblick brüllte Hauptmann Bern: „Eins...! Zwei...! Drei...!!!" Noch eine Sekunde verging, dann gab es einen berstenden Krach, eine schwarze Rauchsäule schoß hoch, und wir brüllten vor Raserei und Erleichterung. Jetzt ein dumpfer Krach, ein Feuerbündel brach aus dem Panzer, er flog vor unseren Augen, weil seine Munition explodierte, beinahe zwei Meter nach rückwärts und stand nun brennend.

Die russische Infanterie jenseits der Straße erhob sich in ganzen Reihen, schüttelte ihre Gewehre und schimpfte zu uns herüber. Das war ein Witz, der diesem Höllenspuk noch gefehlt hatte, auch wir schrien vor Begeisterung und lachten uns heiser.

Hauptmann Bern erhob sich aus seinem Loch, winkte mit dem Stahlhelm und schrie: „Der nächste, bitte!"

Und wir mit einem Berserkergebrüll: „Der nächste, bitte!"

Wir sahen die nächsten Panzer vorsichtig vorfahren und in zwanzig Meter Entfernung vor dem brennenden Ungetüm halten. Ihre Türme drehten sich zu uns. Dann zischten und jaulten aus ihren Stichflammen die Granaten in den Wald.

Einer von den Panzern rumpelte zwischen die Bäume, er versuchte, an uns heranzukommen. Ich sah aus einem Loch links vor mir einen jungen Burschen klettern, mit der einzigen leichten Panzerbüchse in der Hand, die wir hatten. Er sprang leicht wie ein Tänzer von Baum zu Baum, tauchte bisweilen unter, sprang in ein Loch, kletterte wieder heraus... wir sahen ihm mit atemloser Spannung zu. Nun rannte er die letzte Strecke los, wir sahen das Flämmchen des MG aus dem Panzer zucken, der Junge rannte weiter, und nun, aus zehn Meter Entfernung, ruhig wie eine Bildsäule, feuerte er in die Seite des Panzers.

Der Panzer stand mit einem Ruck. Qualm drang aus der Seite.

Der Junge sprang lachend zurück, und Hauptmann Bern winkte ihn heran. Und knallte eine zärtliche Ohrfeige in das erhitzte und glückliche Gesicht.

„Tadellos gemacht!"

Das Bürschchen bekam einen Schluck aus der Kognakpulle und sauste dann weiter und versank in seinem Erdloch.

Und mit der Tat des Kerlchens kam so etwas wie Abgebrühtheit über uns. Wir besahen uns die Lage gelassen. Die Panzer auf der Straße verhielten. Ihre Kanonen schossen zwar unentwegt, aber das Flachbahnfeuer vermochte uns nicht zu erreichen. Hauptmann Bern meldete durch Funkspruch den Abschuß zweier Panzer dem Regiment. Antwort: „Gratuliere, Bataillonskommandeur!"

Hauptmann Berns sofortige wörtliche Antwort: „Blödsinn, Schütze Borchmann, 18 Jahre alt, schoß mit Panzerbüchse Panzer ab. Vorschlag zum EK II."

Wenn ich es recht bedenke, so überschüttete Hauptmann Bern während dieser bitteren Stunden den Regimentsstab, der ihn in diese Lage gebracht hatte, mit Kübeln von Hohn. Er war völlig durchgedreht. Er vollbrachte Wunder.

Unvergeßlich blieb die Szene mit dem unglücklichen Kompanieführer, der in diesem Augenblick auftauchte, ein schwarzbärtiger, grimmig aussehender Oberleutnant, der keuchend meldete, daß er sich nicht mehr halten könnte, er habe nur noch zehn Schuß pro Mann.

Hauptmann Bern nahm langsam seinen Stahlhelm ab und hielt eine Rede an den Kompanieführer.

Wenn man die Umstände bedenkt, konnte nur einer, der mit dem Teufel im Bund war, eine solche Rede halten. Schließlich saßen wir tausend zu eins in der dicksten Tinte und waren ein verlorener Haufen, rings um uns jammerten und weinten die Verwundeten, von ferne brüllten die Iwans, dazwischen jaulten die Granaten und klatschten die Splitter und hieben uns Zweige und ganze Bäume um die Ohren, es sah bei uns aus wie in den letzten Tagen der Menschheit. Und mittendrin saß Hauptmann Bern auf dem Rand seines Dreckloches, wischte seinen Stahlhelm aus und gab dem schwarzbärtigen Kompanieeigentümer Essigsaures.

„Sie haben noch zehn Schuß Munition? Und noch wie viele Leute, die aus den Augen sehen können? Dreißig bis vierzig Mann? Sehr prächtig. Damit können Sie noch mindestens dreihundert Russen abschießen, kapiert? Erzählen Sie mir bloß keinen Quatsch, Herr! Durchaus unnötig, daß Sie selber hier erschienen sind, ein Melder hätte durchaus genügt. In solcher Lage verläßt der Kompaniechef seine Leute nicht! Wenn Sie an Ihrer Ecke nicht aushalten, sind wir alle im Eimer. Ich gebe Ihnen also den striktesten Befehl durchzuhalten, ich könnte ja befehlen: bis zum berühmten letzten Mann und zur berühmten letzten Patrone, aber das will ich Ihnen nicht antun, ich belästige Sie nicht mit Phrasen. Und trotzdem, Herr: genau das haben Sie zu tun! Daß wir uns nach keiner Seite hin zurückziehen können, wissen Sie so gut wie ich. Ich hoffe wenigstens, daß Ihnen das klar ist!"

Hauptmann Bern machte eine Pause, und jetzt überwältigte ihn die Wut. „Mit solchen Mätzchen kommen Sie bei mir nicht durch!" schrie er den Schwarzbärtigen an, der vor dem unerwarteten Ausbruch einen Schritt zurückprallte. „Anstatt hier herumzulaufen, hätten Sie sofort in die Bereitstellung der Russen hineinstoßen müssen, Mann Gottes! Wir haben schon ganz andere lebende Bilder gestellt, als diese hier! Ich gebe Ihnen zwei Kisten Munition mit, und nun hauen Sie ab, Herr, überrumpeln Sie den Iwan, solange er sich noch zum Angriff auf Sie bereitstellt, los, ab dafür!" Der Schwarzbärtige riß sich zusammen.

„Das ist unmöglich, Herr Hauptmann! Meine Leute sind fertig. Sie greifen in dieser Lage nicht an, die bringe ich nicht mehr nach vorne."

Wir hatten Mitleid mit dem schwarzen Matador, der immerhin Mut genug aufbrachte, zu widersprechen und seinen Mann zu stehen. Er starrte Hauptmann Bern aus weitaufgerissenen, dunklen Augen beinahe flehend an. Ich glaube nicht, daß er feige war.

Aber auf der anderen Seite waren wir in Teufels Küche, und da flogen die Späne.

Hauptmann Bern schob sich langsam seinen Stahlhelm über den Kopf und schwang sich dann aus seinem Loch.

„Dann kennen Sie Ihre Landser nicht", sagte er ganz gelassen und etwas verächtlich. „Ich werde Ihnen zeigen, was aus Ihren Leuten herauszuholen ist. Sie wären besser Schuster geworden als Offizier! Schleiermännchen, du paßt mir hier auf, daß keiner über die Straße kommt."

Und ohne den unglücklichen Kompaniechef eines Blickes zu würdigen, ging er, die Maschinenpistole unter den Arm geklemmt, in den Wald hinein, hinter ihm der Oberleutnant.

„O verdammt", sagte Leutnant Schleiermacher.

Wir lauschten hinter den beiden her.

Und tatsächlich, nach etwa zehn Minuten hörten wir das Hurrageschrei der angreifenden Kompanie. Hauptmann Bern hatte sich also mit den paar Leuten des Schwarzbärtigen auf den Iwan geworfen.

„O verdammt", sagte Leutnant Schleiermacher, und diesmal klang der höchste Respekt durch und wohl auch ein wenig soldatischer Neid, ich vermochte den Tonfall sofort zu deuten, und er mochte heißen, daß Leutnant Schleiermacher nicht sicher war, nicht ganz sicher war, ob er unter gleichen Verhältnissen die Tollkühnheit aufgebracht hätte, einen Gegenstoß zu riskieren.

Nach einer halben Stunde wurde es vorne ruhiger, und dann schoben sich einige Gestalten zwischen den Bäumen zu uns her. Es war Hauptmann Bern, der schwarzbärtige Kompaniechef und eine Gruppe Infanteristen, und alle schleppten erbeutete russische Waffen mit sich.

Hauptmann Bern sprang in sein Erdloch.

„Den Kognak!"

Er nahm einen abgründigen Schluck, und dann reichte er zu unserer Verwunderung die Feldflasche mit einem geradezu väterlichen Lächeln dem schwarzen Matador, der schweißtriefend und erschöpft, aber mit funkelnden Kohlenaugen über ihm stand.

„Mein Lieber", sagte Hauptmann Bern, „stimmt's oder habe ich recht gehabt? Ihre Landser konnten nicht schlechter sein als meine. Und so wird es bei uns gemacht. Ich habe Sie vorhin angeschissen, Herr. Ich nehme das auf der ganzen Linie zurück. Sie haben sich ausgezeichnet gehalten. Daß Sie einen Moment weich geworden sind, verdanken Sie des Teufels Großmutter. Kopf hoch, Herr! Ergebnis: Der Iwan verlor die Nerven, wir haben eine Unmenge russischer Waffen und Munition und sage und schreibe keine Verluste. Reichen Sie Leute zum EK ein. Sie selber reiche ich zum EK I ein. Sie gehen jetzt dreißig Meter rechts von hier bei dem schiefstehenden Baum in Stellung. Auf Wiedersehen und Kopf- und Bauchschuß!"

Wir sahen den Kompaniechef mit seinen wackeren Männern abhauen, als ob sie auf Wolken gingen und von Erzengeln begleitet würden.

Bei denen, das war sicher, passierte nichts mehr. Und wir wußten, daß sie sich lieber einzeln totschlagen ließen, als noch einmal melden, sie können sich nicht mehr halten.

Ich hatte Wort um Wort die ganze Szene miterlebt. Und unwillkürlich ging es jetzt wieder mit mir durch, und ich fragte mich: wozu? Es ging mir scheußlich, wenn ich nachdachte. Wozu das alles? Natürlich hatte ich Antworten darauf genug. Jeder von uns wußte solche Antworten in rauhen Mengen. Pflicht und so. Schutz des Vaterlandes. Familie, Frau und Kinder. Lebensraum und so. Alles ganz gut und in Ordnung. Nur kam ich sehr schwer über die Tatsache hinweg, daß das ganze Vaterland seit einigen Jahren ziemlich übermütig in etwas hineinsteuerte, was ziemlich dunkel aussah. Und Adolf, der alles kommandierte, hatte zu seltsame Geschichten gemacht.

Und vor allem saßen wir hier im karelischen Urwald doch nur in der dicken Tinte, weil wir falsch eingesetzt waren, schlecht ausgebildet und schlecht ausgerüstet. Da brauchte man kein Generalstabsoffizier zu sein, um das zu jeder Stunde bei Tag und Nacht mit eigenen Augen zu sehen.

Ganz gut, daß nicht viel Zeit zum Nachdenken war. Es wäre nämlich auch noch einiges über den Landser zu sagen, der diese Suppe auslöffelte. Und ich erinnerte mich an die Erzählungen meines Vaters, der 1914 bis 1918 dabei war und dessen Evangelium unerschütterlich lautete: Der Landser hat niemals versagt.

Lassen wir das.

Es sah so aus, als ob der verrückte Gegenstoß von Hauptmann Bern uns allen etwas Luft verschafft hätte. Ich sah, daß Hauptmann Bern ein Nickerchen in seinem Loch machte, und auch der Leutnant wackelte ziemlich. Das machte auch mich schläfrig, und mich überwältigte plötzlich eine bleierne Müdigkeit. Ich muß wie vom Blitz getroffen in tiefen Schlaf gefallen sein.

Ich fuhr auf, als mich jemand würgte. Es war ein Melder, der in mein Loch gehüpft und auf mich gesprungen war. Ich hörte unsere Leute brüllen.

Er riß mich am Kragen: „Wo ist Bern? Der Iwan kommt! Los. Mensch, wo ist Hauptmann Bern?"

Mit einem Riesensatz sprang ich zum nächsten Loch, wo Hauptmann Bern und Leutnant Schleiermacher in tiefster Erschöpfung schliefen.

Der Melder zerrte ihn hoch, es war keine Zeit für vorschriftsmäßiges Verhalten.

„Herr Hauptmann, der Iwan kommt mit Panzern in den Wald herein!"

Und schon sahen wir sie. Langsam schoben sich vier, sechs, acht Kolosse zwischen den Bäumen näher, wir hörten dünnere

Bäume knicken. Die Panzer waren schon so nahe, daß unsere vordersten Linien überrollt sein mußten.

Hauptmann Bern brauchte keine Befehle zu geben. Aus allen Löchern brach ein so rasendes Feuer, als ob ein einziges Kommando gegeben worden wäre. Die russischen Infanteristen, die neben und hinter ihren Panzern liefen, verschwanden wie vom Erdboden verschluckt.

Trotzdem, es schien als ob sie uns nun hätten.

„Mit der Ruhe!" brüllte Hauptmann Bern. „Alle Bäume können sie nicht umlegen!" Und so war es. Einige Panzer blieben stecken. Aber einer der riesigen, klappernden und brummenden Stahlkästen kam unaufhaltsam auf uns zu. Das einzige, was wir tun konnten, war in unseren Löchern sitzenbleiben. Und die einzige Hoffnung war, daß wir überrollt wurden.

„Die Panzerbüchse schlägt nicht durch!" schrie Hauptmann Bern. „Los, eine geballte Ladung fertigmachen!" Das galt den Männern im drittnächsten Erdloch. Und von da her kam der verzweifelt klingende Ruf: „Wir haben keine Schnur und keinen Draht!"

„Kochgeschirriemen!" schrie Hauptmann Bern.

Wir sahen zu, und wir sahen mit glühenden Köpfen zu, wie die Männer im drittnächsten Loch notdürftig eine Ladung zusammenschusterten. Der Panzer war nun auf etwa vierzig Meter herangekommen und versuchte, einen dickeren Baum umzulegen.

Hauptmann Bern schrie: „Wer versucht's?"

Und vielleicht klingt es unglaublich, wenn ich erzähle, daß ich bei diesem Ruf sofort, ohne auch nur eine Sekunde zu zögern, an Meier III dachte, ich weiß nicht genau warum, aber wahrscheinlich deshalb, weil er mit Waffen aller Art und jeder Sorte umzugehen verstand. Ich wagte sogar zu sagen, die Waffen aller Sorten waren ihm freundlich gesinnt. Das gibt es. Es gibt Leute, denen zum Beispiel das Feuer unfreundlich gesinnt ist, und die ums Verrecken kein Feuer anmachen können. Und es gibt andere, die mit ein paar armseligen Zweigen und einem Streichholz im Handumdrehen einen Holzstoß auflodern lassen können.

Und vielleicht klingt es noch unglaublicher, wenn ich erzähle, daß, kaum hatte ich an Meier III gedacht, er auch schon in langen, fliegenden Sätzen zwischen den Bäumen ankam, sich über das drittnächste Loch beugte und die geballte Ladung schnell prüfte.

„Du mußt ganz nahe 'rangehen, Junge!" brüllte Hauptmann

Bern, und er strahlte vor Begeisterung, und jeder von uns wußte, daß er es selber getan hätte, wenn es niemand anders machte.

Mit angehaltenem Atem sahen wir, wie Meier III die Kochgeschirriemen prüfte, es kam alles darauf an, daß die Riemen die Handgranatenköpfe festhielten.

Und nun sprang Meier III los. Er lief merkwürdig leicht und schwerelos, wie ich ihn noch niemals hatte laufen sehen. Im Gegenteil, er war sonst schlecht im Laufen und auf kurzen und langen Strecken höchst mittelmäßig, das wußte ich aus dem Sport. Jetzt aber schien er aus feinen, nachgiebigen Federn zu bestehen.

Er schwebte über dem Boden, sank ins nächste Schützenloch, tauchte in der folgenden Sekunde wieder auf, rannte wie auf Luft weiter, sank wieder in ein Schützenloch.

Unsere fiebernden Blicke wanderten abwechselnd von ihm zum Panzer. Dieser fuhr einige Meter zurück, nahm einen Anlauf und versuchte, den Baum, der ihm im Wege stand und den er knicken mußte, wenn er weiter wollte, zu rammen.

Die russischen Infanteristen bei diesem Panzer waren an die Erde genagelt, denn kaum hob einer seinen dicken Pelzmützenkopf, prasselte es bei uns aus allen Läufen.

Es dauerte lange, lange.

Für die kurze Strecke hatte Meier III bisher über eine Viertelstunde gebraucht. Aber er wußte, was er wollte. Er benahm sich wie ein Raubtier. Wieder sahen wir ihn springen.

Und jetzt sank er hinter einem Baumstamm zusammen, kaum vier Meter von dem Panzer entfernt.

„Junge, Junge!" stöhnte der Hauptmann außer sich vor Freude.

Jemand in der Nähe schrie auf. Der Panzer drehte nach halblinks. Bis zu diesem Augenblick hatte er Meier III offensichtlich noch nicht entdeckt. In der nächsten Sekunde aber mußte er gesehen werden.

Aber Meier III war nicht zu schlagen. Er erhob sich hinter seinem Baum, und jetzt riß er die Zündschnur der Ladung ab. Er wartete noch einen Augenblick, und dann warf er geradezu behutsam das Bündel unter die Raupenkette des Panzers, der in diesem Moment wieder stand, um einen neuen Anlauf zu nehmen.

Meier III sank hinter dem Baum zusammen und deckte sich. Und so konnte er nicht sehen, was wir sahen. Beim Werfen der Ladung rissen die Kochgeschirriemen auseinander, und die durch sie nur lose um eine Stielhandgranate befestigten Handgranatenköpfe wirbelten durch die Luft.

Und nur die Stielhandgranate fiel genau vor die Raupen. Es war alles umsonst gewesen, und Meier III war verloren. Jetzt richtete er sich auf. Wahrscheinlich, weil die Ladung nicht losging. Wenn der Panzer nun auf ihn zufuhr, war es aus.

Er sah zurück. Erst etwa fünfzehn Meter hinter ihm waren Deckungslöcher. Solange der Panzer stand, durfte er sich nicht rühren. Nun rollte das Ungetüm vor und rammte splitternd den Baum. Im gleichen Augenblick fuhr Meier III hoch und raste zurück und verschwand im nächsten Schützenloch.

Wir atmeten auf.

Wir sahen, daß der Panzer sich vergeblich abmühte, den Baum umzulegen. Schließlich fuhr er im Kreise herum und machte sich erst an die dünnen Bäume. Es sah beinahe so aus, als ob er sich in wilder Wut entschlossen hätte, nicht lockerzulassen, bis er zu uns durchgebrochen war. Mit glühenden Gesichtern verfolgten wir seine krachende Raserei. Dann hüpfte Meier III zu Hauptmann Bern ins Erdloch. Er troff. Und keuchend stotterte er: „Leider Scheiße, Herr Hauptmann!"

Hauptmann Bern schüttelte ihn begeistert: „Pech, mein Junge. Zum Kotzen! Trink was. Hier sind Zigaretten. Tadellos gemacht, tadellos. Dein EK ist fällig!"

Kaum bekam Meier III wieder Luft, sagte er: „Ich probier's noch mal, Herr Hauptmann, aber mit einer T-Mine!"

„Nein", sagte der Hauptmann, „glatter Selbstmord."

Mich schüttelte es am ganzen Körper vor Aufregung. Das hier war konzentrierter Krieg. Ringsumher starrten die Landser aus ihren Rattenlöchern auf die Panzer, die unaufhörlich hin- und herfuhren. Aber sie kamen nicht heran, denn die Urwaldbäume standen wie ein Wall um uns.

Die russische Infanterie war nicht zu sehen.

Und wieder überwältigte mich eine abgrundtiefe Müdigkeit, und wieder muß ich wie der Blitz eingeschlafen sein, denn ich wachte auf, als ich keine Luft bekam. Zu meiner Bestürzung war ich ganz mit loser Erde zugedeckt, die ich abschüttelte, und gleichzeitig kam mir zum Bewußtsein, daß eine sonderbare Stille um mich herum herrschte.

Dann fuhr ich heftig zusammen, und ich dachte, das Herz bleibt mir stehen. Ich hörte hinter meinem Schützenloch Kettenrasseln und Splittern und Krachen von Holz und fuhr erschrocken herum.

Kaum dreißig Meter hinter mir sah ich drei Panzer im Kreise herumfahren und den Boden zerpflügen. Und etwa dreißig Meter seitwärts stand noch einer. Und hinter diesen Panzern sah ich russische Panzerleute herumstehen, die sich unterhielten und Zigaretten rauchten.

Und rechts und links von mir waren die Schützenlöcher leer, auch das Erdloch von Hauptmann Bern und Leutnant Schleiermacher.

Sie waren zurückgegangen. Sie hatten mich liegengelassen. Sie hatten mich vergessen.

Der erste Schreck kippte mich beinahe um. Dann nahm ich mich zusammen. Ich sah nirgends russische Infanterie. Und dann kapierte ich. Ich sah nämlich, daß die Schützenlöcher in meiner Nähe von den Panzern umgewühlt waren. Und wahrscheinlich nahmen die Besatzungen an, daß in keinem Loch mehr jemand lebte. (Die Panzer, übrigens auch unsere, hatten eine gute Methode, Schützenlöcher, in denen Leute saßen, zu vernichten. Sie fuhren über ein Erdloch, drehten den Panzer hin und her, so daß die harte Erde wie ein fester Pfropfen das Loch verschloß, der Mann darin vermochte sich nicht auszugraben und erstickte.)

Nun also, mich hatten sie nicht gefunden.

Das war aber auch das einzige, an das ich mich klammern konnte. Ich war verraten und verkauft. Aber nun war da noch etwas, an das ich mich klammern konnte. Während dieser furchtbaren Tage waren wir mehr als einmal hoffnungslos verraten, verkauft und verloren gewesen, hatten in völlig aussichtsloser Lage uns aufgegeben, waren, einer wie der andere, im tiefsten Innern verzweifelt gewesen und hatten Gedanken gedacht, die man kurz vor dem sicheren Tode dachte, hatten heimlich, entweder grimmig oder voll messerscharfen Schmerzes Abschied genommen von allem ... und immer und immer war es gut ausgegangen.

Dabei muß man sich immer vor Augen halten, daß auf keinem anderen aller Kriegsschauplätze die Verzweiflung und die verborgene Angst so groß und niederschmetternd war, wie auf jenem, auf dem uns Russen gegenüberstanden. Nun also. Ich wußte, wenn ich jetzt nachgab, war ich verloren. Also nicht nachgeben.

Es war kurz vor der Abenddämmerung. Ich konnte warten, bis es ungefähr dunkel war, und dann versuchen abzuhauen. Die berühmte und oft erprobte innere Stimme sagte kategorisch: nein. Wahrscheinlich würde die russische Infanterie über kurz oder lang in den Wald eindringen und das ganze Gelände absuchen. Es hatte auch gar keinen Sinn, mich direkt zur Straße durchzuschlagen. Die größte Chance war, ich raste, so schnell ich es vermochte, tiefer in den Wald hinein nach rückwärts, rechts an den Panzern vorbei, die unentwegt ihren Zirkus drehten. Übrigens ging mir das schaurige Heulen der Motoren, die auf hohen Touren liefen, durch Mark und Bein. Auch strömte die Walderde um mich herum einen widerwärtigen, modrigen, faulen Geruch aus, der mich an Gräber und verweste Leichen erinnerte. Und eine Weile war ich wie gelähmt. Dazwischen kam mir die Wut hoch, daß sie mich in meinem Loch vergessen hatten.

Und mitten in diesem scheußlichen Durcheinander von Gedanken und Gefühlen wurde ich wie mit einer harten Faust von einer Sekunde zur anderen von einem wilden Anfall des Mutes hochgerissen, ich sprang mit einem Satz aus meinem Erdloch.

Zwanzig Meter entfernt erstarrten die herumstehenden Panzerbesatzungen, und ich hörte überraschende Schreie. Natürlich hatten sie mich gesehen. Ich raste nach rückwärts in den Wald. Und niemals in meinem Leben, weder vorher noch nachher, habe ich alles, was ich unterwegs sah, mit einer solchen unwahrscheinlichen Klarheit, Deutlichkeit und Plastik wahrgenommen, wie während dieses Rennens auf Tod und Leben.

Ich sah, wie aus einem Bilderbogen geschnitten, die Figuren der erstarrten Panzermänner, ich sah zu meinen Füßen die von den Panzern zermalmten, in den Waldboden schauerlich flach hineingepreßten Leichen von Kameraden, ich sah die von den Panzern zugedrehten Schützenlöcher, unter deren frischen Erdpfropfen andere Kameraden ihr Grab gefunden hatten. Ich flog merkwürdig leicht dahin. Wahrscheinlich hatte ich gar keine Angst mehr um mein Leben, ich war darüber hinaus, ich rannte mit einer gewissen, nie erlebten Sorgfalt sozusagen über den Waldboden, umglitt die Bäume, setzte über Zweige am Boden hinweg, und ich hörte zu meinem Erstaunen beinahe unberührt die Geschosse rings um mich in das Holz klatschen. Natürlich schossen sie auf mich.

Und als ich einmal stürzte, stürzte ich sachgemäß sozusagen, ohne nervös zu werden, raffte mich leicht auf und flog weiter.

Endlich kam ich in dichteres Unterholz. Den Panzern war ich entronnen. Jetzt ging es bergab, und ich hielt mich halblinks, um nicht noch in russische Infanterie zu geraten.

Und dann blieb ich verdutzt stehen. Das Gelände hier kannte ich. Hier war ich mit Leutnant Schleiermacher vor anderthalb Tagen zu Hauptmann Bern durchgebrochen.

Unerklärlich, daß der Leutnant ohne mich abgehauen war. Und nun erblickte ich vor mir ohne jede Verwunderung deutsche Infanterie. Sie gingen, den Rücken mir zugewandt, in lichten Reihen von mir weg durch den Wald.

Es war die Nachhut.

Ich war gerettet. Und ohne Verwunderung sah ich Leutnant Schleiermacher in der zurückgehenden Linie. Ich brüllte: „Hallo!" Der Leutnant fuhr herum und hob die Maschinenpistole und ließ sie langsam sinken.

Auch die Männer blieben stehen und starrten mich an.

Und nun kam Leutnant Schleiermacher ganz langsam und vorgebeugt auf mich zu.

„Ich werd' verrückt", sagte er, und dann umarmte er mich herzlich wie ein Bruder.

Und stieß mich weg und starrte mich an.

„Mensch, du lebst noch? Du lebst noch? Du lebst noch?"

Ich konnte kein Wort sprechen. Es trat mir heiß in die Augen. Der Leutnant nahm mich am Arm, wir gingen langsam weiter, und ich berichtete kurz, was ich erlebt hatte.

„Mensch, Mensch", sagte der Leutnant, „nicht zu glauben, nicht zu glauben." Dann erzählte er, was passiert war.

Der Russe trommelte plötzlich mit allen Waffen. Und rings um das Erdloch, in dem ich lag und einem Toten gleich schlief, donnerten die Dreckfontänen von Volltreffern hoch und splitterten Äste und Zweige. Und dann kam der Iwan von drei Seiten. Das letzte, was der Leutnant von mir sah, war mein mit Erde zugedecktes Loch. Er sah auch den Umriß meines bewegungslosen Körpers. Und kein Mensch konnte annehmen, daß ich von dem ungeheuren Lärm nicht aufwachte, sondern weiterschlief. Der Leutnant kroch überdies noch zu mir her, schob die Erde von meinem Gesicht. Er sagte, daß ich ausgesehen hätte wie ein Toter und daß er mich für tot gehalten hätte. Dann brachen acht Panzer durch und überwühlten das ganze Gelände, und jetzt kam der Befehl durch Funkspruch, zurückzugehen.

„Mensch, Mensch", sagte der Leutnant, als er fertig war, und starrte mich immer wieder hochverwundert an.

Von meinen Freunden sah ich nichts.

So ganz zum Bewußtsein, daß ich gerettet war, kam ich immer noch nicht. Mechanisch ging ich neben dem Leutnant her.

So wurde mir auch kaum bewußt, daß wir beim Regiment ankamen. Wir legten uns auf den freien Waldboden und schliefen. Mir war es nicht möglich, zu schlafen. Ich lag auf dem Rücken und starrte in den Nachthimmel hinauf. Ich glaube, ich konnte nicht so leicht mit der Tatsache fertig werden, daß sowohl Kurtchen Zech wie Heinz-Otto und der Josef und Meier III und der Krumbhaar nicht nach mir gesehen hatten, als ich mich im Schützenloch nicht mehr rührte.

Während des Rückmarsches war keiner von ihnen zu sehen. Und auch jetzt kam keiner.

Das war ein schwerer Schlag für mich.

Dann hörte ich die halblaute Stimme von Heinz-Otto in der Dunkelheit nach mir fragen. Ich rührte mich nicht. Irgend etwas war kaputtgegangen. Und dann beugte sich Heinz-Otto zu mir und leuchtete mich mit der Taschenlampe an.

„Na, du Wilderer", sagte er heiter, „da wären wir ja wieder."

Ich gab keine Antwort.

„Oder bist du so faul, daß du das Maul nicht aufmachen kannst, wenn ein besserer Herr mit dir spricht?"

Er ließ sich neben mir nieder.

Er steckte sich eine Zigarette an und sagte: „Ein feiner Krieg, wie? Die Naturschönheiten des Nordens. Sitten und Gebräuche der Eingeborenen. Wie verhalte ich mich als Tarzan? Familienleben der Gorillas. Vorschriften zur Pflege von Schimpansen im Freigelände."

Er lachte.

Ich hatte keinen Sinn für seine Witze. Sie hatten mich, ich mochte es hin- und herdrehen wie ich wollte, sie hatten mich im Stich gelassen.

Heinz-Otto schwieg.

Dann wurde er ernst.

„Diesmal war's nah dran", sagte er still. „Als der Hauptmann uns als Stoßtrupp vorausschickte, war's so gut wie zum Himmel aufgefahren. Und als es dann hinten bei euch losging, war die Sache rund. Und das Komische war, daß wir keinen einzigen Russen trafen. Ein ganzer Waldsektor war leer, und wir hatten das verdammte Glück, genau mitten durch diesen Sektor zu marschieren, und kamen sauber wie eine Prozession vorhin zum Regiment. Wir dachten..."

Ich richtete mich mit einem Ruck kerzengerade auf.

„Einen Moment, Heinz-Otto", sagte ich atemlos, „ich kapiere nischt. Du weißt nicht, daß ich vorne liegenblieb?"

„Wo?" fragte Heinz-Otto perplex. „Wo bist du liegengeblieben? Wieso bist du liegengeblieben?"

„Was heißt Stoßtrupp?" fragte ich aufgeregt dagegen. „Wer war bei euerm Stoßtrupp, und wann gingt ihr los?"

„Mensch", antwortete Heinz-Otto verwundert, „Hauptmann Bern schickte uns los, bevor bei euch der Iwan losging, eigentlich als Spähtrupp einen Umweg zum Regimentsstab auszubaldowern, ich, Kurtchen Zech, Meier III, der Josef und der Krumbhaar, unsere ganze Blase außer dir, weil Leutnant Schleiermacher dich bei sich behalten wollte."

„Noch einmal", sagte ich, „ihr seid losgegangen, bevor der Iwan trommelte? Und ihr seid eben erst hier eingetrudelt?"

„Ganz richtig, der Herr. Wir hatten uns in diesem Gärtchen nämlich verlaufen, und dafür werden wir ja wohl eine Zigarre bekommen, das macht uns aber nischt aus. Wir sind eben erst in dieses Freilufthotel getreten, und ich dachte, das erste wäre, nachzusehen, ob du noch stehst und gehst. Kein Aas war in der Nacht aufzutreiben, der dich kannte. Lauter unbekannte Größen. Na, und so fragte ich mich nach dem Regimentsstab durch. Und da bist du hoch zu Roß am Boden unzerstört, alles in Ordnung... Mensch, was hast du denn?"

Was ich hatte? Ich konnte nicht mehr. Ich heulte.

Ich heulte vor Freude, vor riesengroßer Freude, die nicht zu beschreiben ist. Sie hatten mich nicht im Stich gelassen. Sie waren lange schon weggewesen, als bei uns der Zauber losging. Und sie hatten keine Ahnung gehabt, wie es mir ergangen war und daß man mich als Toten zurückgelassen hatte. Und sie hatten sich im Walde verlaufen und waren eben erst beim Stab eingetroffen.

Und hatten keine Ahnung, und hatten keine Ahnung.

„Na, hör mal", sagte Heinz-Otto und quetschte mir die Schulter, „du bist wohl 'n bißchen mit den Herren Nerven fertig? Das gibt sich, mein Sohn, das gibt sich."

Ich brauchte eine Weile, um mit mir wieder zu Rande zu kommen.

Und dann erzählte ich, was ich erlebt hatte.

Ohne mich auch nur einmal zu unterbrechen, hörte mir Heinz-Otto zu. Dann und wann atmete er schwer.

Und als ich fertig war, stand er mit einem Ruck auf.

„Ach so", sagte er langsam, „aha. Ach so. Deshalb warst du so ulkig, als ich aufkreuzte, was? Los, komm."

Ich wußte, was er wollte, und wir zottelten durch den Wald, zwischen den schlafenden Männern durch.

Hinter einem kleinen Hügel fand ich sie. Alle zusammen.

„Hier kann euch einer was erzählen", sagte Heinz-Otto, als die stürmische Begrüßung vorüber war. „Ruhe und Stille, bitte."

Ich erzählte es noch einmal.

Wir sahen uns in der Dunkelheit nicht, aber ich hörte ihr Räuspern, und dann und wann sagte einer: „Verdammt, verdammt."

Und ich legte mich dann neben sie, meine Freunde und Kameraden. Und ich schlief sofort ein, tief und traumlos.

Und vorher betete ich, zum erstenmal seit langem. Aus Dankbarkeit, nicht für meine Rettung, sondern aus Dankbarkeit überhaupt, überhaupt, überhaupt.

16

Mit dem tiefen Winter war, wenigstens was den Iwan betraf, eine Art Frieden in Karelien eingekehrt. Was uns selber betraf, das heißt unseren inneren Zustand, so möchte ich das nicht behaupten.

Ein Naturfreund hätte vielleicht sagen können: Mensch, was willst du mehr! Diese herrliche, weiße Landschaft! Ruhe an der Front. Diese Stille; mit Ausnahme von ein paar wilden Sportsleuten, die noch im Schlaf vor Mordlust jaulten! Na ja, wir hatten auch Naturfreunde unter uns, aber sie machten sich nichts aus dieser Natur hier oben. Wir waren zu einsam. Einfach gottverlassen, die Einförmigkeit drückte auf uns. Keine Abwechslung, wenn man vom Kommißbetrieb absieht, der ja voller Abwechslung ist, wie jeder Landser weiß.

Aber ich wollte ja von unserem wilden Weihnachtsfest erzählen.

Um dieses wohl sehr denkwürdige und wahnsinnige Weihnachtsfest zu verstehen, mußte ich unbedingt vorausschicken, daß wir einsam und gottverlassen waren.

Also an sich betrachtet, hatten wir es ganz vorzüglich. Und die Landschaft war wirklich herrlich. Der Schnee hatte alles zugedeckt, was uns so viel Kummer und Schinderei bis zur letzten Verzweiflung gemacht hatte. Alle Sümpfe waren mit einer dicken Eisschicht zugefroren. Wenn einer spazierenging, sank er nicht mehr ein. Jetzt hatten wir Schneeschuhe, und auf ihnen glitten wir leicht über das Gelände. Schneeschuhe waren das Wunderbarste, was es überhaupt geben konnte.

Zwischen uns und dem Iwan lag ein Niemandsland von sieben Kilometer. Von sieben Kilometer! Das war schon ein friedlicher Zustand. Und Stille nah und fern. Unsere Kleidung war prima. Daß sie prima war, verdankten wir nicht unserer

genialen und vorausschauenden Führung, sondern uns selber.
Wir hatten sie besorgt. Die schönen Pelze, die wir trugen und
die warmen Pelzmützen und manches Zeug darunter stammten
von Russen. Von Toten, Verwundeten oder Gefangenen. Und
die Finnen, diese jungen Teufel von Waldläufern, waren gutherzig und von eiserner Kameradschaft. Wenn wo was fehlte
an Bekleidung, organisierten sie es für uns oder halfen wenigstens, es zu besorgen. Diese stillen Burschen mit ihren glatten,
sauberen Gesichtern. Wir mochten uns gegenseitig sehr gern.

Dieses winzige Volk hier oben in dieser Landschaft am
Rande der Welt war aber auch eine Elite. Leutnant Schleiermacher sagte uns mal, sie seien, wenn man genau hinsähe, arm
wie die Kirchenmäuse. Aber sie seien das einzige Volk und
der einzige Staat gewesen, der seine Kriegsschulden nach
1914 bis 1918 mit zusammengebissenem Fleiß bis auf den letzten Pfennig abgezahlt hätte.

Die finnischen Truppen glänzten wie Speckschwarten, wenn
die Rede auf ihren Oberbefehlshaber, den Marschall Mannerheim, kam. So etwas von echter Verehrung und goldechtem
Respekt hatten wir noch nicht erlebt. Der Marschall war uralt,
und er färbte sich Haar und Schnurrbart, und jeder wußte
das, und keiner machte sich darüber lustig.

Also wir froren nicht. Der Iwan lag weit weg. Und der
Krieg bei uns bestand, wie ich oben andeutete, aus höchstens
ein paar Sportsleuten, die in Schneehemden auf Schneeschuhen
durch die Gegend geisterten, nach russischen Sportsleuten
suchten und sich gegenseitig ein bißchen kitzelten. Die Finnen
waren in solchen Spähunternehmen phantastisch. Ganz selten,
daß sie sich mit dem Iwan herumschossen. Sie nahmen, wie
ich schon mal erzählte, ihre Messer und fielen lautlos über
russische Trupps her, und, es muß wieder gesagt werden, sie
kämpften grausam, sie schnitten den Iwans die Kehle durch.
Sie haßten die Russen mit einem barbarischen Haß.

Davon später einmal Näheres.

Wir lagen jetzt in richtigen Stellungen. Wir hatten prima
Unterstände. Luxusunterstände. Tadellos ausgebaut. Sozusagen
entzückend eingerichtet. Mit Brettern innen verschalt. Mit
Lampen. Mit Telefon. Mit Pritschen. Mit Heizung. Mit einer
Sauna hundert Meter rückwärts.

Insgesamt waren wir ziemlich dünn in der Besatzung dieser
Stellung. Es gab aber regelmäßige Ablösung. Dabei hatte es
der Spieß leicht wegen einer sonderbaren Sache, die ebenso
regelmäßig war. Jeder von uns, ohne Ausnahme, bekam nämlich pünktlich wie die Uhr alle fünf Tage, genau alle fünf

Tage, das karelische Sumpffieber. Dann zitterte man zuerst mit Mark und Knochen, sämtliche Gliedmaßen taten einem weh, und eine komische, allumfassende Müdigkeit machte einen unfähig. Das Fieber stand immer so um neununddreißig bis vierzig Grad herum. Die ganze Sache dauerte ein bis zwei Tage, und dann verschwand die Geschichte spurlos. Der Kompanieführer mit seiner gottverlassenen Schnauze bezeichnete dieses regelmäßig auftauchende Sumpffieber als unsere „Regel". Er konnte die Ablösungsliste genau handhaben, und wenn er die Posten verteilte, konnte es zum Beispiel heißen: „Donnerstag Schütze Schulze, Schütze Meier ... nee, einen Momang, Donnerstag hat Schulze die Regel, also statt Schulze geht Schmidt, der bekommt sie erst am Montag." Und so.

In dieser großen Einsamkeit lebten wir mit bissigem Galgenhumor. Wir überdrehten uns, und wie wir uns manchmal überdrehten, wird man bei unserer Weihnachtsfeier sehen. Es gab auch Nervenzusammenbrüche. Dann war es am besten, man ließ den Mann allein und redete kein Wort mit ihm. Er kam schon von selber wieder in Ordnung. Was hätten wir auch mit ihm reden sollen. Jeder von uns stand selber immer auf der Kippe. Es gab auch Selbstmorde.

Und merkwürdig oft gerieten zwei aneinander, die sonst die besten Freunde waren. Sie konnten sich plötzlich nicht mehr riechen. Einer kannte den andern bis zum Überdruß. Schon vorher, bevor einer das Maul aufmachte, wußte man schon, was er zum besten geben würde. Das reizte oft bis aufs Blut.

Die Nächte waren von einer märchenhaften Schönheit, wie wir sie noch niemals erlebt hatten. Der Himmel war ganz unbeschreiblich, und die Sterne erschienen uns von unmäßiger, gewaltiger Größe. Auch schimmerten sie toller als zu Hause. Niemals wurde es ganz dunkel. Dafür stieg das Nordlicht am Firmament auf. Ungeheure Bögen farbigen Lichts, die sich fortwährend veränderten. Eine tolle Landschaft.

Die finnischen Kameraden hatten uns angelernt, eine Sauna zu bauen. Sie lag hundert Meter hinter unserer Stellung. Das war etwas Neues. Wir brühten uns sooft als möglich auf und ließen uns kochen. Man war dann für eine Zeitlang ein neuer und gesunder Mensch und verlor ein bißchen die Traurigkeit.

Vor der Stellung lagen einzelne Männer von uns als Posten in ausgebauten Löchern. Aber es waren nur sehr wenige, die da weit verteilt waren. Es war nicht ganz ungefährlich, auf Posten zu sein. Nicht wegen des Iwans, der verhielt sich ziemlich friedlich und hockte wie wir in seinen warmen Höhlen. Gefährlich war es, weil man allein war, und weil dann oft unweigerlich das ganze Elend über einen kam. Man lehnte wirklich mit zusammengeschnürter Kehle in seinem Loch und hätte am liebsten geheult. Das hätte nichts zu sagen gehabt, weil einen ja niemand sah. Aber etwas anderes war dämlich. Man wurde allzuleicht hundemüde in diesen schweigenden Nächten, in denen man warm vermummt hinausblickte auf die einförmige, unendliche Schneelandschaft. Und dann konnte es geschehen, daß man hoffnungslos einschlief. Es geschah mehr als einmal und manchem von uns.

Die Führung wußte das natürlich. Wer dabei erwischt wurde, kam unverzüglich vor das Kriegsgericht, und da gab es kein langes Palaver. Ein Todesurteil war manchmal fällig, erbarmungslos. Es bestand ein strenger Befehl in dieser Hinsicht. Abgesehen von diesen Fällen, in denen man ein Todesurteil in Gottes Namen und mit zusammengebissenen Zähnen als ungefähr gerecht empfinden mußte, weil in jeder Armee der Welt beim Einschlafen auf Posten vor dem Feinde ein Todesurteil stand ... abgesehen davon fiel es uns aber auf, daß diese ständigen, immerwährenden Drohungen mit dem Kriegsgericht bis zum Erbrechen überhandnahmen. Der Landser war, allgemein betrachtet, in dieser Hinsicht besser dran als der Offizier. Er hatte weniger Verantwortung, und man konnte ihm also nicht gleich an den Schlitten fahren.

Aber die Offiziere! Manchmal schien es uns so, als ob Adolf seine ganze Wehrmacht nur durch Kriegsgerichte zusammenhielte. Natürlich war es nicht ganz so. Aber der Krumbhaar, der ständiger Melder beim Kompanietrupp war und seine empfindliche Nase in allem hatte und alles wußte, erzählte manches in dieser Hinsicht. Es wimmelte oft von Drohungen solcher Art. Wenn irgendwo etwas schiefgegangen war, sofort knurrte der Kommandierende General etwas von Kriegsgericht, der Divisionskommandeur drohte weiter, der Regimentskommandeur drohte weiter, der Bataillonskommandeur ebenso, immer gleich mit Kriegsgericht.

17

Nun also, endlich zu unserer Weihnachtsfeier.
Ihr werdet uns für wahnsinnig halten.
Vorbereitet war das Fest ganz vorzüglich. Das mußte man

ihnen lassen. Es war dafür gesorgt, daß die Pakete von zu Hause rechtzeitig eintrafen, und das war bei der ungeheuren Entfernung ein Meisterwerk. Und es war das beste von allem, wenn uns auch mit den Sachen und besonders mit den Briefen von zu Hause das schwarze Elend wieder am Wickel bekam. In unserer Überdrehtheit hatten wir, obwohl wir nicht darüber sprachen, die Heimat und all unsere Leute daheim abgeschrieben. Keiner von uns würde von hier oben zurückkommen. So schön und friedlich jetzt auch alles aussah, es würde wieder losgehen, und wir wußten, was uns bevorstand. Wir hatten den Iwan unterschätzt. –

Also vorbereitet war Weihnachten vorzüglich.

Und der vierundzwanzigste Dezember war ein besonders herrlicher Tag. Der Iwan rührte sich nicht. Er verkniff sich sogar die paar Granaten, die er bisweilen in die Gegend zu uns schickte.

Leutnant Schleiermacher, der wie ein Junge sein konnte, hatte mich in seinen schönen Unterstand befohlen. Weniger, um bei der Hand zu sein, wenn er was wollte, als um mir was Nettes anzutun. Vorher, am Spätnachmittag, spazierte ich zu meinen Freunden. Sie waren schon überdreht, als ich ankam. Die braven Leute in der Welt mögen uns verzeihen, aber wir hatten es an diesem Tage alle miteinander schon recht frühzeitig mit dem Alkohol. Nur mit Alkohol war die Sache zu überstehen, soviel war klar. Weihnachten ging uns allen in die Knochen.

Sie hatten sich bei Kurtchen Zech zusammengefunden, der Krumbhaar vom Kompanietrupp war soeben bei ihnen angekommen, und als ich mit dem fröhlichen Ausruf: „Recht von Herzen gute Ostern!" bei ihnen einbrach, las er soeben von einem Zettel etwas ab. Er unterbrach, und ich mußte mich zuerst stärken. Dann las er von vorne noch einmal.

Es war unglaublich. Der Krumbhaar hätte es uns eigentlich nicht sagen dürfen, weil es erst am Abend bekannt gemacht werden sollte, aber der Krumbhaar wußte, was er uns schuldig war. Kurz und freundlich: Beförderungen und Orden! Kurtchen Zech wurde Gefreiter einschließlich eines finnischen Ordens, Heinz-Otto wurde Gefreiter einschließlich des EK II, der Josef wurde Gefreiter einschließlich eines finnischen Ordens und des EK II, Meier III wurde, Donnerschlag und zugenäht, Unteroffizier, bekam vom Regiment das EK II, wofür er eingereicht war, und vom Divisionskommandeur das EK I dazu. Die da oben stach wohl plötzlich der Hafer! Und dann kam ich. Ich war platt. Ich bekam das gleiche wie

Meier III und wurde das gleiche. Der Krumbhaar Gefreiter und EK II und einen finnischen Orden.

Wir waren Soldaten genug, um uns erstens zu wundern und zweitens zu freuen. Wundern taten wir uns deshalb, weil wir ja seit langer Zeit nicht mehr zusammen waren, sondern verteilt und auseinandergerissen, mal dort, mal da, mal bei dieser, mal bei jener Einheit. Abkommandiert. Unter solchen Umständen wurde man leicht vergessen, sobald man bei der Einheit wieder verschwunden war, und niemand interessierte sich noch für einen.

Also es fing gut an.

Und um die Sache gleich zu trainieren, schnauzten wir neue Vorgesetzte mal probeweise unsere neuen Untergebenen entsetzlich an. Es klappte vorzüglich.

Und dann kippten wir eine Ehrenrunde nach der andern, und ich zog stolz wie ein Eisbrecher durch den Schnee zu Leutnant Schleiermacher. Wir hatten im Freien hinter der Stellung eine kleine lebende Tanne zum Weihnachtsbaum ernannt, sie geschmückt und beleuchtet. Davor standen wir eine Weile stumm. Leutnant Schleiermacher, drei andere Offiziere und einige Männer.

Dann gingen wir schweigend in den Unterstand. Tannengrün, farbiges Papier, Silberschmuck aus Zigarettenpapier, Kronleuchter aus einem großen Rad. Und Flaschen und Flaschen und Flaschen.

Einige Runden, dann begann das Wunschkonzert. Sämtliche Unterstände waren durch Telefon miteinander verbunden, und jede Kompanie hatte Tage zuvor gemeldet, was sie bieten konnte. Ein Ansager sprach und rief die Vortragenden der einzelnen Kompanien, einer sagte ein Gedicht auf, was uns weniger rührte, ein anderer spielte einige Weihnachtslieder auf der Mundharmonika. Und so und dergleichen.

Leutnant Schleiermacher war außer Rand und Band. Wir hatten da einige russische Gefangene hinten, die unsere Sauna gebaut hatten. Einen davon hatte Leutnant Schleiermacher zu sich geholt. Der riesige Bursche war selig, er bekam dasselbe zu essen und zu trinken, was auch wir bekamen. Dafür malte er sein Gesicht mit Schuhwichse an und stand dann als Empfangsneger für die Eingeladenen draußen in einem langen Pelz, dirigierte die Gäste mit den Armbewegungen eines Verkehrspolizisten zum Eingang. Der Leutnant hatte ihm beigebracht, jeden Gast, wer es auch sein mochte, mit den höflichen deutschen Worten Götz von Berlichingens zu begrüßen. Der Fachmann staunte, und der Laie wunderte sich, und alles ging wie am Schnürchen. Insbesondere als der Herr Divisionskommandeur wohlwollend die Unterstände besuchte und der Empfangsneger ihn vernehmlich mit seinem überstaatlichen Gruß begrüßte. Der General blieb wie angenagelt stehen, unser Iwan dachte, er hätte nicht laut genug gesprochen und wiederholte es brüllend. Der Herr Divisionskommandeur wurde augenblicklich tief verstimmt und völlig unweihnachtlich, er bat Leutnant Schleiermacher hinaus, und wir hörten es: „Ich finde das witzlos, Herr Leutnant Schleiermacher, völlig witzlos! Und ganz unangebracht bei einer Weihnachtsfeier, völlig unangebracht, witzlos! Ich verzichte auf den Besuch bei Ihnen!" Sprach's und stiefelte wütend mit dem Gefolge davon.

Dem Leutnant machte es nichts aus. Uns noch weniger. Eine besonders eingelegte Runde Kognak brachte uns wieder auf die Schienen. Nur mit Alkohol war dieser Abend zu überstehen. Und wir überstanden ihn ganz ordentlich. Und nur einmal trat Stille ein. In unserm Wunschkonzert ertönte eine tiefe Stimme von der achten Kompanie. Sie sprach mit letzter Einfachheit, aber mit einer männlichen Innigkeit (anders kann ich es nicht sagen) das Weihnachtsevangelium.

„Es begab sich aber zu der Zeit, daß ein Gebot ausging von dem Kaiser Augustus..."

Jeder saß still mit seinem Glas oder stand bewegungslos.

„Und alsbald war bei dem Engel die Menge der himmlischen Heerscharen, die lobten Gott und sprachen: Ehre sei Gott in der Höhe und Friede auf Erden und den Menschen ein Wohlgefallen..."

Da hatte es uns.

Jeder hatte plötzlich ein steinern verschlossenes Gesicht. Und während die eherne Stimme weitersprach, hörten wir ein Schluchzen. Der junge Leutnant von Stemmen, der hinten an der Wand lehnte, weinte. Er war blutjung und vorgestern erst Offizier geworden. Er stand mit hängenden Armen und geballten Fäusten, das Gesicht erhoben, dicke Tränen rannen ihm unaufhörlich über die Wangen und tropften auf seine Uniform, und seine Schultern bebten.

Das war es, was wir alle gefürchtet hatten. Ich sah, daß die anderen sich hart auf die Lippen bissen. Ein Splitterton: Leutnant Schleiermacher hatte seine Zigarettenspitze zerbissen. Mir selber stieg es hemmungslos in den Hals.

Glücklicherweise brauste in diesem Augenblick ein Mann herein mit einer Meldung, die uns wieder auf die Beine stellte. Ein abgelöster Posten brachte zwei russische Überläufer. Gott sei Dank hatten wir eine Ablenkung. Leutnant Schleiermacher griff zu. Er ließ Feldwebel Rainer holen, der russisch sprach. Der abgelöste Posten machte sich an mich heran: „Mensch, mir ist was passiert . . ." Feldwebel Rainer fuhr herum, er hatte mit den beiden Iwans, die ziemlich dünn aussahen und perplex um sich blickten, einige Worte gesprochen und sagte nun scharf: „Bitte Herrn Leutnant, den Mann mit niemand sprechen zu lassen!" Wir waren verwundert, was war los?

Eine schöne Sauerei war los. Die zwei Iwans, um es ganz kurz zu sagen, hatten den Posten schlafend vorgefunden, und die beiden biederen Krieger, die fest entschlossen waren, mit Deutschland Sonderfrieden zu schließen, machten sich daran, ihn aufzuwecken, damit er sie nach hinten bringe. Feldwebel Rainer, ein ziemlich rauher Bursche, zitterte geradezu vor Empörung. Wir andern standen schweigend. Auch die Offiziere. Wir starrten den unglücklichen Kameraden an. Es war Schütze Krause, ein magerer, klapperdürrer, älterer Mann mit entzündeten Augen, sein Kinn hing herunter, und sein Mund stand halb offen.

Auf Posten vor dem Feind geschlafen. Kriegsgericht. Todesurteil vielleicht.

Für kurze Zeit löschte diese bittere Sache jeden Alkohol aus. Vom Telefonhörer kamen die dunklen, schwingenden Töne der heimatlichen Weihnachtsglocken, wie sie im Rundfunk in jedem Jahr ihre gewaltigen Stimmen, eine nach der anderen, jahrhundertealte deutsche Glocken aus den Domen, erhoben.

Plötzlich sagte Oberleutnant Kuhn scharf: „Die Sache bringen wir in Ordnung. Überlassen Sie es mir. Am Weihnachtsabend ist kein Kriegsgericht fällig! Das walte Gott!"

Schütze Krause zog mit hängenden Schultern ab. Oberleutnant Kuhn nahm Feldwebel Rainer mit nach draußen. Die Iwans wurden weggeschickt, nachdem sie Zigaretten und Schokolade bekommen hatten. (Die Sache kam tatsächlich in Ordnung. Wie sie in Ordnung kam, haben wir niemals erfahren. Vielleicht kam sie in Ordnung, weil Oberleutnant Kuhn der Schwiegersohn des Divisionskommandeurs war und auch sein besonderer Liebling, und wahrscheinlich auch deshalb, weil Oberleutnant Kuhn das Ritterkreuz trug.)

Nun, jedenfalls, wir waren wie erlöst. Und nun wurde scharf getrunken. Sehr scharf. Es mußte verschiedenes überspült werden, es mußten überspült werden die Tränen und das Schluchzen von Leutnant von Stemmen, es mußte überspült werden unsere eigene Ergriffenheit, es mußte überspült werden die Sache mit dem Divisionskommandeur und unserm Empfangsneger, es mußte überspült werden der Schütze Krause, und es mußten überspült werden unsere Einsamkeit, unsere wackligen Seelen und Herzen, es mußten überspült werden die reichlich wehleidigen Gedanken an die Heimat und unsere Lieben zu Hause, es mußte überspült werden diese trotz ihrer Schönheit entsetzliche Gegend, es mußte überspült werden der finstere Gedanke an unsere Zukunft, es mußte überspült werden der ganze Krieg und alles miteinander.

Wir überspülten es.

Die braven Leute in der Welt wollen das bitte entschuldigen. Aber wir waren überdreht. Es war nur mit Alkohol zu machen und zu überstehen, sonst hätte es einige Selbstmorde gegeben.

Leutnant Schleiermacher gab dann die Beförderungen und die Auszeichnungen bekannt, und ich muß berichten, auf die Gefahr hin, daß die Kommißhengste aller Grade das unmöglich finden, daß Leutnant Schleiermacher mich umarmte und mich nach russischer Sitte auf beide Wangen küßte und daß der ganze Unterstand vor Entzücken brüllte und Oberleutnant Kuhn mir den dienstlichen Befehl gab, auch meinerseits Leutnant Schleiermacher zu umarmen und ihn auf beide stoppligen Backen zu küssen.

Welch ein Weihnachten!

Und dann, unmittelbar an diese Küsserei anschließend, ereignete sich das Tollste von allem. Seit einer halben Stunde war Oberarzt Dr. Schlemm bei uns, ein großartiger Arzt und Chirurg und ein Berserker vor dem Herrn. Vorschriftsmäßig hatte er seinen Sanitäter mit einem Erstehilfekasten mitgebracht. Es muß zugegeben werden, daß er schon erheblich auf der Höhe war, als er ankam. Jeder Mann im ganzen Regiment liebte ihn abgöttisch. Und wir wußten warum. In Gold und Brillanten gefaßt, wäre für diesen Truppenarzt schon zu dürftig gewesen, was unsere Meinung über ihn betraf.

Oberarzt Schlemm wollte mir sogleich die Unteroffizierstressen auf die nackten Schultern und an den Hals tätowieren, und er meinte es ernst. Er war ganz auf der Höhe. Das war aber nicht das Tolle. Das Tolle war, daß Kriegsgerichtsrat Maus vor Tagen schon den Wunsch geäußert hatte, die vorderste Front zu besuchen. Und daß er nun bei uns auftauchte und von unserm Empfangsneger, der übrigens auch schon erheblich auf der Höhe war, mit dem schmetternden überstaatlichen Gruß hereingeleitet wurde. Kriegsgerichtsrat

Maus war in der Division genauso beliebt wie Grippe, Pest und Cholera. Er war ein Blutrichter. Unbarmherzig, brutal, grob und unmenschlich. Seine Urteile waren mit höchster Sprachraffinesse ausgestattet, darauf bildete er sich viel ein. Er sah harmlos aus, klein, rundlich, mit dicken Backen, einer dunklen Hornbrille und krummen Beinen. Er war schon in mehreren Unterständen gewesen und gebärdete sich sehr fröhlich.

Nach einer Dreiviertelstunde war er völlig betrunken. Die Offiziere hatten ihn fertiggemacht. Sie ihrerseits, um ihn in Windeseile umzulegen, hatten Kaffee, der wie Kognak aussah, aus Wassergläsern mit ihm getrunken, indessen er echten Kognak bekam. Ich saß auf einem Hocker in der Ecke und sah alles. Ich sah auch, daß Leutnant Schleiermacher mit zwei Offizieren und Oberarzt Dr. Schlemm hinausging. Als sie wiederkamen, wurde Kriegsgerichtsrat Maus weiter fertiggemacht. Und dann ging es los.

Draußen detonierten Handgranaten, Gewehrschüsse, MG-Feuer und lautes Gebrüll waren zu hören. Ein Mann kam hereingestürzt und brüllte: „Der Iwan ist durchgebrochen!" Jedermann kapierte sofort, was gespielt wurde. Jedermann griff nach einer Waffe. Kriegsgerichtsrat Maus sah aus gläsernen Augen um sich und lallte: „Wasssnnn lllooooos..."

„Wir sind im Eimer, Herr Kriegsgerichtsrat!" schrie Leutnant Schleiermacher, „kippen Sie noch einen und dann 'raus auf den Iwan!!!" Und er reichte dem erblaßten Richter ein volles Glas Kognak und hielt es so lange, bis es ausgekippt war.

Und dann sank Herr Maus zusammen, besinnungslos betrunken. Sie schüttelten ihn. Sie riefen ihn an. Er rührte sich nicht mehr. Und jetzt erst, meine braven Leute, kommt das Tolle. Oberarzt Dr. Schlemm stand über den Bewußtlosen gebeugt und betrachtete ihn mit bösartig glitzernden Augen. Dann grinste er, sah um sich und drehte seinem Sanitäter einen Uniformknopf ab. Und dann öffnete er seinen Instrumenten- und Verbandskasten.

Was nun geschah, ist einer Beschreibung wahrlich wert. Doktor Schlemm betupfte die Stirn von Kriegsgerichtsrat Maus mit Alkohol. Dann manipulierte er mit Nadel und Faden. Und dann nähte er mit oberflächlichen Stichen dem Richter den Uniformknopf mitten in die Stirn.

Himmlischer Vater!

Höllengelächter begleitete diese Operation.

Und dann, hernach, der Betrunkene bewegte sich nicht einen

Millimeter, machte Dr. Schlemm dem dekorierten Richter einen überdimensionalen Verband um den Kopf. Höllisches Gebrüll.

Und dann machte der Truppenarzt die Sache ganz rund. Er nahm einen Verwundetenzettel, schrieb darauf Rang und Namen und als Art der Verwundung malte er: delirium tremens.

Der Unterstand wackelte.

Und Oberarzt Dr. Schlemm war nie der Mann gewesen, der eine Sache halb machte. Er telefonierte nach einem Sanka und ließ Kriegsgerichtsrat Maus nach hinten ins Feldlazarett bringen.

Nun mußte mit Glanz und Gloria diese weihnachtliche Begebenheit überspült werden.

Wir überspülten sie sehr scharf.

Um niemand auf die Folter zu spannen, erzähle ich gleich den Rest der Geschichte. Maus wurde also mit dem Sanka nach hinten geschafft. Im Feldlazarett legten sie ihn, da er ja friedlich schlief, keine Schmerzen zu haben schien und ordentlich versorgt mit seinem Verband aussah, lang, und er schlummerte bis in den tiefen Morgen. Dann, als der Stabsarzt mit Gefolge kam, die nach ihrer Weihnachtsfeier auch ein bißchen länger geschlummert hatten, weckten sie ihn und fragten ihn, was ihm fehle. Kriegsgerichtsrat Maus muß einen Gewitterkopf gehabt haben, denn er erzählte ziemlich verworren. Er sei vorne in den Unterständen gewesen, der Iwan sei durchgebrochen, es hätte schwere Kämpfe gegeben, dann könnte er sich nicht mehr erinnern, nur hätte er jetzt stechende Schmerzen in der Stirn. Daraufhin besah sich der Stabsarzt erst den Verwundetenzettel. Er drehte sich wortlos um und sagte mit steinernem Gesicht zu seinen Begleitern: „Wollen Sie bitte lesen."

Und jeder las und versteinte.

Maus war auch hier wohlbekannt und auch hier so beliebt wie Pest und Cholera. Der Stabsarzt wickelte langsam den gigantischen Verband ab. Als der Kopf frei von der meterlangen Mullbinde war und Maus kläglich zu den Ärzten aufblickte, völlig ahnungslos, brach ein Orkan von Lachen los. Nur der Stabsarzt verzog keine Miene, sondern blieb völlig sachlich und betrachtete sich den sonderbaren Stirnschmuck. Dann trat er zurück, ließ sich einen Handspiegel geben und sagte mit äußerster Höflichkeit: „Wollen Sie bitte in den Spiegel sehen, Herr Kriegsgerichtsrat." Und Kriegsgerichtsrat Maus stierte mit weitgeöffnetem Mund in den Spiegel. Dann lief er rot an, dann blau und dann violett. Um es kurz zu machen: Maus erstattete natürlich unverzüglich Meldung. Aber in diesem Falle zeigte der Divisionskommandeur Humor. Und auch Gewandtheit, denn er benützte den Anlaß, um den unbeliebten Mann loszuwerden. Er hatte eine Unterredung unter vier Augen mit Maus. Der Kriegsgerichtsrat wurde sofort versetzt. Oberarzt Dr. Schlemm wurde nicht bestraft. So ging die Sache glänzend aus. Der Stabsarzt sah keinen Grund, die Sache zu verheimlichen, und endlich einmal ging ein gewaltiges Lachen in Karelien durch die ganze Division.

Und Frieden auf Erden.

Als Maus weggebracht worden war, wurde schärfster Kaffee gereicht. Dann machten wir einen erfrischenden, schnellen Gang durch die Winterluft. Und dann sangen wir, als wir Körper und Seele wieder etwas zusammen hatten, Weihnachtslieder. Aber nur zwei. „Stille Nacht" und „O du selige". Mehr war nicht möglich, es war zu riskant.

Gerade wollten wir einige andere Songs loslassen, da hörten wir unsern Empfangsneger draußen brüllen und... Mädchengelächter. Ei verdammt, Leutnant Schleiermacher als Hausherr flitzte hinaus. Und kam würdevoll wieder hereinspaziert mit zwei finnischen Offizieren und drei Lottas! Drei hochweißblonden, finnischen Göttinnen mit einer Haut wie Milch und Blut, blitzblanken, hellgrauen Augen, herrlichen Zähnen und was weiß ich noch.

Sie brachten jedem unserer Offiziere einen finnischen Dolch, Extraausführung, und drei Flaschen Schnaps und Schokolade.

Und wie durch Zauberhand war es wirklich Weihnachten. Nicht ein einziger von uns benahm sich daneben, obwohl nun doch eigentlich tatsächlich so Gott will und wirklich ein Meer von Alkohol durch uns geflossen war. Mit einem holden Zauberschlag war Weihnachten.

Die drei Mädchen waren entzückt von unserm Raum. Sie plapperten mit ihren hellen Stimmen in ihrer harten Sprache mit den vielen iiis, und einer der Finnen übersetzte. Sie verlangten, daß wir Weihnachtslieder sängen. Und also erhoben wir unsere schon etwas heiseren Stimmen, darunter die von Leutnant von Stemmen klar und rein war wie von einem Thomanerknaben. Und aus ihren glänzenden großen Augen sahen uns die Lottas begeistert an.

Dann sangen sie finnische Lieder. Über ihren Pelzkragen sahen die frischen, leicht geröteten Gesichter wunderbar aus. Nachher tranken sie ohne Zieren einige Schnäpse mit uns. Vor allem waren sie hingerissen von unserem Empfangsneger, dessen Begrüßungsworte sie, dem Himmel sei Dank, nicht verstanden hatten. Er mußte hereinkommen und sich besichtigen lassen, und er drehte sich wie ein Pfau. Und bekam Zigaretten und Bonbons und Schokolade und zog, vor Behagen wie ein Grisly brummend, wieder ab.

Nach einer Stunde verließen uns die Finnen.

Wir begleiteten sie hinaus, alle miteinander. Wir standen mit ihnen noch lange um unseren lebenden Weihnachtsbaum. Niemand sprach.

Dann sahen wir sie auf ihren Schneeschuhen im Walde eintauchen, und hell kamen ihre Abschiedsrufe noch zurück.

Als wir den Unterstand wieder betraten, schien er uns öde, kahl und traurig. Auch wir fühlten uns öde, kahl und traurig.

Ich trottelte zurück zu meinen Leuten. Sie saßen noch auf und waren noch durchaus auf der Höhe. Ich nicht mehr. Ich legte mich in meine Ecke.

Es war ein wildes Weihnachtsfest. Ich glaube, nicht jedermann wird es als Weihnachtsfest anerkennen.

Aber die Landser werden es!!!

Nachdem ich damit unser karelisches Weihnachtsfest beschrieb, einen ziemlich barbarischen Heiligen Abend, der aus Traurigkeit, Niedergeschlagenheit und Überdrehtheit barbarisch geworden war, stieg als nächstes Fest unsere Silvesterfeier.

Auch das wurde eine besondere Angelegenheit. Merkwürdigerweise wurde es ein stiller Abend, obwohl sonst nach alter Väter Sitte der Weihnachtsabend still und die Silvesterfeier dafür um so lauter vor sich zu gehen pflegte.

Aber da ohnehin alles in der Welt verrückt zu sein schien, warum sollte der Unterschied zwischen Weihnachten und Neujahr bei uns weniger verrückt sein.

Organisiert hatten wir wieder vorzüglich. Alkohol genügend. Jedoch hatten Leutnant Schleiermacher und seine Leute, also wir, beschlossen, uns für die Jahreswende Außergewöhnliches zu gönnen. So waren wir zum Beispiel alle miteinander immer scharf auf den herrlichen schwarzen russischen Tee, den wir bisweilen bei gefallenen Iwans oder Gefangenen fanden. Und nicht minder scharf waren wir auf die wunderbare rosa Seife, die dem Iwan geliefert wurde und gegen die unsere Mistseife, die uns geliefert wurde, nicht aufkommen konnte. Nun hatte schon früher unser Leutnant den vorzüglichen Einfall gehabt, nicht abzuwarten, bis ein gefallener oder gefangener Iwan fällig war. Er beschloß in Gottes Rat, das mit seinem klugen Köpfchen zu organisieren. Als die Sache zum erstenmal zur

Sprache kam, sagte er: „Geh'n wir mal psychologisch vor und sezieren wir das Gehirn des Iwans." Seine ganze Psychologie lief daraus hinaus zu prüfen: Was braucht der Russe und was können wir ihm bieten, und was brauchen wir und was kann er uns bieten, und wie machen wir es, damit beide Teile ohne Mord und Totschlag dazu kommen. Ich sagte schon, daß das Niemandsland zwischen den russischen und unseren Winterstellungen sieben Kilometer breit war. Und ich sagte auch, daß auf diesem Gelände meist holder Frieden herrschte, und zwar beiderseitig, mit Ausnahme einiger wildgewordener Sportsleute, die in Schneehemden und auf Schneeschuhen das Niemandsland heimsuchten und sich mit russischen Sportsleuten herumschossen. Sonst war Frieden auf Erden.

Vor einigen Wochen nun hatte Leutnant Schleiermacher auf einem Spähtruppunternehmen etwa anderthalb Kilometer vor unserer Front an einem Waldrand eine Art Wildwechsel festgestellt. Er fand Spuren im Schnee und verkohlte Holzteile und schloß daraus, daß dies eine Stelle war, wo der Iwan vielleicht wiederholt vorbeikommen würde. Und da noch jeder Russe, dem wir als Toten oder Gefangenen begegnet waren, jeder ohne Ausnahme, ein Säckchen mit schwarzem Tee und rosa Seife bei sich getragen hatte, versuchten wir an jener Stelle im Niemandsland eine Tauschzentrale zu eröffnen. Wir hatten da einen Gefreiten bei uns, einen Volksdeutschen aus Bessarabien, der russisch sprach und russisch schrieb. Mit diesem zogen eines Tages einige Mann und ich los. Wir hatten zwei Flaschen furchtbaren Kartoffelschnaps und einige Schachteln Zigaretten bei uns.

Das deponierten wir an jener Stelle und legten einen Zettel dazu. Darauf stand: Herzliche Grüße von Landser zu Landser, wir bäten um schwarzen Tee und um Seife und erlaubten uns, dafür eine Gegengabe anzubieten, wir kämen nach vier Stunden wieder, und wir schlügen vor, falls wir uns zufällig begegneten, nicht aufeinander zu schießen. Und schon beim erstenmal klappte es wie im Kaufhaus Tietz. Wir fanden Tee und Seife. Und eine Mitteilung, herzliche Grüße von Landser zu Landser, sie schlügen vor, solche Tausche des öfteren vorzunehmen. Und die wackeren Burschen waren sogar so nett, uns darauf aufmerksam zu machen, daß wir vorsichtig sein sollten, falls nicht sie, sondern eine andere russische Einheit uns gegenüberliegen würde, die das Abkommen nicht kannte oder nicht anerkannte.

An diese Tauschzentrale dachten wir am 31. Dezember. Wir hätten gerne wieder einmal schwarzen Tee gehabt, der, zur

Hälfte mit Kognak vermischt, ein elegantes Getränk war, und wir hätten auch gerne wieder rosa Seife gehabt, um Neujahr im saubersten Zustand zu feiern. Also ging der Volksdeutsche gegen zehn Uhr vormittag mit einigen Männern los, deponierte, und am frühen Nachmittag holte derselbe Trupp die Gegengabe. Es hatte vorbildlich geklappt.

Aber kaum hatte Leutnant Schleiermacher die reichliche Lieferung, salomonisch wie immer, unter uns verteilt, ereignete sich etwas Unerfreuliches. Am gleichen Vormittag war im Streifen der Nachbarkompanie ein Mann dieser Einheit, als er vorne den Gefechtsposten ablösen wollte, durch Kopfschuß gefallen. Und es war nicht das erstemal, daß in diesem Abschnitt die Ablösung abgeschossen worden war. Aus irgendeinem Grunde nun vermutete das Regiment, daß der Iwan vor der Front unserer Kompanie, die etwas dichteren Wald zeigte, ein Versteck eingerichtet hatte und von hier aus, also aus der Flanke, die Ablösung erledigte.

Ich war gerade bei Leutnant Schleiermacher im Unterstand, als der Regimentsbefehl einlief. Der Kommandeur befahl, unverzüglich mit einem Stoßtrupp die Russen im Vorgelände aufzuspüren und zu verjagen. Führer des Stoßtrupps: Leutnant Werner.

Leutnant Werner lag auf seinem Bett, zugedeckt bis an den Hals, hatte abwechselnd ein knallrotes oder schneeweißes Gesicht und klapperte in allen Fugen. Er hatte das karelische Fieber, von uns die „Regel" genannt, also hohes Fieber mit allen eingebauten Schikanen. Gliederschmerzen, einen bullernden Kopf und so weiter.

Leutnant Schleiermacher führte zur Zeit vertretungsweise die zehnte Kompanie, der Leutnant Werner angehörte. Er ließ sich mit dem Regiment verbinden. Leutnant Werner hatte sich geweigert, sich krankzumelden. Bei der stumpfsinnigen Einstellung des Regimentskommandeurs wäre das auch sehr riskant gewesen.

„Ich kann das nicht machen, Schleiermacher", stöhnte der Kranke, „völlig unmöglich. Sie halten mich für feige."

„Nun", antwortete unser Leutnant, „Sie für feige halten, wäre ja denn wohl eine Perversität. Dann werde ich die Meldung machen."

Und er machte die Meldung. Sein Gesicht am Telefon wurde mit einem Schlag glatt wie das Gesicht eines Kindes. Es war eine sonderbare Erscheinung bei unserem Leutnant, daß sein Gesicht glatt wurde, wenn er wütend war. Andere Leute bekommen ein verrunzeltes und altes Gesicht, wenn sie sich ärgern, er umgekehrt. Wahrscheinlich kam es daher, daß seine Haut sich im Zorn übermäßig straffte.

Er schmiß den Hörer hin.

„Der Herr Oberstleutnant meint, Fieber gäbe es nicht."

Leutnant Werner richtete sich auf und begann sich aus den Decken zu schälen.

„Na also", sagte er grimmig, „da haben Sie es. Ich werde den Stoßtrupp führen."

„Sie werden den Stoßtrupp nicht führen!" fuhr ihn unser Leutnant an, „bevor Sie das Loch verlassen haben, haben Sie eine Lungenentzündung."

„Mir schnurzegal", antwortete Leutnant Werner und erhob sich.

„Aber mir nicht", sagte unser Leutnant und kippte den Offizier auf sein Lager zurück. „Dienstlicher Befehl von mir: liegenbleiben."

Und dann ging alles sehr rasch wie immer, wenn Leutnant Schleiermacher etwas in die Hand nahm, was ihm Spaß machte. Und hier fand er einen doppelten Spaß, erstens, daß er als Kompanieführer keinen Stoßtrupp führen durfte und es doch tat, auf eigene Kappe, und zweitens sagte er: „Ein bißchen frische Luft tut mir gut."

Nach einer halben Stunde stand der Stoßtrupp fertig. Wir waren zusammen zwölf Mann in Schneehemden, mit zwei MG, mit Maschinenpistolen und mit den neuen Eierhandgranaten, die uns vor nicht langer Zeit geliefert worden waren und mit denen wir schon ganz geschickt umgehen konnten.

Wir zottelten los. Zuerst ging es durch die etwa zwei Meter breite Minengasse und den Drahtverhau, und dann waren wir im Niemandsland.

Plötzlich blieb Leutnant Schleiermacher stehen.

„O verdammt", sagte er halblaut.

Es war ihm etwas eingefallen, und er teilte es uns ärgerlich mit.

„Es wäre zum Kotzen", sagte er, „wenn es ausgerechnet unsere Iwans von der Tauschzentrale wären, die wir ausheben müssen. Schließlich haben wir mit den Burschen eine Vereinbarung getroffen, daß wir uns gegenseitig nichts tun. Ich halte gerne Verträge, treu wie Gold, wie ich gewachsen bin."

„Herr Leutnant", sagte ich, „aber sie haben die Ablösung abgeschossen und also zuerst die Verabredung gebrochen."

Der Leutnant sah mich verdrossen an.

„Mensch", antwortete er, „Logik ist deine schwache Seite. Sie haben Leute der Nachbarkompanie abgeschossen. Und mit

denen hatten sie keinen Vertrag. Uns haben sie nichts getan."
Stimmt auf den Kopf.
„Egal", sagte der Leutnant. „Los. Ab dafür. Prosit Neujahr."
Wir hatten Glück.
Wir fanden am Rande eines Waldstücks einen Haufen Reisig, der uns verdächtig vorkam. Und vor diesem Haufen lagen leere Patronenhülsen. Und als wir das Holz auseinanderschoben, fanden wir ein ziemlich geräumiges Schützenloch. Der Platz lag ziemlich weit von unserer Tauschzentrale entfernt, und wir konnten also mit Sicherheit annehmen, daß unsere Geschäftsfreunde an dieser Sache nicht beteiligt waren.

Von hier aus also hatten sie nach links hin die Ablösungen der Nachbarkompanie abgeschossen. Wir schwärmten noch ein bißchen nach beiden Seiten hin aus, entdeckten aber nichts mehr. Also war es jene Stelle. Wir legten uns in die Nähe hinter dicke Bäume.

Und warteten.

Und wieder hatten wir Glück, wenn man es Glück nennen will, einige ahnungslose Kreaturen in den Tod laufen zu lassen. (An diesem letzten Tag des alten Jahres war ich ein bißchen nachdenklich, und so kam ich zu dieser höchst pazifistischen und zivilistischen stillen Anmerkung.)

Wir hatten Glück.

Zwischen den Bäumen tauchten sie auf. Sechs Iwans. Ihre Schneehemden pflegten sich von unseren schon auf weite Sicht hin dadurch zu unterscheiden, daß die ihren reichlich dreckig waren. Sie trugen Pelze unter den Schneehemden und sahen daher unförmig dick aus. Und sie kamen ahnungslos. Schon von weitem hörten wir ihre unbekümmerten lauten Stimmen. Ich sah mich um nach unseren Männern. Aus den weißen Klumpen unserer Schneehemden sahen die dunklen Läufe der beiden Maschinengewehre, der Maschinenpistolen und der Karabiner, und aller Augen waren auf den Leutnant gerichtet.

Sie kamen hintereinander, sorglos, gemütlich, und als sie auf fünfzig Meter herangekommen waren, hörte ich die halblaute Stimme von Leutnant Schleiermacher: „Feuer frei!"

Und dann zerhieben die Schüsse die Stille der Winterlandschaft. Und als ob sie an Drähten gehangen hätten wie Puppen und die Drähte plötzlich losgelassen worden wären, sanken die sechs lautlos und weich im Schnee zusammen und blieben bis auf einen bewegungslos liegen.

Und im gleichen Augenblick sah ich es. Ich sah es von rechts herantanzen, ein ganzes Bündel Leuchtspurgeschosse, zuerst zu hoch, und dann senkte sich das Bündel. Es kam von einer getarnten Stellung.

Niemals früher und niemals späterhin brachte ich es fertig, vom Liegen aus kerzengerade hoch einen solchen akrobatischen Sprung zu tun, wie ich ihn nun tat. Um es kurz zu machen, ich knallte Leutnant Schleiermacher mit der rechten Hand eine gigantische Ohrfeige, etwas anderes blieb zu tun innerhalb einer Sekunde nicht übrig.

Der Leutnant kippte in den Schnee und dicht über seinen Kopf hinweg fegten nun die Leuchtspurgeschosse.

Es gab einen wilden Feuerzauber hin und her, und dann brach alles plötzlich ab.

Die sechs Iwans vor uns rührten sich nicht. Und was an ihnen hätte sich auch noch rühren können, wenn die Feuerkraft zweier MG, einiger Maschinenpistolen und einiger Karabiner sie durchsiebt hatte.

Der letzte Tag des Jahres war der letzte Tag ihres Lebens gewesen. Unter dem erbarmungslosen Gesichtspunkt: ihr oder wir.

Auf einen Wink des Leutnants bauten wir vorsichtig ab. Der Auftrag war erfüllt. Die Nachbarkompanie würde nunmehr wissen, woher der Iwan knallte, wenn er überhaupt wieder knallte.

Beim Zurückgehen sagte der Leutnant kein Wort. Als ich ihn einmal von der Seite ansah, wußte ich warum. Die eine Wange war hochrot und schon etwas angeschwollen.

Im Unterstand gab Leutnant Schleiermacher sofort die Meldung an das Regiment durch, er konnte kaum sprechen und bewegte den Kiefer ziemlich merkwürdig. Trotzdem sahen wir ihn grinsen. Als er den Hörer auflegte, wandte er sich zu Leutnant Werner, der unter seinen Decken mit fieberglänzenden Augen uns anstarrte.

„Der Herr Oberstleutnant", sagte Leutnant Schleiermacher ernst, „läßt Herrn Leutnant Werner seine Anerkennung für die tadellose Durchführung des Auftrages aussprechen."

Leutnant Werner verschwand unter seiner Decke. Wir grinsten uns an.

Als Leutnant von Stemmen hereinkam, blieb er befremdet stehen und sagte: „Wie sehen Sie denn aus, um Himmels willen?"

Leutnant Schleiermacher deutete mit dem Daumen auf mich, und unter entsetzlichen Grimassen seines verschwollenen Gesichts sagte er: „Dieser Unteroffizier da hat mich vor dem Feind und vor versammelter Mannschaft geohrfeigt. Seien Sie niemals nett zu Ihren Leuten, Stemmen, die Burschen kleben Ihnen eine, bevor Sie sich recht besinnen. Feine Früchtchen haben wir uns da herangezogen."

Leutnant von Stemmen sah etwas unsicher von einem zum andern.

„Dieser Unteroffizier", fuhr Leutnant Schleiermacher fort, „hat das zusammengefaßte Feuer einiger russischer MG als Ausrede genommen, seinem Kompanieführer eine 'runterzuhauen. Eine der besten Ohrfeigen, die ich jemals in meinem Leben seit meiner Pennälerzeit bezogen habe."

Und dann klärte er die Sache auf, Leutnant Werner wurde unter seinen Decken langsam wieder sichtbar und schrie trotz seines Fiebers vor Vergnügen.

Nun ja, und dann machten wir uns an die Vorbereitungen zu unserer Silvesterfeier. Der Volksdeutsche, Gefreiter Krantz, hatte ein auserlesenes Festessen mit einigen hochkundigen Leuten vorbereitet. Unsere Kompanieschnapsbrennerei lieferte einen Parade-Sonder-Monster-Elite-Schnaps, der einem die Tränen in die Augen trieb, zu donnerartigen Rülpsern führte, die Speiseröhre verbrannte und den Magen wie ein Flammenwerfer durchfegte. Das Silvestermenü: Suppe, auf dem Herd geröstetes Kommißbrot mit Schmalz, Ölsardinen, Bratkartoffeln und Blutwurst, und als die Höhe aller Höhen karelisches Geflügel von einem Vogel, dessen Namen ich nicht mehr weiß, der aber unvorstellbar gut schmeckte.

Gegen Abend gab es noch ein bißchen Mungofeuer, das heißt Feuer aus russischen Granatwerfern. An und für sich fürchteten wir diese wütenden Geschosse ziemlich, aber diesmal lagen sie weit weg und hörten bald auf.

Dafür erschienen zwei finnische Soldaten mit der ewigen, eindringlichen und gierigen Frage: „Nix Aquavit? Nix Kognaki?" Und bevor wir antworten konnten, zogen sie schon ihre russischen Pelzschuhe aus, legten ihre Pelzmützen auf den Tisch und daneben drei tadellose, fast neue russische Schnellfeuergewehre. Es waren ihre Devisen, mit denen sie den Alkohol bar bezahlten. Sie waren immer wie die Wilden hinter Alkohol her und hätten sich sämtliche Kleider vom Leibe und ihre Seele dazu heruntergerissen, um Schnaps zu bekommen. Wir pflegten diesen Handel seit vielen Wochen ohne Gewissensbisse, denn ich sagte schon, daß unsere geniale Führung uns mit Wintersachen nicht gerade erstklassig versorgte. Dafür kam die Führung bald hinter unsere finnischen Ausstattungsstücke, und wir mußten später Stück um Stück wieder abgeben.

Es wurde ein prima Silvesterabend.

Und, wie ich schon sagte, im Gegensatz zum Heiligen Abend ging es sehr zahm zu. Das kam daher, daß schließlich der Schluß des alten Jahres uns doch etwas nachdenklich machte. Wo würden wir beim nächsten Silvester sein, wenn wir überhaupt noch sein würden?

Das beste bei uns war die seltene Tatsache, daß wir immer unter lauter vertrauten Gesichtern und Gestalten hier vorne lebten. So kamen zum Beispiel die meisten Verwundeten, und zwar Offiziere und Mann, wieder aus der Heimat zu uns in die gottverlassene Landschaft, auf die sie unaufhörlich geflucht hatten, zurück. Und sie hätten unschwer durch diese oder jene kleine geschickte Wendung, an denen es dem Landser niemals mangelte, nach ihrer Heilung dem Norden entgehen können. Nein, sie kamen wieder. Und ich kenne mehr als einen Fall, in dem Männer, auch Offiziere, Himmel und Hölle in Bewegung brachten, wenn eine Versetzung in eine bessere Gegend drohte, um wieder zu uns in diese Einöde, diesen Urwald, diese Sumpfhölle zu kommen. War schon was dran an dieser Kameradschaft.

So kurz vor Mitternacht, als jeder nervös schon auf seine Armbanduhr schielte, bekam Feldwebel Rainer für einige Minuten den karelischen Koller, er heulte still für sich hin in einem Winkel und schrie bisweilen: „Ich sehe schon, wie ich verrecke!"

„Gute Beobachtungsgabe, der Feldwebel!", sagte Leutnant Schleiermacher, und Feldwebel Rainer starrte ihn aus blutunterlaufenen Augen an, dann lachte er plötzlich und hatte sich wieder. (Er fiel am übernächsten Tag bei einem Spähtrupp durch Bauchschuß. Hatte also recht behalten.)

Für den Schlag der zwölften Stunde hatte die Division „Feuer frei" gegeben. Und Punkt Mitternacht zersplitterte der Himmel vor unserer ganzen Front in einem ungeheuren Feuerwerk. Alle Geschütze und Kanonen, alle Panzer und Paks, alle Granatwerfer und Maschinengewehre begannen minutenlang ein wahnsinniges Geschieße. Und da der Russe nach kurzer Zeit mißtrauisch und wütend mit einem gewaltigen Sperrfeuer einsetzte, gab es eine runde Sache.

Und dann, es mag gegen ein Uhr gewesen sein, ereignete sich jene Geschichte, von der Leutnant Schleiermacher später sagte: „Wenn das am Heiligen Abend passiert wäre, hätte ich geheult wie ein Schloßhund vor Rührung." Tatsächlich, dieses Ereignis hätte genau in den Weihnachtsabend gepaßt, aber es passierte nun eben mal am Silvester.

Ich sagte schon, daß wir einen Volksdeutschen hatten, Gefreiter Krantz, der aus Bessarabien, also aus Rumänien stammte. Er war damals, als die Russen Bessarabien besetzten, mit seiner Familie nach Deutschland umgesiedelt worden, und seine Eltern hatten irgendwo im Warthegau einen kleinen Hof bekommen. Er war ein netter Kerl, gefällig, gewandt und eine Seele von Mensch. Er sprach perfekt russisch.

Nun, also, ich geniere mich beinahe, die Geschichte zu erzählen.

Sie war so unwahrscheinlich, daß ich sonst gesagt hätte, wenn einer mir sie erzählt hätte, der Teufel solle ihn holen und mich mit Märchen bitte verschonen.

Es mag also gegen ein Uhr gewesen sein, als ein Mann vom zweiten Zug hereinkam und meldete, die Ablösung des Gefechtsvorpostens habe drei russische Überläufer mitgebracht. Das war am Weihnachtsabend schon genauso passiert, damals liefen überhaupt beinahe täglich Russen über. Leutnant Schleiermacher befahl, sie hereinzuführen. Er hatte die Gewohnheit, mitten in diesem Saukrieg keinen Gefangenen weiter nach hinten zu schicken, bevor er ihn nicht selber gesehen hatte und ihm irgendeine kleine Freundlichkeit erwiesen hatte, einen Schluck Kognak, eine Zigarette, ein Stück Schokolade.

Sonst wurde Feldwebel Rainer als Dolmetsch geholt, aber da wir seit einigen Wochen den Volksdeutschen Krantz bei der Einheit hatten, der noch besser russisch konnte, war das heute nacht nicht nötig.

Die drei Gefangenen kamen herein. Untersetzte, beinahe gleich große, stämmige Burschen, naß von Schnee, mit stoppligen Gesichtern. Sie rissen ihre dreieckigen Mützchen herunter. Zwei waren, soweit man es bei ihren blankrasierten Schädeln sehen konnte, schwarzhaarig, der dritte war weißblond.

Da standen sie nun, bescheiden und mit den kleinen Augen ins Licht blinzelnd. Unser Volksdeutscher trat vor.

Und dann fuhren wir zusammen.

Ein unmenschlicher Schrei. Gefreiter Krantz hatte ihn ausgestoßen. Mit weitgeöffnetem Mund und aufgerissenen Augen starrte er auf die Gefangenen. Und wieder brüllte er: „Manu!"

Und dann sahen wir den blonden Gefangenen vom Stand aus in die Luft springen wie einen Federball und hörten ihn ein geradezu tierisches Gebrüll ausstoßen.

Und dann lagen sich beide in den Armen, schluchzten, weinten, schrien und wiegten sich hin und her.

Jedermann im Unterstand sah diesem Schauspiel fassungslos zu.

Dann brüllte Leutnant Schleiermacher: „He!!!"

Der Gefreite Krantz stieß den Iwan von sich, schluckte, drehte sich zu unserm Leutnant und, indessen ihm die Tränen in ganzen Bächen übers Gesicht liefen, nahm er Haltung an, und der sonst so ruhige Mensch schrie den Offizier an: „Melde Herrn Leutnant... mein Bruder Manu!"

Und in die Stille hinein, die jetzt entstand, hörte ich den Leutnant halblaut sagen: „Ausgeschlossen... das gibt es denn doch nicht."

Die beiden anderen Russen grinsten übers ganze Gesicht und drehten ihre Mützen.

Es war Tatsache. Nichts zu ändern, es war Tatsache.

Diese verdammte Lesebuchgeschichte, diese Romanfiguren von zwei Brüdern, die an zwei Fronten gegeneinander fochten und die sich auf dem sogenannten Schlachtfeld plötzlich nach Jahr und Tag fanden... hier standen sie, der Gefreite Krantz und sein Bruder, der eine bei der deutschen Wehrmacht und der andere in der Roten Armee, und sie standen sich gegenüber in der Nacht des ersten Tages des neuen Jahres in Karelien, im hohen Norden Europas.

Das hatte uns gefehlt. Genau das.

Und jetzt kamen wir in Fahrt. Leutnant Schleiermacher war ganz auf der Höhe. Zuerst einmal lud er natürlich die drei Iwans ein. Sie strahlten wie Lampions.

Die beiden Brüder saßen auf einer Kiste zusammen, Schulter an Schulter, und sahen sich immer wieder wie im Traum an. Und wie sehr Leutnant Schleiermacher von dieser wunderbaren Geschichte ergriffen war, merkten wir, als er, kurzerhand über alle Instanzen und über den Dienstweg hinweggehend, die Division anrief und den Divisionskommandeur persönlich zu sprechen wünschte. Er brauchte einige Zeit, um durch die Adjutanten und Ordonnanzoffiziere durchzukommen, aber er kam durch. Und er berichtete dem General. Und siehe da, so rauhbeinig der Mann sonst war, er schien ebenso gerührt zu sein, wir sahen es aus dem Gesicht von Leutnant Schleiermacher.

„Was hat er gesagt?" fragten ihn die Offiziere neugierig.

Unser Leutnant sah sie nachdenklich an.

Dann antwortete er: „Die Spucke blieb ihm weg. Dann glaubte er es nicht. Dann schmiß er mir den Götz von Berlichingen an den Kopf und wollte einhängen und mir Hausarrest geben. Dann glaubte er es. Dann sagte er, er schicke sofort durch einen Melder etwas her. Was, hat er nicht gesagt. Und zuletzt sagte er, er gäbe hiermit dem Gefreiten

Krantz und seinem Bruder vierzehn Tage Urlaub zu ihren Eltern, aber er wolle die beiden zuerst persönlich sprechen."
Oberleutnant Walther, der mit uns feierte, ließ sprachlos sein Schnapsglas sinken.
„Ist ja ein janz umjänglicher Knabe, der Jeneral!" sagte er.
Und unser Leutnant meinte nachdenklich: „Ich kann doch nicht gut einen russischen Gefangenen auf Urlaub zu seinen Eltern schicken..."
Eine halbe Stunde später erschien Hauptmann Eberhard, Divisionsadjutant, er kam mit einem Mann hinter sich, der etwas überm Arm trug, wir sahen nicht gleich, was es war.
Hauptmann Eberhard sagte sofort zu unserem Leutnant: „Mein lieber Mann, wenn das ein Silvesterscherz sein soll, sind Sie beim Chef gelöffelt, und wenn es kein Witz ist...", in diesem Augenblick folgte er einer Armbewegung des Leutnants und sah die beiden Brüder vor ihrer Kiste stehen, Hand in Hand. Er verstummte sofort.
Dann ging er hin und besah sich die beiden aus der Nähe.
Dann murmelte er: „Einen doppelten Kognak bitte."
Er kippte das Glas aus, griff nach dem, was sein Begleiter auf dem Arm trug und reichte es dem Bruder aus der Roten Armee. Es war eine neue deutsche Uniform mit allen Zutaten aus dem Lagerbestand der Division. „Der General", sagte Hauptmann Eberhard, „der General meinte, ob die Sachen passen oder nicht, wäre ihm egal. Der Alte war geradezu Milch und Honig vor Rührung."
In weniger als fünf Minuten hatte sich der Gefangene umgezogen und stand nun als deutscher Landser vor uns. Die Hose war zu kurz und der Rock zu lang, aber das war wursch.
Hauptmann Eberhard telefonierte mit dem General, und wir hörten es. „Herr General", sagte er, „die Sache ist goldrichtig, kein Witz. Habe beide hier vor mir. Darf Herrn General sagen, daß ich gerührt bin. Kommt selten vor... Jawohl, Herr General!"
„Beim Divisionsstab weinen sie", sagte er und grinste. „Der General kniet und betet."
Wir lachten.
Dann forderte der Hauptmann den Gefreiten Krantz auf, die Sache zu erklären. Sie war höchst einfach und angesichts des wilden Durcheinanders, das seit Jahr und Tag in Europa herrschte, nicht einmal so ungeheuerlich. (Und doch war sie für uns ungeheuerlich.)
Manu Krantz, der Bruder unseres Gefreiten, war zuerst mit der Familie aus Bessarabien mit dem Treck der Auswanderer

weggezogen, dann aber, was unser Gefreiter wußte, bei einem rumänischen Bauern eines Mädchens wegen hängengeblieben. Als Rumänien mit uns in den Krieg gegen Rußland eintrat, war Manu Soldat geworden und bei einem Unternehmen von den Russen gefangengenommen worden. Als ehemaligen Bessarabier hatten ihn die Russen ohne weiteres in die Rote Armee eingezogen. Und dann war er mit einer Einheit, die aus ähnlichen Gegenden stammte, nach Finnland gekommen, wahrscheinlich, um eine Flucht nach Rumänien unmöglich zu machen. So war Manu Krantz rumänischer, russischer und nunmehr deutscher Soldat geworden.

Eine richtige Lesebuchgeschichte.

Und sie hätte so wunderbar in unseren Heiligen Abend hereingepaßt! Sie paßte aber auch in unser Silvester herein.

Nun, wir feierten die Sache.

Jedoch war das Merkwürdige, daß wir an diesem Abend und in dieser Nacht nicht so verzweifelt tranken wie zu Weihnachten. Es ging sogar ziemlich still bei uns zu. Zu Weihnachten hatte uns das graue Elend und aller Jammer der Welt einige Minuten lang am Wickel gehabt.

An diesem Abend waltete etwas von Geheimnisvollem über uns. Sagen wir ruhig etwas ungemein Tröstliches und Beruhigendes. Und jeder spürte es. Denn wenn sich inmitten eines Flammenmeeres von wildem Krieg so eine Geschichte ereignen konnte, und sie hatte sich vor unseren eigenen Augen und Ohren ereignet, dann brauchte man eigentlich nicht ganz und gar zu verzweifeln.

Denn dann gab es noch Wunder.

Und als ob wir alle miteinander in unserm Unterstand im gleichen Augenblick das gleiche gedacht hätten, sagte plötzlich Leutnant Schleiermacher ganz laut vor sich hin: „Tja... warum soll es eigentlich keine Wunder mehr geben?"

Es war nicht zu verkennen, so etwas wie ein nie gekannter, innerer Frieden senkte sich in dieser Neujahrsnacht über uns alle herab.

Und auf einmal dachte ich ziemlich erschrocken: Mensch, paß auf, vielleicht gibt es gar keinen Zufall, vielleicht ist alles Schicksal.

Und als Leutnant Schleiermacher mit seinem dickverschwollenen Gesicht, in dem das linke Auge beinahe geschlossen war, zu mir herkam und ohne ein Wort zu sagen sein Schnapsglas hob und mir, dicht vor mir stehend, zutrank, durchfeuerte mich eine Freude ohnegleichen.

Auch diese Ohrfeige war kein Zufall gewesen, denn wer

hatte mir eingegeben, mich dicht neben den Leutnant zu legen, als er „Feuer frei" gab?

Und in dieser Nacht schlich ich mich nicht, wie zu Weihnachten, bedrückt davon, sondern feierte mit den anderen bis in den Morgen hinein, feierte die Gebrüder Krantz, feierte den Leutnant, feierte den General, feierte mich selber, und wahrscheinlich feierte und lobte ich auch Gott, ohne es zu wissen.

18

Wenn ich wollte, könnte ich von unseren weiteren Monaten in Karelien ein Dutzend Bücher schreiben. Ich will aber nicht, denn ich müßte Dinge erzählen, die mir kein Mensch glauben würde, mit Ausnahme jener, die dabei waren. Und wahrscheinlich würden auch diese von jener Zeit nichts mehr hören und lesen wollen.

Wir haben da oben Tage und Nächte erlebt, die ein bißchen über die Grenze von allem hinausgingen, was auch das abgebrühteste Kaliber ertragen kann. In den karelischen Wäldern wurde gekämpft, gemordet und geschlachtet wie auf keinem anderen unserer vielen Schlachtfelder.

In diesen Dschungeln wurden wir wie die Raubtiere, etwas anderes blieb einfach nicht übrig.

So will ich denn nur von jenem letzten Erlebnis berichten, nach dem ich verwundet und vorübergehend an Leib und Seele gebrochen für einige Zeit zurück in die Heimat kam. Ich war immer noch bei Leutnant Schleiermacher. Mit seinem unverfrorenen Eigensinn hatte er sich bei manchem Vorgesetzten ziemlich unbeliebt gemacht. Man könnte sagen, daß er oft ganz zerfressen von seinem fanatischen Gerechtigkeitsgefühl war und dann wie eine Rakete hochging, ganz egal, gegen wen.

Wir wußten, daß er in seinen Urteilen unbestechlich war und in jeder Minute mit seiner unverbesserlichen Schnauze loszitterte.

Damit war natürlich beim Kommiß wenig zu erben. Er erbte auch wenig. Es war sein Glück, daß er einer der verwegensten Burschen war, die das Regiment unter seinen Offizieren besaß. Außerdem verstand er seinen Kram, das heißt, er war der geborene Führer, und zwar der geborene Führer von Spähtrupps und Stoßtrupps. Darin konnte ihm keiner an den Karren fahren.

Deshalb war die Sache eben die, daß überall, wo heiße Kastanien aus dem Feuer zu holen waren, Leutnant Schleiermacher die Ehre hatte. Und ich mit ihm.

Ich hatte bald heraus, daß auch ich bei den Vorgesetzten des Leutnants wenig beliebt war. Und es war ein Wunder, daß sie uns überhaupt diese ganze Zeit über zusammenließen.

Also, um zur Sache zu kommen.

Der Leutnant und ich lagen damals gleichzeitig mit einem Anfall von Sumpffieber bei Dr. Ostermann in den Lazarettzelten. Genau besehen war es nicht nur ein Anfall von Sumpffieber, sondern das konzentrierte beschissene Sumpffieber persönlich. Wir klapperten uns was zusammen.

Natürlich lagen wir mit der Einheit wie immer nicht innerhalb der deutschen Front, sondern weiter vor dieser Front, hinter den russischen Linien, was denn sonst!

Es waren wieder einmal Kastanien aus dem Feuer zu holen gewesen.

Wenn ich es mir überhaupt zusammenrechne, so haben der Leutnant und ich die Hälfte unserer karelischen Zeit, wenn nicht noch mehr, hinter den russischen Linien verbracht.

Trotz unseres hohen Fiebers merkten wir genau, daß seit einigen Tagen eine merkwürdige und unheimliche Stille im Walde herrschte. Sonst hatte es ununterbrochen nah und fern geknallt.

Jetzt hörten wir nur das Rauschen der unendlichen Wälder, die in alle Ewigkeit verdammt bleiben sollen. Kein Gewehrschuß. Auch kein fernes Urrähgeschrei der Iwans.

Wir lauschten immer wieder, sahen uns an. Keiner sagte ein Wort.

Dann kam Dr. Ostermann etwas nervös herein, rieb sich die Hände, zog die dicken, schwarzen Augenbrauen in die Höhe und sagte: „Komisch, wie?" Wir wußten, was er meinte.

Und dann kam es, wie wir es erwartet hatten. Am übernächsten Tag waren der Leutnant und ich besser dran, denn dieses Sumpffieber hatte die Eigenschaft, blitzschnell aufzutauchen und ebenso blitzschnell wieder zu verschwinden.

Wir gingen, ein bißchen schwächlich in den Knochen, im Walde vor den Zelten herum, aber in der Nacht schliefen wir schon sehr ordentlich. Und in aller Herrgottsfrühe am nächsten Tag fingen die Russen an zu trommeln. Über die Baumspitzen hinweg fegten ihre Tiefflieger und durchlöcherten aufs

Geradewohl mit ihren Kanonen und Maschinengewehren und kleinen Splitterbomben das dichte Grün.

„Na also", sagte der Leutnant. Wir verabschiedeten uns von Dr. Ostermann, der fabelhaft zu uns gewesen war, und machten uns auf die Beine zum Gefechtsstand.

Major Stern, der, wie beinahe alle höheren Tiere, nicht besonders gut auf den Leutnant zu sprechen war, war geradezu herzlich.

„Na, da sind Sie ja, Schleiermacher", sagte er. „Sie kommen mir wie gerufen. Keine Sau weiß, was gespielt wird."

Er war sichtlich beunruhigt. Die Lage schien völlig verworren.

„Hören Sie mal, Schleiermacher", sagte Major Stern dann, „Sie kennen die Lücke von fünfhundert Meter halbrechts, nicht wahr? Sumpf davor und dahinter der Waldrand. Da sitzen zwei Finnen, mehr nicht. Greifen Sie sich ein paar Männer und ein MG und sichern Sie mir die Lücke."

Leutnant Schleiermacher, Spezialist für Himmelfahrtskommandos, wiederholte den Befehl, indessen ich schon losgetigert war, mir ein paar bessere Kaliber zu suchen, und dann gingen wir los.

Von der Sache mit den Finnen, die bisher die Lücke gehalten haben sollten, glaubten wir kein Wort. Jedoch stimmte es auf den Kopf. Wir trafen die zwei kleinen, breitschultrigen Männer, deren glatthäutige Gesichter durch die Überanstrengung noch glatter über die breiten Backenknochen gezogen waren, glücklicherweise sehr bald.

Sie flitzten gerade kaum dreißig Meter vor uns am Innern des Waldrandes entlang. Tatsächlich markierten diese beiden schneidigen Finnen seit Tagen eine ganze Frontlinie. Mit einigen erbeuteten russischen Maschinengewehren zauberten sie dem Iwan eine ganze Stellung vor, sie rannten ununterbrochen am Waldrand auf und ab, feuerten mal von links, mal fünfzig Meter weiter rechts, mal in der Mitte über die Sumpffläche hinweg. Der Iwan mußte annehmen, daß zumindest eine ganze Kompanie hier verteilt war.

Er wagte nicht, über die Fläche hinweg anzugreifen.

Als wir die beiden Finnen trafen, waren sie zu Tode erschöpft.

Wir fanden ihr Rezept als das einzig vernünftige, und während sich die beiden ausschliefen, machten wir ihr Rezept nach.

Rings um uns hörten wir während des ganzen Tages das Urrähgebrüll der Russen. Sie schienen von allen Seiten anzugreifen. Nur bei uns in der Lücke griffen sie nicht an.

In der Dämmerung kamen zwei Melder: „Leutnant Schleiermacher sofort zum Gruppengefechtsstand."

Als wir dort ankamen, war alles im Aufbruch.

Major Stern erklärte ziemlich hastig, was er wollte: „Wir können uns hier nicht mehr halten. Wäre glatter Selbstmord. Wir setzen uns also in der Dunkelheit ab und versuchen, zu den deutschen Linien zurückzukommen. Ein finnisches Bataillon bildet unsere Nachhut. Die Finnen wollen aber von uns einen Zug Verstärkung. Ich habe aber keinen."

Major Stern schwieg und starrte durch den Leutnant hindurch.

„Ja also", wiederholte er verbissen, „ich habe keinen. Keine Infanteriekompanie hat mehr als zwölf Mann Gefechtsstärke. Außerdem können sich die Leute nicht mehr auf den Füßen halten. Haben geschwollene Beine vom Liegen im Sumpfwasser."

Wieder machte Major Stern eine Pause.

Dann blieben seine flackernden Augen auf mir haften, und er redete sehr schnell weiter: „Schleiermacher, ich gebe Ihnen noch sechs Mann und ein MG mit, und Sie melden sich bei dem finnischen Major, Anniki heißt er. Heute nacht bekommen wir zur Verstärkung ein frisches Bataillon aus Nordnorwegen. Zur Verstärkung. Sobald das Bataillon hier ist und sich bei den Finnen gemeldet hat, hauen Sie sofort ab und kommen zu uns zurück. Sie werden es schaffen, Schleiermacher!"

Der Leutnant und ich besahen uns die Männer, die mit uns gehen sollten. Es war nicht viel an ihnen zu sehen, aber daß sie komplett kaputt waren, das war bestimmt zu sehen. Und wahrscheinlich machten auch der Leutnant und ich keinen großartigen Eindruck auf sie, denn sie zogen sichtlich teilnahmslos mit uns ab in den Wald hinein.

Unterwegs trafen wir einen Mann, der neben einem Sack auf dem Waldboden hockte, er war am Bein verwundet und versuchte gerade, sich selber zu verbinden. Es war ein ganz junges Bürschchen von kaum achtzehn Jahren, und der Anblick dieses Jungen, der da einsam und gottverlassen in dieser Waldeseinöde saß und in aller Seelenruhe versuchte, sich selber zu helfen, ergriff uns alle tief. Wir verbanden ihn und schnitten ihm zwei Stöcke zurecht.

Er bedankte sich und sagte: „Wenn Sie mir einen Gefallen tun wollen, Herr Leutnant, dann nehmen Sie mir den Sack da ab. Ich kann ihn nicht mehr schleppen, es ist die Post für das Bataillon drin."

Nun, zurückgehen konnten wir unmöglich, wir nahmen den Sack mit nach vorne, und der Junge verschwand zwischen den Bäumen Richtung Gefechtsstand.

In der Dunkelheit kamen wir bei den Finnen an. Wenn wir sonst bei ihnen auftauchten, freuten sie sich gewöhnlich mächtig. Diesmal empfingen sie uns schweigend. Sie hatten ernste und verschlossene Gesichter. Major Anniki, dessen mächtige Gestalt wir nur undeutlich sehen konnten, sagte kurz: „Ausgezeichnet, daß Sie da sind. Hoffen wir, daß Ihr Bataillon bald eintrifft."

Dann deutete er in den finsteren Wald und fuhr fort: „Hören Sie den Lärm dort? Dort liegt Oberleutnant Nikonen mit seiner Kompanie. Er ist die Nachhut, und der Russe hat ihn fast eingeschlossen. Gehen Sie einfach mit Ihren Leuten auf den Lärm zu und unterstützen Sie den Oberleutnant. Sobald Ihr Bataillon eintrifft, lasse ich Sie zurückholen."

Das Bataillon! An das Bataillon glaubte kein Mensch, auch der finnische Major nicht. Er war nur zu höflich, es zu sagen.

Und jetzt griff der finnische Major plötzlich nach der Hand von Leutnant Schleiermacher, und in einem völlig veränderten halblauten Ton sagte er: „Laufen Sie in der Dunkelheit nicht in die Russen hinein. Sie haben da einen schweren Auftrag. Aber Oberleutnant Nikonen ist mein bester Offizier, und Sie werden mit ihm solange aushalten, bis wir hier uns vom Russen gelöst haben."

Um uns herum in der Dunkelheit, die immer wieder von aufblitzenden nahen und fernen Einschlägen und von russischen Leuchtkugeln ausgeleuchtet wurde, stand die ganze Gruppe finnischer Soldaten und Offiziere plötzlich bewegungslos, und eine feierliche Stimmung legte sich über uns.

„Gott befohlen, junger Leutnant", sagte der Major in die Stille hinein, und alle Finnen salutierten, nahmen Helme und Mützen ab und schlugen das doppelte Kreuz.

Auch sie wußten, was ein Himmelfahrtskommando war, bei Gott, ihr ganzer Feldzug gegen das riesige russische Reich bestand aus einem einzigen Himmelfahrtskommando.

So stapften wir zu, unser acht, acht Männerchen stark, von denen einer immer noch getreulich den Bataillonspostsack schleppte, in den finsteren Wald hinein. Den Postsack liegenlassen, kam nicht in Frage. Und wenn wir alle zusammen draufgingen und nur noch ein halber von uns übrigblieb und zurückkam, so würde dieser Halbe den Postsack mitbringen. Ehrensache.

Wir gingen langsam auf das immer lauter werdende Gewehrfeuer zu, und das bellende, helle Krachen der Handgranaten dazwischen verriet uns, was bei der Nachhut los war: erbitterter Kampf.

Leutnant Schleiermacher ging voraus, und ich am Schluß unserer kleinen Gruppe, und plötzlich rannte ich auf den Mann vor mir auf, der stehengeblieben war, und hörte einen scharfen geflüsterten Wortwechsel.

Was war los?

Ich ging an den Leuten vorbei nach vorne zum Leutnant, und ich denke, mich trifft der Schlag, als ich den fremden Unteroffizier, der bei uns war, halblaut sagen hörte: „Nein, Herr Leutnant! Wir gehen nicht mehr weiter! Wir machen diesen Selbstmord nicht mehr mit! Die Russen schnappen uns todsicher. Alles setzt sich ab, und ausgerechnet wir sollen als Nachhut geopfert werden!"

Leutnant Schleiermacher gab keinen Ton von sich. Mir selber war zumute, als ob mir einer Eiswasser über den Rücken gösse, und der Schweiß brach mir in Strömen aus und lief unter der Uniform an mir herunter, und ich dachte tausend Dinge zu gleicher Zeit. Meuterei vor versammelter Mannschaft! Vor dem Feinde! Und dann dachte ich, der Unteroffizier hat recht, der Mann hat vollkommen recht! Diese armen Hunde hier, gehetzt seit Wochen, abgemagert und niemals ausgeschlafen, immer ein verlorener Haufen, immer auf Himmelfahrtskommando, einem tierischen Feind gegenüber... und der Leutnant und ich waren um kein Haar besser dran.

Jetzt hörte ich die keuchende, heisere Stimme eines Mannes: „Herr Leutnant, was gehen uns die Finnen an... wir können ja nicht mehr... lassen Sie uns hier ein paar Stunden warten..."

Und ein zweiter flüsterte atemlos: „Herr Leutnant, hat doch keinen Zweck! Warten Sie doch die Verstärkung hier ab. Dann können wir zurück. Wir haben seit Wochen nichts mehr Gescheites zu fressen gehabt..."

Nun brach der Mann in Tränen aus.

„Wir können nicht mehr...", schluchzte er, „Herr Leutnant, ich kann mich nicht mehr auf den Beinen halten! Die meisten der Kameraden sind tot. Und jetzt wollen Sie uns hier verrecken lassen!"

Und nun begann ein zweiter zu weinen.

Und immer noch kam von Leutnant Schleiermacher kein Ton.

Es war einfach unfaßlich. Da standen wir mitten in diesem

entsetzlichen Wald in der Finsternis, kaum zweihundert Meter vor uns brüllten Russen und Finnen im Nahkampf, knallten Schüsse, schrien Verwundete gräßlich auf... und hier... es war unfaßbar.

Das Unfaßbarste aber war das, was ich sah, als ich die Augen etwas zusammenkniff, nähertrat und in der Dunkelheit bessere Sicht bekam: Die Männer hatten die Läufe ihrer Waffen, zwar unauffällig, aber unverkennbar, auf den Leutnant gerichtet.

Ich trat etwas zurück und in die Nähe des Leutnants und hob meine Maschinenpistole. Was in den nächsten Minuten geschehen würde, ich wußte es nicht. Und nun, nach einer Ewigkeit, begann Leutnant Schleiermacher zu sprechen, völlig ruhig und leise: „Das ist unmöglich. Ganz unmöglich. Wir können die Finnen nicht im Stich lassen. Ich bin genau so kaputt wir ihr, ich komme mit meinem Unteroffizier direkt aus den Krankenzelten. Wir sind auch vorne gemeldet, Kameraden..."

Er setzte aus.

Nur das Keuchen der Leute war dicht vor unseren Gesichtern zu hören. „Kameraden", sagte der Leutnant, „es macht nichts, wenn ihr mal hochgegangen seid. Nehme ich euch nicht krumm. Aber tut das den Finnen nicht an. Wir gehen ja nicht ganz aus Blödsinn vor, wir helfen ihnen doch, daß sie sich absetzen können. Unser Auftrag hat einen Sinn, Menschenskinder, tut mir das nicht an."

Und dann sagte er: „Ihr habt vergessen, daß wir alle vors Standgericht kommen, wenn wir hierbleiben und abwarten. Kinder, Kinder, es ist einfach unmöglich."

Es war umsonst. Die Männer waren fertig. Es war ihnen egal, was mit ihnen passierte. Sie wollten nicht mehr.

Der fremde Unteroffizier sagte immer wieder wie im Fieber das gleiche: „Ach, Sie können doch melden, wir seien in die Russen geraten und hätten uns erst herausschlagen müssen! Wir hätten die Finnen nicht erreicht. Wir werden alle zusammen dieselbe Aussage machen, Herr Leutnant. Sie können sich auf uns verlassen! Wenn wir wenigstens gleich erschossen würden von den Russen, aber die schlachten uns doch ab wie das Vieh!"

„Mensch, jetzt halt die Fresse!" entfuhr es mir. Ich zitterte an allen Gliedern. Ich konnte es nicht mehr mitanhören. Nicht wegen dieser Meuterei, was war das schon angesichts von allem, was wir mitgemacht hatten, aber meine Nerven waren am Rande.

Jetzt sagte der Leutnant, und seine leise Stimme war ganz monoton und wie leblos: „Sie vergessen eine Kleinigkeit, Unteroffizier. Sie vergessen, daß ich Offizier bin. Man darf mir keine Falschmeldung zumuten. Ihnen übrigens auch nicht, Unteroffizier!"

„Jawohl, Herr Leutnant!" antwortete der Unteroffizier sinnlos.

Eine kleine Weile war wieder Stille, wenigstens kam es mir vor, als ob über unserer kleinen Gruppe tiefstes Schweigen läge, obwohl rings im Walde, dicht bei uns und fern und nah, der sogenannte „Kampflärm" tobte. „Kampflärm" war ein dienstliches Wort, es bezeichnete, wie der neugierige Leser ahnt, das Knallen von Gewehrschüssen, das Heulen der Granaten, das Bersten der Einschläge, das Heulen der Geschoßbahnen, das fetzende Krachen der Granatwerfer, das rasende Klopfen der Maschinengewehre, auch das Wutgeschrei der Kämpfenden, das Rufen und Jammern der Verwundeten und das Schreien der Sterbenden, alles war Kampflärm, und der Teufel hole ihn.

„Jawohl, Herr Leutnant!" hatte also der fremde Unteroffizier ziemlich blödsinnig gesagt.

Was nun weiter?

„Wie heißen Sie?" fragte der Leutnant.

„Schmidt, Herr Leutnant!" sagte der Unteroffizier.

Und jetzt lag ein etwas böser Klang in der Stimme des Leutnants, als er, immer noch ganz ruhig, sagte: „Unteroffizier Schmidt, ich übernehme wie bisher die Spitze, und Sie gehen am Schluß. Wir gehen weiter vor. Sollte ein Mann zurückbleiben, so haben Sie ihn sofort zu erschießen. Wenn Sie diesen Befehl nicht ausführen, erschieße ich Sie selber. Los! Weiter!"

Der Leutnant machte einige Schritte, ich dicht hinter ihm her.

Es war umsonst.

Keiner von den Männern rührte sich. Der Leutnant ging wieder zurück. Die Leute standen völlig bewegungslos. Es waren nur noch Bündel von verzweifelter Angst und letzter körperlicher Erschöpfung. Und die Sache war ansteckend. Mich packte plötzlich dieser ganze Jammer und dieses unaufhörliche Elend wie mit einer Eisenfaust und preßte mir den Kopf zusammen, und um ein Haar hätte ich meine Maschinenpistole hingeworfen und wie ein Hund aufgeheult.

Nur meine Freundschaft zu Leutnant Schleiermacher, der in einer ganz verdammten Patsche saß, hielt mich noch zusammen. Ich war viel älter als er, und diesen jungen Burschen, diesen durch und durch anständigen und rechtschaffenen jungen Mann in einer solchen Klemme zu sehen, tat mir in der Seele weh.

Aber ich konnte nichts tun, als dastehen und blitzschnell eingreifen, wenn sie ihm an den Kragen wollten. Dazu war ich fest entschlossen. Das übrige mußte er selber ausbaden. Und trotz der scheußlichen Situation, in der wir alle, jeder auf seine Weise, in diesem Augenblick saßen, ging mir doch der komische Gedanke durch den Kopf, daß eine solche Situation eine Art Parade- und Galasituation für einen Offizier war.

Eine Miniaturmeuterei hundert Meter vor dem Feind. Eine Meuterei von völlig ausgeleerten, hundemüden und kaputten Männern, denen der Tod schon beinahe egal war, wenn er nur schnell kam. Kein höherer Vorgesetzter da, der mit Donnerstimme eingreifen konnte. Jeder der Meuterer brauchte nur einige Schritte abseits zu tun, und er war im Dunkel des Dschungels unsichtbar und unerreichbar untergetaucht. Was hießen da schon so inhaltslose Worte wie Standgericht oder Kriegsgericht, die einem sonst das Blut gerinnen ließen. Leere Worte, Stroh, Heu und Blech.

Aber Leutnant Schleiermacher zeigte, was er wert war. Ich sah, daß er seine Maschinenpistole langsam hob.

„Ich zähle bis drei", sagte er klanglos, „dann schieße ich." Alles stand wie erstarrt. Und obwohl ich es in der Dunkelheit nicht sehen konnte, fühlte ich es in allen Nerven, wie der Zeigefinger an der rechten Hand des Leutnants langsam den Abzug bis zum Druckpunkt durchbog. „Eins! ... zwei!"...

In diesem furchtbaren Augenblick hob der fremde Unteroffizier beide Hände und ließ das MG, das er trug, auf den Waldboden gleiten und sagte mit zusammengebissenen Zähnen und gepreßter Stimme ganz ruhig: „Knallen Sie los, Herr Leutnant! Schießen Sie doch, dann hat alles ein Ende. Knallen Sie uns ab, dann haben wir die Schinderei hinter uns."

Beinahe gleichzeitig fing wieder ein Mann an aufzuweinen, warf sich zur Erde und jammerte: „Ich... kann... nicht... mehr... ich halte es nicht mehr aus, ich... werde... wahnsinnig..."

Noch eine Sekunde unerträglicher Stille, dann senkte der Leutnant seine Maschinenpistole und sagte mit unnatürlich gelassener Stimme. „Gut. Geht zum Teufel. Haut ab, ihr Scheißkerle. Unsere finnischen Kameraden laßt ihr im Stich, und ihr laßt mich im Stich. Haut ab, ich will euch nicht mehr sehen. Macht hinten die Meldung, daß ihr mich und meinen Unteroffizier in der Dunkelheit verloren habt. Wir zwei gehen allein weiter."

Mit einem Ruck warf er sich die Waffe über die Schulter. Dann sagte er verächtlich: „Haut ab. Wir zwei werden schon durchkommen. Und wenn ich zurückkomme, braucht ihr den Schwanz nicht einzuziehen. Keine Angst, meine Herren, ich melde euch nicht. Dafür ist mir die Sache zu armselig und zu dreckig. Laßt's euch gutgehen. Grüßt die Heimat." Und verschwand mit schnellen Schritten zwischen den Stämmen, ich dicht hinter ihm. Mir war die Kehle zugeschnürt. Nach meiner Ansicht hatte der junge Kerl die Sache phantastisch durchgestanden und erledigt.

Das zeigte sich wenige Minuten später.

Wir blieben plötzlich stehen, denn wir hörten hinter uns rufen. Und dann kamen sie gestolpert, einer wie der andere. Vorneweg der Unteroffizier, und gleich hinter ihm ein Mann, der getreu den Postsack mit sich schleppte.

„Wir kommen mit", keuchte der Unteroffizier. „Wir bitten nur, uns nicht..."

„Halt's Maul", unterbrach ihn Leutnant Schleiermacher. „Strich drunter. Kein Wort mehr darüber. Hätte mich doch sehr gewundert, wenn ihr mich wirklich zur Sau gemacht hättet."

Und der Unteroffizier schluchzte förmlich auf, als er stotterte: „Nein... Herr Leu... nie..." Und die anderen armen Hunde hinter ihm lachten wie erlöst auf, aber es war das Lachen von Männern im Feuerofen.

Ich kann wohl sagen, daß ich wie auf Wolken durch den geisterhaften Wald hinter dem Leutnant herging.

Dann raschelte es dicht vor uns auf, eine Gestalt stand wie aus dem Boden gewachsen vor uns und flüsterte: „Mannerheim!" Es war die Parole, und der finnische Unteroffizier erklärte uns in gebrochenem Deutsch die Lage. Die Russen waren eingesickert, und sie mußten in dieser Nacht noch erledigt werden. Er klopfte dreimal mit einem Holzstück an einen Baum, und das Klopfen wurde weitergegeben. Im Weiterschleichen kamen wir immer wieder an einzelnen Finnen vorüber, der Unteroffizier zeigte sie uns. Der eine kauerte beinahe unsichtbar am Stamm eines Baumes, der andere hockte auf einem anderen Baum, einer lag unter Gestrüpp.

Dann sahen wir im leichten Mondschein, der aufgekommen war, am Rande einer kleinen Lichtung das Erdloch. Oberleutnant Nikonen erhob sich, er hatte ein breites, asiatisches Gesicht mit beinahe Schlitzaugen und vorstehenden Backenknochen.

„Sehrrr schöönnn!" flüsterte er. „Wieviel Mann?"

„Sechs", flüsterte der Leutnant zurück, und der Finne zog die Luft durch die Zähne. „Oh", sagte er, „nix gutt. Denke, kommt ganzer Zug Deutsche. Na egal." Er kletterte leise aus seinem Loch und besah sich die lang am Boden liegenden Männer mit ihren Waffen. „Swei MG", flüsterte er, „drei Maschinenpistollen. Sehrrr gutt!"

Er zeigte auf sein Finnenmesser: „Haben jeder Pukko?" Der Leutnant sagte, wir hätten nur Seitengewehre. „Nix gutt für Motti", antwortete der Finne. „Nix gutt für Motti. Sie verstehen? Deutsche zuviel schießen im Wald. Pukko besser."

Nun, wir wußten, was er meinte: Pukko war das furchtbare Finnenmesser, und Motti war das, was man mit diesem Messer anrichten konnte.

„Wir mit Molotows nur machen Motti", wiederholte er, „lassen Molotows an uns vorbei und dann...", er fegte mit der flachen Handkante an seinem Hals vorbei.

Es war ein etwas unheimliches Zwiegespräch, und wir waren froh, als wir unsere Leute zur Verteidigung zwischen den Bäumen eingeschoben hatten.

Im Erdloch des Finnen tranken wir Kognak. Dann meldete der Oberleutnant durchs Feldtelefon unsere Ankunft und hörte dann zu, was ihm durchgegeben wurde. „In drei Stunden deutscher Zug da", flüsterte er erfreut, „mit viel MG! Dann Sie zurückkönnen. Dann..."

Ein leiser Pfiff ließ ihn verstummen.

Er richtete sich auf, und wir starrten mit ihm durch den schwachen Mondschein nach vorne. Zwei Finnen brachten einen Iwan, der am ganzen Leibe zitterte und den sie mit seinen jammervoll eingeknickten Knien unter den Schultern schleppen mußten.

Der Gefangene wurde abseits geführt, dann war einige Minuten merkwürdige Stille ringsumher. Sie wurde plötzlich zersplittert von Geschrei und Gebrüll, Gewehrschüssen. Handgranaten blitzten auf, Maschinenpistolen krachten in kurzen Feuerstößen.

Dann ebbte der Lärm etwas ab, und nun hörten wir den durchdringenden Aufschrei eines Menschen, es war jemand, der sich in Todesnot befand. Der Oberleutnant richtete sich kerzengerade hoch und lauschte.

„Kamerad von uns", flüsterte er.

Und so weit wir sehen konnten, hatten sich alle Finnen in der Nähe des Gefechtsstandes aufgerichtet und lauschten.

Jetzt vernahmen wir nicht weit entfernt eine russische Stimme, die zu uns herüberschrie. Oberleutnant Nikonen übersetzte alles, was jetzt kam, in flüsternder Hast. Die Russen nannten den Namen des eben gefangengenommenen Kameraden und verlangten seine Freilassung. Käme er nicht sogleich zurück, würden sie einen finnischen Soldaten, den sie ihrerseits soeben gefangengenommen hatten, töten.

Das ergab eine grausige Szene.

Der gefangene Russe mußte seinen Namen hinüberrufen. Die Russen jedoch verlangten nach dem Namen eines russischen Offiziers, der angeblich von den Finnen vor einer Stunde geschnappt worden war.

Oberleutnant Nikonen rief hinüber, ein Offizier dieses Namens wäre nicht da, und die Finnen wüßten nichts von einem gefangenen russischen Offizier.

Eine Weile war Schweigen.

Dann brach ein Schrei aus dem Wald vor uns, der nichts Menschenähnliches mehr an sich hatte.

Oberleutnant Nikonen senkte den Kopf.

„Ist Kamerad von uns", flüsterte er.

Und wieder ein Schrei und wieder einer und wieder einer, und es war, als ob der ganze weite nächtliche Wald von dieser entsetzlichen Schmerzensstimme in Fetzen gerissen würde.

Der Oberleutnant legt die Hand vor die Augen. Die anderen Finnen standen wie aus Stein, die Gesichter nach drüben gewandt.

Dann hörten wir den Finnen drüben Wortstücke weinen.

„Habben ihm Ohrren abgeschnitten...", flüsterte Nikonen: „Jetzt Nase..."

Ich sah, daß Leutnant Schleiermacher sich in die Fingerknöchel biß, mir selber brach der kalte Schweiß aus.

Ein Mensch wurde gefoltert.

Noch einige Schreie kamen aus dem Wald, dann noch ein Aufweinen, ein Wimmern, und dann war Stille.

Es war furchtbar.

Oberleutnant Nikonen nahm seinen Stahlhelm ab und alle Finnen ebenso, auch wir. Sie bekreuzigten sich, und mit halblauter Stimme sprach der finnische Offizier ein Gebet. Mit halblauten, heiseren Stimmen sprachen es seine Leute nach.

Niemals in meinem Leben werde ich diese Szene im karelischen Wald, in dem wir schon viele schreckliche Szenen erlebt hatten, vergessen. Diese war die furchtbarste.

Und dann geschah alles wie ein böser Traum. Die Finnen setzten die Helme auf, und wie ein Mann stürzten sie sich in das Walddunkel nach vorwärts. Und wir mit. Der Leutnant und ich feuerten unverzüglich mit unseren Maschinenpistolen, und neben uns rannte unser Meutererunteroffizier und feuerte von der Hüfte aus im Laufen aus seinem MG.

Nach kaum zehn Schritten bekam ich einen Schlag in die linke Schulter und verlor das Bewußtsein.

Dies war für mich, Gott sei Dank und dem Himmel sei Dank, das Ende des Krieges in Karelien.

19

Seit einigen Wochen bin ich in einer kleinen holländischen Stadt bei einer Panzerjäger-Ersatz- und -Ausbildungsabteilung. Ich gönne mir das aus ganzem Herzen, denn es ist mir dreckig genug gegangen. Der „Drang nach der Front", der angeblich jeden ordentlichen Soldaten über kurz oder lang in der angenehmen Etappe überfällt, so daß er sich möglichst bald wieder ins Feld meldet und auf das angenehme Etappenleben pfeift, dieser Drang hat mich bisher noch nicht ins Gedärm gebissen.

Aber was nicht ist, kann ja noch werden.

Nun erst mal der Reihe nach.

Bei den letzten der niederträchtigen Waldkämpfe in Nordkarelien, damals, als ich mit Leutnant Schleiermacher und einigen Männern der Kompanie mit einer eingeschlossenen Finneneinheit schauerliche Dinge erlebte, dachte ich, nur ein Wunder könne es fertigbringen, daß ich wieder zurückkäme.

Nun, das Wunder kam ja, und es war ein ganz einfaches Feld-, Wald- und Wiesenwunder: Ich bekam einen Schulterschuß, kippte um und war weg. Als ich wieder da war, kam das zweite Wunder, und das war allerdings kein gewöhnliches Wunder, sondern ein prima Wunder: Ich kam mit einer Ablösung aus dem verdammten Kessel im Walde heraus und zur deutschen Front zurück. Das waren so Stunden und Tage, in denen der hartgesottene Rabauke Beten lernt.

Der Schuß an sich war nichts Besonderes, viel Staat war nicht mit ihm zu machen, ein glatter Durchschuß, nur hatte ich ihn aus nächster Nähe abbekommen, und die Wundöffnungen waren danach.

Auf dem Verbandplatz hörte ich dann, daß die Finneneinheit und die Leute von uns mit Leutnant Schleiermacher hatten ausbrechen können, aber wohin sie ausgebrochen waren, wußte kein Mensch, sie waren im finnischen Urwald untergetaucht.

Nun, solange der Leutnant noch lebte und der finnische Oberleutnant Nikonen noch lebte, brauchte man keine Sorge, sondern nur ein wenig Geduld zu haben, und eines Tages waren sie wieder da.

Jedoch waren sie bis zur Stunde, als ich mit anderen Verwundeten und Kranken vom Feldlazarett nach rückwärts transportiert wurde, noch nicht erschienen.

Zunächst war ich wie im Himmel. Daß ich jemals aus diesen höllischen Sümpfen und diesen unheimlichen Wäldern und diesen barbarischen Kämpfen herauskommen könnte, hätte ich mir nicht träumen lassen. Und ich war nahe daran gewesen, wie so viele von uns (mehr, als man wußte), einen schnellen Tod durch eine schnelle Kugel als das Beste zu finden, was einem hier oben passieren konnte. Die Finnen waren diesen furchtbaren Dingen besser gewachsen als wir. Erstens war es ihre Heimat, diese verfluchte Landschaft, die sie mit Zähnen und Klauen verteidigten, zweitens waren sie im Laufe der Kämpfe wie Raubtiere geworden, die mit offenen Augen schliefen, sich noch mit dem Schatten eines Zweiges tarnen und mit einer Handvoll Erde decken konnten, und drittens kannten sie kein Erbarmen, weder mit dem Iwan noch mit sich selber.

So weit waren wir noch nicht, und so weit kamen wir niemals. Ich glaube, daß immer noch, mitten in der Grausamkeit dieses nordischen Krieges, so etwas wie Erbarmen unauslöschlich irgendwo in uns lebte, Erbarmen mit dem andern und Erbarmen mit uns selber.

Zwischen Soldat und Soldat gab es doch einen Unterschied. Natürlich waren wir eine soldatische Nation. Wir waren es wahrscheinlich immer gewesen. Die Kriege, die wir führten, waren, soldatisch gesehen, doch wirklich nicht ganz ohne. Aber der Landser war, soweit ich es erlebt hatte, doch immer ein gemütshafter Kerl geblieben oder, sagen wir besser, so dämlich es sich anhört, ein warmherziger Kerl. Und manchmal war mir doch der Hut hochgegangen, wenn ich zufällig mal in einer ausländischen Zeitung die Karikaturen deutscher Landser sah. Mein Vater hatte von 14 bis 18 eine ganze Menge gesammelt. Diese Gorillas mit den Menschenfressergesichtern, den gebleckten Zähnen, den kleinen Köpfen, den gewaltigen Stiefeln und dem tierischen Grinsen, das waren wir doch eigentlich nicht, wenn ich es recht bedachte. Aber irgendwoher, verdammt noch mal, mußte dieser schlechte Ruf in die Welt doch kommen. Nun, all diese Gedanken machte ich mir erst in der Etappe, in der kleinen holländischen Stadt. Und ich wollte nur sagen, daß wir doch manchmal in Karelien darauf kamen, wie anders zum Beispiel der finnische Soldat war. Vom russischen ganz zu schweigen. Zu dieser Eiseskälte, dieser Erbarmungslosigkeit, dieser mechanischen Vernichtungstechnik konnte sich der deutsche Landser nicht aufschwingen, wenn man in diesem Fall von einem „Aufschwung" überhaupt sprechen kann.

Ich merke, daß ich in der Etappe bin, denn dies alles sind Etappengedanken. Und daß ich immerzu vom Thema abschweife, ist auch eine Etappenkrankheit.

Also ich kam mit einem Transport von Verwundeten und Kranken von der nordkarelischen Front zurück und fühlte mich zunächst wie im Himmel. Den andern ging es auch so, soweit ihre Schmerzen sie nachdenken und fühlen ließen.

Und dann verging uns die ganze Freude. Der Transport ging auf holprigen Waldwegen und Pfaden an die sechshundert Kilometer weit durch den Urwald, zunächst bis Torneo an die schwedische Grenze. Sechshundert Kilometer ist eine Zahl, mit der man wenig anfangen kann. Aber wenn sich der Leser vorstellt, daß wir etwa von Hamburg nach Nürnberg auf schmalen, holprigen Waldwegen, nicht auf einer Autobahn, nicht auf einer Straße und nicht einmal auf einem festen Weg gefahren wurden, von Hamburg bis Nürnberg, dann kann man sich vielleicht ein ungefähres Bild davon machen.

Es war eine Schinderei ohnegleichen. Und auf diesem Transport gingen auch welche drauf, es war gar nicht anders möglich. Wenn eine frische Wunde, mag sie noch so sachgemäß verbunden und versorgt sein, sechshundert Kilometer lang geschüttelt, gestoßen und massiert wurde, vergingen dem fröhlichen Besitzer dieser Wunde Hören und Sehen.

So war es ein jammervoller Pilgerzug von Klagen, Wimmern, Schreien und Brüllen, der sich da auf den klapprigen, durch endlose Strecken hergenommenen Lastwagen durch den ungeheuren Wald bewegte.

Ich will nicht einmal von den Schwerverwundeten sprechen, sagen wir mal von den Bauchschüssen, die gerade noch transportfähig waren. Wenn ich nur an meine Wunde dachte, diesen Durchschuß und mehr nicht, bleibt mir schon die Sprache weg, wenn ich meinen Zustand erzählen sollte. Nun, wir trösteten uns gegenseitig, so gut es ging. Und so wütend wir über die Fahrer fluchten, die uns rücksichtslos über Stock und Stein kutschierten, so sehr leuchtete uns ein, was sie immer wieder vorbrachten, wenn wir einen Halt machten.

„Haltet die Schnauzen und beißt eure Zähne zusammen", sagten sie. „Wenn wir im Schritt fahren, gebt ihr unterwegs euren armen Geist auf. Beißt euch in die Finger oder zerkaut einen Stiefel. An der Grenze stehen die schwedischen Lazarettzüge, ihr habt keine Ahnung, was das heißt."

Und wir dachten von nun ab unaufhörlich an die schwedischen Lazarettzüge, die an der Grenze standen. Es gab welche unter uns, die uns auslachten. „Schwedische Lazarettzüge! Ihr seid wohl von einer Raupe gebissen? Glaubt doch diesen Müllkutschern nichts! Schwedische Lazarettzüge! Seit wann denn! Wieso denn! Schweden ist ein neutrales Land und darf keinem Kriegführenden helfen, ihr Vollidioten!"

Eigentlich hatten sie recht. Und doch gaben wir in unserer Verzweiflung die Hoffnung nicht auf.

An der schwedischen Grenze stand ein langer märchenhafter schwedischer Lazarettzug. Aus fiebrigglänzenden Augen starrten die Verwundeten und Kranken diesen Traum an. Und dann befanden wir uns im Himmelreich. Deutsche Schwestern wuschen uns, deutsche Ärzte sahen unsere Wunden an, und deutsche Sanitäter trugen uns in schneeweiße, weiche federnde Betten.

Unsere Fahrer, die uns sechshundert Kilometer durch den Urwald gefahren hatten und die blaß, erschöpft und von der unerhörten Anstrengung abgemagert waren, konnten sich nicht verkneifen, uns in den herrlichen Lazarettwagen zu besuchen. Sie spazierten langsam mit einem überheblichen Grinsen von Bett zu Bett und sagten bisweilen stolz wie Spanier: „Na und? Was haben wir euch gesagt? Haben wir es gesagt oder nicht?"

Diese ölverschmierten, dreckigen, tapferen und bescheidenen Burschen benahmen sich, als seien sie die Hersteller und Besitzer des Lazarettzuges selber, und wir drückten ihnen in überströmender Dankbarkeit die Hand.

Als wir auf schwedischen Tragbahren aus unseren Lastwagen zu dem Zug getragen wurden, erlebten wir eine unwahrscheinliche Sache. Am Bahnhof stand eine schweigende Menge von Zivilisten, die zusahen. Ich befand mich auf einer der ersten Bahren. Trotzdem ich gesagt hatte, ich könne ganz gut gehen, bestanden die Sanitäter darauf, daß sie mich trugen. Als wir uns nun dem Bahnsteig und der Menge der Zuschauer näherten, nahmen sämtliche Männer ihre Hüte ab und behielten sie so lange in der Hand, bis der letzte Verwundete im Zug verschwunden war.

Das war der Gruß der Barmherzigkeit und der reinen

Menschlichkeit. Und überall unterwegs, wo wir hielten, geschah das gleiche. Und dabei blieb es nicht. Die Schweden reichten uns Liebesgaben herein. Sie redeten nicht viel, und wir hätten sie auch nicht verstanden, aber aus ihren Gesichtern sprach wunderbarerweise so etwas wie Dankbarkeit. Einem der Sanitäter sagte ich das.

„Aber sicher", antwortete er, „sicher ist es Dankbarkeit. Du hast ganz recht, Kamerad. Sie sind dankbar, daß ihr da oben dem Russen zu schaffen macht. Sonst wäre er vielleicht schon bei ihnen im Lande."

Niemals soll den Schweden vergessen bleiben, was sie an uns taten. Und sie taten es allen, die unaufhörlich in ihren herrlichen Lazarettzügen durch ihr Land fuhren.

Es war seltsam, daß wir in diesen Wagen, in denen wir weich gebettet lagen, in denen unaufhörlich Schwestern und Ärzte sich um uns sorgten, auf dieser Fahrt durch eine Landschaft, die den Krieg nicht kannte und die wir nun behütet passierten ... daß wir nicht zur Ruhe kamen. Die furchtbaren Erlebnisse, die wir hinter uns hatten, begleiteten uns wie Wetterleuchten. Immer wieder fuhren wir auf und lauschten hinaus nach Kampflärm. Immer wieder wachten wir nachts schweißüberströmt auf und griffen nach unseren Waffen, die nicht da waren, wir hatten Schüsse gehört, und Zweige knackten unter den Schritten russischer Scharfschützen und Spähtrupps.

So kamen wir nach Oslo.

Aus dem Etappenlazarett bekam ich meine 21 Tage Heimaturlaub, von dem nichts zu erzählen ist.

Kurtchen Zech, Heinz-Otto, Meier III, den Josef und den Krumbhaar und den Leutnant Schleiermacher hatte ich im karelischen Urwald zurückgelassen. Nach meiner Verwundung hatte ich da oben keinen von ihnen mehr gesehen.

Der Urlaub machte mich ganz krank.

Es war mir zumute, als ob ich immer wieder an eine Wand stieße. Ich erlebte zum erstenmal Fliegerangriffe, und sie machten mich ganz toll. Es konnte sein, daß ich Angst hatte, es konnte aber auch keine Angst sein, sondern einfach ein niederträchtiges Gefühl, daß man sich dagegen nicht wehren konnte, sondern sich verstecken mußte, und daß anscheinend die Heimat überhaupt nicht imstande war, sich dagegen zu wehren. Irgend etwas stimmte nicht im Lande. Ich war bedrückt.

So war ich denn froh, als ich abhauen konnte nach Holland, zu der Ersatz- und Ausbildungsabteilung der Panzerjäger. Und unterwegs, auf der Fahrt nach dorthin, dachte ich, ich käme nun doch eigentlich als ein ganz anderer zur Truppe zurück.

Ich war kein Anfänger mehr. Ich war Unteroffizier, ich hatte die beiden EK und einen anständigen finnischen Kampforden. Und was meine Fronterfahrung betraf, so sollte mir einer mal was vormachen.

Es war zum erstenmal, daß ich so etwas wie einen bescheidenen soldatischen Stolz verspürte. Im tiefsten Innern hielt ich immer noch alles, was geschah, für einen ausgesprochenen Wahnsinn, und mir war nicht gut zumute, wenn ich daran dachte, wie das weitergehen und wie das aufhören würde. Aber da ich nun einmal Soldat geworden war, dachte ich, ich sei ein ganz ordentlicher Bursche gewesen und hätte getan, was ich tun konnte. Den besten und schönsten Beweis dafür, darüber war ich mir ganz klar, waren aber nicht meine Ehrenzeichen und mein neuer Dienstgrad, sondern etwas anderes. Es war die Tatsache, daß ein erstklassiger Soldat wie Leutnant Schleiermacher mich während der gesamten Zeit der bittersten Kämpfe an seiner Seite behalten hatte. Es hatte niemals zwischen uns vieler Worte bedurft. Wir waren aufeinander eingespielt. In kritischen Augenblicken arbeiteten wir Hand in Hand. Jeder konnte sich auf den anderen verlassen wie auf Gold. Und ganz am äußersten Rande dieser Gedanken dachte ich sogar, daß wir Freunde waren. –

So kam ich denn in bester Laune bei den Etappenknülchen an.

Das kleine Städtchen war hübsch und ganz unversehrt. Ich meldete mich bei dem Abteilungsadjutanten, einem Oberleutnant, der von seiner Zweimeterhöhe auf mich heruntersah, mich von oben bis unten kurz musterte und dann mit der Zunge schnalzte.

Er fragte mich, bei welcher Einheit ich gewesen sei und welche Gefechte ich mitgemacht hätte. Ich sagte soundso und nannte als Referenz den Namen von Leutnant Schleiermacher.

Der Oberleutnant strich sich mit dem Zeigefinger quer über den Mund, schnalzte gewaltig mit der Zunge, kniff die Augen zusammen, riß sie wieder auf, grinste ein bißchen, nahm eine Liste, sah hinein, und dann sagte er, ich sei der ersten Kompanie zugeteilt und habe mich dort sofort zu melden.

Erste Kompanie. Schön. Sie lag in einem benachbarten Städtchen, und ich fuhr mit der Vorortbahn hin. Ich betrat das Haus, in dem die Kompanieschreibstube war, ging durch einen halbdunklen Korridor, und dann blieb ich wie vom Donner gerührt stehen.

Hinter der Tür und dem Schild: „Kompanieschreibstube 1. Kompanie" hörte ich eine scharfe Stimme. Es fing gut an,

da wurde einer im größten Stil abgekanzelt, und die scharfe Stimme, der Schlag soll mich rühren, gehörte dem Leutnant Schleiermacher.
Ich holte erst einmal Luft. Das war etwas zuviel für mich. Zum letztenmal hatte ich Leutnant Schleiermacher gesehen, als er, verdreckt von oben bis unten, neben dem finnischen Oberleutnant Nikonen, mit der Maschinenpistole aus der Hüfte feuernd, dicht vor mir in jenen Waldrand einbrach, aus dem die Todesschreie des gefolterten finnischen Soldaten gekommen waren.
Da stand ich nun in Holland im Flur eines Hauses und hörte seine Stimme. Ich hatte richtige Beklemmungen.
Dann gab ich mir einen Ruck, klopfte an und trat ein.
In der Stube stand der Spieß rechts an einem Aktenschrank, am Fenster, mit dem Rücken nach draußen, stand Leutnant Schleiermacher, und vor ihm stand, in strammster Haltung, ein dicker Bursche.
„... Sie scheinen sich hier etwas zu wohlzufühlen, Mann! Ich werde Sie deshalb mit..."
In diesem Augenblick sah er mich an. Er brach mitten im Satz ab. Es war ein ganz großer Augenblick.
Zuerst fand ich meine Stimme nicht und hustete einmal, dann legte ich los: „Unteroffizier..." Weiter kam ich nicht.
„Mensch!!!" brüllte Leutnant Schleiermacher, kam auf mich zu und schlug mir auf die Schulter, daß ich zusammenzuckte. Und jetzt sah ich, daß er Oberleutnant geworden war.
Um ein Haar hätte auch ich „Mensch!!!" gebrüllt. Na, was soll ich viel erzählen. Wir freuten uns wie die Schneekönige. Oberleutnant Schleiermacher war aus jenen Waldkämpfen an sich gut herausgekommen, bekam aber eine schwere Gallenblasenentzündung und wurde in die Heimat geschickt. Jetzt war er Chef der 1. Kompanie.
Ich hatte ein Sauglück.
Er hatte soeben den Küchenchef der Kompanie vor und ihn abgesetzt, und nun sagte er zum Spieß, ich sei als Zugführer zur Rekrutenabteilung versetzt.
„Herr Oberleutnant", sagte der Spieß zögernd. „Sie... wir haben fünf Feldwebel in der Kompanie!"
„Das ist mir scheißegal", antwortete Oberleutnant Schleiermacher. „Und wenn die ganze Kompanie aus Feldwebeln besteht, der Unteroffizier wird Zugführer bei den Rekruten, und damit hat sich's."
An diesem Abend saßen der Oberleutnant und ich bis in die tiefe Nacht auf seiner Bude zusammen und erzählten. Von

Kurtchen Zech und den übrigen wußte auch er nichts. Als er sich krank fühlte, ging es ihm gleich so dreckig, daß er nur noch stöhnend herumlag und sich vor Schmerzen krümmte.

„Nur einmal", sagte er und grinste über sein ganzes, sehr mager gewordenes Gesicht, „nur einmal drehte ich noch ein Ding. Ich band mir eine Feldflasche mit heißem Tee auf die Gegend der Gallenblase und tigerte los, wir kamen mit zwei Molotowoffizieren zurück. Dann ging's nicht mehr."

Und dann sprachen wir von der Kompanie.

„Sie ist ein Saustall", sagte Oberleutnant Schleiermacher frischweg, „ein Etappensaustall mit vierzig Karat und darüber. Die fünf Feldwebel, von denen der Spieß redet, waren noch nicht im Felde. Aber sie gehörten zum Stammpersonal. Das Stammpersonal! Mensch, ich kann Ihnen sagen, das Wort Stammpersonal verfolgt mich noch im Schlaf. Das Stammpersonal, das sind Steckrüben, die im Boden verfilzt bleiben wie Unkraut. Sie kleben. Diese Etappenhengste kleben, mit Zähnen und Krallen halten sie ihre Stellung. Sie werden es erleben."

Ich erlebte es.

Schon nach acht Tagen Dienst in der Kompanie machte mich der Ausdruck Stammpersonal rasend. Diese Feldwebel und Unteroffiziere machten an sich ihren Dienst so tadellos, daß man ihnen in dieser Hinsicht nicht an den Karren fahren konnte. Und sie machten ihn tadellos nicht etwa aus Diensteifer, sondern nur deshalb, damit sie unentbehrlich wurden und nicht an die Front kamen. Auch der Ausdruck „unentbehrlich" machte mich mit der Zeit wahnsinnig.

Die Tragödie der Etappe war die, daß solche Burschen, an sich im Dienst unangreifbar, aus Mangel an Kampferfahrung die uralten, verdammten und verfluchten Kommißmätzchen machten. Wir hatten junge Leute in der Kompanie, nur junge, nette, willige Männer, die sich die größte Mühe gaben, und die, so wahr ich hier saß, Ideale besaßen, ihr Vaterland liebten und absolut bereit waren, für dieses Vaterland zu kämpfen und, wenn es sein mußte, auch zu sterben.

Diese jungen Männer waren wunderbares Material, womit ich, damit man mich nicht falsch verstehe, womit ich nicht Kanonenfutter meine, sondern Soldatenmaterial bester Klasse.

Das Stammpersonal nun versaute, vergiftete und verdarb diesen jungen Burschen Dienst und Leben von Grund auf. Das Stammpersonal machte den wohlbekannten Kommißbetrieb wie seit alters her. Das Stammpersonal ließ die jungen Männer bis zum Erbrechen zum Beispiel mit vorgestrecktem Karabiner in der Kniebeuge auf dem Kasernenhof herumhüpfen, bis ihnen die Lungen pfiffen. Das Stammpersonal ließ die achtzehn- und neunzehnjährigen Jungens mit aufgesetzten Gasmasken an den Pakgeschützen die blödsinnigsten Dinge aus Schikane ausführen. Zum Beispiel hörte ich bei diesen sogenannten Übungen immer wieder dieselben Kommandos: „Geschütz kehrt!" Dann mußte (mit Gasmaske!) das Geschütz mit höchster Schnelligkeit herumgeworfen werden. Ich hörte: „Panzer von vorn!" ... „Panzer von rechts!" ... „Panzer von links!" ... „Panzer von halblinks" und dergleichen und so fort. Die Kommißhengste aller Dienstgrade sollen mir nicht kommen und sagen, ein gewisser Drill sei beim Dienst am Pakgeschütz notwendig. Natürlich war ein gewisser Drill gerade bei den Panzerjägern notwendig. Der Erfolg der Panzerjäger im Gefecht hing von der Schnelligkeit ab, mit der das Geschütz gehandhabt wurde, klarer Fall. Deshalb mußte jeder Handgriff so sitzen, daß er noch im Schlaf richtig und schnell ausgeführt werden konnte.

Das war der Drill, der notwendig und unabänderlich war. Vernachlässigte man ihn, war es der Tod der Geschützbedienung.

Das Stammpersonal machte aus diesem notwendigen Drill Schikane. Schikane aus reinstem Sadismus. Die Übungen wurden stumpfsinnig bis zum Zusammenbrechen der Männer ausgeführt. Niemals begriff das Stammpersonal diesen grundlegenden Unterschied zwischen Drill und Schikane. Oberleutnant Schleiermacher und ich phantasierten des öfteren darüber, wie wir nach dem Krieg, wenn dieses sogenannte Stammpersonal, Feldwebel, Unteroffiziere und auch Offiziere, nach gewohnter Weise darangehen würden, Vereinigungen zu gründen, wie wir diesen sadistischen Burschen in den Hintern treten könnten.

Vorläufig rottete der Oberleutnant sie in seiner Kompanie rücksichtslos aus. Mit jedem Schub an die Front kam der eine und andere dieser verfluchten Schinder mit. Jedoch war das Unglück oft das, daß diese Kerle nicht felddienstfähig waren.

Nun, in unserer Kompanie hatten sie nichts zu lachen. Oberleutnant Schleiermacher kümmerte sich keinen Deut um den Dienstbetrieb der anderen Kompanien. Er verzichtete auf den Kasernenhof und ging ins Gelände. Er ließ nicht lange Zielübungen mit dem Karabiner und den Pistolen machen, er ließ auf Pappscheiben schießen. Er schenkte diesen jungen Männern, die voller Begeisterung waren, nichts.

Und der „Politische Wochenunterricht" jeden Samstag, den er als Kompaniechef abzuhalten hatte, war ziemlich originell.

Er machte dasselbe wie in Norwegen in den Wäldern. Er erzählte aus der deutschen Geschichte. Und er erzählte neben den Höhepunkten dieser Geschichte auch ihre Tiefen, ihre Abgründe und Gefahren.

Und sonst predigte er ohne Unterlaß sein Evangelium von den Panzerjägern.

„Laßt euch von niemand und von nichts einschüchtern", pflegte er zu sagen, „unser größter Trick ist die Schnelligkeit und die Furchtlosigkeit. Reißt niemals, was auch kommen mag, von eurem Geschütz aus! Ich kann euch da Dinge aus Nordnorwegen erzählen!" Und er erzählte sie.

„Auf euch kommt es oft an", sagte er, „und wie es oft auf euch ankommt! Wenn die Infanterie Panzerjäger sieht, die ihr Geschütz stehen lassen und ausrücken, ist eine Panik da, von der ihr euch keinen Begriff machen könnt." Und er erzählte von solchen Paniken.

Er zeigte es ihnen auch anschaulich, was sie zu tun hatten, und in keiner anderen Kompanie lernten die jungen Panzerjäger ihre Sache so blitzschnell. Er ging mit der Kompanie zum Beispiel abends hinaus ins Gelände. Dann suchte er ein passendes Stück Gegend aus und sagte: „Und nun grabt euch ein. Morgen früh kommen die Panzer über euch." Und in der vordersten Linie gruben sich die Unteroffiziere ein. Und am anderen Morgen kamen tatsächlich die Panzer. Es waren Panzer IV von einer befreundeten Panzerabteilung. Die Rekruten lernten, wie man sich von diesen dicken Dingern überrollen ließ. Sie lernten, daß das ohne Gefahr geschehen konnte. Sie lernten, nicht nervös zu werden, wenn das laute Gerassel der Ketten in nächster Nähe zu hören war und das Ungetüm sich über sie hinwegwälzte. Sie lernten alle Handgriffe an den Geschützen. Jeder mußte jeden in seiner Funktion ablösen können. Sie wurden Spezialisten. Und wenn Oberleutnant Schleiermacher an der Front ein erstklassiger Mann gewesen war, so war er jetzt ein erstklassiger Ausbilder. Und ein junger Kompanievater ohnegleichen. Er verfolgte die Küchenbullen wie ein Teufel. Sie zitterten leibhaftig vor Angst, wenn er ankam und mit seiner süffisanten Miene die Portionen bis auf das Gramm nachprüfte. Er machte den Zahlmeistern das Leben zur Hölle.

Und ich hätte gerne einen Kompanieführer außer ihm erlebt, der seinen Rekruten sagte: „Die ersten Tage als Rekrut sind eine einzige Scheiße, darauf könnt ihr euch verlassen. Ihr werdet euch vorkommen, als hättet ihr bisher nicht gehen und nicht stehen und nicht laufen können. Der Kommiß ist an sich etwas Blödsinniges. Ganz logisch. Massenfabrikation von Soldaten, weiter nichts. Aber das ist in jedem Lande so. Ich habe das auch mitgemacht, und ihr könnt Gift darauf nehmen, daß ich mich verraten und verkauft und an Geisteskranke ausgeliefert vorkam. Mit der Zeit kommt ihr dann dahinter. Und dann geht's auf Schienen."

Ich möchte auch außer Oberleutnant Schleiermacher einen Kompaniechef hören, der seinen Rekruten sagt: „Im Gefecht hat man Angst. Klarer Fall. Jeder hat Angst. Wenn euch einer erzählen will, er hätte keine Angst, dann ist das ein dämlicher Angeber. Es kommt nur darauf an, daß man über diese Angst wegkommt. Und es kommt darauf an, daß man ... sie ... nicht ... zeigt!" In dieser Art.

Wenn wir abends zusammensaßen und uns von Karelien erzählten, ein Thema, das uns nie ausging, hörten wir die britischen Geschwader über uns nach Osten donnern. Unentwegt, beinahe Abend für Abend.

Wir wurden dann beide schweigsam und niedergeschlagen.

Über alles, was so im Vaterlande vor sich ging und was uns Kopfschmerzen machte, redeten wir wenig. Nur dann und wann ein kurzer Ausspruch. Eine nebensächliche Bemerkung. Ich wußte, was er dachte, und er wußte, was ich dachte. Wir lebten wahrscheinlich beide in einem scheußlichen und quälenden Durcheinander von Erkenntnissen. Und auch Hoffnungen, und auch Hoffnungen! Gott sei Dank hatten wir wenig Zeit, dieses Durcheinander zu vertiefen. Wir hatten die Kompanie. Und da gab es auch Spaß.

In der Küche war ein Metzger, ein Berliner, der ein Spezialist im Schweineschlachten war und hervorragende, aber ganz hervorragende Würste machte. Dieser Metzger reinigte und bügelte vor jeder Schlachtung seine Uniform tadellos, ließ sich beim Friseur die Haare schneiden, ließ sich kurz vor der Schlachtung rasieren, band sich eine blütenweiße Schürze um, stank Kilometer gegen den Wind nach Pomade und billigem Parfüm und war für uns jedesmal eine Quelle größter Heiterkeit. Ein „Schäntelmäng"-Schlächter, sagten die Rekruten.

Mit der Zeit aber kam tatsächlich der „Drang nach der Front" über uns. Die Etappe war hübsch, aber ... ja was aber? Warum gefiel es uns nicht? Wir waren ja keine geborenen Totschläger und fühlten uns, auch wenn es nicht knallte, ganz wohl. Und schließlich war der Sinn des Lebens nicht die Schlacht. Und trotzdem.

Wir kamen bald dahinter, woran es lag.

Es lag an den Etappenhengsten.

Die Etappe verludert den Mann. Eine Binsenweisheit. Sie verludert jeden. Wenigstens dachten wir so, der Oberleutnant und ich.

Die Etappe mußte sein. Aber, dachten wir, sie könnte anders sein. In Wirklichkeit konnte sie gar nicht anders sein. Hier waren die Männer nicht so aufeinander angewiesen wie an der Front, zwischen Leben und Tod. Die Dienstgrade in der Etappe ... nun ja, es mußte auch Dienstgrade hier geben, nur fanden wir sie täglich widerlicher und abstoßender.

„Also, wie wär's", sagte Oberleutnant Schleiermacher eines Abends, als wir wieder stumm in seiner Bude hockten und dem tiefen Murren der Geschwader zuhörten, „also, wie wär's?"

„Mir wär's recht", sagte ich.

„Alsdann hauen wir mit dem übernächsten Schub ab, wie?" Diesen Entschluß überspülten wir noch am gleichen Abend sehr scharf. Wir hatten es gut gehabt in Holland.

Nun war es wieder an der Zeit.

Nach Norwegen oder Finnland kamen wir nicht mehr, und damit waren wir auch völlig einverstanden, ohne daß wir uns darüber unterhalten hätten. Nach einigen Tagen wußten wir, wohin.

Nach Rußland, an die Mittelfront.

Uns war es recht.

Um aufrichtig zu sein, hatte ich im stillen ein bißchen an Afrika gedacht und an das Afrikakorps. Ich hatte dort einen Vetter, und die Briefe, die er schrieb, hatten es in sich.

Ich sagte nichts davon. Vielleicht, wenn ich mich freiwillig gemeldet hätte, konnte es klappen.

Aber ich wollte Oberleutnant Schleiermacher nicht allein gehen lassen. Zumal wir vor einigen Tagen, kurz nach unserem Entschluß abzuhauen, Brüderschaft getrunken hatten. Das war mir mehr wert als ganz Afrika.

So ging es denn nach drei Wochen an den Mittelabschnitt der Ostfront.

20

Bevor wir nach Osten, zum Mittelabschnitt, abreisten... abreisten... sagte ich abreisten? Eine verdammt vornehme Bezeichnung für die Art und Weise, mit denen der gemeine

Landser auf und zu den Schlachtfeldern Europas hin- und hergeschleust wurde.

Es ergab sich besser, als ich dachte. Denn erstens hatte sich Oberleutnant Schleiermacher unter der Hand erkundigt, was sie mit ihm und damit auch mit mir vorhatten. Der Oberleutnant verstand es prima, mit einem dummen Gesicht und mit gerissener Höflichkeit den niederen und hohen Stäben die Würmer aus den Nasen zu ziehen.

Es war Anfang Oktober, als er zu mir sagte: „Erasmus, wir kommen zu einem ganz eigentümlichen Haufen, und ganz geheuer ist mir nicht." Was übrigens meinen Vornamen betrifft, so habe ich den jetzt erst preisgegeben, und ich habe mir lange überlegt, ob ich das tun soll. Beim Barras ist es keine Kleinigkeit, wenn sie herausbekommen, daß einer den Vornamen Erasmus hat. Und dazu war ich Unteroffizier geworden, und die Männer, die ich in die Hand gedrückt bekam, konnten natürlich mit meinem Vornamen Erasmus ein ganzes Feuerwerk veranstalten. Wieso mein Vater und meine Mutter auf die Idee kamen... aber es ist zwecklos, davon zu sprechen.

Oberleutnant Schleiermacher sagte also, er bekäme wahrscheinlich eine Panzerjägerkompanie. Soviel er erfahren hätte, sei es eine völlig improvisierte Einheit. Die Division, zu der wir kämen, besäße keine Panzerjägerabteilung, sondern nur diese Kompanie, die dafür direkt der Division unterstünde. Eigentümliche Sache.

Die Reise wurde, wie ich schon andeutete, nicht schlimm. Frech und gottlos, wie der Oberleutnant war, stellte er mich den mitreisenden Offizieren des Transportzuges als seinen Bruder vor. „Er heißt Erasmus mit Vornamen", sagte der Oberleutnant, „aber dafür kann er nichts." Und als sein Bruder durfte ich in der zweiten Klasse fahren.

Mit der Unverschämtheit beim Kommiß war es eine eigentümliche Angelegenheit. Der Landser kam mit einer Dosis Unverschämtheit manchmal ganz hübsch durch, aber es hatte seine Grenzen. Ich überlegte, daß ein Landser bei seinen Vorgesetzten, etwa bis zum Spieß hinauf, mit Unverschämtheit, wenn er sie richtig anbrachte, immer etwas erreichte. Aber nach dem Spieß hörte der Spaß auf. Oder sagen wir beim Offizier. Und einen Landser, der mir erzählen wollte, er sei zum Beispiel gegen einen General unverschämt gewesen und habe Erfolg gehabt, den kannst du wegen verbrecherischer Lügenhaftigkeit zum Tode verurteilen.

Bei den Offizieren erlebte ich es anders. Ein junger Leutnant noch, der es schick anpackte, konnte tatsächlich auch gegen einen General unverschämt sein, um etwas zu erreichen, und ich habe mehr als einmal erlebt, daß zum Beispiel Oberleutnant Schleiermacher sich gegen einen General ziemlich unverschämt benahm, um irgend etwas durchzusetzen oder zu verteidigen oder zuzudecken. Und ebensooft erlebte ich es, daß der General mit geradezu väterlich wohlwollenden Blicken und nachsichtigem Gehaben die Unverschämtheit hinnahm. Wahrscheinlich in der Erinnerung an die Unverschämtheit seiner eigenen Leutnantszeit.

Wahrscheinlicher aber lag in dieser Tatsache noch ein Hauch der alten Offizierskaste, die sich als zusammengehörig betrachtete und untereinander so etwas wie Auguren waren. Adolfen hat ja dann gründlich diese Zusammengehörigkeit zerdeppert.

Also, ich fuhr in der zweiten Klasse mit Oberleutnant Schleiermacher an die Front nach Rußland. Zunächst ging es nach Königsberg. Bei der Fahrt durch Polen erwachten natürlich die Erinnerungen. Und jetzt erst kam mir aber auch ganz zum Bewußtsein, daß ich ohne meine Freunde war, ohne Kurtchen Zech, ohne Meier III, ohne Heinz-Otto, ohne den Josef, ohne den Krumbhaar. Unter den Offizieren fühlte ich mich nicht recht wohl und gesund. Sie waren ganz nett zu mir, und mein Oberleutnant sorgte immer dafür, daß auch ich am Gespräch beteiligt wurde. Aber es klappte nicht. Ein richtiges Landsergespräch hörte sich anders an. Na ja.

Meistens sah ich zum Fenster hinaus und betrachtete mir die vielen, sehr vielen Lazarettzüge, Munitionszüge, Transportzüge, die uns überholten oder uns entgegenkamen. Und auf den kleinen, mittleren und großen Bahnhöfen bewunderte ich das ungeheure Aufgebot von Etappenhengsten. Ich überschlug, über den Daumen gepeilt, daß hier ganze Divisionen Männer lagen, mit denen man hätte die langen Fronten auspolstern können. Ungeheuer viel Flak auch. Aber ich zwang mich, nicht weiter darüber nachzudenken. Unsere geniale Führung mußte wissen, was sie tat.

Von Königsberg aus fuhren wir in Richtung Bialystock. An der Grenze Ostpreußen–Polen hielten wir ziemlich oft auf der Strecke, und einmal, an einem Umsteigeort, mußten wir lange warten. Partisanen hatten die Lokomotive des Transportzuges, mit dem wir weiterfahren sollten, in die Luft gejagt. Es war ein Vorgeschmack.

Auf einer solchen Station wurden sämtliche Männer im Zug in Kampfeinheiten eingeteilt, damit wir bei einem Partisanenangriff wußten, was wir zu tun hatten. Und von hier ab standen auf der vorderen Plattform unseres Personenwagens zwei interessante Landser, bis an die Zähne bewaffnet und hielten Wache. Es waren zwei Franzosen. Sie hatten zuerst in der französischen Armee gedient, waren dann als Freiwillige gegen den Bolschewismus bei uns eingetreten und fuhren nun mit uns an die Mittelfront. Witzig war, daß sie französische und deutsche Kriegsorden trugen. Es waren zwei drahtige, dunkelhäutige, schlanke Männer, die sich mit einer gewissen, unnachahmlichen Höflichkeit gegen jedermann benahmen, so daß sogar völlig viereckige Landser, denen die Franzosen zum Beispiel das Besteigen des Offizierswagens verwehrten, nach anfänglichem Aufbrausen ganz manierlich wurden und sich mit etwas unsicheren Blicken zurückzogen.

Die Fahrt ging durch endlose Wälder, und manchmal warfen Oberleutnant Schleiermacher und ich uns mißtrauische Blicke zu: von endlosen Wäldern hatten wir genug, der Bedarf war gedeckt.

Zum erstenmal sah ich Rußland. Es war nicht sehr großartig, was da zu sehen war. Auch zugegeben, daß der Krieg hier manches wüst zugerichtet haben mochte, mußte doch dann und wann wenigstens ein Schimmer von dem übriggeblieben sein, was einmal hier war. So etwa, wie ich doch in einer von Fliegerangriffen zugerichteten deutschen Stadt immer noch einen Schimmer davon erraten konnte, wie schön sie einst gewesen war.

Hier war anscheinend gar nichts gewesen. Eine recht öde Landschaft. Und die Dörfer, Städtchen und Städte: sehr öde. Ich bekam bald meine eigenen Ansichten. Ich rechnete mir aus, daß 1917 die Russische Revolution gewesen war und die russischen Menschen sich daranmachten, ein Arbeiterparadies aus ihrem Lande zu machen. Inzwischen waren etwas über zwanzig Jahre verflossen, und sie hatten viel Zeit gehabt.

Wir kamen in Wolkowysk an, einem verlassenen russischen Flecken aus Bretterhütten. Trostlos wie alles. Jedoch war dieses öde Nest ein wichtiger Platz, weil hier große deutsche Entlassungsanstalten waren. Sonst war aber auch nichts zu sehen.

Hier stiegen wir aus, um auf den nächsten Transportzug zu warten. Wir hatten Verpflegung für drei Tage mit, Brot, Hartwurst, Butter. Die verdammte, ewige Graupensuppe, die wir unterwegs bekamen, hing uns zum Halse heraus.

Ich fand Oberleutnant Schleiermacher nachdenklich vor einem langen, leeren Lazarettzug stehen, der bald zur Front fahren sollte. Dann sprach er einen Assistenzarzt an, der herausgeklettert kam.

„Hören Sie mal", sagte er zu dem Arzt, „könnten wir nicht mit Ihnen fahren?" Der Assistenzarzt, ein kleiner Stöpsel mit brandroten Haaren, fuhr sich über den Kopf. „Natürlich können Sie mitfahren", antwortete er gleichgültig und betrachtete sich abwechselnd unsere EK I. „Aber Sie werden, wenn Sie eingestiegen sind, wieder 'rausgeschmissen."

„Von Ihnen doch nicht!" sagte mein Oberleutnant friedlich.

„Niemals", sagte der Arzt. „Mein Standpunkt ist der: Lasset die Kindlein zu mir kommen."

Der Mann war richtig.

„Von wem werden wir also 'rausgeschmissen?" fragte der Oberleutnant.

„Vom Herrn Stationskommandanten", antwortete der Assistenzarzt. „Von seiner Heiligkeit dem Herrn Stationskommandanten persönlich."

„Schön", sagte Oberleutnant Schleiermacher und redete in der Sprache des Assistenzarztes weiter: „Dann knien Sie bitte hin, beten für uns und geben Sie uns Ihren Segen. Ich werde zum Stationskommandanten gehen."

Der Arzt lachte.

„Glaube macht selig", äußerte er und enteilte mit merkwürdig wippenden Schritten.

„Das ist ein Katholiker", sagte der Oberleutnant zu mir, „oder ich fress' vier Teller Graupensuppe."

Und dann begab er sich zum Stationskommandanten. Und kam nach fünf Minuten wieder. Und sagte mit einer großartigen Gebärde: „Erasmus, hol alle zusammen. Wir steigen ein."

So verteilten wir uns in dem Zug, und das beste an der Sache war, daß beinahe jeder ein Bett hatte, zwar nicht bezogen, aber man konnte sich ausstrecken. Oberleutnant Schleiermacher war riesig stolz, daß er das fertiggebracht hatte. Aber kaum waren wir abgefahren, erschien der kleine Assistenzarzt, grinste über das ganze Sommersprossengesicht und sagte: „Mit Gott, Kamerad. Das habe ich fein gedeichselt, wie?"

„Was haben Sie fein gedeichselt?" fragte der Oberleutnant etwas steif.

„Nun sehen Sie mal", antwortete der Stöpsel friedfertig. „Ich habe dem Stabsarzt klargemacht, daß wir auf der einsamen Fahrt ziemlich aufgeschmissen sind, wenn Partisanen auftauchen sollten, und da sorgten wir dafür, daß wir eine Besatzung bekamen. Die Besatzung sind Sie."

„So", sagte Oberleutnant Schleiermacher nachdenklich, „dann wären wir also gar nicht 'rausgeschmissen worden, wenn wir von uns aus eingestiegen wären, wie?"

„Aber wieso denn?" fragte der Assistenzarzt verwundert, „im Gegenteil, ganz im Gegenteil!"

„Sie verdammter Schurke", sagte der Oberleutnant, und alles lachte.

Leider verging uns dann während der Fahrt sehr schnell das Lachen. Wir hörten, wie es an der Front stand. Zwischen Smolensk und Orscha war der Russe eingebrochen, und an der Rollbahn tobten schwere Abwehrkämpfe. In unserem Wagen fuhren einige ältere Offiziere mit, die ziemlich niedergeschlagen waren und zu meiner Verwunderung ganz offen redeten. „Es ist die alte, verfluchte Geschichte", sagte ein älterer Major, „und wir werden es niemals lernen. Wir haben den Russen unterschätzt. Und wir arbeiten zuviel auf dem Papier. Die Leuchten in der Führung haben keine Ahnung, wie es wirklich aussieht an der Front. Passiert irgendwo etwas, sehen sie in ihre Pläne und Karten, finden eine Division in der Nähe und werfen diese Division hinein. Daß diese Division in Wirklichkeit nur noch die Kampfstärke eines Regiments hat, durch schwere Kämpfe beinahe aufgerieben, das beachten diese Herren nicht."

Es war zum ersten Male, aber nicht zum letzten Male, daß wir im Osten so etwas hörten, und wir glaubten es sofort.

Wir kamen aus Karelien, und wir hatten noch ganz andere Dinge erlebt.

Irgend etwas stimmte nicht. Unsere geniale Führung war nicht in Ordnung. Und ich schnappte auf dieser Fahrt noch einige Sätze auf, die mir schwer zu denken gaben. „Jodl? Jodl, ach du meine Güte." „Keitel? Keitel, ach du liebes bißchen."

Wir stiegen in Minsk aus. Ein paar Steinhäuser zwischen Bretterhäusern und sonst üble Etappe. Wir fuhren die Nacht durch die Orscha. Von hier aus waren es nur noch dreißig Kilometer bis an die Front, und wir verließen das dreckige, öde Etappennest schnell, hielten Wehrmachtsfahrzeuge an und gondelten ziemlich schweigsam weiter.

In einer trostlosen, flachen, nur mit Hügeln und Waldstücken durchsetzten Landschaft meldeten wir uns beim Ib der Division. Der Hauptmann behielt uns über Nacht bei sich, und wir erfuhren einiges, was nicht rosig war. Der Zusammenbruch der Front bei Smolensk war, rundheraus gesagt, und der Hauptmann sagte es rundheraus, eine Katastrophe. Die Schützenkompanien der deutschen Nachhut waren zu Brei geschlagen worden.

Am tiefsten erbittert war der Ib über das Schicksal der in

die Katastrophe geworfenen Luftwaffenfelddivision. Eine hervorragend ausgerüstete Division, die zum Beispiel das MG 42 mitbrachte (das neueste Modell dieser wichtigen Waffe), die aus erstklassigen Soldaten und Offizieren bestand, jedoch leider völlig ahnungslos im Kampf gegen die Russen und gar nicht dazu ausgebildet ankam. Es war, um das vorwegzunehmen, jene Truppe, die der dicke, im Luxus verkommene Reichsmarschall Adolfen großschnäuzig zur Verfügung gestellt hatte, meistens Bodenpersonal und dergleichen. Und keiner der Verantwortlichen im Führerhauptquartier, auch nicht Jodl, der Generalstäbler genug war, um es zu wissen, keiner machte darauf aufmerksam. Die Division wurde direkt aus der Heimat auf das furchtbare Schlachtfeld geworfen, ihre Offiziere, so tüchtig sie sonst waren, versagten, weil sie für diesen Kampf nicht geschult und nicht vorbereitet waren, und die Russen schlugen die hilflose Division in Fetzen.

In dem kleinen Raum mit dem großen, gemauerten Ofen saß der Ib blaß und erschöpft. Er war für den Nachschub verantwortlich.

„Alle Fahrzeuge gingen verloren", sagte er. „Die Geschütze sind weg."

Wir schliefen ziemlich unruhig.

Am anderen Morgen holte uns ein Beiwagenkrad zum Divisionsgefechtsstand. Es war ein kleiner Trost, daß der Fahrer im Jahre 1938 mit Oberleutnant Schleiermacher zusammen Rekrut gewesen war, und sie begrüßten sich mit Gebrüll. Der I a empfing uns sehr, aber sehr, aber äußerst kühl. Der Oberleutnant und ich trugen unsere Gummimäntel ohne Abzeichen, und der junge Hauptmann musterte uns ziemlich ironisch. Wir merkten sofort, daß er uns für Anfänger hielt. Wir merkten es daran, daß er den Oberleutnant von oben bis unten ansah und dann spöttisch sagte: „So, Sie wollen auch mal!" Oberleutnant Schleiermacher verzog keine Miene: „Jawohl, Herr Hauptmann, ich will auch mal!" sagte er forsch. Nun, wir wurden hier sehr unfreundlich empfangen, und den Grund dafür erfuhren wir erst nach und nach, und ich will ihn gleich vorausschicken. Man wünschte den Oberleutnant gar nicht. Denn der jetzige Führer der Panzerjägerkompanie (daß die Division nur eine Panzerjägerkompanie und keine -abteilung besaß, sagte ich schon), der jetzige Führer war eine Art vergötterter Liebling in der ganzen Division, ein junger Leutnant. Und daß dieser junge Leutnant, der jetzt dem Oberleutnant Schleiermacher Platz machen mußte, seinen Ruhm völlig zu Recht trug, erfuhren wir sehr bald.

Wir schepperten durch das öde Flachland zum Kompaniegefechtsstand. Unterwegs wehte ein unheimlicher, eiskalter Wind, unter dem wir beide mehr froren als in der Schneewüste der karelischen Wälder. Der Gefechtsstand war ein balkengestützter Erdbunker, der in den Hang eines Hügels hineingetrieben war. Und aus der Art, wie dieser Bunker gebaut war, sahen wir sofort, daß hier ein erstklassiger Frontsoldat befehligte. Der Mann verstand seinen Kram. Der Kompanieführer, eben der Heros der Division, ein junger, kühler Balte, sehr breite Schultern und beinahe kokett schmale Hüften, empfing uns mit einem höflichen, abwartenden Gruß, leichthin die Hand an die sehr schiefsitzende Mütze führend. Er sah den Oberleutnant ruhig einige Sekunden an, und ich bemerkte wohl, daß er ihn in diesen Sekunden auf Herz und Nieren prüfte.

Ich muß sagen, daß mir nicht ganz wohl war. Ich kannte meinen Oberleutnant, und es müßte mit dem Teufel zugehen, wenn diese beiden sich nicht auf Anhieb mochten, ganz egal, wie traurig auch der Anlaß für den einen war, der gehen mußte. Und genauso kam es. Nach zehn Minuten saßen sie zusammen und waren sich einig und kippten einige Begrüßungsgläser. Und dann hörte ich Oberleutnant Schleiermacher sagen: „Wissen Sie was, ich lasse mir eine andere Kompanie geben und Sie behalten die Ihre!" Der Balte lachte: „Nett von Ihnen, Mensch. Sehr nett. Geht natürlich nicht. Aber wenn ich schon die Kompanie abgeben muß, gebe ich sie gerne an Sie."

Die jungen Männer hatten sich auf Anhieb verstanden. Ich überließ sie sich selber und trottelte ein bißchen zu den Männern der Kompanie. Sie waren muffig. Sie machten kaum das Maul auf. Sie waren von vornherein wütend auf uns. Sie wollten ihren Leutnant nicht verlieren. Da blieb also nichts anderes übrig, als ihnen ein bißchen von Karelien und ein bißchen von Oberleutnant Schleiermacher zu erzählen. Und ich erzählte ein bißchen. Und so ganz allmählich sperrten sie Maul und Nase auf. Und hernach wurden sie ganz zugänglich und erzählten nun von sich und der Kompanie. Und nun sperrte ich Maul und Nase auf. Was ich da zu hören bekam, brachte mich zur Einsicht, daß es wohl in der gesamten deutschen Wehrmacht keinen tolleren Haufen gab als diese Panzerjägereinheit hier. Die Division besaß, als der baltische Leutnant die Kompanie übernahm, nicht einmal Panzerjägergeschütze auf Selbstfahrlafetten. Der baltische Leutnant machte nun etwas, woraufhin zunächst einmal sämtliche Waffenmeister der Division kopfstanden. Er ließ von gewöhnlichen Eintonnerzugmaschinen die Holmen abändern und montierte darauf unbekümmert 5-cm-Pak-Geschütze. Es war etwas gegen alle Regeln, alle Vorschriften, alle Erfahrungen, alle Befehle. Dann verschalte er die Dinger mit Hartholz, ließ sie grauweiß anmalen, und nun sahen sie wie leibhaftige Panzer aus. Davon hatte er jetzt vier Stück. Und die Männer sagten mir mit wilder Begeisterung: „Was wir mit den Dingern schon abgeschossen haben, geht auf keine Kuhhaut." Und sie hatten, wie gesagt, immer Schwein gehabt. Niemals, auch nicht in der dicksten Sauerei, war eines dieser wahnsinnigen Fahrzeuge getroffen worden. Und ich wußte, daß die Fahrer dieser Holzdinger wie die Teufel fahren mußten. Das Tollste aber war, daß die Männer an diesen lächerlichen Fahrzeugen von einem Selbstbewußtsein und einem Selbstvertrauen besessen waren, wie ich es nicht für möglich gehalten hätte, sie glaubten sich tatsächlich hinter den Holzwänden als unverwundbar. Sie erzählten mir grinsend, daß der junge Leutnant rauhe Rüffel dafür bekommen hatte und höheren Orts sogar für eine Bestrafung vorgesehen war, wenn... ja, wenn er nicht immer und immer in genau dem richtigen Augenblick in kritischen Lagen wie der Satan persönlich mit seinen Holzpanzern aufgetaucht wäre und links und rechts den Iwan in Grund und Boden knallte. Dies aber war nur der Selbstfahrlafettenzug. Der andere Zug der Kompanie bestand aus drei 7,5-cm-Pakgeschützen, und zwar dem modernsten, was es gab, funkelnagelneu. Der dritte Zug bestand aus vier 5-cm-Pakgeschützen motorisiert. Die Krone aber, der Höhepunkt und der Stolz der Kompanie war ein Zug aus zwei 8,8-cm-Flakgeschützen. Und dieser Flakzug, auch der Stolz der Division, wurde von einem Berserker geführt, von dem noch zu sprechen sein wird. Erst einmal erzählte ich Oberleutnant Schleiermacher, was ich erfahren hatte, er wußte es schon von dem baltischen Leutnant, und auch er war sprachlos. Einen solchen Haufen gab es tatsächlich in der ganzen Wehrmacht nicht wieder. Am nächsten Morgen übergab der baltische Leutnant die Kompanie, und anschließend fuhren Oberleutnant Schleiermacher und ich die Stellung ab. Es waren ruhige Tage, der Russe war zum Stehen gebracht worden.

Uns beiden war ganz klar, daß wir uns hier erst Respekt verschaffen mußten, denn die ganze Kompanie ließ die Köpfe hängen, trauerte ihrem baltischen Leutnant nach, und aus ihren Mienen sahen wir, daß sie fest entschlossen waren, ihrem neuen Kompaniechef das Leben sauer zu machen.

Mit der Division als Ganzes hatten wir es ordentlich getroffen. Es war eine Panzergrenadierdivision, eine gute und zuverlässige Sturmdivision. Unsere Kompanie war erstklassig, die Männer im Alter von neunzehn bis vierundzwanzig und die Fahrer im Alter von dreißig bis vierzig Jahren, alle miteinander schlachtenfeste und fronterfahrene Leute, und keinen Augenblick hatte ich Sorge, daß Oberleutnant Schleiermacher nicht in der kürzesten Zeit mit ihnen einig werden würde.

Und schon, als wir die Kompanie abgrasten, merkte ich, daß er eine glückliche Hand hatte; der mürrische Ton und die widerspenstigen Gesichter verschwanden allmählich schon am ersten Tag. Blieb nur noch übrig der Berserker des Flakzuges. Der baltische Leutnant hatte etwas sorgenvoll gesagt: „Ein Viechskerl, hoffentlich packen Sie den gleich richtig an. Er hat sich nämlich schon besoffen, weil er eine Sauwut auf Sie hat." So fuhren wir denn gegen Mittag in einem Kradbeiwagen zur Stellung der Flak. Und unterwegs begegnete uns ein anderes Krad mit Beiwagen. Darin saß ein Hüne im Gummimantel ohne Rangabzeichen, einen giftgrünen Kopfschützer unter einer Bergmütze. Wir fuhren aneinander vorbei, ohne Notiz voneinander zu nehmen, aber wir hatten sofort eine Ahnung, bevor unser Fahrer murmelte: „Das war Leutnant Klingler." Der Berserker! Oberleutnant Schleiermacher sagte ruhig. „Weiterfahren." Wir fuhren weiter, hörten aber, wie das Krad mit dem Flakzugführer umkehrte. Er kam hinter uns her. Und nun fuhr sein Fahrer neben uns, und beide Maschinen hielten. Und nun spielte sich folgende Szene ab. Schweigend sahen sich die beiden Offiziere an, jeder saß bewegungslos im Gummimantel in seinem Beiwagen, auf jedem Notsitz hockte ein Unteroffizier und starrte geradeaus, und auf jedem Fahrersitz hockte ein Fahrer und sah in die Luft. Es war die tollste Gewitterstimmung, die ich jedenfalls erlebte. Der Berserker hatte ein grobgeschnittenes, aber im Grunde durchaus gutmütiges Bauerngesicht, das jetzt rot vor Grimm war. Jetzt hob der Oberleutnant langsam die Hand an seine Schirmmütze und sagte leise, als ob er zu einem kranken Gaul spräche: „Schleiermacher. Ich bin der neue Kompanieführer." Und nun kam Leben in den Berserker. Er richtete sich auf und stieß heraus: „Und i' bin der Klingler! So, Sie sind der neue Chef? Daß Sie's nur glei' wissen, von der Division isch befohle, daß i' der Kompanie nur verpflegungsmäßig unterstellt bin! Über den taktischen Einsatz haben Sie mir nix zu sage! Davon versteht außer mir in der Division eh niemand nix. Da braucht man Fingerspitze!"

Er starrte den Oberleutnant grimmig mit weitgeöffneten, kornblumenblauen Augen an. Oberleutnant Schleiermacher sagte eine Weile gar nichts, dann äußerte er seelenruhig: „Sehr schön. Dann brauche ich ja gar nichts mehr zu sagen. Ich sorge also dafür, daß der Flakzug zu Fressen und zu Saufen bekommt, und damit hat sich's. Ab und zu darf ich dann wohl zu Ihnen kommen und etwas zum Trinken mitbringen."

Totenstille.

Ich hörte vor mir auf dem Sitz unsern Fahrer einen unbeherrschten Seufzer ausstoßen.

Leutnant Klingler saß völlig bewegungslos und starrte den Oberleutnant immer noch aus weitaufgerissenen Augen an. Und dann murmelte er wie geistesabwesend: „Na, alsdann." Oberleutnant Schleiermacher, leichthin und immer halblaut: „Und bei passender Gelegenheit können Sie mir Ihre 8,8 mal erklären, Herr Klingler."

Der Berserker fuhr auf.

„Wieso, warum?"

Der Oberleutnant bekam Sorgenfalten auf der Stirn, er nahm seine Mütze ab, zog ein Taschentuch und wischte am Schweißleder und sagte, ohne den Flakberserker anzusehen: „Nehmen Sie mal an, Herr Klingler, Sie kriegen aus Ärger über mich die Gelbsucht. Dann müssen Sie ins Lazarett. Und weil Sie soeben selber gesagt haben, daß in der ganzen Division außer Ihnen niemand von der 8,8 etwas versteht, muß dann jemand da sein, der etwas davon versteht, wenn die 8,8 gebraucht werden sollte. Ich will das gerne übernehmen."

Und nun nahm Leutnant Klingler seinen giftgrünen Kopfschützer und seine Bergmütze ab, holte ein riesengroßes, blutrotes Taschentuch heraus und wischte sich über den Kopf.

Und plötzlich meinte er ganz friedlich und umgänglich, wenn auch immer noch etwas verdrossen: „Wissen S', diese ständigen Wechsel der Kompaniechefs! Sie san jetzt der dritte. Na, alsdann."

Er sah unsicher herüber.

Ich wußte, daß die Schlacht gewonnen war.

„Nun alsdann, Herr Klingler", sagte der Oberleutnant gelassen, „dann werde ich Sie weiter nicht belästigen. Fahrer, wir drehen um."

Im gleichen Augenblick richtete sich der Flakberserker kerzengerade hoch und brüllte wütend: „Was! Umkehr'n wollen S', ohne eine Einkehr beim Flakzug zu halten? Dös gibt's net! Auf geht's! I' hab' noch einen Enzian! Mit Ihne, Herr Schleiermacher, mit Ihne... Fahrer! Umkehr'n! Heim!"

Wir feierten beim Flakzug die halbe Nacht. Und was die Stellung selbst betraf bei der Flak: hervorragend, hervorragend! Hier kam keiner durch!

Wir sollten es erleben.

21

Es ist Ende Oktober 1943, und wir liegen irgendwo, in ziemlicher Ruhe, am Mittelabschnitt der Ostfront zwischen Smolensk und Orscha. Oberleutnant Schleiermacher und ich haben es mit der Panzerjägerkompanie glänzend getroffen. Erstens war der russische Durchbruch verhindert worden, und also brauchten wir nicht gleich in eine Sauerei einzusteigen. Zweitens lagen links und rechts der Rollbahn nach Smolensk ausgekochte Ostfrontdivisionen, und also brauchten wir nicht immer wie die gehetzten Kaninchen im Kreise zu schnuppern, ob was aus heiterem Himmel über uns käme. Und drittens herrschte Ruhe, so daß der Oberleutnant die merkwürdige Kompanie sich in die Hand spielen konnte, bevor er mit ihr in die Schlacht mußte.

Er tat das unverzüglich. Denn es herrschte nur eine vorläufige Ruhe, unsere Fliegeraufklärung hatte ergeben, daß der Russe entlang der Autobahn nach Moskau eine große Offensive vorbereitete.

Ich zottelte also hinter Oberleutnant Schleiermacher her, beobachtete, wie dieser junge Kerl sich als Kompaniechef einführte und machte meine eigenen Betrachtungen. Nach wenigen Tagen schon kam er aus einem erfreuten Grinsen nicht mehr heraus, und wenn wir allein waren, hieb er mir bisweilen auf die Schulter und nickte mir wortlos zu. Wir hatten eine prima Kompanie erwischt, sie war tadellos ausgebildet, und ihre sogenannte Kampfmoral war hier kein leeres Wort. Ein Teil der Männer waren Volksdeutsche, und ihr guter Wille war über jedes Lob erhaben, die anderen Teile kamen aus allen Gegenden Deutschlands, und alle zusammen waren zumeist Kriegsfreiwillige. Das Alter der Geschützbedienungen, auf deren Schnelligkeit, Nervenstärke und Muskelkraft alles ankam, stand im genau richtigen Alter zwischen 18 und 22 Jahren. Und der Troß, bei dem Zuverlässigkeit, praktischer Verstand und eine gewisse Seelenruhe die Hauptsache sein mußten, bestand durchweg aus älteren, sehr pflichtgetreuen Reservisten. Und damit diese gute Sache rund aussah, war der Spieß geradezu vorbildlich, ein Mecklenburger, durch und durch anständig, im Zivilberuf Flaschnermeister. Wir konnten schon in den ersten Stunden feststellen, daß dieser Spieß keine üblen Etappenerscheinungen im Troß besaß und daß bei diesem Mann, der nicht mit Gold zu bezahlen war, die regelmäßige Versorgung mit Verpflegung, Munition, Benzin, frischer Wäsche und die Betreuung der reparaturbedürftigen Kraftfahrzeuge und Pakgeschütze und sogar der Papierkrieg wie auf Schienen lief.

Natürlich hatte die Kompanie einige schwache Stellen, wie jede Einheit, und Oberleutnant Schleiermacher rottete sie unverzüglich aus. So erschien eines Morgens, heiter, selbstbewußt und ahnungslos der Küchenunteroffizier bei Schleiermacher und überreichte ihm persönlich eine Büchse Fleisch. Ich wußte, was nun kam, grinste, und der Unglückliche grinste selbstgefällig zurück und wollte sich dann schneidig davonmachen. Der Oberleutnant wog die Büchse in seiner Hand und sagte: „Die Männer vom Kompanietrupp verziehen sich mal nach nebenan in den Bunker." Als der Kompanietrupp verduftet war, stellte Schleiermacher die Büchse auf den Tisch. „Unteroffizier! Haben die Männer der Kompanie Fleischbüchsen bekommen? Nein? Wollen Sie mir erklären, was das hier bedeuten soll." Der sichtlich hocherfreute und geschmeichelte Mann stand wie eine Kerze und antwortete: „Herr Oberleutnant, ich habe aus früheren Zeiten noch Schwarzbestände an Büchsenfleisch, und ich kann Herrn Oberleutnant immer mal was davon zukommen lassen." Und nun kam's. Ich muß vorausschicken, daß Schleiermacher, wenn er wütend war, eine Stimme wie drei Rasiermesser hatte.

„Sie sind wohl wahnsinnig geworden! Solange nicht jeder Mann der Kompanie eine Büchse zugeteilt bekommen kann, kommt es überhaupt nicht in Frage, daß ein Offizier oder irgend jemand eine Sonderration bekommt! Sie haben sofort eine Bestandsaufnahme unter Aufsicht des Hauptfeldwebels vorzunehmen. Noch einmal eine solche Sache und ich bestrafe Sie, lasse Sie ablösen und stecke Sie vorne in den Graben!"

Der Küchenunteroffizier war käseweiß geworden, ich nickte ihm herzlich zu, und der Befehl: „Raus!!!" der jetzt durchs Zimmer pfiff, hob ihn förmlich hoch und schleuderte ihn hinaus. Natürlich sprach sich die Sache im Handumdrehen herum, und das sollte sie ja auch.

Die zweite Sache war noch dramatischer.

Der Rechnungsführer und Kammerwart der Kompanie, der die Marketenderwaren zu verteilen hatte, drückte mir eines Tages zu meiner Verblüffung eine ganze Flasche Kognak in die Hand, auch die Zugführer erhielten eine. Die Männer kamen schlechter weg, auf jeden kamen ein paar Becherchen. Natürlich kam ich zu dieser Ehre nur deshalb, weil ich der ständige Begleiter des Kompaniechefs war. Ich dachte, ich gebe dem Unteroffizier unter der Hand einen Wink, den Angeber spielen mochte ich nicht, obwohl sich mit dem gelieferten Alkohol ein ziemlich eigenartiger Verteilungsschlüssel entwickelt hatte. Die Leute wußten es, aber sie sagten nichts, und ich fand schnell heraus, daß sie nicht etwa aus Angst nichts sagten, sondern weil sie sich an die Ungerechtigkeit gewöhnt hatten. Damit war ich bei einigem Nachdenken auf eine hochinteressante Angelegenheit gestoßen. Sie hatten sich an Ungerechtigkeit gewöhnt! Es war die Krankheit des ganzen Dritten Reiches! Es war ein Schlüsselproblem! Millionen im Dritten Reich hatten sich an die Ungerechtigkeit gewöhnt. Das war es! Und aus diesem dämlichen Grunde, dachte ich im stillen, und nur aus diesem dämlichen Grunde kann so viel Ungerechtigkeit vorkommen, ohne daß jemand seine Stimme dagegen erhebt. Wie Oberleutnant Schleiermacher die Sache mit dem Kognak erfuhr, weiß ich nicht, von mir erfuhr er sie nicht, aber bevor ich dem Unteroffizier einen Wink geben konnte, solche Dingerchen zu unterlassen, kam schon ein scharfer Kompaniebefehl heraus, daß künftighin die gesamte Marketenderware zu gleichen Teilen an sämtliche Angehörigen der Kompanie auszugeben sei. Tief beleidigt zeigte mir der Unteroffizier den Befehl. Die dramatische Szene kam aber erst. Eine halbe Stunde, nachdem der Befehl heraus war, stürmte der Führer des Flakzuges, der wilde Recke Leutnant Klingler, in die Schreibstube. Schleiermacher saß friedlich in der Ecke an seinem Tisch, als die Tür aufgerissen wurde.

„Sie, hör'n S' mal!" schrie er wütend. „I hab' g'hört, ich krieg' kein ganzes Flascherl nimmer! Also dös, dös paßt mir glei' gar nicht! Es ist immer so bei uns g'wesen, daß der Zugführer ein ganzes Flascherl kriegt! Dös können Sie net von heut' auf morg'n ändern! I trag' größere Verantwortung wie'n einfacher Schütze, dös wern S' zugeb'n, net wahr? Und i hab' auch mehr Dienstjahr als son junger Hansl, dös wern S' auch zugeb'n, net wahr?"

Der Oberleutnant sah den Berserker gelassen an, der während seiner Ansprache tatsächlich blaurot angelaufen war, etwas, was ich noch nie mit eigenen Augen an einem wütenden Menschen gesehen hatte.

„I will Ihne was sag'n", schrie der Recke Klingler, „wenn i mein ganzes Flascherl nicht mehr krieg', meld' i mi krank! Man merkt's halt, daß Sie die näheren Verhältnisse an der Ostfront nicht kennen! Krank meld' i mi!"

Oberleutnant Schleiermacher nickte vor sich hin, dann sagte er nachdenklich: „Klingler, legen Sie mal die furchtbare Maschinenpistole ab und setzen Sie sich hin, sonst kriegen Sie einen Schlaganfall."

Und tatsächlich, der wilde Recke nahm etwas verblüfft Platz und legte die Waffe auf den Tisch des Hauses.

„Und nun hören Sie mich mal an, Klingler", fuhr der Oberleutnant gelassen fort, „jetzt rede ich dienstlich und außerdienstlich durcheinander mit Ihnen, und Sie können sich die Rosinen herausklauben. Erstens, solange ich die Kompanie führe, werden die Marketenderwaren vollkommen gleichmäßig verteilt. Zweitens, an diesem Befehl ist nichts mehr zu ändern. Drittens steht Ihnen jedoch frei, sich über mich zu beschweren. Viertens werde ich einen kleinen Fonds aus den Marketenderwaren zurücklegen lassen, um davon bei besonderen Anlässen, Verleihung von EK und so weiter, Geburtstagen, besonderen Leistungen, auszugeben. Das ist alles, was ich tun kann. Bei mir wird vorne an der Front in diesen Sachen auch nicht der geringste Unterschied gemacht, verstehen Sie? Der Offizier besonders ist immer noch das Vorbild, und ich bitte sehr um Entschuldigung, Klingler, wenn ich von einer so selbstverständlichen Angelegenheit überhaupt spreche, es geniert mich Ihnen gegenüber geradezu. Diesen Fonds, den ich abzweige, diesen Fonds werden Sie künftighin verwalten. Und sollten Sie einmal selbst das Gefühl haben, daß Sie etwas Besonderes geleistet hätten, dann können Sie sich aus diesem Fonds selber zuteilen, was Sie wollen. Ich bitte lediglich monatlich um Mitteilung über die Sonderverteilungen."

Der wilde Recke Klingler saß sprachlos. Er saß mit offenem Munde. Und nun schluckte er ein dutzendmal schnell hintereinander, aber bevor er reden konnte, ergriff Oberleutnant Schleiermacher wieder das Wort, und in immer gleich gelassenem Tone sagte er dem zehn Jahre Älteren: „Soweit das Dienstliche, Leutnant Klingler. Und nun was anderes. Ich habe da aus Holland eine Ladung scharfer Sachen mitgebracht, ehrlich erworben und von einem Hotelbesitzer, darunter drei Flaschen Whisky. Und damit Sie mir nicht gleich krank werden, verehre ich Ihnen eine Flasche, und zwar sofort. Nachbestellungen nehme ich jederzeit entgegen, sie gehen an meinen Mittelsmann in Holland."

Über das zerklüftete Gesicht des Steiermärkers zog ein warmes Alpenglühen. „Ja was", murmelte er, „da könnt' ma ja ... Do fehlt sich fei nix ... Do könnt' ma ja glei ..."

Auf einen Wink Schleiermachers sauste ich in unseren Bunker und kam mit einer Flasche wieder. Verklärt drehte Klingler sie in seinen ungeheuren Händen hin und her.

Und nach dem ersten Schluck erklärte er: „Das mit dem Fonds is gut. Sie könne sich auf mich verlasse, so wahr ich Klingler heiß."

Ich brachte den Führer des Flakzuges nachher zu seiner Beiwagenmaschine. Als er sich verstaut hatte, blinzelte er mich an, und als sein Fahrer den Starter durchtrat und der Motor aufbrüllte, schrie er mich, übers ganze Gesicht lachend, an: „Dieser neue, junge Alte! Dem hob' is gschteckt!" Und davon brausten sie. –

Der Kompaniechef trieb Bunker und Fahrzeuge unablässig tiefer in die Erde, um dem Artilleriefeuer zu entgehen. Zweimal am Tage fuhren wir alle Geschützstellungen ab. Und ich glaube, es dauerte nicht einmal eine Woche, bis Oberleutnant Schleiermacher den Namen jedes Mannes, seinen Zivilberuf, seine ungefähren Familienverhältnisse und auch gewisse kleine Eigenheiten wußte.

Unser Kompanietrupp war eine Sache für sich. Eine Auslese von tollen Draufgängern. Die Burschen schienen ständig Krach miteinander zu haben, aber wenn es darauf ankam, waren es Blutsbrüder, die wie Pech und Schwefel zusammenhielten. Einer der Melder war Student aus Wien, und der war es, der eines Abends, als wir gemütlich im Bunker zusammenhockten und Oberleutnant Schleiermacher gerade gehen wollte, die Frage stellte: „Herr Oberleutnant, darf ich mal fragen, sind Sie ein Nachkomme des berühmten Schleiermacher?"

„Nein", antwortete der Chef, „das nicht. Was wissen Sie von dem?"

Im Bunker wurde es still. Neugierde lag auf allen Gesichtern.

„Nicht viel, Herr Oberleutnant", antwortete der Student. „Ich weiß nur, daß er ein berühmter Theologe war, ein Prediger."

„Stimmt", sagte der Oberleutnant, „Friedrich Schleiermacher. 1768 bis 1834 hat er gelebt."

Und dann fügte er nachdenklich hinzu: „Kennen Sie sein berühmtes Rätsel? Eines der schönsten Rätsel, die es überhaupt gibt?"

Der Student antwortete unsicher: „Ja, doch, das habe ich mal gelesen, glaube ich."

„Na schön", lachte Oberleutnant Schleiermacher, „dann werd' ich euch das Ding aufsagen, und wer die Lösung findet, bekommt aus meinen Privatbeständen eine ganze Flasche Underberg."

O verdammt, das war ein Wort! Der ganze Kompanietrupp machte sich bereit, auf das schärfste nachzudenken, und ich hörte geradezu ihre armen Gehirne vor Anstrengung krachen. Im übrigen kannte ich das Rätsel nicht, aber die Lösung konnte ein erwachsener Mann, der nicht auf den Kopf gefallen war, schließlich finden.

Und der Oberleutnant sprach das Rätsel:
„Wir sind's gewiß in vielen Dingen,
Im Tode aber sind wir's nicht.
Die sind's, die wir zu Grabe bringen,
und gerade diese sind es nicht.
Und weil wir leben,
sind wir's eben
an Geist und Angesicht,
und weil wir leben,
sind wir's eben
zur Zeit noch nicht."

Wir saßen wie die Ölgötzen.

„Paßt ganz gut für Frontschweine, nicht wahr?" sagte der Kompaniechef. „Ich sag's noch mal, einer kann es aufschreiben. Für die Lösung eine Flasche Underberg aus Holland, eine ganze, meine Herren." Er lachte. Dann sagte er es noch einmal, und der Student schrieb es auf.

„Nee", sagte schließlich Unteroffizier Werle, „das ist zu hoch für unsereinen."

„Dann denkt mal nach", sagte der Oberleutnant. „Strengt euch an. Vierundzwanzig Stunden habt ihr Zeit."

Der ganze Kompanietrupp grinste. Damit war es natürlich geschafft, denn es mußte doch irgend jemand in der Einheit geben, der das Rätsel kannte und die Lösung wußte.

„Und wenn wir die ganze Division anmeckern", sagte einer.

„Da bin ich herzlich neugierig", sagte Schleiermacher.

Um es kurz zu machen, am anderen Nachmittag ließ sich Unteroffizier Werle beim Kompaniechef melden und schmetterte die Lösung auf den Tisch des Hauses.

„Verschieden!!!"

Der Oberleutnant lachte. Es war tatsächlich die Lösung, und der Trick bestand in der doppelten Bedeutung des Wortes: verschieden im Sinn von der Verschiedenheit der Menschen untereinander und verschieden im Sinn von verstorben.

„Sie wollen mir doch nicht sagen, daß Sie es selber gefunden haben?" fragte der Oberleutnant.

„Nee", antwortete der Unteroffizier bescheiden, „das nicht."

„Na und, wer hat's gefunden?"

Der Unteroffizier räusperte sich, dann rückte er heraus: „Herr Oberleutnant, Sie sagten ja, es sei ein Prediger gewesen, der Schleiermacher... da dachten wir...", er schluckte heftig.

„Sie Himmelhund!" rief der Oberleutnant. „Sie fragten den protestantischen Divisionsgeistlichen!"

„Jawohl, Herr Oberleutnant!"

„Erasmus", sagte der Kompaniechef, „hol den Underberg. Gewandtheit in allen Lebenslagen wird immer belohnt."

So kam der Kompanietrupp zu einem ganzen Flascherl. Und gerissen, wie die Brüder waren, gingen sie mit dem Rätsel auf Tournee und wetteten blindlings nach allen Seiten und gewannen von hundert Wetten neunzig, wenn sie nicht aufschnitten, als sie es berichteten. –

In diese ruhige Zeit hinein fiel auch die Sache mit dem Geschützführer Obergefreiten Kammerer. Der Mann war große Klasse am Geschütz, er war ein Kerl aus Eisen und ohne Nerven, wortkarg, still, ein großartiger Unterführer. Er hatte schon mehrere Jahre Dienstzeit hinter sich, und eines Morgens fragte der Kompaniechef den Spieß, warum Kammerer nicht schon längst Unteroffizier sei. „Kammerer war Unteroffizier", antwortete der Spieß, „aber da hat mal eine Rotte Korah gesoffen, der Kammerer war dabei, es gab Krach, und im Suff hat er einem Feldwebel eine geklebt, daraufhin haben sie ihn degradiert. Zum Obergefreiten hat er es ja wieder gebracht, hat sich tadellos seither gehalten."

Mensch, dachte ich, wie oft war ich selber nahe daran gewesen, einem Feldwebel eine zu kleben, und es war reinster Zufall, daß es nicht geschah. Dasselbe mochte Oberleutnant Schleiermacher gedacht haben, denn er sagte: „Eine ganz unverständlich harte Strafe, der Mann wird wieder Unteroffizier." Acht Tage später war er es. Und auch das sprach sich herum.

Der Oberleutnant hatte eine prima Stellung bei seinen Männern. Er besaß die sehr seltene Gabe, weich und hart zur rechten Zeit, am rechten Ort und bei den richtigen Menschen zu sein, und das kann man, glaube ich, niemals lernen.

Wir hatten es in diesen Tagen geradezu gemütlich. Nur dann und wann gab es Artilleriefeuer, oder nachts schwebte in der Ferne eine russische Leuchtkugel am Himmel.

Trotzdem witterten wir Unheil. Dieser russische Feldzug hatte eine Million Haken. An keiner Kante stimmte es. Immer lag etwas in der Luft, was ganz enorm bedrückte. Das war nicht etwa die Besorgnis vor einem Angriff der Russen, Angriffe gehörten zum Soldatengeschäft. Nein, es war etwas anderes, etwas Dumpferes, eine Art Alptraum, so als ob nicht nur von den Russen eine Gefahr drohte, sondern vom Schicksal überhaupt her.

Wie soll man das erklären?

In den Abendstunden des 21. Oktober wurden wir abgelöst und kamen als Reserve unseres Armeekorps nach rückwärts. Der motorisierte Nachtmarsch mit unseren vielen völlig abgeblendeten Fahrzeugen war mühselig. Und auch ein bißchen unheimlich. Das unaufhörliche Dröhnen der Motoren, die im kalten Sternenschimmer manchmal aufblitzenden Stahlhelme, die zahllosen Geräusche überall um uns her, vor uns, hinter uns, seitwärts, die endlose Rollbahn in diesem ungeheuren Land, da war man froh, neben jemand zu sitzen. Ich hockte mit dem Oberleutnant im vordersten Fahrzeug, und die Augen tränten uns vor Anstrengung aufzupassen, daß wir uns nicht verfuhren. Manchmal zersplitterten Abschüsse unserer Artillerie aus nächster Nähe mit rotblaugelben Flammen die Finsternis. Manchmal hielt die Kolonne mit einem Ruck an, wenn es vorne eine Stockung gab. Dann wurden wir wieder von anderen Kolonnen überholt, oder es kamen uns Kolonnen entgegen. Auch das wohlbekannte nächtliche Flugzeug der Russen, der langsame Doppeldecker, Nebelkrähe genannt, mit seinem merkwürdigen Scheppern, schwebte als dunkler Schatten wie über allen Straßen und Wegen so hier über uns, und wir lauschten. Über kurz oder lang pflegte es dann irgendwo zu blitzen und zu bersten. Die russischen Bombenflugzeuge, die in der Nacht über allen Rollbahnen unterwegs waren, fanden immer ihre Opfer. In einem Drecknest, in der Nähe von Dubrowno, zogen wir für die Nacht unter. Am anderen Mittag ging der Marsch weiter. Und in der folgenden Nacht, in einem langgezogenen Bauernort, erfuhren wir, daß der Russe an der Autobahn Smolensk–Orscha zu einem großen Angriff angetreten war.

Unsere Witterung!

Es wurde eine unruhige Nacht für mich. Oberleutnant Schleiermacher war spät eingeschlafen, und ich versuchte vergeblich, es nachzumachen, aber immer wieder glaubte ich in der Ferne das Knattern des Motorrads zu hören, das uns alarmieren sollte.

Ich machte mich damit so lange närrisch, bis ich wirklich ein Motorrad hörte und es keine Einbildung mehr war.

Der Melder brachte den Befehl, sofort aufzubrechen, an die Kampffront zu fahren und dort der Division zur Verfügung zu stehen, die an der Autobahn einen Panzerangriff, wahrscheinlich beim Morgengrauen, erwartete.

Als die Kompanie alarmiert wurde, kam es mir vor, als habe keiner der Männer geschlafen, denn mit unwahrscheinlicher Schnelligkeit stand alles zur Anfahrt auf der Straße bereit.

Durch den nächtlichen Nebel rollten wir auf den Feuerofen zu. Vorne an der Rollbahn loderte das russische Trommelfeuer, und je näher wir kamen, um so lauter brüllte die ganze Landschaft. In der Nähe des Friedhofes bei dem Dorf Brjuchowzy blieben die Züge in Bereitschaft.

Als das Morgengrauen kam, wurde das Trommelfeuer zum Orkan. Wir starrten schweigend in die Feuerwand. Das hatten wir noch nicht erlebt. Wo blieb unsere Artillerie? Nur das wohltuende, häßliche Fauchen unserer Himmelhunde, der Nebelwerfergeschosse, hetzte mit seinem Geheul hinüber zum Iwan und gab uns wenigstens ein bißchen das Gefühl, nicht ganz und gar der Dumme zu sein.

Sehr mulmig wurde es, als die russischen Schlachtflieger wie die Hornissen über uns kamen. Ihre Bomben warfen turmhohe Dreckfontänen um uns auf, und die Bordkanonen ließen feurige Blitze auf uns heruntertanzen. Ich sah mehr als einen Mann unter uns nervös eine Zigarette nach der andern rauchen und immer wieder am Kinnriemen des Stahlhelms nesteln. Ich selber machte es nicht anders.

Das war wieder einmal eine jener Situationen, in der jeder völlig allein war mit sich und jeder Versuch zu sprechen sinnlos blieb.

So war ich froh, als Oberleutnant Schleiermacher winkte. Wir fuhren zum Divisionsgefechtsstand. Hier wußte noch kein Mensch, was los war. Klar war nur, daß der Russe den Durchbruch versuchte, unklar blieb bis jetzt, wo und ob er eingebrochen war.

Wir sollten zur Vorsicht einige Alarmstellungen für unsere

Pakgeschütze rechts und links der Rollbahn erkunden. Das war rasch geschehen.

Endlich erfuhren war, was bisher vorne gespielt worden war. Der russische Einbruch war fehlgeschlagen. Unsere Infanterie hatte sich prachtvoll gehalten. Die ersten russischen Panzer waren von den Pakgeschützen der beiden Infanterieregimenter abgeschossen worden.

Wo aber die Masse der T 34 auftauchen würde, das wußte niemand, und diese Masse war noch nicht eingesetzt.

Wir verbrachten den Tag mitten im Fegefeuer.

Man brauchte uns nicht.

Wunderlicherweise vergingen die nächsten Tage genauso. Rings um uns tobte die Schlacht, aber man brauchte uns nicht. Und wenn ich den dürren Satz hinschreibe „rings um uns tobte die Schlacht", so hat es dieser Satz in sich.

Er hat etwa das in sich, daß ohne Aufhören riesenhafte Fensterscheiben auf deinem Stahlhelm in Splitter geschlagen werden, daß du wie ein Tier versuchst, dich zu verkriechen und dich doch nicht verkriechst, daß Feuerfetzen um dich wirbeln, Erdklumpen um dich prasseln ... was sind Worte. Sie kamen nicht durch.

Wir fuhren, taub auf beiden Ohren und leergebrannt, weg aus dieser Szenerie und wurden beim Rest der Division in der vordersten Linie als Panzerschutz für die Infanterie eingesetzt.

Das heißt, Oberleutnant Schleiermacher machte das so im rechten Abschnitt. Es bestand der strenge Befehl, Pakgeschütze nicht mehr in der Hauptkampflinie einzubauen. Zu viele Geschütze waren schon im Nahkampf verlorengegangen, noch bevor sie den angreifenden Panzern die Zähne zeigen konnten. Ich hörte, wie der Bataillonskommandeur und der Kompaniechef der Infanterie, mit denen wir es hier zu tun hatten, den Oberleutnant geradezu anflehten, seine Pak hier so aufzustellen, daß die russischen Panzer noch vor der Hauptkampflinie abgeschossen werden konnten. Ich betrachtete mir die beiden Männer, die blaß, erschöpft und von den wilden Kämpfen der vergangenen Tage ziemlich mitgenommen, auf den jungen Kompanieführer der Panzerjäger einredeten.

„Na schön", sagte dieser schließlich. „Wie man's macht, ist's ohnehin falsch." Und so baute er vorne im Graben zwei 5-cm-Pakgeschütze ein, und die braven Infanteristen sahen begeistert zu.

Und er machte es raffiniert. Er war eben doch ein alter

Krieger, ein erfahrenes Frontschwein, und er war in Karelien gewesen, was man nicht vergessen darf.

Es mußte unter allen Umständen verhindert werden, daß die Geschütze schon vor dem Angriff zusammengehauen wurden. Deshalb ließ er hinter der Geschützstellung eine Art Garage bauen, das Dach mit Balken und Erde bedecken und damit gegen Granatwerfer sichermachen.

Und erst beim Angriff der Panzer sollte jedes Geschütz von den Männern herangerollt werden.

Wir übten das.

„Es geht um Sekunden!" sagte der Oberleutnant immer wieder, „um Sekunden, meine verehrten Herren! Was wir hier machen, ist gegen den Befehl und auch gegen jede militärische Vorschrift. Wenn es also nicht klappen sollte, sitze ich im Eimer, ihr nicht, weil ich als euer Vorgesetzter es euch befohlen habe. Ihr habt mich also in der Hand. Sekunden! Sekunden!"

Und es war tatsächlich so, daß der Oberleutnant sozusagen an einem Faden hing. Ging's schief, würde jeder, aber jeder Panzerjägersachverständige sagen: „Klarer Fall. Es mußte so kommen. War vorauszusehen! Mußte schiefgehen!"

Dafür schwor der Infanterieleutnant einen heiligen Eid: „Wir lassen euch nicht im Stich! Wenn's soweit kommen sollte, wir stehen zwischen euch!"

Oberleutnant Schleiermacher baute also entgegen jedem Befehl und trotz eines ausdrücklichen Verbots Pakgeschütze in der vordersten Infanteriestellung ein und verließ sich mit geschlossenen Augen auf die unerschütterliche Zähigkeit dieser Infanterie.

Was mich betraf, so wußte ich natürlich über die großen strategischen Schachzüge unserer genialen Führung keinen Bescheid, aber manchmal steckten einige Leutnants die Köpfe zusammen, und da hörte ich einiges, wenn es auch nicht gerade die genialen Pläne unserer Führung waren. Und ich dachte, daß vielleicht manche erstklassige Sauerei nicht passiert wäre, wenn außer den Leutnants auch manchmal höhere Tiere entgegen dem Befehl gehandelt hätten. Siehe Karelien. Wir sahen uns übrigens die Heinis, denen wir unsere Geschütze anvertrauten, genau an. Wir sahen dabei nicht auf die Orden, sondern schnupperten lediglich. Die Qualität einer Truppe riecht der Landser sofort. Und diese Infanteristen hier rochen ganz ausgezeichnet, auch wenn der fahle Gestank der Gräben und Bunker und der schäbigen Uniformen über ihnen lag. Die ganze Stellung gefiel uns.

Den Selbstfahrlafettenzug hatte der Oberleutnant am hinteren Wald eingegraben. Der wilde Recke Klingler mit seinen beiden 8,8-cm-Flakgeschützen lag wenige hundert Meter hinter der Stellung, und zwar zum Erdbeschuß. Würde also einigen Panzern doch ein Durchbruch gelingen, waren sie verloren, bevor sie im Hauptkampffeld Unheil anrichten konnten. Sämtliche Geschütze überschnitten sich mehrfach in ihrem Schußfeld, so daß eines dem andern helfen konnte, wenn Not am Mann war.

Nach unseren Begriffen war alles vorzüglich, mit Ausnahme eines dämlichen Geländestreifens von etwa hundert Metern hinüber zum Wäldchen, den der Iwan einsehen und also beschießen konnte. Es machte uns wenig Kopfzerbrechen. Unsere Fahrer waren für Nervenzusammenbrüche völlig unzugänglich und jagten, ihre Nasen auf der Lenkstange oder auf dem Steuer, wie die Teufel durch die riskante Strecke, und die Insassen hatten weiter nichts zu tun, als sich irgendwo anzuklammern und ein Vaterunser zu beten.

In einer Waldnische berichtete Oberleutnant Schleiermacher dem Divisionsstab von den Feuerstellungen. Alles gut und schön, aber mit den beiden Pakgeschützen am Waldrand mitten in der Infanterie war niemand einverstanden. Ein Panzerjägerhauptmann sollte die Sache prüfen. Er prüfte sie, fand alles sehr niedlich, aber die zwei Geschütze in der Infanteriestellung stießen ihm auf. „Mensch, Mann, Schleiermacher", sagte er. „Ich bin kein geborener Meckerer. An sich stehen Ihre Dinger prima. Und die Infanterie hat Panzersicherheit, klar. Aber die beiden Geschütze stehen doch zu sehr an der Bühnenrampe und können Ihnen ins Orchester kippen. Aber bitte sehr, auf Ihre Kappe." Es war die Ansprache eines vernünftigen Mannes.

Der Russe verhielt sich im ganzen ruhig, obwohl wir mit unseren Vorbereitungen in der Nacht ziemlich Lärm machen mußten. Dann und wann kitzelte er uns, nicht der Lärm, sondern der Iwan, mit einigen nervösen und mißtrauischen Leuchtraketen.

So fuhren der Oberleutnant und ich, als bis ins kleinste alles in Ordnung war, im Morgengrauen eines Tages zufrieden, dreckig und hundemüde zu unserem Gefechtsstand zurück, der inzwischen vom Kompanietrupp eingerichtet worden war. Er konnte sich sehen lassen. Zwei Schlafpritschen. Ein Tisch. Holzverschalte Wände. Ein kleines Bücherregal, darauf ich des Oberleutnants „Bibliothek" verstaute, deren Mitleser ich war. Neben einigen Reclamheftchen war das Glanzstück oder vielmehr mein Glanzstück, das ich wieder und wieder las und von dem ich nicht loskam, das Buch von Otto Braun aus den Jahren des ersten Weltkrieges. Dieser blutjunge Kerl, der Enkel eines Generals und der Sohn einer Mutter, die fanatische Sozialistin war, dieser Jüngling war mir immer unheimlich. Er war damals begeisterter Kriegsfreiwilliger, wurde zunächst im Hinblick auf seine Mutter ziemlich saumäßig behandelt, dann aber im Hinblick auf seinen Großvater schließlich zu einem anderen Truppenteil versetzt und fiel als Leutnant. Der Junge war richtig. Außerdem sperrte ich Maul und Nase auf, wenn ich las, was der alles wußte, kannte und verstand und kapierte und konnte und leistete.

Als ich das Buch zum erstenmal gelesen hatte, wußte ich genau, was man etwa unter einem „hochgebildeten Menschen" verstand. Aber in einem gewissen Sinne machte mich dieser Otto Braun traurig. Und zwar in bezug auf mich. Ich dachte manchmal, wieviel in meinem Leben mir einfach nicht gegeben worden war. Ich hatte doch eine ganze Menge versäumt, was nicht mehr nachzuholen war. Sprachen sprechen können. In der Weltgeschichte gut Bescheid wissen. Die großen Männer und Frauen in der vergangenen Zeit kennen. Über fremde Länder und Völker unterrichtet sein. Dieser junge Kerl da, in dem steckte eine ganze Universität, bevor er überhaupt mündig war.

Als ich mit Oberleutnant Schleiermacher zufällig mal darüber sprach, sah er mich verblüfft an. „So", sagte er nachdenklich, „der Otto Braun gefällt dir? Mir auch. Man darf nur nicht zuviel darüber nachdenken, sonst haut es einen hin. Erstens haut es einen hin, weil ein Mensch mit solchen erstklassigen Qualitäten fallen mußte, wo er doch für eine Wirkung im Frieden sozusagen von Gott bestimmt war, wenn es einen Gott gibt. Und zweitens haut es einen hin, weil man auf einmal weiß, wie rückständig man selber ist, und drittens haut es einen hin, wenn man überlegt, daß wieder Krieg ist und wieder die jungen Generationen gemäht werden wie das Gras auf dem Felde..."

Ich starrte Schleiermacher sprachlos an, denn ich hatte ihn noch niemals so sprechen hören, und außerdem dachte er an dasselbe, was auch mich so traurig gemacht hatte, nämlich das Versäumnis, das nicht wiedergutgemacht werden konnte, niemals mehr.

Wie das Gras auf dem Felde, wahrhaftig, wer weiß, ob ich morgen noch lebte. Und dann sagte Schleiermacher: „So, so, das Buch hat dich hingehauen. Du glaubst wohl, du hättest das alles auch haben können, was da in dem Buch steht, wie? Das hättest du nicht haben können, Erasmus. Wir sind nämlich keine Otto Brauns, du nicht und ich nicht. Der Junge war ein Genie. Verstehst du, Mensch? Ein Liebling der Götter, Mensch! Hol mal die Flasche."

Das, was Oberleutnant Schleiermacher gesagt hatte, tröstete mich, und ich vergaß dann alle Traurigkeit.

Also der Kompaniegefechtsstand.

Der großartige Norwegerschlafsack vom Chef. Das Radio. In eine leere Kartuschenhülse hatten die Melder sogar grüne Tannenzweige gestellt. Aber dann gab es einen Krach.

Unteroffizier Merle hatte einige Fotos von nackten Mädchen gestiftet und sie persönlich an die Bretterwände geheftet und so verteilt, daß man, wo man auch stehen, sitzen oder liegen mußte, immer eines oder das andere sah.

„Runter mit den Bildern", sagte der Chef grimmig.

„Aber, Herr Oberleutnant", antwortete Unteroffizier Merle entrüstet, „das sind doch Kunstfotos! Das sind doch keine unsittlichen Bilder!"

„Wer hat denn eine Silbe von Unsittlichkeit gesagt!" fuhr ihn der Chef wütend an. „Und was heißt Kunstfotos! Runter mit den Fetzen! Oder halten Sie mich für eine Figur aus dem Panoptikum? Oder glauben Sie, ich bin aus Stein und Marmor? Mein lieber Mann, wenn Sie ruhig schlafen können und haben vor der Nase überall Bilder von nackten Schönheiten, dann ist das Ihre Sache, dann sind Sie wahrscheinlich impotent oder haben noch Stimmbruch, verstehen Sie?"

Unteroffizier Merle stand einige Sekunden zwischen dem ganzen Kompanietrupp mit offenen Mäulern, und dann verstand er. „Ach so", sagte er, „jawohl, Herr Oberleutnant, man kann's auch so sehen."

„Ich sehe es so", sagte Schleiermacher und sah zu, wie die Fotos sorgfältig entfernt wurden.

Also weiter im Unterstand. Ein kleiner Ofen bullerte. Eine sehr hell brennende elektrische Lampe stand da, gespeist von einer Autobatterie. Tadellose telefonische Verbindung zu den einzelnen Zügen. Außerdem hatten wir einen Funktrupp, der notfalls Verbindung mit der Division aufnehmen konnte.

Einweihungsmenü: geröstete Brote mit Tubenkäse, Büchsenfleisch, Ölsardinen, Bohnenkaffee, Zigarren, Zigaretten, Likör, Kognak.

Oberleutnant Schleiermacher saß mit hochgezogenen Brauen vor diesem Paradefrühstück, und einer der Melder sagte hastig: „Herr Oberleutnant, das alles ist von dorther, wo's keinem weh tut, wenn's nicht mehr da ist."

Nach dieser geheimnisvollen Aufklärung frühstückten wir. Und als sich kurz darauf der Spieß mit einer merkwürdigen Sache melden ließ, war der Chef trotz der durchwachten Nacht groß in Form. Der Spieß hatte am Tage zuvor den Befehl bekommen, in einem Walde, zwanzig Kilometer hinter der Front, Bäume zu fällen, um unsere Unterstände zu stützen. Ein Etappenhauptmann untersagte es ihm, der Spieß hatte den Gehorsam verweigert, und der Hauptmann hatte ihm mit Meldung und Bestrafung gedroht. Oberleutnant Schleiermacher hörte sich das an, sagte kein Wort und ließ sich mit der Division verbinden. Er meldete den Etappenhengst (wörtlich) „wegen Sabotage der schwerringenden Fronttruppe zur Bestrafung, Schriftsatz folgt." –

Der Russe verhielt sich ruhig.

An einem Abend Anfang November, der wilde Recke Klingler war zu Besuch bei uns, hörten wir die Führerrede. Der Kompanietrupp und der Spieß waren anwesend. Und in dieser Rede fielen die zentnerschweren Worte: „Sollte das deutsche Volk an der Prüfung dieses Krieges zerbrechen, so weine ich ihm keine Träne nach."

Das traf jeden von uns bis ins Mark. Keiner sprach nachher. Auch der Flakberserker starrte schweigend vor sich hin. Und schweigend verschwand der Spieß mit dem Kompanietrupp.

Zum erstenmal erhob sich in der Stille der unendlichen russischen Landschaft greifbar nahe und nackt wie ein grinsendes Totengerippe die Tragödie unseres Volkes vor uns.

Und auch unsere eigene Tragödie, die Tragödie des geduldigen, zähen, willigen Landsers.

Nach einer Weile erst sagte Oberleutnant Schleiermacher, auf den rotglühenden Ofen starrend: „Das also ist die Antwort." Ja, das war die Antwort, und ich wußte, was Schleiermacher damit meinte. Es war die bösartige und niederträchtige Antwort auf alles Gute im deutschen Volk, es war, auf einmal sichtbar und ausgesprochen, die Vermessenheit, sich selber mit diesem ganzen Volk zu verknüpfen, so daß die unerhörten Fehler und Mißgriffe dieses alleinigen Oberbefehlshabers als die Fehler und Mißgriffe des ganzen Volkes erschienen. Eine Unverschämtheit.

Aber der Landser war nicht mehr ganz ahnungslos.

Millionen kämpfender Söhne des Volkes hatten heute abend diesen verbrecherischen Satz mitangehört, der dann aus der Veröffentlichung gestrichen wurde, weil schließlich das schlechte Gewissen dieses Mannes und seiner Kumpane in diesem Falle doch größer schien als seine Niedertracht.

Und zum erstenmal, an diesem Abend, fiel eine furchtbare Angst über mich her, deren ich nicht Herr werden konnte. Ich schlich mich aus dem Unterstand, in dem die beiden Offiziere stumm versunken verharrten, und ging draußen unter dem glitzernden Sternenhimmel auf und ab.

Es war beinahe über Menschenkraft, mit sich wieder ins reine zu kommen. Und „mit sich wieder ins reine kommen" hieß nichts anderes, als in Gottes Namen wie bisher ein anständiger Soldat zu bleiben und ein guter Kamerad. Alles andere zu überlegen, war Wahnsinn für unsereinen. Der Landser konnte nur die Zähne aufeinanderbeißen, weiter nichts.

Als ich in den Unterstand zurückkam, hatten Schleiermacher und Klingler Brüderschaft getrunken. Sie redeten kaum etwas.

Plötzlich schlug der Flakführer auf den Tisch, daß Gläser und Flaschen hochtanzten. Und dann verschwand er mit einem mürrischen „Alsdann" in der Nacht. (Er fiel ein Jahr später im Nahkampf, und er wurde von Leuten, die zurückkamen, zum letztenmal gesehen, wie er inmitten einer Traube von Russen, die an ihm hingen, unterging.) –

Allmählich wurde die Ruhe vor unserer Front unheimlich. Aber nicht etwa rätselhaft. Diese unheimliche Ruhe bedeutete immer das gleiche: Der Russe holte zu einem Gegenangriff aus.

So war es.

Die Division hielt eine Kommandeurbesprechung ab. Die Tür des überfüllten Bunkers, in dem diese Besprechung stattfand, war nur angelehnt, und so hörte ich mit einigen anderen Männern, was da drin gesagt wurde. Und wir hörten auch die mörderische Szene, die es dann gab. Eine heisere Stimme las einen Befehl vor.

„Auf Befehl der höheren Führung darf kein Fußbreit Boden mehr aufgegeben werden. Die höhere Führung bemängelt die Standfestigkeit der Infanterie und ihrer Truppenoffiziere, die in letzter Zeit nachzulassen beginnt. Hier ist rücksichtslos Abhilfe zu schaffen."

Wir erstarrten.

Drinnen war tiefes Schweigen.

Die heisere Stimme fuhr fort: „Deshalb wird..."

Der Satz ging nicht weiter, denn nun hörten wir einen Donnerschlag; es hatte jemand mit der Faust auf den Tisch geschlagen, und diesen Schlag kannte ich, und deshalb wunderte ich mich nicht, als die gellende Stimme von Leutnant Klingler wie ein Säbelhieb durch die Stille schnitt.

„Gehorsamsten Dank!" brüllte er. „Das ist mir zuviel! Ich verbitte mir das im Namen aller Grabenoffiziere und unserer

Männer! Wir halten seit Monaten und Wochen unerschütterlich vorne stand! Ich spreche den Herren da oben glatt, aber glatt das Recht ab, sich über unsere Haltung vorne an der Front in dieser Weise zu äußern! Ich spreche ihnen glatt, aber glatt das Recht ab, über uns solche Urteile zu fällen! Nein, ich rede weiter, Herr Oberstleutnant! Wenn sich diese Herren ein gerechtes Urteil über unsere Standfestigkeit bilden wollen, dann ersuchen wir sie, einmal zu uns nach vorne zu kommen, und zwar dann, wenn die Scheiße losgeht! Es sind immer dieselben braven Landser mit immer denselben niederen Offiziersdienstgraden, die vorne den Kopf hinhalten. Nein, Herr Oberstleutnant, ich rede immer noch weiter! Vorne bluten wir langsam, aber sicher aus. Und anstatt uns zuzumuten, solche zum Kotzen jämmerlichen Phrasen anhören zu müssen, wäre es für die Front besser, hinten einmal auszumisten und mit den Haufen von Etappenhengsten unsere schwachbesetzten Gräben aufzufüllen. Ich bin zu Ende, Herr Oberstleutnant!"

Donner und Doria!

Im Unterstand drinnen war es mäuschenstill. Wir draußen standen immer noch zu Stein erstarrt. Und jetzt erst fiel mir auf, daß der wilde Recke Klingler auf einmal ein völlig akzentloses Hochdeutsch gesprochen hatte, mit keinem Hauch seines heimatlichen Dialekts. Und gleichzeitig fiel mir in dem Durcheinander von Gedanken, die mich in diesem Augenblick bewegten, die Berechtigung jener Redensart ein: „Ich werde mal mit Ihnen Hochdeutsch sprechen!"

Der Flakführer war bei sämtlichen Kommandeuren hochangesehen und äußerst beliebt trotz gelegentlicher Unverschämtheiten, die er sich nach oben hin leistete. Dies aber soeben war keine Unverschämtheit mehr, das war Meuterei. Ich dachte fieberhaft: Hoffentlich erinnern sich die hohen Herren da drinnen daran, daß, wo der Leutnant Klingler mit seinen beiden 8,8 stand, noch niemals der Russe durchgekommen war. Hoffentlich erinnerten sie sich, daß dieser Berserker der Held unzähliger Legenden in der Division war, die nicht einmal Legenden, sondern Wahrheit und Wirklichkeit waren, wenn er so oft schon im direkten Beschuß in die Russenknäuel aus nächster Nähe unerschütterlich hineingehalten hatte. Wenn jemand von Standfestigkeit sprechen konnte, so war es dieser Mann.

Und nun vernahmen wir die ruhige Stimme des Divisionskommandeurs: „Lieber Klingler, wir haben Sie zu Ende sprechen lassen, das heißt, wir haben Sie zu Ende brüllen lassen, bitte beruhigen Sie sich nun. Solche Befehle müssen vorgelesen werden, wir können sie nicht im Beichtstuhl zuflüstern lassen.

Sie betreffen also auch nicht jeden blindlings, der sie hören muß. Und sie betreffen schon gar nicht uns und am allerwenigsten Sie, und ich hoffe, Sie halten mich für kein Kindermädchen, das Ihnen gut zureden möchte. Es gibt außer uns noch andere Einheiten, Herr Klingler, und vielleicht gibt es welche, auf die dieser Befehl zutrifft, ich persönlich kenne allerdings keine. Es kann sein, daß in dieser ausgelaugten, riesigen Ostfront da oder dort in den endlosen Kämpfen und beim schwächeren Ersatz mal was vorkommen kann. Oder vorgekommen ist. Bei uns nicht."

Ich konnte mir Leutnant Klinglers Gesicht in diesem Moment genau vorstellen. Sobald man in völliger Ruhe mit ihm umging, verpufften seine Explosionen von selber, und sofort, und besonders, wenn jemand ihm mit einem Schuß Witz kam, war die Lage immer gerettet.

Doch war es eine Detonation größten Stils gewesen. Und sie hätte, bei einem anderen Brigadekommandeur, auch ziemlich schief ausgehen können.

Wir waren also bereit.

Oberleutnant Schleiermacher besuchte die Nachbartruppen, und was wir sahen, beruhigte uns noch mehr. Tadellose Stellungen. Ordentliche Männer überall. Am nächsten Vormittag erlebten wir die Geschichte mit dem Obergefreiten Rottmann, die uns viel zu denken gab. Der Obergefreite meldete sich bei Schleiermacher aus seinem Urlaub zurück. Wir hatten ihn bisher nicht gekannt. Der Mann hatte merkwürdig unruhige, flackernde Augen. Und auf einmal, ich weiß nicht warum, wurde auch ich unruhig und nervös. Und zu meinem Erstaunen schien es Oberleutnant Schleiermacher so ähnlich zu gehen. Er zögerte sichtlich, den Mann zu seinem Geschütz nach vorne zu entlassen und stellte einige Fragen, wie er den Urlaub verbracht habe. Und dann sagte er plötzlich langsam: „Rottmann, Sie könnten heute noch hierbleiben und bei uns im Unterstand übernachten und morgen früh nach vorne gehen." In den Augen des Mannes flackerte es auf, er schluckte, dann riß er sich zusammen und antwortete: „Ich möchte doch lieber gleich nach vorne, Herr Oberleutnant. Ich kann dann auch das Essen mit zum Geschütz tragen." Der Chef schwieg unschlüssig, sah mich an, mir war auf einmal ganz schwer zumute. Dann sagte der Chef mit einem widerwilligen Unterton: „Wie Sie wollen."

Der Obergefreite ging, und Schleiermacher wanderte in dem kleinen Raum hin und her. Ich wollte etwas sagen, wußte aber eigentlich nicht, was, und so hielt ich den Mund. Plötzlich ging der Chef zum Feldtelefon, ließ sich mit dem Zugführer Pierer verbinden und gab ihm den Befehl, den Obergefreiten Rottmann tagsüber und auch die Nacht über bei sich im Unterstand zu behalten. Eine Begründung für diesen Befehl gab er nicht. Dann setzte er sich an den Tisch und sah vor sich hin. Ich selber lehnte in einer ganz eigentümlichen Stimmung an der Wand und wehrte mich innerlich gegen eine Niedergeschlagenheit sondergleichen. So verharrten wir, ohne daß ein Wort zwischen uns fiel und ohne daß uns jemand störte, was sonst sehr selten der Fall war, ungefähr eine halbe Stunde regungslos. Es war furchtbar. Irgend etwas Unbegreifliches lag in der Luft, und ich bekam richtiges Asthma. Und wir fuhren beide heftig zusammen, als das Telefon klingelte, ich sauste hin, aber Oberleutnant Schleiermacher sprang auf und riß mir den Hörer aus der Hand. Ich hörte die quäkende Stimme. Der Chef erwiderte kein Wort, legte dann den Hörer auf, und sein Gesicht war totenblaß, als er sich zu mir wandte.

„Sie bringen ihn", sagte er, und ich wußte sofort, was geschehen war. Um es gleich zu sagen: Der Obergefreite Rottmann hatte sich beim Zugführer Pierer gar nicht gemeldet, sondern war sofort nach vorne gefahren und bei seinem Geschütz schwer verwundet worden, als ein Granatwerferüberfall auf die Stellung einsetzte. Ich sah ihn, als er ankam. Wächsern das Gesicht. Der Sanitäter berichtete, daß der ganze Unterleib aufgerissen sei. Rottmann starb auf dem Transport zum Feldlazarett.

Über diesen Vorfall haben Oberleutnant Schleiermacher und ich uns niemals unterhalten. Wir hatten etwas erlebt, was jenseits menschlicher Erkenntnis liegt. Der Obergefreite Rottmann hatte gewußt, daß er sterben mußte. Und Oberleutnant Schleiermacher und ich hatten es gleichzeitig mit ihm gewußt, unrettbar und hoffnungslos gewußt. Der Chef hatte versucht, dieses Schicksal abzuwenden, und es war nicht gelungen, und also vermochte man sein Schicksal niemals abzuwenden.

Welch ein Leben, dachte ich verzweifelt, und die Worte des Chefs dröhnten mir in den Ohren: „ ... von der Sense geschnitten wahllos wie das Gras auf dem Felde."

Und immer noch war Ruhe vor der Front. Wir hatten jetzt Mitte November. Der Chef hatte genau festgelegt, was wir vom Kompanietrupp bei einem russischen Angriff zu tun hätten. Ein Angelpunkt in seinen Überlegungen waren immer wieder die beiden bei der Infanterie eingebauten Geschütze. Bei den geringsten Zeichen, daß es losging, würden wir mit einem Melder blitzschnell dorthin rasen. Der Chef war nicht davon abzubringen, daß hier, genau an dieser Stelle, der Russe einen

Einbruch versuchen würde. In der Nacht zum 15. November hatte uns wieder einmal die heilige Unruhe, und zwar machte sie den ganzen Kompaniestab verrückt. Der Chef schlief nicht, sondern kam immer wieder aus seinem Bunker heraufgeklettert und schnupperte in die Nacht hinaus. Auch ich schlief nicht, es saß mir wie Ameisen in allen Knochen. Ich stand bei den Meldern, die auch nicht daran dachten zu schlafen, und sich neben ihren Krad-Erdnischen leise unterhielten.

Dann blickten wir wieder hinüber zur russischen Stellung, wo dann und wann, übrigens wie in jeder Nacht, Leuchtkugeln aufstiegen. Und dann hörten wir es. Und das war bisher noch nicht in diesem Umfang nachts zu hören gewesen. Wir hörten hinter der russischen Front unaufhörliches Motorenbrummen. Ab und zu rasselte rechts weit weg ein russisches MG. Auch manchmal die einzelnen Abschüsse von Granatwerfern. Nichts Besonderes also, nichts Auffälliges im großen und ganzen. Auch bei uns stiegen Leuchtkugeln hoch, MG rasselten bisweilen, wie in jeder Nacht.

„Paßt mir gut in der Dämmerung auf", sagte plötzlich Oberleutnant Schleiermacher hinter uns. Und kletterte wieder in seinen Bunker zurück. Wir blieben draußen.

Vier Uhr früh.

Nichts.

Die Dämmerung kam, und es wurde Tag. Der Chef und ich frühstückten wie immer zusammen. Als Oberleutnant Schleiermacher sich die erste Zigarette nach dem Frühstück ansteckte, zerbrach mit einem ungeheuren Donnerschlag die ganze Erde.

Wie von einer Geisterfaust geschleudert, flog die Bunkertür auf, und ein scharfer Luftdruck warf uns beinahe an die Wand. Es war soweit.

Das Trommelfeuer der Russen tobte über der Front, und es hatte zu einer ganz ungewöhnlichen Zeit eingesetzt. Alle Unruhe war vorüber. Schon in der ersten Sekunde, beim ersten Donnerschlag, war ich an das Feldtelefon gestürzt, um den Chef mit unseren Zügen und mit vorne zu verbinden. Der Apparat war verstummt, gleich der erste Hieb hatte sämtliche Leitungen zerrissen. Es regte uns nicht auf, wir waren darauf vorbereitet gewesen. Den Unterstand jetzt zu verlassen, war unmöglich.

So brüllte ich aufs Geratewohl hinaus, niemand solle sich rühren, bis die erste Feuerwelle vorüber sei.

Was ich bei diesem schnellen Rundblick draußen erblickte, war kein Land mehr, sondern ein von wilden Stürmen zerrissenes und wogendes Meer mit aufgestoßenen Erdwellen, aufgeschleuderten Fontänen und Hügeln, die sich donnernd hin und her bewegten.

Unser Bunker schaukelte. Dreck fiel von der Decke. Nichts Neues für uns. Alles schon dagewesen. Manchmal schrien der Chef und ich uns irgend etwas zu.

Bisweilen brüllte aus dem Gewitter der Front ganz nahe ein grelles Bersten, unser Ofen fiel um, Flaschen tanzten, Bücher rutschten herunter. Bis jetzt immer noch: Ben Akiba.

Anderthalb Stunden standen wir so, dann ließ das Feuer nach. Gleichzeitig rannten wir zur Treppe und riskierten einige Blicke nach draußen. Das ganze Gelände stank intensiv nach Pulver.

„Los!" schrie der Chef, und wir rannten auf unser Beiwagenkrad zu. Es war mit Dreck verschüttet. Unser Fahrer tauchte wie von ungefähr aus den Wolken, dem Rauch und den hochfahrenden Erdhaufen auf, half uns, das Krad aus seiner Nische zu schieben, und trat in aller Ruhe den Starter. Das Luder sprang nicht an, und gleichzeitig schoß ein Feuerkeil in unserer Nähe aus dem Boden. Dann lief der Motor, der Fahrer im Sattel, ich auf den Notsitz, der Chef in den Beiwagen.

So schwankten wir mit schlagenden Pulsen in die Wand aus Blitz und Donner, die vor uns bis in den Himmel zu ragen schien.

Was uns hinter dieser Wand aus Flammen, Rauch und tanzenden Fontänen aus Erde erwartete, konnten wir uns am kleinen Finger abzählen. Eine in Klump gehauene Stellung bei der Infanterie, unsere in Klump gehauene Geschützstellung, und wen wir noch mit ganzen Knochen an Landsern vorfinden würden, war wohl auch am kleinen Finger abzuzählen. An uns selber, die wir da zu dreien an frischen Erdtrichtern vorbei, quer über Äcker, durch Waldstücke, in denen uns armdicke Äste entgegenwirbelten, auf einem Krad schaukelten, an uns selber zu denken, hatten wir keine Zeit. Mit Vollgas stürzte sich der Fahrer, Druschke hieß er und war Berliner, mit uns in dieses tödliche Feuerwerk. Von Fahren konnte man nicht mehr sprechen, es war ein Ritt wie auf einem durchgehenden Gaul.

Beinahe hätte ich gesagt: es lebe unseres Oberleutnants feine Schlachtennase, denn je näher wir der Stellung kamen, desto untrüglicher wurde es uns klar, daß genau dort, wo er es vorausgesagt hatte, der Schwerpunkt des russischen Trommelfeuers wuchtete. Diese Überzeugung jemand mit Worten deutlich zu machen, der so etwas noch nicht erlebte, ist unmöglich. Das wäre genauso vergeblich, wie jemand mitten in einem, sagen wir in einem kanadischen Blizzard zu sagen: sehen Sie dorthin, dreihundert Meter rechts, dort ist er am dicksten. Man hat so etwas, wie gesagt, in der Nase.

Nachdem wir ein zugefrorenes Bächlein passiert hatten, ging es am linken Waldrand zum Zuggefechtsstand. Wir näherten uns dem dichtesten Wirbel des Tornados. Druschke lag tiefgebeugt auf seiner Lenkstange, links und rechts, vor und hinter uns stießen mit einem kurzen, bösartigen Fauchen die aufblitzenden Geschosse aus den russischen Granatwerfern in die Erde. An dieser Stelle versuchen, dem Tode etwas vorzumachen, vielleicht durch gewandtes Ausweichen und dergleichen Sperenzchen, war sinnlos. Hier handelte es sich nur noch darum, abzuwarten, in welcher Sparte dein verehrter Name im Schicksalsbuch eingetragen war, in der Sparte Tod oder in der Sparte des Übrigzubleibenden. In welcher Form du dann durch des Schicksals Laune übrigbliebst, stand wieder auf einem anderen Blatt: mit einem Bein, mit einem Arm, blind oder mit einem Kopfschuß, der dich zu späterem Irrsinn berechtigte, oder mit irgend etwas anderem. Und wenn du völlig unversehrt übrigbliebst und nach frommem Glauben durch Gottes Gnade kein Haar auf deinem Haupte gekrümmt worden war, dann konntest du dir immer noch sagen: herzlichsten Dank... und nun bis zum nächstenmal, mein Herr, mein Vater und mein Gott.

Der Fahrer Druschke trat plötzlich ruckartig auf die Fußbremse, daß wir andern beinahe aus der Maschine flogen. Als er einen kurzen Bogen machte, sahen wir dicht neben uns die Leichen zweier furchtbar zugerichteter Landser liegen, es waren Nachrichtenleute. Der Anblick erreichte unsere Gefühle nicht, schon taumelten wir weiter, und dann vollbrachte der Fahrer Druschke ein Meisterwerk. Mitten in dem Qualm und wehenden Rauch fuhr er mit dem absterbenden Geheul des Motors genau in die hier vorbereitete Nische für das Krad. Auf Zentimeter genau. Solche Belanglosigkeiten mitten im Feuerofen sind nicht zu unterschätzen, sie geben dem, der sie miterlebt, eine Art wilder Zuversicht für das Kommende. Es sind dies Zeichen einer Nervenstärke, die, mögen sie noch so geringfügig sein und wie hier nur ein technisches Späßchen darstellen, jede Truppe beflügeln.

Vor dem Unterstand des Zugführers wehte eine zerfetzte Zeltbahn, ein etwa drei Meter langer, kaum mannsbreiter Gang führte hinunter. Wir sahen einen schwachen Lichtschein. Der Zugführer, ein Unteroffizier, hockte etwas blaß mit seinen Leuten an der hintersten Wand und sprang nun mit einem

Freudenschrei auf die Beine. Oberleutnant Schleiermacher wußte, was zunächst erforderlich war, er verteilte Packungen Zigaretten, und im Handumdrehen war das Erdloch voller Rauch. Seine erste Frage galt den Geschützen, die, wie man sich erinnern wird, gegen jeden Befehl und jede Vorschrift in die Infanteriestellung eingebaut wurden und die, wenn sie jetzt zum Beispiel durch das Trommelfeuer vernichtet worden waren, den Oberleutnant vor das Kriegsgericht gebracht hätten. Der Zugführer war außer sich vor Begeisterung. Den Geschützen war noch nichts passiert, und der Iwan hatte noch nicht angegriffen. Das war alles, was wir hören wollten. Zwischen den Gesprächen lauschten wir immer wieder nach draußen, ob unter dem Gebrüll der Artillerie und der Granatwerfer Gewehrfeuer und Maschinengewehrfeuer zu hören war. Nichts. Und doch hatten wir alle den Eindruck, daß das Trommelfeuer schwächer geworden war. Und indessen wir weitersprachen, griffen die Männer unbewußt zu ihren Karabinern.

Und da hörten wir es.

Unverkennbar, das dünne, trockene, gehetzte Tacken von Maschinengewehren und das noch dünnere Kleckern von Gewehrfeuer. Der Russe hatte angegriffen.

Wir stürzten durch den siebzig Meter langen Laufgraben nach vorne. Hinter einer Schulterwehr fielen alle, einer nach dem andern, über einen Toten, der da mit zerschmettertem Kopf lag, rafften uns auf und eilten weiter. Etwa fünfzehn Meter vor der Hauptkampflinie stieß der Oberleutnant erfreut beide Arme hoch. Der Geschützbunker hatte das wahnsinnige Feuer überstanden. Dann waren wir mitten im Gewirr der Schlacht. Und beinahe sofort machte uns der Kampflärm taub. Die Infanteristen schossen nach vorn, andere gruben verschüttete Leute aus, Melder krochen an uns vorbei, aber dies alles glitt wie Traumerscheinungen an uns vorüber. Oberleutnant Schleiermacher und ich warfen uns hinter unser Maschinengewehr und starrten nach vorne. Vom Russen war nichts zu sehen. Nur vierhundert Meter rechts, wo unser zweites Geschütz eingebaut war, hörten wir jetzt das Urrähgeschrei. Und nun sahen wir sie auch vor unserem Abschnitt. Halbrechts aus vereinzelten Buschgruppen tauchten sie auf. Braune Gestalten wischten hin und her, sprangen hoch und warfen sich hin. Und nun tanzten ganze Rudel aus den Büschen, rannten vorwärts und hüpften in die zerschossenen Drahthindernisse und stapften hindurch, indessen die Erde unter uns wie ein Meer wogte.

Mit einem einzigen fiebernden Blick umfaßte ich noch einmal nach rechts und links alles, was um uns war. Und dann begann Oberleutnant Schleiermacher zu feuern, aus der Mündung des MG kamen hintereinander die Feuerstöße. Ich lag an die Erde gepreßt, meine Maschinenpistole schußbereit, denn ich hatte mir längst vorgenommen, in solchen Situationen für den Nahkampf in nächster Nähe des Chefs zur Hand zu bleiben und dafür meine Patronen aufzuheben.

Diesmal kam es nicht dazu. Die ersten Rudel der Russen sanken weit vor uns zusammen. Und die dichten Wellen, die nun zwischen den Büschen auftauchten, kamen nicht näher. Einzelne Erscheinungen in diesem Abwehrkampf nahm ich ganz nüchtern abschätzend und wie außer meiner selbst zur Kenntnis: die freigegrabenen Gestalten verschüttet gewesener Landser, die sich den Dreck aus den weißen Gesichtern wischten, mit der anderen Hand ihr Gewehr umklammerten und mit irren Blicken einen Platz suchten, sich hinwarfen und mit erdverklebten Händen die Kammern aufrissen. Oder Verwundete, die seltsam unbeteiligt im Graben entlanggingen, humpelten, krochen und verschwanden. Wie lange das alles dauerte, ich weiß es nicht. Nach und nach ebbte der Lärm ab. Ich sah nah und fern keine angreifenden Gruppen mehr. Nur war das Gelände vor uns weit hinaus übersprenkelt mit braunen Tupfen der Gefallenen. Dann und wann kroch einer zurück, brach aber bald zusammen.

Diese Sache war zu Ende. Oberleutnant Schleiermacher war schweißüberströmt, aber sein erhitztes Gesicht funkelte, er sprach nicht viel, verteilte Zigaretten, ließ aus einer Feldflasche trinken, und dann machten wir uns auf den Weg zum Bataillon. Hier ging es noch hoch her, als ob sich hier die Brandung der Schlacht noch mit den letzten Wellen austobte. Ein ununterbrochenes Kommen und Gehen und Wimmeln wie in einem Ameisenhaufen. Nachrichtenleute, Melder, Leichtverwundete standen rauchend, in lauten, erregten Gesprächen sich überschreiend, überall herum.

Der Bataillonskommandeur, Hauptmann Rupp, ein ruhiger Mann zwischen vierzig und fünfzig, saß auf einer leeren Handgranatenkiste, die Feldmütze weit im Genick, und diktierte den Funkspruch für die oben: „Starker russischer Infanterieangriff vor dem ganzen Abschnitt abgeschlagen. Ausfälle durch russisches Trommelfeuer noch nicht übersehbar. Erbitte verstärkten Einsatz von Sankas."

Dann richtete er seine merkwürdig großen dunkelblauen Augen unter dem schneeweißen Haar mit dem Ausdruck höchsten Erstaunens auf Oberleutnant Schleiermacher. „Aha", sagte er, „der Herr Schleiermacher zittert um seine Pakgeschütze. Ich weiß noch nichts, aber es ist anzunehmen, daß sie Marmelade sind." Der Oberleutnant grinste. „Sie sind nicht Marmelade, Herr Hauptmann." Der Kommandeur grinste seinerseits. „Na", sagte er, „hoffentlich können Sie sich auf diese Meldung verlassen." Der Oberleutnant grinste noch heftiger. „Jawohl, Herr Hauptmann, das kann ich. Ich komme von vorne. Ich habe mich ein bißchen mit unserm MG beteiligt." Hauptmann Rupp stand mit einem Ruck auf. „Was? Sie waren die ganze Zeit vorne? Dann will ich Ihnen was sagen Schleiermacher. Auge um Auge und Zahn um Zahn. Ich werde mich meinerseits an Ihrem Ungehorsam gegen einen dienstlichen Befehl beteiligen. Bataillonsbefehl: Sie lassen die beiden Pakgeschütze vorne."

„Herzlichen Dank, Herr Hauptmann."

Druschke fuhr uns wieder zu unserem Kompaniegefechtsstand zurück. Der Oberleutnant warf sich auf sein Lager und schlief sofort ein. Ich selber fand keinen Schlaf. Es war das erstemal, daß ich den Abschnitt einer Schlacht als Zuschauer miterlebt hatte, auch wenn ich innerlich glühte, wie alle, die mit der Waffe in der Hand gekämpft hatten. Und es war jetzt zum erstenmal, daß ich mir dieses Gefechtes wegen einige Gedanken machte. Gedanken und Überlegungen vom Landserstandpunkt aus. Im ganzen war es für unsere Panzerjägerkompanie glimpflich abgelaufen. Wir hatten nur zwei Verwundete. Das schien an sich einfach unfaßbar, denn alles in diesem Gelände war dem gleichen ungeheuren Feuer ausgesetzt gewesen, und die Infanterie hatte außerordentlich schwere Verluste. Ich wußte, woran das lag. Ich hatte es mit eigenen Augen gesehen. Es lag daran, daß Oberleutnant Schleiermacher wie der Teufel hinterher gewesen war, sämtliche Unterstände der Kompanie tief einzugraben und sie mit Balken zu stützen, stärker zu stützen, als anscheinend notwendig war. Und das hatte sich gelohnt. An den Unterständen der Panzerjägerkompanie hatte der Tod unaufhörlich gerüttelt, bis er schließlich mürrisch weiterging ... zur Infanterie. Und hier fielen sie unter seiner Sense zu Hunderten und Hunderten. Die Infanterie war lässig gewesen. Und ich erinnerte mich, daß ich diese Beobachtung oft genug gemacht hatte. Den Infanteristen befiel, wenn er in Ruhe im Graben lag, eine gewisse Wurstigkeit und Gleichgültigkeit. Es kann sein, daß er hier im Osten seelisch besonders mitgenommen war angesichts der oft trostlosen Landschaft, der trostlosen Siedlungen, der Freudlosigkeit der Bewohner, der ungeheuren Weite, vielleicht war er auch rein körperlich übermüdet von den Anforderungen, die jeder Tag hier an seine Kräfte stellte. Ich glaube, es war der einzige Punkt an der Ostfront, wo der Landser versagte, wenn man in diesem Zusammenhang überhaupt von Versagen sprechen kann. Er grub sich nicht tief und sorgfältig genug ein.

Das wurde mir an diesem Tage nach der Schlacht völlig klar. Aber ebenso klar war mir auch, verdammt noch mal, daß im Grunde an diesem Versagen die Offiziere schuld waren. Auch wir von der Panzerjägerkompanie hatten nicht die geringste Lust gehabt, uns besonders gut einzugraben. Wir waren genauso müde und unlustig wie die Infanterie. Auch uns stand der Osten bis an den Hals. Gleich vom ersten Augenblick an. Auch uns bedrückte, wahrscheinlich ohne daß wir uns genau darüber klar waren, warum, das elende Schicksal dieses Riesenvolkes, dem das Paradies versprochen war, und das, die herrlichsten Schätze der Natur um sich und unter sich in unvorstellbarer Armut und geistiger Dürftigkeit verkam, verdarb, verstarb. Auch wir von der Panzerjägerkompanie fluchten vor uns hin, wenn der Chef uns immer tiefer in den Boden hetzte.

Und am Chef lag es auch, wenn keiner von uns an diesem harten Tage zu sterben brauchte. Am Offizier lag es. Und ich dachte, es hätte viel Blut bei der deutschen Infanterie im Osten gespart werden können, wenn die Offiziere ihre Männer rücksichtslos, wo es möglich und durchführbar war, in den Boden getrieben hätten, wie einst im Westen im alten Kriege.

In meinen weiteren Grübeleien an diesem Tage kam ich dann darauf, daß es vielleicht auch nicht an den Offizieren an sich gelegen haben könnte. Es lag mit seinen Wurzeln an der idiotischen Ausbildung in der Heimat. Kein anderes Wort ist hier zuständig. Die Ausbildungseinheiten in der Heimat mußten unbedingt wissen, was für den Feldzug im Osten den Männern, die ihnen anvertraut waren, beigebracht werden konnte. Die Ausbildungseinheiten in der Heimat hatten die verdammte Pflicht und Schuldigkeit, zum eigenen Besten dieser Männer, zum Besten der Truppe und zum Besten des Feldzuges überhaupt, alles zusammenzutragen, was an praktischen Dingen zu lehren und zu lernen war. Unaufhörlich zog ein Riesenstrom von wiederhergestellten oder abkommandierten Offizieren, Unteroffizieren und Männern durch die Kasernen der Heimat, der Etappe oder der besetzten Gebiete, Offiziere und Männer, die aus dem Osten kamen und den Kram erlebt hatten. Ich dachte mit tiefstem Grimm daran, was in Wirklichkeit geschah. Im wichtigsten Ausbildungszweig, nämlich der praktischen Auswertung all dessen, was im Osten die vielen großen Schlachten, Angriffe und Rückzüge, Stürme und Verteidigung gezeigt hatten, geschah kaum etwas. Ich kann das als Landser aussprechen, und ich spreche es aus. Großer Gott, ich wußte es. Ich wußte, wieviel kostbare und unwiderbringliche Zeit idiotischerweise mit formalem Exerzieren, mit einer Paternosterkette von Appellen, mit stumpfsinnigen Stunden voller Zielübungen und mit dem Auswendiglernen unzähliger Waffenteile vertan, vergeudet und verschleudert wurde.

Ich brauchte kein Offizier zu sein, um das zu wissen. Ich hatte es am eigenen Leibe erlebt, die schamlose Faulheit jener, die allein imstande gewesen wären, die Ausbildung daheim zu bestimmen, und wenn diese Unterlassung keine schamlose Faulheit, sondern schamlose Unfähigkeit war, so schien mir das egal. Der Landser bezahlte es.

Ich wußte, daß die Ausbildungszeit ohnehin erschreckend kurz bemessen war. Jeder Landser, der im Osten in der Scheiße saß, wird dir erzählen können, wie wichtig zum Beispiel hier die Fertigkeit war, rasch und geschickt Schützenlöcher auszuheben. Und jeder Landser wird dir erzählen können, daß er zu Hause in der Ausbildung, bevor er an die Front kam, höchstens ein einziges Mal ein Schützenloch auszuheben lernte. Ausnahmen bestätigen die Regel.

Und von welcher entscheidenden Bedeutung sehr oft im Osten, wo wir, der bitteren Wahrheit die bittere Ehre, doch immer mehr in die Verteidigung gedrängt wurden, von welcher Wichtigkeit für das Leben des Mannes und damit für den Bestand der Einheit Unterstände waren, auch das kann jeder Landser berichten. Unterstände bauen, wurde in der Ausbildung in der Heimat selten praktisch durchgeführt. Bei den Felddienstübungen wurde der Hauptwert immer auf „Angriff" gelegt. Ganz klar, daß das zur entsprechenden Zeit, am entsprechenden Ort und in der entsprechenden Lage richtig war. Ganz klar, daß wir mit diesem Schwerpunkt der Ausbildung sehr ordentliche militärische Erfolge in das Buch der Kriege eingetragen haben. (Und wenn, dachte ich mir in diesem Zusammenhang im stillen, wenn die ganze Weltgeschichte und die Schicksale der Völker sich nur und allein auf militärischen Erfolgen aufbauten, würde ich mir in diesem Augenblick eine vor den Kopf knallen und dieser hysterischen Erdkugel adieu sagen.)

Wo war ich hängengeblieben? Bei den Unterständen. Die Ausbildung im Errichten von Unterständen, die nicht gleich beim Kitzeln durch eine Handgranate zusammenbrachen, diese Ausbildung erschien mir jetzt, in diesem Jahre des herankeuchenden Unheils 1943, ungeheuer wichtig. Denn wir wurden, und leider nicht nur an der Ostfront, wie ich schon sagte, langsam und dann immer schneller in die Verteidigung gedrängt.

Und wenn der Landser das nicht überblicken konnte und wohl auch der Offizier, sagen wir der Frontoffizier, nicht, so mußte es unsere geniale höhere Führung nicht nur überblicken, sondern auch begreifen, und nicht nur begreifen, sondern auch der veränderten Lage entsprechend bewältigen, und wenn in drei Teufels Namen angesichts der Übermacht nicht bewältigen, so mußte sie doch wenigstens vorsorgen.

Selbstverständlich wußte jeder Schreibstubenhengst, daß die höhere Führung allgemeine Ausbildungsvorschriften und damit zusammenhängende Ausführungsbefehle in lawinenähnlicher Überfülle auf die Truppen herunterregnen ließ. Aber damit begnügte sie sich. Sie versäumte es, die Durchführung ihrer Vorschriften und Befehle ununterbrochen zu überwachen, sie immer wieder veränderten Verhältnissen anzupassen.

Jeder Landser im Osten könnte dir erzählen, wie kläglich zum Beispiel das Schanzmaterial, das Schanzwerkzeug bei den Ausbildungseinheiten war. Es fehlte an Beilen, Pickeln, praktischen Spaten, Sägen, Holz. Und obwohl ich, wie die Dinge lagen, wahrscheinlich mein Lebtag niemals Angehöriger irgendeiner genialen höheren Führung werden würde, so hätte ich als Landser schon den Vorschlag machen können, jeden Offizier an einem kurzen, aber intensiven Lehrgang bei den Pionieren teilnehmen zu lassen, bevor er sich auf die Rollbahn nach Osten oder sonstwohin setzte. Aber nicht etwa einen theoretischen Lehrgang, sondern einen draußen im Gelände, bei Wind und Wetter, bei Tag und Nacht. Dafür hätte der Landser kaum etwas dagegen gehabt, wenn einige Pflichtabende im Kasino oder sogar einige politische Schulungen ausgefallen wären.

Ich sehe, ich bin in Fahrt.

Sie haben uns in unzähligen praktischen Dingen einfach... einfach?... nein, verbrecherisch sitzenlassen. Warum wurde die Truppe nur in ganz oberflächlichem und meist nur theoretischem Unterricht in einer Angelegenheit „ausgebildet", die ungeheuer wichtig werden konnte, nämlich in allen einfachen Erfordernissen der Ersten Hilfe bei Verwundungen, im Anlegen von Notverbänden, im Abbinden der Adern.

Wenn ich es mir erlauben darf, zu sagen als Landser, als einfacher und simpler Fachmann im Gehorchen, im Schießen, im Marschieren, im Verwundetwerden und im Sterben, so möchte ich sagen, daß wo man auch die militärischen Dinge genauer unter die Lupe nahm, von unserem Standpunkt aus ein ungeheurer, erschreckender Dilettantismus um sich gegriffen hatte.

Der Landser hat einen unbestechlichen Instinkt, wenn auch nicht für eine geniale höhere Führung, so doch ganz gewiß für alles, was ihn unmittelbar angeht.

Verzeihung, die Herren.

Als Oberleutnant Schleiermacher wieder wach war, stand schon der Spieß bereit und trat von einem Bein aufs andere, weil jetzt die Buchführung über die Schlacht erledigt werden mußte. Sonst war der Spieß heute eitel Sonnenschein. Er war der festen Überzeugung gewesen, daß mindestens ein Drittel der Kompanie draufgegangen sei, und es spricht für sein warmes Herz, daß er sich wie ein Kind freute, als er sah, daß wir prima davongekommen waren. Übrigens war auch das eine Sache, um von Buchführung zu sprechen. Es berührte den Landser weniger, aber er sah es, diesen geradezu furchtbaren Auswuchs der Kommißbürokratie, diese Gebirge von Meldungen, Berichten, Statistiken und Tagebüchern. Oberleutnant Schleiermacher war in dieser Hinsicht oben sehr, aber sehr unbeliebt. Da mußten zum Beispiel an bestimmten Tagen im Monat über irgendwelche scheißgleichgültigen Dinge spaltenlange Berichte, Darlegungen und Zusammenstellungen nach rückwärts gesandt werden. Eine Unmenge von Schriftsätzen mußte abgefaßt werden, um Dinge, die gar nicht mehr zur Debatte standen, längst verschollen und überholt und von den Ereignissen inzwischen völlig erledigt waren, als „Fehlanzeige" zu melden. Und jedes dieser Schreiben mußte die Unterschrift des Kompaniechefs tragen, der sich zum Beispiel während der Kampftage damit gar nicht befassen konnte und auch nicht wollte.

Schleiermacher machte es kurz. Er sagte zum Spieß, kaum hatte er ihn gesehen: „Nur Sachen, die direkt mit Gefechten zu tun haben! Alles andere unterschreiben Sie. Sollten Sie mit den Herren rückwärts Schwierigkeiten haben, schicken Sie die Kommerzienräte zu mir. Sie haben folgendes zu tun, und zwar als Hauptsache: regelmäßig gutes Essen nach vorne, tadellos funktionierender Munitionsnachschub, Post unverzüglich zu uns, regelmäßig Urlauber nach Hause."

Am Abend fuhren wir wieder zum Zuggefechtsstand nach vorne. Zum zweitenmal bei einem bevorstehenden Angriff durchs Trommelfeuer auf dem Krad zu reiten, riskierte der Chef nun doch nicht mehr.

Im übrigen blieb er bei seiner Meinung, daß der Russe, wenn er wieder angriff, mit dem Schwerpunkt wie heute, am Wäldchen versuchen würde, durchzubrechen.

Wir legten uns zum Schlafen. Das Granatwerferfeuer, das ständig vorne auf der Stellung lag, störte uns nicht. Mitten in der Nacht rüttelte mich der Chef wach. „Auf, Erasmus, los! Sie haben uns ein Geschütz zerdeppert." Ich will es kurz machen: ein schweres Kaliber hatte tatsächlich den Geschützunterstand zertrümmert. Die Bedienung stand verzweifelt im Dunkeln herum. Wir stürzten uns alle auf den Schutthügel und gruben das Geschütz frei. Infanteristen halfen uns freiwillig. Es war Gott sei Dank noch dunkel, als wir soweit waren. Wir hatten Glück im Unglück. Das hintere Lenkrad, auf dem die Holme zusammengeschlossen ruhten, war dahin, aber die Holme selber waren nur leicht verbogen, Zieleinrichtung und Verschlußkeil wie durch ein Wunder unbeschädigt. So konnte das Geschütz hier nicht stehenbleiben, und ohne Lenkrad konnte es nicht vor in die Feuerstellung geschoben werden. Der Chef besann sich keinen Augenblick. Mit Zugseilen zerrten wir das Ding nach vorne in seine Stellung. Ob es das erwartete Trommelfeuer so ungeschützt überstehen würde, war zweifelhaft.

Wir blieben gleich vorne. Der Chef, Druschke und ich gruben uns im Graben ein Fuchsloch, und beim ersten Morgengrauen ging es los. Und gegen die Art und Weise, wie es weiterging, war der gestrige Tag milde und barmherzig gewesen.

Das ist alles, was ich sagen kann.

Der harte Dreck flog uns in die Gesichter, das Fuchsloch stürzte über uns zusammen, wir krochen hinaus in den Graben. Diese drei dürren Sätze enthalten die Erlebnisse einiger Stunden.

Wir drückten uns mit zusammengeschnürten Kehlen an die vordere Grabenwand und zogen den Helm fester in die Stirn. Dann fiel uns plötzlich auf, daß die rings umher einschlagenden Granaten nicht mehr detonierten. Wir wußten Bescheid. Der Russe schoß Blindgranaten, weil sich seine Sturminfanterie schon nahe an unsere Stellung herangearbeitet haben mußte; diese konnte er mit scharfen Geschossen nicht gefährden, aber uns mußte er niederhalten.

Bei dieser schnellen Überlegung fuhren der Chef und ich augenblicklich hoch und starrten um uns.

Und da sahen wir, zweihundert Meter rechts, die Schweinerei. Dort fiel in dicken Trauben der Russe schon in den ungeschützten Graben. Und wie aus einem Munde brüllten wir: „Der Iwan von rechts!"

Und aus allen Löchern tauchten die verdreckten Gestalten der Landser auf, und im ersten Augenblick gab es einen Wirrwarr, dann hatten sie sich in der Hand.

Aber der Russe hatte uns schwer überrumpelt.

Wir hörten durchdringend sein Urrähgeschrei aus nächster Nähe, nun mußte es zum Nahkampf kommen.

„Um das Pakgeschütz einen Igel!" brüllte Oberleutnant Schleiermacher. Wir stürzten zu unserer Feuerstellung und lachten vor höchster Erregung schallend auf, als wir unsere Männer mit grimmigen Gesichtern schon am unzerstörten Geschütz liegen sahen.

Schon wollten wir uns dazuwerfen, da kam von weit rechts her der Schrei, der uns wie ein scharfer elektrischer Schlag geradezu hochhob: „Panzer!" Nun, genau dafür waren wir da.

Der Chef, Druschke und ich blieben aufrecht stehen, und nun erblickten wir sie; dreihundert Meter nur entfernt, schoben sich zwei, drei, vier, fünf, sechs, sieben schwarz-weißgefleckte T 34 durch das verqualmte Gelände, und heute noch, wenn ich daran denke, rieche ich den merkwürdigen sauren Metallgeruch, der mir bis in das Gehirn zu dringen schien, als ich scharf die Luft einzog.

Das war unsere Stunde!

Ich sah den Schützen 1 mit seinem rechten Auge bewegungslos am Zielfernrohr kleben, und ich hörte die helle, beinah klirrende Stimme von Oberleutnant Schleiermacher: „Noch nä... her her... an rol... len las... sen!"

So kam der vorderste Panzer auf dreißig Meter an uns heran. Er zeigte uns die ganze Breitseite. Die Flamme fegte aus unserem Geschütz, und wir hörten den klingenden Ton des Treffers. Als ob ihn eine Faust angehalten hätte, stand der T 34 mit einem Ruck. Qualm und Flammen und Bersten kamen aus seinem Innern.

„Der nächste", hörte ich die glockenklare Stimme des Chefs. Ich sage, ich hörte die glockenklare Stimme des Kompanieführers, nachdem wir auf dreißig Meter Entfernung den ersten T 34 erledigt hatten, rufen: „Der nächste!"

Nun, daß ich nicht lache. Was heißt glockenklare Stimme, das höre ich wahrscheinlich nur in der Erinnerung so. In Wirklichkeit war die Stimme vom Chef stockheiser vor glänzender Laune.

Und kaum war ihm das Wort entfahren, fuhr wieder eine

Stichflamme aus dem Pakgeschütz, wieder klirrte es klingling durch die Luft, und wir hatten einen zweiten Panzer.

Jetzt gab es eine jener winzigen Pausen, in denen einem das Blut zu sieden anfängt. Ich nehme an, es ist einfach wilde Kampflust. Man steht und bewegt sich, glühend von innen heraus mit ausgetrocknetem Mund, man brennt ab wie ein bengalisches Streichholz. Man hat keine Sekunde Zeit, Angst zu verspüren, trotzdem Schauer über den ganzen Leib laufen.

Natürlich wurden wir Panzerjäger von einer Berserkerfreude geschüttelt, daß die Panzer ausgerechnet vor jenem Geschütz aufgetaucht waren, das verbotenerweise bei der Infanterie ganz vorne eingebaut war. Die Panzer verhielten, wahrscheinlich waren aus dem Qualm und dem wehenden Rauch heraus alle Gläser nach uns auf den Waldrand gerichtet. Sie hatten sichtlich keine Ahnung, wo wir standen. Es wurde ihnen unheimlich, und sie begannen nach rückwärts zu stoßen.

„Auf sie!" brüllte der Oberleutnant. „Los! Jetzt! Den hintersten!"

Der Panzer brannte sofort. Vier waren noch übrig.

Ich sah mich schnell nach den Infanteristen um, schon aus einem Anfall von Wichtigtuerei und Prahlerei, sie klebten in ihren Löchern, und in dem Getöse sah ich nur ihre weitaufgesperrten Mäuler. Sie schrien vor Begeisterung.

Na also, dachte ich, wir haben es euch ja versprochen. Und mit einer Art väterlichen Gefühls winkte ich ihnen zu, und aus allen Ärmeln fuhren ihre verdreckten Fäuste und winkten zurück.

Vier Panzer noch.

Der eine drehte jetzt neunzig Grad nach links und wollte seitwärts abhauen, aber während der Drehung klirrte unsere Granate ihm an die Gleiskette, und nun kurbelte er hilflos im Kreise herum. Eine zweite Granate faßte ihn an der Breitseite. Er brannte sofort.

Die anderen drei rumpelten nach rechts und kamen gerade noch hinter die kleinen Hügel.

Das alles hatte sich in kaum zwei Minuten abgespielt. Jetzt hörten wir nur noch Panzergeräusch. Zu sehen war von den Dingern nichts mehr.

Es wäre ein Unfug und ziemlich verlogen, wenn ich sagen würde, wir hätten diese Zweiminutenangelegenheit als sozusagen etwas Spaßhaftes oder etwas Niedliches empfunden, davon konnte, weiß Gott, keine Rede sein. Später mal, wenn alles vorüber war, nach Jahr und Tag, nach dem Kriege vielleicht, und es kamen welche zusammen, um ihre Erinnerungen auszutauschen, da konnte es schon möglich sein, daß mit einem gewissen Grinsen erzählt wurde, und ganz leichthin, im Kantinenton. Da genierte man sich, mit Pathos loszulegen. Jetzt aber, mittendrin, war uns bitterernst zumute. Und auch die Kampflust, von der ich berichtete, daß sie uns durchglühte, war keine fröhliche Kampflust. Jeder weiß es, der darin war in diesem feurigen Rachen.

Schön, also, Kampflust hin, Kampflust her, die Panzer waren wir vorläufig los. Auch das Kettengeräusch und das Brummen der Motoren hatte aufgehört. Dafür hörten wir etwas anderes. Der Lärm und das Geschrei des Nahkampfes kamen immer näher, denn seitwärts waren die Russen ja in den Graben eingedrungen.

Und jetzt stürzten auch einige atemlose Infanteristen von rechts heran, und ein Unteroffizier brüllte: „Wo ist der Kompaniechef? Der Iwan rollt den Graben auf!"

Kaum hatten sie ihr Maul zugeklappt, sprangen hinter ihnen her andere und schrien: „Wir sind die letzten! Der Iwan kommt hinter uns!"

Oberleutnant Schleiermacher und ich tauschten einen schnellen Blick. Solche ziemlich kitzlige Augenblicke hatten wir durchgesprochen, und es gab eigentlich nichts, auf das wir nicht gefaßt gewesen wären.

Unsere Panzerjäger arbeiteten wie Roboter, und es bedurfte nicht einmal eines Befehls. Oberleutnant Schleiermacher, ich und einige Männer zerrten mit Blitzesschnelle ein paar spanische Reiter als Barrikade auf das zusammengebrochene Grabenstück. Unsere Leute am Pakgeschütz luden Sprenggranaten und schwenkten das Rohr direkt auf die Barrikade. Sämtliche Maschinengewehre um uns und bei uns lauerten in dieselbe Richtung.

Und nun warteten wir.

Regungslos warteten wir mit einem leichten Gefühl der Übelkeit, nur dann und wann wischte sich einer den rinnenden Schweiß aus dem Gesicht unter dem Stahlhelm oder überzeugte sich, ob seine Waffe entsichert war. Die Geschützbedienung glich in ihrer Bewegungslosigkeit einem Kriegerdenkmal aus grauem Marmor.

Was sich in dem Wäldchen abspielte, wußten wir nicht. Wir hörten nur das Geschrei der Russen und unterschieden in dem Lärm einzelne Gewehrschüsse und Feuerstöße von unserer Seite. Es hörte sich sehr dünn an.

Wir wagten nicht, nach rückwärts und nicht nach links und rechts zu sehen. Wir starrten in atemloser Stille auf unsere Barrikade, auf der in jeder Sekunde die ersten Russen auftauchen konnten.

Ein Infanterist dicht neben mir stieß einen langen, gepreßten Seufzer aus, ich sah zu ihm hin, und im gleichen Augenblick schrie er laut auf, mein Gesicht flog herum.

Ein dunkles Bündel von jenseits der spanischen Reiter flog durch die Luft mitten in die Barrikade und zerriß mit einem Krachen, das uns für einige Sekunden taub machte, die Drahtrollen.

Und da waren sie auch schon. Durch die Explosion durch, noch mitten in der Dampfwolke, sprangen zwei Russen über den zugeschütteten Graben. Sie starben, bevor sie mit den Füßen wieder auf die Erde kamen. Gleichzeitig mit dem Auftauchen ihrer Umrisse kam ein kurzes MG-Rasseln links von mir, und beide sackten zusammen. Und nun erschienen sie in ganzen Rudeln. Auch diese Rudel waren sofort verloren, denn ein Höllenfeuer schmetterte sie, als ob unzählige Hämmer sie niederschlügen, zu Boden. Und die nächsten Gruppen rannten direkt in einen Regen unserer Handgranaten hinein. Ich sah jetzt, wie drei, vier Gesichter langsam über der Barrikade sichtbar wurden und zwischen ihnen der Lauf eines MG sich nach vorne schob. Und schon blitzte es zwischen diesen Gesichtern auf, zwei-, drei-, viermal, die Handgranaten hatten genau getroffen.

Das russische MG kippte zur Seite.

Einige Augenblicke geschah nichts mehr.

Wir starrten mit glühenden Augen auf das Grabenstück, und nun wälzte sich brüllend ein dichter Haufen darüber hinweg auf uns zu. Strahlenförmig tanzten sie heran, und hinter ihnen quollen weitere Haufen, niemals hatte ich einen so zusammengeballten wütenden Sturmangriff aus solcher Nähe mit eigenen Augen gesehen.

Der erste schmetternde Schuß aus unserem Pakgeschütz schlug mit seinem Luftdruck in unser Genick, und Schuß um Schuß jagten Sprenggranaten in die Menschenmassen vor uns.

Es war eine Schlächterei, Körper und Körperteile wirbelten hoch, und ein gräßliches, durchdringendes Jammergeschrei erfüllte die Luft. Mit aufgerissenen Augen sahen wir in dieses furchtbare Schauspiel.

Mit teuflischer, rasender Schnelligkeit arbeitete das Geschütz dicht hinter uns. Der Anblick der zerfetzten Leiber war so jenseits aller Begriffe, daß ich nahe daran war „Aufhören! Aufhören!" zu brüllen. Zwischen dieses Gefühl angesichts eines unvorstellbar entsetzlichen Vorgangs, dessen Anblick über meine Fassungskraft ging, mischte sich zugleich eine Art unerhörte Erleichterung und eine Art neues Selbstvertrauen. Hinter dem zuckenden Berg von Verwundeten vor uns und den leblosen Gebirgen von Gefallenen tauchten keine neuen Russen mehr auf. Dem Gebrüll nach flüchteten sie Hals über Kopf nach hinten.

Das war der Augenblick, der uns hochriß, einen wie den anderen. Plötzlich lagen, knieten und standen wir auf der Barrikade und schossen rasend den davonstürmenden Gestalten nach. Ich sah Oberleutnant Schleiermacher aufrecht weitergehen und mit seiner Maschinenpistole von der Hüfte aus schießen. Und auf einmal waren wir mitten in den fliehenden Russen. Seite an Seite mit ihnen, die ihre Waffen weggeworfen hatten und, die Hände vor ihre Gesichter haltend, schreiend, brüllend und heulend weiterstolperten, jagten wir dahin, schossen und schlugen um uns.

Männer aus fremden Einheiten tauchten zwischen uns auf und rannten mit. Auch von rückwärts, aus dem Wäldchen, hörten wir das Hurra unserer Bataillonsreserve. Wir selber, jeder von uns, brüllte, was die Kehle hergab. Nur so bekam die unerträgliche Spannung und die mörderische Szene, die wir jetzt durchrasten, wenigstens etwas Luft und Erleichterung.

Gefangene sah ich nirgends. Ich sah nur Tote und Verwundete. Kein Russe war mehr weit und breit aufrecht zu sehen. Wie in einem schweren Rausch taumelten wir noch lange sinnlos, entweder immer noch ins Leere schreiend oder vor uns hinredend, bis zum Stumpfsinn betäubt, in der Stellung hin und her.

Dann sammelte uns Oberleutnant Schleiermacher am Geschütz. Hier lag die Bedienung wie zerbrochen am Boden; die Überanstrengung hatte sie, als alles zu Ende war, niedergeworfen, und keiner hörte auf das, was der Oberleutnant ihnen sagte. So sagte er schließlich gar nichts mehr, sondern ging von einem zum anderen und klopfte ihm dankbar auf die Schulter.

Dieser gespenstige Nahkampf hatte etwa eine Stunde gedauert. Einige unserer Männer sahen immer noch aus, als ob sie nicht richtig bei sich wären, und starrten aus blicklosen Augen ins Leere. Manche sonderten sich plötzlich ab und strichen wieder mit sinnlosem Vorsichhinsprechen und qualverzerrten Gesichtern am Graben entlang. Sie waren noch im Trancezustand der Schlacht.

Oberleutnant Schleiermacher sah sich das nicht lange an, dann gab er den Befehl, den Graben von den toten Russen zu säubern und die verschütteten Teile wieder in Ordnung zu bringen.

Das brachte uns etwas ins Gleichgewicht.

Wir von den Panzerjägern hatten keine Verluste, aber die Infanterie legte ganze Reihen der ihren nebeneinander. Wir sahen manches Bild, das uns sehr ergriff. So stießen wir auf einen Landser, der noch aufrecht in seinem Erdloch stand, jedoch bis an die Brust von Erde umklammert, das Gewehr noch in den erkalteten Händen und einen Stapel von Patronen um sich zerstreut, Patronenhülsen vielmehr, die bewiesen, welchen guten Kampf er gekämpft hatte. Quer durch seine Brust gingen die Einschüsse einer MG-Garbe. Ich dachte beim Vorübergehen, daß wohl niemand diesem armen Hund vorausgesagt hatte, er sei auf die Welt gekommen, um sich von Eisenstücken durchsieben zu lassen.

Und jetzt gab es auch russische Gefangene. Viele hatten sich totgestellt, lagen regungslos im Graben und im Gelände und im Wäldchen, und es war sehr leicht, sie hochzubringen. Man berührte sie nur leicht mit dem Kolben des Gewehrs. Zuleide getan wurde keinem etwas.

Was mich betraf, so kam es mir vor, als bedeute dieser grimmigste Kampf, den ich bisher erlebt hatte, irgendeinen tiefen Einschnitt in mein Leben. In Karelien war mancher Zusammenstoß barbarischer und geisterhafter gewesen, und ich hatte diese Episoden im nordischen Urwald immer in einem gewissen Trancezustand erlebt, der wahrscheinlich auch eine Art Schutz für mein ganzes Gemüt bedeutet hatte, auch wenn ich nachher, als ich aus Karelien fortkam, mit den Nerven am Rande war.

Dies hier, heute, war eine Schlacht gewesen, die ich mit offenen Augen, und sozusagen mit entblößten, nackten Sinnen mitgemacht hatte. Jede Einzelheit um mich herum hatte ich wahrgenommen, und nichts in meiner Nähe war mir entgangen.

Es ist schwer zu erklären, wie mir zumute war.

Und wahrscheinlich war dies nicht die letzte Schlacht im Osten gewesen, die ich mitmachte, wenn das Schicksal der vielen nicht auch mich ereilte. Was alles würde noch bevorstehen! Ich wagte nicht, daran zu denken.

Aus solchen Gedanken fuhr ich auf, als Oberleutnant

Schleiermacher plötzlich neben mir sagte: „Du warst ganz groß, Erasmus!"

Ich sah ihn dumm an.

Aber es rann mir warm durchs Herz. Ich war während des russischen Einbruchs nicht von seiner Seite gewichen. Und ich hatte mehr als einmal nicht geschossen, um ganz sicher zu sein, daß ich noch Patronen im Lauf hätte, wenn der Chef in unmittelbare Gefahr kam.

Oberleutnant Schleiermacher war glücklich. Seine unvorschriftsmäßige Anordnung, ein Pakgeschütz ganz vorne bei der Infanterie einzubauen, hatte an dieser Stelle den Einbruch verhindert. Wir waren fein heraus.

Sehr fein sogar, denn der Divisionskommandeur ließ den Chef an das Telefon rufen, ich hörte mit. „Schleiermacher", sagte der Kommandeur, „herzlichen Dank und Gratulation! Sie waren ein Eckpfeiler der Verteidigung. Wir sprechen uns noch."

In der Nacht zum 16. November war der Teufel noch einmal los, und man soll Dinge nicht berufen. Ich hatte gesagt, daß die Kämpfe in den Urwäldern Kareliens gespenstiger waren als diese hier im russischen Land. Hätte ich lieber in dieser Hinsicht das Maul gehalten.

Denn in dieser Nacht wurde unser Wäldchen eine einzige Todesfalle. Während der ganzen Nacht griff der Russe dieses Wäldchen an, und es gab ein Hin und Her, daß wir nicht mehr wußten, wo uns der Kopf stand. Natürlich fegte der Chef der Panzerjäger ununterbrochen in diesem Orkan durch das Waldstück und suchte mit seinen schweren Waffen zu helfen, und ich fegte neben ihm her und paßte auf, daß ihm nichts passierte.

Das Durcheinander war nicht zu beschreiben. Einmal waren die Russen, die sich plötzlich und ganz unerwartet im Nahkampf ziemlich gerissen zeigten, bis zur Höhe des Bataillonsgefechtsstands vorgedrungen, eine halbe Stunde später rannten sie, was ihre Beine trugen, nach rückwärts. Das gesamte Waldstück war während der ganzen Nacht angefüllt mit dem ununterbrochenen Urräh der Russen und mit dem ebenso ununterbrochenen Hurra unserer Leute. Es gab ja nur eine Möglichkeit, sich ungefähr zu vergewissern, wo Freund und Feind stand. Man brüllte. Und außerdem machte man sich in der unheimlichen Dunkelheit Mut damit.

Während dieser Nacht dachte ich bisweilen daran, wie es sein würde, wenn ich lebendig wieder nach Hause kam und davon erzählte. Würde ich es so erzählen können, daß den

Zuhörern das Mark in den Knochen gefror, wie es uns in dieser Nacht gefror? Würden sie es begreifen? Würden sie es überhaupt hören wollen? Und dann dachte ich erbittert: sie sollen es hören, sie sollen es erfahren, und ich würde ihnen nichts ersparen. Ich könnte mir vorstellen, wie sie mit leer werdenden Gesichtern dasitzen, und ich erinnerte mich der Erzählungen zum Beispiel jener, die 1914 bis 1918 Verdun mitgemacht hatten und davon berichteten. Ich erinnerte mich, daß ich fühlte, wie mein Gesicht schließlich leer wurde und ich kaum mehr zuhörte. Es war unerträglich.

Nun bin ich selber soweit, einiges erzählen zu können. Der Teufel soll mich holen, wenn ich es nicht tue. Wir werden ihnen den Krieg erzählen, daß ihnen grau wird.

Nun also, unser Wäldchen.

Darin waren längst alle Verbindungen abgerissen, übrigens auch unter den Russen. Einzelne Gruppen und Grüppchen zogen brüllend in der Finsternis, ganz auf sich gestellt, umher und suchten, wen sie erschlagen, erstechen oder erschießen konnten. Bisweilen prallten sie unerwartet aufeinander. Bisweilen lagen sie sich regungslos in Büschen gegenüber und erkannten erst im Blitzlicht eines Einschlages Freund und Feind. Bisweilen irrten einzelne, die von ihren Kameraden abgekommen waren, wie die Wahnsinnigen von Baum zu Baum, stießen ihre Erkennungsschreie aus, schossen blindlings um sich, und rannten weiter.

Handgranaten wirbelten, detonierten an Zweigen oder Stämmen, und leuchteten die höllische Dekoration grell aus, und Leuchtspurgeschosse aus den Maschinengewehren zischten, zwitscherten und pfiffen bläulichrot durch das Dunkel.

An allen Nerven riß das Schreien jener, die verwundet wurden und nun irgendwo lagen, ohne zu wissen, wohin sie kriechen konnten, und immer mit der Möglichkeit vor Augen, daß dieses Schreien nicht einen Freund, sondern einen Feind aufmerksam machte, der schweigend auftauchte, das Bajonett hob und zustach.

Beide Seiten ließen unzählige Leuchtkugeln im zersplitterten Wald steigen, die nur für Sekunden aufstrahlten und jedermann blendeten, und ihn in noch schwärzerer Finsternis zurückließen. Dazwischen huschten schemenhafte Gestalten hin und her, Russen und Deutsche durcheinander, und wie oft sich die Landsleute untereinander beschossen, erschlugen und umbrachten, weiß niemand, und dem Himmel sei Dank, daß es niemand weiß.

Oberleutnant Schleiermacher und ich durchstreiften wie

Wildkatzen den Wald. Und schon instinktmäßig spürten wir, daß der deutsche Widerstand allmählich nachließ. Der Druck der russischen Infanterie war zu stark.

Unsere Selbstfahrlafetten standen im Dunkeln feuerbereit am hinteren Waldrand, um durchbrechende Russen aufzuhalten. Man wird sich vielleicht noch daran erinnern, was es mit diesen Selbstfahrlafetten auf sich hatte. Es waren jene Dinger, die der Vorgänger von Oberleutnant Schleiermacher mit Holz umkleidet hatte, damit sie wie Panzer aussahen. Zunächst dachten wir gar nicht an sie.

Dann aber wurde die Lage im Wäldchen immer verzweifelter. Immer häufiger hörten wir auf unseren schnellen Wegen das Jammern und die Hilferufe unserer Verwundeten, die den Kampflärm überschrien. Es zerriß uns.

Es gab noch Sturmgeschütze, aber deren Führer hatten sich kategorisch geweigert, in der Dunkelheit in den Wald hineinzufahren, und wahrscheinlich war das ganz vernünftig von ihnen. Jedoch gab es Situationen, wo das Vernünftige zu wenig war.

Plötzlich brüllte Oberleutnant Schleiermacher: „Wir holen unsere Selbstfahrlafetten!"

Nun, bei Gott, das war noch unvernünftiger. Es war heller Wahnsinn. Aber wir unternahmen unverzüglich diesen Wahnsinn. Und so rollten nicht lange nach diesem irren Entschluß dicht hinter der vorgehenden Infanterie unsere Eintonnerzugmaschinen mit den aufmontierten 5-cm-Pakgeschützen in den Wald. Sie waren völlig ungeschützt gegen Granatfeuer und auch gegen Gewehrfeuer, und jedes Geschoß aus einer Pistole konnte durch die Blech- und Hartholzverschalung dieser lächerlichen Dinger durchschlagen wie durch Papier.

Und wenn ich jemals das Wort Helden in den Mund nehmen sollte, so nehme ich es in den Mund, wenn ich an die Fahrer denke, die in dieser Nacht auf den Zugmaschinen saßen. Ehre und Ruhm diesen Männern! Um ihren Kameraden beizustehen, waren sie sofort bereit, diese Himmelfahrt anzutreten. In dem dunklen Waldstück, das mit abgebrochenen Baumstämmen und abgesplitterten Zweigen übersät war, so daß sogar die Infanterie sich nur mühselig bewegen konnte, boxten sich diese Leute am Steuer mit ihren Fahrzeugen durch.

Und vor den Zugmaschinen gingen mit einigen verwegenen Burschen die Geschützführer her, um freie Bahn zu machen und den Weg freizukämpfen. Ehre und Ruhm diesen Geschützführern! Mit Maschinenpistolen oder Karabinern schossen sie nach vorne, wiesen gleichzeitig den Fahrer der Selbstfahrlafetten durch Zurufe den Weg, machten auf Hindernisse aufmerksam und brüllten die Feuerbefehle hinauf. Und Schuß um Schuß donnerte über sie hinweg, und Sprenggranaten heulten vor ihnen her.

Der Erfolg war unerhört. Russische Schreie und Rufe ertönten, die Iwans sahen im Aufblitzen der raschen Schüsse die Ungetüme und hielten diese für deutsche Panzer. Wir hörten sie in wilder Panik brüllend zurücklaufen.

Und langsam gewannen die Fahrzeuge mit den Infanteriestoßtrupps an Boden. Oberleutnant Schleiermacher und ich gingen dicht neben dem vordersten Fahrzeug.

Vor uns schritt, aus seiner Maschinenpistole feuernd, kaltblütig der Geschützführer. Nun blitzte es etwa zwanzig Meter links von uns auf, aus einem Busch heraus scheppterte ein russisches Maschinengewehr, der Geschützführer schrie seinen Feuerbefehl zurück, der Schütze I kurbelte rasch das Geschütz nach links, ein hartes Aufflammen, und aus dem Gebüsch hob sich ein undefinierbares Knäuel aus Menschen und Geräten wirbelnd in die Luft. Das MG war erledigt.

Und langsam ging es weiter durch den Wald. Die Russen verloren völlig die Nerven, wie es schien, denn wir merkten, daß niemand mehr auf uns schoß; das Zwitschern über uns hinweg und zwischen uns durch und links und rechts an uns vorbei hatte aufgehört. Der Schrecken vor unseren „Panzern" jagte sie.

Manchmal lachte mitten im Getöse neben mir der Oberleutnant laut auf, und ich wußte, warum. Der winzigste Splitter einer Granate oder einer Handgranate, ja ein einziger gezielter Gewehrschuß hätte jede unserer Selbstfahrlafetten, die da so überheblich vor sich hinlärmten, unschädlich gemacht. Was wir da unternahmen, war wirklich gegen jegliche Vernunft. Aber wir hatten die Lage gerettet! Kein Zweifel!

Das Unglaubliche ereignete sich: Der Russe räumte in Windeseile das ganze Wäldchen. Und als der Morgen graute, waren sogar die Gräben vor dem Wäldchen wieder in unserem Besitz. Und keine einzige Selbstfahrlafette war verlorengegangen oder unbrauchbar geschossen worden. Die Blech- und Holzwände waren übersät mit Splitternarben, aber keine empfindliche Stelle war getroffen.

Jedoch hatten wir Tote und Verwundete.

Als wir mit brennenden Gesichtern beim grauen Licht des Tages um unsere tapferen Fahrzeuge herumstanden und Oberleutnant Schleiermacher Zigaretten und Schnaps austeilte, baute sich plötzlich ein blutjunges Bürschchen aufgeregt vor ihm auf. Der Kleine gehörte zu dem Ersatz, den wir vor einigen Tagen erst aus der Heimat bekommen hatten, der gleich in diesen wilden nächtlichen Waldkampf mit hineingeworfen worden war und sich großartig geschlagen hatte. Der Jüngling war verdreckt wie wir alle von oben bis unten und von fremdem Blut vollbespritzt, und er meldete beinahe schluchzend: „Herr Oberleutnant, ich melde, ich habe mein Seitengewehr nicht mehr. Ich habe es bestimmt nicht verloren. Ich bin auf der Lafette gefahren und heruntergefallen und in einen kleinen Granattrichter hinein. Da lagen aber zwei Männer drin, und wie dann die Leuchtkugel hochging, da habe ich gemerkt, daß es Russen waren. Zuerst bin ich furchtbar erschrocken. Der eine hat sein Gewehr gehoben, und da habe ich schnell mein Seitengewehr aus der Scheide herausgerissen und zugeschlagen, er fiel um, und der andere ist ausgerissen. Ich habe mir gleich sein Gewehr genommen und hinter ihm hergeschossen. Und dann war mein Seitengewehr weg. Ich habe den ganzen Trichter abgesucht, Herr Oberleutnant, ich konnte es nicht mehr finden."

Und das Bürschchen starrte den Kompaniechef ängstlich an. Er hatte tatsächlich Angst, er würde wegen seines dämlichen Seitengewehrs bestraft werden. Oberleutnant Schleiermacher aber grinste nur.

„Du bist ganz in Ordnung", sagte er, „los, einen Schluck aus der Pulle. Und ein Seitengewehr kriegst du auch wieder. Aber ich würde mir ganz gerne den Trichter ansehen, in dem du mit den zwei Russen gelegen hast."

Oh, verdammt, dachte ich, wenn der Bursche gelogen hat. „Ob du den Trichter wiederfindest?" fragte der Chef.

„Aber sicher, Herr Oberleutnant!" schmetterte der Kleine, und wir zottelten los, der ganze Kompanietrupp hinter uns her. Wir platzten vor Neugierde. Denn das waren so Kleinigkeiten, in denen der Chef ganz groß war. So gewisse Sächelchen pickte er sich heraus, kleine Stichproben, und danach schätzte er seine Männer ein. Und die Leute merkten sich so etwas genau.

Der Kleine führte uns, ohne zu zögern, kaum hundertfünfzig Meter weiter, und dann starrte er in einen Trichter, sprang hinunter, hob sein Seitengewehr auf und schrie: „Da ist es, Herr Oberleutnant!" Jedes Wort stimmte, was der Jüngling gemeldet hatte. Im Trichter lag ein Russe mit einer Kopfwunde, zwanzig Meter hinter dem Trichter lag der zweite Russe mit einem Rückenschuß.

„Na also", sagte der Chef zufrieden. „Du bist tatsächlich in Ordnung, hätte mich sehr gewundert, wenn nicht." Er sah dem Kleinen einige Sekunden in das frohe, erhitzte Gesicht und fügte hinzu: „Ich reiche dich als ersten vom Ersatz zum EK II ein."

Der Junge lief rot an wie eine angezündete Ampel.

Diese kleine Sache machte uns alle, so winzig sie war, plötzlich ganz glücklich und übermütig, wir begannen zu lachen und Witze zu machen, und jetzt merkten wir auch, daß wir ungeheuren Hunger hatten.

Wir fuhren zurück zum Kompaniegefechtsstand. Hier gab es ein prima Frühstück. Der heiße Kaffee wirkte wie Rauschgift auf uns. Und, als ob wir genau wüßten, daß in den nächsten Stunden nichts passieren würde, legten wir uns hin.

Ich versank sofort in tiefsten Schlaf, und Gott sei Dank war er traumlos. Diese Nacht möchte ich nicht einmal im Traume noch einmal erleben.

Gegen Mittag aber ging der Spuk im gleichen Wäldchen wieder los, als ob diese Welt verdammt sei in Ewigkeit und wir mit ihr.

Oberleutnant Schleiermacher stand einige Augenblicke vor seinem Bunker und war schwer gereizt. Er brüllte uns an, uns zu beeilen. Auch ich spürte, daß meine Nerven klapperten. Sofort wurde auch ich wütend und brüllte meinerseits die Leute an. Die Landser nahmen es hin, mürrisch zerrten sie unsere vier Beiwagenkräder aus den Nischen. Wir kratzten alles, was an Männern um den Kompaniegefechtsstand herum zu fassen war, zusammen. Ich glaube, uns allen war speiübel, innerlich speiübel. Warum, weiß der Teufel. Daß es dann und wann überraschend und mit Windeseile ins Gefecht ging, war für keinen von uns eine Neuigkeit.

Aber wir hatten, der Chef eingeschlossen, Zustände.

So brausten wir tief erbittert los, und je näher wir dem verdammten Wäldchen kamen, desto wütender wurden wir. Am Lärm vorne hörten wir, daß dem Iwan wieder ein Einbruch gelungen war. Natürlich, warum nicht. Warum sollte es anders sein. Es war zum Kotzen.

Ich klebte im vordersten Krad auf dem Notsitz, Oberleutnant Schleiermacher hatte sich den Stahlhelm tief über die Augen gezogen. Immer ein schlechtes Zeichen bei ihm. Ich sah, daß er an seiner Maschinenpistole fingerte wie auf einer Gitarre. Auch ein schlechtes Zeichen.

Es gibt Stimmungen, die eine Vorbedeutung haben. Und in genau einer solchen tanzten wir durch die Gegend. Wir mochten etwa fünfzig Meter an den Bataillonsgefechtsstand herangekommen sein, als der Fahrer mit einem Ruck bremste, der ihn selber beinah über die Lenkstange warf. Rechts aus unserm Gefechtsstand sahen wir kleine Blitze kommen, und ebenso links um den Bataillonsgefechtsstand.

Und es wimmelte vor uns von erdbraunen Gestalten. Dazwischen rannten einige unserer Landser um ihr Leben am Rande des Wäldchens hin und her. Den Russen war der Durchbruch gelungen. Was denn sonst! Wieso auch nicht! Das hatten wir doch in der Nase gehabt.

Der Bataillonsstab schien noch mit letzter Verzweiflung zu kämpfen, denn vor dem Bunker sahen wir immer wieder einen Russen, wie von einer Geisterhand niedergeschlagen, zusammenbrechen.

Das Übermaß des höllischen Durcheinanders, das hier vor unseren Augen und Ohren tobte, hatte die doch sehr seltsame Wirkung, daß unsere Gereiztheit wie durch einen Zauberschlag verschwand. Ich möchte nicht sagen, daß wir plötzlich kaltblütig wurden. Nein, wir wurden gleichzeitig aufgeregt und eiskalt und durchforschten mit jagenden Blicken die Lage.

Ich glaube, es war jedem von uns, wir waren acht Mann, klar, was zu tun war und was als einziges zu tun war. Jedoch glaube ich, daß keiner von uns in diesen Sekunden in der Lage war, es auszusprechen, das heißt zu befehlen, also das heißt, zu brüllen. Keiner von uns Landsern, meine ich. Aber wir hatten einen Offizier bei uns. Und in solchen Augenblicken zeigte sich, wer ein Offizier war.

Er mußte innerhalb einer Sekunde den Entschluß fassen. Und ich hörte dicht neben mir die heisere, sich überschlagende Stimme von Oberleutnant Schleiermacher: „Auf den Iwan!" Und im Bruchteil der nächsten Sekunde waren wir von den Rädern herunter und stürzten uns auf die Russen. In allen Schlachtenschilderungen hört sich das hervorragend an: „Wir stürzten uns auf den Feind." Stürzen, was heißt stürzen, wir taumelten, wankten, tanzten, stolperten, schlichen und hüpften und rannten mit aufgerissenen Mäulern und Gebrüll gegen eine Brandung von erdbraunen, lebendigen Wellen, darin wir dann versanken. Ich sah die Flämmchen aus der Maschinenpistole des Oberleutnants zucken, und wieder, wie immer, wenn wir im Feuerofen gebraten wurden, hielt ich mich dicht bei ihm, und mit kurzen Feuerstößen aus meiner

Waffe hielt ich ihm die Iwans vom Leibe, die seitwärts herangefegt kamen.

Das Folgende spielte sich mit rasender Schnelligkeit ab. Die Russen, die wir dicht vor uns hatten, stutzten und bekamen jenen etwas hilflosen und unentschlossenen Zug in ihre harten Gesichter, den wir so oft erlebt hatten, wenn wir im Treffen zum Nahkampf kamen.

Im gleichen Augenblick schrien wir vor Glück, denn wir sahen über das Ackerfeld unsere Selbstfahrlafetten heranwanken. Und jetzt tauchte im halbverschütteten Eingang des Bataillonsgefechtsstands das silbergraue Haupt vom Kommandeur auf, hinter sich die Offiziere und Männer seines Stabes. Ihr Kampfgeschrei hörten wir im Lärm nicht, wir sahen nur in ihren roterhitzten Gesichtern unter den Stahlhelmen die offenen Münder. Die ganze Gruppe verhielt kurz, als sie uns erblickte, und dann stürmten sie ganz heraus, uns entgegen. Was zwischen uns sich an Iwans befand, war verloren. Ich hatte den dämlichen Eindruck, daß wir auf leblose und wehrlose Gestalten einschossen, einstachen und einschlugen. Und so mußte es auch gewesen sein, denn plötzlich machten sämtliche Iwans kehrt, einige warfen ihre Gewehre weg und rasten nach rückwärts.

Dieser wunderbare Anblick machte uns alle verrückt. Der Hauptmann, der Bataillonskommandeur, der bloßköpfig mit seinem weißhaarigen dicken Schädel zwischen uns stand, fiel unserem Oberleutnant um den Hals, der vor Schrecken einen Feuerstoß aus seiner Pistole in den Erdboden jagte. Wir anderen sahen uns keuchend und grinsend vor Begeisterung an. „Das war gerade...", schrie der Hauptmann und quetschte unsern Chef, „das war gerade... wir wollten gerade... die Funkgeräte zerdeppern..."

Und unser Oberleutnant, der in den kräftigen Ellenbogen des Bataillonskommandeurs kaum Luft bekam, schnappte bruchstückweise: „Ich... mach' den... Gegenstoß... bitte, sorgen Sie für Munition!"

Und dann wälzten wir uns, vielleicht zwanzig bis dreißig Mann, den Russen nach. Wir erblickten die sinnlos und blindlings flüchtenden Gestalten sofort, und wir schossen im Laufen.

Es war einer jener Höhepunkte des Gefechts, in dem niemand an Deckung denkt und in dem das Leben einem nicht fünf Pfennig wert ist, es ist eine Raserei.

Natürlich kann man solche Momente später mit Worten schildern, aber es ist kaum möglich, bis zum tiefsten Grunde dieses barbarischen Erlebens mit Worten zu dringen. Es gibt wenige, die es annähernd gekonnt haben. So annähernd gekonnt haben, daß noch Fieberschauer beim Lesen jenen überlaufen, der es erlebt hat.

Mir blieben nur winzige Ausschnitte im Bewußtsein. So gerieten Oberleutnant Schleiermacher und ich während dieser tödlichen Jagd, als wir um einen Busch rannten, plötzlich an einen riesenhaften Russen, den wir beinahe über den Haufen rannten und der vor Entsetzen aufschrie, sein Gewehr zu Boden fallen ließ und beide Hände hob. Und unwahrscheinlicherweise quollen aus seinen tiefliegenden Augen wie ein Strom Tränen und näßten sein flaches Gesicht, von einer Sekunde zur andern, aus flackernden Augen starrte er uns an, kein Zug rührte sich in seinem Antlitz.

Der Oberleutnant hob die linke Hand und legte sie flach und merkwürdig sanft über das Gesicht dieses Feindes. Es kam mir vor wie eine Bewegung der Gnade, wenn ich das so ausdrücken darf. Und das war es denn wohl auch, mit dem Daumen deutete der Chef nach rückwärts, und der Riese rannte davon. Er war der erste Gefangene, den ich mit Bewußtsein sah.

Wir eilten weiter. Und dann war es auf einmal aus. Das Geschrei hörte auf. Einzelne Iwans sprangen uns entgegen, die Arme hinter dem Genick verschränkt. Eine unbegreifliche, fast völlige Stille herrschte auf dem Schlachtfeld.

Das war, als wir unseren früheren vordersten Graben erreicht hatten. Da lagen verwundete Russen auf der Sohle.

Wir kletterten in ihm entlang, und der Oberleutnant teilte die herumstehenden Männer ein, die Stellung zu besetzen.

Als wir an einer Grabenwindung hielten, blieb der Chef stehen und sah sich um, und dann ging ein breites Grinsen über sein vor Schweiß triefendes Gesicht. Auch ich drehte mich um, und auch ich grinste. Es war nicht zu glauben. Hinter uns waren mit uns stehengeblieben die sechs Männer, mit denen wir in unseren vier Krädern aufgebrochen waren und uns in die Brandung gestürzt hatten. Die sechs, ebenso naß vor Schweiß wie wir, grinsten nun ihrerseits, und so grinsten wir acht Männer uns strahlend vor Glück und zugleich etwas verlegen mit verzerrten Gesichtern an. Und jetzt erst entdeckte wahrscheinlich jeder von uns, daß wir acht mitten im Feuerofen zusammengeklebt hatten wie Pech und Schwefel. Während der Nahkämpfe hatte man keine Zeit, so etwas zu beobachten. Und alle acht waren unversehrt!

Auch solche Augenblicke kann man kaum auch nur annähernd mit Worten wiedergeben. Wenn eine kleine Clique, die sich geschlossen in die Hölle stürzte, nachher, wenn alles gut überstanden ist, zusammensteht, so kann man das kaum beschreiben. Man grinst sich an.

Oberleutnant Schleiermacher leckte sich schnell über die trockenen Lippen, dann sagte er: „Kinder, Kinder."

Und dann riß es uns herum. Am Grabenrand entlang, oben im Lehm, rannte eine Gruppe von etwa sieben bis zehn Landsern brüllend an uns vorbei, an der Spitze Leutnant Kern, den wir kannten, sie fuchtelten mit den Gewehren und schrien zu uns herunter, und weiter rannten sie. Im ersten Moment sahen wir mit erhobenen und entsicherten Waffen dahin, woher sie gekommen waren, weil anscheinend hinter ihnen her eine feindliche Meute kam. Jedoch war Leutnant Kern nicht der Mann, der vor einer feindlichen Meute mit seinen Männern ausriß, und so schauten wir uns verdutzt um. Eine Stunde später, bei einem scharfen Beruhigungsschnaps, beichtete Leutnant Kern die rätselhafte Sache: Er war etwas meschugge geworden, wie er selber sagte, er hatte im leeren Raum für einige Minuten, da er einmal im Schwung war, weitergekämpft gegen Geister und Gespenster. Auch das gibt es. Wir sollten nicht zur Ruhe kommen. Und als wir rechts wieder Kampflärm hörten, wurde ich mir auf einmal wieder der Aussichtslosigkeit dieses ganzen Feldzuges in dem riesigen Lande und gegen diese riesigen Menschenmassen bewußt, und ich war verzweifelt.

„Los!" sagte der Oberleutnant. Seine Stimme klang auch nicht sehr erfreut. Wir hasteten nach rechts im Graben entlang, und richtig, hier war etwas los. Inmitten von etwa zehn oder zwölf verdatterten Landsern tobt ein junger Hauptmann wütend hin und her. Wir hörten ihn brüllen und sahen ihn mit einem Knüttel fuchteln. „Liegengeblieben! Hier wird liegengeblieben! Ich werde euch helfen! Noch kein Schwanz vom Iwan zu sehen! Stiften gehen, was!"

Oberleutnant Schleiermacher kletterte aus dem Graben heraus, wir hinter ihm her, und wir näherten uns dieser merkwürdigen Szene. Da schien einer mit seinen Männern nicht einig zu werden. Vom Russen war noch nichts zu sehen.

So standen wir und blickten in den Graben hinunter. Da standen, hockten und lagen ein Dutzend Männer, die einen recht verstörten und verängstigten Eindruck machten. Der junge Hauptmann sah zu uns herauf, und er wurde etwas ruhiger. Aber er klagte sein Leid.

„Sehen Sie sich das an", sagte er nervös und umfaßte mit

einer erbitterten Handbewegung seine Leute. „Mit diesem Sauhaufen soll ich die Stellung halten! Alles von der Etappe zusammengekratzt. Keiner war noch im Feuer. Wenn der Iwan von weitem hustet, wollen sie abhauen. Es ist nicht zu sagen."

Oberleutnant Schleiermacher sprang in den Graben, und wir hinterher.

„Na ja, Herr Hauptmann", sagte unser Chef und machte erst mal seine Pulle vom Koppel los, „trinken wir mal einen. Wenn die Brüder noch nicht im Feuer waren, müssen Sie sie nehmen wie sie sind."

Und indessen der erschöpfte Hauptmann sich einen langen Schluck genehmigte, währenddessen er ringsum seine entzündeten Augen wütend rollen ließ, machten wir uns an die Männer.

„Wir bleiben hier bei euch", hörte ich den Oberleutnant sagen. „Ist ja alles halb so wild, meine Herren und Damen. Hier ist noch ein Logenplatz, kommen Sie mal her, Sie da meine ich..."

Und derart verteilten wir die Leute, viel Schmus machten wir nicht, aber sie verloren sichtlich etwas ihre Angst. Oder sagen wir mal, sie fühlten sich nicht mehr ganz gottverlassen. Es hatte gar keinen Sinn, mit ihnen zu toben. Wir kannten solche Kaliber. Selbstverständlich würden sie sich auch durch unseren Zuspruch oder, sagen wir mal, durch unser Beispiel nicht ändern, und alles, was wir vielleicht erreichen konnten, war, daß sie nicht gleich und sofort ausrissen, wenn der Iwan auftauchte. Ein paar Schüsse würden sie ja wohl in die Gegend knallen. Und dann, wenn wir anderen genügend beschäftigt waren, würden sie verschwinden, nach hinten, irgendwohin.

Wir kannten unsere Brüder. Wir regten uns nicht über sie auf. Es war der Ramsch aus dem Warenhaus, Abteilung Ausverkauf. Natürlich war auch ein Teil Überheblichkeit von uns dabei. Oder, wie der Chef sagte: „Nicht jeder kann so irre sein wie wir."

Als nun russisches Granatwerferfeuer begann, unsern Kindergarten ein bißchen umzugraben, was allemal ein Zeichen dafür war, daß der Iwan gedachte, alsbald persönlich zu erscheinen, machten wir uns in drei Teufels Namen zurecht, in diesem Abschnitt mitzustreiten.

Der Oberleutnant knurrte nur: „Dämlich, wie wir sind." Zum Glück tauchten nun aber einige Leutnants auf, einige Unteroffiziere und Männer, und wir sahen ihnen auf zehn Schritt an, daß sie sehr prächtig in der Lage waren, uns Panzerjäger zu ersetzen. Es war ein versprengter kleiner Haufen, der ohne viel Höflichkeitsbesuche sich im Abschnitt verteilte und sich dem unglücklichen Hauptmann zur Verfügung stellte. Sie schrien zunächst einmal wild durcheinander, überschütteten sich gegenseitig mit unmotivierten Beleidigungen, und wir hörten, daß Offizier und Mann per du waren, sie suchten sich mit Gebrüll ihre Logenplätze, und dann legten sie sich mit einer etwas bösartigen Sorgfalt ihre Waffen zurecht.

Wir sahen ihnen zu, dann sagte der Oberleutnant: „Na also." Und wir hieben ab, dorthin, wohin wir gehörten, zur Panzerjägerkompanie. So nach fünfzig Meter im Lehm blieb der Chef plötzlich stehen und sah an sich hinunter. Er hatte seinen rechten Bergschuh verloren. Es begann ein großes Palaver darüber, seit wann er sozusagen auf einem Strumpf herumlief, keiner wußte es, auch der Chef nicht.

Wir kamen am Bataillonsgefechtsstand vorbei, wo der alte Hauptmann schon wieder mit seinem Stab schwerbewaffnet hauste und uns begrüßte: „Ihr verdammten Hunde!" Und uns einen Kognak einträufelte. Diese alten Frontoffiziere waren eine Sorte für sich. Traf der Landser sie in irgendeiner Funktion in der Etappe, hingen sie ihm sehr schnell zum Halse heraus. Traf man aber einen dieser alten Herren vorne an der Front, vergötterte man sie, und Ausnahmen bestätigen die Regel. Die, die ich vorne kennenlernte, waren zumeist Bataillonskommandeure, und sie hatten etwas an sich, was nur sie sich leisten konnten, ohne falsch verstanden zu werden, sagen wir, etwas Großväterliches, etwas Menschliches. Zart waren sie nie, aber dafür trafen sie oft kleine Entscheidungen, die etwas überraschend Warmherziges an sich hatten. Und alle, die ich kannte, waren mehr oder weniger krank und im Grunde den Anstrengungen kaum gewachsen.

So auch dieser Hauptmann. Nachdem er uns noch einige Male verflucht hatte, was bei ihm einen hohen Grad der Anerkennung darstellte, entließ er uns in Gnaden, und schließlich kamen wir wieder in unserem eigenen warmen Bunker an.

Zum Essen waren wir zu kaputt, wir schliefen. Wir schliefen den Nachmittag und die Nacht durch. Vorne war es ziemlich ruhig.

Und dann, was denn sonst, ging am Vormittag die Leier wieder los. Wieder war der Russe bei unseren rechten Nachbarn eingebrochen. Und als wir am Bataillonsgefechtsstand eintrafen, hatte der Hauptmann schon den Befehl von der Division, den Russen wieder hinauszuwerfen. In der kleinen Erdhöhle war eine Luft zum Schneiden, ganze Schwaden unzähliger Geruchsschichten wehten zu uns heraus, die wir dicht bei der offenen Tür standen. Sie hatten Schwerverwundete drin liegen. Die Kompaniechefs hockten um den Hauptmann herum, um die Befehle entgegenzunehmen, sie waren ganz und gar ausgemergelt und starrten von oben bis unten vor Dreck und Nässe. Man hörte ein ununterbrochenes heiseres Hustengebell.

Wir dachten uns unseren Teil. Diese abgemagerten Infanterieleutnants, in deren blassen oder grauen, ausgehöhlten Gesichtern Vollbärte aller Kategorien hingen, diese unausgeschlafenen, halbverhungerten Männer hatten noch einen kümmerlichen Rest ihrer Kompanien. Keine viel mehr als zwanzig Mann Gefechtsstärke. Damit sollten sie in einer halben Stunde zum Gegenstoß antreten. Das heißt auf deutsch, es war als sicher anzunehmen, daß auf jeden zwischen dreißig und fünfzig Iwans kamen. Zwischen dreißig und fünfzig zähe, junge, guternährte, vollgefressene, glänzend ausgerüstete Burschen. Der Hauptmann war mit der Befehlsausgabe zu Ende, und wir hörten, daß eine merkwürdige Stille im Bunker herrschte. Dann sagte der Kommandeur: „Fragen wohl keine, wie? Wüßte auch nicht, welche. Das heißt, es gäbe eine ganze Menge. Ersparen wir uns wohl, wie, meine Herren?" Es gab wieder eine kurze Pause, und jetzt hörten wir die helle, heisere Stimme von Leutnant Gammert, dem Kompanieführer der zweiten Kompanie. „Herr Hauptmann...", stieß er stockend hervor, „bitte, es... ich meine... meine Männer können nicht mehr."

Wir hörten, die Köpfe vorgebeugt, die Stille im Bunker geradezu klirren. Dann sagte der Hauptmann: „Ja glauben Sie denn, lieber Gammert, daß einer von uns noch kann?"

„Herr Hauptmann", antwortete Leutnant Gammert, „wir schaffen es nicht mehr."

„Das steht dahin", sagte der Kommandeur ruhig. „Das steht dahin, lieber Gammert. Wir sind alle 'n bißchen knapp an Nerven geworden. Und auch an Worten, lieber Gammert. Noch eine Frage?"

In diesem Augenblick wußten wir alle draußen vom Kompanietrupp der Panzerjäger, daß bei der zweiten Kompanie etwas schiefgehen würde. Um Himmels willen nicht deswegen, weil Leutnant Gammert etwa die Flinte ins Korn werfen würde, von dieser Sorte war er nicht. Er hatte lediglich für seine Männer aufgemuckt. Und jetzt, wo es sein mußte, würde es nicht an ihm liegen. Nein, es mußte bei der Zwoten schiefgehen, weil sie heute kein Glück hatte. Wir rochen so was.

Und so sahen wir uns draußen nur schweigend an, als wir jetzt Oberleutnant Schleiermacher sagen hörten:

„Herr Hauptmann, ich halte mich mit meinen Meldern beim Pakgeschütz der zweiten Kompanie auf."

Das sah ihm ähnlich. Daran erkannten wir ihn wieder einmal. Er ging mit dem Schwächsten. Himmelsakrament, das war Kameradschaft. Und wir grinsten ihn herzlich an, als er hinter Leutnant Gammert aus dem Gefechtsstand kam. Er sah durch uns hindurch und hatte ein verschlossenes Gesicht. So zottelten wir stumm nach vorne. In dem tiefen Dreck des Laufgrabens verloren wir den Chef der Zweiten aus den Augen. In der Stellung der Zweiten fanden wir dann genau das, was wir erwartet hatten: die Männer waren sehr bedrückt. Leutnant Gammert fanden wir nicht.

In einer Viertelstunde sollten wir zum Gegenstoß aus dem Graben, und wir hasteten hinter dem Chef her, um Gammert zu finden. Schon klatschten die Maschinengewehrgarben der Iwans, die in das Wäldchen gesickert waren, zu uns herüber. Hinter einer Biegung des Grabens stolperten wir über einen laut heulenden, schwarzbärtigen, völlig verstörten Infanteristen, der am Boden saß und sich an einem blutüberströmten Kameraden zu schaffen machte. Im gleichen Augenblick, als wir das sahen, wußten wir es: Der Leichnam von Leutnant Gammert lag da.

Und wie immer, im Übermaß des Schreckens oder des Schmerzes, packte uns eine Art Totentanzroutine. Die Zwote besaß keinen Offizier mehr. Verbindung zum Bataillon war Nonsens. Oberleutnant Schleiermacher übernahm die zweite Kompanie, und schon waren wir links und rechts unterwegs, um den Gegenstoß einzuleiten.

Und es lief ab wie gehabt. Wie vorgestern und gestern und wie es morgen und übermorgen ablaufen würde: Von hinten kamen brüllend Männer gelaufen, bevor wir überhaupt ein Bein zum Graben heraus hatten, der Iwan war schon hinter uns im Laufgraben. Wir hörten jetzt das Urräh von dorther. So „stürzten wir uns eben auf den Feind." Du lieber Gott, es war immer das gleiche und doch immer wieder anders. Wir humpelten nach hinten und schossen auf die braunen Figuren, die da herumwimmelten, und wir kamen auf irgendeine rätselhafte Weise auch durch mit dem ganzen Rest der zweiten Kompanie. Und wir gerieten wieder wie einst im Mai vor den Bataillonsgefechtsstand. Vierzig Meter davor lagen die Männer des Stabes an den Maschinengewehren. Als der Oberleutnant in den Bunker hineinrannte, rannte der Hauptmann gerade heraus, und sie zerrten sich erst mal erfreut hin und her.

Da unsere Panzerjägerkompanie auf den ganzen Divisionsabschnitt verteilt war und wir in dem Durcheinander doch nicht sämtliche Männer und Geschütze in der Hand behalten konnten, behielt Oberleutnant Schleiermacher die zweite Kompanie. Mit Schaufeln und Pickeln gruben wir uns ein. Während der Nacht kamen aus den rückwärtigen Gebieten vom Troß einige Alarmeinheiten zur Verstärkung. Beim Morgengrauen übernahm ein Infanterieleutnant die Zwote. Wir konnten wieder zu unserem eigenen Gefechtsstand der Panzerjägerkompanie zurückgehen.

Aus diesem Gewirr von tausend verzerrten Ereignissen, die man im einzelnen nur in einer zwölfbändigen Ausgabe der Schilderung eines einzelnen Gefechts unterbringen und erzählen konnte, erhob sich am anderen Vormittag das Ergebnis, das einem Wunder nicht glich, sondern ein Wunder war: Der Russe hatte nicht durchbrechen können. Trotz dreißig gegen einen, er hatte nicht durchbrechen können. Trotz aller düsteren Vorahnungen und trotz aller Gewißheit entsetzlicher Unterlegenheit, er war nicht durchgebrochen.

„Nun was!" sagte gegen Mittag, als das feststand, plötzlich Oberleutnant Schleiermacher. „Ist die Infanterie nun die Königin der Schlachten, oder ist sie es nicht?"

Und er setzte etwas ironisch die alte Formel hinzu: „Dafür gebührt ihr auch der höchste Ruhm."

Der Landser hatte es geschafft. Mit seinen Leutnants und Oberleutnants und was uns betraf, seinem alten Bataillonskommandeur. Das, was uns hier an der Ostfront immer ganz rapplig machte, nämlich das Bewußtsein, daß alle unsere Männer eigentlich in spärlichster Stärke ungeheure Strecken dieses riesigen Landes gegen eine ungeheure Übermacht zu halten hatten, und nicht nur zu halten hatten, sondern auch im Angriff... was sind Worte.

Die Sache war aber noch nicht rund. Keiner von uns konnte schlafen, und in unseren Köpfen lief unaufhörlich eine durchdringende Klingel. Also ging der Chef mit vieren von uns zum Zuggefechtsstand, quer abkürzend durch ein Waldstück. Ein Granatwerferüberfall hetzte uns in einen Trichter. Rings um uns donnerte und blitzte es auf, und dann hob uns, die wir eng aneindergepreßt lagen, eine Feuerlohe hoch, machte uns taub und blind. Als ich zu mir kam, lag der Melder Standler tot neben mir. Oberleutnant Schleiermacher blutete am Hals und an den Beinen. Ich selber konnte die Schulter rechts nicht bewegen. Wir verbanden uns zunächst. Es mag komisch klingen, aber ich hatte, so sehr auch meine Schulter schmerzte, ein ganz zufriedenes Gefühl. So, als ob ich Schulden bezahlt hätte, vielleicht. Es wäre auch zu seltsam gewesen, wenn in diesen wilden Tagen keinem von uns ein Haar gekrümmt worden wäre. Ich betrachtete meine Verwundung als eine Versicherung gegen Schlimmeres.

Wir krochen zum Zuggefechtsstand. Das Knie des Chefs war mächtig angeschwollen. Meine Schulter schien von einem Splitter gestreift worden zu sein, ob der Knochen verletzt war, mußte sich erst herausstellen. Wir bekamen Schnaps und waren sofort, von einer Sekunde zur anderen, blau. Und daran war nicht der Alkohol schuld, wir waren andere Mengen gewohnt, sondern der Übermut, der uns nach dem Schock faßte und uns in einen Rausch der Heiterkeit versetzte. Wir waren am Leben geblieben, verdammt und zugenäht!

In Kradbeiwagen brachten sie uns zurück in unseren Gefechtsstand. Hier gab es ein Gebrüll der Freude.

Dann meldete Oberleutnant Schleiermacher seine Verwundung der Division, zu der allein noch Verbindung bestand. Er mußte die Kompanie an Leutnant Ziegel abgeben.

Und dann fuhren wir zusammen ins Feldlazarett.

Wieder einmal hatten wir zusammen wie Zwillinge unser Schicksal geteilt. Im Feldlazarett trat ein sehr unfreundlich aussehender Stabsarzt an unsere Tragbahren und blickte kalt von einem zum anderen. Dann sagte er zum Chef: „Sie sind der Oberleutnant Schleiermacher, wie?" Der Chef antwortete trocken: „Wenn ich nicht verwechselt worden bin, jawohl." Der Stabsarzt: „Werden Sie nicht frech! Unverschämtheit von Ihnen! Panzerjäger haben wohl Narrenfreiheit, was?" Dann deutete er mit dem Zeigefinger auf den Chef herunter und sagte: „Sie werden sofort mit mir eine Flasche Schampus leeren, verstanden? Sie kenne ich, Sie vorlauter Herr!" Mir fiel ein Stein vom Herzen, ich hatte erstarrt zugehört und es ernst genommen. Den Schampus mußte ich übrigens mittrinken. Es stellte sich heraus, daß der Stabsarzt ein Bruder unseres alten Herrn, des Bataillonskommandeurs, war und der alte Hauptmann uns angemeldet hatte. Na also!

22

Der Granatsplitter war ziemlich elegant mit mir umgegangen, hatte den Schulterknochen verschont und nur eine Art Messerschnitt durch die Muskeln gezogen. Eine Fleischwunde also, aber sie heilte schwer zu.

Das Drecknest, wo ich im Lazarett lag, will ich nicht einmal mit Namen nennen. Oberleutnant Schleiermacher war irgendwo anders hingekommen, und wir hatten nicht einmal Abschied voneinander genommen. Mir selber saß der Krieg bis an den Hals, wie anderen auch. Und wenn nicht ein Lichtblick gewesen wäre, würde ich diese Wochen überspringen und liegenlassen wie einen Haufen Mist.

Der Lichtblick aber hatte es in sich.

Eines Morgens, als ich gerade mit einem Vollidioten Schach spielte, kam Schütze Scharre in den Schulsaal, in dem wir zu zwölfen lagen. Schütze Scharre war ein ganz großer Liebling von uns, denn erstens quatschte er immer zur Unzeit in irgend etwas 'rein, und zweitens war das, was er quatschte, völlig fehl am Ort, und drittens ließ er sich durch niemand und nichts davon überzeugen, daß er so überflüssig war wie ein Eunuche im Harem. Er hatte in seiner Dämlichkeit zweimal sein Bein gebrochen, jetzt hatte er die Gelbsucht.

Schütze Scharre sagte aufgeregt: „Da draußen ist ein Feldwebel mit dem Ritterkreuz." Zuerst war das dem Vollidioten, der mit mir Schach spielte, und mir ganz egal. Untere Dienstgrade mit dem Ritterkreuz hatten wir schon in den Illustrierten da und dort gesehen. Wir wußten auch, daß untere und mittlere Dienstgrade mit dem Ritterkreuz schon was ganz Anständiges geleistet haben mußten, aber es interessierte uns trotzdem nicht, einen lebendigen Feldwebel mit dem Ritterkreuz zu besehen. Mein Vollidiot fragte gleichgültig: „Ein Flieger, was?"

„Nee", antwortete Schütze Scharre, „das ist es ja grade. Ein Infanterist!" Da legte ich meine Figuren hin, und der Vollidiot auch. Ein Flieger mit dem Ritterkreuz, schön und gut, als Flieger war so was manchmal ganz schnell zu machen. Aber einer von der Infanterie!

Dieses Ausstellungsstück wollten wir uns besehen.

Wir gingen also 'raus auf den Hof. Da stand einer vor dem

Oberarzt und drehte uns den Rücken. Dann ging der Oberarzt weg, und der Mann machte eine lockere Wendung und kam auf uns zu, und jetzt sahen wir es, es war der Feldwebel mit dem Ritterkreuz.

Na, und dann fiel ich lang hin, und der Feldwebel fiel auch lang hin, das heißt, bildlich gesprochen. In Wirklichkeit stieß der Feldwebel einen Indianerschrei aus und ich ein anderes Geheul, wir rannten einander entgegen und schrien erst mal aufeinander ein.

Vor mir stand hochroten Angesichts Kurtchen Zech, mein Kamerad aus Polen und Norwegen und aus Karelien, Dr. phil. Kurtchen Zech, Privatdozent für orientalische Sprachen an der Universität Göttingen, mit seiner langen Oberlippe und seinem Schafsgesicht, hinter dem er seine Gerissenheit versteckte, Kurtchen Zech, leibhaftig, hier in Rußland, Feldwebel und Ritterkreuzträger.

„Mensch", sagte ich schließlich, „Mensch!"

Und Kurtchen Zech sagte bescheiden: „Ich hab' euch ja gesagt, daß ich mir mal das Ding da ankleben würde." Stimmt! Er hatte es mal gesagt, als wir ihn auf den Arm nahmen.

Er hatte vier Stunden Zeit, war nur mal schnell hierhergefahren, um eine Ersatzoptik oder so was zu holen, er war Zugführer bei den Panzerjägern. Und im Schulzimmer erzählte er uns, wie er das Ritterkreuz bekam. Er erzählte es einem Haufen atemlos zuhörender Verwundeter. Denn so war es denn doch nicht, daß wir als Landser nicht gewußt hätten, was dazu gehörte, um sich als Feldwebel das Ritterkreuz zu holen. Und sosehr uns allen der Krieg zum Kotzen war, immer noch konnten wir nicht genug davon hören, wie sich der oder jener aus irgendeinem Schlamassel gezogen hatte, wir waren Fachmänner, was ein Schlamassel betraf, und wir vermochten einen, der uns erzählte, auf Herz und Nieren zu prüfen.

Na also, Kurtchen Zech hatte als Geschützführer in einer Panzerjägerkompanie eine ganze Serie vom Schlamasseln an der Ostfront erlebt, wie wir auch. Tagsüber kämpften sie wie die Raubtiere, und nachts gingen sie zurück. Dazwischen brach der Iwan wieder und wieder rechts oder links oder rechts durch, genau wie bei uns. Und schließlich war die Sauerei so groß geworden, daß die Panzerjäger nicht mehr daran denken konnten, welchen T 34 sie zuerst abschießen sollten, sondern wie sie ihre Geschütze retten konnten, genau wie bei uns.

Kurtchen Zech erzählte: „Wir hatten einen Sperrauftrag, einen der berühmten Sperraufträge, und lagen in einem der langgezogenen russischen Dörfer, drum 'rum lag dichter Wald. Wir sollten einen Durchbruch russischer Panzer in den Rücken der Division verhindern. War ein ganz gemütlicher Morgen. Auch ein ganz gemütlicher Tag und eine ganz gemütliche Nacht. Dann kam ein Melder von der Division, wir sollten unbedingt den Iwan aufhalten. Klar, dazu waren wir da. Der Melder war weg, und es ging los. Trommelfeuer wie gehabt und bekannt. Verbindung zur Division riß natürlich sofort ab. Dann kamen zwei aufgeregte Landser von hinten gelaufen und brüllten. Und gleichzeitig kam einer unserer Posten von rechts gelaufen und brüllte. Mit unserm Oberleutnant stürzte ich auf eine Anhöhe, und da sahen wir so sechshundert Meter entfernt auf einem Feldweg eine Kolonne aus dem Wald kommen, endlos lang, mit Pferden. Wir konnten durch den Schneewirbel nicht klarkriegen, was es war. Der Oberleutnant also mit drei Männern hin, nach vierhundert Metern winkte er zurück, und schon blitzte es in der Kolonne auf, russische 7,62-cm-Allroundgeschütze. Ratschbum, ihr wißt schon. Der Salat war da. Ich ließ meine zwei 2-cm-Flak feuern, der Oberleutnant mit seinen Männern kam glücklich wieder zurück. Dann wieder eine halbe Stunde Ruhe. Wir wußten aber, was kam, so sicher wie das Amen in der Kirche. Wir hörten auf einmal starkes Motorengeräusch aus dem Wald, und mit einem Schlag hauten Granatwerfergeschosse von Stalinorgeln bei uns ein, ihr wißt, was das heißt. Es war nämlich soweit. Acht T 34 rollten auf uns zu. Ich rannte zum Friedhof, wo mein Pakgeschütz stand. Alles in Butter. Unser zweites Geschütz schoß, wir hörten jemand brüllen: ‚Der Panzer brennt!' und dann warteten wir auf den zweiten Schuß. Statt dessen gab es einen furchtbaren Krach, das Geschütz flog auseinander, Rohrkrepierer oder so was. Damit waren die beiden Flakgeschütze verloren, die T 34 knallten sie zusammen. Bei euch kann ich ja ruhig ein bißchen durcheinander und schnell erzählen, was? Ihr wißt, wie es zugeht. Da brauche ich euch auch nicht breit zu erzählen, daß alles zu uns ins Dorf stürzte. Kleine Panik in der Westentasche. Kurz und gut, was blieb, war ich mit meinem Pakgeschütz. Jetzt tauchten auch die ersten Russen auf der Höhe vor dem Dorf auf, drehten das übrige 2-cm-Flakgeschütz, unser eigenes, herum und knallten ins Dorf. Was nun? Dableiben? Oder auf die Fahrzeuge und ab? Der Oberleutnant kam nicht recht zu Rande mit sich und uns. Und wenn er zu Rande gekommen wäre, es war zu spät. Die russischen Granatwerfer schossen ins Dorf, ganz kurze Abschüsse, die einem durch Mark und Knochen gehen. Rechts brannte sofort ein Haus, wir sahen die Frauen und Kinder und alte Zivilisten brüllend herausrasen. Und jetzt kam von links das Urrähgeschrei. Zu spät zum Abhauen. Jetzt war auch alles egal. Ihr kennt das. Die einen nennen es Mut, die anderen Verzweiflung. Die russischen Panzer rollten, unentwegt feuernd, von rechts an das Dorf heran. Sie dachten, es wäre keine Maus mehr von uns da. In einem großen Halbkreis zogen sie etwa vierhundert Meter entfernt vorbei. Acht Panzer. Feuernd aus allen Rohren wie Schlachtschiffe. Mir lief der Schweiß in Bächen übers Gesicht. Übrigens habe ich vergessen zu sagen, daß meine Männer prima waren. Ich krallte meine Finger in die Schulter vom Schützen I: ‚Mensch, noch warten, noch warten! Erst, wenn alle im Schußfeld sind, warte, Mensch, warte!' Aber der Mann war zu aufgeregt und schoß sofort auf den letzten Panzer. Wir hörten das schwirrende Klirren in der Luft, jeder Panzerjäger kennt das, der Panzer war getroffen. Die anderen merkten es nicht und fuhren weiter. Mein Schütze I hielt auf den zweiten und schoß daneben. Jetzt hatte ich die Ruhe weg. Ich hatte sie tatsächlich weg wie nie. ‚Halte besser nach recht!' sagte ich dem Schützen I ins Ohr, und schon saß der zweite Schuß mitten in der Breitseite, der Geschützturm des Panzers flog weg. Jetzt mußten es die andern merken, und sie merkten es, leider, leider. Die drehten ruckartig, um mit ihrer Nase zum Dorf zu stehen, erstens gaben sie so ein schmäleres Ziel, und zweitens konnten sie besser unser Geschütz ausmachen. So ein Kampf auf diese Entfernung zwischen einem Pakgeschütz und Panzern, meine Herren, ist eine Art Nahkampf. Na also, ich sagte schon, daß ich auf einmal die Ruhe weg hatte. Ich schrie: ‚Vorläufig stoppen! Stellung nicht verraten!' Jetzt schoß aber unser 3. Geschütz, erwischte den äußersten linken Panzer, der nun weiterknallte. Alle sechs T 34 feuerten jetzt rasend ins Dorf, bis der linke äußerste ausfiel. Jetzt waren es noch fünf. Diese fünf schossen auf unser 3. Geschütz, bis es schwieg. Und damit war ich nun endgültig allein. Allein ist aber noch nicht verlassen, meine Herren. Nun dürfen Sie nicht vergessen, daß sich allmählich alles bei uns ansammelte. Der Fels im Meer, wie gehabt. Die Panzer waren noch siebzig Meter entfernt und feuerten unentwegt auf die linke Friedhofsecke auf das 3. Geschütz. Uns hatten sie noch nicht entdeckt. ‚Auf den letzten!' brüllte ich. Schuß 'raus, aber die Kartuschenhülse wurde nicht ausgeworfen. Was das heißt in einem solchen Augenblick, kann ich nur mit den schlichten Worten sagen: wir konnten nicht mehr schießen. Es war aus. Die Sache war hoffnungslos. Schütze II, ein braver

Bursche, stürzte trotzdem vor das Geschütz mit der Wischerstange und stieß die steckengebliebene Kartusche heraus. Das muß ein Panzer gesehen haben, er blieb ruckartig stehen, drehte um neunzig Grad, und dieses ruckartige Stehenbleiben und Drehen preßt einem die Därme zusammen, denn dann sieht dich das Rohr an! Aber unser Schuß traf ihn, und nun hatten wir noch drei Panzer zum Nachtisch. Sie verschwanden hinter dem Friedhof. Aus. Wir konnten sie nicht mehr fassen. Wir sahen, wie mehrere unserer Pioniere mit Panzerfäusten losgingen, aber es war trotzdem aus. Denn über die Höhe kam in Massen russische Infanterie. Ich brüllte noch: ‚Geschütz sprengen!' hörte den Krach, sah die Wolke, griff den nächsten Verwundeten vom Boden hoch, und so rannten wir zurück. Ich sah noch einen der Schwerverwundeten, die wir liegenlassen mußten, mich schweigend ansehen. Ich wünsche keinem von euch, daß jemals jemand ihn so ansehe. Man streift in solchen Momenten nahe an Selbstmord vorbei. Nun, also am Dorfrand, wo die Fahrzeuge standen, wollte sich der Rest unserer Kampfgruppe draufstürzen und davonmachen. Das hätte sich machen lassen, warum nicht. Aber da gab es den Divisionsbefehl, daß wir auszuhalten hätten. Ich könnte euch da eine ganze Vorlesung über Befehle halten. Wann Befehle Befehle bleiben und wann Befehle Wahnsinn werden und so. Der Führer der Kampfgruppe, der Oberleutnant, war nicht da, der Leutnant der Pioniere sei gefallen, schrie einer, und der Leutnant der Panzerjäger sei schwer verwundet. Ich übernahm den Befehl. Ein Pakgeschütz stand noch aufgeprotzt bereit. Wir hauten mit ihm ab bis zum nächsten Dorf, dort wollte ich bleiben. In wenigen Sekunden raste alles mit den Fahrzeugen davon.

Wir hauten nicht ab, wir machten uns nur Luft, ein kleiner Unterschied. Was eigentlich passiert war, erfuhren wir dann von Leuten, die unterwegs zu uns kamen. Die Pioniere hatten sich überrumpeln lassen, alles abgebrühte, erfahrene und hartgesottene Krieger. Sie waren leichtsinnig geworden, sie hatten in den Bauernkaten Spiegeleier und Bratkartoffeln gemacht, und daß draußen Panzer sich mit unseren Paks herumschossen, hatte sie weiter nicht beunruhigt, sie brutzelten weiter, kamen auch auf Alarmschüsse nicht aus den Hütten und wurden so von dem russischen Infanterieangriff gefaßt. Lage: Der Iwan saß mitten unter uns. Ein Nahkampf unserer Gruppe mit der russischen Infanterie war völlig sinnlos. Wir hatten einen Sperrauftrag gegen Panzer. Sechs schossen wir ab. Aber ein Drittel von uns war erledigt. Zwei Pakgeschütze erledigt.

Eines gesprengt. Übrigens machte mich das ganz verrückt. Sein Geschütz sprengen müssen, keine Kleinigkeit. Es war nicht viel Zeit, daran zu denken. Mit den Männern baute ich eine neue Sperrstellung. Ein Melder von der Division tauchte auf und brüllte, die Division baue ab, die Sperrgruppe solle unter allen Umständen den Durchbruch russischer Panzer verhindern. Jawohl. Unter allen Umständen. Ich hetzte den Kradmelder zurück, erbat Verstärkung. Noch war der Russe nicht nachgestoßen. Ich bat um Pak und ein paar Panzer. Dann besah ich mir die Situation. Das letzte Pakgeschütz stand feuerbereit. Jetzt eröffnete aus etwa 1200 m Entfernung ein T 34 das Feuer auf unsern Dorfrand. ‚Kein Schuß!' schrie ich sofort, ‚Feuer wird nicht erwidert! Wir haben nach allen Seiten großartiges Schußfeld! Wunderbares Schußfeld! Sehr übersichtliches Gelände! Solange es hell ist, kann die russische Infanterie uns nicht überrumpeln! Die Pakstellung darf nicht verraten werden! Wer weiß, wie viele T 34 da hinten noch bereit stehen! Und wir müssen jeden kriegen!' Na ja, ich hielt eine Ansprache wie ein Generalstäbler. Ich könnte euch eine ganze Vorlesung über Ansprachen halten, über Ansprachen zur richtigen Zeit und zur falschen Zeit, am richtigen Ort und am falschen Ort, vor richtigen Männern und vor falschen Männern. Das nebenbei. Na also. Eine halbe Stunde lang war merkwürdige Stille. Es war eine Stille wie gehabt. Wir kannten sie. So langsam ging es in den Spätnachmittag. Bald mußte die Abenddämmerung hereinbrechen. Die Leute waren wieder ganz normal geworden. Daß wir in der Tinte saßen, brauchte ich keinem schriftlich zu geben. Und dann, auf einmal, kam der langerwartete gellende Schrei: ‚Panzer sind vorne!' Ich nahm mich zusammen, war aber etwas unruhig. Wenn nun unser letztes Pakgeschütz ausfiel? Verstärkung von der Division war noch nicht sichtbar und noch nicht hörbar. Durchs Glas sah ich vier T 34. Sie rollten langsam und vorsichtig auf das Dorf zu. Auf jedem saßen ganze Trauben russischer Infanterie. Das machte mich komischerweise wütend. Was bildeten sich die Brüder eigentlich ein? So leicht ließen wir uns denn doch nicht kassieren. Ich merkte, daß eine ähnliche Wut durch den ganzen kleinen verlorenen Haufen wehte. Näher und näher kamen die Ungetüme. In etwa 500 m Entfernung blieben sie plötzlich stehen. Die Infanteristen sprangen ab und gingen langsam vorwärts. Die Panzer fuhren jetzt vor ihnen her und verteilten sich links und rechts der Straße. Sie wollten wohl das Dorf umfahren. Es waren dann auf einmal sechs Panzer. Die Lage wurde ziemlich kritisch für uns, links der

Straße fuhren drei, rechts der Straße die anderen, und jetzt war alles egal. ‚Los Feuer!' brüllte ich. Innerhalb weniger Sekunden brannten zwei Panzer rechts, sie hatten uns ihre Breitseite gezeigt. Der dritte blieb kurz stehen, drehte jetzt und stieß mit Vollgas nach rückwärts. Die anderen hatten anscheinend das Pech ihrer Kollegen noch nicht bemerkt, sie fuhren weiter und zeigten unserer Pak noch immer die Breitseite. Die Infanteristen waren am Boden verschwunden und streuten mit Maschinengewehren das Dorf ab. Nun begannen unsere Pioniere mit Gewehren und MG zu antworten, wir sahen einzelne Russen aufspringen und wieder zusammensinken. Die Panzer verschwanden hinter einer Mulde. Wir hörten nichts mehr. Auch von der russischen Infanterie sahen wir nichts mehr. Fürs erste war die Gefahr vorüber.

Ich spazierte wie ein Feldmarschall zwischen meinen Männern herum und grinste wohlwollend auf sie herunter.

Kurz vor Einbruch der Dunkelheit kamen von der Division zwei Sturmgeschütze. Ein wütender Feldwebel führte sie, er war öl- und dreckverschmiert und ließ eine Kanonade von Flüchen gegen die Division, gegen uns, gegen den Iwan und gegen die ganze Welt los. ‚Wo ist der Kampfgruppenführer?' brüllte er dann. ‚Hier', sagte ich, ‚Unteroffizier Zech.' Der Feldwebel wurde plötzlich friedlich. ‚Hören Sie zu, Herr General', sagte er zu mir. ‚In der Dunkelheit sind wir mit unseren Kästen ziemlich aufgeschmissen. Aber in zwei bis drei Stunden können wir alle zusammen abhauen, bis dahin sind wenigstens die Troßfahrzeuge der Division aus der gefährdeten Zone heraus. Wir können mit unseren P IV, mit unseren Kanonen, gegen die T 34 das Feuer erst auf etwa sechshundert Meter eröffnen. Sonst schießen uns die Iwans mit ihren weittragenden Rohren aus zwölfhundert ab.'

Der Feldwebel war ein Mann nach unserem Herzen. Die nächsten Stunden verliefen ruhig. Die Dunkelheit brach herein. Jedermann lag von jetzt ab bewegungslos und lauschte in die Nacht hinaus. Dann kam aus der Richtung der Rückmarschstraße Gefechtslärm. Was war das? Ich schickte auf zwei Beiwagen einige Pioniere los. Griff der Russe schon die Nachhut der abziehenden Division an? Natürlich, was denn sonst! Die Pioniere kamen aufgeregt zurück und bestätigten meine Vermutung. An der Hauptstraße saß der Iwan und war schon im Nahkampf mit der Nachhut. Es mußte gehandelt werden.

Kameraden, ihr dürft nicht vergessen, daß wir ja ein motorisierter Haufen waren und daß wir nicht mehr auf die Straße zurück konnten. Wir mußten also auf Biegen und Brechen mit aller Vorsicht langsam quer über Wiesen und Felder fahren, um vielleicht noch rechtzeitig auf die Rückzugsstraße zu stoßen. Eine kitzlige Sache. Kam ein Graben unterwegs oder ein anderes Hindernis, Vorhang herunter. Na ja, Kameraden, ihr wißt ja, wie einem zumute ist, wenn's irgendwo brenzlig wird und man die Wahl hat zwischen Nichtstun und Risiko. Wir machten also die Fahrzeuge fertig, und da knallte es auch schon am rechten Dorfrand. Handgranaten und Maschinenpistolenfeuer. Ein russischer Stoßtrupp gab uns die Ehre. Jetzt ging es wieder um Minuten. Im Handumdrehen bauten wir ab, unsere kleine motorisierte Fahrzeugkolonne bestand aus Zugmaschinen, Pkw, Beiwagen und den zwei Sturmgeschützen, und damit holperten wir hinaus in die Dunkelheit, Richtung Westen. Ein Sturmgeschütz als Nachhut. Wir waren kaum 200 Meter aus dem Dorf, da zwitscherte hinter uns her das Leuchtspurfeuer russischer MG. Die Fahrer gaben Vollgas, ohne Rücksicht auf alles, was an Hindernissen im Wege liegen konnte, stoben wir dahin. Das Dorf kam bald außer Sicht, und zuerst ging es auf den Wiesen ganz ordentlich vorwärts. Dann aber kamen wir in aufgeweichte Äcker, und die Räderfahrzeuge sanken ein und quälten sich im klebrigen Boden und mußten von den Raupenschleppern in Schlepp genommen werden. Die wühlenden Zugmaschinen und die Sturmgeschütze donnerten und krachten mit ihren Motoren. Alles durchforschte fieberhaft nach links und rechts die Finsternis.

Die Iwans schienen nicht nachzukommen.

Dann und wann hörte ich von hinten her die Stimme des Feldwebels. Er war wieder groß auf Touren. Selbstverständlich hatte er seinen Platz auf dem Sturmgeschütz gewählt, das unsere Nachhut bildete. Und selbstverständlich verfluchte er in schauerlichen Redensarten alles, was auf dieser Erde lebte, sich selber mit inbegriffen.

Das gab der Sache einen gewissen Schwung.

Ich könnte euch da eine ganze Vorlesung halten über Schweigen am richtigen Ort und zur richtigen Zeit und über Krachmachen am richtigen Ort und zur richtigen Zeit.

Jedenfalls gab uns die gellende Stimme des Feldwebels ein gewisses Gefühl des Geborgenseins.

Aber es war im ganzen doch eine teuflische Fahrt.

Es mag so gegen Mitternacht gewesen sein, als wir etwa aus einem halben Kilometer Entfernung Fahrzeuggeräusch auf einer Straße hörten.

Und da brüllte ich: ‚Wir haben es geschafft! Wir sind gleich auf der Straße!' Genau wußte ich es nicht, aber ich hatte es im Gefühl. Und so war es auch glücklicherweise.

Plötzlich fühlten wir festen Boden unter den Rädern. Wir hatten es ohne Zwischenfall geschafft. Von den Russen war nichts zu sehen und nichts zu hören.

Dann blitzte es etwa dreihundert Meter auf der Straße auf, und ein Donnerschlag ertönte, drei Gestalten kamen herangehuscht. Es waren Pioniere, die eine kleine Brücke gesprengt hatten.

,Wir hatten auch...', keuchte der eine, ,wir hatten auch noch unsern Volkswagen... der streikte, und da haben wir ihn auch hochgejagt. Wir sind die letzten. Es ist niemand mehr hinter uns. Der Iwan stößt scharf nach. Den Graben mit der kleinen Brücke, die wir gesprengt haben, hat er schnell hinter sich. Laßt uns mal aufsitzen.'

So übernahm ich denn auch die Nachhut der Division. Die Pioniere sagten, daß die Nachhut sich zwei Stunden zu früh vom Russen gelöst hätte, und zwar gleich bei den ersten Schüssen. Ich ließ T-Minen legen und fuhr voraus zum nächsten Dorf.

Keine deutschen Truppen mehr zu sehen.

Dann hörte ich hinter mir ein dumpfes Krachen. Ein russisches Fahrzeug mußte auf meine Minen gefahren sein.

Na ja, viel zu erzählen gibt es nicht mehr. Wir waren jetzt ganz gut auf Draht, und an mehreren Dörfern hielten wir bis zum Morgengrauen und machten dem Iwan das Nachkommen etwas schwer, bis wir die Division erreichten. Und dann gaben sie mir an einem Sonntag vormittag das Ritterkreuz."

Kurtchen Zech steckte sich eine Zigarette an, und ich betrachtete ihn wie ein Wundertier. Wer hätte das jemals für möglich gehalten!

Denn Kurtchen Zech hatte ja nur, das wußte ich, den Rahmen erzählt von dem, was er erlebt hatte. Wir aber konnten sozusagen zwischen dem Rahmen lesen.

Er verzog sich dann in die Kantine, und als Ritterkreuzträger bekam er alles, was er wollte und was da war. Wir saßen dann allein in der Bude von einem Spieß.

Ich fragte nach den andern. Er wußte nichts von ihnen.

Er war in Karelien wie ich verwundet worden und von Oslo aus in ein Heimatlazarett nach Deutschland gekommen. Dann bildete er wie ich Rekruten aus. Und kam dann wie ich zu einer Panzerjägereinheit nach Rußland.

Als wir uns müdeerzählt hatten, nickten wir eine Weile lang wie die Maulesel vor uns hin.

„Und?" fragte ich dann, „na und?"

Kurtchen Zech nahm einen Schluck aus der Flasche und sah aus halbverdeckten Augen durch mich durch.

„Na und", sagte er dann, „was na und? Am Ende steht das Massengrab. Was denn sonst?"

„Also bis dahin mitmachen?"

Kurtchen Zech grinste.

„Ich könnte dir da eine Vorlesung halten über Mitmachen und Nichtmitmachen."

„Halte mir eine", sagte ich.

„Dir nicht, du fauler Kopp", sagte er.

Wir schwiegen wieder eine Weile.

Dann sagte ich gereizt: „Schließlich gibt es einen Standpunkt."

Kurtchen Zech sah mich verwundert an.

„So? Gibt es das? Das wußte ich noch gar nicht. Was für einen Standpunkt hast du denn, wenn du überhaupt einen hast?"

„Kurtchen Zech", sagte ich, „die Welt geht unter."

„Na also", antwortete er gleichmütig, „dann sind wir uns einig. Was verstehst du unter Welt?"

„Alles, was uns lieb und wert ist", sagte ich.

„In Ordnung", erwiderte er, „völlig in Ordnung."

Ich wurde wütend.

„Nein, es ist eben nicht in Ordnung! Nichts ist in Ordnung! Und du schon gar nicht, wenn du so denkst."

Kurtchen Zech lächelte mich milde an.

„Habe ich etwa behauptet, daß ich in Ordnung bin?" fragte er ruhig.

„Kurtchen", sagte ich, „lassen wir die Spiegelfechtereien. Glaubst du, es ist nicht vernünftiger, man haut rechtzeitig ab?"

„Sicher ist es vernünftiger. Das heißt, wenn die anderen nicht wären."

Da hatten wir es wieder einmal.

Ich nickte.

Ich war völlig einig mit Kurtchen Zech.

Es war die alte Geschichte, die wir sooft besprochen und mit der wir uns immer im Kreise gedreht hatten. Wir saßen in der Falle. Wir wußten, welch ein Wahnsinn es war. Aber wir konnten die anderen nicht im Stich lassen.

Und das war bei Gott keine billige Ausrede. Es war der

Entschluß, auf des Messers Schneide zu bleiben. Mit den anderen, den Landsern ohne Zahl.

Beim Abschied sagte Kurtchen Zech: „Ich könnte dich zu uns anfordern lassen." Ich wehrte ab: „Laß nur, Kurtchen, es ist egal, wo du stirbst."

Und Kurtchen Zechs letztes Wort war: „Wenn es soweit ist, Freundchen, wirst du merken, daß es nicht egal ist, wo du stirbst."

Das Zusammentreffen mit Kurtchen Zech kam mir am anderen Tag vor, als ob ich es geträumt hätte. Kurtchen Zech, der alte Heini, mit dem Ritterkreuz am Halse und als Feldwebel! Nicht zu sagen. Und während ich so darüber dusselte, fragte ich tatsächlich den Gefreiten Steinle, der mit einem Wadenschuß neben mir lag: „Sag mal, Steinle, war da gestern ein Feldwebel mit dem Ritterkreuz hier?" Steinle sah mich etwas komisch an, dann knurrte er: „Nee, Mensch, nich dat ick wüßte. Ick ha nur 'n Elefanten in Unterhosen jesehn." Ich sagte: „Entschuldige, Steinle." Er dachte, ich wollte ihn auf den Arm nehmen.

Aber mir war gar nicht so zumute, jemand auf den Arm zu nehmen. Der Besuch von Kurtchen Zech hatte mich nicht mal gefreut. Das heißt, gefreut hatte er mich schon an sich. Aber es kam mir auf einmal alles so sinnlos vor. Auch Kurtchen Zech mit seinem Ritterkreuz. Ich merkte, daß ich wieder einmal ganz unten war. Das war ich immer, wenn ich Zeit hatte, nachzudenken. Jetzt hatte ich Zeit dazu. Seit Wochen zum erstenmal wieder.

Ich sagte zu Steinle: „Sag mal, hast du eine Braut?" Steinle sagte: „Eene? Dreie."

Mit Steinle war also nichts zu machen. Ich sagte: „Du bist wohl Berliner?" Er antwortete: „Nee, aus'n Wedding."

War nichts zu machen. Ich dachte, er könnte mich ein bißchen ablenken. Aber diese Berliner waren nicht dazu zu kriegen, eine vernünftige Unterhaltung in Gang zu bringen. Mit den paar andern im Schulzimmer probierte ich es erst gar nicht.

Und weiter über mich und alles nachdenken, mochte ich nicht. Das machte mich so kaputt, daß ich am liebsten die nächste Pistole genommen und mir eine vor den Kopf geknallt hätte. Soweit war es nämlich.

Und schuld daran konnte unmöglich der Krieg allein sein. Den stand ich ja ganz ordentlich durch, wenigstens bis jetzt. Manchmal dachte ich, mich mache der Gedanke so lahm, wenn ich zum Nachdenken kam, daß wir vielleicht doch den Krieg jetzt schon verloren hatten. Demgegenüber dachte ich aber, es seien schon mehr Kriege verlorengegangen. Und nicht nur von uns.

Ich sagte: „Steinle, sag mal, was hältste vom Krieg?"

Steinle, der sich eben die Hornhaut von seiner Fußsohle mit den Nägeln abschälte, antwortete: „Wat ick vom Krieg halte? Allerhand, Mensch. So wat jibt es nich alle Tage." War nichts zu machen.

Ich sagte: „Weißt du, was du bist, Steinle? Du bist eine hohle Nuß und sonst gar nichts." Ich war wütend. Steinle sagte: „Jawohl, Herr Unteroffizier."

Ich drehte mich um, legte mich lang und griff nach dem Buch, das mir gestern der Sanitätsfeldwebel gegeben hatte. Es war „Gärten und Straßen" von Ernst Jünger. Der Mann war gut. Es ging mir nicht alles ein, was er da erzählte. Aber der Mann war gut. Manchmal klingelte es doch bei mir, und dann kapierte ich auch einiges blitzschnell, verlor es aber dann wieder. Das war mir auch so ergangen, als ich mir von Kurtchen Zech mal die Relativitätstheorie von Einstein erklären ließ. Da kapierte ich manchmal blitzschnell, als ob ein Vorhang aufginge. Da sah ich auf einmal Zusammenhänge. Aber immer ging der Vorhang ebenso schnell wieder zu, und ich hatte alles wieder verloren. Mit den „Gärten und Straßen" passierte mir dann an diesem Tag folgendes:

Da beschreibt Ernst Jünger, wie er seinen 45. Geburtstag am Westwall feiert, und er schreibt: „Dann zog ich mich an und las am offenen Fenster den dreiundsiebzigsten Psalm." An diesem Satz blieb ich hängen. Der Mann war ansonsten nicht fromm, wie mir schien. Er las also den dreiundsiebzigsten Psalm. Da hakte ich ein, warum weiß ich nicht.

Ich sagte: „Kennt einer von euch den dreiundsiebzigsten Psalm?"

Im Schulzimmer waren sechs Mann in diesem Augenblick, einer schüttelte den Kopf, der andere sagte nein, und Steinle sagte: „Ick kenne nur Hundertfünfundsiebziger."

Ich fragte: „Hat einer von euch zufällig eine Bibel?" Keiner hatte eine. Steinle sagte: „Eine Fibel kann ick orjanisieren." Ich gab keine Antwort, ich war jetzt hinter einer Bibel her.

Ich stand auf und ging zu den Sanitätern. Einer von ihnen, ein kleiner, italienisch aussehender, schwächlicher Mann ging wortlos zu seinem Rucksack, holte ein ziemlich neues Buch heraus und gab es mir. Es war eine Bibel auf Dünndruckpapier. „Bring mir's wieder, Kamerad", sagte der Sanitäter. Ich warf mich auf mein Bett und brüllte sofort auf, ich hatte mir an der Schulter weh getan.

Steinle sagte: „Ick denke, du willst beten und jetzt brüllste."

Ich suchte den dreiundsiebzigsten Psalm. Und las ihn. Und ich dachte, die Luft bleibt mir weg. Es gingen bei mir wieder Vorhänge auf. Ich las noch einmal. Und dann sagte ich: „Hört mal zu. Es ist der dreiundsiebzigste."

Und ich kann wohl sagen, daß mein Herz wie ein Hammer schlug, als ich jetzt laut vorlas. Niemals in meinem Leben hatte ich, außer meiner Schulzeit, in der Kirche einen Psalm mit Bewußtsein gehört oder gelesen.

Ich las:

„Israel hat dennoch Gott zum Trost, wer nur reinen Herzens ist. Ich aber hätte schier gestrauchelt mit meinen Füßen, mein Tritt wäre beinahe geglitten.

Denn es verdroß mich der Ruhmpredigten, da ich sah, daß es den Gottlosen so wohl ging.

Denn sie sind in keiner Gefahr des Todes, sondern stehen fest wie ein Palast.

Sie sind nicht in Unglück, wie andere Leute und werden nicht wie andere Menschen geplagt.

Darum muß ihr Trotzen köstlich Ding sein, und ihr Frevel muß wohlgetan heißen.

Ihre Person brüstet sich wie ein fetter Wanst, sie tun, was sie nur gedenken.

Sie achten alles für nichts und reden übel davon und reden und lästern hoch her.

Was sie reden, das muß vom Himmel herab geredet sein, was sie sagen, das muß gelten auf Erden.

Darum fällt ihnen ihr Pöbel zu und laufen ihnen zu mit Haufen wie Wasser.

Und sprechen: Was sollte Gott nach jenen fragen? Was sollte der Höchste ihrer achten?

Siehe, das sind die Gottlosen, die sind glückselig in der Welt und werden reich.

Solle es denn umsonst sein, daß mein Herz unsträflich lebt und ich meine Hände in Unschuld wasche.

Und ich bin geplagt täglich, und meine Strafe ist alle Morgen da. Ich hätte auch schier so gesagt, wie sie, aber siehe, damit hätte ich verdammt alle deine Kinder, die je gewesen sind. Ich dachte ihm nach, daß ich's begreifen möchte, aber es war mir zu schwer.

Bis daß ich ging in das Heiligtum Gottes und merkte auf ihr Ende.

Ja, du setztest sie aufs Schlüpfrige und stürztest sie zu Boden. Wie werden sie so plötzlich zunichte! Sie gehen unter und nehmen ein Ende mit Schrecken.

Wie ein Traum, wenn einer erwacht, so machst du, Herr, ihr Bild in der Stadt verschmäht.

Da es mir wehe tat im Herzen und mich stach in meinen Nieren.

Da war ich ein Narr und wußte nichts, ich war wie ein Tier vor dir.

Dennoch bleibe ich stets an dir, denn du hältst mich bei meiner rechten Hand.

Du leitest mich nach deinem Rat und nimmst mich endlich mit Ehren an.

Wenn ich nur dich habe, so frage ich nichts nach Himmel und Erde.

Wenn mir gleich Leib und Seele verschmachtet, so bist du doch, Gott, allezeit seines Herzens Trost und mein Teil.

Denn siehe, die von dir weichen, werden umkommen, du bringest um alle, die von dir abfallen.

Aber das ist meine Freude, daß ich mich zu Gott halte und meine Zuversicht setze auf den Herrn, daß ich verkünde all dein Tun."

Ich ließ das Buch sinken. Ich hatte langsam, Wort um Wort gelesen. Großer Gott, was war in diesem Psalm enthalten! Die Kameraden lagen teils, teils saßen sie, ihre Gesichter waren mir zugewandt. Ich sah, daß jeder zugehört hatte. Steinle starrte mich mit offenem Munde an und hatte seine Fußsohle vergessen. Er schluckte, wollte etwas sagen und hielt sein Maul. Schließlich hörte ich einen vom Fenster her mit heiserer Stimme sagen: „Lies noch mal."

„Nein", sagte ich, „das kann ich nicht."

Ich stand auf, ging hinüber und brachte dem kleinen Sanitäter seine Bibel zurück. Während er das Buch in seinen Rucksack in der Ecke stopfte, fragte er still: „Was hast du gelesen, Kamerad?"

„Den dreiundsiebzigsten Psalm", antwortete ich.

„So", sagte er still und lächelte mich an, „den dreiundsiebzigsten Psalm." Und wickelte weiter Binden auf.

Ich muß offen gestehen, daß ich kein frommer Mensch bin, aber jetzt war ich wie verzaubert. Und auch wie umgewandelt. Es war mir zumute, als ob ich etwas begriffen hätte, was mir noch niemals begegnete, aber immer vorhanden gewesen sein mußte, nur wußte ich es nicht.

Und plötzlich lief ich wieder hinüber zu den Sanitätern und

sagte dem, der mir die Bibel gegeben hatte: „Kann ich's nochmal haben? Ich möchte mir da eine Stelle abschreiben." Der kleine Mann, wortlos wie immer, ging wieder zu seinem Rucksack und gab mir das Buch, dann riß er aus einem schwarzen Heft zwei Seiten, holte seine Füllfeder aus der inneren Jakkentasche, schraubte sie zurecht, deutete auf den Tisch in der Ecke, auf dem Medikamente standen und sagte: „Mach's hier."

Ich schrieb den Psalm ab.

Gleich der erste Satz war wie vorhin Donnerklang in meinen Ohren und in meinem Innern: „Israel hat dennoch Gott zum Trost..." Und wie eine Zentnerlast fiel plötzlich alles auf mich, was ich jemals im Dritten Reich über die Juden gehört und gelesen hatte. Im wilden Tanz der Schlachten war das alles vor der eigenen inneren und äußeren Not bei mir in Vergessenheit gesunken. Nun überfiel es mich, daß ich keine Luft mehr bekam.

Es dauerte lange, bis ich weiterschreiben konnte. Als ich fertig war und das Buch wieder zurückgab, sagte der Sanitäter: „Da bist du doch durch Ernst Jünger draufgekommen oder nicht?"

Ich sagte: „Ja. Ich lese ‚Gärten und Straßen'."

„Vom Feldwebel, nicht wahr? Lies aber auch den Ernst Jünger weiter."

Das tat ich natürlich. Ich fing das Buch wieder von vorne an, und es war merkwürdig, daß mir jetzt auch bei Stellen die Augen aufgingen, die vorher an mir vorbeigegangen waren.

Erst gegen Abend kam wieder die große Niedergeschlagenheit über mich. Ich dachte, wir seien doch alle verloren, verraten und verkauft. Es war zu dämlich, daß ich jetzt so viel Zeit hatte, über alles mögliche nachzudenken. Als junger Bursche hatte ich mal ein Lebensbuch gelesen, darin stand der gute Rat, man solle, wenn man sich unten fühle, einfach nur an das Allernächstliegende denken und an sonst gar nichts. Ich hatte aber hier nichts, was das Allernächstliegende sein konnte. Bei der Truppe wäre es eine Kleinigkeit gewesen. Da gab es immer was, das zu tun war.

Diese ganze Nacht lag ich wach.

Am Morgen, nach der Visite, als der Stabsarzt wieder weg war, kam der kleine Sanitäter plötzlich in unsere Stube, sah sich um und kam heran und gab mir was in Papier gewickelt. Und zum erstenmal fiel mir auf, was für ein junges und zugleich altes, ruhiges Gesicht der Mann hatte.

„Es sind ein paar Tabletten Phanodorm", sagte er leise und

lächelte. Ich machte das Papier auf, es waren vier Tabletten, und ich sah ihn etwas verdutzt an.

„Die nächste Nacht kannste schlafen", sagte er. „Nimm nur zwei, heb die anderen auf."

Ich sagte: „Woher weißt du denn, daß ich nicht geschlafen habe?"

Er zuckte mit den schmalen Schultern: „Du hast so ausgesehen, als ob du nicht einpennen könntest. Der dreiundsiebzigste Psalm, das sind die Posaunen von Jericho, verstehste?"

Damit ging er.

Nach dem Mittagessen sagte Steinle auf einmal: „Ick war doch damals bei dem Angriff uff Berlin zu Hause uff Urlaub. Gerda, Gerda ist meine Olle, und das Mariechen, det ist meene Tochter, die ist neune, wir hatten da jrade Besuch von Onkel und Tante Möller, und da jing et los, janz jenau um halber acht am Abend. Wir wohnten ja da im Jartenhaus im vierten Stock, und da nischt wie 'runter. Der janze Keller war voll. Da hatten se mit Balken so wat wie Stützen jebaut, alles Käse. Na und dann bollerte et ooch schon mächtig. Und ich hatte uff eemal 'n janz dummes Jefühl. Und ick sage zu Gerda, Gerda, nischt wie 'raus hier, ick jreife nach die Koffer, und Gerda sacht, Otto, dir hat's wohl, du kannst doch mit Tante Möllern nicht ins Freie un mit Onkel Justav noch viel weniger, der hat sein Asthma, und überhaupt, wo willste denn hin, Otto. Ick saje, ick halt es hier nich aus, ick bin det nich jewöhnt, ick krieje keene Luft hier unten und ick ha'n dämliches Jefühl. Und ick saje, los dalli, 'raus hier. Da kommt mich doch der Luftschutzwart dämlich und sacht: ‚Et is nich jestattet, während des Angriffs die Luftschutzräume zu verlassen, und Sie als Soldat sollten Vorbild von Disziplin ...' und so. Ick sagte jar nischt, klemmte det Mariechen uff den Arm, sachte: los, Gerda, sachte: Onkel Justav, 'raus hier, und dann jings die Kellertreppe hoch. Und nun wohnten wir doch im Jartenhaus, hinten, und erst mal jings durch den Hof, der janze Himmel war rot, und dann jings durchs Vorderhaus 'raus uff die Straße, und da, meine Herrn, da warn Backofen, und ick seh, det janze Viertel ist dran, und nischt wie links um die Ecke ins Feld 'raus, ins Freie und da rin in 'n paar Splittergräben, da war ick denn nu wieder im Bilde, un buddle mit Gerda mit den Händen Erde 'ran, von innen her, verstehste, un da ..."

Steinle holte Luft und starrte uns aus aufgerissenen Augen an und schloß: „Un da kommt's 'runter un haut rin in unser Jartenhaus, fuffzig Meter wech von uns, haut rin, haut durch, un ne Riesenwolke Dreck und Feuer... keene Maus aus dem Keller kam mehr 'raus."

Er schwieg und sah vor sich hin, als ob er das Bild noch vor Augen hätte. Dann sagte er etwas verlegen: „Da ha ick ooch mal jebetet. Und Gerda ooch. Un Onkel und Tante Möllern ooch."

Und dann grinste er übers ganze pfiffige Gesicht, und als ob er sich auf einmal entsetzlich genierte, das erzählt zu haben, fügte er in seiner gewohnten kessen Art hinzu: „Aber sonst bin ick janz jesund."

Na, wir wußten Bescheid.

Und jetzt griff Steinle unter sein Kissen und holte eine abgegriffene Brieftasche 'raus, entnahm ihr einige Fotos, setzte sich zu mir, obwohl er mit seinem Bein nicht aufstehen durfte, und sagte: „Det sind sie. Hier is Gerda, meine Olle, det hier is Mariechen, und det is Onkel Justav und Tante Möllern, det is die janze Familie, mehr ha ick nich."

Er humpelte im Zimmer herum und zeigte allen die Bilder.

Mich packte die Neugierde, und ich fragte: „Was haste denn für einen Zivilberuf?"

Steinle wurde um einen halben Meter größer, drehte sich um und sagte: „Zivilberuf? Ick bin Schlagzeugmann, wenn de det verstehst, Schlagzeugmann im Opernorchester. Pauke, Trommel, Triangel, oder janz jenau: Kesselpauken, jroße Trommel, Militärtrommel, ooch kleene Trommel jenannt, Becken, det sind die zwee Dinge, verstehste, Triangel, Tamburin und Glockenspiel, ick kann aber ooch Xylophon."

Und er sah auf seine Hände hinunter, die noch die Fotos hielten, und sagte in plötzlich verändertem Ton und ohne Berliner Dialekt: „Deshalb hab' ich immer Angst um meine Hände. Ich war froh, als es ein Wadenschuß war."

In der folgenden Nacht schlief ich bald ein. Ich brauchte keine Phanodorm zu nehmen und hatte die Dinger ganz vergessen.

Am Morgen erwachte ich frisch und wie neugeboren.

Ich war heraus aus dem Grübeln.

Jetzt konnte ich das Rezept befolgen und an das Zunächstliegende denken. Meine Schulter würde bald wieder in Ordnung sein, und dann wollte ich Himmel und Hölle in Bewegung setzen, um wieder zu Oberleutnant Schleiermacher zu kommen. An sich war es aussichtslos, wenn nicht auch er Himmel und Hölle in Bewegung setzte.

Vielleicht würde er es tun, und in diesem Zusammenhang dachte ich lange über den Chef nach.

So auf Anhieb betrachtet, war er das Ideal eines Frontoffiziers, das war ganz klar, und darüber gab es keinen Zweifel. Was aber war das Ideal eines Frontoffiziers, vom Landser aus gesehen? Höchst einfach. Und gleichzeitig höchst kompliziert, wenn man genau hinblickte. Ich glaube, er mußte das gewisse Etwas haben, das man nicht lernen kann, nicht in der Kriegsschule, nicht im Kursus, nicht im Kasino und nirgends, man hatte es oder man hatte es nicht.

Vielleicht könnte man sagen, er müßte eine Persönlichkeit sein. Aber das war es nicht. Es genügte nicht. Es gab viele Persönlichkeiten unter den Frontoffizieren, die ich erlebt hatte, und doch waren nur wenige das Ideal. Nun, überlegte ich weiter, sehen wir mal davon ab, daß es Ideale überhaupt nicht oder nur sehr wenige gibt, so wäre die Idealvorstellung eines Frontoffiziers zwar eine Persönlichkeit, aber eine für den Kampf begabte Persönlichkeit.

Ich glaube, das müßte es sein.

Der Oberleutnant Schleiermacher war das. Klar, daß er nicht ohne menschliche Schwächen oder auch mal nicht ohne sachliche Mängel war. Er war noch sehr jung. Manchmal kippte er auch ganz ordentlich aus den Pantinen und machte unnötigen Radau in seinem Zorn. Auch davon könnte ich Beispiele erzählen. Jedoch hatte er etwas, was angesichts seiner Jugend unwahrscheinlich und eine besondere Tugend war: eine Gleichmäßigkeit. Ich las mal, dies sei das Kennzeichen des echten Gentleman. Nun, dann war er einer. Er schlug heute nicht einem vertraulich auf die Schulter und wütete morgen mit demselben Mann, er blieb in dieser Hinsicht launenlos. Und es war, wie ich fand, immer doch eine ganz feine, kaum wahrnehmbare Grenze zwischen ihm und den Männern, auch im fettesten Salat, auch mir gegenüber, der ich dicht neben ihm hundertmal zwischen Leben und Tod gegangen und der ich mit ihm per du war.

Das beste an ihm waren seine blitzschnellen Entschlüsse in faulen Lagen, wo unsereinem, die wir ja auch nicht junge Hasen waren, zwar nicht die Nerven, aber doch die Spucke wegblieb, und wenn es nur für Bruchteile von Sekunden war. Er handelte blitzschnell.

Dann wäre noch zu sagen, daß er einen merkwürdig sicheren und kühlen Blick für die Qualität der Leute hatte. Er war nahezu vollkommen und hundertprozentig unbestechlich. Mehr als einmal hatten wir erlebt, wie er plötzlich für irgendeine Sache irgendeinen Mann herausgriff, und dieser Mann, den bisher niemand von uns besonders beachtet hatte, erwies sich dann für diese Sache als der genau richtige Mann. Und umgekehrt, wie oft erlebten wir, daß er einen Kerl, der so prächtig aussah, wie der Erzengel Gabriel und sich auch so prächtig benahm, plötzlich bei irgendeiner Aufgabe kaltstellte.

Sein Benehmen gegen Vorgesetzte war oft hanebüchen. Er hatte da seine besonderen Lieblinge, die ihn nicht totkriegen konnten. Wir erlebten das am deutlichsten, wenn einem der Männer von oben her Unrecht geschehen war, oder ihm auch nur ein Unrecht drohte. Dann ging der Chef los. Wir waren uns auch ganz klar darüber, daß er bisweilen die Grenzen überschritt und dann eine auf den Zylinder bekam, daß er von oben bis unten doch für einen Augenblick wackelte. Das überstand er schnell.

Von seinem persönlichen Mut zu sprechen, würde mich genieren. Dabei bin ich sicher, daß er die Todesangst genauso kannte, wie jeder von uns sie kannte. Nur besaß er die Fähigkeit, diese Furcht, die ja nicht nur eine leibliche, sondern immer auch eine seelische war, erstens niemals zu zeigen, mochte sein Gesicht auch so totenblaß sein wie unseres, und zweitens sie zu überspringen. Diese beiden soldatischen Tugenden hatten auch wir uns angeeignet, aber es kam bei ihm noch eine dritte hinzu, nämlich die Gabe, mitten im Gewitter unverzüglich nicht nur zu handeln, sondern auch andere handeln zu lassen. Und zwar deutlich, unmißverständlich und umfassend.

Von ihm weiter zu berichten, daß er für seine Leute unaufhörlich sorgte, würde mich wiederum genieren. Es bliebe bei diesem Punkt höchstens zu sagen, daß er für seine eigenen Bedürfnisse stets der letzte war.

Der Oberleutnant Schleiermacher und ich haben viel Leid und Elend zusammen gesehen, darunter auch so jammervolle Dinge, daß es oft das Maß dessen, was unsere Nerven ertragen konnten, zu überschreiten drohte. Ich bin, in diesem Zusammenhang gesprochen, der unerschütterlichen Meinung, daß meiner Ansicht nach in Friedenszeiten jede Woche einmal als Pflichtbesuch in jedem Ort den Menschen aufgegeben werden müßte, zwei Stunden lang Filmaufnahmen aus einem Frontlazarett anzusehen.

Dann würden doch viele Entscheidungen und Begeisterungen anders laufen. Ich könnte von mir sagen, daß ich ein ausgekochter und abgebrühter Landser geworden bin, dem kein Anblick während der Schlacht und auch nachher erspart geblieben ist, aber ich gerate immer wieder in eine zwar unmerkliche, nach außen hin unmerkliche, Raserei, wenn ich zum Beispiel einen Gesichtsverletzten sehe. Einen, dem das ganze

Gesicht weggerissen wurde und dessen Antlitz nur noch aus einer roten, breiigen, flachen, unkenntlichen Fleischmasse oder Fleischklumpen besteht.

Ich könnte noch andere Beispiel anführen. Mit der Erinnerung an solche Bilder ins Gefecht zu ziehen, meine Lieben, das ist nicht einfach.

Um noch vom Chef zu sprechen: Ich weiß nicht, wie er es fertigbrachte, aber noch in der größten Suppe sah er immer gepflegter aus als wir alle und wirkte immer durch einen Schimmer von steter Sauberkeit, auch im gröbsten Dreck. Auch das ist eine Tugend des Vorgesetzten, die man nicht unterschätzen soll, und sie hat nichts zu tun etwa mit einer besser geschnittenen Uniform oder dergleichen. Ich glaube, es kommt von innen heraus und bildet einen Teil der Begabung zum Offizier.

Etwas hatte er vor uns allen voraus, und auch voraus vor vielen seiner Kameraden, er war außergewöhnlich trainiert und außergewöhnlich gewandt, also körperlich in vorbildlicher Form. Und zäh wie ein Kater.

Und dann fällt mir ein, besaß er einen unerhörten Humor, und das war nun wirklich eine Gabe Gottes. Auf ihn wirkten komische Personen, komische Ereignisse und dergleichen rettungslos.

In der Schlacht, und das weiß jeder Krieger, gibt es in ganz schweren Situationen sehr selten Momente, die durch Humor zu retten oder zu überbrücken sind. Wenn du in der Mitte der Explosionen stehst oder gehst, kann dich kaum ein Witz darüber hinwegsetzen. Es sei denn, es befindet sich eine Horde wirklich ganz und gar ausgekochter Berserker zusammen, die noch, wenn ich mich so ausdrücken darf, die sausende Sense des Todes mit einem Schwung spöttischer Spucke treffen. Aber das ist selten.

Diesen Berserkerhumor besaß zum Beispiel Oberleutnant Schleiermacher in diesem Ausmaße nicht. Im Gegenteil, in Augenblicken schwerster und allerletzter Bedrängnis, wo alle Hoffnung schwieg, bekam sein Gesicht und sein ganzes Wesen den Ausdruck glatten, ruhigen, merkwürdig unheimlichen Ernstes. Wir haben das oft an ihm beobachtet.

So dachte ich während meiner Ausheilung oft über ihn und andere Vorgesetzte nach und machte mir ein Bild.

Und immer nervöser dachte ich daran, wie ich es möglich machen könnte, wieder mit ihm zusammen zu einer Einheit zu kommen.

Einen besseren konnte ich nicht finden als ihn.

23

Nachdem ich gesundgeschrieben worden war, bekam ich ein paar Tage Urlaub. Über diese Urlaubstage ist wenig zu sagen. Ich gehörte nicht zu jenen komischen Heinis, die sich zu Hause nicht wohlfühlten und „wieder zur Front drängten". Ich fühlte mich ganz wohl zu Hause, und ich hätte nichts dagegen gehabt, wenn ich hätte dableiben können. Ich hatte aber auch nichts dagegen, wieder an die Front zu gehen, und in dieser Hinsicht war ich also doch ein komischer Heini. Das kam sicher daher, daß es zu Hause keine reine Freude war. Es war da im Vaterland irgend etwas in die Brüche gegangen. Vielleicht die Rechtschaffenheit oder so etwas Ähnliches.

So war ich denn zu Hause mehr nervös als bei der Truppe.

Und dann ging alles sehr einfach, ich brauchte gar keine Kokolores zu unternehmen: ich kam zu unserer Einheit zurück. Die Division war inzwischen nach Strich und Faden hergenommen worden, man könnte auch sagen, daß sie ziemlich aufgerieben worden war. Sie lag jetzt an einem ruhigeren Abschnitt der Mittelfront im Osten.

Ich kam gerade zurecht, wie unsere motorisierte Division zur Wiederauffrischung herausgezogen und nach Ostpreußen auf einen Truppenübungsplatz verlegt wurde.

Oberleutnant Schleiermacher war schon vor mir da. So waren wir denn wieder zusammen, und keiner von uns wunderte sich sehr darüber. Wir hätten uns übrigens auch nicht gewundert, wenn wir uns niemals wiedergesehen hätten. Wir hatten das Wundern verlernt.

Zu großen Begrüßungen war auch keine Zeit. Der Chef zog die Augenbrauen hoch, als ich mich meldete, und sagte: „Ach so, dich gibt's auch noch." Ich sagte: „Bis jetzt, jawohl." Das war alles, und dann blieb ich wieder wie einst im Mai, ohne daß ein Befehl in dieser Hinsicht ausgegeben wurde, in seiner ständigen Begleitung. Keiner von uns hatte sich verändert. Höchstens waren wir noch etwas schweigsamer geworden.

Mit der Bahn ging es nach Ostpreußen. Die Güterwagen waren prächtig geheizt. In jedem bullerte ein Kanonenofen. In jedem lag ausgiebig Stroh. Und an der ostpreußischen Grenze gab es dann jenen Zusammenstoß, von dem jeder noch monatelang nachher mit Grauen erzählte. Zwei Transportzüge rannten ineinander. In zwei Güterwagen fielen die glühenden Öfen um und setzten das Stroh in Brand. Durch den Zusammenstoß hatten sich die Türen so hoffnungslos verklemmt, daß sie weder von außen noch von innen zu öffnen waren.

Einer, der es mitgemacht hatte, erzählte: „Zuerst gab es einen Donnerschlag, und wir fielen in unserem Wagen, wir waren ziemlich am Schluß, wie Kraut und Rüben durcheinander. Wir schrien und brüllten etwas übertrieben, denn wir hatten uns schon einige Flaschen genehmigt. Und dann lachten wir, schoben unsere Tür auf und sahen hinaus. Da wurden wir denn doch etwas nüchtern. Vorne am Zug hörten wir die Offiziere schreien, und dann hörten wir in dem Lärm noch ein anderes Schreien, und das ging uns durch Mark und Knochen. Wir sprangen hinaus und rannten nach vorne. Sie waren schon mit Beilpicken dabei, an zwei Wagen die Schiebetüren einzuschlagen. Und von drinnen, das kann man gar nicht beschreiben. Sie schrien wie die Wahnsinnigen. Aus den Ritzen kam Rauch. Na, nun gingen auch wir los und holten uns, was wir greifen konnten. Aber es ging nicht schnell genug. Und die Türen waren zäh. Und als wir sie auf hatten, waren sie erstickt und verbrannt. Sechzig ältere Männer, in jedem Wagen dreißig. Fast alle Familienväter. Fast alle mit dem Urlaubsschein in der Tasche. Junge, Junge, da weißte tatsächlich nicht mehr, ob es einen Gott gibt oder nicht."

Oberleutnant Schleiermacher hatte sich die Geschichte mit angehört. Jetzt sagte er: „Ihr holtet euch Beilpicken, nicht wahr?" Der Landser sagte: „Aber sicher, Herr Oberleutnant, war ja das einzige, womit man über die Türen herkonnte."

Schleiermacher: „Und ihr habt gleich gewußt, wo die Beilpicken zu greifen waren, wie?"

Landser: „Nee, das nicht. Wir mußten erst die Wagen absuchen. Das Ganze passierte ja auf freier Strecke."

Schleiermacher: „Also wart ihr gleich im Bilde, wo der Wagen mit den Geräten in eurem Transport lief?"

Landser: „Nee, das war's ja."

Schleiermacher: „Eben, das war's ja."

Damit ging er weg, und der Landser sah ihm etwas dusselig nach, dann drehte er sich zu uns und fragte: „Was hat er gesagt?" Ich antwortete: „Nichts Besonderes. Nur für Eingeborene."

Gott sei Dank bestand unsere ziemlich originelle Panzerjägerkompanie immer noch, so wie sie einst in der Not der Tage improvisiert worden war. Wenn man es jemand erzählte, glaubte er es nicht. Und wenn jemand diese Delikatesse von

Einheit in Wirklichkeit sah, hörte er die Hühner lachen. Uns war es wurscht.

Die Kompanie war eben „im Zuge der Absetzbewegungen an der Ostfront", wie ich scheißfein sagen könnte, so entstanden und so zusammengeblieben: ein 7,5-cm-Pakzug, ein 5-cm-Pakzug, ein Selbstfahrlafetten-5-cm-Pakzug auf einer Eintonnerzugmaschine, und ein Flakzug aus zwei 8,8-cm-Flakgeschützen. Eine Sehenswürdigkeit.

Aber nicht nur eine Sehenswürdigkeit! Davon könnte der Iwan einige Schauergeschichten erzählen, wenn er wollte.

Nun also, der Chef sagte mir nichts, wahrscheinlich um mir nicht das Herz zu brechen, aber der Spieß sagte es mir. Wir sollten aufgelöst werden. Die Kompanie „entsprach in solcher Zusammensetzung nicht der Kriegsstärkenachweisung", wie er herunterleierte. Eine neue Division sollte aufgestellt werden mit einer ordnungsgemäßen Panzerjägerabteilung.

Mit unserer herrlichen Selbständigkeit war es also vorbei. Mir tat die Kompanie leid, mir tat der Chef leid, mir tat der Spieß leid, mir tat jeder Zugführer leid, mir taten die Geschützführer leid, und ich tat mir selber leid.

Auf dem Truppenübungsplatz spazierte Oberleutnant Schleiermacher ziemlich nachdenklich herum. Er war jetzt nicht mehr direkt dem Divisionskommandeur, sondern einem Abteilungskommandeur unterstellt. Ich spazierte hinter dem Chef her, auch ziemlich nachdenklich. Und dann sagte er: „Na also, Mensch. Es wird ein Abschiedskompaniefest gefeiert."

Zu unserer Begeisterung erschien zu diesem Fest der Vorgänger von Oberleutnant Schleiermacher, jener baltische Leutnant, den die Kompanie vergöttert hatte. Er brachte einen Unteroffizier mit, und von dem erfuhren wir eigentlich jetzt erst genau, was für ein Kaliber der Balte war. Ein Feuerteufel. Frech wie Oskar und dabei sanft wie'n Veilchensträußchen. Sie hatten ihm mit der Zeit den ganzen Rock voller Orden beworfen, und sein Unteroffizier sagte mir, nach seiner Meinung sei das Ritterkreuz mit Brillanten noch viel zu armselig für das, was der Balte geleistet hätte. „Keine Gedankensplitter", sagte ich frei nach Kurtchen Zech, „bitte um Tatsachen." Nun kamen einige Sächelchen zutage, die sich sehen und hören lassen konnten. Der baltische Leutnant sprach fließend russisch und hatte sich einen Trick zurechtgelegt, in der Dämmerung oder nachts einfach zu den Russen zu schleichen, sie anzubrüllen, oder sich mit ihnen harmlos zu unterhalten, und bevor die Iwans zur Besinnung kamen, war der Stoßtrupp des Leutnants schon in der Stellung. Er war Balte, und er haßte die Russen.

Von unserem Abschiedsfest wäre einiges zu berichten, aber wozu. Der Abend stieg, und heute noch erzählen Übriggebliebene, die ihn erlebt haben, von seinem Glanz und seiner Gloria. Nur eine Kleinigkeit wäre erwähnenswert. Bevor die Versammlung noch zu tief in ihre Gläser gesehen hatte, hielt Oberleutnant Schleiermacher die Abschiedsrede. Der Gefreite Jäger hat sie mitstenographiert.

„Die Kompanie wird also aufgelöst", sagte der Chef. „Es wird so vieles jetzt aufgelöst, warum sollen also auch wir nicht aufgelöst werden. Wir wollen in dieser Minute unserer Kameraden gedenken, die gefallen sind, und wir wollen uns bewußt bleiben, daß es nur ein Zufall ist, daß keiner von uns hier zu ihnen gehört. Das kann sich jede Stunde ändern. Wir grüßen unsere Verwundeten und unsere Kranken in den Lazaretten. Und wir grüßen alle unsere Lieben in der Heimat. Wir empfehlen uns auch jenen zu Hause, die uns die Ohren vollweinen, der Soldat müßte in dieser ernsten Zeit mehr als seine Pflicht tun. Pflicht tun, das Wort Pflicht ist für uns kein Begriff mehr. Jeder von uns tut längst mehr als seine Pflicht. Wir tun es gerne, weil es sein muß. Das ist alles, was ich zu sagen hätte. Aber wir gehen schweren Kämpfen entgegen, und da möchte ich einen alten Krieger noch zu Wort kommen lassen, einen der größten Soldaten, die es jemals gegeben hat. Dieser Mann hat während des Siebenjährigen Krieges, als sein Vaterland vor der Vernichtung stand, einige Worte geäußert, es war Friedrich der Große, und ich lese euch diese Worte vor:

,Denkt an das Vaterland und erinnert euch, daß seine Verteidigung unsere erste Pflicht ist. Hört ihr, daß einem von uns ein Unglück zugestoßen ist, so fragt, ob er im Kampf gefallen ist, und ist es so, so dankt Gott dafür, denn für uns gibt es nur Tod oder Sieg. Eines von beiden muß uns beschieden sein. Jeder denkt hier so. Wie wollt ihr, daß jeder sein Leben für den Staat hingibt, aber nicht, daß eure Brüder dabei mit ihrem Beispiel vorangehen? In diesem Augenblick darf nichts mehr geschont werden. Entweder wir schützen unser Vaterland, oder wir werden vernichtet. Es ist eine Zeit, die über alles entscheidet und das Gesicht von Europa verändert... Man braucht an nichts zu verzweifeln, aber man muß auf jeden Ausgang gefaßt sein. Wir müssen auf uns nehmen, was das Schicksal uns zuteilt, mit Ruhe und ohne Übermut, wenn es Siege sind, und ohne uns vom Unglück erniedrigen zu lassen.'"

Totenstille herrschte, als der Chef den Zettel behutsam auf den Tisch legte und mit einem kleinen, beinah möchte ich sagen, grimmigen Lächeln der regungslos sitzenden Kompanie zunickte und sich dann setzte.

Die Männer dieser Kompanie waren nicht alle helle Köpfe, aber ich glaube, jeder von ihnen, ohne Ausnahme, hatte etwas verspürt, was er bisher noch niemals verspürt hatte.

Das Merkwürdigste dieser Minute war nun, daß plötzlich, von einer Sekunde zur anderen, wie auf Verabredung oder ein Kommando, als ob ein Wolkenbruch losprasselte, eine wilde, laute und etwas gewaltsame, lärmende Unterhaltung begann. Als ob sich jeder von einer Last befreien wolle.

24

Anfang Februar 1944 wurde die Division in den Raum Untersteiermark verlegt. Wir waren gottfroh, aus dem öden und kahlen Ostpreußen herauszukommen. Der Truppenübungsplatz war trostlos, die Baracken zum Heulen und der Betrieb zum Kotzen.

Wir fühlten uns wie neue Menschen, als wir, unsere Panzerjägerkompanie als erste Einheit der Division, durch die herrliche Winterlandschaft langsam den Semmering hinauffuhren.

Wir kamen in ein Dorf nahe an der neuen jugoslawisch-kroatischen Grenze. Hier wohnten Slowenen, es war der Raum um Marburg, Cilli und Rann, und dieses Gebiet kam im Frühjahr 1941 zu Deutschland. Wie überall, wohin unsere Männer im Verlaufe des Krieges, der uns in fremde Länder führte, kamen, wurde die Bevölkerung ganz allmählich zutraulicher. Der deutsche Landser, auch seinerseits zutraulich, fand immer sehr rasch den richtigen Ton. Die Methoden unserer genialen Führung, besonders die Methoden der hinter uns herreisenden Parteimänner, haben dann Meisterwerke zustande gebracht. Diese üblen Burschen, übelster als übel, kleine Halunken aller Sorten, zertrampelten sehr rasch jegliches gute oder auch nur erträgliche Verhältnis zwischen uns und den Einwohnern. Diese wurden sinnlos und stumpfsinnig aus ihren Bauernhöfen hinausgeworfen, und Volksdeutsche und Reichsdeutsche zogen ein. Wir sahen das bald mit Erbitterung. Nur in wenigen abseitsliegenden Seitentälern dieses Gebietes konnten Slowenen auf ihren angestammten Bauernhöfen verbleiben.

Und als wir etwas länger hier waren, erlebten wir auch jene Perversität, daß viele Söhne dieser Slowenen zur deutschen Wehrmacht eingezogen wurden, zur gleichen Zeit, in der ihre Väter und Mütter und Geschwister von Haus und Hof vertrieben wurden. Tatsächlich, ein Meisterstück von Infamie. Daß dies unsere eigenen Leute taten, wenn auch Parteileute, die der Landser kaum beachtete, machte uns oft ganz krank. Es kam, wie es kommen mußte. Viele der jungen slowenischen Männer flüchteten. Und sie flüchteten nicht nur, sondern taten das, was jeder von uns in der gleichen Lage auch getan hätte, sie wurden Partisanen. Und ihr Glück und unser Unglück war, daß sie einen Befehlshaber hatten, der den Partisanenkampf zu handhaben verstand, General Tito. Uns blieb übrig, uns unseres Lebens zu wehren. So erlebten wir sofort, was es hieß, in einem fremden Land, inmitten eines unzugänglichen Gebietes, gegen Gespenster zu kämpfen. Kaum waren wir zum Beispiel in unserem Dorf angekommen und hatten uns mit den Einwohnern, so gut es ging, freundlich gestellt, kam schon nach einigen Tagen ein Kraftfahrer angewetzt und brachte einen Divisionsbefehl. Der Chef unverzüglich zum Divisionskommandeur. Im tollsten Schneetreiben fuhren wir, ziemlich böser Ahnungen voll, ab.

Der General war bissig, kurz und massiv.

„Sie haben sofort Reichenberg gegen einen drohenden Durchbruch größerer Bandeneinheiten zu verteidigen."

Und der Ia der Division sprach ebenso bissig, kurz und massiv also weiter: „Sie sind die einzige Einheit der Division, die schon in voller Gefechtsstärke hier ist. Sie werden also zum Kampfkommandanten ernannt. Sie haben mit allen verfügbaren Teilen Ihrer Kompanie, der deutschen Gendarmerie und des Hilfsdienstes und allem, was Sie greifen können, sofort Maßnahmen zu treffen, daß das wichtige Elektrizitätswerk von Reichenberg nicht in die Hände der anrückenden Partisanen fällt. Ein Dorf, hier das hier, wie Sie sehen, nur sechs Kilometer entfernt, ist vor einer halben Stunde von den Banden genommen worden. Also höchste Eile, Herr Oberleutnant Schleiermacher!"

Und das Amen zu diesem Gebet sagte der Divisionskommandeur: „Sie haften mit Ihrem Kopf dafür, daß das Elektrizitätswerk nicht von den Partisanen besetzt wird."

Dann standen wir wieder draußen im Schneetreiben bei unserem Krad. Der Chef sagte: „Das haben wir noch nicht gehabt, Erasmus, wie? Neue Masche."

Auf der Rückfahrt redeten wir kein Wort, aber wahrscheinlich dachten wir dasselbe. Wir saßen ziemlich in der Brühe. Denn erstens war der einzige andere Offizier der Kompanie schon von Ostpreußen aus auf Urlaub in die Heimat gefahren; zweitens war auch unser Flakberserker, der ja hier in der Nähe zu Hause war, auch mal schnell weggehuscht; und drittens befanden wir uns in einer völlig unbekannten Hochgebirgsgegend, mit der wir ohnehin zunächst als Gefechtsgelände nichts anfangen, sondern uns eigentlich erst eingewöhnen mußten; viertens waren unsere sämtlichen Fahrer in der Kompanie nun seit Jahr und Tag auf das Flachland des Mittelabschnitts der Ostfront trainiert; und fünftens hatten wir uns auf einige schöne, ruhige fette Wochen voller gemütlichen Wintersports und behaglicher warmer Abende in den Quartieren gefreut.

In unserem Nest alarmierte ich die Kompanie. Die fröhlichen Männer standen in nullkommanichts angetreten, und der Chef gab im Schneetreiben den Einsatzbefehl bekannt. Die Männer starrten ihn entgeistert an.

Oberleutnant Schleiermacher lachte plötzlich: „Ihr glaubt mir wohl nicht, meine Herren? Ich glaube es selber nicht. Also los!" Bald heulten die Motoren auf, die Pakgeschütze wurden aufgeprotzt, und wir rollten weich und lautlos im dicken Schnee durch ein Gewirbel von weißen Flocken in die Nacht hinaus.

In der Nähe des Elektrizitätswerkes gerieten wir in einen aufgeregten Ameisenhaufen. Deutsche Feldgendarmen unter einem Hauptmann liefen herum, und der Landrat des Kreises Rann redete auf sie ein, übrigens war dieser Landrat ein sehr ordentlicher Mann, der seine Aufgabe überaus ernst nahm und sich für das Wohlergehen seines Kreises die Beine auszureißen schien. Ein weißer Rabe.

Wir versorgten alle mal erst mit Bierruhe. In der Stube eines kleinen Gasthauses gab der Chef seine Befehle. Der tüchtige Feldwebel Zorn bekam einen Zug unserer Kompanie in die Hand gedrückt. „Zorn", sagte der Chef, „Sie besetzen das Elektrizitätswerk und geben es nicht mehr her." Und Feldwebel Zorn stand wie eine Kerze und sagte: „Nich eene Birne, Herr Oberleutnant!" Damit waren wir eine Hauptsorge los, auf Zorn konnte man sich bis auf den berühmten „letzten Mann", und die noch berühmtere „letzte Patrone" verlassen. Der Landrat und der Gendarmeriehauptmann erklärten uns die Gegend. Von der sogenannten Reichenburg aus, sagten sie, könne man das Tal, durch das die Partisanen unbedingt kommen mußten, gut beherrschen. Auf den Serpentinen konnte man mit Fahrzeugen hinaufkommen. Der Chef teilte noch einige seiner Einheiten ein, und damit war zunächst ein Handstreich auf das Elektrizitätswerk ausgeschlossen, höchstens über unsere Leichen.

Dann jagte der Chef mit dem Hauptmann, dem Landrat und einigen Männern die Serpentinen auf die steile Burg hinauf, das heißt, wir kletterten in unserem Fahrzeug über das Glatteis. Oben sahen wir uns im Gelände um. Alles ging jetzt in fliegender Hast, denn der Chef wollte unverzüglich wieder zum Elektrizitätswerk hinunter, für das er ja „mit dem Kopf" haftete. Dann stiegen wir wieder ein, und Oberleutnant Schleiermacher sagte zum Fahrer: „Mann, fahren Sie vorsichtig. Nur mit dem ersten Gang, verstanden?" Ich dachte, ich hörte nicht recht, als der Fahrer kleinlaut antwortete: „Jawohl, Herr Oberleutnant, ich fahre schon vorsichtig. Aber ich glaube, meine Bremsen sind nicht ganz in Ordnung."

Einige Sekunden sagte niemand etwas, dann hörte ich den Chef halblaut und mit einem mir wohlvertrauten, bösartigen sanften Unterton äußern: „Sie haben gesagt, die Bremsen seien nicht in Ordnung? Stimmt das?"

„Herr Oberleutnant", stotterte der Unglückliche, „jawohl. Im flachen Gelände habe ich das gar nicht bemerkt."

„Schön", sagte der Chef. „Runter müssen wir. Los, meine Herren. Platz nehmen zum zweiten Mittagessen."

Aus dem Tal hörten wir schon Gewehrschüsse.

Oberleutnant Schleiermacher setzte sich neben den Fahrer. Neben ihm wie immer, die Maschinenpistole unter den Arm geklemmt, stand ich auf dem Trittbrett, und ebenfalls auf den Trittbrettern standen mit ihren umgehängten Waffen der Landrat und der Hauptmann. Im hinteren Sitz des Kübelwagens zusammengepfercht hockten Melder unseres Kompanietrupps und einige Gendarmen.

Zu sehen war nichts. Das dichte Schneetreiben verhinderte jede Aussicht. Den ersten Gang eingeschaltet und die Hand an der Bremse, und im Schrittempo ging der Fahrer in die Serpentinen. Sie waren sehr glatt und sehr steil. Es ging ganz gut. Dann und wann schlitterten wir ein bißchen, aber der Fahrer fing den Kübel immer ab. Als wir in die letzte Serpentine gingen, sah ich, daß der Fahrer sich plötzlich am Schalthebel zu schaffen machte, er mochte wohl annehmen, daß er die gefährlichste Strecke hinter sich habe. Ich wollte etwas rufen, aber schon brüllte der Chef: „Nicht schalten, Mensch!" Es war zu spät. Der Fahrer brachte den Gang in seiner Aufregung nicht mehr hinein, und wir schossen steil herunter. Bremsen auf dieser vereisten Straße war sinnlos. Höchstens, und als letzten Ausweg, konnte der Fahrer das Steuer nach rechts reißen, aber dann wären wir in einem Höllentempo auf den Felsen geprallt. Ich klammerte mich fest und starrte durch das Schneegestöber nach vorne und dachte, vielleicht gelänge es doch noch, trotz des irrsinnigen Tempos, die letzte Kurve nach links zu nehmen.

Einige Männer sprangen ab.

Jetzt verlor der Fahrer völlig die Nerven. Und in diesem Augenblick stieß auch ich mich ab und sprang mit Gottvertrauen mit einem Riesensatz in das Schneetreiben. Ich fiel ziemlich glücklich, nur schlug ich mir den Kolben meiner Maschinenpistole unters Kinn, daß sämtliche Zähne klapperten, dann rollte ich aus, stand auf, und rannte hinter dem Wagen her, der verschwunden war, dann aber hörte ich es krachen und bersten und splittern.

Teils auf dem Hosenboden, teils auf den Ellenbogen, teils auf Händen und Füßen und teils rutschend und laufend und gleitend ich hinterher.

Was geschehen war, erzählte der Chef später: „Als ich sah, daß nichts mehr zu machen war, versuchte ich, 'rauszukommen. Essig. Wir flogen aus der scharfen Kurve wie in einem Segelflugzeug in die Luft hinaus. Ich dachte wieder mal, es sei aus, aber ich fand es dämlich, daß es so sein sollte. Die Leute erzählen einem immer, in solchen Momenten ging innerhalb von Sekunden das ganze Leben noch einmal an einem vorüber. Die Leute haben recht, Mensch. Beschreiben kann man das nicht. Also ich versuchte, ob ich doch noch die Tür aufkriegen konnte. War nichts zu machen. Jetzt packte mich doch die Wut. Du wirst dich erinnern, daß ich schon im Osten immer beanstandet hatte, daß die Türen an den verdammten Dingern schlecht zu öffen und schlecht zu schließen waren. Und immer hatten wir keine Zeit, das zu reparieren, wir steckten ja immer bis an den Hals in Kämpfen. Dann sah ich im Schneetreiben unten einige Häuser, und wir stürzten gerade auf ein Haus herunter. Ich hörte noch jemand schreien, dann hörte ich ein Krachen und Splittern, es gab einen Donnerschlag auf meinem Hinterkopf, aber ich blieb bei Bewußtsein und sah alles, als ob ich völlig unbeteiligt zuschauen würde. Der Wagen fiel vom Dach des Hauses herunter, und da hatte ich eine gute Idee. Ich klemmte mich während dieses Sturzes unter das Armaturenbrett. Das hat mir das Leben gerettet. Der Kübel überschlug sich jetzt und prallte auf einen Felsen. Und genau da, wo ich festgeklemmt hockte, hatte der Fels einen Spalt, zwei Meter breit vielleicht. Ich hörte immer noch das Laufen des Motors. Aber ich konnte mich nicht rühren, ich war eingezwängt, mein Brustkorb tat scheußlich weh, und mein linkes Bein spürte ich nicht mehr. Sehr saure Sache. Dann hörte ich Stimmen, und jetzt wollte ich ‚Hilfe!' brüllen, aber ich bekam keine Luft. Da ließ ich es sein, und jetzt hörte ich laut von weit her jemand rufen: ‚Bei dem unterm Wagen wird nischt mehr zu machen sein. Los, erst die anderen zusammensuchen!' Und dann hörte ich den Fahrer wie einen Wahnsinnigen unaufhörlich brüllen: ‚Wo ist der Kompaniechef? Wo ist der Kompaniechef? Wo ist der Kompaniechef?'"

Weiter brauchte mir Oberleutnant Schleiermacher nichts zu berichten, denn in der Zwischenzeit war ich nachgekommen und hörte den Fahrer noch schreien. Gestalten zogen den Chef heraus. Er war jetzt ohne Besinnung. Wir legten ihn auf eine Tragbahre, die wie durch Zauberei plötzlich dastand, und trugen ihn in das nächste Bauernhaus. Die Bewohner standen in Nachthemden wie Geister in der Stube an der Wand und zitterten am ganzen Leib.

In wenigen Minuten war die Stube voll mit Verletzten. Dazwischen redete ein deutscher Gendarm auf mich ein und sagte, die Partisanen seien auf drei Kilometer an das Elektrizitätswerk herangekommen.

„Ist ja ganz schnuppe, Mann", fuhr ich ihn an. „Erst mal hier verbinden."

Einer hatte einen Schädelbruch, der Landrat hatte einen Knöchel gebrochen, einer blutete am Arm, eine schöne Schweinerei. Der Fahrer stand in einer Ecke, und ich sagte: „Hau du bloß ab, du Weihnachtsmann."

Er reichte mir schweigend und wie verblödet eine kleine Flasche Enzian, und das war das Richtige, ich goß ihn dem Chef schluckweise zwischen die Lippen. Davon wurde ihm gut und immer besser.

Es sah so aus, als habe er das linke Bein gebrochen.

Er diktierte mir die Meldungen, die notwendig waren. Ein Melder wurde sofort zum Ia der Division geschickt, und er nahm die Einsatzskizze mit, die einer vom Kompanietrupp schnell anfertigte.

Der letzte Satz der Meldung hieß: „Die Kompanie hat keinen Offizier mehr. Ich bleibe so lange bei der Kompanie, bis ein Offizier mich ablöst. Vermutlich linkes Bein gebrochen. Kann im Kampf nicht mehr aktiv eingreifen."

Nachdem der Chef unterschrieben hatte, wurde er wieder bewußtlos. Dann machte ich mich auf den Weg zum Elektrizitätswerk zu Feldwebel Zorn. Ich wußte, hier auszuhalten, war das A und O der ganzen Sache, und der Chef befand sich überdies in guten Händen, ein Sanka war unterwegs.

Das mit den Partisanen war rasch erledigt. Einer unserer Stoßtrupps hatte sie aus dem Dorf, in das sie eingedrungen waren, wieder hinausgeworfen, und sie verschwanden dann vorläufig aus unserer greifbaren Nähe. Aber nur vorläufig.

Nachdem also Oberleutnant Schleiermacher durch die Dämlichkeit des Fahrers, der die Herrschaft über den Kübelwagen verloren hatte, bergabwärts einen Segelflug über ein Bauernhaus machte und ins Lazarett kam, bummelte ich als eine Art Knülch zur besonderen Verwendung beim Kompanietrupp herum. Der Vertreter vom Chef war jetzt Leutnant Nadel. Er war tadellos, aber er war ein Schweiger. Irgendwann und irgendwo mußte ihm irgend etwas schwer verhagelt worden sein. So herrschte um ihn herum Stille. Und merkwürdigerweise war auch während der Wochen, in denen er die Kompanie führte, nicht viel im Gelände los. Also war auch eine Art Kampfstille. In dieser Zeit dachte ich über alles Mögliche nach. Zum Beispiel überlegte ich mir, was es eigentlich hieß, die Nerven zu verlieren. Ich sah noch die Sekunden vor mir, als ich auf dem Trittbrett des Kübels stand und sah, wie der Fahrer an der Schaltung herumfummelte und den Gang nicht mehr 'reinbekam, weil er die Nerven verloren hatte. Das war ein Punkt, der mich interessierte. Was setzte eigentlich aus, wenn man die Nerven verlor? Es war ein wichtiger Punkt für uns alle, die wir da an der Front standen, denn da wimmelte es ja geradezu von Augenblicken, die an die Nerven gingen. Wir unterhielten uns mal beim Kompanietrupp darüber, und der Gefreite Soden meinte, es hinge mit der Ernährung zusammen. „Wenn deine Nerven in Fett liegen, bist du in Ordnung", sagte er, „und wenn sie bloßliegen, haust du ab." Das war mir denn doch zu dämlich. Ich kannte manchen Dickwanst, dessen Nerven tief in seinen Polstern verpackt lagen, und der doch zum Himmel flüsterte und wie 'n Pudding wabberte, wenn es soweit war. Mir selber ging es mal so und mal so. Na, wir fanden keine Erklärung. Dafür fanden wir eine Erklärung, warum es jetzt, wo Oberleutnant Schleiermacher nicht da war, in unserm Abschnitt ziemlich ruhig war. Wir kamen dahinter, daß es tatsächlich Vorgesetzte gab, die den Kampf anzogen wie der Magnet das Eisen. Sobald sie auftauchten, gab es einen Wirbel. Und wenn ich an alles zurückdachte, was ich mit dem Chef erlebt hatte, so stimmte es auf den Kopf. Merkwürdige Sache: sie reizten nicht etwa den Feind oder ärgerten ihn oder tanzten ihm auf der Nase herum, nichts dergleichen. Sie taten gar nichts, und auf einmal ging an irgendeiner Ecke der Zauber los.

Was soll ich viel erzählen. Nach etwa acht Wochen erschien der Chef wieder, am linken Bein einen Turnschuh und am rechten einen Bergschuh, bedankte sich bei Leutnant Nadel, der so schweigend verschwand wie er gekommen war, und humpelte durch die Quartiere. Die Männer betrachteten ihn gerührt wie einen Weihnachtsbaum. Und Oberleutnant Schleiermacher selber schien tief erfreut. Das erkannten wir an seinen vornehmen, sehr kurzen Ansprachen, die er hielt. Zu einigen sagte er: „Ihr verdammten Hunde", zu anderen: „Ihr verfressenen Störche", zu anderen: „Euch hat wohl ein Uhu gekratzt." Na ja, vom gleichen Tage ab ging auch der Zauber los, und es schien, als ob die Partisanen nur darauf gewartet hätten, bis Herr Oberleutnant Schleiermacher persönlich wieder zur Verfügung stände. Da und dort flog ein Haus in der Nacht in die Luft, in dem Leute von uns wohnten. Und mehr denn je wurden Männer unterwegs im Kraftwagen am hellen Tag abgeschossen. Und sobald eine größere Gruppe von uns wie der Teufel losbrauste, war keine Stecknadel von Partisanen mehr im Gelände. Es war ein erbarmungsloser Krieg und ein Gespensterkrieg. Im ganzen Gebiet lagen unsere Gendarmerieposten verstreut, und sie hatten keine Stunde Ruhe. Wurden wir alarmiert und fuhren durch die Bergtäler, hörten wir von allen Höhen wunderbares, echtes steiermärkisches Jodeln. Und wir wußten Bescheid. Die Partisanen meldeten auf diese hübsche Weise unser Kommen. Wahrscheinlich waren ihre Einheiten gleichzeitig mit dem Eintreffen des Chefs durch einen Zufall verstärkt worden, oder irgendein tüchtiger Bursche hatte bei ihnen den Befehl übernommen. Ich muß sagen, daß sie es uns schwermachten, mit ihnen einen anständigen Krieg zu führen, insofern ein Krieg überhaupt anständig sein kann. Was heißt schwermachen, sie machten es uns unmöglich. „Wenn sie es unbedingt haben wollen", sagte Oberleutnant Schleiermacher, „bitte sehr. Sie sollen bedient werden. Aber ich unterschreibe jeden Befehl mit Pontius Pilatus." Wir Landser waren uns im Grunde nicht ganz klar darüber, was wir denken sollten. Manchmal dachten wir, wenn wir unsere Heimat wie diese Buschkrieger hier von regulären Truppen angegriffen sähen und selber keine regulären Truppen mehr hätten, vielleicht würden auch wir Partisanen werden und dem Feind die Sache ein bißchen schwermachen. Manchmal dachten wir auch, es sei eine Pflicht des Anstands, sich stillschweigend zu ergeben, wenn sie keine Soldaten mehr hatten. Und dann sagten wir uns wieder, du lieber Himmel, was heißt Anstand! Was uns aber erbitterte, war der gnadenlose Mord, der hier umging, und nicht nur gegen uns. Einer unserer Zugführer, Feldwebel Kreis, der einem angegriffenen Gendarmerieposten zu Hilfe eilte, bat in dem betreffenden Dorf einen Slowenen zu dolmetschen. Als der Zug wieder abgerückt war, wurde dieser Slowene, ohne daß die Gendarmen im Dorf etwas sahen oder hörten, in der darauffolgenden Nacht mit seiner Frau und seinen vier Kindern an Ketten mit den Füßen nach unten aufhängt. Ich habe diese furchtbare Sache mit meinen eigenen Augen gesehen.

Eine kleine Kampfeinheit von etwa sechzig deutschen Landesschützen, die eines Nachts auf Partisanen im Wald stießen, Männer zwischen fünfundvierzig und sechzig Jahren, wurde völlig bis auf den letzten Mann vernichtet. Diese Landesschützen in solchen Kämpfen einzusetzen, war nicht nur eine Idiotie, sondern eines der vielen Verbrechen unserer genialen höheren Führung. Was unsere Offiziere über diese Führung dachten, hörten wir manchmal durch einen Zufall. Aber wir brauchten keine Offiziere, die größeren und weiteren Einblick hatten, wir merkten es selber, daß in dem ganzen großartigen und geheimnisvollen Getue der oberen Führung etwas stinkfaul war.

So gingen die Tage. Wir tranken den herrlichen Untersteiermärker Wein, und neben uns lagen die Waffen, und draußen standen die Fahrzeuge mit angewärmten Motoren.

Ende Mai kam die frohe Botschaft, daß die Division nach Ungarn verlegt würde. Wir kamen aus der Hölle in den Himmel. Die Volksdeutschen dort verwöhnten uns während der Wochen, in denen wir bei ihnen waren, wie ihre eigenen Söhne. Es gab sagenhafte Fressereien: Schinken, Eier, Hühner, Paprikagulasch, blütenweißes Brot, Kuchen und Schlagsahne in ungeheuren Mengen. Und ungarische Weine, über die man Lieder singen konnte.

In diese herrlichen Sommertage hinein fiel die Invasion in der Normandie. Wir hörten die Nachrichten. Wir sagten nicht viel dazu. Aber sie waren für uns niederschmetternd. Wir hatten gedacht, die ganze Küste da oben starrte von furchtbaren Abwehrmitteln, die seit Jahr und Tag vorbereitet lagen. Wir dachten, der Atlantikwall sei das Tollste, was jemals dagewesen sei. Eines Nachmittags lag der Chef in glühender Hitze unter dem Schatten einer Baumgruppe, neben ihm saß unser Truppenarzt, Dr. Farmesch, ein Sudetendeutscher, er mochte fünfunddreißig Jahre alt sein, und er war ein prima

Chirurg. Ich selber lag hinter ihnen und rauchte. Zum erstenmal hörte ich wieder nach langer Zeit zwei Männer miteinander sprechen, die sich kein Blatt vor den Mund nahmen. „Nehmen sie an", sagte der Chef, „daß die Burschen am Westwall stehen und die Russen in Schlesien, nicht auszudenken, was?" Ich beugte mich vor. Dr. Farmesch antwortete: „Wundert mich sehr von Ihnen, Schleiermacher, wundert mich sehr. Ich hätte Ihnen doch ein besseres Köpfchen zugetraut. Die Alliierten sind in die Halbinsel eingebrochen, nicht wahr? Nicht nur gelandet, sondern eingebrochen. Der Krieg ist verloren. Ganz zu schweigen von den Russen, ganz zu schweigen." Eine Weile war Stille, dann sagte der Chef langsam: „Der Teufel soll Sie holen, Doktor, daß Sie es ausgesprochen haben. Aber Sie haben recht, der Krieg ist verloren. Und was nun?" Dr. Farmesch sagte ruhig: „Was nun? Da gibt es nichts, was nun. Wir werden mit Anstand zugrunde gehen, ich am Operationstisch und Sie an Ihrem Geschütz." Der Chef sagte: „Und an Wunder glauben Sie nicht, wie?" Der Arzt schwieg.

Einige Wochen darauf wurde das Attentat auf Hitler bekannt. Das war ein Donnerschlag. Das Merkwürdige ist, daß ich nicht einmal viel von der Wirkung berichten kann, die diese Nachricht auf uns machte. Ich glaube, wir waren wie betäubt. Also gab es welche in seiner nächsten Nähe, die ihn umlegen wollten, das heißt, die nicht mehr an ihn glaubten. Oberleutnant Schleiermacher verstummte während der nächsten Tage völlig. Ich hörte kein Wort von ihm in dieser Sache. Mir selber war Adolf längst ganz fremd geworden. Ich nahm es ihm übel, daß er sich niemals an der Front sehen ließ, und ich nahm vor allen Dingen sehr übel, daß er niemals die Bewohner der zerstörten Städte besuchte. Das waren zwei Kernpunkte meiner ganzen Einstellung zu ihm. Er zeigte sich in den Zeiten der größten Not nicht als Kamerad. Deshalb wirkten auch alle seine Radioreden nicht mehr auf mich. Es war Geschwätz. Aber ich nahm mich zusammen, über all das nicht weiter nachzudenken. Hätte ich weiter darüber nachgedacht, wußte ich genau, wo ich bei meinem Nachdenken landen würde, nämlich bei der Fahnenflucht. Nicht mehr und nicht weniger.

Unsere Division kam dann in die Kämpfe in die Karpaten. Nicht viel ist davon zu berichten. Es wäre nur eine Wiederholung von vielem, was ich schon berichtet habe. Wir wurden ziemlich zugerichtet und kamen wieder nach Ungarn zurück. Dann erlebten wir den Aufstand der Slowaken. Vorher bekamen wir als Ersatz eine Unmenge junger Volksdeutscher in die Division. Der Chef verstummte in diesen Tagen und Wochen ganz. Auch mit mir redete er kaum mehr ein Wort. Diese jungen Volksdeutschen wurden als Infanteristen eingegliedert. Diese „Eingliederung" war zum Lachen oder zum Weinen, wie man will. Die Burschen, die gutwillig und kräftig waren, kamen abends an, und zunächst bekamen sie kurz das Gewehr 98 erklärt. Das hatte seine Schwierigkeiten, weil sie kaum deutsch verstanden. Die Unteroffiziere unter uns, die aus den Kämpfen noch übriggeblieben waren, übernahmen die Bedienung der MG 42. Am nächsten Tag ging es in den Kampf gegen die Slowaken. Diese Kämpfe dauerten etwa drei Wochen, und unsere neuen „Infanteristen", die hilflos mit ihren Gewehren umgingen, erhielten ihre eigentliche Ausbildung während der unzähligen Gefechte. Niemals werde ich diese Tage vergessen. Oberleutnant Schleiermacher, der Kompanietrupp, ich, Feldwebel und Unteroffiziere bildeten während der Schlacht die Leute aus, ließen, während wir im Feuer standen, an den Pakgeschützen Schützenwechsel vornehmen. Es war zum Weinen. Daß es trotzdem gelang, den Aufstand niederzuwerfen, war ein Wunder. Der Stamm von Offizieren, Unteroffizieren und Männern, zwischen den willigen, aber völlig unerfahrenen Rekruten wie die Wiesel hin- und herrasend, haben dieses Wunder vollbracht.

So sind, glaube ich felsenfest, während dieses ganzen Krieges an den Fronten Wunder vollbracht worden, trotz der genialen höheren Führung. Daß sich anscheinend dann dieselbe geniale höhere Führung auf diese vollbrachten Wunder berief und sich ihrer rühmte und neue Wunder forderte, ist ein irres Späßchen der Geschichte.

So war es Herbst geworden.

Und was ich soeben sagte, wurde Wirklichkeit, und zwar sofort. Die geniale höhere Führung war durch den Erfolg unserer Rekrutendivision in der Slowakei zu der unerschütterlichen Überzeugung gekommen, daß diese Division nun auch gegen den Iwan eingesetzt werden könnte. Es war zum Heulen. Unser Divisionskommandeur flog unverzüglich ins Führerhauptquartier und berichtete dort den wahren und eigentlichen Zustand dieser völlig unzureichend ausgebildeten und mangelhaft ausgerüsteten Einheit. Umsonst natürlich. Der Grimm unter uns wuchs bis zur Wut. Es wunderte uns nicht mehr, daß einige hohe Offiziere, denen anscheinend die Wut über diese Führung bis an den Hals gegangen war, den roten Hosen im Führerhauptquartier eine Bombe unter den Hintern gelegt hatten.

Wir kamen also an die Ostfront. Und unmittelbar in einen höllischen Materialkampf. Ich will davon nicht viel berichten. Ich sah im Trommelfeuer der Russen große Haufen der führerlos gewordenen jungen Volksdeutschen wie irrsinnig gewordene Menschen nach hinten rasen, niederknien und mitten im Inferno zu Gott beten, indessen sie, roh gesagt, Stück um Stück von den Granaten in Fetzen gerissen wurden. Ich fand mich in dieser geisterhaften Hölle mit einzelnen Offizieren, Unteroffizieren und Männern vorne verzweifelt neben Oberleutnant Schleiermacher auf die Russen schießen, ein lächerliches Unterfangen.

Nach vierzehn Tagen war die Division dahin. Mit Mann und Wagen zerschlagen. Sie war sinnlos geopfert worden. Einen Erfolg hatte sie nicht aufzuweisen, wieso auch, womit denn und mit wem denn? Ein ganz kleiner Stamm von Offizieren, Unteroffizieren und unverwüstlichen Obergefreiten bildete jetzt eine Kampfgruppe.

Unsere motorisierte Panzerjägerkompanie war zu Asche verbrannt und Schlacke geworden. Wir waren in die Schlacht gezogen mit zwölf 7,5-cm-Pakgeschützen und schlichen aus der Katastrophe heraus mit fünf. Die jungen Soldaten, die wir während der Gefechte erzogen und ausbildeten, Burschen im Alter von siebzehn bis achtzehn Jahren, waren zum größten Teil gefallen und verwundet. Wir waren nur noch, um es kurz zu machen, ein taumelnder Haufen, erledigt durch Trommelfeuer, Schlamm, Dreck, Hunger, Nässe und Fieber. Der Chef und ich saßen Abend um Abend zusammen und schrieben Briefe. Dann und wann starrten wir uns aus blassen Gesichtern an, weil uns die Worte fehlten, und dann und wann halfen wir uns mit Worten aus. Es waren die Briefe an die Angehörigen der Gefallenen. Und der Chef duldete nicht, daß diese Briefe nach einem stumpfsinnigen Schema geschrieben wurden. Wir schrieben, bis uns die Finger schmerzten. Wir achteten darauf, daß die Angehörigen zu Hause von dem Liebsten, das sie hingegeben hatten (und sinnlos hingegeben hatten), noch einen letzten Eindruck hatten. Wie oft rannte ich hinaus, um diesen oder jenen der Männer auszufragen, die einen der Gefallenen gekannt hatten, um von dem Toten noch etwas Schönes schreiben zu können.

Es konnte sein, daß wir mitten in dieser traurigen Arbeit alarmiert wurden und einige Kilometer nach rückwärts abhauen mußten.

Der Chef magerte in diesen Tagen und Nächten ab. Einmal sagte er am frühen Morgen zur angetretenen Kompanie, als wir wieder zurück mußten: „Jetzt, meine sehr verehrten Herren, seid ihr die ideale Vorstellung von Frontschweinen." Die Kompanie starrte vor Schmutz, Nässe und zerlumpten Uniformen.

Eines Abends, als wir in ein Dorf einzogen und in irgendeinem Dreckloch von Kate den Kompanietrupp unterbrachten und Kradmelder von der Division geniale Befehle und Anordnungen gebracht hatten, sagte Oberleutnant Schleiermacher zu mir: „Major Sturm ist geisteskrank geworden." Major Sturm, ein etwa siebenundzwanzigjähriger Generalstabsoffizier, war damals der Ia der Division. Er, den wir während der harten Kämpfe niemals bei uns oder auch nur in unserer Nähe gesehen hatten, hatte dem Chef eine schwere Zurechtweisung zugehen lassen, weil in dem Wirbel der Kämpfe zwei unserer Geschütze von uns gesprengt worden waren, damit der Russe sie nicht in die Hand bekam. Der Major vermißte nun eine genaue und eingehende Darstellung des Vorgangs und eine ausführliche Begründung der Sprengung. Solche Abziehbilder hatten wir ins Herz geschlossen. Kaum kauten wir den ersten Bissen Brot an diesem Abend, als das Kindchen anrief und verlangte, der Chef sollte ihm sofort die Nummern der beiden gesprengten Geschütze durchgeben. Nun hatten die Pakgeschütze mindestens sechsstellige Nummern, und die unsrigen hatten wir erst neu bekommen. Es war ganz unmöglich, sämtliche Nummern im Kopf zu haben, zumal Stunde um Stunde entweder erbitterter Kampf oder Rückzug stattgefunden hatte.

Der Chef grinste über sein ganzes hageres und ausgehöhltes Gesicht und sagte langsam und wie geistesabwesend ins Telefon: „Ja, die Nummern, Herr Major, die Nummern. Wenn wir die Nummern nicht gehabt hätten. Herr Major haben ganz recht, die Nummern, ja die Nummern. Ich glaube, wir hatten da ein paar Nummern. Jawohl, Herr Major, die Nummern." Und schlug den ganzen Apparat vom Tisch des Hauses.

In dieser Nacht wurden wir aus tiefstem Schlaf hochgejagt. Draußen wurde geschossen, und zwar dicht vor unserer Bude. Wir griffen nach unseren Maschinenpistolen, behinderten uns gegenseitig, stolperten übereinander und hetzten hinaus. Nach wenigen Minuten wußten wir Bescheid. Ein Trauerspiel hatte stattgefunden, wie es manchmal am Rande des Krieges vorkommt. Einer unserer Melder hatte eine verdächtige Gestalt mit einer Waffe in der Hand um das Haus schleichen sehen, hatte sie mehrere Male angerufen, und als er keine Antwort bekam, hatte er eine ganze Pistolengarbe in die verdächtige Figur hineingejagt. Es war ein siebzigjähriger ungarischer Zivilist, der mit einigen Stückchen Holz im Arm ins Dorf zurückkam und, weil er taub war, den Anruf des Melders nicht gehört hatte.

Der Melder, der ohnehin mit den Nerven fertig war, begann plötzlich zu weinen. Der Chef klopfte ihm auf die Schulter und ging schweigend zurück.

In der Brandung der Schlachten wurde unsere Division in den folgenden Wochen nach Nordungarn in die Slowakei gedrückt. Auf diesem Rückzug wurde der Kompanietrupp mit einigen übriggebliebenen Männern der Kompanie in einem Hohlweg eingeschlossen. Eine recht verfahrene Lage. Und es mag vielleicht etwas überheblich und angeberisch klingen, wenn ich sage, daß wir, und zwar einer wie der andere, diese Lage völlig kaltblütig handhabten. Keine Panik. Wir waren ausgeglühte und abgebrühte Roboter geworden. Und diese Tatsache allein war immer wieder unsere Rettung. Aus kalten Augen heraus durchforschten wir alle Möglichkeiten. Der Kern unserer Verteidigung war ein 2-cm-Flakgeschütz, und mit ihm bildeten wir eine Insel in einem wogenden und tobenden Meer von Feinden. Die Russen lagen, knieten, liefen und rannten ringsumher. Wir ließen sie immer wieder bis auf zweihundert Meter herankommen, und dann öffnete sich unser Hohlweg mit seiner gesammelten Feuerkraft. In der Nacht brachen wir auf und schlängelten uns zwischen den vormarschierenden Russen nach rückwärts durch.

Ich glaube, es war um den 20. Dezember herum, als der Chef mit dem letzten Geschütz der Kompanie einen recht kitzligen Auftrag bekam. Wir sollten im Rücken unserer Kampfgruppe absperren. Es war lachhaft. Unsere Gefechtsstärke betrug ein Geschütz, ein Feldwebel, zwei Unteroffiziere und acht Mann. Dazu war der Chef seit mehreren Tagen krank, hatte Fieber und Halsschmerzen und redete nur noch im Flüsterton. Glücklicherweise wurde der blödsinnige Sperrauftrag wieder zurückgenommen.

Unaufhaltsam, das merkten wir alle, kam das Ende näher.

Die Wehrmachtsberichte machten uns schwer zu schaffen. In einer grandiosen Kurve schlitterten wir in den Abgrund. Das war klar zu erkennen. Also war dieser Krieg umsonst gewesen.

In diesen Tagen kam uns aber etwas zum Bewußtsein, was wir niemals zuvor mit solcher Klarheit empfunden hatten, auch der Einfachste unter uns. Der Russe, gegen den wir kämpften und der wie riesenhafte Lawinen über uns kam, war ein Feind besonderer Art. Wir fürchteten ihn. Wir fürchteten nicht seine Waffen und seine Soldaten. Wir fürchteten das, was hinter ihm kam. Und von dieser Furcht waren wir alle wie besessen. Irgend etwas Graues, Lebloses und Freudloses kam hinter ihm. Wir waren tief in seinem Lande gewesen, und wir hatten mit eigenen Augen gesehen, wie sie lebten und wie ihr Dasein aussah. Es war grau, grau, grau. Dieses Land war etwas unvorstellbar Greuliches. Dabei konnten wir nicht einmal mit Worten genau ausdrücken, was es war. Es wurde einem ganz schlecht zumute, wenn man daran dachte, daß der Russe vielleicht einmal Europa beherrschen sollte. Dann war das Leben nicht mehr lebenswert.

Jeder von uns trug den unerschütterlichen Entschluß in sich, daß er sich eine Kugel in den Kopf knallen würde, wenn die Gefahr einer Gefangennahme bevorstand. Wie merkwürdig! War das nicht merkwürdig? Das war immer so gewesen, sooft wir dem Iwan gegenüberstanden.

Da war irgend etwas nicht in Ordnung.

Sagen wir mal, das war kein leiblicher Feind mehr, das war ein seelischer Feind, vor dem wir Furcht hatten, daß uns die Zähne klapperten, wenn wir daran dachten.

War es vielleicht der Kommunismus? Keine Spur. Wir hatten einen Kommunisten unter uns, einen Unteroffizier, mit dem ich mich oft unter vier Augen unterhalten hatte. Er war so im Laufe des Feldzugs im Osten etwas unsicher geworden. Aber er glaubte noch daran. Und doch, das war das Seltsame, hatte auch dieser Mann eine panische Angst, gefangengenommen zu werden. Und er hatte mir das heilige Versprechen abgenommen, ihn zu erschießen, wenn er schwer verwundet würde und wir ihn zurücklassen mußten. Ich versuchte vergeblich, von ihm zu erfahren, wieso gerade er nicht gefangengenommen werden wollte. Übrigens hätte ich mein Versprechen gehalten.

Es gibt Situationen, in denen nur jene Entscheidungen treffen können, die nicht darunter, nicht darüber und nicht daneben, sondern mit drinnen stehen.

Dies alles war der Kern unserer heimlichen Gedanken während dieser Tage der immerwährenden Rückzüge. Unterhalten darüber haben wir uns kaum. Jeder sein eigener Teufel oder sein eigener Engel.

Jeder sein eigener Teufel oder sein eigener Engel, sagte ich, und ich denke, das gilt nicht nur für den einzelnen Jammerfritzen, das gilt für ganze Völker. Da lagen wir also nun gegen Jahresende in unseren Schützenlöchern in Nordungarn. Der Iwan, wie es sich so niedlich anhört in Wehrmachtsberichten, „rannte vergeblich gegen unsere Stellungen an". Liest man so etwas, sieht man die Russen geradezu wie die Idioten „anrennen", um dann vor den Mündungen unserer Kanonen, Maschinengewehre und Gewehre ordentlich wie im Kino zusammenzubrechen.

Na ja, es sah schon etwas grauer und mörderischer aus. Weithin im freien Feld hockten unsere Infanteristen in ihren Panzerdeckungslöchern. Es muß etwa von einem Flugzeug aus ein armseliger Anblick gewesen sein. Denn zwischen den einzelnen Schützen waren leere Räume von fünfzig bis hundert Meter. Und diese Räume hatten sie mitzuverteidigen.

Glücklicherweise war das Gelände von Heckenreihen durchschnitten. Jeder Landser wird wissen, welch ein Glücksgefühl beinahe so eine Heckenreihe geben kann, hinter der man wenigstens Deckung gegen Sicht hat, auch wenn diese Hecken die gleiche Bedeutung wie Löschpapier haben, hinter dem man sich verstecken wollte. Durch die Feldzüge aller Zeiten geht diese Einbildung des einfachen Kämpfers: Wenn sie mich nicht sehen, können sie mir nichts tun.

Außer den Hecken gab es hier noch einzelne Pappelreihen, hinter deren Stämmen man sich noch sicherer fühlen konnte. Es regnete, es schneite, es regnete wieder und schneite wieder, und wir froren, daß uns die Knochen klapperten. Jedermann war so erschöpft, übermüdet und niedergeschlagen, daß es gar keinen Zweck mehr hatte, sich etwas vorzumachen. Die Infanterie war kläglich dran. Besonders ihre Offiziere, die ihre weithin über den Feldern verkleckerten Einheiten zusammenhalten mußten, machten einen Eindruck, als ob sie in jeder Sekunde zusammenklappen würden. Nicht etwa aus Schlappheit. Sie waren nur unausgeschlafen. Seit Wochen hatten sie sich einen rechtschaffenen Schlaf nicht mehr leisten können. So sahen sie einen aus verklebten, kleinen, entzündeten, wilden Augen an, wenn man mit ihnen sprach.

Unser Bataillonsgefechtsstand lag etwa achthundert Meter hinter der Front, es war ein Unterstand, der in einem Hinterhang eingegraben war. Zu ihm mußte man so etwa fünf Meter hoch hinaufsteigen. Dreißig Meter entfernt davon war das linke Pakgeschütz unserer Kompanie. Und rechts davon führte ein Feldweg zu den vordersten Stellungen, der durch und durch aufgeweicht war, so daß man auf ihm das dämliche Gefühl hatte, durch metertiefe Watteschichten zu steigen. Rechts dieses verdammten Feldweges, in einer Heckenreihe großartig getarnt, stand unser zweites Pakgeschütz. Es war erst in der vergangenen Nacht aus der Waffenmeisterei wieder nach vorne gekommen.

Etwa dreißig Meter dahinter in einer Mulde befanden sich eine Scheune und einige Strohstadel. In diese Mulde konnte der Iwan nicht hineinsehen. Wie die Dinge lagen, fühlte man sich in ihr wie in Gottes eigener Hand und sicher wie in Abrahams Schoß. Hinter der Scheune stand, gut mit Zweigen und so zugedeckt, ein „Maultier". Ein Fordlastwagen mit Raupenketten. Dieses Ungetüm benützten wir in der Kompanie gleichzeitig als Pakgeschützfahrzeug für die 7,5-cm-Pak 40. Auch als Munitionsfahrzeug. Eine bessere Sache, die wir da hatten. Es war tief eingegraben und außer mit Zweigen noch mit Strohhaufen frisiert.

Trotz der wirklich beschissenen Lage hier und trotz aller Müdigkeit und Niedergeschlagenheit hatten wir alle so eine Art frecher Zuversicht. Es würde auch hier alles gutgehen, wenn man den Begriff Gutgehen großzügig anwandte. Die Infanterie in unserem Abschnitt war in Ordnung. Es war eine Kompanie, die von einem ehemaligen Panzeroffizier geführt wurde. Der Oberleutnant Sichel war ohne Panzer, sie waren abgeschossen, oder er hatte sie im berühmten letzten Augenblick in die Luft sprengen müssen, da kein Benzin mehr da war, um zurückzufahren. Daraufhin hatte der Mann nicht lange im Gelände herumgesucht, um sich irgendwo bei irgendwem zurückzumelden, sondern sich zur Infanterie versetzen lassen. Wir mochten ihn auf Anhieb gern. Seine Leute auch. Er hinkte etwas und trug ständig einen wunderbar mit Schnitzereien verzierten Knüppelstock. An Draufgängern und echten Kalibern von Vorgesetzten mochte der Landser solche Mätzchen sehr gern. Als der Chef und ich einmal bei einem kleinen Gegenstoß über den aufgeweichten Lehmboden mit nach vorne turnten, fiel mir auf, daß der Panzermann ziemlich blaß war und sich die Zähne in die Lippen grub. Oberleutnant Schleiermacher fragte ihn nachher: „Haben Sie was? Haben Sie Schmerzen?" Er lachte. „Aber sicher. Ich bekam gleich am Anfang des Russenkrieges eine an meinen Unterschenkel verpaßt. Aber was heißt schon Unterschenkel in einem Gelände von Millionen Quadratkilometern, wie?" Das Merkwürdige an ihm waren seine sehr hellen blauen Augen unter kohlrabenschwarzen Haaren, und wenn er in Wut war oder sich aufregte über irgendeinen Mist, hatte man das Gefühl, Blendlaternen gingen auf und zu, so funkelte er einen an. Um den Hals trug er immer ein riesiges farbiges Tuch, damit wischte er sich den Schweiß aus dem Gesicht. Im übrigen regte er sich nur hinter der Stellung auf. Im Kampf gab es nichts Kaltblütigeres als ihn, er glich darin meinem Chef. Auch er hatte die Begabung, in den allerblödsinnigsten Situationen blitzschnell zu handeln. Was der Mann aber in Wirklichkeit darstellte, sollten wir eines Morgens erfahren. Es war ein so trüber Dezembertag, daß einen das Leben ohnehin ankotzte, als der Chef und ich uns beim Bataillonsstab befanden, weil vorne anscheinend wieder eine Kleinigkeit los war und wir uns ins Bild setzen wollten. Da kam von vorne von der Infanterie ein Anruf. Und da im Augenblick im Unterstand ein Gewühle herrschte und Oberleutnant Schleiermacher gerade neben dem Apparat stand, griff er den Hörer. Ich sah sein Gesicht dumm werden. Er runzelte die Stirn, und ich hörte ihn rufen: „Wiederholen Sie das noch mal, Mensch!" Er lauschte, dann wandte er sich mit noch dümmerem Gesicht zum Bataillonskommandeur: „Da meldet sich der Kompanietruppführer von der Infanteriekompanie Sichel. Man möge doch sofort das Ersatzbein des Kompaniechefs nach vorne schicken. Die Kompanie könne sich nicht länger halten, der Iwan habe sie rechts umgangen, und der Kompaniechef habe soeben sein Bein verloren..." Der Bataillonskommandeur, wie immer so auch hier, ein älterer Hauptmann, fing an zu blinzeln. Auch die anderen waren trotz der Aufregung aufmerksam geworden.

Nun hatten wir außer den Hecken und den Pappelalleen in dieser Stellung noch eine Annehmlichkeit: wir hatten starken Ungarwein, soviel wir wollten, und wir tranken ihn literweise. Der Hauptmann sagte väterlich: „Sie sind besuff'n." Und ging selber an den Apparat. „Was ist los?" Und jetzt wurde das Gesicht des Kommandeurs ebenfalls saudumm und immer dümmer. Und er schrie in den Apparat: „Holen Sie Oberleutnant Sichel selber heran!" Nach einer kleinen Weile hörten wir die Stimme von vorne quäken. Der Hauptmann legte den Hörer weg. Dann sagte er etwas fassungslos: „Also folgendes. Oberleutnant Sichel sagte mir, er müsse sofort seine Ersatzprothese haben. Ein Granatsplitter habe ihm sein künstliches Bein zerschmettert. Das Ersatzbein sei beim Spieß hinter der Scheune. Sie hätten sich eingeigelt." Wir starrten ihn an, und auf einmal brüllte der alte Hauptmann: „Ja, meine Herren, hat einer von Ihnen eine Ahnung gehabt, daß der Sichel mit einem Holzbein herumläuft?" Keiner hatte eine Ahnung gehabt. Ein Melder des Bataillons wurde nach hinten gehetzt, um dem Kompaniechef das Ersatzbein nach vorne zu bringen. Wir bekamen beinahe keine Luft. Deshalb also hinkte der Panzeroffizier. Und deshalb war er bleich geworden und hatte die Zähne aufeinandergebissen, wenn er seine Männer über die weiche Erde an den Feind führte! Jetzt erst wurde es uns im Bataillon klar, daß Sichel die letzten drei Wochen schwerster Abwehrkämpfe mit einem Holzbein mitgemacht hatte, ohne ein Wort darüber zu verlieren.

Der Melder kam nicht mehr zurecht. Denn kaum war er fort, rasselte wieder das Feldtelefon. In unerschütterlicher Ruhe gab der Oberleutnant durch, daß soeben einem T 34 der Einbruch gelungen sei und daß der Panzer jetzt zwischen den Schützenlöchern seiner Kompanie umherkurvte. „Wiederholen Sie jeden Satz wörtlich", sagte der Hauptmann dem Feldwebel, der am Telefon stand. Und nunmehr konnten wir eine Minute lang verfolgen, was vorne gespielt wurde. „Jetzt kommt er auf das Gartenhäuschen zugerollt, in dem ich meinen Gefechtsstand habe. Hier könnt ihr ihn hören." Oberleutnant Sichel schien jetzt den Hörer zum Fenster des Häuschens hinauszuhalten, denn das tiefe Rasseln und Dröhnen des Motors war deutlich wahrzunehmen. Eine Kaltblütigkeit, die uns den Atem verschlug. „Dahinter sehe ich die russischen Infanteristen. Ich habe hier bei mir nur den Kompanietrupp, mit dem halte ich aus, aber ihr müßt sofort einen Gegenstoß ansetzen."

Der Chef und ich waren schon draußen und stürzten zum linken Pakgeschütz. Die Bedienung lag bewegungslos bereit, ich hatte das Gefühl, als wir näherkamen, daß die Männer vor Erregung und Kampffieber dampften. Und jetzt sahen wir ihn. Aus etwa siebenhundert Meter Entfernung, etwas seitwärts von Sichels Gartenhäuschen, rollte der T 34 in wildem Tempo auf unsere Geschützstellung zu. Ununterbrochen blitzte es aus seinem Geschützrohr auf, und nach jedem Blitz gab es einen kurzen, hellen Krach, dann jaulte die Granate über uns hinweg und schlug schmetternd irgendwo ein.

Es war Zeit. Die erste fahlgelbe Stichflamme fegte aus unserer Pak. Der Schuß ging daneben. Der zweite Schuß auch. Oberleutnant Schleiermacher fuhr auf, aber schon hatte der Geschützführer, ein alter, ruhiger Obergefreiter, den Schützen I, der nervös geworden war, weggezerrt und feuerte nun selber. Aber auch diese Granate ging daneben. Mir brach der helle Schweiß aus. Zu allem Unglück wurde die Kartusche dieser Granate vom halbautomatischen Verschlußkeil nicht ausgeworfen. Es war zum Verzweifeln. Die Schützen III und IV sprangen auf, ich sah das Flackern in ihren Augen, und schon wandten sie sich um, um wegzurennen. Der Chef rief mit seiner nicht einmal sehr lauten, aber in solchen Lagen seltsam rasiermesserscharfen Stimme: „Wollt ihr liegenbleiben! Die Wischerstange her!" Ich hatte sie schon, und einige Sekunden später standen wir zu zweien auf der Böschung. Ein tadelloses Ziel für den Panzer, der auf fünfhundert Meter heran war. Eine Panzergranate heulte so tief und so dicht über unsere Köpfe hinweg, daß der Luftdruck uns beinahe zu Boden warf. Die steckengebliebene Kartusche war heraus. Der Chef und ich tauchten wieder unter. Mir war wie immer in solchen Situationen zumute, als ob ich nur eine Art Mechanismus wäre. Dem Himmel sei Dank übrigens dafür. Denn wenn das nicht so gewesen wäre, hätten mich keine fünfzig Kompanieführer daran hindern können, auszureißen. Jedoch muß ich zugeben, daß es vielleicht Quatsch ist, so etwas überhaupt auszusprechen. Denn außer dem Drill, eben jenem guten Drill, der einen dazu befähigte, in kitzligen Lagen wie ein Mechanismus zu handeln, war da noch etwas. Und das lag tiefer. Vielleicht darf ich es so aussprechen, daß es, was den Landser betrifft, eine Art Rechtschaffenheit war. Rechtschaffenheit sich selber gegenüber, seiner Einheit gegenüber, seinen Vorgesetzten gegenüber, seinen Kameraden und Untergebenen gegenüber, seinem Vaterlande gegenüber, kurzum, jene Rechtschaffenheit, die jedem echten Landser in allen Armeen der Welt zu eigen ist, ob er will oder ob er nicht will. Das Wort Pflichtbewußtsein träfe die Sache nicht, auch das Wort Verantwortungsgefühl träfe die Sache nicht, es ist mehr als das. Es ist eben Rechtschaffenheit, eine der Grundlagen der menschlichen Gesellschaft. Ich glaube es wenigstens. Und dieser Krieg war für den Landser deshalb, genau deshalb immer mehr und heftiger mit Niedergeschlagenheit verbunden, weil er das verfluchte Gefühl hatte, daß mit ihm nicht mehr rechtschaffen umgegangen wurde. Das Dritte Reich hatte die Rechtschaffenheit allmählich in seinen Grundfesten zerschlagen, vergiftet, unterminiert. Und was die Wehrmacht betraf, so war auch hier, und zwar nur und allein von oben her, das merkte der Landser allmählich, die Rechtschaffenheit unterwühlt. Die Zersetzung der Wehrmacht erfolgte mit größter Genialität und größter Meisterschaft von oben her. Unter Rechtschaffenheit verstehe ich übrigens keine fade Bravheit, sondern eine der besten Eigenschaften, die in jedem Volke ruhen, und nur zum Teufel gehen, wenn sie mißbraucht werden.

Nun also, Rechtschaffenheit hin, Rechtschaffenheit her, inzwischen war der Russenpanzer beim Vorfahren, von uns aus gesehen, nach rechts seitwärts gefahren und geriet zu unserer Begeisterung jetzt in das Schußfeld unseres zweiten Pakgeschützes, das erst in der vergangenen Nacht nach vorne gekommen war. Und nun krachten beide Geschütze gleichzeitig. Unser Geschütz hatte wieder, zum vierten Male, danebengeknallt, die Granate aus unserem rechten Geschütz aber schmetterte mitten in den T 34 hinein. Wir schrien uns heiser vor Freude. Noch hatten wir das Klirren im Ohr, das einen Treffer unfehlbar anzeigt. Der Chef und ich stürzten hinüber zum zweiten Geschütz. Hier hockte noch, etwas blaß und schweißüberströmt, aber mächtig grinsend, der Schütze I an seinem Platz, ein schmales, dünnes, siebzehnjähriges Kerlchen. Oberleutnant Schleiermacher hieb ihm eine auf die schmächtige Schulter, daß er zusammenbrach. „Prima", sagte der Chef. „Dein EK II ist fällig." – „Nicht nötig, Herr Oberleutnant", sagte das Kerlchen großkotzig, „das habe ich schon." Oberleutnant Schleiermacher sagte: „Du verdammte Großschnauze, dich habe ich schon lange auf dem Kieker. Du kriegst das EK I." – „Besten Dank, Herr Oberleutnant", sagte der Kleine zufrieden. Eine freche Rübe. Was unseren Panzer betraf, so war er mit dem bekannten plötzlichen Ruck stehengeblieben. Auffallenderweise brannte er nicht. Jetzt sahen wir zwei Russen aussteigen und wild mit ihren Pistolen um sich schießen, wir sahen ihnen mit einem Anflug von schwachem Mitleid zu, denn in den nächsten Sekunden brachen beide zusammen, sie mußten förmlich durchsiebt worden sein. Der Melder Dietz (ein netter Bursche) und ich rannten mit einer Hafthohlladung hin, klebten sie an und zogen ab. Er begann zu brennen. Als wir zu dem Geschütz zurückrasten, sahen wir drei unserer Panzersturmgeschütze angerauscht kommen, sie fuhren vorsichtig die Böschung hoch und ballerten nun in den brennenden T 34 hinein, was das Zeug hielt. Dann drehten sie und hieben die eingeschlossene Kompanie von Oberleutnant Sichel heraus. Auf einem dieser Sturmgeschütze befand sich auch das Ersatzbein des Kompaniechefs. Daß die Burschen der Sturmgeschütze nachher zurückfunkten: einen T 34 abgeschossen, nahmen wir ihnen nicht übel. Spaß muß sein. Als es dunkel wurde, war der lodernde Panzer ein großartiger Anblick. Sein Turm war durch die Explosion der

Hafthohlladung weggerissen worden. (Am anderen Morgen, als wir das ausgebrannte Ungetüm besichtigten, fanden wir die beiden ausgestiegenen Russen von unseren Sturmgeschützen überfahren. Sie waren völlig plattgewalzt und boten, ich kann es unmöglich anders ausdrücken, und boten den schauerlichen Anblick zweier menschlicher Bettvorleger.) Der Krieg, meine Damen und Herren, ist weder frisch noch fromm noch fröhlich.

Der Panzeroberleutnant Sichel gehörte zu jenen, von denen ich schon einmal sagte, daß sie die bitteren Dinge anzögen, wie Eisen von Magneten angezogen wird. Schon wenige Tage darauf wurde er wieder bei einem Vorstoß mit seiner Kompanie in einem großen ungarischen Gutshof eingeschlossen. Zwei Tage und zwei Nächte lang hielt er sich, dann gelang es ihm in der Dunkelheit, sich mit allen seinen Männern, auch den Verwundeten, davonzumachen.

Aber dazwischen lag eine Tragödie. Er erzählte sie dem Chef, und ich war dabei. Er erzählte es müde, mit vielen Unterbrechungen, und er erzählte es mit einer großen Traurigkeit, die wir niemals an ihm wahrgenommen hatten. „Wir lagen da ganz hübsch", berichtete er langsam, „und wenn der Iwan nicht gewesen wäre, wäre es noch hübscher gewesen. Es war alles da, Brot und Wein und Geflügel, und was ihr wollt. Auch der Besitzer war da, und das wunderte mich. Ein ungarischer Graf und Reservehauptmann. Ich fragte ihn nicht, warum er nicht bei der Truppe sei. Jeder wie er kann. Auch die Gräfin war da, und auch drei Kinder und das ganze Gesinde. Sie hatten da einen tiefen Weinkeller, und da saßen sie die ganze Zeit. Manchmal dachte ich doch, wenn draußen der Russe anlief und wir in des Teufels Küche saßen, der Graf könnte eine Knarre nehmen, aber ich sagte nichts. In der zweiten Nacht, so gegen ein Uhr, brachten zwei meiner Unteroffiziere den Grafen zu mir. Es war eine verdammte Sache passiert. Der Mann hatte zu den Russen überlaufen wollen. Meine Posten hatten ihn noch eingeholt. Er gab es sofort zu. Er sagte, er habe seinen Besitz vor der Vernichtung bewahren wollen. ‚Schön und gut', sagte ich, ‚Und wie haben Sie sich das vorgestellt?' Und ich dachte, mich trifft der Schlag, als der Mann ruhig antwortete, er habe vorgehabt, die Russen in der Nacht durch eine Mauerlücke, die uns nicht bekannt war, weil Ziegelsteine davor gehäuft waren, in das Gut einzuschleusen. Ich brauchte eine ganze Weile, bis ich wieder reden konnte. ‚Das ist sehr kaltblütig von Ihnen', sagte ich, ‚Sie sind ein ungarischer Aristokrat und ungarischer Offizier, und

Sie sind unser Bundesgenosse sozusagen. Sind Sie sich darüber klar, daß Sie meine ganze Kompanie auszuliefern gedachten? Sind Sie sich darüber klar, was es heißt, den Russen ausgeliefert zu werden?' Er sah mich ganz unbeweglich an und sagte: ‚Ich hätte es nicht ändern können.' Diese Antwort gab mir einen Ruck. Es lief mir kalt den Rücken hinunter. Übrigens habe ich vergessen, zu sagen, daß diese Unterredung im Weinkeller stattfand, da war ja mein Gefechtsstand, und seine Frau und die Kinder und das Gesinde und alle hörten, was gesprochen wurde. Nun, es war nichts anderes zu machen. Ich konnte den Mann nicht zurückbringen lassen. Wir waren ja eingeschlossen. Ich verzichtete auf den Titel Graf und sagte: ‚Herr Hauptmann, Sie sind Offizier. Ich brauche Ihnen nicht zu sagen, daß ich in meinem Rücken keinen Verräter haben darf. Sie kommen sofort vor ein Standgericht.' Wir verurteilten ihn zum Tode. Er sagte kein Wort. Niemand im Keller sagte ein Wort von denen, die zu ihm gehörten. Auch die Gräfin nicht. Wir brachten ihn vor den Eingang zum Herrenhaus. Vorher küßte er seine Kinder und sagte seinen Leuten einige Worte. Die Gräfin ging mit uns. Ich erlaubte es. Draußen war Nacht, aber immer wieder schwebten russische Leuchtkugeln über uns und kamen langsam herunter. Minutenlang standen wir in hellster Beleuchtung, es war das Schauerlichste, was ich jemals erlebt habe. Er nahm Abschied von seiner Frau. Sie umarmten sich, und gleichzeitig griffen die Russen draußen wieder an. Die Gräfin hielt sich unerhört. Keine Träne. Keine Szene. Sie stand abseits und betete. Wir betteten den Mann im Parterre in sein Arbeitszimmer."

Oberleutnant Sichel schwieg. Wir starrten vor uns hin.

In diesen Tagen folgten dann übrigens die bitteren Dinge dicht aufeinander. Ich sagte schon, daß hinter der Scheune jener Lastwagen mit Raupenketten stand, den wir für alles mögliche benützten. Sein Fahrer war gerade jetzt ein älterer Reservist, er vertrat den eigentlichen Fahrer, der verwundet worden war und sich weiter hinten beim Troß erholen sollte. Der Reservist war ein Säufer. Und ein rabiater Bursche. Schon als der Spieß ihm den Befehl gab, als Fahrer des Geschützfahrzeuges einzuspringen, wurde er frech. Es gibt eine Art Frechheit, die jedem Landser Vergnügen macht. Es gibt aber auch eine andere Art von Frechheit, die der Landser höllisch übelnimmt. Von dieser Art Unverschämtheit war der Reservist. Niemand mochte ihn, ich auch nicht, und ich mochte ihn vor allen Dingen deshalb nicht, weil er dem Chef gegenüber immer katzenfreundlich und kriecherisch war. Ich war schon oft mit ihm zusammengeraten. Er soff wie ein Loch. Und sooft er wieder einmal nüchtern war, fuhr ich mit ihm Schlitten. Der Mann kam nun eines Nachts zu uns nach vorne, betrunken. Damals tranken wir die edelsten ungarischen Weine. Als sich der Mann bei mir meldete, war er ohne Koppel, und seine Augen flackerten. Er war dreckig und unrasiert. Da er meist hinten war, hätte er wenigstens etwas sauber sein können. Ich sagte ihm angeekelt, er solle sich beim Chef melden. Oberleutnant Schleiermacher sah ihn lange an, dann sagte er: „Wenn Sie sich selber gegenüber nicht anständig verhalten, könnten Sie vielleicht daran denken, daß wir hier in der Scheiße sitzen. Ich meine, daß Ihnen im betrunkenen Zustand leicht etwas passieren könnte. Ich würde mich dann um Sie nicht kümmern, verstanden?"

Der Reservist antwortete frech: „Das ist mir ganz egal, Herr Oberleutnant."

Der Chef lächelte dünn. Dann sagte er: „Ich bestrafe Sie nicht, Mann. Ich denke gar nicht daran. Sie werden bestraft werden, klarer Fall, aber nicht von mir." Der Fahrer grinste dumm und antwortete: „Wenn Sie meinen, ich sei betrunken, so stimmt das. Aber wegen dem bißchen Wein kann ich immer noch fahren." Der Chef sagte trocken: „Sie sind von jetzt ab ständiger Gefechtsfahrer, verstanden? Und wenn Sie sich noch einmal betrinken, übergebe ich Sie dem Kriegsgericht." Es war das erstemal, daß Oberleutnant Schleiermacher einem seiner Männer mit dem Kriegsgericht drohte.

Der Mann trottete davon. Der Chef war nicht wütend. Es gehörte zu seinen merkwürdigen Eigenheiten, daß er schlechten Elementen gegenüber niemals wütend wurde, er hielt es nicht der Mühe wert. Er wurde nur wütend, wenn ein sonst braver Bursche Unfug gemacht hatte. Dieser Standpunkt ersparte ihm einen Lastwagen Nerven.

Der Reservist zottelte also wieder zur Scheune und zu seinem Fahrzeug zurück, kletterte in sein Führerhäuschen, um darin zu schlafen. Gegen Morgen, beim ersten Tageslicht, fuhren wir hoch. Der Russe fiel mit schweren Granatwerfern über die ganze Stellung her. Wir stürzten noch halb im Schlafe in unsere Deckungslöcher.

Von hier aus sahen wir den Reservisten in seinem Fahrerhäuschen, das Kochgeschirr mit Wein zu uns schwenkend. Er brüllte: „Ihr feigen Schweine! Solche feigen Schweine wie ihr! Euer Wohl, ihr feigen Schweine!"

Etwa zwanzig Meter war das Fahrzeug von unseren Dekkungslöchern entfernt. Schweigend beobachtete Oberleutnant Schleiermacher den unentwegt brüllenden Mann.

Rings um uns her donnerten die Einschläge in die Erde. Und dann hob der Chef die Hand.

Ein schwerer Einschlag hatte das Fahrzeug getroffen. Als erstes ging die Gewehrmunition in einem wilden Feuerwerk hoch. Der Reservist versuchte verzweifelt, aus seinem Häuschen zu kommen, und zerrte an der Tür. Aber sie schien zu klemmen.

Jetzt brüllte er heraus: „Helft mir, helft mir, ich kann doch nicht verbrennen, ich kann doch nicht verbrennen ... Anna ... Anna ... Anna ... !!!"

Oberleutnant Schleiermacher war nicht der Mann, einen seiner Leute draufgehen zu lassen, mochte er sein wie er wollte. Jedoch machte er keine Miene dazu, aus seinem Deckungsloch zu klettern. Und ich weiß, daß ich ihn niedergeschlagen hätte, wenn er es versuchte.

Es wäre glatter Selbstmord gewesen.

Denn nun zuckte der ganze Lastwagen zusammen, als habe er einen Feuerstoß bekommen. Die Pakmunition ging los. Donnernd und berstend loderte das Fahrzeug in Flammen auf. Die Schreie des Fahrers waren verstummt. Wir bargen nachher seine verkohlte Leiche, er war bei lebendigem Leibe verbrannt. Und völlig unversehrt, nur angeschwärzt, fanden wir auch sein Kochgeschirr, darin noch Wein war. Er mußte gekocht haben.

Der Mann hatte eine Frau und vier Kinder.

Oberleutnant Schleiermacher schrieb kurz an die Witwe. Die Wahrheit zu schreiben, wäre in diesem Falle eine Roheit gewesen. So schrieb er denn, daß ihr Mann bei einem Granatwerferüberfall gestorben sei und einen schnellen und schmerzlosen Tod gehabt habe.

„Ich wußte", sagte der Chef, als er unterschrieb, „irgend etwas würde ihn bestrafen, und ich wußte auch, daß ich es nicht sein würde."

26

Die Geschichte dessen, was ich zu erzählen hatte, geht zu Ende. Wenn ich viele Dinge überspringe, so liegt das daran, daß es bis zum Schluß immer das gleiche war, und ich würde mich nur wiederholen. Aber wir hatten an diesem Schluß ziemlich bitter zu fressen. Wie von einer Sense hingemäht, blieben viele, mit denen wir vor der hoffnungslosen Übermacht der Russen herkeuchten, unterwegs liegen oder verschwanden spurlos. An manchem hing man mit seinem ganzen Herzen, auch wenn es so aussah, als ob man kein Herz mehr in der Brust hätte. Wäre übrigens gar nicht so merkwürdig gewesen, wenn einem in diesen letzten Tagen das Herz noch aus dem Leibe gerissen worden wäre, sinngemäß oder leibhaftig. Es griff mich am grimmigsten an, wenn Männer, die bis jetzt durchgekommen waren, noch daran glauben mußten. Da war unser Melder Dietz, achtzehn Jahre alt, rotblond, schlank und immer adrett, ein draufgängerischer Säugling und doch ein ganzer Mann. Und wie Kinder oft durch ein Wunder im gefährlichsten Straßenverkehr behütet und unversehrt bleiben, so war er behütet und unversehrt durch die letzten heißen Schlachten gekommen. Er kam überall durch, wie ein Wiesel. In den letzten Tagen nun mußte der Chef auf dem Beiwagenkrad schnell zum Bataillonsgefechtsstand, er hieb sich in den Beiwagen, und ich klemmte mich als Fahrer in den Sattel. Da tauchte Dietz auf und fragte, ob er nicht mitfahren solle, aber Oberleutnant Schleiermacher fuhr ihn an: „Nee, du bleibst da. Wir fahren in eine mulmige Ecke." Dietz grinste und schwang sich auf den Sozius, sein Gewehr in den Händen. Am Gefechtsstand blieb Dietz draußen beim Krad, und der Chef und ich gingen in das Bauernhaus, bekamen ein paar unwichtige Befehle, gingen hinaus und wurden wieder zurückgerufen, um noch einen unwichtigen Befehl zu bekommen. Kaum betraten wir wieder die Stube, als es einen schmetternden Krach draußen gab, ein greller Blitz fuhr auf, die Scheiben flogen herein, und draußen hörten wir brüllen. Als wir hinausstürzten, sahen wir das Krad in Fetzen, und daneben lag Dietz, eine Granate mußte haargenau im Krad eingeschlagen haben. Wir begruben mit zusammengebissenen Zähnen den Jungen hinter dem Haus. In den Wirren jener letzten Tage konnte Oberleutnant Schleiermacher den Angehörigen keinen Brief mehr schreiben. Ich selber weiß nur, daß Dietz aus Unterfranken stammte. Sollten Angehörige von ihm noch leben und diese Zeilen lesen, so sei ihnen gesagt, daß, wenn wir zu weinen noch imstande gewesen wären, wir um diesen jungen Menschen geweint hätten.

In einzelnen verlorenen Gruppen und Grüppchen krallten wir uns immer wieder für ein paar Stunden mit Zähnen und

Nägeln im Gelände fest. Wir wußten, daß sie uns hatten. Jeder wußte es. Aber sie sollten uns nicht zu billig bekommen. In jeder Nacht hauten wir bei Schnee und Schlamm wie die Geister ab nach rückwärts. Daß die große Mehrzahl unserer Verwundeten liegenbleiben mußte, machte uns oft rasend. Wir hatten noch ein einziges Pakgeschütz. Unser letztes. Und wie großartig unsere geniale Führung jetzt noch für uns sorgte, bewies die Ankunft von zwölf Fordlastwagen mit Raupenketten. Sie rasselten mitten in das ewige Rückzugsdurcheinander. Wir hätten ja sagen können, die Dinger würden uns einige Wochen vorher besser genützt haben, aber wir sagten gar nichts. Wir freuten uns wie die Indianer. Und wir bewunderten die fabrikneuen Fahrzeuge genauso lange, bis der Schirrmeister kam und dem Chef die prächtige Meldung machte, daß jedes dieser herrlichen Fahrzeuge noch nicht eingefahren sei. Was das hieß, war uns allen klar, diese uneingefahrenen Wagen würden das Fahren durch den tiefen Schlamm und Dreck nicht lange aushalten, der Motor würde zum Teufel gehen, und das Getriebe dito. Und genauso kam es. Von den zwölf Stück mußten wir zehn sprengen. Es war immer das gleiche: Ein paar Männer, verdreckt, frierend, durchnäßt und ausgehungert, bildeten tagsüber so etwas wie winzige Stützpunkte, knallten nach rückwärts und machten sich in der Nacht davon. In solcher Lage wurde unser letztes Geschütz beinahe ein lebendes Wesen, ein Kamerad, der treu und wacker mit uns durchhielt und immer wieder sein schmales, tödliches Maul gewaltig aufriß und uns den Iwan vom Leibe hielt. Wir klammerten uns an dieses Geschütz wie Wespen an die Königin. Wir ließen es nicht einen Moment aus den Augen. Und obwohl wir alle vor Erschöpfung taumelten und uns kaum wachhalten konnten, hätten wir uns lieber in Stücke reißen lassen, als dieses Geschütz den Russen zu überlassen.

Der Chef mit mir und ein paar Männern befanden sich immer bei der Nachhut. Es war gut, daß wir uns nicht selber sehen konnten. Wahrscheinlich ein ganz jämmerlicher Anblick. Sobald ein kurzer Halt war, sackten unsere Männer am Geschütz zusammen und schliefen ein. Der Chef und ich hielten uns mit grauenhaften Redensarten wach. Einmal stockte vor uns im knietiefen Dreck die Kolonne, und der Oberleutnant und ich schliefen augenblicklich für einige Minuten abgrundtief ein. Nach etwa zehn Minuten riß mich der Chef hoch. Die Kolonne war abgerissen, wir hatten keinen Anschluß mehr. Mit dem Kettenkrad krochen wir durch den Schlamm nach vorwärts an den paar Fahrzeugen vorbei, die da stekkengeblieben waren. Fahrer um Fahrer rüttelten wir wach. Sie fuhren an, und der Chef und ich setzten uns an den Schluß, und da blieb das Kettenkrad plötzlich stehen. Wir brüllten nach vorne, aber sie hörten uns nicht und fuhren weiter. Unser Fahrer versuchte mit steifen Fingern das Krad zu reparieren, und wir standen nervös dabei. Schon kam hinter uns im Osten das kalte Morgengrauen hoch, und wir wußten nicht, ob in der nächsten Minute der erste T 34 auftauchen würde. „Aus", sagte der Fahrer heiser, „fertig, Schluß. Die Kupplung ist im Eimer. Ich kann das nicht reparieren, Herr Oberleutnant." Der Chef griff schweigend nach den Handgranaten, und wir jagten das Krad in die Luft. Dann stampften wir zu Fuß unserer Kolonne nach. Wir hatten Glück, nach einer halben Stunde sahen wir eines unserer Maultiere, wie wir die Kettenfahrzeuge nannten, vor uns stehen. „Natürlich", sagte Oberleutnant Schleiermacher. „Klar! Warum auch nicht." Das Ding hatte Getriebe- und Kupplungsschaden. „Jagt den Dreck hoch", sagte der Chef, und wir jagten das Fahrzeug hoch. Zwanzig Meter weiter hielt noch ein Maultier, und das tat es noch, an ihm hing unser letztes Geschütz.

Von da ab aber schien uns Gott gnädig gesinnt. Wir überstanden einige sehr kitzlige Situationen. Und es gab auch einige muntere Episoden und man hörte tatsächlich wieder einmal schmetterndes Gelächter. So mußten wir eines Morgens mit unserem Pakgeschütz und einem 2-cm-Flak-Zug etwa sechzehn Kilometer hinter dem Divisionsstab die Straße sichern, damit der Iwan uns nicht von rückwärts aufrollte. Mit dem Flakzug kamen wir uns wieder wie eine Armeegruppe vor und waren sofort guter Dinge. Wir lagen in einem ungarischen Gutshof, und wir hatten allen Grund, guter Dinge zu sein. Das gesamte Anwesen war, mit Ausnahme der Köchin, die im Herrenhaus wohnte, verlassen. Dieses Meisterwerk von Köchin aber, zwei Zentner schwer, voll unentwegtem, bissigem Humor, bewirtete uns köstlich. Paprikagulasch kam am laufenden Band auf den Tisch, und der beste ungarische Wein schwemmte es wie in Öl durch den Rachen. Wir überlegten, ob wir die huldreiche Dame nicht mitnehmen sollten, obzwar sie uns unterwegs nichts kochen konnte, aber sie gefiel uns in ihrer Art unerhört. Der Chef fragte sie, ob sie denn keine Angst vor den Russen hätte. Sie stemmte ihre fetten Hände in die umfangreichen Hüften, bog den Kopf mit dem Doppelkinn zurück und lachte schallend. Dann erklärte sie uns in gebrochenem Deutsch: „Sie mirrr nix tun. Wirrrrd nicht so heiß gegessen wie gekocht. Mirrrr niemand hat etwas getan, nicht deutscher Soldat, nicht ungarrrischer Soldattt. Auch Russe wirrrd mirrr nix tun. Ganz einfach: Ich immer Unglick in Libbe gehobt, ganzes Leebbben lang Unglick in Libbbe." Das war ein Standpunkt, den wir bisher noch nicht gehört hatten. Wir lachten, und sie lachte mit, dann sah sie uns der Reihe nach aufmerksam an, nickte und schoß wie eine Lokomotive hinaus. Sie schlachtete sämtliche Hühner, nahm sie aus und verschenkte sie an uns.

Draußen fiel starker Schnee, und der Boden war jetzt fest gefroren. Das war gut für uns. Mitten in unser Gulasch stürzte der Posten von draußen herein: „Herr Oberleutnant, draußen auf der Straße marschieren motorisierte Truppen nach vorne, in Richtung Division!" Der Chef strahlte: „Na, das ist ja herrlich, Mensch, da sind wir nicht mehr allein." Er versuchte sofort, durch das Feldtelefon bei der Division anzufragen, um welche Truppen es sich handle, aber er bekam keine Antwort. Soviel jedoch war klar, daß es keine Russen sein konnten, denn vor einer Stunde war der Melder, der die Verbindung mit der Division aufrechthielt, bei uns gewesen und hatte gesagt, es sei alles in bester Ordnung hinter unserem Rücken, und mit einer direkten und unmittelbaren Gefahr brauchten wir nicht zu rechnen. Es konnten aber nach Lage der Dinge auch keine Ungarn sein. Der Chef wurde auf einmal zerstreut und unruhig, winkte mir, und wir gingen hinaus in die dunkle Nacht. Unser Pakgeschütz und die 2-cm-Flak waren dreihundert Meter von der Straße entfernt aufgebaut und hatten wunderbares Schußfeld. Wir lauschten. Tatsächlich, da vorne auf der Straße rollten Panzer. Wir sahen undeutlich vermummte Infanteriekolonnen und auch Pferdefuhrwerke. „Los, gehn wir mal näher", sagte der Oberleutnant, und wir gingen auf dem festgefrorenen Boden vorwärts und blieben plötzlich wie vom Donner gerührt stehen. Auf fünfzig Meter erkannten wir die T 34. Dann hörten wir hinter uns rutschende, hastige Schritte und fuhren herum. Es war der Melder von der Division, er war auf Umwegen zurückgerast, der Divisionsstab war weitergezogen, und uns hatte man wieder einmal vergessen. Der Chef stand einige Minuten regungslos. Dann flüsterte er: „Wir müssen die Straße überqueren und durch die russischen Kolonnen durch. Los, zurück!" Wenn wir die Straße glücklich überquert hatten, konnten wir vielleicht über Wald- und Feldwege nach vorne kommen und den Anschluß finden. Wir rannten zurück, alarmierten unseren kleinen Haufen, und der Chef setzte alles auf eine Karte. Er ging mit den Männern, mit mir und einem Volksdeutschen aus Bessarabien, der russisch sprach, auf einem Feldweg vor zur Straße. Er hatte nur einen einzigen Befehl gegeben: „Nicht schießen!" Endlos zogen die russischen Kolonnen vorüber. Panzer, Infanterie, Pferdefahrzeuge, Geschütze. Es war an sich aussichtslos, was wir vorhatten. Und wiederum rettete uns die Begabung des Chefs, blitzschnell zu handeln. Es kam in der Kolonne eine größere Lücke. Und nun wurde gehandelt. Unsere Motoren heulten auf. Das Pakgeschütz wurde aufgeprotzt. Die 2-cm-Flak-Zugmaschinen überquerten als erste die Straße und fuhren auf der anderen Seite einen Feldweg entlang in ein Waldstück. Der Volksdeutsche war in Ordnung. Wahrscheinlich verdanken wir ihm unsere Rettung. Er hatte bestimmte Instruktionen bekommen, nach denen er unverzüglich zu handeln hatte, wenn eine russische Kolonne ankam. Jetzt war auch unser Pakgeschütz über die Straße. Unsere Gesichter waren glühend heiß vor Aufregung. Jetzt kam noch eine Zugmaschine. Als sie gerade ansetzte, die Straße zu überqueren, tauchte im Dunkel und im Schneetreiben eine bespannte russische Kolonne auf. Es war für uns Zeit. Nun sprang unser Krad nicht an. Im Beiwagen kniete der Chef, ich kauerte auf dem Sozius. Der Motor war abgestorben. Aber unser Fahrer war ein Mann besten Kalibers. Ruhig und ohne jede Hast trat er noch einmal auf den Starter. Und nun brüllte auch schon unser Volksdeutscher den Russen in ihrer Sprache entgegen: „Halten! Erst die Fahrzeuge vorbeilassen!" Die Kolonne war noch etwa hundertfünfzig Meter entfernt. Sie blieb stehen. Sie blieb stehen! Wahrscheinlich sahen wir in unseren pelzgefütterten Anoraks auf diese Distanz wie Russen aus. Gott war uns gnädig, das Krad sprang an, unser Volksdeutscher brüllte: „Es kann weitermarschiert werden!", klemmte sich auf den Beiwagen, und als letztes Fahrzeug rollten wir über die Straße, kurz vor den ersten Russen, jagten den Feldweg entlang und verschwanden im Wäldchen, wo die anderen auf uns warteten.

Es war uns gelungen, aber es war um Haaresbreite gelungen, und immer würden wir nicht solch unwahrscheinliches Glück haben.

Beim Schein der abgeblendeten Taschenlampe studierte der Oberleutnant die Karte. „Wir kommen durch", knurrte er. Das Benzin verteilte er nun so auf die einzelnen Fahrzeuge, daß wir mit allen fünfzig Kilometer weit fahren konnten.

Wir fuhren die ganze Nacht, und kein Haar wurde uns gekrümmt. Im Morgengrauen stießen wir auf die Hauptrückmarschstraße in Richtung Slowakei. Als wir die Division erreichten, war gerade noch Benzin für fünf Kilometer in den Tanks.

Die folgenden Tage überspringe ich wiederum. Es wäre höchstens zu sagen, daß wir noch magerer, noch erschöpfter, noch verhungerter wurden. Und, dem Himmel sei Dank, unser Zustand war so beschaffen, daß wir gar keine Zeit hatten, darüber nachzudenken, daß der Krieg also endgültig verloren war. Alles, alles war umsonst gewesen. Nur einmal, abends, in einer ruhigen Stunde, sagte Oberleutnant Schleiermacher gelassen: „Es kotzt mich zwar an. Auch die Wunderwaffen kotzen mich an, wenn sie kommen sollten. Aber ich will euch was sagen: nicht wir allein haben den Krieg umsonst geführt. Die Amerikaner haben ihn auch umsonst geführt, die Engländer haben ihn umsonst geführt, die Franzosen haben ihn umsonst geführt. Nur die Russen haben ihn nicht umsonst geführt. Hugh, ich habe gesprochen." Wir starrten ihn an, wir hockten zu dreien in einem Bauernhaus und fraßen trockenes Brot, das wir mit einem Tokayer hinunterspülten. Ich war so verblüfft über die wuchtige Wahrheit dieses Satzes, bei dem mir auf einmal unzählige Bogenlampen aufgingen, daß ich ganz vergaß, daß wir uns nur unter vier Augen oder manchmal in der dicksten Scheiße duzten, und ich sagte: „Verdammt noch mal, haben ihn die Russen nicht auch umsonst geführt, Mensch? Oder glaubst du, daß sie in diesem Untergang übrigbleiben?" Der Chef grinste und sagte: „Möglich, möglich, vielleicht haben sie ihn umsonst geführt. Aber wann, aber wann, aber wann?"

Und nun fällt der Vorhang.

Die Bühne sieht aus wie immer, meine Damen und Herren. Wieder lagen wir mitten in einer üblen Geographie, an einer einsamen und abgelegenen Stelle im Gelände. Wieder sollten wir mit unserem letzten Pakgeschütz sichern, diesmal die linke offene Flanke der völlig abgekämpften und im Feuer der unzähligen Schlachten zusammengeschmolzenen Kampfgruppe. Mit uns konnten sie es ja machen, wir waren wieder einmal die letzten am Feind. Jedoch hielt uns trotz einer unbeschreiblichen Müdigkeit eine Art hoher Erbitterung aufrecht. Wir waren geladen. Und diese Erbitterung erzeugte in uns eine bisher nie erlebte taktische Phantasie. Niemals bisher waren wir so wendig gewesen wie die Teufel. Unser Geschütz stand feuerbereit in einer märchenhaft günstigen Stellung. Wir waren getarnt wie nie zuvor. Auf drei Schritte hätte uns und das Geschütz niemand erkennen können. Wir hatten nach allen Seiten großartiges Schußfeld. Gegen die russische Infanterie hatten wir unsere beiden übriggebliebenen MG auf das sorgfältigste eingesetzt.

Wenn wir die Kampfstärke betrachteten, packte uns der ganz große Galgenhumor. Wir waren ein Oberleutnant, ein Unteroffizier, ein Sanitäter, neun Pakschützen und zwei MG-Bedienungen zu je zwei Mann.

Heeresgruppe Schleiermacher.

Die meisten unserer siebzehn bis achtzehn Jahre alten Männer waren gefallen, verwundet oder vermißt. Dahin wie das Gras auf der Heide.

Und wer weiß, wie es mit uns paar Männeken werden würde. Ich glaube, in der Division wußte höchstens der Ia von unserer Existenz. Wenn wir untergehen würden, wären wir eben verschwunden. Wie Hunderttausende verschwunden waren. Aber wir hatten noch unser Pakgeschütz. Das hochelegante Ding sprühte in diesen letzten Stunden geradezu vor Lebenskraft und Kampflust, und mehr als einmal sah ich einen unserer Männer, wie er das Geschütz andächtig anstarrte. Jeder Landser weiß, wie lebendig eine Waffe wirken kann. Die Feuerstellung lag etwas erhöht. Von ihr aus führte ein ganz guter Feldweg in Serpentinen hinunter in ein schmales Tälchen. In zwei Kilometer Entfernung sahen wir ein Dorf. Wie lange wir es auch durch die Gläser beobachteten, wir konnten nicht feststellen, ob der Russe schon drin saß oder nicht. Es war eigentlich schnuppe.

Auf natürliche Weise hier wieder herauskommen, erschien lachhaft. Und immerzu mit Wundern rechnen, war ebenso lachhaft. Und den lieben Gott zu Hilfe rufen, erschien mir überheblich und anmaßend. Ich phantasierte mir in diesen Stunden alles mögliche zusammen. So überlegte ich zum Beispiel, wie viele unserer Kameraden in Stalingrad, als sie erkannten, daß sie verloren waren, teuflisch im Stich gelassen worden waren, wie viele von ihnen Gott um Hilfe gerufen hatten. Und ich stellte mir den Tag des Jüngsten Gerichts vor, wenn Gott der Herr diese zweihunderttausend Männer, oder wie viele es waren, aufrufen und fragen würde: Wer von euch hat mich zu Hilfe gerufen? Und was würde Gott der Herr antworten, wenn ein Orkan von Stimmen sich erheben würde, um zu rufen: Wir alle haben dich zu Hilfe gerufen, zweihunderttausend Mann. Na ja, es waren dämliche Gedanken.

Oder ich dachte, ob zum Beispiel jedem dieser Männer im Feuerofen von Stalingrad im Horoskop sein Schicksal vorausgesagt worden war. Wäre eine verdammt merkwürdige Sache.

Nun also, da lagen wir und warteten. Unsere einzige Sorge war, daß wir keine Infanterie bei uns hatten. Manchmal hatte uns doch die Infanterie herausgehauen, wenn der Iwan unseren Geschützen zu nahe kam. Wir waren immer etwas beruhigt, wenn Infanteristen neben uns lagen, und die Infanteristen waren immer etwas beruhigt, wenn sie die schlanken Mäuler unserer Pakgeschütze neben sich erblickten.

Wenigstens beruhigte uns das vorzügliche Schußfeld. Auch wir Landser hatten so im Laufe der Feldzüge der Natur gegenüber eine generalstäblerische Einstellung bekommen. Uns interessierte oft weniger ihre Schönheit als ihre taktische Brauchbarkeit. Hier, in dieser Stellung, war die Sache in Ordnung. Am Tage konnten uns die Russen ganz unmöglich überrumpeln. Sie konnten uns überrennen, aber nicht überrumpeln. Und auch wenn sie ansetzten, uns zu überrennen, würden wir einige Bemerkungen dazu machen.

Aber die Nacht war gefährlich. Die Nacht war immer gefährlich. Nachtkämpfe waren schauerlich. Bei Nachtkämpfen mußte ich immer ein Frieren überwinden, ein Frieren von innen heraus, bis ich mich wieder in der Hand hatte.

Es blieb uns also nichts anderes übrig, als daß alle Männer während der Nacht am Geschütz liegenblieben und lauschten, lauschten, lauschten. Da alles nun zu seinem bitteren Ende ging, waren diese Nächte hier besonders unheimlich und quälend. Im großen und ganzen war Stille weit und breit. Nur manchmal hörte man von ferne Hundegebell. Und ab und zu schwebte lautlos eine Leuchtkugel zu den Sternen, hing wie ein bösartiger, leuchtender Raubvogel in der Höhe und fiel langsam und erlöschend herab ins Dunkle.

In dieser beängstigenden Stille hockten Oberleutnant Schleiermacher und ich schweigend in einem ungarischen Bauernhaus. Auch wir lauschten, wir lauschten nach draußen und in uns hinein. Wir rauchten eine Zigarette nach der andern. Der ungarische Wein stand fast unberührt auf dem Tisch. Ich fand, daß man innerhalb einer solchen Totenstille einfach nicht imstande war, sich ein wenig zu betrinken, was unserer Lage wohl angemessen gewesen wäre. Besaufen kann man sich innerhalb von Lärm und Krach großartig.

Der Gefechtsstand der Kampfgruppe lag etwa vier Kilometer entfernt. Wir hatten zu ihm nur Drahtverbindung und leider keinen Funk. Dafür hatten wir bei der Kampfgruppe einen Kradmelder bereitstehen.

Schließlich lastete die Stille auf uns wie ein Zentnergewicht. Wir gingen hinaus zu unserm Geschütz. So graute der Morgen. Ich spürte es in allen Knochen, daß Unheil in der Luft lag.

Ich hörte einen Hahn krähen. Undurchdringlicher Nebel lag über der Landschaft, und man konnte kaum dreißig Meter weit sehen.

Und dann, von einer Sekunde zur andern, ging es los. Von allen Seiten aus dem Nebel heraus knallten Gewehrschüsse, und die Geschosse wisperten, flüsterten und pfiffen über uns hinweg und an uns vorbei. Der Chef und ich knieten, die Maschinenpistolen in den Händen, neben dem Geschütz.

Und dann sahen wir den T 34 undeutlich im Nebel, und schon zuckte die Flamme mit einem grellen Krachen aus unserem Geschütz. Wir hörten das vertraute Klirren. Die Granate hatte getroffen. Wir sahen den Panzer brennen. Kein Jubel, keine Freude.

Und nun hörten wir von der Seite her das Urräh der angreifenden Russen, sie waren nicht sehr weit von uns. Auch hinter uns hörten wir sie.

Es war zu Ende.

Noch einige Male jagte unser Geschütz Sprenggranaten hinaus, dann hörte ich den durchdringenden Ruf des Oberleutnants: „Los, Sprengladung her!" Und so sah ich unser Geschütz zum letzten Male, und in Sekundenschnelle umfaßte ich noch einmal diese unsere letzte 7,5-cm-Pak 40. Dieses niedrige, nur bis zur Hüfthöhe reichende Geschütz, graublau, mit seinem langen, schlanken Rohr und dem Mündungsrückstoßdämpfer, mit seinen gespreizten Holmen, seinen massiven Rädern mit dem Hartgummibelag, die zwei leichtgebogenen Schutzschilde, links das Zielfernrohr mit den Zielmarken, ich sah noch einmal den Abzugsknopf, das Spornrad. Und ich sah auch den letzten, allerletzten Schuß, der das Rohr verließ, mit seiner grellen, stechend gelben Stichflamme, ich hörte den hellschmetternden Krach, sah die Granate mit ihrer Leuchtspur in den Nebel jagen und sah das Rohr zurücklaufen.

Kaum war dieser letzte Schuß hinaus, sank der Schütze I zusammen. Im Bruchteil einer Sekunde schleppte ich ihn zur Seite, dann drehte ich mich zum Geschütz, Verschlußkeil auf, einer schob die Sprengladung hinein.

Oberleutnant Schleiermacher zog ab, und wir rasten hinter das Haus. Schon standen die ersten Russen am Geschütz.

Ein Feuerstoß, ein Bersten und Krachen, ein Geheul von allen Seiten. Unser letztes Geschütz war in die Luft geflogen und mit ihm jene, die es erobern wollten.

Unsere Maschinenpistolen waren leergeschossen, Munition hatten wir nicht mehr.

Die letzten Eierhandgranaten flogen hinaus.

Durch den Nebel jagten wir davon.

Drei von uns traf ich am Gefechtsstand. Oberleutnant Schleiermacher war nicht dabei. Wir hatten uns verabredet, uns in jedem Jahre in Passau zu treffen. Er ist niemals gekommen.

Was noch zu berichten ist, lohnt sich nicht. Ein bißchen Glück verhalf mir dazu, bei der Kapitulation Zivilkleidung zu bekommen, noch ein bißchen Glück verschonte mich mit der Gefangenschaft.

Armselig wie der Schluß des Krieges ist also der Schluß dieses Berichtes.

Es soll wohl so sein, ich kann es nicht ändern.